COLLECTION
FOLIO CLASSIQUE

Voltaire

ROMANS ET CONTES

I

Zadig

et autres contes

Édition complète
présentée, établie et annotée
par Frédéric Deloffre
avec la collaboration
de Jacques Van den Heuvel
et Jacqueline Hellegouarc'h

Gallimard

CE VOLUME CONTIENT

Pour des raisons d'équilibre, *Candide,* dont la place chronologique se situe entre *Les Deux Consolés* et l'*Histoire d'un bon bramin,* figure dans Folio en tête du second volume.

Le texte, qui reprend celui de la Pléiade, a été établi par Frédéric Deloffre en collaboration avec Jacqueline Hellegouarc'h.

La préface est de Frédéric Deloffre.

Jacques Van den Heuvel a présenté et annoté les textes suivants : *Songe de Platon, Micromégas, Le Monde comme il va, Zadig ou la Destinée, Memnon ou la Sagesse humaine, Lettre d'un Turc, Histoire des voyages de Scarmentado, Les Deux Consolés, Histoire d'un bon bramin, Petite digression, Aventure indienne, L'Ingénu.*

Frédéric Deloffre a présenté et annoté les textes suivants : *Le Blanc et le noir, Jeannot et Colin, Le Crocheteur borgne, Cosi-Sancta, Pot-pourri, La Princesse de Babylone,* ces quatre derniers contes en collaboration avec Jacqueline Hellegouarc'h.

PRÉFACE

Écrivant en 1751 à Michel Lambert, qui préparait la première édition collective française de ses Œuvres, *Voltaire disait :*

Si dans cette édition l'ordre des matières n'est pas observé, si les odes ne sont pas avec les odes, les épîtres avec les épîtres, etc., elle sera sans doute aussi mauvaise que toutes les autres.

Il y a là de quoi justifier le choix, dans l'immense œuvre de Voltaire, des ouvrages relevant du genre des « romans et contes » pour leur consacrer l'édition que mérite leur réputation. Mais ici commence la difficulté : à quoi reconnaît-on un conte voltairien ?

Certes, le conte ou le roman — les deux termes sont parfois difficiles à distinguer dans le cas de Voltaire — est une œuvre narrative de fiction. En prose ou en vers ? Voltaire a écrit des pièces de vers auxquelles on accorde à juste titre le nom de contes. On ne les trouvera pas ici : une tradition qui remonte à Voltaire ne les ayant jamais rangés dans les volumes intitulés « romans » ou « contes ».

Il est plus difficile de distinguer le conte de certains essais philosophiques ; l'aspect narratif est souvent aussi développé dans les seconds que dans un « conte » bref. Pour lever les hésitations, on aimerait disposer d'une définition issue de

Voltaire. Non seulement il ne lui arrive jamais d'en donner, mais il ne prononce même pas le mot de « contes » à propos de tels ouvrages, qu'il nomme seulement « petits ouvrages » ou « petits écrits ».

Le problème serait résolu si les éditions avouées par Voltaire avaient fait elles-mêmes la répartition de ce qui est « conte ou roman » et de ce qui ne l'est pas. Les meilleures, la « quarto » de 1771 et l'« encadrée » de 1775, comportent bien l'une et l'autre deux volumes consacrés aux « Contes philosophiques », mais les pièces qu'on y trouve, à peu près les mêmes dans les deux cas, ne répondent ni à un choix ni à une répartition satisfaisante. Ainsi, dans l'« encadrée », les deux tomes, XXXI et XXXII, contenant cette section, ne comprennent que quinze contes, dont seulement trois dans le second, que le libraire a complété par les Éléments de la philosophie de Newton et d'autres pièces. À l'inverse, il faut aller chercher l'Histoire de Jenni et Les Oreilles du comte de Chesterfield dans le tome XXXIX, et Le Taureau blanc, pourtant antérieur à ceux-ci, dans le tome XL.

En fait, la liste canonique telle que nous la connaissons aujourd'hui remonte pour l'essentiel aux éditeurs de Kehl. Outre deux contes nouveaux, Le Crocheteur borgne et Cosi-Sancta, et deux autres trop tardifs pour figurer à leur place dans les deux dernières éditions parues du vivant de Voltaire, l'Aventure de la Mémoire et l'Éloge historique de la Raison, ils avaient inclus dans leur recueil sept « petits morceaux » comme le Songe de Platon, la Lettre d'un Turc, etc., tout en supprimant le dangereux Pot-pourri, renvoyé parmi les « Facéties ». En le remettant à sa place dans la grande édition (1829) qui fit longtemps autorité, Beuchot constitua le recueil de contes tel qu'on le trouve ici.

Ces vingt-six contes s'étalent sur une soixantaine d'années, soit environ de 1715 à 1775. La chronologie détaillée qu'on trouvera ailleurs permettra de leur assigner leur place et de *mesurer leur importance relative dans la vie, la pensée, l'œuvre et les luttes de Voltaire ; mais elle suggère immédiatement quelques remarques. Ainsi, alors qu'on trouve Voltaire célèbre à dix ans pour ses vers, et à douze pour une tragédie, il faut attendre qu'il ait une vingtaine d'années pour qu'on entende parler à son propos de contes. Mais ce qui est plus remarquable, c'est qu'alors qu'il devient un classique à la Comédie-Française avec* Œdipe *à vingt-quatre ans, et qu'il est à trente-cinq reconnu comme le premier poète épique français, il ne publie son premier conte,* Memnon *(le premier état de* Zadig*), qu'à cinquante-trois. La raison en est claire : en fidèle classique, Voltaire croit à la hiérarchie des genres. Tragédie et poème épique sont pour lui des genres nobles, le roman, suivant la définition du* Dictionnaire *de Furetière, n'est qu'un genre « propre à divertir les fainéants ». Il n'est qu'à voir, du reste, comment, craignant que Marivaux n'écrive une réfutation de ses* Lettres philosophiques, *il fulmine contre ce « misérable » : « Il est juste que l'auteur de* La Voiture embourbée, *du* Télémaque travesti, *et du* Paysan parvenu *[trois romans !] écrive contre l'auteur de* La Henriade[1]. *» Un examen plus attentif montre que, tout en ayant toujours connu le plaisir de séduire des auditeurs par l'équivalent du magique « Il était une fois... », il n'a pris conscience que progressivement d'autres fonctions du conte : non seulement de plaire, mais de se distraire, de se consoler, de réfléchir, de s'exprimer, et,* last but not least, *de lutter.*

Rien ne montre plus clairement que le conte n'est d'abord pour Voltaire qu'un jeu de société que les premiers qui nous sont parvenus de lui, Le Crocheteur borgne *et* Cosi-Sancta. *Il les a composés pour la société de la duchesse du Maine, comme d'autres apportaient des fleurs ou du gibier. C'est dans les mêmes conditions que se révélait un autre grand prosateur, Hamilton, avec les contes de fées qu'il composait à plaisir, avant Voltaire, pour la même société.*

1. Lettre à Thiériot du 6 mars 1736.

L'occasion fournie par les besoins de cette cour galante disparue, on n'entend plus parler de contes. Il faut, pour qu'il s'adonne de nouveau au genre, un autre aiguillon. Dans la studieuse compagnie de Mme du Châtelet, Voltaire cultive la grande littérature, tragédie, histoire, et avec la maîtresse de maison fait des expériences de physique, tente de comprendre le newtonianisme. Mais il faut bien aussi se divertir : or à Cirey, Voltaire dispose seulement d'une lanterne magique pour faire rire ses hôtes pendant les soirées d'hiver. Restent les histoires qu'on lit à haute voix, comme ce Paysan parvenu *de Marivaux, que Voltaire, quoi qu'il en dise, ne peut s'empêcher d'aimer, « à sa longueur près ». Mais pourquoi recourir toujours aux autres alors que les études auxquelles on se livre peuvent être source de divertissement ? Comme il approfondit Platon, auquel il n'avait accordé jusque-là qu'une attention superficielle, des détails relevés dans le* Timée *— le récit de la création de notre monde — lui donnent l'idée du* Songe de Platon *(1737 ou 1738). Les conversations savantes avec Maupertuis, qui a été au pôle, ou peu s'en faut, contempler les « astres brillants », jointes à la lecture d'un roman de l'abbé Bordelon,* Gongam ou l'Homme prodigieux, *lui font imaginer le « voyage » de monde en monde « du baron de Gangan », qu'il envoie à Frédéric, prince héritier de Prusse, en le présentant comme « une fadaise philosophique qui ne doit être lue que comme on se délasse d'un travail sérieux avec les bouffonneries d'Arlequin ».*

Si la retraite de Cirey a donné naissance à quelques contes, un retour dans la capitale, peut-être celui de 1739, donne à Voltaire l'occasion de considérer d'un œil neuf la vie de la grande ville : l'indignation qu'elle lui fait éprouver, mais aussi la séduction qu'elle exerce sur lui, s'expriment dans Le Monde comme il va, Vision de Babouc. *Œuvre de circonstance encore, elle est une de celles où Voltaire livre le plus sincèrement le fond de sa pensée, jusque dans ses contradictions.*

Mais le retour au conte est surtout lié au séjour qu'il fait avec Mme du Châtelet de 1744 à 1747 dans la société de Paris, de Versailles et de Sceaux. En 1776, Voltaire écrira à l'abbé Duvernet, qui se proposait d'écrire l'histoire de sa vie :

Ceux qui vous ont dit, monsieur l'abbé, qu'en 1744 et 1745 je fus courtisan ont avancé une triste vérité. Je le fus ; je m'en corrigeai en 1746, et je m'en repentis en 1747. De tout le temps que j'ai perdu en ma vie, c'est sans doute celui-là que je regrette le plus.

Effectivement, chargé d'une mission secrète à Berlin, devenu historiographe de France et, par la grâce de Mme de Pompadour, gentilhomme de la chambre, fournissant les divertissements de la Cour et en correspondance avec le pape, Voltaire néglige la science et même la philosophie. Mais précisément cette agitation frivole qu'il condamne après coup est favorable aux contes. Memnon, *première version — devenu* Zadig *plus tard —, et* Memnon ou la sagesse humaine *vont plus loin que le divertissement, que la réflexion philosophique générale, plus loin même que le simple exposé de jugements contradictoires, comme dans* Babouc : *ils expriment une expérience personnelle et vécue.*

Cette expérience est transposée dans un cadre oriental, et on reconnaît ici l'influence de la cour de Sceaux, à laquelle, selon le secrétaire et copiste Longchamp, la composition de ces œuvres est liée. La duchesse du Maine avait toujours aimé les histoires et les décors orientaux. Mais il est un autre point sur lequel son influence a pu être plus importante ; c'est qu'elle lui montra le prix de ces « fadaises » et l'encouragea à les publier. Le témoignage de Longchamp est positif :

Mme du Maine avait témoigné à M. de Voltaire son désir de le voir communiquer aux personnes qui composaient alors sa petite cour ces contes et ces romans qui l'avaient tant amusée, lorsqu'il venait tous les soirs prendre son repas dans la ruelle de son lit, et que personne n'aurait soupçonné d'être sortis de la même plume qui avait écrit *La Henriade*, *Œdipe*, *Brutus*, *Zaïre*, *Mahomet*, etc. M. de Voltaire lui obéit. Il savait aussi bien lire que composer. Ces petits ouvrages furent trouvés charmants, et chacun le pressa de n'en point priver le public. Il remontra que ces opuscules de société s'éclipsaient d'ordinaire au grand jour, et ne méritaient pas d'y paraître. On ne voulut point entendre ses raisons, et on insista tellement que pour mettre fin aux sollicitations des personnes qui l'entouraient, il fut obligé de leur promettre qu'à son retour à Paris il songerait à les faire imprimer.

Un signe a contrario *de l'influence qu'exerçait à l'époque son entourage sur la production des contes est qu'en Prusse il n'en compose pas ; s'il met au point* Micromégas, *c'est qu'il le doit au roi de Prusse, à qui il en a envoyé jadis l'esquisse. La cour de Prusse préfère l'opéra, et l'Académie de Berlin les querelles savantes. Le retour au conte se fait au fort de l'hiver 1753-1754, dans une atmosphère très différente de celle qui avait entouré l'élaboration des œuvres antérieures. La séquestration dont il avait été l'objet à Francfort de la part des envoyés du roi de Prusse, l'humiliation qui lui avait été ainsi infligée devant toute l'Europe devaient rester longtemps présentes à sa mémoire. Il est curieux de voir ce que sont ses premières réactions. Ne pouvant rentrer dans le pays qu'il a abandonné avec éclat, riche et adulé des princes, mais proscrit, il se venge, se plaint, et finalement surmonte les rigueurs de son destin.*

La vengeance fut si raffinée qu'il a fallu plus de deux siècles aux historiens pour la reconnaître. Elle consista pour Voltaire à redemander à sa nièce les lettres qu'il lui avait écrites pendant le séjour en Prusse, à les récrire pour montrer qu'il n'avait jamais été séduit par les prestiges de la cour de Prusse, ni la dupe des protestations de Frédéric, et à présenter de celui qu'il avait appelé « le Salomon du Nord » un portrait chargé de fiel : le mot fameux qu'il prête au roi,

« on presse l'orange et on jette l'écorce » pourrait faire partie de cette fabrication littéraire.

La plainte, plus directe, prit, et cela est significatif, la forme d'un conte. Les accents amers de la confidence personnelle ne s'expriment pas dans le cadre lumineux d'un Orient de fantaisie, mais dans celui, tout historique, des premières années du XVIIe siècle, à l'orée de la guerre de Trente Ans, à une époque où des usurpateurs régnaient « presque d'un bout du monde à l'autre ». Écrite à la fin de 1753 ou au début de 1754, cette *Histoire des voyages de Scarmentado*, « celui qui s'est rendu sage à ses dépens », est l'œuvre la plus pessimiste de Voltaire. Il ne la publiera qu'en 1756, au moment où la guerre de Sept Ans et le désastre de Lisbonne l'auront confirmé dans son pessimisme, au moment aussi où pointera l'idée du nouveau conte de *Candide*. Ici, la déception causée par le cours inamendable de l'ordre du monde est finalement adoucie par la joie du refuge, les Délices lorsque Voltaire commence son conte, Ferney lorsqu'il le publie.

Avec *Scarmentado* et *Candide*, le conte a pris, chez Voltaire, ses accents les plus personnels. Pendant quelques années, à peu près jusqu'à ce que s'achève la guerre de Sept Ans, les délices de la polémique, souvent personnelle, semblent absorber le philosophe. Lorsque les contes réapparaissent, dans la période qui va de 1763 à 1769, ils ont changé de caractère. Conscient, depuis l'immense succès de *Candide*, de la portée du genre qu'il avait longtemps sous-estimé, Voltaire s'y adonne désormais avec une application presque appuyée. Si *Le Blanc et le noir* revient au genre oriental des *Mille et Une Nuits*, *Jeannot et Colin*, son contemporain (1764), est une anecdote moderne qui rappelle que Voltaire, quoi qu'il dise, a bien lu Marivaux. *Le Pot-pourri* recourt à la façon secrète de Swift (*The Tale of a Tub*) pour contribuer à la réalisation du grand projet de Voltaire, que Condorcet lui prête en ces termes : « Je suis las, disait-il un jour, de leur entendre répéter que douze *hommes ont suffi pour établir le christianisme, et j'ai envie de leur prouver qu'il n'en faut qu'un pour le détruire. »*

L'influence anglaise, celle de romanciers comme Defoe, Richardson et Fielding, n'est pas moins sensible, quoique d'une nature différente, dans L'Ingénu. Candide *comprenait tous les ingrédients du roman grec, à la façon d'Héliodore ou de Chariton : deux jeunes amants sont séparés par le destin, qui prend souvent la forme d'une opposition des familles à leur union. La jeune fille est enlevée, captive de corsaires, soumise à des tentatives de viol, etc., tandis que le jeune homme la poursuit au milieu des emprisonnements, des batailles, des tentatives de séduction, etc., jusqu'aux retrouvailles finales. Avec* L'Ingénu, *Voltaire, pour composer une « histoire véritable » (tel est le sous-titre du roman), recourt à une documentation sérieuse, fuit l'invraisemblance, recrée une atmosphère quotidienne, sacrifie aussi aux scènes sensibles à la Richardson.*

Marque de sa volonté de renouvellement, à peine a-t-il terminé L'Ingénu *(1767) qu'il se lance dans* La Princesse de Babylone, *de caractère tout différent. Il s'agit, comme dans* Candide, *d'un voyage philosophique, mais dans l'Europe des Lumières. Tout est travesti dans le goût du* Roland furieux, *un* Roland furieux *dont les personnages seraient indiens, car entre-temps Voltaire a découvert avec délices de prétendus ouvrages indiens traduits par Holwell, qui lui donnent l'assurance qu'il a existé une civilisation plus ancienne que celle des Hébreux. Quant à la belle Formosante, l'héroïque princesse de Babylone qui, en compagnie de son phénix, parcourt le monde à la poursuite d'Amazan qu'elle aime, il n'est pas difficile de reconnaître en elle Catherine II, qui a pour Voltaire à cette époque les égards les plus délicats.*

Si le pays des Gangarides, où règne Formosante, est l'utopie de Voltaire, sa Bétique, le voici revenu aux réalités économiques les plus contemporaines avec L'Homme aux quarante écus, *auquel il travaille avant même d'avoir corrigé les épreuves de* La Princesse de Babylone. *La formule du roman-voyage est abandonnée au profit d'un véritable pot-pourri dont la seule unité est constituée par le personnage de l'Homme aux quarante écus, tantôt narrateur, tantôt objet de la narration. Ce qui est remarquable, c'est que le conte, né d'un mouvement d'humeur provoqué chez Voltaire, propriétaire terrien, par la lecture d'un ouvrage recommandant la création d'un impôt unique frappant les produits de la terre, ait pris la forme d'un conte : c'est le signe qu'il a désormais pleinement conscience de la vertu de ce genre en tant qu'arme défensive — et bientôt aussi offensive.*

Un an après La Princesse de Babylone *et* L'Homme aux quarante écus, *en mai 1769, paraissaient en effet* Les Lettres d'Amabed, *grâce auxquelles Voltaire reprend sa guerre contre les inquisiteurs. Il s'agit cette fois de ceux de Goa, qui exercent leur lubricité sur une innocente Indienne. En même temps, et pour sa satisfaction personnelle, Voltaire exorcise le démon d'une ancienne humiliation. L'innocente Adaté, violée dans sa prison non loin de son cher Amabed, c'est aussi encore Mme Denis que les sbires de l'envoyé de Prusse ont essayé de violer dans l'auberge de Francfort où ils la tenaient enfermée. La formule du roman par lettres, nouvelle dans l'œuvre de Voltaire, ne marque pas seulement un désir de varier les formes du conte, elle rappelle les (fausses) lettres de Prusse par lesquelles, on l'a vu, le philosophe en avait appelé à la postérité des indignités du tyran Frédéric.*

Après le « cycle français » de Jeannot et Colin, *de* L'Ingénu *et de* L'Homme aux quarante écus, *le « cycle indien », qui outre* La Princesse de Babylone *et* Les Lettres d'Amabed *comporte aussi l'*Aventure indienne, *qui les précède de peu (1766), trouve encore dans une certaine mesure un prolongement avec* Le Taureau blanc, *composé en 1773. L'Égypte supplante l'Inde comme pays civilisé antérieur au peuple hébreu, sinon plus raisonnable. L'alliance entre l'homme et les animaux, louable dans le cas des Indiens, devient superstition chez les Égyptiens : c'est pour le sage Mambrès-Voltaire l'occasion de rappeler implicitement le chapitre du*

« *Souper* » de Zadig, *conclu par la reconnaissance du Dieu des déistes. Mais* Le Taureau blanc *marque aussi une étape dans la conception du conte voltairien. Manifestement, Voltaire ne se contente pas des assauts qu'il a livrés contre la Bible dans le* Dictionnaire philosophique *et les* Questions sur l'Encyclopédie. *Au risque d'être accusé à juste titre de répétitions fastidieuses, il reprend sans scrupule et non sans lourdeur des plaisanteries usées sur Olla et Ooliba, sur la femme de Loth ou sur les « tartines » d'Ézéchiel. C'est qu'il estime qu'elles prendront dans un conte un pouvoir de dérision, et donc de destruction supérieur à celui qu'elles auraient dans toute œuvre raisonnée.*

Ce caractère de militantisme appuyé n'est pas moins marqué dans les deux derniers contes notables, qu'on peut rattacher à un « cycle anglais » si on s'en tient au cadre et aux personnages, Les Oreilles du comte de Chesterfield *et l'*Histoire de Jenni, ou le Sage et l'Athée. *Les deux traits sont liés : dans les années qui précèdent, et surtout de 1768 à 1771, toutes les œuvres publiées par le clan matérialiste ou du moins antireligieux d'Holbach, Naigeon et autres, le sont sous la rubrique de Londres, qu'elles soient d'authentiques traductions de l'anglais ou des œuvres purement françaises, et bien qu'elles soient en fait publiées à Amsterdam. Rien n'illustre mieux le chemin qu'a parcouru le conte voltairien ; bien éloigné de la gracieuse fantaisie du* Crocheteur borgne, *il est devenu un instrument assez pesant mis au service d'une cause extérieure à lui.*

Il n'a pourtant pas totalement changé de nature. Il n'est pas impossible de retrouver à travers la diversité des œuvres les traits proprement voltairiens.

Tous ces contes, d'abord, sont l'expression profonde de leur auteur. Le crocheteur était déjà borgne comme Voltaire craignait de le devenir. Mais bien plus significativement, Micromégas exprime le désarroi du philosophe devant le problème de la connaissance, Babouc ses doutes sur la façon de juger le train du monde, Scarmentado ses déchirements après l'échec berlinois, succédant à l'échec de Versailles, Candide sa compassion pour les souffrances de l'humanité qu'il ressent comme des souffrances personnelles. Certes, le conte militant expulse davantage l'auteur ; il n'est plus là, en apparence, que comme l'artificier qui tire ses fusées ou le montreur de marionnettes qui anime ses personnages, et parfois applaudit à leurs bons tours. Mais à y regarder de plus près, comme dans les figures où l'on doit « trouver » le personnage qui se cache dans les feuilles ou sous une pierre, on le reconnaît toujours sous le masque de quelque personnage, que ce soit le jeune et brillant Amabed dans Les Lettres d'Amabed *ou Mambrès, « âgé d'environ treize cents ans », dans* Le Taureau blanc.

Une seconde remarque concerne son attitude par rapport à ce qu'on appelle, d'un terme bien ambigu, le « réalisme ». À première vue, deux types de récits s'opposent, les uns de pure imagination (Zadig, Le Blanc et le noir, La Princesse de Babylone, Le Taureau blanc...), *les autres, comme* L'Ingénu *ou l'*Histoire de Jenni, *non dépourvus de prétentions historiques. Mais on observera qu'à la seule exception d'un conte totalement onirique comme* Le Crocheteur borgne, *Voltaire ne se désintéresse jamais des aspects géographiques ou historiques de sa narration. La chronologie des faits évoqués dans* Scarmentado, *l'itinéraire de la princesse de Babylone, la topographie du* Taureau blanc, *le tableau de la Rome papale dans* Les Lettres d'Amabed, *par exemple, ne sont pas établis sans une sérieuse attention, qui contraste avec la désinvolture affichée à l'égard des aventures prêtées par l'auteur aux personnages.*

Peut-on, dans des contes aussi différents en genre et en longueur, allant de l'anecdote au roman, distinguer des techniques narratives communes ?

Un cas à part est celui des « pots-pourris ». Les pièces de ce type, le Pot-pourri *lui-même,* L'Homme aux quarante écus,

Les Oreilles du comte de Chesterfield, *constituent un genre par eux-mêmes. Ce sont des prétextes à développements de circonstance, souvent à peu près les mêmes, dont le principal trait est la désinvolture. Les personnages en sont des types sociaux plutôt que des personnalités. Appartenant à la classe moyenne, curieux, cherchant à se renseigner et à comprendre, ce sont les Bouvard et Pécuchet voltairiens. Leurs aventures ne sont que conversations, consultations et dîners. Ce n'est pas un hasard si Voltaire les met en scène plutôt que les chevaliers, marquises et abbés de cour : ce sont bien les monsieur Husson, les maître André et le chapelain Goudman qui feront la Révolution.*

Restent les autres récits, les « romans et contes » proprement dits. Distinguer les deux espèces est difficile. Romans, ils le sont presque tous dans la mesure où leur structure est constituée par une intrigue sentimentale, intrigue du type le plus traditionnel, voire le plus archaïque. Il ne s'agit pas, comme chez Robert Challe ou chez l'abbé Prévost, d'un amour aux prises avec les rigueurs sociales, ou, comme chez Marivaux ou chez Crébillon, d'une intrigue prétexte aux analyses les plus fines. L'intrigue amoureuse, dans les contes voltairiens, est une quête plus éperdue que celle des anciens romans grecs, à plus forte raison que celle des romans espagnols ou français du début du XVIIe *siècle.* Zadig, Candide, La Princesse de Babylone *appartiennent à ce type,* Le Blanc et le noir, L'Ingénu, Le Taureau blanc, *l'*Histoire de Jenni *s'y rattachent plus ou moins nettement.*

*L'élément sentimental n'est pourtant qu'un prétexte aux pérégrinations. Aussi peut-il manquer. Le voyage de Micromégas ressemble à celui d'un jeune gentilhomme anglais éloigné quelque temps de la cour pour ses frasques ; celui de Babouc est une mission d'enquête ; celui de Scarmentado un vagabondage ; celui d'Amabed et d'Adaté une comparution devant une cour un peu lointaine ; celui de la Raison une inspection. Mais toujours il y a voyage. Pour l'*homo viator *qu'est le personnage voltairien, le voyage est d'abord appren-*

tissage. Si Micromégas quitte explicitement son pays pour se former « l'esprit et le cœur », il en va de même pour Zadig, Memnon, Babouc, Scarmentado, Jeannot, Rustan, l'Ingénu, Amazan, Amabed, Jenni... Mais, suivant une formule apprise de « l'espion turc » de Marana, des Siamois de Dufresny et des Persans de Montesquieu, le voyage est aussi le moyen de voir avec des yeux neufs le monde où règnent ce que Voltaire appelle les préjugés. Si tous les romans voltairiens sont des voyages, ce sont des voyages « philosophiques », soit dans un monde dominé par l'obscurantisme (Scarmentado, Candide, Aventure indienne, Lettres d'Amabed...), *soit au contraire dans un monde éclairé* (La Princesse de Babylone, *l'*Éloge de la Raison), *soit dans un monde partagé entre le bien et le mal* (Babouc, Zadig, L'Ingénu, Jenni...). *Voyages philosophiques même que les incursions dans le pays des songes qui, avec* Le Crocheteur borgne *et* Le Blanc et le noir *posent le problème du bonheur.*

Avec ce propos philosophique, on touche à l'originalité essentielle du conte voltairien. C'est lui qui donne sa signification non seulement à chaque œuvre, mais aussi à chaque épisode. On a justement remarqué que le sous-titre de plusieurs contes en précise le sens, Zadig ou la Destinée, Memnon ou la Sagesse humaine, Candide ou l'Optimisme, *l'*Histoire de Jenni ou le Sage et l'Athée. *Mais le thème philosophique de* Micromégas *est aussi la relativité des connaissances humaines, celui de* Babouc *Paris, celui du* Pot-pourri *l'intolérance, celui de* Jeannot et Colin *le parasitisme social, celui du* Blanc et noir *le manichéisme, celui d'*Amabed *la rencontre entre la corruption et la pureté, celui du* Taureau blanc *la Bible dévoilée, etc. De même, les brefs chapitres de* Micromégas, *de* Zadig, *de* Candide, *de* L'Ingénu, *de* La Princesse de Babylone, *etc., si éloignés de la pratique des romanciers du temps, Challe, Prévost, Marivaux et autres, découpent en autant de leçons aisément assimilables les divers aspects de l'enseignement à* *retenir. Le sous-titre de* Micromégas, « *histoire philosophique* », *convient aux parties aussi bien qu'au tout de chacun des contes.*

Le dernier trait commun au roman voltairien consiste dans le tour d'esprit. La drôlerie, mieux, la cocasserie règne partout : dans les noms ; dans les répliques, comme celle du taciturne milord What-then : « Vous avez là six jolies licornes, et il se mit à fumer » ; dans les raccourcis d'expression ; « il se met à voyager de planète en planète, pour achever de se former l'esprit et le cœur, comme l'on dit. » Ce qui dans Micromégas *n'est qu'une application du principe de relativité devient dans* Candide *le fond même du personnage :*

Je crois, dit l'abbé, que Mlle Cunégonde a bien de l'esprit, et qu'elle écrit des lettres charmantes ? — Je n'en ai jamais reçu, dit Candide ; car figurez-vous qu'ayant été chassé du château pour l'amour d'elle, je ne pus lui écrire ; que bientôt après j'appris qu'elle était morte, qu'ensuite je la retrouvai, et que je la perdis, et que je lui ai envoyé à deux mille cinq cents lieues d'ici un exprès dont j'attends la réponse.

Tout est vrai dans ce que dit Candide, mais tout n'en est pas moins absurde. Il y a antinomie entre la discontinuité des faits évoqués et le simple exposé de l'effet et de la cause que faisait attendre le car. *La disproportion n'est pas seulement cocasse, elle est consubstantielle au personnage, comme au conte voltairien.*

Mais si ces différents traits relatifs à l'intrigue, à la signification et à la manière sont communs à tous les contes, à quoi tient la réussite quasi parfaite des uns et la relative infériorité des autres ? D'abord, bien sûr, et malgré l'extraordinaire fraîcheur du style de Voltaire, intacte dans ses lettres même bien postérieures aux derniers contes, à la présence de redites, justifiées seulement par les besoins immédiats de la propagande. Pire que les redites, et rendu nécessaire par elles, le grossissement des effets qui ont fini par s'émousser. Un mot d'Amaside, exposant au serpent ses idées sur le conte, est à méditer : « Je voudrais surtout que, sous le voile de la fable, [le conte] laissât entrevoir quelque vérité fine qui échappe au vulgaire » (Le Taureau blanc). *Comment Voltaire applique-t-il ce programme ?*

Il y réussit brillamment, semble-t-il, chaque fois, précisément, que la leçon qu'il veut donner n'est pas trop claire : aussi bien, par exemple dans Zadig, Candide, L'Ingénu, *qu'avec* Les Lettres d'Amabed, *dans leur conclusion ambiguë. En revanche, lorsque le dogmatisme s'affiche* (Jenni), *que la vengeance personnelle étouffe le souci de conter (fin de* La Princesse de Babylone), *que la flagornerie perce* (Éloge de la Raison), *que l'incompréhension ne se distingue plus de la mauvaise foi* (Pot-pourri), *que la dérision tourne au rabâchage et au mauvais goût* (Le Taureau blanc), *comment pourrait-il encore être question de « vérité fine » ? Celle-ci exige objectivité et tolérance. Voltaire, qui fut toujours spirituel, souvent généreux, ne fut guère objectif, et pratiqua moins la tolérance qu'il ne la professait. Il n'est sans doute pas besoin d'en dire davantage.*

Frédéric Deloffre

LE CROCHETEUR BORGNE

Nos deux yeux ne rendent pas notre condition meilleure ; l'un nous sert à voir les biens, et l'autre les maux de la vie. Bien des gens ont la mauvaise habitude de fermer le premier, et bien peu ferment le second ; voilà pourquoi il y a tant de gens qui aimeraient mieux être aveugles que de voir tout ce qu'ils voient. Heureux les borgnes qui ne sont privés que de ce mauvais œil qui gâte tout ce qu'on regarde ! Mesrour en est un exemple.

Il aurait fallu être aveugle pour ne pas voir que Mesrour était borgne. Il l'était de naissance ; mais c'était un borgne si content de son état qu'il ne s'était jamais avisé de désirer un autre œil. Ce n'étaient point les dons de la fortune qui le consolaient des torts de la nature, car il était simple crocheteur [1] et n'avait d'autre trésor que ses épaules ; mais il était heureux, et il montrait qu'un œil de plus et de la peine de moins contribuent bien peu au bonheur. L'argent et l'appétit lui venaient toujours en proportion de l'exercice qu'il faisait ; il travaillait le matin, mangeait et buvait le soir, dormait la nuit, et regardait tous ses jours comme autant de vies séparées, en sorte que le soin de l'avenir ne le troublait jamais dans la jouissance du présent. Il était (comme vous le voyez) tout à la fois borgne, crocheteur et philosophe.

Il vit par hasard passer dans un char brillant une grande princesse qui avait un œil de plus que lui, ce qui ne l'empêcha pas de la trouver fort belle, et, comme les borgnes ne diffèrent des autres hommes qu'en ce qu'ils ont un œil de moins, il en devint éperdument amoureux. On dira peut-être que, quand on est crocheteur et borgne, il ne faut point être amoureux, surtout d'une grande princesse, et, qui plus est, d'une princesse qui a deux yeux : je conviens qu'on a bien à craindre de ne pas plaire ; cependant, comme il n'y a point d'amour sans espérance, et que notre crocheteur aimait, il espéra.

Comme il avait plus de jambes que d'yeux, et qu'elles étaient bonnes, il suivit l'espace de quatre lieues le char de sa déesse, que six grands chevaux blancs traînaient avec une grande rapidité. La mode dans ce temps-là, parmi les dames, était de voyager sans laquais et sans cocher et de se mener elles-mêmes : les maris voulaient qu'elles fussent toujours toutes seules, afin d'être plus sûrs de leur vertu ; ce qui est directement opposé au sentiment des moralistes, qui disent qu'il n'y a point de vertu dans la solitude.

Mesrour courait toujours à côté des roues du char, tournant son bon œil du côté de la dame, qui était étonnée de voir un borgne de cette agilité. Pendant qu'il prouvait ainsi qu'on est infatigable pour ce qu'on aime, une bête fauve, poursuivie par des chasseurs, traversa le grand chemin et effraya les chevaux, qui, ayant pris le mors aux dents, entraînaient la belle dans un précipice. Son nouvel amant, plus effrayé encore qu'elle, quoiqu'elle le fût beaucoup, coupa les traits avec une adresse merveilleuse ; les six chevaux blancs firent seuls le saut périlleux, et la dame, qui n'était pas moins blanche qu'eux, en fut quitte pour la peur. « Qui que vous soyez, lui dit-elle, je n'oublierai jamais que je vous dois la vie ; demandez-moi tout ce que vous voudrez : tout ce que j'ai est à vous. — Ah ! je puis avec bien plus de raison, répondit Mesrour, vous en offrir autant ; mais, en vous l'offrant, je vous en offrirai toujours moins : car je n'ai qu'un œil, et vous en avez deux ; mais un œil qui vous regarde vaut mieux que deux yeux qui ne voient point les vôtres. » La dame sourit : car les galanteries d'un borgne sont toujours des galanteries ; et les galanteries font toujours sourire. « Je voudrais bien pouvoir vous donner un autre œil, lui dit-elle, mais votre mère pouvait seule vous faire ce présent-là[2] ; suivez-moi toujours. » À ces mots elle descend de son char et continue sa route à pied ; son petit chien descendit aussi et marchait à pied à côté d'elle, aboyant après l'étrangère figure de son écuyer. J'ai tort de lui donner le titre d'écuyer, car il eut beau offrir son bras, la dame ne voulut jamais l'accepter, sous prétexte qu'il était trop sale ; et vous allez voir qu'elle fut la dupe de sa propreté. Elle avait de fort petits pieds, et des souliers encore plus petits que ses pieds, en sorte qu'elle n'était ni faite ni chaussée de manière à soutenir une longue marche.

De jolis pieds consolent d'avoir de mauvaises jambes, lorsqu'on passe sa vie sur sa chaise longue au milieu d'une foule de petits-maîtres ; mais à quoi servent des souliers brodés en paillettes dans un chemin pierreux, où ils ne peuvent être vus que par un crocheteur, et encore par un crocheteur qui n'a qu'un œil ?

Mélinade (c'est le nom de la dame, que j'ai eu mes raisons pour ne pas dire jusqu'ici, parce qu'il n'était pas encore fait)[3] avançait comme elle pouvait, maudissant son cordonnier, déchirant ses souliers, écorchant ses pieds, et se donnant des entorses à chaque pas. Il y avait environ une heure et demie qu'elle marchait du train des grandes dames, c'est-à-dire qu'elle avait déjà fait près d'un quart de lieue, lorsqu'elle tomba de fatigue sur la place.

Le Mesrour, dont elle avait refusé les secours pendant qu'elle était debout, balançait à les lui offrir, dans la crainte de la salir en la touchant ; car il savait bien qu'il n'était pas propre, la dame le lui avait assez clairement fait entendre, et la comparaison qu'il avait faite en chemin entre lui et sa maîtresse le lui avait fait voir encore plus clairement. Elle avait une robe d'une légère étoffe d'argent, semée de guirlandes de fleurs, qui laissait briller la beauté de sa taille ; et lui avait un sarrau brun taché en mille endroits, troué et rapiécé en sorte que les pièces étaient à côté des trous, et point dessus, où elles auraient pourtant été plus à leur place. Il avait comparé ses mains nerveuses et couvertes de durillons avec deux petites mains plus blanches et plus délicates que les lis. Enfin il avait vu les beaux cheveux blonds de Mélinade, qui paraissaient à travers un léger voile de gaze, relevés les uns en tresse et les autres en boucles ; et il n'avait à mettre à côté de cela que des crins noirs hérissés, crépus, et n'ayant pour tout ornement qu'un turban déchiré.

Cependant Mélinade essaie de se relever, mais elle retombe bientôt, et si malheureusement que ce qu'elle laissa voir à Mesrour lui ôta le peu de raison que la vue du visage de la princesse avait pu lui laisser. Il oublia qu'il était crocheteur, qu'il était borgne, et il ne songea plus à la distance que la fortune avait mise entre Mélinade et lui ; à peine se souvint-il qu'il était amant, car il manqua à la délicatesse qu'on dit inséparable d'un véritable amour, et qui en fait quelquefois le charme et plus souvent l'ennui ; il se servit des droits que son état de crocheteur lui donnait à la brutalité, il fut brutal et heureux. La princesse alors était sans doute évanouie, ou bien elle gémissait sur son sort ; mais, comme elle était juste, elle bénissait sûrement le destin de ce que toute infortune porte avec elle sa consolation[4].

La nuit avait étendu ses voiles sur l'horizon, et elle cachait de son ombre le véritable bonheur de Mesrour et les prétendus malheurs de Mélinade ; Mesrour goûtait les plaisirs des parfaits amants, et il les goûtait en crocheteur, c'est-à-dire (à la honte de l'humanité) de la manière la plus parfaite ; les faiblesses de Mélinade lui reprenaient à chaque instant, et à chaque instant son amant reprenait des forces. « Puissant Mahomet, dit-il une fois en homme transporté, mais en mauvais catholique[5], il ne manque à ma félicité que d'être sentie par celle qui la cause ; pendant que je suis dans ton paradis, divin prophète, accorde-moi encore une faveur, c'est d'être aux yeux de Mélinade ce qu'elle serait à mon œil s'il faisait jour. » Il finit de prier, et continua de jouir.

L'aurore, toujours trop diligente pour les amants, surprit Mesrour et Mélinade dans l'attitude où elle aurait pu être surprise elle-même, un moment auparavant, avec Tithon[6]. Mais quel fut l'étonnement de Mélinade quand, ouvrant les yeux aux premiers rayons du jour, elle se vit dans un lieu enchanté avec un jeune homme d'une taille noble, dont le visage ressemblait à l'astre dont la terre attendait le retour ! Il avait des joues de rose, des lèvres de corail ; ses grands yeux, tendres et vifs tout à la fois, exprimaient et inspiraient la volupté ; son carquois d'or, orné de pierreries, était suspendu à ses épaules, et le plaisir faisait seul sonner ses flèches ; sa longue chevelure, retenue par une attache de diamants, flottait librement sur ses reins, et une étoffe transparente, brodée de perles, lui servait d'habillement et ne cachait rien de la beauté de son corps. « Où suis-je, et qui êtes-vous ? s'écria Mélinade dans l'excès de sa surprise. — Vous êtes, répondit-il, avec le misérable qui a eu le bonheur de vous sauver la vie, et qui s'est si bien payé de ses peines. » Mélinade, aussi aise qu'étonnée, regretta que la métamorphose de Mesrour n'eût pas commencé plus tôt. Elle s'approche d'un palais brillant qui frappait sa vue, et lit cette inscription sur la porte : « Éloignez-vous, profanes ; ces portes ne s'ouvriront que pour le maître de l'anneau. » Mesrour s'approche à son tour pour lire la même inscription, mais il vit d'autres caractères et lut ces mots : « Frappe sans crainte. » Il frappa, et aussitôt les portes s'ouvrirent d'elles-mêmes avec un grand bruit. Les deux amants entrèrent, au son de mille voix et de mille instruments, dans un vestibule de marbre de Paros ; de là ils passèrent dans une salle superbe, où un festin délicieux les attendait depuis douze cent cinquante ans sans qu'aucun des plats fût encore refroidi : ils se mirent à table, et furent servis chacun par mille esclaves de la plus grande beauté ; le repas fut entremêlé de concerts et de danses ; et quand il fut fini, tous les génies vinrent dans le plus grand ordre, partagés en différentes troupes, avec des habits aussi magnifiques que singuliers, prêter serment de fidélité au maître de l'anneau[7], et baiser le doigt sacré auquel il le portait.

Cependant il y avait à Bagdad un musulman fort dévot qui, ne pouvant aller se laver dans la mosquée, faisait venir l'eau de la mosquée chez lui, moyennant une légère rétribution qu'il payait au prêtre. Il venait de faire la cinquième ablution, pour se disposer à la cinquième prière, et sa servante, jeune étourdie très peu dévote, se débarrassa de l'eau sacrée en la jetant par la fenêtre. Elle tomba sur un malheureux endormi profondément au coin d'une borne qui lui servait de chevet. Il fut inondé et s'éveilla. C'était le pauvre Mesrour, qui, revenant de son séjour enchanté, avait perdu dans son voyage l'anneau de Salomon. Il avait quitté ses superbes vêtements, et repris son sarrau ; son beau carquois d'or était changé en crochet de bois, et il avait, pour comble de malheur, laissé un de ses yeux en chemin. Il se ressouvint alors qu'il avait bu la veille une grande quantité d'eau-de-vie qui avait assoupi ses sens et échauffé son imagination. Il avait jusque-là aimé cette liqueur par goût, il commença à l'aimer par reconnaissance, et il retourna avec gaieté à son travail, bien résolu d'en employer le salaire à acheter les moyens de retrouver sa chère Mélinade. Un autre se serait désolé d'être un vilain borgne après avoir eu deux beaux yeux, d'éprouver les refus des balayeuses du palais après avoir joui des faveurs d'une princesse plus belle que les maîtresses du calife, et d'être au service de tous les bourgeois de Bagdad après avoir régné sur tous les génies ; mais Mesrour n'avait point l'œil qui voit le mauvais côté des choses.

COSI-SANCTA

UN PETIT MAL POUR UN GRAND BIEN

Nouvelle africaine

C'est une maxime faussement établie, qu'il n'est pas permis de faire un petit mal dont un plus grand bien pourrait résulter. Saint Augustin a été entièrement de cet avis, comme il est aisé de le voir dans le récit de cette petite aventure arrivée dans son diocèse sous le proconsulat de Septimius Acindynus, et rapportée dans le livre de *La Cité de Dieu*[1].

Il y avait à Hippone un vieux curé grand inventeur de confréries, confesseur de toutes les jeunes filles du quartier, et qui passait pour un homme inspiré de Dieu, parce qu'il se mêlait de dire la bonne aventure, métier dont il se tirait assez passablement.

On lui amena un jour une jeune fille nommée Cosi-Sancta : c'était la plus belle personne de la province. Elle avait un père et une mère jansénistes, qui l'avaient élevée dans les principes de la vertu la plus rigide ; et de tous les amants qu'elle avait eus, aucun n'avait pu seulement lui causer, dans ses oraisons, un moment de distraction. Elle était accordée depuis quelques jours à un petit vieillard ratatiné, nommé Capito, conseiller au présidial d'Hippone. C'était un petit homme bourru et chagrin qui ne manquait pas d'esprit, mais qui était pincé dans la conversation, ricaneur et assez mauvais plaisant ; jaloux d'ailleurs comme un Vénitien, et qui pour rien au monde ne se serait accommodé d'être l'ami des galants de sa femme. La jeune créature faisait tout ce qu'elle pouvait pour l'aimer, parce qu'il devait être son mari : elle y allait de la meilleure foi du monde, et cependant n'y réussissait guère.

Elle alla consulter son curé pour savoir si son mariage serait heureux. Le bonhomme lui dit d'un ton de prophète : *Ma fille, ta vertu causera bien des malheurs, mais tu seras un jour canonisée pour avoir fait trois infidélités à ton mari.*

Cet oracle[2] étonna et embarrassa cruellement l'innocence de cette belle fille. Elle pleura ; elle en demanda l'explication, croyant que ces paroles cachaient quelque sens mystique ; mais toute l'explication qu'on lui donna fut que les trois fois ne devaient point s'entendre de trois rendez-vous avec le même amant, mais de trois aventures différentes.

Alors Cosi-Sancta jeta les hauts cris ; elle dit même quelques injures au curé, et jura qu'elle ne serait jamais canonisée. Elle le fut pourtant, comme vous l'allez voir.

Elle se maria bientôt après : la noce fut très galante ; elle soutint assez bien tous les mauvais discours qu'elle eut à essuyer, toutes les équivoques fades, toutes les grossièretés assez mal enveloppées dont on embarrasse ordinairement la pudeur des jeunes mariées[3]. Elle dansa de fort bonne grâce avec quelques jeunes gens fort bien faits et très jolis, à qui son mari trouvait le plus mauvais air du monde.

Elle se mit au lit auprès du petit Capito avec un peu de répugnance. Elle passa une fort bonne partie de la nuit à dormir, et se réveilla toute rêveuse. Son mari était pourtant moins le sujet de sa rêverie qu'un jeune homme, nommé Ribaldos, qui lui avait donné dans la tête sans qu'elle en sût rien. Ce jeune homme semblait formé par les mains de l'Amour : il en avait les grâces, la hardiesse et la friponnerie ; il était un peu indiscret, mais il ne l'était qu'avec celles qui le voulaient bien : c'était la coqueluche d'Hippone. Il avait brouillé toutes les femmes de la ville les unes contre les autres, et il l'était avec tous les maris et toutes les mères. Il aimait d'ordinaire par étourderie, un peu par vanité ; mais il aima Cosi-Sancta par goût, et l'aima d'autant plus éperdument que la conquête en était plus difficile.

Il s'attacha d'abord, en homme d'esprit, à plaire au mari. Il lui faisait mille avances, le louait sur sa bonne mine et sur son esprit aisé et galant. Il perdait contre lui de l'argent au jeu, et avait tous les jours quelque confidence de rien à lui faire. Cosi-Sancta le trouvait le plus aimable du monde. Elle l'aimait déjà plus qu'elle ne croyait ; elle ne s'en doutait point, mais son mari s'en douta pour elle. Quoiqu'il eût tout l'amour-propre qu'un petit homme peut avoir, il ne laissa pas de se douter que les visites de Ribaldos n'étaient pas pour lui seul. Il rompit avec lui sur quelque mauvais prétexte, et lui défendit sa maison.

Cosi-Sancta en fut très fâchée, et n'osa le dire ; et Ribaldos, devenu plus amoureux par les difficultés, passa tout son temps à épier les moments de la voir. Il se déguisa en moine, en revendeuse à la toilette, en joueur de marionnettes ; mais il n'en fit point assez pour triompher de sa maîtresse, et il en fit trop pour n'être pas reconnu par le mari. Si Cosi-Sancta avait été d'accord avec son amant, ils auraient si bien pris leurs mesures que le mari n'aurait rien pu soupçonner ; mais, comme elle combattait son goût et qu'elle n'avait rien à se reprocher, elle sauvait tout, hors les apparences, et son mari la croyait très coupable[4].

Le petit bonhomme, qui était très colère et qui s'imaginait que son honneur dépendait de la fidélité de sa femme, l'outragea cruellement, et la punit de ce qu'on la trouvait belle. Elle se trouva dans la plus horrible situation où une femme puisse être : accusée injustement et maltraitée par un mari à qui elle était fidèle, et déchirée par une passion violente qu'elle cherchait à surmonter.

Elle crut que, si son amant cessait ses poursuites, son mari pourrait cesser ses injustices, et qu'elle serait assez heureuse pour se guérir d'un amour que rien ne nourrirait plus. Dans cette vue, elle se hasarda d'écrire cette lettre à Ribaldos :

Si vous avez de la vertu, cessez de me rendre malheureuse : vous m'aimez et votre amour m'expose aux soupçons et aux violences d'un maître que je me suis donné pour le reste de ma vie. Plût au ciel que ce fût encore le seul risque que j'eusse à courir ! Par pitié pour moi, cessez vos poursuites ; je vous en conjure par cet amour même qui fait votre malheur et le mien, et qui ne peut jamais vous rendre heureux.

La pauvre Cosi-Sancta n'avait pas prévu qu'une lettre si tendre, quoique si vertueuse, ferait un effet tout contraire à celui qu'elle espérait. Elle enflamma plus que jamais le cœur de son amant, qui résolut d'exposer sa vie pour voir sa maîtresse.

Capito, qui était assez sot pour vouloir être averti de tout, et qui avait de bons espions, fut averti que Ribaldos s'était déguisé en frère carme quêteur pour demander la charité à sa femme. Il se crut perdu : il imagina que l'habit d'un carme était bien plus dangereux qu'un autre pour l'honneur d'un mari. Il aposta des gens pour étriller frère Ribaldos ; il ne fut que trop bien servi. Le jeune homme, en entrant dans la maison, est reçu par ces messieurs : il a beau crier qu'il est un très honnête carme, et qu'on ne traite point ainsi de pauvres religieux, il fut assommé, et mourut, à quinze jours de là, d'un coup qu'il avait reçu sur la tête. Toutes les femmes de la ville le pleurèrent. Cosi-Sancta en fut inconsolable. Capito même en fut fâché, mais par une autre raison ; car il se trouvait une très méchante affaire sur les bras.

Ribaldos était parent du proconsul Acindynus. Ce Romain voulut faire une punition exemplaire de cet assassinat, et, comme il avait eu quelques querelles autrefois avec le présidial d'Hippone, il ne fut pas fâché d'avoir de quoi faire pendre un conseiller ; et il fut fort aise que le sort tombât sur Capito, qui était bien le plus vain et le plus insupportable petit robin[5] du pays.

Cosi-Sancta avait donc vu assassiner son amant, et était près de voir pendre son mari ; et tout cela pour avoir été vertueuse. Car, comme je l'ai déjà dit, si elle avait donné ses faveurs à Ribaldos, le mari en eût été bien mieux trompé.

Voilà comme la moitié de la prédiction du curé fut accomplie. Cosi-Sancta se ressouvint alors de l'oracle : elle craignit fort d'en accomplir le reste. Mais, ayant bien fait réflexion qu'on ne peut vaincre sa destinée, elle s'abandonna à la Providence, qui la mena au but par les chemins du monde les plus honnêtes.

Le proconsul Acindynus était un homme plus débauché que voluptueux, s'amusant très peu aux préliminaires, brutal, familier, vrai héros de garnison, très craint dans la province, et avec qui toutes les femmes d'Hippone avaient eu affaire uniquement pour ne se pas brouiller avec lui.

Il fit venir chez lui Mme Cosi-Sancta : elle arriva en pleurs ; mais elle n'en avait que plus de charmes. « Votre mari, madame, lui dit-il, va être pendu, et il ne tient qu'à vous de le sauver. — Je donnerais ma vie pour la sienne, lui dit la dame. — Ce n'est pas cela qu'on vous demande, répliqua le proconsul. — Et que faut-il donc faire ? dit-elle. — Je ne veux qu'une de vos nuits, reprit le proconsul. — Elles ne m'appartiennent pas, dit Cosi-Sancta ; c'est un bien qui est à mon mari. Je donnerai mon sang pour le sauver ; mais je ne puis donner mon honneur. — Mais si votre mari y consent ? dit le proconsul. — Il est le maître, répondit la dame : chacun fait de son bien ce qu'il veut. Mais je connais mon mari, il n'en fera rien ; c'est un petit homme têtu, tout propre à se laisser pendre plutôt que de permettre qu'on me touche du bout du doigt. — Nous allons voir cela », dit le juge en colère.

Sur-le-champ il fait venir devant lui le criminel ; il lui propose ou d'être pendu, ou d'être cocu : il n'y avait point à balancer. Le petit bonhomme se fit pourtant tirer l'oreille. Il fit enfin ce que tout autre aurait fait à sa place. Sa femme, par charité, lui sauva la vie ; et ce fut la première des trois fois.

Le même jour son fils tomba malade d'une maladie fort extraordinaire, inconnue à tous les médecins d'Hippone. Il n'y en avait qu'un qui eût des secrets pour cette maladie ; encore demeurait-il à Aquila, à quelques lieues d'Hippone. Il était défendu alors à un médecin établi dans une ville d'en sortir pour aller exercer sa profession dans une autre. Cosi-Sancta fut obligée elle-même d'aller à sa porte à Aquila, avec un frère qu'elle avait, et qu'elle aimait tendrement. Dans les chemins elle fut arrêtée par des brigands. Le chef de ces messieurs la trouva très jolie ; et, comme on était près de tuer son frère, il s'approcha d'elle, et lui dit que, si elle voulait avoir un peu de complaisance, on ne tuerait point son frère, et qu'il ne lui en coûterait rien. La chose était pressante : elle venait de sauver la vie à son mari, qu'elle n'aimait guère ; elle allait perdre un frère qu'elle aimait beaucoup ; d'ailleurs le danger de son fils l'alarmait ; il n'y avait pas de moment à perdre. Elle se recommanda à Dieu, fit tout ce qu'on voulut ; et ce fut la seconde des trois fois.

Elle arriva le même jour à Aquila, et descendit chez le médecin. C'était un de ces médecins à la mode que les femmes envoient chercher quand elles ont des vapeurs, ou quand elles n'ont rien du tout. Il était le confident des unes, l'amant des autres ; homme poli, complaisant, un peu brouillé d'ailleurs avec la faculté, dont il avait fait de fort bonnes plaisanteries dans l'occasion.

Cosi-Sancta lui exposa la maladie de son fils, et lui offrit un gros sesterce. (Vous remarquerez qu'un gros sesterce fait, en monnaie de France, mille écus et plus [6].) « Ce n'est pas de cette monnaie, madame, que je prétends être payé, lui dit le galant médecin. Je vous offrirais moi-même tout mon bien si vous étiez dans le goût de vous faire payer des cures que vous pouvez faire : guérissez-moi seulement du mal que vous me faites, et je rendrai la santé à votre fils. »

La proposition parut extravagante à la dame, mais le destin l'avait accoutumée aux choses bizarres. Le médecin était un opiniâtre qui ne voulait point d'autre prix à son remède. Cosi-Sancta n'avait point de mari à consulter ; et le moyen de laisser mourir un fils qu'elle adorait, faute du plus petit secours du monde qu'elle pouvait lui donner ! Elle était aussi bonne mère que bonne sœur. Elle acheta le remède au prix qu'on voulut ; et ce fut la dernière des trois fois.

Elle revint à Hippone avec son frère, qui ne cessait de la remercier, durant le chemin, du courage avec lequel elle lui avait sauvé la vie.

Ainsi Cosi-Sancta, pour avoir été trop sage, fit périr son galant et condamner à mort son mari, et, pour avoir été complaisante, conserva les jours de son frère, de son fils et de son mari. On trouva qu'une pareille femme était fort nécessaire dans une famille, on la canonisa après sa mort pour avoir fait tant de bien à ses parents en se mortifiant, et l'on grava sur son tombeau :

UN PETIT MAL POUR UN GRAND BIEN.

SONGE DE PLATON

Platon rêvait beaucoup, et on n'a pas moins rêvé depuis. Il avait songé que la nature humaine était autrefois double, et qu'en punition de ses fautes elle fut divisée en mâle et femelle [1].

Il avait prouvé qu'il ne peut y avoir que cinq mondes parfaits, parce qu'il n'y a que cinq corps réguliers en mathématiques [2]. Sa *République* fut un de ses grands rêves. Il avait rêvé encore que le dormir naît de la veille et la veille du dormir, et qu'on perd sûrement la vue en regardant une éclipse ailleurs que dans un bassin d'eau [3]. Les rêves alors donnaient une grande réputation.

Voici un de ses songes, qui n'est pas un des moins intéressants. Il lui sembla que le grand Démiourgos, l'éternel géomètre, ayant peuplé l'espace infini de globes innombrables, voulut éprouver la science des génies qui avaient été témoins de ses ouvrages. Il donna à chacun d'entre eux un petit morceau de matière à arranger, à peu près comme Phidias et Zeuxis auraient donné des statues et des tableaux à faire à leurs disciples, s'il est permis de comparer les petites choses aux grandes.

Démogorgon eut en partage le morceau de boue qu'on appelle *la terre ;* et, l'ayant arrangé de la manière qu'on le voit aujourd'hui, il prétendait avoir fait un chef-d'œuvre. Il pensait avoir subjugué l'envie, et attendait des éloges, même de ses confrères ; il fut bien surpris d'être reçu d'eux avec des huées.

L'un d'eux, qui était un fort mauvais plaisant, lui dit : « Vraiment, vous avez bien opéré : vous avez séparé votre monde en deux, et vous avez mis un grand espace d'eau entre les deux hémisphères, afin qu'il n'y eût point de communication de l'un à l'autre. On gèlera de froid sous vos deux pôles, on mourra de chaud sous votre ligne équinoxiale. Vous avez prudemment établi de grands déserts de sable, pour que les passants y mourussent de faim et de soif. Je suis assez content de vos moutons, de vos vaches et de vos poules ; mais, franchement, je ne le suis pas trop de vos serpents et de vos araignées. Vos oignons et vos artichauts sont de très bonnes choses ; mais je ne vois pas quelle a été votre idée en couvrant la terre de tant de plantes venimeuses, à moins que vous n'ayez eu le dessein d'empoisonner ses habitants. Il me paraît d'ailleurs que vous avez formé une trentaine d'espèces de singes, beaucoup plus d'espèces de chiens, et seulement quatre ou cinq espèces d'hommes : il est vrai que vous avez donné à ce dernier animal ce que vous appelez *la raison ;* mais, en conscience, cette raison-là est trop ridicule, et approche trop de la folie. Il me paraît d'ailleurs que vous ne faites pas grand cas de cet animal à deux pieds, puisque vous lui avez donné tant d'ennemis, et si peu de défense ; tant de maladies, et si peu de remèdes ; tant de passions, et si peu de sagesse. Vous ne voulez pas apparemment qu'il reste beaucoup de ces animaux-là sur terre : car, sans compter les dangers auxquels vous les exposez, vous avez si bien fait votre compte qu'un jour la petite vérole emportera tous les ans régulièrement la dixième partie de cette espèce, et que la sœur de cette petite vérole empoisonnera la source de la vie dans les neuf parties qui resteront ; et, comme si ce n'était pas encore assez, vous avez tellement disposé les choses que la moitié des survivants sera occupée à plaider, et l'autre à se tuer ; ils vous auront sans doute beaucoup d'obligation ; et vous avez fait là un beau chef-d'œuvre. »

Démogorgon rougit : il sentait bien qu'il y avait du mal

moral et du mal physique dans son affaire ; mais il soutenait qu'il y avait plus de bien que de mal. « Il est aisé de critiquer, dit-il ; mais pensez-vous qu'il soit si facile de faire un animal qui soit toujours raisonnable, qui soit libre, et qui n'abuse jamais de sa liberté ? Pensez-vous que, quand on a neuf ou dix mille plantes à faire provigner, on puisse si aisément empêcher que quelques-unes de ces plantes n'aient des qualités nuisibles ? Vous imaginez-vous qu'avec une certaine quantité d'eau, de sable, de fange et de feu, on puisse n'avoir ni mer ni désert ? Vous venez, Monsieur le rieur, d'arranger la planète de Mars ; nous verrons comment vous vous en êtes tiré avec vos deux grandes bandes, et quel bel effet feront vos nuits sans lune ; nous verrons s'il n'y a chez vos gens ni folie ni maladie. »

En effet, les génies examinèrent Mars, et on tomba rudement sur le railleur. Le sérieux génie qui avait pétri Saturne ne fut pas épargné ; ses confrères les fabricateurs de Jupiter, de Mercure, de Vénus eurent chacun des reproches à essuyer.

On écrivit de gros volumes et des brochures ; on dit des bons mots ; on fit des chansons ; on se donna des ridicules ; les partis s'aigrirent ; enfin l'éternel Démiourgos leur imposa silence à tous :

« Vous avez fait, leur dit-il, du bon et du mauvais, parce que vous avez beaucoup d'intelligence, et que vous êtes imparfaits ; vos œuvres dureront seulement quelques centaines de millions d'années ; après quoi, étant plus instruits, vous ferez mieux : il n'appartient qu'à moi de faire des choses parfaites et immortelles. »

Voilà ce que Platon enseignait à ses disciples. Quand il eut cessé de parler, l'un d'eux lui dit : *Et puis vous vous réveillâtes.*

MICROMÉGAS

Histoire philosophique

CHAPITRE PREMIER

VOYAGE D'UN HABITANT DU MONDE DE L'ÉTOILE SIRIUS DANS LA PLANÈTE DE SATURNE

Dans une de ces planètes qui tournent autour de l'étoile nommée Sirius, il y avait un jeune homme de beaucoup d'esprit, que j'ai eu l'honneur de connaître dans le dernier voyage qu'il fit sur notre petite fourmilière ; il s'appelait Micromégas, nom qui convient fort à tous les grands. Il avait huit lieues de haut : j'entends, par huit lieues, vingt-quatre mille pas géométriques de cinq pieds chacun.

Quelques algébristes, gens toujours utiles au public, prendront sur-le-champ la plume, et trouveront que, puisque monsieur Micromégas, habitant du pays de Sirius, a de la tête aux pieds vingt-quatre mille pas, qui font cent vingt mille pieds de roi, et que nous autres, citoyens de la terre, nous n'avons guère que cinq pieds, et que notre globe a neuf mille lieues de tour ; ils trouveront, dis-je, qu'il faut absolument que le globe qui l'a produit ait au juste vingt et un millions six cent mille fois plus de circonférence que notre petite terre. Rien n'est plus simple et plus ordinaire dans la nature. Les états de quelques souverains d'Allemagne ou d'Italie, dont on peut faire le tour en une demi-heure, comparés à l'empire de Turquie, de Moscovie ou de la Chine, ne sont qu'une très faible image des prodigieuses différences que la nature a mises dans tous les êtres.

La taille de Son Excellence étant de la hauteur que j'ai dite, tous nos sculpteurs et tous nos peintres conviendront sans peine que sa ceinture peut avoir cinquante mille pieds de roi de tour ; ce qui fait une très jolie proportion.

Quant à son esprit, c'est un des plus cultivés que nous ayons ; il sait beaucoup de choses, il en a inventé quelques-unes : il n'avait pas encore deux cent cinquante ans, et il étudiait, selon la coutume, au collège des jésuites de sa planète, lorsqu'il devina, par la force de son esprit, plus de cinquante propositions d'Euclide. C'est dix-huit de plus que Blaise Pascal, lequel, après en avoir deviné trente-deux en se jouant, à ce que dit sa sœur[1], devint depuis un géomètre assez médiocre et un fort mauvais métaphysicien. Vers les quatre cent cinquante ans, au sortir de l'enfance, il disséqua beaucoup de ces petits insectes qui n'ont pas cent pieds de diamètre, et qui se dérobent aux microscopes ordinaires ; il en composa un livre fort curieux, mais qui lui fit quelques affaires. Le muphti de son pays, grand vétillard et fort ignorant, trouva dans son livre des propositions suspectes, malsonnantes, téméraires, hérétiques, sentant l'hérésie, et le poursuivit vivement : il s'agissait de savoir si la forme substantielle des puces de Sirius était de même nature que celle des colimaçons. Micromégas se défendit avec esprit ; il mit les femmes de son côté ; le procès dura deux cent vingt ans. Enfin le muphti fit condamner le livre par des jurisconsultes qui ne l'avaient pas lu, et l'auteur eut ordre de ne paraître à la cour de huit cents années.

Il ne fut que médiocrement affligé d'être banni d'une cour qui n'était remplie que de tracasseries et de petitesses. Il fit une chanson fort plaisante contre le muphti, dont celui-ci ne s'embarrassa guère ; et il se mit à voyager de planète en planète, pour achever de se former *l'esprit et le cœur*, comme l'on dit[2]. Ceux qui ne voyagent qu'en chaise de poste ou en berline seront sans doute étonnés des équipages de là-haut : car nous autres, sur notre petit tas de boue, nous ne concevons rien au-delà de nos usages. Notre voyageur connaissait merveilleusement les lois de la gravitation, et toutes les forces attractives et répulsives. Il s'en servait si à propos que, tantôt à l'aide d'un rayon du soleil, tantôt par la commodité d'une comète, il allait de globe en globe, lui et les siens, comme un oiseau voltige de branche en branche. Il parcourut la voie lactée en peu de temps ; et je suis obligé d'avouer qu'il ne vit jamais, à travers les étoiles dont elle est semée, ce beau ciel empyrée que l'illustre vicaire Derham se vante[3] d'avoir vu au bout de sa lunette. Ce n'est pas que je prétende que M. Derham ait mal vu, à Dieu ne plaise ! mais Micromégas était sur les lieux, c'est un bon observateur, et je ne veux contredire personne. Micromégas, après avoir bien tourné, arriva dans le globe de Saturne. Quelque accoutumé qu'il fût à voir des choses nouvelles, il ne put d'abord, en voyant la petitesse du globe et de ses habitants, se défendre de ce sourire de supériorité qui échappe quelquefois aux plus sages. Car enfin Saturne n'est guère que neuf cents fois plus gros que la terre, et les citoyens de ce pays-là sont des nains qui n'ont que mille toises de haut ou environ. Il s'en moqua un peu d'abord avec ses gens, à peu près comme un musicien italien se met à rire de la musique de Lulli[4], quand il vient en France. Mais, comme le Sirien avait un bon esprit, il comprit bien vite qu'un être pensant peut fort bien n'être pas ridicule pour n'avoir que six mille pieds de haut. Il se familiarisa avec les Saturniens, après les avoir étonnés. Il lia une étroite amitié avec le secrétaire de l'Académie de Saturne[5], homme de beaucoup d'esprit, qui n'avait à la vérité rien inventé, mais qui rendait un fort bon compte des inventions des autres, et qui faisait passablement de petits vers et de grands calculs. Je rapporterai ici, pour la satisfaction des lecteurs, une conversation singulière que Micromégas eut un jour avec monsieur le secrétaire.

CHAPITRE II

CONVERSATION DE L'HABITANT DE SIRIUS AVEC CELUI DE SATURNE

Après que Son Excellence se fut couchée, et que le secrétaire se fut approché de son visage : « Il faut avouer, dit Micromégas, que la nature est bien variée. — Oui, dit le Saturnien, la nature est comme un parterre dont les fleurs... — Ah ! dit l'autre, laissez là votre parterre. — Elle est, reprit le secrétaire, comme une assemblée de blondes et de brunes dont les parures... — Et qu'ai-je affaire de vos brunes ? dit l'autre. — Elle est donc comme une galerie de peintures dont les traits... — Eh non ! dit le voyageur, encore une fois la nature est comme la nature. Pourquoi lui chercher des comparaisons ? — Pour vous plaire, répondit le secrétaire. — Je ne veux point qu'on me plaise, répondit le voyageur, je veux qu'on m'instruise ; commencez d'abord par me dire combien les hommes de votre globe ont de sens. — Nous en avons soixante et douze, dit l'académicien ; et nous nous plaignons tous les jours du peu. Notre imagination va au-delà de nos besoins ; nous trouvons qu'avec nos soixante et douze sens, notre anneau, nos cinq lunes[6], nous sommes trop bornés ; et, malgré toute notre curiosité et le nombre assez grand de passions qui résultent de nos soixante et douze sens, nous avons tout le temps de nous ennuyer. — Je le crois bien, dit Micromégas ; car dans notre globe nous avons près de mille sens, et il nous reste encore je ne sais quel désir vague, je ne sais quelle inquiétude, qui nous avertit sans cesse que nous sommes peu de chose, et qu'il y a des êtres beaucoup plus parfaits. J'ai un peu voyagé ; j'ai vu des mortels fort au-dessous de nous ; j'en ai vu de fort supérieurs ; mais je n'en ai vu aucuns qui n'aient plus de désirs que de vrais besoins, et plus de besoins que de satisfaction. J'arriverai peut-être un jour au pays où il ne manque rien ; mais jusqu'à présent personne ne m'a donné de nouvelles positives de ce pays-là. » Le Saturnien et le Sirien s'épuisèrent alors en conjectures ; mais, après beaucoup de raisonnements, fort ingénieux et fort incertains, il en fallut revenir aux faits. « Combien de temps vivez-vous ? dit le Sirien. — Ah ! bien peu, répliqua le petit homme de Saturne. — C'est tout comme chez nous, dit le Sirien : nous nous plaignons toujours du peu. Il faut que ce soit une loi universelle de la nature. — Hélas ! nous ne vivons, dit le Saturnien, que cinq cents grandes révolutions du soleil. (Cela revient à quinze mille ans ou environ, à compter à notre manière.) Vous voyez bien que c'est mourir presque au moment que l'on est né ; notre existence est un point, notre durée un instant, notre globe un atome. À peine a-t-on commencé à s'instruire un peu que la mort arrive avant qu'on ait de l'expérience. Pour moi, je n'ose faire aucuns projets ; je me trouve comme une goutte d'eau dans un océan immense. Je suis honteux, surtout devant vous, de la figure ridicule que je fais dans ce monde. »

Micromégas lui repartit : « Si vous n'étiez pas philosophe, je craindrais de vous affliger en vous apprenant que notre vie est sept cents fois plus longue que la vôtre ; mais vous savez trop bien que quand il faut rendre son corps aux éléments, et ranimer la nature sous une autre forme, ce qui s'appelle mourir ; quand ce moment de métamorphose est venu, avoir vécu une éternité ou avoir vécu un jour, c'est précisément la même chose. J'ai été dans des pays où l'on vit mille fois plus longtemps que chez moi, et j'ai trouvé qu'on y murmurait encore. Mais il y a partout des gens de bon sens qui savent prendre leur parti et remercier l'auteur de la nature. Il a répandu sur cet univers une profusion de variétés, avec une espèce d'uniformité admirable. Par exemple, tous les êtres pensants sont différents, et tous se ressemblent au fond par le don de la pensée et des désirs La matière est partout étendue ; mais elle a dans chaque globe des propriétés diverses. Combien comptez-vous de ces propriétés diverses dans votre matière ? — Si vous parlez de ces propriétés, dit le Saturnien, sans lesquelles nous croyons que ce globe ne pourrait subsister tel qu'il est, nous en comptons trois cents, comme l'étendue, l'impénétrabilité, la mobilité, la gravitation, la divisibilité, et le reste. — Apparemment, répliqua le voyageur, que ce petit nombre suffit aux vues que le Créateur avait sur votre petite habitation. J'admire en tout sa sagesse ; je vois partout des différences, mais aussi partout des proportions. Votre globe est petit, vos habitants le sont aussi ; vous avez peu de sensations ; votre matière a peu de propriétés : tout cela est l'ouvrage de la Providence. De quelle couleur est votre soleil, bien examiné ? — D'un blanc fort jaunâtre, dit le Saturnien ; et quand nous divisons un de ses rayons, nous trouvons qu'il contient sept couleurs. — Notre soleil tire sur le rouge, dit le Sirien, et nous avons trente-neuf couleurs primitives. Il n'y a pas un soleil, parmi tous ceux dont j'ai approché, qui se ressemble, comme chez vous il n'y a pas un visage qui ne soit différent de tous les autres. »

Après plusieurs questions de cette nature, il s'informa combien de substances essentiellement différentes on comptait dans Saturne. Il apprit qu'on n'en comptait qu'une trentaine, comme Dieu, l'espace, la matière, les êtres étendus qui sentent, les êtres étendus qui sentent et qui pensent, les êtres pensants qui n'ont point d'étendue, ceux qui se pénètrent, ceux qui ne se pénètrent pas, et le reste. Le Sirien, chez qui on en comptait trois cents, et qui en avait découvert trois mille autres dans ses voyages, étonna prodigieusement le philosophe de Saturne. Enfin, après s'être communiqué l'un à l'autre un peu de ce qu'ils savaient et beaucoup de ce qu'ils ne savaient pas, après avoir raisonné pendant une révolution du soleil, ils résolurent de faire ensemble un petit voyage philosophique.

CHAPITRE III

VOYAGE DE DEUX HABITANTS DE SIRIUS ET DE SATURNE

Nos deux philosophes étaient prêts à s'embarquer dans l'atmosphère de Saturne, avec une fort jolie provision d'instruments mathématiques, lorsque la maîtresse du Saturnien, qui en eut des nouvelles, vint en larmes faire ses remontrances. C'était une jolie petite brune qui n'avait que six cent soixante toises, mais qui réparait par bien des agréments la petitesse de sa taille. « Ah, cruel ! s'écria-t-elle, après t'avoir résisté quinze cents ans, lorsque enfin je commençais à me rendre, quand j'ai à peine passé deux cents ans entre tes bras, tu me quittes pour aller voyager avec un géant d'un autre monde ; va, tu n'es qu'un curieux, tu n'as jamais eu d'amour ; si tu étais un vrai Saturnien, tu serais fidèle. Où vas-tu courir ? Que veux-tu ? Nos cinq lunes sont moins errantes que toi, notre anneau est moins changeant. Voilà qui est fait, je n'aimerai jamais plus personne. » Le philosophe l'embrassa, pleura avec elle, tout philosophe qu'il était, et la dame, après s'être pâmée, alla se consoler avec un petit-maître du pays.

Cependant nos deux curieux partirent ; ils sautèrent d'abord sur l'anneau, qu'ils trouvèrent assez plat, comme l'a fort bien deviné un illustre habitant de notre petit globe[7] ; de là ils allèrent aisément de lune en lune. Une comète passait tout auprès de la dernière ; ils s'élancèrent sur elle avec leurs domestiques et leurs instruments. Quand ils eurent fait environ cent cinquante millions de lieues, ils rencontrèrent les satellites de Jupiter. Ils passèrent dans Jupiter même, et y restèrent une année, pendant laquelle ils apprirent de fort beaux secrets, qui seraient actuellement sous presse sans messieurs les inquisiteurs, qui ont trouvé quelques propositions un peu dures. Mais j'en ai lu le manuscrit dans la bibliothèque de l'illustre archevêque de..., qui m'a laissé voir ses livres avec cette générosité et cette bonté qu'on ne saurait assez louer.

Mais revenons à nos voyageurs. En sortant de Jupiter, ils traversèrent un espace d'environ cent millions de lieues, et ils côtoyèrent la planète de Mars, qui, comme on sait, est cinq fois plus petite que notre petit globe ; ils virent deux lunes qui servent à cette planète, et qui ont échappé aux regards de nos astronomes. Je sais bien que le père Castel[8] écrira, et même assez plaisamment, contre l'existence de ces deux lunes ; mais je m'en rapporte à ceux qui raisonnent par analogie. Ces bons philosophes-là savent combien il serait difficile que Mars, qui est si loin du soleil, se passât à moins de deux lunes. Quoi qu'il en soit, nos gens trouvèrent cela si petit qu'ils craignirent de n'y pas trouver de quoi coucher, et ils passèrent leur chemin, comme deux voyageurs qui dédaignent un mauvais cabaret de village et poussent jusqu'à la ville voisine. Mais le Sirien et son compagnon se repentirent bientôt. Ils allèrent longtemps, et ne trouvèrent rien. Enfin ils aperçurent une petite lueur ; c'était la terre : cela fit pitié à des gens qui venaient de Jupiter. Cependant, de peur de se repentir une seconde fois, ils résolurent de débarquer. Ils passèrent sur la queue de la comète et, trouvant une aurore boréale toute prête, ils se mirent dedans, et arrivèrent à terre sur le bord septentrional de la mer Baltique, le cinq juillet mil sept cent trente-sept, nouveau style.

CHAPITRE IV

CE QUI LEUR ARRIVE SUR LE GLOBE DE LA TERRE

Après s'être reposés quelque temps, ils mangèrent à leur déjeuner deux montagnes que leurs gens leur apprêtèrent assez proprement. Ensuite ils voulurent reconnaître le petit pays où ils étaient. Ils allèrent d'abord du nord au sud. Les pas ordinaires du Sirien et de ses gens étaient d'environ trente mille pieds de roi ; le nain de Saturne suivait de loin en haletant ; or il fallait qu'il fît environ douze pas quand l'autre faisait une enjambée : figurez-vous (s'il est permis de faire de telles comparaisons) un très petit chien de manchon qui suivrait un capitaine des gardes du roi de Prusse.

Comme ces étrangers-là vont assez vite, ils eurent fait le tour du globe en trente-six heures ; le soleil, à la vérité, ou plutôt la terre, fait un pareil voyage en une journée ; mais il faut songer qu'on va bien plus à son aise quand on tourne sur son axe que quand on marche sur ses pieds. Les voilà donc revenus d'où ils étaient partis, après avoir vu cette mare, presque imperceptible pour eux, qu'on nomme *la Méditerranée,* et cet autre petit étang, qui, sous le nom du *grand Océan,* entoure la taupinière. Le nain n'en avait eu jamais qu'à mi-jambe, et à peine l'autre avait-il mouillé son talon. Ils firent tout ce qu'ils purent en allant et en revenant dessus et dessous pour tâcher d'apercevoir si ce globe était habité ou non. Ils se baissèrent, ils se couchèrent, ils tâtèrent partout ; mais, leurs yeux et leurs mains n'étant point proportionnés aux petits êtres qui rampent ici, ils ne reçurent pas la moindre sensation qui pût leur faire soupçonner que nous et nos confrères les autres habitants de ce globe avons l'honneur d'exister.

Le nain, qui jugeait quelquefois un peu trop vite, décida d'abord qu'il n'y avait personne sur la terre. Sa première raison était qu'il n'avait vu personne. Micromégas lui fit sentir poliment que c'était raisonner assez mal : « Car, disait-il, vous ne voyez pas avec vos petits yeux certaines étoiles de la cinquantième grandeur que j'aperçois très distinctement ; concluez-vous de là que ces étoiles n'existent pas ? — Mais, dit le nain, j'ai bien tâté. — Mais, répondit l'autre, vous avez mal senti. — Mais, dit le nain, ce globe-ci est si mal construit, cela est si irrégulier et d'une forme qui me paraît si ridicule ! tout semble être ici dans le chaos : voyez-vous ces petits ruisseaux dont aucun ne va de droit fil, ces étangs qui ne sont ni ronds, ni carrés, ni ovales, ni sous aucune forme régulière ; tous ces petits grains pointus dont ce globe est hérissé, et qui m'ont écorché les pieds ? (Il voulait parler des montagnes.) Remarquez-vous encore la forme de tout le globe, comme il est plat aux pôles, comme il tourne autour du soleil d'une manière gauche, de façon que les climats des pôles sont nécessairement incultes ? En vérité, ce qui fait que je pense qu'il n'y a ici personne, c'est qu'il me paraît que des gens de bon sens ne voudraient pas y demeurer. — Eh bien ! dit Micromégas, ce ne sont peut-être pas non plus des gens de bon sens qui l'habitent. Mais enfin il y a quelque apparence que ceci n'est pas fait pour rien. Tout vous paraît irrégulier ici, dites-vous, parce que tout est tiré au cordeau dans Saturne et dans Jupiter. Eh ! c'est peut-être par cette raison-là même qu'il y a ici un peu de confusion. Ne vous ai-je pas dit que dans mes voyages j'avais toujours remarqué de la variété ? » Le Saturnien répliqua à toutes ces raisons. La dispute n'eût jamais fini, si par bonheur Micromégas, en s'échauffant à parler, n'eût cassé le fil de son collier de diamants. Les diamants tombèrent : c'étaient de jolis petits carats assez inégaux, dont les plus gros pesaient quatre cents livres, et les plus petits cinquante. Le nain en ramassa quelques-uns ; il s'aperçut, en les approchant de ses yeux, que ces diamants, de la façon dont ils étaient taillés, étaient d'excellents microscopes. Il prit donc un petit microscope de cent soixante pieds de diamètre, qu'il appliqua à sa prunelle ; et Micromégas en choisit un de deux mille cinq cents pieds. Ils étaient excellents ; mais d'abord on ne vit rien par leur secours : il fallait s'ajuster. Enfin l'habitant de Saturne vit quelque chose d'imperceptible qui remuait entre deux eaux dans la mer Baltique : c'était une baleine. Il la prit avec le petit doigt fort adroitement, et, la mettant sur l'ongle de son pouce, il la fit voir au Sirien, qui se mit à rire pour la seconde fois de l'excès de petitesse dont étaient les habitants de notre globe. Le Saturnien, convaincu que notre monde est habité, s'imagina bien vite qu'il ne l'était que par des baleines ; et, comme il était grand raisonneur, il voulut deviner d'où un si petit atome tirait son mouvement, s'il avait des idées, une volonté, une liberté. Micromégas y fut fort embarrassé : il examina l'animal fort patiemment [9], et le résultat de l'examen fut qu'il n'y avait pas moyen de croire qu'une âme fût logée là. Les deux voyageurs inclinaient donc à penser qu'il n'y a point d'esprit dans notre habitation, lorsqu'à l'aide du microscope ils aperçurent quelque chose de plus gros qu'une baleine qui flottait sur la mer Baltique. On sait que dans ce temps-là même une volée de philosophes revenait du cercle polaire, sous lequel ils avaient été faire des observations dont personne ne s'était avisé jusqu'alors [10]. Les gazettes dirent que leur vaisseau échoua aux côtes de Botnie, et qu'ils eurent bien de la peine à se sauver ; mais on ne sait jamais dans ce monde le dessous des cartes. Je vais raconter ingénument comme la chose se passa, sans y rien mettre du mien, ce qui n'est pas un petit effort pour un historien.

CHAPITRE V

EXPÉRIENCES ET RAISONNEMENTS DES DEUX VOYAGEURS

Micromégas étendit la main tout doucement vers l'endroit où l'objet paraissait, et, avançant deux doigts et les retirant par la crainte de se tromper, puis les ouvrant et les serrant, il saisit fort adroitement le vaisseau qui portait ces messieurs, et le mit encore sur son ongle, sans le trop presser de peur de l'écraser. « Voici un animal bien différent du premier », dit le nain de Saturne ; le Sirien mit le prétendu animal dans le creux de sa main. Les passagers et les gens de l'équipage, qui s'étaient crus enlevés par un ouragan, et qui se croyaient sur une espèce de rocher, se mettent tous en mouvement ; les matelots prennent des tonneaux de vin, les jettent sur la main de Micromégas, et se précipitent après. Les géomètres prennent leurs quarts de cercle, leurs secteurs, et des filles lapones [11], et descendent sur les doigts du Sirien. Ils en firent tant qu'il sentit enfin remuer quelque chose qui lui chatouillait les doigts : c'était un bâton ferré qu'on lui enfonçait d'un pied dans l'index ; il jugea, par ce picotement, qu'il était sorti quelque chose du petit animal qu'il tenait. Mais il n'en soupçonna pas d'abord davantage. Le microscope, qui faisait à peine discerner une baleine et un vaisseau, n'avait point de prise sur un être aussi imperceptible que des hommes. Je ne prétends choquer ici la vanité de personne, mais je suis obligé de prier les importants de faire ici une petite remarque avec moi : c'est qu'en prenant la taille des hommes d'environ cinq pieds, nous ne faisons pas sur la terre une plus grande figure qu'en ferait, sur une boule de dix pieds de tour, un animal qui aurait à peu près la six cent millième partie d'un pouce en hauteur. Figurez-vous une substance qui pourrait tenir la terre dans sa main, et qui aurait des organes en proportion des nôtres ; et il se peut très bien faire qu'il y ait un grand nombre de ces substances : or concevez, je vous prie, ce qu'elles penseraient de ces batailles, qui nous ont valu deux villages qu'il a fallu rendre.

Je ne doute pas que si quelque capitaine des grands grenadiers lit jamais cet ouvrage, il ne hausse de deux grands pieds au moins les bonnets de sa troupe ; mais je l'avertis qu'il aura beau faire, et que lui et les siens ne seront jamais que des infiniment petits.

Quelle adresse merveilleuse ne fallut-il donc pas à notre philosophe de Sirius pour apercevoir les atomes dont je viens de parler ! Quand Leuwenhoek et Hartsoeker[12] virent les premiers, ou crurent voir, la graine dont nous sommes formés, ils ne firent pas à beaucoup près une si étonnante découverte. Quel plaisir sentit Micromégas en voyant remuer ces petites machines, en examinant tous leurs tours, en les suivant dans toutes leurs opérations ! comme il s'écria ! comme il mit avec joie un de ses microscopes dans les mains de son compagnon de voyage ! « Je les vois, disaient-ils tous deux à la fois ; ne les voyez-vous pas qui portent des fardeaux, qui se baissent, qui se relèvent ? » En parlant ainsi, les mains leur tremblaient, par le plaisir de voir des objets si nouveaux et par la crainte de les perdre. Le Saturnien, passant d'un excès de défiance à un excès de crédulité, crut apercevoir qu'ils travaillaient à la propagation. *Ah ! disait-il, j'ai pris la nature sur le fait.* Mais il se trompait sur les apparences, ce qui n'arrive que trop, soit qu'on se serve ou non de microscopes.

CHAPITRE VI

CE QUI LEUR ARRIVE AVEC DES HOMMES

Micromégas, bien meilleur observateur que son nain, vit clairement que les atomes se parlaient ; et il le fit remarquer à son compagnon, qui, honteux de s'être mépris sur l'article de la génération, ne voulut point croire que de pareilles espèces pussent se communiquer des idées. Il avait le don des langues, aussi bien que le Sirien ; il n'entendait point parler nos atomes, et il supposait qu'ils ne parlaient pas. D'ailleurs, comment ces êtres imperceptibles auraient-ils les organes de la voix, et qu'auraient-ils à dire ? Pour parler, il faut penser, ou à peu près ; mais, s'ils pensaient, ils auraient donc l'équivalent d'une âme. Or, attribuer l'équivalent d'une âme à cette espèce, cela lui paraissait absurde. « Mais, dit le Sirien, vous avez cru tout à l'heure qu'ils faisaient l'amour. Est-ce que vous croyez qu'on puisse faire l'amour sans penser et sans proférer quelque parole, ou du moins sans se faire entendre ? Supposez-vous d'ailleurs qu'il soit plus difficile de produire un argument qu'un enfant ? Pour moi, l'un et l'autre me paraissent de grands mystères. — Je n'ose plus ni croire ni nier, dit le nain ; je n'ai plus d'opinion. Il faut tâcher d'examiner ces insectes, nous raisonnerons après. — C'est fort bien dit », reprit Micromégas ; et aussitôt il tira une paire de ciseaux dont il se coupa les ongles, et d'une rognure de l'ongle de son pouce il fit sur-le-champ une espèce de grande trompette parlante comme un vaste entonnoir, dont il mit le tuyau dans son oreille. La circonférence de l'entonnoir enveloppait le vaisseau et tout l'équipage. La voix la plus faible entrait dans les fibres circulaires de l'ongle ; de sorte que grâce à son industrie le philosophe de là-haut entendit parfaitement le bourdonnement de nos insectes de là-bas. En peu d'heures il parvint à distinguer les paroles, et enfin à entendre le français. Le nain en fit autant, quoique avec plus de difficulté[13]. L'étonnement des voyageurs redoublait à chaque instant. Ils entendaient des mites parler d'assez bon sens : ce jeu de la nature leur paraissait inexplicable. Vous croyez bien que le Sirien et son nain brûlaient d'impatience de lier conversation avec les atomes : il craignait que sa voix de tonnerre, et surtout celle de Micromégas, n'assourdît les mites sans en être entendue. Il fallait en diminuer la force. Ils se mirent dans la bouche des espèces de petits cure-dents, dont le bout fort effilé venait donner auprès du vaisseau. Le Sirien tenait le nain sur ses genoux, et le vaisseau avec l'équipage sur un ongle. Il baissait la tête et parlait bas. Enfin, moyennant toutes ces précautions et bien d'autres encore, il commença ainsi son discours :

« Insectes invisibles, que la main du Créateur s'est plu à faire naître dans l'abîme de l'infiniment petit, je le remercie de ce qu'il a daigné me découvrir des secrets qui semblaient impénétrables. Peut-être ne daignerait-on pas vous regarder à ma cour ; mais je ne méprise personne, et je vous offre ma protection. »

Si jamais il y a eu quelqu'un d'étonné, ce furent les gens qui entendirent ces paroles. Ils ne pouvaient deviner d'où elles partaient. L'aumônier du vaisseau récita les prières des exorcismes, les matelots jurèrent, et les philosophes du vaisseau firent un système ; mais, quelque système qu'ils fissent, ils ne purent jamais deviner qui leur parlait. Le nain de Saturne, qui avait la voix plus douce que Micromégas, leur apprit alors en peu de mots à quelles espèces ils avaient affaire. Il leur conta le voyage de Saturne, les mit au fait de ce qu'était M. Micromégas, et, après les avoir plaints d'être si petits, il leur demanda s'ils avaient toujours été dans ce misérable état si voisin de l'anéantissement, ce qu'ils faisaient dans un globe qui paraissait appartenir à des baleines, s'ils étaient heureux, s'ils multipliaient, s'ils avaient une âme, et cent autres questions de cette nature.

Un raisonneur de la troupe, plus hardi que les autres et choqué de ce qu'on doutait de son âme, observa l'interlocuteur avec des pinnules braquées sur un quart de cercle, fit deux stations, et, à la troisième, il parla ainsi : « Vous croyez donc, monsieur, parce que vous avez mille toises depuis la tête jusqu'aux pieds, que vous êtes un... — Mille toises ! s'écria le nain. Juste ciel ! d'où peut-il savoir ma hauteur ? mille toises ! Il ne se trompe pas d'un pouce. Quoi ! cet atome m'a mesuré ! Il est géomètre, il connaît ma grandeur ; et moi, qui ne le vois qu'à travers un microscope, je ne connais pas encore la sienne ! — Oui, je vous ai mesuré, dit le physicien, et je mesurerai bien encore votre grand compagnon. » La proposition fut acceptée ; Son Excellence se coucha de son long, car, s'il se fût tenu debout, sa tête eût été trop au-dessus des nuages. Nos philosophes lui plantèrent un grand arbre dans un endroit que le docteur Swift nommerait, mais que je me garderai bien d'appeler par son nom à cause de mon grand respect pour les dames. Puis, par une suite de triangles liés ensemble, ils conclurent que ce qu'ils voyaient était en effet un jeune homme de cent vingt mille pieds de roi.

Alors Micromégas prononça ces paroles : « Je vois plus que jamais qu'il ne faut juger de rien sur sa grandeur apparente. Ô Dieu, qui avez donné une intelligence à des substances qui paraissent si méprisables, l'infiniment petit vous coûte aussi peu que l'infiniment grand ; et, s'il est possible qu'il y ait des êtres plus petits que ceux-ci, ils peuvent encore avoir un esprit supérieur à ceux de ces superbes animaux que j'ai vus dans le ciel, dont le pied seul couvrirait le globe où je suis descendu. »

Un des philosophes lui répondit qu'il pouvait en toute sûreté croire qu'il est en effet des êtres intelligents beaucoup plus petits que l'homme. Il lui conta, non pas tout ce que Virgile a dit de fabuleux sur les abeilles, mais ce que Swammerdam a découvert, et ce que Réaumur a disséqué[14]. Il lui apprit enfin qu'il y a des animaux qui sont pour les abeilles ce que les abeilles sont pour l'homme, ce que le Sirien lui-même était pour ces animaux si vastes dont il parlait, et ce que ces grands animaux sont pour d'autres substances devant lesquelles ils ne paraissent que comme des atomes. Peu à peu la conversation devint intéressante, et Micromégas parla ainsi.

CHAPITRE VII

CONVERSATION AVEC LES HOMMES

« Ô atomes intelligents, dans qui l'Être éternel s'est plu à manifester son adresse et sa puissance, vous devez sans doute goûter des joies bien pures sur votre globe ; car, ayant si peu de matière et paraissant tout esprit, vous devez passer votre vie à aimer et à penser, c'est la véritable vie des esprits. Je n'ai vu nulle part le vrai bonheur, mais il est ici sans doute. » À ce discours, tous les philosophes secouèrent la tête ; et l'un d'eux, plus franc que les autres, avoua de bonne foi que, si l'on en excepte un petit nombre d'habitants fort peu considérés, tout le reste est un assemblage de fous, de méchants et de malheureux. « Nous avons plus de matière qu'il ne nous en faut, dit-il, pour faire beaucoup de mal, si le mal vient de la matière, et trop d'esprit, si le mal vient de l'esprit. Savez-vous bien, par exemple, qu'à l'heure que je vous parle il y a cent mille fous de notre espèce, couverts de chapeaux, qui tuent cent mille autres animaux couverts d'un turban, ou qui sont massacrés par eux[15], et que, presque par toute la terre, c'est ainsi qu'on en use de temps immémorial ? » Le Sirien frémit et demanda quel pouvait être le sujet de ces horribles querelles entre de si chétifs animaux. « Il s'agit, dit le philosophe, de quelques tas de boue grands comme votre talon. Ce n'est pas qu'aucun de ces millions d'hommes qui se font égorger prétende un fétu sur ces tas de boue. Il ne s'agit que de savoir s'il appartiendra à un certain homme qu'on nomme *Sultan* ou à un autre qu'on nomme, je ne sais pourquoi, *César*. Ni l'un ni l'autre n'a jamais vu ni ne verra jamais le petit coin de terre dont il s'agit, et presque aucun de ces animaux qui s'égorgent mutuellement n'a jamais vu l'animal pour lequel ils s'égorgent.

— Ah, malheureux ! s'écria le Sirien avec indignation, peut-on concevoir cet excès de rage forcenée ? Il me prend envie de faire trois pas, et d'écraser de trois coups de pied toute cette fourmilière d'assassins ridicules. — Ne vous en donnez pas la peine, lui répondit-on ; ils travaillent assez à leur ruine. Sachez qu'au bout de dix ans il ne reste jamais la centième partie de ces misérables ; sachez que, quand même ils n'auraient pas tiré l'épée, la faim, la fatigue ou l'intempérance les emportent presque tous. D'ailleurs, ce n'est pas eux qu'il faut punir : ce sont ces barbares sédentaires qui, du fond de leur cabinet, ordonnent, dans le temps de leur digestion, le massacre d'un million d'hommes, et qui ensuite en font remercier Dieu solennellement. »

Le voyageur se sentait ému de pitié pour la petite race humaine, dans laquelle il découvrait de si étonnants contrastes. « Puisque vous êtes du petit nombre des sages, dit-il à ces messieurs, et qu'apparemment vous ne tuez personne pour de l'argent, dites-moi, je vous en prie, à quoi vous vous occupez. — Nous disséquons des mouches, dit le philosophe, nous mesurons des lignes, nous assemblons des nombres, nous sommes d'accord sur deux ou trois points que nous entendons, et nous disputons sur deux ou trois mille que nous n'entendons pas. » Il prit aussitôt fantaisie au Sirien et au Saturnien d'interroger ces atomes pensants pour savoir les choses dont ils convenaient.

« Combien comptez-vous, dit-il, de l'étoile de la Canicule à la grande étoile des Gémeaux ? » Ils répondirent tous à la fois : « Trente-deux degrés et demi. — Combien comptez-vous d'ici à la lune ? — Soixante demi-diamètres de la terre en nombre rond. — Combien pèse votre air ? » Il croyait les attraper, mais tous lui dirent que l'air pèse environ neuf cents fois moins qu'un pareil volume de l'eau la plus légère, et dix-neuf cents fois moins que l'or de ducat. Le petit nain de Saturne, étonné de leurs réponses, fut tenté de prendre pour des sorciers ces mêmes gens auxquels il avait refusé une âme un quart d'heure auparavant.

Enfin Micromégas leur dit : « Puisque vous savez si bien ce qui est hors de vous, sans doute vous savez encore mieux ce qui est en dedans. Dites-moi ce que c'est que votre âme, et comment vous formez vos idées. » Les philosophes parlèrent tous à la fois comme auparavant ; mais ils furent tous de différents avis. Le plus vieux citait Aristote, l'autre prononçait le nom de Descartes, celui-ci de Malebranche, cet autre de Leibnitz, cet autre de Locke. Un vieux péripatéticien dit tout haut avec confiance : « L'âme est une *entéléchie*, et une raison par quoi elle a la puissance d'être ce qu'elle est. C'est ce que déclare expressément Aristote[16], page 633 de l'édition du Louvre : Ἐντελέχεια ἐστι, etc.

— Je n'entends pas trop bien le grec, dit le géant. — Ni moi non plus, dit la mite philosophique. — Pourquoi donc, reprit le Sirien, citez-vous un certain Aristote en grec ? — C'est, répliqua le savant, qu'il faut bien citer ce qu'on ne comprend point du tout dans la langue qu'on entend le moins. »

Le cartésien prit la parole, et dit : « L'âme est un esprit pur, qui a reçu dans le ventre de sa mère toutes les idées métaphysiques, et qui, en sortant de là, est obligée d'aller à l'école, et d'apprendre tout de nouveau ce qu'elle a si bien su et qu'elle ne saura plus. — Ce n'était donc pas la peine, répondit l'animal de huit lieues, que ton âme fût si savante dans le ventre de ta mère, pour être si ignorante quand tu aurais de la barbe au menton. Mais qu'entends-tu par esprit ? — Que me demandez-vous là ? dit le raisonneur, je n'en ai point d'idée : on dit que ce n'est pas de la matière. — Mais sais-tu au moins ce que c'est que de la matière ? — Très bien, répondit l'homme. Par exemple, cette pierre est grise et d'une telle forme, elle a ses trois dimensions, elle est pesante et divisible. — Eh bien ! dit le Sirien, cette chose qui te paraît être divisible, pesante et grise, me dirais-tu bien ce que c'est ? Tu vois quelques attributs ; mais le fond de la chose, le connais-tu ? — Non, dit l'autre. — Tu ne sais donc point ce que c'est que la matière. »

Alors M. Micromégas, adressant la parole à un autre sage qu'il tenait sur son pouce, lui demanda ce que c'était que son âme, et ce qu'elle faisait. « Rien du tout, répondit le philosophe malebranchiste ; c'est Dieu qui fait tout pour moi ; je vois tout en lui, je fais tout en lui : c'est lui qui fait tout sans que je m'en mêle. — Autant vaudrait ne pas être, reprit le sage de Sirius. Et toi, mon ami, dit-il à un leibnitzien qui était là, qu'est-ce que ton âme ? — C'est, répondit le leibnitzien, une aiguille qui montre les heures pendant que mon corps carillonne ; ou bien, si vous voulez, c'est elle qui carillonne pendant que mon corps montre l'heure ; ou bien mon âme est le miroir de l'univers, et mon corps est la bordure du miroir : cela est clair. »

Un petit partisan de Locke [17] était là tout auprès ; et quand on lui eut enfin adressé la parole : « Je ne sais pas, dit-il, comment je pense, mais je sais que je n'ai jamais pensé qu'à l'occasion de mes sens. Qu'il y ait des substances immatérielles et intelligentes, c'est de quoi je ne doute pas ; mais qu'il soit impossible à Dieu de communiquer la pensée à la matière, c'est de quoi je doute fort. Je révère la puissance éternelle, il ne m'appartient pas de la borner ; je n'affirme rien, je me contente de croire qu'il y a plus de choses possibles qu'on ne pense. »

L'animal de Sirius sourit : il ne trouva pas celui-là le moins sage ; et le nain de Saturne aurait embrassé le sectateur de Locke, sans l'extrême disproportion. Mais il y avait là, par malheur, un petit animalcule en bonnet carré [18], qui coupa la parole à tous les animalcules philosophes ; il dit qu'il savait tout le secret, que cela se trouvait dans la *Somme* de saint

Thomas ; il regarda de haut en bas les deux habitants célestes ; il leur soutint que leurs personnes, leurs mondes, leurs soleils, leurs étoiles, tout était fait uniquement pour l'homme. À ce discours, nos deux voyageurs se laissèrent aller l'un sur l'autre en étouffant de ce rire inextinguible qui, selon Homère, est le partage des dieux ; leurs épaules et leurs ventres allaient et venaient, et dans ces convulsions le vaisseau, que le Sirien avait sur son ongle, tomba dans une poche de la culotte du Saturnien. Ces deux bonnes gens le cherchèrent longtemps ; enfin ils retrouvèrent l'équipage, et le rajustèrent fort proprement. Le Sirien reprit les petites mites ; il leur parla encore avec beaucoup de bonté, quoiqu'il fût un peu fâché dans le fond du cœur de voir que les infiniment petits eussent un orgueil presque infiniment grand. Il leur promit de leur faire un beau livre de philosophie, écrit fort menu pour leur usage, et que dans ce livre ils verraient le bout des choses. Effectivement, il leur donna ce volume avant son départ : on le porta à Paris, à l'Académie des sciences ; mais, quand le secrétaire l'eut ouvert, il ne vit rien qu'un livre tout blanc[19] : *Ah !* dit-il, *je m'en étais bien douté.*

LE MONDE COMME IL VA

Vision de Babouc, écrite par lui-même

CHAPITRE I

Parmi les génies qui président aux empires du monde, Ituriel tient un des premiers rangs, et il a le département de la haute Asie. Il descendit un matin dans la demeure du Scythe Babouc[1], sur le rivage de l'Oxus, et lui dit : « Babouc, les folies et les excès des Perses ont attiré notre colère ; il s'est tenu hier une assemblée des génies de la haute Asie pour savoir si on châtierait Persépolis ou si on la détruirait. Va dans cette ville, examine tout ; tu reviendras m'en rendre un compte fidèle ; et je me déterminerai, sur ton rapport, à corriger la ville ou à l'exterminer. — Mais, Seigneur, dit humblement Babouc, je n'ai jamais été en Perse ; je n'y connais personne. — Tant mieux, dit l'ange, tu ne seras point partial ; tu as reçu du ciel le discernement, et j'y ajoute le don d'inspirer la confiance ; marche, regarde, écoute, observe, et ne crains rien : tu seras partout bien reçu[2]. »

Babouc monta sur son chameau et partit avec ses serviteurs. Au bout de quelques journées, il rencontra vers les plaines de Sennaar[3] l'armée persane qui allait combattre l'armée indienne. Il s'adressa d'abord à un soldat qu'il trouva écarté. Il lui parla, et lui demanda quel était le sujet de la guerre. « Par tous les dieux, dit le soldat, je n'en sais rien. Ce n'est pas mon affaire ; mon métier est de tuer et d'être tué pour gagner ma vie ; il n'importe qui je serve. Je pourrais bien même dès demain passer dans le camp des Indiens, car on dit qu'ils donnent près d'une demi-drachme de cuivre par jour à leurs soldats de plus que nous n'en avons dans ce maudit service de Perse. Si vous voulez savoir pourquoi on se bat, parlez à mon capitaine. »

Babouc, ayant fait un petit présent au soldat, entra dans le camp. Il fit bientôt connaissance avec le capitaine, et lui demanda le sujet de la guerre. « Comment voulez-vous que je le sache ? dit le capitaine, et que m'importe ce beau sujet ? J'habite à deux cents lieues de Persépolis ; j'entends dire que la guerre est déclarée ; j'abandonne aussitôt ma famille, et je vais chercher, selon notre coutume, la fortune ou la mort, attendu que je n'ai rien à faire. — Mais vos camarades, dit Babouc, ne sont-ils pas un peu plus instruits que vous ? — Non, dit l'officier, il n'y a guère que nos principaux satrapes qui savent bien précisément pourquoi on s'égorge. »

Babouc, étonné, s'introduisit chez les généraux ; il entra dans leur familiarité. L'un d'eux lui dit enfin : « La cause de cette guerre, qui désole depuis vingt ans l'Asie, vient originairement d'une querelle entre un eunuque d'une femme du grand roi de Perse et un commis d'un bureau du grand roi des Indes. Il s'agissait d'un droit qui revenait à peu près à la trentième partie d'une darique. Le premier ministre des Indes et le nôtre soutinrent dignement les droits de leurs maîtres. La querelle s'échauffa. On mit de part et d'autre en campagne une armée d'un million de soldats. Il faut recruter cette armée tous les ans de plus de quatre cent mille hommes. Les meurtres, les incendies, les ruines, les dévastations se multiplient ; l'univers souffre, et l'acharnement continue. Notre premier ministre et celui des Indes protestent souvent qu'ils n'agissent que pour le bonheur du genre humain ; et à chaque protestation il y a toujours quelques villes détruites et quelques provinces ravagées. »

Le lendemain, sur un bruit qui se répandit que la paix allait être conclue, le général persan et le général indien s'empressèrent de donner bataille ; elle fut sanglante. Babouc en vit toutes les fautes et toutes les abominations ; il fut témoin des manœuvres des principaux satrapes, qui firent ce qu'ils purent pour faire battre leur chef. Il vit des officiers tués par leurs propres troupes ; il vit des soldats qui achevaient d'égorger leurs camarades expirants pour leur arracher quelques lambeaux sanglants, déchirés et couverts de fange. Il entra dans les hôpitaux où l'on transportait les blessés, dont la plupart expiraient par la négligence inhumaine de ceux mêmes que le roi de Perse payait chèrement pour les secourir. « Sont-ce là des hommes, s'écria Babouc, ou des bêtes féroces ? Ah ! je vois bien que Persépolis sera détruite. »

Occupé de cette pensée, il passa dans le camp des Indiens. Il y fut aussi bien reçu que dans celui des Perses, selon ce qui lui avait été prédit ; mais il y vit tous les mêmes excès qui l'avaient saisi d'horreur. « Oh ! oh ! dit-il en lui-même, si l'ange Ituriel veut exterminer les Persans, il faut donc que l'ange des Indes détruise aussi les Indiens. » S'étant ensuite informé plus en détail de ce qui s'était passé dans l'une et l'autre armée, il apprit des actions de générosité, de grandeur d'âme, d'humanité, qui l'étonnèrent et le ravirent[4]. « Inexplicables humains, s'écria-t-il, comment pouvez-vous réunir tant de bassesse et de grandeur, tant de vertus et de crimes ? »

Cependant la paix fut déclarée. Les chefs des deux armées, dont aucun n'avait remporté la victoire, mais qui pour leur seul intérêt avaient fait verser le sang de tant d'hommes, leurs semblables, allèrent briguer dans leurs cours des récompenses. On célébra la paix dans des écrits publics qui n'annonçaient que le retour de la vertu et de la félicité sur la terre. « Dieu soit loué ! dit Babouc ; Persépolis sera le séjour de l'innocence épurée ; elle ne sera point détruite, comme le voulaient ces vilains génies : courons sans tarder dans cette capitale de l'Asie. »

CHAPITRE II

Il arriva dans cette ville immense par l'ancienne entrée, qui était toute barbare et dont la rusticité dégoûtante offensait les yeux[5]. Toute cette partie de la ville se ressentait du temps où elle avait été bâtie ; car, malgré l'opiniâtreté des hommes à louer l'antique aux dépens du moderne, il faut avouer qu'en tout genre les premiers essais sont toujours grossiers.

Babouc se mêla dans la foule d'un peuple composé de ce qu'il y avait de plus sale et de plus laid dans les deux sexes. Cette foule se précipitait d'un air hébété dans un enclos vaste et sombre. Au bourdonnement continuel, au mouvement qu'il y remarqua, à l'argent que quelques personnes donnaient à d'autres pour avoir droit de s'asseoir, il crut être dans un marché où l'on vendait des chaises de paille ; mais bientôt, voyant que plusieurs femmes se mettaient à genoux, en faisant semblant de regarder fixement devant elles et en regardant les hommes de côté, il s'aperçut qu'il était dans un temple. Des voix aigres, rauques, sauvages, discordantes, faisaient retentir la voûte de sons mal articulés, qui faisaient le même effet que les voix des onagres quand elles répondent, dans les plaines des Pictaves, au cornet à bouquin qui les appelle. Il se bouchait les oreilles ; mais il fut prêt de se boucher encore les yeux et le nez, quand il vit entrer dans ce temple des ouvriers avec des pinces et des pelles. Ils remuèrent une large pierre, et jetèrent à droite et à gauche une terre dont s'exhalait une odeur empestée ; ensuite, on vint poser un mort dans cette ouverture, et on remit la pierre par-dessus.

« Quoi ? s'écria Babouc, ces peuples enterrent leurs morts dans les mêmes lieux où ils adorent la Divinité ! Quoi ! leurs temples sont pavés de cadavres ! Je ne m'étonne plus de ces maladies pestilentielles qui désolent souvent Persépolis. La pourriture des morts, et celle de tant de vivants rassemblés et pressés dans le même lieu, est capable d'empoisonner le globe terrestre. Ah ! la vilaine ville que Persépolis ! Apparemment que les anges veulent la détruire pour en rebâtir une plus belle, et pour la peupler d'habitants moins malpropres et qui chantent mieux. La Providence peut avoir ses raisons ; laissons-la faire. »

CHAPITRE III

Cependant le soleil approchait du haut de sa carrière. Babouc devait aller dîner à l'autre bout de la ville chez une dame pour laquelle son mari, officier de l'armée, lui avait donné des lettres. Il fit d'abord plusieurs tours dans Persépolis ; il vit d'autres temples mieux bâtis et mieux ornés, remplis d'un peuple poli, et retentissants d'une musique harmonieuse ; il remarqua des fontaines publiques[6], lesquelles, quoique mal placées, frappaient les yeux par leur beauté ; des places où semblaient respirer en bronze les meilleurs rois qui avaient gouverné la Perse ; d'autres places où il entendait le peuple s'écrier : « Quand verrons-nous ici le maître que nous chérissons ? » Il admira les ponts magnifiques élevés sur le fleuve, les quais superbes et commodes, les palais bâtis à droite et à gauche, une maison immense où des milliers de vieux soldats blessés et vainqueurs rendaient chaque jour grâce au Dieu des armées. Il entra enfin chez la dame qui l'attendait à dîner avec une compagnie d'honnêtes gens. La maison était propre et ornée, le repas délicieux, la dame jeune, belle, spirituelle, engageante, la compagnie digne d'elle ; et Babouc disait en lui-même à tout moment : « L'ange Ituriel se moque du monde de vouloir détruire une ville si charmante. »

CHAPITRE IV

Cependant il s'aperçut que la dame, qui avait commencé par lui demander tendrement des nouvelles de son mari, parlait plus tendrement encore, sur la fin du repas, à un jeune mage[7]. Il vit un magistrat qui, en présence de sa femme, pressait avec vivacité une veuve, et cette veuve indulgente avait une main passée autour du cou du magistrat, tandis qu'elle tendait l'autre à un jeune citoyen très beau et très modeste. La femme du magistrat se leva de table la première, pour aller entretenir dans un cabinet voisin son directeur, qui arrivait trop tard, et qu'on avait attendu à dîner ; et le directeur, homme éloquent, lui parla dans ce cabinet avec tant de véhémence et d'onction que la dame avait, quand elle revint, les yeux humides, les joues enflammées, la démarche mal assurée, la parole tremblante.

Alors Babouc commença à craindre que le génie Ituriel n'eût raison. Le talent qu'il avait d'attirer la confiance le mit dès le jour même dans les secrets de la dame ; elle lui confia son goût pour le jeune mage, et l'assura que dans toutes les maisons de Persépolis il trouverait l'équivalent de ce qu'il avait vu dans la sienne. Babouc conclut qu'une telle société ne pouvait subsister ; que la jalousie, la discorde, la vengeance, devaient désoler toutes les maisons ; que les larmes et le sang devaient couler tous les jours ; que certainement les maris tueraient les galants de leurs femmes, ou en seraient tués ; et qu'enfin Ituriel faisait fort bien de détruire tout d'un coup une ville abandonnée à de continuels désastres.

CHAPITRE V

Il était plongé dans ces idées funestes, quand il se présenta à la porte un homme grave, en manteau noir, qui demanda humblement à parler au jeune magistrat. Celui-ci, sans se lever, sans le regarder, lui donna fièrement, et d'un air distrait, quelques papiers, et le congédia. Babouc demanda quel était cet homme. La maîtresse de la maison lui dit tout bas : « C'est un des meilleurs avocats de la ville ; il y a cinquante ans qu'il étudie les lois. Monsieur, qui n'a que vingt-cinq ans, et qui est satrape de loi depuis deux jours, lui donne à faire l'extrait d'un procès qu'il doit juger, qu'il n'a pas encore examiné. — Ce jeune étourdi fait sagement, dit Babouc, de demander conseil à un vieillard ; mais pourquoi n'est-ce pas ce vieillard qui est juge ? — Vous vous moquez, lui dit-on, jamais ceux qui ont vieilli dans les emplois laborieux et subalternes ne parviennent aux dignités. Ce jeune homme a une grande charge, parce que son père est riche, et qu'ici le droit de rendre la justice s'achète comme une métairie. — Ô mœurs ! ô malheureuse ville ! s'écria Babouc, voilà le comble du désordre ; sans doute, ceux qui ont ainsi acheté le droit de juger vendent leurs jugements ; je ne vois ici que des abîmes d'iniquité. »

Comme il marquait ainsi sa douleur et sa surprise, un jeune guerrier, qui était revenu ce jour même de l'armée, lui dit : « Pourquoi ne voulez-vous pas qu'on achète les emplois de la robe ? J'ai bien acheté, moi, le droit d'affronter la mort à la tête de deux mille hommes que je commande ; il m'en a coûté quarante mille dariques d'or cette année, pour coucher sur la terre trente nuits de suite en habit rouge, et pour recevoir ensuite deux bons coups de flèche dont je me sens encore. Si je me ruine pour servir l'empereur persan, que je n'ai jamais vu, Monsieur le satrape de robe peut bien payer quelque chose pour avoir le plaisir de donner audience à des plaideurs. » Babouc, indigné, ne put s'empêcher de condamner dans son cœur un pays où l'on mettait à l'encan les dignités de la paix et de la guerre ; il conclut précipitamment que l'on y devait ignorer absolument la guerre et les lois, et que, quand même Ituriel n'exterminerait pas ces peuples, ils périraient par leur détestable administration.

Sa mauvaise opinion augmenta encore à l'arrivée d'un gros homme qui, ayant salué très familièrement toute la compagnie, s'approcha du jeune officier, et lui dit : « Je ne peux vous prêter que cinquante mille dariques d'or, car, en vérité, les douanes de l'empire ne m'en ont rapporté que trois cent mille cette année. » Babouc s'informa quel était cet homme qui se plaignait de gagner si peu ; il apprit qu'il y avait dans Persépolis quarante rois plébéiens qui tenaient à bail l'empire de Perse, et qui en rendaient quelque chose au monarque.

CHAPITRE VI

Après dîner il alla dans un des plus superbes temples de la ville ; il s'assit au milieu d'une troupe de femmes et d'hommes qui étaient venus là pour passer le temps. Un mage parut dans une machine élevée, qui parla longtemps du vice et de la vertu. Ce mage divisa en plusieurs parties ce qui n'avait nul besoin d'être divisé ; il prouva méthodiquement tout ce qui était clair, il enseigna tout ce qu'on savait. Il se passionna froidement, et sortit suant et hors d'haleine. Toute l'assemblée alors se réveilla et crut avoir assisté à une instruction. Babouc dit : « Voilà un homme qui a fait de son mieux pour ennuyer deux ou trois cents de ses concitoyens ; mais son intention était bonne, et il n'y a pas là de quoi détruire Persépolis. »

Au sortir de cette assemblée on le mena voir une fête

publique qu'on donnait tous les jours de l'année ; c'était dans une espèce de basilique, au fond de laquelle on voyait un palais. Les plus belles citoyennes de Persépolis, les plus considérables satrapes, rangés avec ordre, formaient un spectacle si beau que Babouc crut d'abord que c'était là toute la fête. Deux ou trois personnes, qui paraissaient des rois et des reines, parurent bientôt dans le vestibule de ce palais ; leur langage était très différent de celui du peuple ; il était mesuré, harmonieux et sublime[8]. Personne ne dormait, on écoutait dans un profond silence, qui n'était interrompu que par les témoignages de la sensibilité et de l'admiration publique. Le devoir des rois, l'amour de la vertu, les dangers des passions, étaient exprimés par des traits si vifs et si touchants que Babouc versa des larmes. Il ne douta pas que ces héros et ces héroïnes, ces rois et ces reines qu'il venait d'entendre, ne fussent les prédicateurs de l'empire ; il se proposa même d'engager Ituriel à les venir entendre, bien sûr qu'un tel spectacle le réconcilierait pour jamais avec la ville.

Dès que cette fête fut finie, il voulut voir la principale reine, qui avait débité dans ce beau palais une morale si noble et si pure ; il se fit introduire chez Sa Majesté ; on le mena par un petit escalier, au second étage, dans un appartement mal meublé, où il trouva une femme mal vêtue, qui lui dit d'un air noble et pathétique : « Ce métier-ci ne me donne pas de quoi vivre ; un des princes que vous avez vus m'a fait un enfant ; j'accoucherai bientôt ; je manque d'argent, et sans argent on n'accouche point. » Babouc lui donna cent dariques d'or, en disant : « S'il n'y avait que ce mal-là dans la ville, Ituriel aurait tort de se tant fâcher. »

De là il alla passer sa soirée chez des marchands de magnificences inutiles. Un homme intelligent, avec lequel il avait fait connaissance, l'y mena ; il acheta ce qui lui plut, et on le lui vendit avec politesse beaucoup plus qu'il ne valait. Son ami, de retour chez lui, lui fit voir combien on le trompait. Babouc mit sur ses tablettes le nom du marchand, pour le faire distinguer par Ituriel au jour de la punition de la ville. Comme il écrivait, on frappa à sa porte : c'était le marchand lui-même qui venait lui rapporter sa bourse, que Babouc avait laissée par mégarde sur son comptoir. « Comment se peut-il, s'écria Babouc, que vous soyez si fidèle et si généreux, après n'avoir pas eu de honte de me vendre des colifichets quatre fois au-dessus de leur valeur ?

— Il n'y a aucun négociant un peu connu dans cette ville, lui répondit le marchand, qui ne fût venu vous rapporter votre bourse ; mais on vous a trompé quand on vous a dit que je vous avais vendu ce que vous avez pris chez moi quatre fois plus qu'il ne vaut : je vous l'ai vendu dix fois davantage, et cela est si vrai que, si dans un mois vous voulez le revendre, vous n'en aurez pas même ce dixième. Mais rien n'est plus juste : c'est la fantaisie des hommes qui met le prix à ces choses frivoles ; c'est cette fantaisie qui fait vivre cent ouvriers que j'emploie, c'est elle qui me donne une belle maison, un char commode, des chevaux, c'est elle qui excite l'industrie, qui entretient le goût, la circulation et l'abondance. Je vends aux nations voisines les mêmes bagatelles plus chèrement qu'à vous, et par là je suis utile à l'empire. » Babouc, après avoir un peu rêvé, le raya de ses tablettes[9].

CHAPITRE VII

Babouc, fort incertain sur ce qu'il devait penser de Persépolis, résolut de voir les mages et les lettrés : car les uns étudient la sagesse, et les autres la religion ; et il se flatta que ceux-là obtiendraient grâce pour le reste du peuple. Dès le lendemain matin il se transporta dans un collège de mages. L'archimandrite lui avoua qu'il avait cent mille écus de rente pour avoir fait vœu de pauvreté, et qu'il exerçait un empire assez étendu en vertu de son vœu d'humilité ;

après quoi il laissa Babouc entre les mains d'un petit frère, qui lui fit les honneurs.

Tandis que ce frère lui montrait les magnificences de cette maison de pénitence, un bruit se répandit, qu'il était venu pour réformer toutes ces maisons. Aussitôt il reçut des mémoires de chacune d'elles ; et les mémoires disaient tous en substance : *Conservez-nous, et détruisez toutes les autres.* À entendre leurs apologies, ces sociétés étaient toutes nécessaires. À entendre leurs accusations réciproques, elles méritaient toutes d'être anéanties. Il admirait comme il n'y en avait aucune d'elles qui, pour édifier l'univers, ne voulût en avoir l'empire. Alors il se présenta un petit homme qui était un demi-mage ; et qui lui dit : « Je vois bien que l'œuvre va s'accomplir : car Zerdust est revenu sur la terre ; les petites filles prophétisent, en se faisant donner des coups de pincettes par-devant et le fouet par-derrière [10]. Ainsi nous vous demandons votre protection contre le Grand-Lama. — Comment ! dit Babouc, contre ce pontife-roi qui réside au Tibet ? — Contre lui-même. — Vous lui faites donc la guerre, et vous levez contre lui des armées ? — Non, mais il dit que l'homme est libre, et nous n'en croyons rien ; nous écrivons contre lui de petits livres qu'il ne lit pas ; à peine a-t-il entendu parler de nous ; il nous a seulement fait condamner comme un maître ordonne qu'on échenille les arbres de ses jardins. » Babouc frémit de la folie de ces hommes qui faisaient profession de sagesse, des intrigues de ceux qui avaient renoncé au monde, de l'ambition et de la convoitise orgueilleuse de ceux qui enseignaient l'humilité et le désintéressement ; il conclut qu'Ituriel avait de bonnes raisons pour détruire toute cette engeance.

CHAPITRE VIII

Retiré chez lui, il envoya chercher des livres nouveaux pour adoucir son chagrin, et il pria quelques lettrés à dîner pour se réjouir. Il en vint deux fois plus qu'il n'en avait demandé, comme les guêpes que le miel attire. Ces parasites se pressaient de manger et de parler ; ils louaient deux sortes de personnes, les morts et eux-mêmes, et jamais leurs contemporains, excepté le maître de la maison. Si quelqu'un d'eux disait un bon mot, les autres baissaient les yeux et se mordaient les lèvres de douleur de ne l'avoir pas dit. Ils avaient moins de dissimulation que les mages, parce qu'ils n'avaient pas de si grands objets d'ambition. Chacun d'eux briguait une place de valet et une réputation de grand homme ; ils se disaient en face des choses insultantes, qu'ils croyaient des traits d'esprit. Ils avaient eu quelque connaissance de la mission de Babouc. L'un d'eux le pria tout bas d'exterminer un auteur qui ne l'avait pas assez loué il y avait cinq ans. Un autre demanda la perte d'un citoyen qui n'avait jamais ri à ses comédies. Un troisième demanda l'extinction de l'Académie, parce qu'il n'avait jamais pu parvenir à y être admis. Le repas fini, chacun d'eux s'en alla seul ; car il n'y avait pas dans toute la troupe deux hommes qui pussent se souffrir, ni même se parler ailleurs que chez les riches qui les invitaient à leur table. Babouc jugea qu'il n'y aurait pas grand mal quand cette vermine périrait dans la destruction générale.

CHAPITRE IX

Dès qu'il se fut défait d'eux, il se mit à lire quelques livres nouveaux. Il y reconnut l'esprit de ses convives. Il vit surtout avec indignation ces gazettes de la médisance, ces archives du mauvais goût, que l'envie, la bassesse et la faim ont dictées ; ces lâches satires où l'on ménage le vautour et où l'on déchire la colombe ; ces romans dénués d'imagination, où l'on voit tant de portraits de femmes que l'auteur ne connaît pas.

Il jeta au feu tous ces détestables écrits, et sortit pour aller le soir à la promenade. On le présenta à un vieux lettré qui n'était point venu grossir le nombre de ces parasites. Ce lettré fuyait toujours la foule, connaissait les hommes, en faisait usage, et se communiquait avec discrétion. Babouc lui parla avec douleur de ce qu'il avait lu et de ce qu'il avait vu.

« Vous avez lu des choses bien méprisables, lui dit le sage lettré ; mais dans tous les temps, et dans tous les pays, et dans tous les genres, le mauvais fourmille et le bon est rare. Vous avez reçu chez vous le rebut de la pédanterie, parce que, dans toutes les professions, ce qu'il y a de plus indigne de paraître est toujours ce qui se présente avec le plus d'impudence. Les véritables sages vivent entre eux retirés et tranquilles ; il y a encore parmi nous des hommes et des livres dignes de votre attention. » Dans le temps qu'il parlait ainsi un autre lettré les joignit ; leurs discours furent si agréables et si instructifs, si élevés au-dessus des préjugés, et si conformes à la vertu, que Babouc avoua n'avoir jamais rien entendu de pareil. « Voilà des hommes, disait-il tout bas, à qui l'ange Ituriel n'osera toucher, ou il sera bien impitoyable. »

Raccommodé avec les lettrés, il était toujours en colère contre le reste de la nation. « Vous êtes étranger, lui dit l'homme judicieux qui lui parlait ; les abus se présentent à vos yeux en foule, et le bien, qui est caché et qui résulte quelquefois de ces abus même, vous échappe. » Alors il apprit que parmi les lettrés il y en avait quelques-uns qui n'étaient pas envieux, et que parmi les mages mêmes il y en avait de vertueux. Il conçut à la fin que ces grands corps, qui semblaient en se choquant préparer leurs communes ruines, étaient au fond des institutions salutaires ; que chaque société de mages était un frein à ses rivales ; que si ces émules différaient dans quelques opinions, ils enseignaient tous la même morale, qu'ils instruisaient le peuple et qu'ils vivaient soumis aux lois, semblables aux précepteurs qui veillent sur le fils de la maison tandis que le maître veille sur eux-mêmes. Il en pratiqua plusieurs, et vit des âmes célestes. Il apprit même que parmi les fous qui prétendaient faire la guerre au Grand-Lama il y avait eu de très grands hommes. Il soupçonna enfin qu'il pourrait bien en être des mœurs de Persépolis comme des édifices, dont les uns lui avaient paru dignes de pitié, et les autres l'avaient ravi en admiration.

CHAPITRE X

Il dit à son lettré : « Je connais très bien que ces mages que j'avais cru si dangereux sont en effet très utiles, surtout quand un gouvernement sage les empêche de se rendre trop nécessaires ; mais vous m'avouerez au moins que vos jeunes magistrats, qui achètent une charge de juge dès qu'ils ont appris à monter à cheval, doivent étaler dans les tribunaux tout ce que l'impertinence a de plus ridicule et tout ce que l'iniquité a de plus pervers ; il vaudrait mieux sans doute donner ces places gratuitement à ces vieux jurisconsultes qui ont passé toute leur vie à peser le pour et le contre. »

Le lettré lui répliqua : « Vous avez vu notre armée avant d'arriver à Persépolis ; vous savez que nos jeunes officiers se battent très bien, quoiqu'ils aient acheté leurs charges ; peut-être verrez-vous que nos jeunes magistrats ne jugent pas mal, quoiqu'ils aient payé pour juger. »

Il le mena le lendemain au grand tribunal, où l'on devait rendre un arrêt important. La cause était connue de tout le monde. Tous ces vieux avocats qui en parlaient étaient flottants dans leurs opinions : ils alléguaient cent lois, dont aucune n'était applicable au fond de la question ; ils regardaient l'affaire par cent côtés, dont aucun n'était dans son vrai jour ; les juges décidèrent plus vite que les avocats ne doutèrent. Leur jugement fut presque unanime ; ils jugèrent bien, parce qu'ils suivaient les lumières de la raison, et les autres avaient opiné mal, parce qu'ils n'avaient consulté que leurs livres.

Babouc conclut qu'il y avait souvent de très bonnes choses dans les abus. Il vit dès le jour même que les richesses des financiers, qui l'avaient tant révolté, pouvaient produire un effet excellent ; car, l'empereur ayant eu besoin d'argent, il trouva en une heure, par leur moyen, ce qu'il n'aurait pas eu en six mois par les voies ordinaires ; il vit que ces gros nuages, enflés de la rosée de la terre, lui rendaient en pluie ce qu'ils en recevaient. D'ailleurs les enfants de ces hommes nouveaux, souvent mieux élevés que ceux des familles plus anciennes, valaient quelquefois beaucoup mieux ; car rien n'empêche qu'on ne soit un bon juge, un brave guerrier, un homme d'État habile, quand on a eu un père bon calculateur.

CHAPITRE XI

Insensiblement Babouc faisait grâce à l'avidité du financier, qui n'est pas au fond plus avide que les autres hommes, et qui est nécessaire. Il excusait la folie de se ruiner pour juger et pour se battre, folie qui produit de grands magistrats et des héros. Il pardonnait à l'envie des lettrés, parmi lesquels il se trouvait des hommes qui éclairaient le monde ; il se réconciliait avec les mages ambitieux et intrigants, chez lesquels il y avait plus de grandes vertus encore que de petits vices ; mais il lui restait bien des griefs, et surtout les galanteries des dames, et les désolations qui en devaient être la suite, le remplissaient d'inquiétude et d'effroi.

Comme il voulait pénétrer dans toutes les conditions humaines, il se fit mener chez un ministre ; mais il tremblait toujours en chemin que quelque femme ne fût assassinée en sa présence par son mari. Arrivé chez l'homme d'État, il resta deux heures dans l'antichambre sans être annoncé, et deux heures encore après l'avoir été. Il se promettait bien, dans cet intervalle, de recommander à l'ange Ituriel et le ministre et ses insolents huissiers. L'antichambre était remplie de dames de tout étage, de mages de toutes couleurs, de juges, de marchands, d'officiers, de pédants ; tous se plaignaient du ministre. L'avare et l'usurier disaient : « Sans doute cet homme-là pille les provinces » ; le capricieux lui reprochait d'être bizarre ; le voluptueux disait : « Il ne songe qu'à ses plaisirs » ; l'intrigant se flattait de le voir bientôt perdu par une cabale ; les femmes espéraient qu'on leur donnerait bientôt un ministre plus jeune.

Babouc entendait leurs discours ; il ne put s'empêcher de dire : « Voilà un homme bien heureux ; il a tous ses ennemis dans son antichambre, il écrase de son pouvoir ceux qui l'envient ; il voit à ses pieds ceux qui le détestent. » Il entra enfin : il vit un petit vieillard courbé sous le poids des années et des affaires, mais encore vif et plein d'esprit[11].

Babouc lui plut, et il parut à Babouc un homme estimable. La conversation devint intéressante. Le ministre lui avoua qu'il était un homme très malheureux ; qu'il passait pour riche, et qu'il était pauvre ; qu'on le croyait tout-puissant, et qu'il était toujours contredit ; qu'il n'avait guère obligé que des ingrats, et que, dans un travail continuel de quarante années, il avait eu à peine un moment de consolation. Babouc en fut touché, et pensa que si cet homme avait fait des fautes, et si l'ange Ituriel voulait le punir, il ne fallait pas l'exterminer, mais seulement lui laisser sa place.

CHAPITRE XII

Tandis qu'il parlait au ministre entre brusquement la belle dame chez qui Babouc avait dîné. On voyait dans ses yeux et sur son front les symptômes de la douleur et de la colère. Elle éclata en reproches contre l'homme d'État ; elle versa des larmes ; elle se plaignit avec amertume de ce qu'on avait refusé à son mari une place où sa naissance lui permettait d'aspirer, et que ses services et ses blessures méritaient ; elle s'exprima avec tant de force, elle mit tant de grâces dans ses plaintes, elle détruisit les objections avec tant d'adresse, elle fit valoir les raisons avec tant d'éloquence, qu'elle ne sortit point de la chambre sans avoir fait la fortune de son mari.

Babouc lui donna la main. « Est-il possible, madame, lui dit-il, que vous vous soyez donné toute cette peine pour un homme que vous n'aimez point, et dont vous avez tout à craindre ? — Un homme que je n'aime point ? s'écria-t-elle. Sachez que mon mari est le meilleur ami que j'aie au monde, qu'il n'y a rien que je ne lui sacrifie, hors mon amant, et qu'il ferait tout pour moi, hors de quitter sa maîtresse. Je veux vous la faire connaître ; c'est une femme charmante, pleine d'esprit et du meilleur caractère du monde ; nous soupons ensemble ce soir avec mon mari et mon petit mage : venez partager notre joie. »

La dame mena Babouc chez elle. Le mari, qui était enfin arrivé plongé dans la douleur, revit sa femme avec des transports d'allégresse et de reconnaissance ; il embrassait tour à tour sa femme, sa maîtresse, le petit mage et Babouc. L'union, la gaieté, l'esprit et les grâces furent l'âme de ce repas. « Apprenez, lui dit la belle dame chez laquelle il soupait, que celles qu'on appelle quelquefois de malhonnêtes femmes ont presque toujours le mérite d'un très honnête homme ; et, pour vous en convaincre, venez demain dîner avec moi chez la belle Téone. Il y a quelques vieilles vestales qui la déchirent ; mais elle fait plus de bien qu'elles toutes ensemble. Elle ne commettrait pas une légère injustice pour le plus grand intérêt ; elle ne donne à son amant que des conseils généreux ; elle n'est occupée que de sa gloire ; il rougirait devant elle s'il avait laissé échapper une occasion de faire du bien ; car rien n'encourage plus aux actions vertueuses que d'avoir pour témoin et pour juge de sa conduite une maîtresse dont on veut mériter l'estime. »

Babouc ne manqua pas au rendez-vous. Il vit une maison où régnaient tous les plaisirs ; Téone régnait sur eux ; elle savait parler à chacun son langage. Son esprit naturel mettait à son aise celui des autres ; elle plaisait sans presque le vouloir ; elle était aussi aimable que bienfaisante ; et, ce qui augmentait le prix de toutes ses bonnes qualités, elle était belle.

Babouc, tout Scythe et tout envoyé qu'il était d'un génie, s'aperçut que, s'il restait encore à Persépolis, il oublierait Ituriel pour Téone. Il s'affectionnait à la ville, dont le peuple était poli, doux et bienfaisant, quoique léger, médisant et plein de vanité. Il craignait que Persépolis ne fût condamnée ; il craignait même le compte qu'il allait rendre.

Voici comme il s'y prit pour rendre ce compte. Il fit faire par le meilleur fondeur de la ville une petite statue composée de tous les métaux, des terres et des pierres les plus précieuses et les plus viles ; il la porta à Ituriel : « Casserez-vous, dit-il, cette jolie statue, parce que tout n'y est pas or et diamants ? » Ituriel entendit à demi-mot ; il résolut de ne pas même songer à corriger Persépolis, et de laisser aller *le monde comme il va.* Car, dit-il, *si tout n'est pas bien, tout est passable.* On laissa donc subsister Persépolis ; et Babouc fut bien loin de se plaindre, comme Jonas qui se fâcha de ce qu'on ne détruisait pas Ninive. Mais, quand on a été trois jours dans le corps d'une baleine, on n'est pas de si bonne humeur que quand on a été à l'opéra, à la comédie, et qu'on a soupé en bonne compagnie.

ZADIG

OU LA DESTINÉE[1]

Histoire orientale

APPROBATION

Je soussigné, qui me suis fait passer pour savant, et même pour homme d'esprit, ai lu ce manuscrit, que j'ai trouvé, malgré moi, curieux, amusant, moral, philosophique, digne de plaire à ceux mêmes qui haïssent les romans. Ainsi je l'ai décrié, et j'ai assuré M. le Cadi-Lesquier[2] que c'est un ouvrage détestable.

ÉPÎTRE DÉDICATOIRE À LA SULTANE SHERAA, PAR SADI[3]

Le 18 du mois de schewal,
l'an 837 de l'hégire.

Charme des prunelles, tourment des cœurs, lumière de l'esprit, je ne baise point la poussière de vos pieds, parce que vous ne marchez guère, ou que vous marchez sur des tapis d'Iran ou sur des roses. Je vous offre la traduction d'un livre d'un ancien sage, qui, ayant le bonheur de n'avoir rien à faire, eut celui de s'amuser à écrire l'histoire de Zadig*;*

ouvrage qui dit plus qu'il ne semble dire. Je vous prie de le lire et d'en juger ; car, quoique vous soyez dans le printemps de votre vie, quoique tous les plaisirs vous cherchent, quoique vous soyez belle, et que vos talents ajoutent à votre beauté ; quoiqu'on vous loue du soir au matin, et que par toutes ces raisons vous soyez en droit de n'avoir pas le sens commun, cependant vous avez l'esprit très sage et le goût très fin, et je vous ai entendue raisonner mieux que de vieux derviches à longue barbe et à bonnet pointu. Vous êtes discrète, et vous n'êtes point défiante ; vous êtes douce sans être faible ; vous êtes bienfaisante avec discernement ; vous aimez vos amis, et vous ne vous faites point d'ennemis. Votre esprit n'emprunte jamais ses agréments des traits de la médisance ; vous ne dites de mal, ni n'en faites, malgré la prodigieuse facilité que vous y auriez. Enfin votre âme m'a toujours paru pure comme votre beauté. Vous avez même un petit fonds de philosophie qui m'a fait croire que vous prendriez plus de goût qu'une autre à cet ouvrage d'un sage.

Il fut écrit d'abord en ancien chaldéen, que ni vous ni moi n'entendons. On le traduisit en arabe, pour amuser le célèbre sultan Oulougbeg. C'était du temps où les Arabes et les Persans commençaient à écrire des Mille et Une Nuits, *des* Mille et Un Jours, *etc. Oulougbeg aimait mieux la lecture de* Zadig ; *mais les sultanes aimaient mieux les* Mille et Un. « *Comment pouvez-vous préférer, leur disait le sage Oulougbeg, des contes qui sont sans raison et qui ne signifient rien ? — C'est précisément pour cela que nous les aimons* », *répondaient les sultanes.*

Je me flatte que vous ne leur ressemblerez pas, et que vous serez un vrai Oulougbeg. J'espère même que, quand vous serez lasse des conversations générales, qui ressemblent assez aux Mille et Un, *à cela près qu'elles sont moins amusantes, je pourrai trouver une minute pour avoir l'honneur de vous parler raison. Si vous aviez été Thalestris du temps de Scander, fils de Philippe*[4] *; si vous aviez été la* *reine de Sabée du temps de Soleiman, c'eussent été ces rois qui auraient fait le voyage.*

Je prie les vertus célestes que vos plaisirs soient sans mélange, votre beauté durable, et votre bonheur sans fin.

SADI.

ZADIG
OU LA DESTINÉE
Histoire orientale

CHAPITRE PREMIER

LE BORGNE

Au temps du roi Moabdar il y avait à Babylone un jeune homme nommé Zadig, né avec un beau naturel fortifié par l'éducation. Quoique riche et jeune, il savait modérer ses passions ; il n'affectait rien ; il ne voulait point toujours avoir raison, et savait respecter la faiblesse des hommes. On était étonné de voir qu'avec beaucoup d'esprit il n'insultât jamais par des railleries à ces propos si vagues, si rompus, si tumultueux, à ces médisances téméraires, à ces décisions ignorantes, à ces turlupinades grossières, à ce vain bruit de paroles, qu'on appelait *conversation* dans Babylone. Il avait appris, dans le premier livre de Zoroastre[5], que l'amour-propre est un ballon gonflé de vent, dont il sort des tempêtes quand on lui a fait une piqûre. Zadig surtout ne se vantait pas de mépriser les femmes et de les subjuguer. Il était généreux ; il ne craignait point d'obliger des ingrats, suivant ce grand précepte de Zoroastre : *Quand tu manges, donne à manger aux chiens, dussent-ils te mordre.* Il était aussi sage qu'on peut l'être, car il cherchait à vivre avec des sages. Instruit dans les sciences des anciens Chaldéens, il n'ignorait pas les principes physiques de la nature tels qu'on les connaissait alors, et savait de la métaphysique ce qu'on en a su dans tous les âges, c'est-à-dire fort peu de chose. Il était fermement persuadé que l'année était de trois cent soixante et cinq jours et un quart, malgré la nouvelle philosophie de son temps, et que le soleil était au centre du monde ; et quand les principaux mages lui disaient, avec une hauteur insultante, qu'il avait de mauvais sentiments, et que c'était être ennemi de l'État que de croire que le soleil tournait sur lui-même et que l'année avait douze mois, il se taisait sans colère et sans dédain.

Zadig, avec de grandes richesses, et par conséquent avec des amis, ayant de la santé, une figure aimable, un esprit juste et modéré, un cœur sincère et noble, crut qu'il pouvait être heureux. Il devait se marier à Sémire[6], que sa beauté, sa naissance et sa fortune rendaient le premier parti de Babylone. Il avait pour elle un attachement solide et vertueux, et Sémire l'aimait avec passion. Ils touchaient au moment fortuné qui allait les unir, lorsque, se promenant ensemble vers une porte de Babylone, sous les palmiers qui ornaient le rivage de l'Euphrate, ils virent venir à eux des hommes armés de sabres et de flèches. C'était les satellites du jeune Orcan[7], neveu d'un ministre, à qui les courtisans de son oncle avaient fait accroire que tout lui était permis. Il n'avait aucune des grâces ni des vertus de Zadig ; mais, croyant valoir beaucoup mieux, il était désespéré de n'être pas préféré. Cette jalousie, qui ne venait que de sa vanité, lui fit penser qu'il aimait éperdument Sémire. Il voulait l'enlever. Les ravisseurs la saisirent, et dans les emportements de leur violence ils la blessèrent, et firent couler le sang d'une personne dont la vue aurait attendri les tigres du mont Imaüs[8]. Elle perçait le ciel de ses plaintes. Elle s'écriait : « Mon cher époux ! on m'arrache à ce que j'adore ! » Elle n'était point occupée de son danger ; elle ne pensait qu'à son cher Zadig. Celui-ci, dans le même temps, la défendait avec toute la force que donnent la valeur et l'amour. Aidé seulement de deux esclaves, il mit les ravisseurs en fuite et ramena chez elle

Sémire, évanouie et sanglante, qui en ouvrant les yeux vit son libérateur. Elle lui dit : « Ô Zadig ! je vous aimais comme mon époux ; je vous aime comme celui à qui je dois l'honneur et la vie. » Jamais il n'y eut un cœur plus pénétré que celui de Sémire. Jamais bouche plus ravissante n'exprima des sentiments plus touchants par ces paroles de feu qu'inspirent le sentiment du plus grand des bienfaits et le transport le plus tendre de l'amour le plus légitime. Sa blessure était légère ; elle guérit bientôt. Zadig était blessé plus dangereusement ; un coup de flèche reçu près de l'œil lui avait fait une plaie profonde. Sémire ne demandait aux dieux que la guérison de son amant. Ses yeux étaient nuit et jour baignés de larmes : elle attendait le moment où ceux de Zadig pourraient jouir de ses regards ; mais un abcès survenu à l'œil blessé fit tout craindre. On envoya jusqu'à Memphis chercher le grand médecin Hermès[9], qui vint avec un nombreux cortège. Il visita le malade, et déclara qu'il perdrait l'œil ; il prédit même le jour et l'heure où ce funeste accident devait arriver. « Si c'eût été l'œil droit, dit-il, je l'aurais guéri ; mais les plaies de l'œil gauche sont incurables. » Tout Babylone, en plaignant la destinée de Zadig, admira la profondeur de la science d'Hermès. Deux jours après, l'abcès perça de lui-même. Zadig fut guéri parfaitement. Hermès écrivit un livre où il lui prouva qu'il n'avait pas dû guérir. Zadig ne le lut point ; mais, dès qu'il put sortir, il se prépara à rendre visite à celle qui faisait l'espérance du bonheur de sa vie et pour qui seule il voulait avoir des yeux. Sémire était à la campagne depuis trois jours. Il apprit en chemin que cette belle dame, ayant déclaré hautement qu'elle avait une aversion insurmontable pour les borgnes, venait de se marier à Orcan la nuit même. À cette nouvelle, il tomba sans connaissance ; sa douleur le mit au bord du tombeau ; il fut longtemps malade ; mais enfin la raison l'emporta sur son affliction, et l'atrocité de ce qu'il éprouvait servit même à le consoler.

« Puisque j'ai essuyé, dit-il, un si cruel caprice d'une fille élevée à la cour, il faut que j'épouse une citoyenne. » Il choisit Azora, la plus sage et la mieux née de la ville ; il l'épousa et vécut un mois avec elle dans les douceurs de l'union la plus tendre. Seulement il remarquait en elle un peu de légèreté et beaucoup de penchant à trouver toujours que les jeunes gens les mieux faits étaient ceux qui avaient le plus d'esprit et de vertu.

CHAPITRE II

LE NEZ [10]

Un jour Azora revint d'une promenade tout en colère et faisant de grandes exclamations. « Qu'avez-vous, lui dit-il, ma chère épouse ? qui vous peut mettre ainsi hors de vous-même ? — Hélas ! dit-elle, vous seriez indigné comme moi si vous aviez vu le spectacle dont je viens d'être témoin. J'ai été consoler la jeune veuve Cosrou, qui vient d'élever depuis deux jours un tombeau à son jeune époux auprès du ruisseau qui borde cette prairie. Elle a promis aux dieux, dans sa douleur, de demeurer auprès de ce tombeau tant que l'eau de ce ruisseau coulerait auprès. — Eh bien ! dit Zadig, voilà une femme estimable, qui aimait véritablement son mari ! — Ah ! reprit Azora, si vous saviez à quoi elle s'occupait quand je lui ai rendu visite ! — À quoi donc, belle Azora ? — Elle faisait détourner le ruisseau. » Azora se répandit en des invectives si longues, éclata en reproches si violents contre la jeune veuve, que ce faste de vertu ne plut pas à Zadig.

Il avait un ami, nommé Cador, qui était un de ces jeunes gens à qui sa femme trouvait plus de probité et de mérite qu'aux autres : il le mit dans sa confidence et s'assura, autant qu'il le pouvait, de sa fidélité par un présent considérable. Azora, ayant passé deux jours chez une de ses amies à la campagne, revint le troisième jour à la maison. Des domestiques en pleurs lui annoncèrent que son mari était mort subitement la nuit même, qu'on n'avait pas osé lui porter cette funeste nouvelle, et qu'on venait d'ensevelir Zadig dans le tombeau de ses pères, au bout du jardin. Elle pleura, s'arracha les cheveux et jura de mourir. Le soir, Cador lui demanda la permission de lui parler, et ils pleurèrent tous deux. Le lendemain, ils pleurèrent moins et dînèrent ensemble. Cador lui confia que son ami lui avait laissé la plus grande partie de son bien, et lui fit entendre qu'il mettrait son bonheur à partager sa fortune avec elle. La dame pleura, se fâcha, s'adoucit ; le souper fut plus long que le dîner ; on se parla avec plus de confiance : Azora fit l'éloge du défunt ; mais elle avoua qu'il avait des défauts dont Cador était exempt.

Au milieu du souper, Cador se plaignit d'un mal de rate violent ; la dame, inquiète et empressée, fit apporter toutes les essences dont elle se parfumait, pour essayer s'il n'y en avait pas quelqu'une qui fût bonne pour le mal de rate ; elle regretta beaucoup que le grand Hermès ne fût pas encore à Babylone ; elle daigna même toucher le côté où Cador sentait de si vives douleurs. « Êtes-vous sujet à cette cruelle maladie ? lui dit-elle avec compassion. — Elle me met quelquefois au bord du tombeau, lui répondit Cador, et il n'y a qu'un seul remède qui puisse me soulager ; c'est de m'appliquer sur le côté le nez d'un homme qui soit mort la veille. — Voilà un étrange remède, dit Azora. — Pas plus étrange, répondit-il, que les sachets du sieur Arnou* [11] contre l'apoplexie. » Cette raison, jointe à l'extrême mérite du jeune homme, détermina enfin la dame. « Après tout, dit-elle, quand mon mari passera du monde d'hier dans le monde du lendemain sur le pont Tchinavar [12], l'ange Asraël

* Il y avait dans ce temps un Babylonien, nommé Arnou, qui guérissait et prévenait toutes les apoplexies, dans les gazettes, avec un sachet pendu au cou.

lui accordera-t-il moins le passage, parce que son nez sera un peu moins long dans la seconde vie que dans la première ? » Elle prit donc un rasoir ; elle alla au tombeau de son époux, l'arrosa de ses larmes, et s'approcha pour couper le nez à Zadig, qu'elle trouva tout étendu dans la tombe. Zadig se relève en tenant son nez d'une main et arrêtant le rasoir de l'autre. « Madame, lui dit-il, ne criez plus tant contre la jeune Cosrou ; le projet de me couper le nez vaut bien celui de détourner un ruisseau. »

CHAPITRE III

LE CHIEN ET LE CHEVAL

Zadig éprouva que le premier mois du mariage, comme il est écrit dans le livre du *Zend*, est la lune du miel, et que le second est la lune de l'absinthe. Il fut quelque temps après obligé de répudier Azora qui était devenue trop difficile à vivre, et il chercha son bonheur dans l'étude de la nature. « Rien n'est plus heureux, disait-il, qu'un philosophe qui lit dans ce grand livre que Dieu a mis sous nos yeux. Les vérités qu'il découvre sont à lui ; il nourrit et il élève son âme ; il vit tranquille ; il ne craint rien des hommes, et sa tendre épouse ne vient point lui couper le nez. »

Plein de ces idées, il se retira dans une maison de campagne sur les bords de l'Euphrate. Là il ne s'occupait pas à calculer combien de pouces d'eau coulaient en une seconde sous les arches d'un pont, ou s'il tombait une ligne cube de pluie dans le mois de la souris plus que dans le mois du mouton. Il n'imaginait point de faire de la soie avec des toiles d'araignée, ni de la porcelaine avec des bouteilles cassées ; mais il étudia surtout les propriétés des animaux et des plantes, et il acquit bientôt une sagacité qui lui découvrait mille différences où les autres hommes ne voient rien que d'uniforme.

Un jour[13], se promenant auprès d'un petit bois, il vit accourir à lui un eunuque de la reine, suivi de plusieurs officiers qui paraissaient dans la plus grande inquiétude, et qui couraient çà et là, comme des hommes égarés qui cherchent ce qu'ils ont perdu de plus précieux. « Jeune homme, lui dit le premier eunuque, n'avez-vous point vu le chien de la reine ? » Zadig répondit modestement : « C'est une chienne, et non pas un chien. — Vous avez raison, reprit le premier eunuque. — C'est une épagneule très petite, ajouta Zadig. Elle a fait depuis peu des chiens ; elle boite du pied gauche de devant et elle a les oreilles très longues. — Vous l'avez donc vue ? dit le premier eunuque tout essoufflé. — Non, répondit Zadig, je ne l'ai jamais vue, et je n'ai jamais su si la reine avait une chienne. »

Précisément dans le même temps, par une bizarrerie ordinaire de la fortune, le plus beau cheval de l'écurie du roi s'était échappé des mains d'un palefrenier dans les plaines de Babylone. Le grand veneur et tous les autres officiers couraient après lui avec autant d'inquiétude que le premier eunuque après la chienne. Le grand veneur s'adressa à Zadig et lui demanda s'il n'avait point vu passer le cheval du roi. « C'est, répondit Zadig, le cheval qui galope le mieux ; il a cinq pieds de haut, le sabot fort petit ; il porte une queue de trois pieds et demi de long ; les bossettes de son mors sont d'or à vingt-trois carats ; ses fers sont d'argent à onze deniers. — Quel chemin a-t-il pris ? où est-il ? demanda le grand veneur. — Je ne l'ai point vu, répondit Zadig, et je n'en ai jamais entendu parler. »

Le grand veneur et le premier eunuque ne doutèrent pas que Zadig n'eût volé le cheval du roi et la chienne de la reine ; ils le firent conduire devant l'assemblée du grand desterham[14], qui le condamna au knout et à passer le reste de ses jours en Sibérie. À peine le jugement fut-il rendu qu'on retrouva le cheval et la chienne. Les juges furent dans la douloureuse nécessité de réformer leur arrêt ; mais ils condamnèrent Zadig à payer quatre cents onces d'or pour avoir dit qu'il n'avait point vu ce qu'il avait vu. Il fallut d'abord payer cette amende ; après quoi il fut permis à Zadig de plaider sa cause au conseil du grand desterham ; il parla en ces termes :

« Étoiles de justice, abîmes de science, miroirs de vérité, qui avez la pesanteur du plomb, la dureté du fer, l'éclat du diamant et beaucoup d'affinité avec l'or ! Puisqu'il m'est permis de parler devant cette auguste assemblée, je vous jure par Orosmade [15] que je n'ai jamais vu la chienne respectable de la reine, ni le cheval sacré du roi des rois. Voici ce qui m'est arrivé. Je me promenais vers le petit bois, où j'ai rencontré depuis le vénérable eunuque et le très illustre grand veneur. J'ai vu sur le sable les traces d'un animal, et j'ai jugé aisément que c'étaient celles d'un petit chien. Des sillons légers et longs, imprimés sur de petites éminences de sable, entre les traces des pattes, m'ont fait connaître que c'était une chienne dont les mamelles étaient pendantes, et qu'ainsi elle avait fait des petits il y a peu de jours. D'autres traces en un sens différent, qui paraissaient toujours avoir rasé la surface du sable à côté des pattes de devant, m'ont appris qu'elle avait les oreilles très longues ; et comme j'ai remarqué que le sable était toujours moins creusé par une patte que par trois autres, j'ai compris que la chienne de notre auguste reine était un peu boiteuse, si je l'ose dire.

« À l'égard du cheval du roi des rois, vous saurez que, me promenant dans les routes de ce bois, j'ai aperçu les marques des fers d'un cheval ; elles étaient toutes à égales distances. " Voilà, ai-je dit, un cheval qui a un galop parfait. " La poussière des arbres, dans une route étroite qui n'a que sept pieds de large, était un peu enlevée à droite et à gauche, à trois pieds et demi du milieu de la route. " Ce cheval, ai-je dit, a une queue de trois pieds et demi, qui, par ses mouvements de droite et de gauche, a balayé cette poussière. " J'ai vu sous les arbres, qui formaient un berceau de cinq pieds de haut, les feuilles des branches nouvellement tombées, et j'ai connu que ce cheval y avait touché, et qu'ainsi il avait cinq pieds de haut. Quant à son mors, il doit être d'or à vingt-trois carats : car il en a frotté les bossettes contre une pierre que j'ai reconnu être une pierre de touche et dont j'ai fait l'essai. J'ai jugé enfin, par les marques que ses fers ont laissées sur des cailloux d'une autre espèce, qu'il était ferré d'argent à onze deniers de fin. »

Tous les juges admirèrent le profond et subtil discernement de Zadig ; la nouvelle en vint jusqu'au roi et à la reine. On ne parlait que de Zadig dans les antichambres, dans la chambre et dans le cabinet ; et, quoique plusieurs mages opinassent qu'on devait le brûler comme sorcier, le roi ordonna qu'on lui rendît l'amende des quatre cents onces d'or à laquelle il avait été condamné. Le greffier, les huissiers, les procureurs, vinrent chez lui en grand appareil lui rapporter ses quatre cents onces ; ils en retinrent seulement trois cent quatre-vingt-dix-huit pour les frais de justice, et leurs valets demandèrent des honoraires.

Zadig vit combien il était dangereux quelquefois d'être trop savant, et se promit bien, à la première occasion, de ne point dire ce qu'il avait vu.

Cette occasion se trouva bientôt. Un prisonnier d'État s'échappa ; il passa sous les fenêtres de sa maison. On interrogea Zadig, il ne répondit rien ; mais on lui prouva qu'il avait regardé par la fenêtre. Il fut condamné pour ce crime à cinq cents onces d'or, et il remercia ses juges de leur indulgence, selon la coutume de Babylone. « Grand Dieu ! dit-il en lui-même, qu'on est à plaindre quand on se promène dans un bois où la chienne de la reine et le cheval du roi ont passé ! qu'il est dangereux de se mettre à la fenêtre ! et qu'il est difficile d'être heureux dans cette vie ! »

CHAPITRE IV

L'ENVIEUX

Zadig voulut se consoler par la philosophie et par l'amitié des maux que lui avait faits la fortune. Il avait, dans un faubourg de Babylone, une maison ornée avec goût, où il rassemblait tous les arts et tous les plaisirs dignes d'un honnête homme. Le matin, sa bibliothèque était ouverte à tous les savants ; le soir, sa table l'était à la bonne compagnie ; mais il connut bientôt combien les savants sont dangereux. Il s'éleva une grande dispute sur une loi de Zoroastre qui défendait de manger du griffon [16]. « Comment défendre le griffon, disaient les uns, si cet animal n'existe pas ? — Il faut bien qu'il existe, disaient les autres, puisque Zoroastre ne veut pas qu'on en mange. » Zadig voulut les accorder, en leur disant : « S'il y á des griffons, n'en mangeons point ; s'il n'y en a point, nous en mangerons encore moins, et par là nous obéirons tous à Zoroastre. »

Un savant, qui avait composé treize volumes sur les propriétés du griffon, et qui de plus était grand théurgite, se hâta d'aller accuser Zadig devant un archimage nommé Yébor[17], le plus sot des Chaldéens, et partant le plus fanatique. Cet homme aurait fait empaler Zadig pour la plus grande gloire du soleil, et en aurait récité le bréviaire de Zoroastre d'un ton plus satisfait. L'ami Cador (un ami vaut mieux que cent prêtres) alla trouver le vieux Yébor, et lui dit : « Vivent le soleil et les griffons ! gardez-vous bien de punir Zadig : c'est un saint ; il a des griffons dans sa basse-cour, et il n'en mange point ; et son accusateur est un hérétique qui ose soutenir que les lapins ont le pied fendu et ne sont point immondes. — Eh bien ! dit Yébor en branlant sa tête chauve, il faut empaler Zadig pour avoir mal pensé des griffons, et l'autre pour avoir mal parlé des lapins. » Cador apaisa l'affaire par le moyen d'une fille d'honneur à laquelle il avait fait un enfant, et qui avait beaucoup de crédit dans le collège des mages. Personne ne fut empalé ; de quoi plusieurs docteurs murmurèrent, et en présagèrent la décadence de Babylone. Zadig s'écria : « À quoi tient le bonheur ! tout me persécute dans ce monde, jusqu'aux êtres qui n'existent pas. » Il maudit les savants, et ne voulut plus vivre qu'en bonne compagnie.

Il rassemblait chez lui les plus honnêtes gens de Babylone et les dames les plus aimables ; il donnait des soupers délicats, souvent précédés de concerts, et animés par des conversations charmantes dont il avait su bannir l'empressement de montrer de l'esprit, qui est la plus sûre manière de n'en point avoir et de gâter la société la plus brillante. Ni le choix de ses amis ni celui des mets n'étaient faits par la vanité : car en tout il préférait l'être au paraître ; et par là il s'attirait la considération véritable, à laquelle il ne prétendait pas.

Vis-à-vis sa maison demeurait Arimaze, personnage dont la méchante âme était peinte sur sa grossière physionomie. Il était rongé de fiel et bouffi d'orgueil ; et, pour comble, c'était un bel esprit ennuyeux. N'ayant jamais pu réussir dans le monde, il se vengeait par en médire. Tout riche qu'il était, il avait de la peine à rassembler chez lui des flatteurs. Le bruit des chars qui entraient le soir chez Zadig l'importunait, le bruit de ses louanges l'irritait davantage. Il allait quelquefois chez Zadig, et se mettait à table sans être prié : il y corrompait toute la joie de la société, comme on dit que les harpies infectent les viandes qu'elles touchent. Il lui arriva un jour de vouloir donner une fête à une dame qui, au lieu de la recevoir, alla souper chez Zadig. Un autre jour, causant avec lui dans le palais, ils abordèrent un ministre qui pria Zadig à souper, et ne pria point Arimaze. Les plus implacables haines n'ont pas souvent des fondements plus importants. Cet homme, qu'on appelait l'Envieux dans Babylone, voulut perdre Zadig parce qu'on l'appelait l'Heureux. L'occasion de faire du mal se trouve cent fois par jour, et celle de faire du bien une fois dans l'année, comme dit Zoroastre.

L'envieux alla chez Zadig, qui se promenait dans ses jardins avec deux amis et une dame, à laquelle il disait souvent des choses galantes, sans autre intention que celle de les dire. La conversation roulait sur une guerre que le roi venait de terminer heureusement contre le prince d'Hyrcanie, son vassal. Zadig, qui avait signalé son courage dans cette courte guerre, louait beaucoup le roi, et encore plus la dame. Il prit ses tablettes, et écrivit quatre vers qu'il fit sur-le-champ et qu'il donna à lire à cette belle personne. Ses amis le prièrent de leur en faire part ; la modestie, ou plutôt un amour-propre bien entendu, l'en empêcha. Il savait que des vers impromptus ne sont jamais bons que pour celle en l'honneur de qui ils sont faits : il brisa en deux la feuille des tablettes sur laquelle il venait d'écrire, et jeta les deux moitiés dans un buisson de roses où on les chercha inutilement. Une petite pluie survint ; on regagna la maison. L'envieux, qui resta dans le jardin, chercha tant qu'il trouva un morceau de la feuille. Elle avait été tellement rompue que chaque moitié de vers qui remplissait la ligne faisait un sens, et même un vers d'une plus petite mesure ; mais, par un hasard encore plus étrange, ces petits vers se trouvaient former un sens qui contenait les injures les plus horribles contre le roi. On y lisait[18] :

Par les plus grands forfaits
Sur le trône affermi,
Dans la publique paix
C'est le seul ennemi.

L'envieux fut heureux pour la première fois de sa vie. Il avait entre les mains de quoi perdre un homme vertueux et aimable. Plein de cette cruelle joie, il fit parvenir jusqu'au roi cette satire écrite de la main de Zadig : on le fit mettre en prison, lui, ses deux amis et la dame. Son procès lui fut bientôt fait, sans qu'on daignât l'entendre. Lorsqu'il vint recevoir sa sentence, l'envieux se trouva sur son passage, et lui dit tout haut que ses vers ne valaient rien. Zadig ne se piquait pas d'être bon poète ; mais il était au désespoir d'être condamné comme criminel de lèse-majesté et de voir qu'on retînt en prison une belle dame et deux amis pour un crime qu'il n'avait pas fait. On ne lui permit pas de parler, parce que ses tablettes parlaient. Telle était la loi de Babylone. On le fit donc aller au supplice à travers une foule de curieux, dont aucun n'osait le plaindre, et qui se précipitaient pour examiner son visage et pour voir s'il mourrait avec bonne grâce. Ses parents seulement étaient affligés, car ils n'héritaient pas. Les trois quarts de son bien étaient confisqués au profit du roi, et l'autre quart au profit de l'envieux.

Dans le temps qu'il se préparait à la mort, le perroquet du roi s'envola de son balcon, et s'abattit dans le jardin de Zadig sur un buisson de roses. Une pêche y avait été portée d'un arbre voisin par le vent : elle était tombée sur un morceau de tablette à écrire auquel elle s'était collée. L'oiseau enleva la pêche et la tablette, et les porta sur les genoux du monarque. Le prince, curieux, y lut des mots qui ne formaient aucun sens, et qui paraissaient des fins de vers. Il aimait la poésie, et il y a toujours de la ressource avec les princes qui aiment les vers : l'aventure de son perroquet le fit rêver. La reine, qui se souvenait de ce qui avait été écrit sur une pièce de la tablette de Zadig, se la fit apporter. On confronta les deux morceaux, qui s'ajustaient ensemble parfaitement ; on lut alors les vers tels que Zadig les avait faits :

Par les plus grands forfaits j'ai vu troubler la terre.
Sur le trône affermi, le roi sait tout dompter.
Dans la publique paix l'amour seul fait la guerre :
C'est le seul ennemi qui soit à redouter.

Le roi ordonna aussitôt qu'on fît venir Zadig devant lui, et qu'on fît sortir de prison ses deux amis et la belle dame. Zadig se jeta le visage contre terre aux pieds du roi et de la reine : il leur demanda très humblement pardon d'avoir fait de mauvais vers ; il parla avec tant de grâce, d'esprit et de raison que le roi et la reine voulurent le revoir. Il revint, et plut encore davantage. On lui donna tous les biens de l'envieux qui l'avait injustement accusé ; mais Zadig les rendit tous, et l'envieux ne fut touché que du plaisir de ne pas perdre son bien. L'estime du roi s'accrut de jour en jour pour Zadig. Il le mettait de tous ses plaisirs et le consultait dans toutes ses affaires. La reine le regarda dès lors avec une complaisance qui pouvait devenir dangereuse pour elle, pour le roi son auguste époux, pour Zadig et pour le royaume. Zadig commençait à croire qu'il n'est pas si difficile d'être heureux.

CHAPITRE V

LES GÉNÉREUX

Le temps arriva où l'on célébrait une grande fête qui revenait tous les cinq ans. C'était la coutume à Babylone de déclarer solennellement, au bout de cinq années, celui des citoyens qui avait fait l'action la plus généreuse[19]. Les grands et les mages étaient les juges. Le premier satrape, chargé du soin de la ville, exposait les plus belles actions qui s'étaient passées sous son gouvernement. On allait aux voix ; le roi prononçait le jugement. On venait à cette solennité des extrémités de la terre. Le vainqueur recevait des mains du monarque une coupe d'or garnie de pierreries, et le roi lui disait ces paroles : *Recevez ce prix de la générosité, et puissent les dieux me donner beaucoup de sujets qui vous ressemblent !*

Ce jour mémorable venu, le roi parut sur son trône, environné des grands, des mages, et des députés de toutes les nations qui venaient à ces jeux, où la gloire s'acquérait non par la légèreté des chevaux, non par la force du corps, mais par la vertu. Le premier satrape rapporta à haute voix les actions qui pouvaient mériter à leurs auteurs ce prix inestimable. Il ne parla point de la grandeur d'âme avec laquelle Zadig avait rendu à l'envieux toute sa fortune : ce n'était pas une action qui méritât de disputer le prix.

Il présenta d'abord un juge qui, ayant fait perdre un procès considérable à un citoyen par une méprise dont il n'était pas même responsable, lui avait donné tout son bien, qui était la valeur de ce que l'autre avait perdu.

Il produisit ensuite un jeune homme qui, étant éperdument épris d'une fille qu'il allait épouser, l'avait cédée à un ami près d'expirer d'amour pour elle, et qui avait encore payé la dot en cédant la fille.

Ensuite, il fit paraître un soldat qui, dans la guerre d'Hyrcanie, avait donné encore un plus grand exemple de générosité. Des soldats ennemis lui enlevaient sa maîtresse, et il la défendait contre eux ; on vint lui dire que d'autres Hyrcaniens enlevaient sa mère à quelques pas de là : il quitta en pleurant sa maîtresse, et courut délivrer sa mère ; il retourna ensuite vers celle qu'il aimait, et la trouva expirante. Il voulut se tuer ; sa mère lui remontra qu'elle n'avait que lui pour tout secours, et il eut le courage de souffrir la vie.

Les juges penchaient pour ce soldat. Le roi prit la parole, et dit : « Son action et celles des autres sont belles ; mais elles ne m'étonnent point ; hier Zadig en a fait une qui m'a étonné. J'avais disgracié depuis quelques jours mon ministre et mon favori Coreb. Je me plaignais de lui avec violence, et tous mes courtisans m'assuraient que j'étais trop doux ; c'était à qui me dirait le plus de mal de Coreb. Je demandai à Zadig ce qu'il en pensait, et il osa en dire du bien. J'avoue que j'ai vu, dans nos histoires, des exemples qu'on a payé de son bien une erreur, qu'on a cédé sa maîtresse, qu'on a préféré une mère à l'objet de son amour ; mais je n'ai jamais lu qu'un courtisan ait parlé avantageusement d'un ministre disgracié, contre qui son souverain était en colère. Je donne vingt mille pièces d'or à chacun de ceux dont on vient de réciter les actions généreuses ; mais je donne la coupe à Zadig.

— Sire, lui dit-il, c'est Votre Majesté seule qui mérite la coupe, c'est elle qui a fait l'action la plus inouïe, puisque, étant roi, vous ne vous êtes point fâché contre votre esclave, lorsqu'il contredisait votre passion. »

On admira le roi et Zadig. Le juge qui avait donné son bien, l'amant qui avait marié sa maîtresse à son ami, le soldat qui avait préféré le salut de sa mère à celui de sa maîtresse, reçurent les présents du monarque ; ils virent leurs noms écrits dans le livre des généreux. Zadig eut la coupe. Le roi acquit la réputation d'un bon prince, qu'il ne garda pas longtemps. Ce jour fut consacré par des fêtes plus longues que la loi ne le portait. La mémoire s'en conserve encore dans l'Asie. Zadig disait : « Je suis donc enfin heureux ! » Mais il se trompait.

CHAPITRE VI

LE MINISTRE

Le roi avait perdu son premier ministre. Il choisit Zadig pour remplir cette place. Toutes les belles dames de Babylone applaudirent à ce choix ; car depuis la fondation de l'empire il n'y avait jamais eu de ministre si jeune. Tous les courtisans furent fâchés ; l'envieux en eut un crachement de sang, et le nez lui enfla prodigieusement. Zadig, ayant remercié le roi et la reine, alla remercier aussi le perroquet : « Bel oiseau, lui dit-il, c'est vous qui m'avez sauvé la vie, et qui m'avez fait premier ministre : la chienne et le cheval de Leurs Majestés m'avaient fait beaucoup de mal, mais vous m'avez fait plus de bien. Voilà donc de quoi dépendent les destins des hommes ! Mais, ajouta-t-il, un bonheur si étrange sera peut-être bientôt évanoui. » Le perroquet répondit : « Oui. » Ce mot frappa Zadig ; cependant, comme il était bon physicien et qu'il ne croyait pas que les perroquets fussent prophètes, il se rassura bientôt et se mit à exercer son ministère de son mieux.

Il fit sentir à tout le monde le pouvoir sacré des lois, et ne fit sentir à personne le poids de sa dignité. Il ne gêna point les voix du divan, et chaque visir pouvait avoir un avis sans lui déplaire. Quand il jugeait une affaire, ce n'était pas lui qui jugeait, c'était la loi ; mais, quand elle était trop sévère, il la tempérait, et, quand on manquait de lois, son équité en faisait qu'on aurait prises pour celles de Zoroastre.

C'est de lui que les nations tiennent ce grand principe : qu'il vaut mieux hasarder de sauver un coupable que de condamner un innocent. Il croyait que les lois étaient faites pour secourir les citoyens autant que pour les intimider. Son principal talent était de démêler la vérité, que tous les hommes cherchent à obscurcir.

Dès les premiers jours de son administration il mit ce grand talent en usage. Un fameux négociant de Babylone était mort aux Indes ; il avait fait ses héritiers ses deux fils par portions égales, après avoir marié leur sœur, et il laissait un présent de trente mille pièces d'or à celui de ses deux fils qui serait jugé l'aimer davantage. L'aîné lui bâtit un tombeau, le second augmenta d'une partie de son héritage la dot de sa sœur ; chacun disait : « C'est l'aîné qui aime le mieux son père ; le cadet aime mieux sa sœur ; c'est à l'aîné qu'appartiennent les trente mille pièces. »

Zadig les fit venir tous deux l'un après l'autre. Il dit à l'aîné : « Votre père n'est point mort, il est guéri de sa dernière maladie, il revient à Babylone. — Dieu soit loué, répondit le jeune homme ; mais voilà un tombeau qui m'a coûté bien cher ! » Zadig dit ensuite la même chose au cadet. « Dieu soit loué, répondit-il, je vais rendre à mon père tout ce que j'ai ; mais je voudrais qu'il laissât à ma sœur ce que je lui ai donné. — Vous ne rendrez rien, dit Zadig, et vous aurez les trente mille pièces : c'est vous qui aimez le mieux votre père. »

Une fille fort riche avait fait une promesse de mariage à deux mages, et, après avoir reçu quelques mois des instructions de l'un et de l'autre, elle se trouva grosse. Ils voulaient tous deux l'épouser. « Je prendrai pour mon mari, dit-elle, celui des deux qui m'a mise en état de donner un citoyen à l'empire. — C'est moi qui ai fait cette bonne œuvre, dit l'un. — C'est moi qui ai eu cet avantage, dit l'autre. — Eh bien ! répondit-elle, je reconnais pour père de l'enfant celui des deux qui lui pourra donner la meilleure éducation. » Elle accoucha d'un fils. Chacun des mages veut l'élever. La cause est portée devant Zadig. Il fait venir les deux mages. « Qu'enseigneras-tu à ton pupille ? dit-il au premier. — Je lui apprendrai, dit le docteur, les huit parties d'oraison, la dialectique, l'astrologie, la démonomanie, ce que c'est que la substance et l'accident, l'abstrait et le concret, les monades et l'harmonie préétablie. — Moi, dit le second, je tâcherai de le rendre juste et digne d'avoir des amis. » Zadig prononça : *Que tu sois son père ou non, tu épouseras sa mère.*

CHAPITRE VII

LES DISPUTES ET LES AUDIENCES

C'est ainsi qu'il montrait tous les jours la subtilité de son génie et la bonté de son âme ; on l'admirait, et cependant on l'aimait. Il passait pour le plus fortuné de tous les hommes ; tout l'empire était rempli de son nom ; toutes les femmes le lorgnaient ; tous les citoyens célébraient sa justice ; les savants le regardaient comme leur oracle ; les prêtres même avouaient qu'il en savait plus que le vieux archimage Yébor. On était bien loin alors de lui faire des procès sur les griffons ; on ne croyait que ce qui lui semblait croyable.

Il y avait une grande querelle dans Babylone, qui durait depuis quinze cents années, et qui partageait l'empire en deux sectes opiniâtres : l'une prétendait qu'il ne fallait jamais entrer dans le temple de Mithra que du pied gauche ; l'autre avait cette coutume en abomination, et n'entrait jamais que du pied droit. On attendait le jour de la fête solennelle du feu sacré pour savoir quelle secte serait favorisée par Zadig. L'univers avait les yeux sur ses deux pieds, et toute la ville était en agitation et en suspens. Zadig entra dans le temple en sautant à pieds joints, et il prouva ensuite, par un discours éloquent, que le Dieu du ciel et de la terre, qui n'a acception de personne, ne fait pas plus de cas de la jambe gauche que de la jambe droite.

L'envieux et sa femme prétendirent que dans son discours il n'y avait pas assez de figures, qu'il n'avait pas fait assez danser les montagnes et les collines[20]. « Il est sec et sans génie, disaient-ils : on ne voit chez lui ni la mer s'enfuir, ni les étoiles tomber, ni le soleil se fondre comme la cire ; il n'a point le bon style oriental. » Zadig se contentait d'avoir le style de la raison. Tout le monde fut pour lui, non pas parce qu'il était dans le bon chemin, non pas parce qu'il était raisonnable, non pas parce qu'il était aimable, mais parce qu'il était premier visir.

Il termina aussi heureusement le grand procès entre les mages blancs et les mages noirs. Les blancs soutenaient que c'était une impiété de se tourner, en priant Dieu, vers l'orient d'hiver ; les noirs assuraient que Dieu avait en horreur les prières des hommes qui se tournaient vers le couchant d'été. Zadig ordonna qu'on se tournât comme on voudrait.

Il trouva ainsi le secret d'expédier le matin les affaires particulières et les générales ; le reste du jour il s'occupait des embellissements de Babylone[21] ; il faisait représenter des tragédies où l'on pleurait, et des comédies où l'on riait[22] ; ce qui était passé de mode depuis longtemps, et ce qu'il fit renaître parce qu'il avait du goût. Il ne prétendait pas en savoir plus que les artistes ; il les récompensait par des bienfaits et des distinctions, et n'était point jaloux en secret de leurs talents. Le soir, il amusait beaucoup le roi, et surtout la reine. Le roi disait : « Le grand ministre ! », la reine disait : « L'aimable ministre ! » et tous deux ajoutaient : « C'eût été grand dommage qu'il eût été pendu. »

Jamais homme en place ne fut obligé de donner tant d'audiences aux dames. La plupart venaient lui parler des affaires qu'elles n'avaient point, pour en avoir une avec lui. La femme de l'envieux s'y présenta des premières ; elle lui jura par Mithra, par Zenda-Vesta[23], et par le feu sacré, qu'elle avait détesté la conduite de son mari ; elle lui confia ensuite que ce mari était un jaloux, un brutal ; elle lui fit entendre que les dieux le punissaient en lui refusant les précieux effets de ce feu sacré par lequel l'homme est semblable aux immortels : elle finit par laisser tomber sa jarretière ; Zadig la ramassa avec sa politesse ordinaire, mais il ne la rattacha point au genou de la dame ; et cette petite faute, si c'en est une, fut la cause des plus horribles infortunes. Zadig n'y pensa pas, et la femme de l'envieux y pensa beaucoup.

D'autres dames se présentaient tous les jours. Les annales secrètes de Babylone prétendent qu'il succomba une fois, mais qu'il fut tout étonné de jouir sans volupté, et d'embrasser son amante avec distraction. Celle à qui il donna, sans presque s'en apercevoir, des marques de sa protection, était une femme de chambre de la reine Astarté. Cette tendre Babylonienne se disait à elle-même pour se consoler : « Il faut que cet homme-là ait prodigieusement d'affaires dans la tête, puisqu'il y songe encore, même en faisant l'amour. » Il échappa à Zadig, dans les instants où plusieurs personnes ne disent mot, et où d'autres ne prononcent que des paroles sacrées, de s'écrier tout à coup : « La reine ! » La Babylonienne crut enfin qu'il était revenu à lui dans un bon moment, et qu'il lui disait : « Ma reine ! » Mais Zadig, toujours très distrait, prononça le nom d'Astarté. La dame, qui dans ces heureuses circonstances interprétait tout à son avantage, s'imagina que cela voulait dire : « Vous êtes plus belle que la reine Astarté ! » Elle sortit du sérail de Zadig avec de très beaux présents. Elle alla conter son aventure à l'envieuse, qui était son amie intime ; celle-ci fut cruellement piquée de la préférence. « Il n'a pas daigné seulement, dit-elle, me rattacher cette jarretière que voici, et dont je ne veux plus me servir. — Oh ! oh ! dit la fortunée à l'envieuse, vous portez les mêmes jarretières que la reine ! Vous les prenez donc chez la même faiseuse ? » L'envieuse rêva profondément, ne répondit rien, et alla consulter son mari l'envieux.

Cependant Zadig s'apercevait qu'il avait toujours des distractions quand il donnait des audiences et quand il jugeait ; il ne savait à quoi les attribuer : c'était là sa seule peine.

Il eut un songe : il lui semblait qu'il était couché d'abord sur des herbes sèches, parmi lesquelles il y en avait quelques-unes de piquantes qui l'incommodaient, et qu'ensuite il reposait mollement sur un lit de roses, dont il sortait un serpent qui le blessait au cœur de sa langue acérée et envenimée. « Hélas ! disait-il, j'ai été longtemps couché sur ces herbes sèches et piquantes, je suis maintenant sur le lit de roses ; mais quel sera le serpent ? »

CHAPITRE VIII

LA JALOUSIE

Le malheur de Zadig vint de son bonheur même, et surtout de son mérite. Il avait tous les jours des entretiens avec le roi et avec Astarté, son auguste épouse. Les charmes de sa conversation redoublaient encore par cette envie de plaire qui est à l'esprit ce que la parure est à la beauté ; sa jeunesse et ses grâces firent insensiblement sur Astarté une impression dont elle ne s'aperçut pas d'abord. Sa passion croissait dans le sein de l'innocence. Astarté se livrait sans scrupule et sans crainte au plaisir de voir et d'entendre un homme cher à son époux et à l'État ; elle ne cessait de le vanter au roi ; elle en parlait à ses femmes, qui enchérissaient encore sur ses louanges ; tout servait à enfoncer dans son cœur le trait qu'elle ne sentait pas. Elle faisait des présents à Zadig, dans lesquels il entrait plus de galanterie qu'elle ne pensait ; elle croyait ne lui parler qu'en reine contente de ses services, et quelquefois ses expressions étaient d'une femme sensible.

Astarté était beaucoup plus belle que cette Sémire qui haïssait tant les borgnes, et que cette autre femme qui avait voulu couper le nez à son époux. La familiarité d'Astarté, ses discours tendres, dont elle commençait à rougir, ses regards, qu'elle voulait détourner, et qui se fixaient sur les siens, allumèrent dans le cœur de Zadig un feu dont il s'étonna. Il combattit ; il appela à son secours la philosophie, qui l'avait toujours secouru ; il n'en tira que des lumières, et n'en reçut aucun soulagement. Le devoir, la reconnaissance, la majesté souveraine violée, se présentaient à ses yeux comme des dieux vengeurs ; il combattait, il triomphait ; mais cette victoire, qu'il fallait remporter à tout moment, lui coûtait des gémissements et des larmes. Il n'osait plus parler à la reine avec cette douce liberté qui avait eu tant de charmes pour tous deux ; ses yeux se couvraient d'un nuage ; ses discours étaient contraints et sans suite ; il baissait la vue ; et quand, malgré lui, ses regards se tournaient vers Astarté, ils rencontraient ceux de la reine mouillés de pleurs, dont il partait des traits de flamme ; ils semblaient se dire l'un à l'autre : « Nous nous adorons, et nous craignons de nous aimer ; nous brûlons tous deux d'un feu que nous condamnons. »

Zadig sortait d'auprès d'elle égaré, éperdu, le cœur surchargé d'un fardeau qu'il ne pouvait plus porter : dans la violence de ces agitations, il laissa pénétrer son secret à son ami Cador, comme un homme qui, ayant soutenu longtemps les atteintes d'une vive douleur, fait enfin connaître son mal par un cri qu'un redoublement aigu lui arrache, et par la sueur froide qui coule sur son front.

Cador lui dit : « J'ai déjà démêlé les sentiments que vous vouliez vous cacher à vous-même ; les passions ont des signes auxquels on ne peut se méprendre. Jugez, mon cher Zadig, puisque j'ai lu dans votre cœur, si le roi n'y découvrira pas un sentiment qui l'offense. Il n'a d'autre défaut que celui d'être le plus jaloux des hommes. Vous résistez à votre passion avec plus de force que la reine ne combat la sienne, parce que vous êtes philosophe et parce que vous êtes Zadig. Astarté est femme ; elle laisse parler ses regards avec d'autant plus d'imprudence qu'elle ne se croit pas encore coupable. Malheureusement rassurée sur son innocence, elle néglige des dehors nécessaires. Je tremblerai pour elle tant qu'elle n'aura rien à se reprocher. Si vous étiez d'accord l'un et l'autre, vous sauriez tromper tous les yeux : une passion naissante et combattue éclate ; un amour satisfait sait se cacher. » Zadig frémit à la proposition de trahir le roi, son bienfaiteur ; et jamais il ne fut plus fidèle à son prince que quand il fut coupable envers lui d'un crime involontaire. Cependant la reine prononçait si souvent le nom de Zadig, son front se couvrait de tant de rougeur en le prononçant, elle était tantôt si animée, tantôt si interdite, quand elle lui parlait en présence du roi ; une rêverie si profonde s'emparait d'elle quand il était sorti, que le roi fut troublé. Il crut tout ce qu'il voyait, et imagina tout ce qu'il ne voyait point. Il remarqua surtout que les babouches de sa femme étaient bleues, et que les babouches de Zadig étaient bleues, que les rubans de sa femme étaient jaunes, et que le bonnet de Zadig était jaune : c'étaient là de terribles indices pour un prince délicat. Les soupçons se tournèrent en certitude dans son esprit aigri.

Tous les esclaves des rois et des reines sont autant d'espions de leurs cœurs. On pénétra bientôt qu'Astarté était tendre, et que Moabdar était jaloux. L'envieux engagea l'envieuse à envoyer au roi sa jarretière, qui ressemblait à celle de la reine. Pour surcroît de malheur, cette jarretière était bleue. Le monarque ne songea plus qu'à la manière de se venger. Il résolut une nuit d'empoisonner la reine, et de faire mourir Zadig par le cordeau, au point du jour. L'ordre en fut donné à un impitoyable eunuque, exécuteur de ses vengeances. Il y avait alors dans la chambre du roi un petit nain qui était muet, mais qui n'était pas sourd. On le souffrait toujours : il était témoin de ce qui se passait de plus secret, comme un animal domestique. Ce petit muet était très attaché à la reine et à Zadig. Il entendit, avec autant de surprise que d'horreur, donner l'ordre de leur mort. Mais comment faire pour prévenir cet ordre effroyable, qui allait s'exécuter dans peu d'heures ? Il ne savait pas écrire ; mais il avait appris à peindre, et savait surtout faire ressembler. Il passa une partie de la nuit à crayonner ce qu'il voulait faire entendre à la reine. Son dessin représentait le roi agité de fureur, dans un coin du tableau, donnant des ordres à son eunuque ; un cordeau bleu et un vase sur la table, avec des jarretières bleues et des rubans jaunes ; la reine, dans le milieu du tableau, expirante entre les bras de ses femmes, et Zadig étranglé à ses pieds. L'horizon représentait un soleil levant, pour marquer que cette horrible exécution devait se faire aux premiers rayons de l'aurore. Dès qu'il eut fini cet ouvrage, il courut chez une femme d'Astarté, la réveilla, et lui fit entendre qu'il fallait dans l'instant même porter ce tableau à la reine.

Cependant, au milieu de la nuit, on vient frapper à la porte de Zadig ; on le réveille ; on lui donne un billet de la reine ; il doute si c'est un songe ; il ouvre la lettre d'une main tremblante. Quelle fut sa surprise, et qui pourrait exprimer la consternation et le désespoir dont il fut accablé, quand il lut ces paroles : *Fuyez dans l'instant même, ou l'on va vous arracher la vie. Fuyez, Zadig, je vous l'ordonne au nom de notre amour et de mes rubans jaunes. Je n'étais point coupable ; mais je sens que je vais mourir criminelle.*

Zadig eut à peine la force de parler. Il ordonna qu'on fît venir Cador, et, sans lui rien dire, il lui donna ce billet. Cador le força d'obéir et de prendre sur-le-champ la route de Memphis. « Si vous osez aller trouver la reine, lui dit-il, vous hâtez sa mort ; si vous parlez au roi, vous la perdez encore. Je me charge de sa destinée ; suivez la vôtre. Je répandrai le bruit que vous avez pris la route des Indes. Je viendrai bientôt vous trouver, et je vous apprendrai ce qui se sera passé à Babylone. »

Cador, dans le moment même, fit placer deux dromadaires des plus légers à la course vers une porte secrète du palais ; il fit monter Zadig, qu'il fallut porter et qui était près de rendre l'âme. Un seul domestique l'accompagna ; et bientôt Cador, plongé dans l'étonnement et dans la douleur, perdit son ami de vue.

Cet illustre fugitif, arrivé sur le bord d'une colline, d'où l'on voyait Babylone, tourna la vue sur le palais de la reine, et s'évanouit ; il ne reprit ses sens que pour verser des larmes et pour souhaiter la mort. Enfin, après s'être occupé de la destinée déplorable de la plus aimable des femmes et de la première reine du monde, il fit un mouvement de retour sur lui-même et s'écria : « Qu'est-ce donc que la vie humaine ?

Ô vertu ! à quoi m'avez-vous servi ? Deux femmes m'ont indignement trompé, la troisième, qui n'est point coupable, et qui est plus belle que les autres, va mourir ! Tout ce que j'ai fait de bien a toujours été pour moi une source de malédiction, et je n'ai été élevé au comble de la grandeur que pour tomber dans le plus horrible précipice de l'infortune. Si j'eusse été méchant comme tant d'autres, je serais heureux comme eux. » Accablé de ces réflexions funestes, les yeux chargés du voile de la douleur, la pâleur de la mort sur le visage, et l'âme abîmée dans l'excès d'un sombre désespoir, il continuait son voyage vers l'Égypte.

CHAPITRE IX

LA FEMME BATTUE

Zadig dirigeait sa route sur les étoiles. La constellation d'Orion et le brillant astre de Sirius le guidaient vers le pôle de Canope[24]. Il admirait ces vastes globes de lumière qui ne paraissent que de faibles étincelles à nos yeux, tandis que la terre, qui n'est en effet qu'un point imperceptible dans la nature, paraît à notre cupidité quelque chose de si grand et de si noble. Il se figurait alors les hommes tels qu'ils sont en effet, des insectes se dévorant les uns les autres sur un petit atome de boue. Cette image vraie semblait anéantir ses malheurs en lui retraçant le néant de son être et celui de Babylone. Son âme s'élançait jusque dans l'infini, et contemplait, détachée de ses sens, l'ordre immuable de l'univers. Mais lorsque ensuite, rendu à lui-même et rentrant dans son cœur, il pensait qu'Astarté était peut-être morte pour lui, l'univers disparaissait à ses yeux, et il ne voyait dans la nature entière qu'Astarté mourante et Zadig infortuné.

Comme il se livrait à ce flux et à ce reflux de philosophie

sublime et de douleur accablante, il avançait vers les frontières de l'Égypte ; et déjà son domestique fidèle était dans la première bourgade, où il lui cherchait un logement. Zadig cependant se promenait vers les jardins qui bordaient ce village. Il vit, non loin du grand chemin, une femme éplorée qui appelait le ciel et la terre à son secours, et un homme furieux qui la suivait. Elle était déjà atteinte par lui, elle embrassait ses genoux. Cet homme l'accablait de coups et de reproches. Il jugea, à la violence de l'Égyptien et aux pardons réitérés que lui demandait la dame, que l'un était un jaloux et l'autre une infidèle ; mais, quand il eut considéré cette femme, qui était d'une beauté touchante, et qui même ressemblait un peu à la malheureuse Astarté, il se sentit pénétré de compassion pour elle et d'horreur pour l'Égyptien. « Secourez-moi, s'écria-t-elle à Zadig avec des sanglots ; tirez-moi des mains du plus barbare des hommes, sauvez-moi la vie. »

À ces cris, Zadig courut se jeter entre elle et ce barbare. Il avait quelque connaissance de la langue égyptienne. Il lui dit en cette langue : « Si vous avez quelque humanité, je vous conjure de respecter la beauté et la faiblesse. Pouvez-vous outrager ainsi un chef-d'œuvre de la nature, qui est à vos pieds, et qui n'a pour sa défense que des larmes ? — Ah ! ah ! lui dit cet emporté, tu l'aimes donc aussi ; et c'est de toi qu'il faut que je me venge. » En disant ces paroles, il laisse la dame qu'il tenait d'une main par les cheveux, et prenant sa lance, il veut en percer l'étranger. Celui-ci, qui était de sang-froid, évita aisément le coup d'un furieux. Il se saisit de la lance près du fer dont elle est armée. L'un veut la retirer, l'autre l'arracher. Elle se brise entre leurs mains. L'Égyptien tire son épée ; Zadig s'arme de la sienne. Ils s'attaquent l'un l'autre. Celui-ci porte cent coups précipités ; celui-là les pare avec adresse. La dame, assise sur un gazon, rajuste sa coiffure et les regarde. L'Égyptien était plus robuste que son adversaire ; Zadig était plus adroit. Celui-ci se battait en homme dont la tête conduisait le bras, et celui-là comme un emporté, dont une colère aveugle guidait les mouvements au hasard. Zadig passe à lui et le désarme ; et tandis que l'Égyptien, devenu plus furieux, veut se jeter sur lui, il le saisit, le presse, le fait tomber, et lui tenant l'épée sur la poitrine, il lui offre de lui donner la vie ; l'Égyptien, hors de lui, tire son poignard ; il en blesse Zadig dans le temps même que le vainqueur lui pardonnait. Zadig, indigné, lui plonge son épée dans le sein. L'Égyptien jette un cri horrible, et meurt en se débattant.

Zadig alors s'avança vers la dame, et lui dit d'une voix soumise : « Il m'a forcé de le tuer : je vous ai vengée ; vous êtes délivrée de l'homme le plus violent que j'aie jamais vu. Que voulez-vous maintenant de moi, madame ? — Que tu meures, scélérat, lui répondit-elle, que tu meures ; tu as tué mon amant ; je voudrais pouvoir déchirer ton cœur. — En vérité, madame, vous aviez là un étrange homme pour amant, lui répondit Zadig ; il vous battait de toutes ses forces, et il voulait m'arracher la vie parce que vous m'avez conjuré de vous secourir. — Je voudrais qu'il me battît encore, reprit la dame en poussant des cris. Je le méritais bien, je lui avais donné de la jalousie. Plût au ciel qu'il me battît, et que tu fusses à sa place ! » Zadig, plus surpris et plus en colère qu'il ne l'avait été de sa vie, lui dit : « Madame, toute belle que vous êtes, vous mériteriez que je vous battisse à mon tour, tant vous êtes extravagante ; mais je n'en prendrai pas la peine. » Là-dessus, il remonta sur son chameau, et avança vers le bourg. À peine avait-il fait quelques pas qu'il se retourne au bruit que faisaient quatre courriers de Babylone. Ils venaient à toute bride. L'un d'eux, en voyant cette femme, s'écria : « C'est elle-même ; elle ressemble au portrait qu'on nous en a fait. » Ils ne s'embarrassèrent pas du mort, et se saisirent incontinent de la dame. Elle ne cessait de crier à Zadig : « Secourez-moi encore une fois, étranger généreux ! je vous demande pardon de m'être plainte de vous. Secourez-moi, et je suis à vous jusqu'au tombeau. » L'envie avait passé à Zadig de se battre désormais pour elle. « À d'autres ! répond-il ; vous ne m'y attraperez plus. »

D'ailleurs il était blessé, son sang coulait, il avait besoin de secours ; et la vue des quatre Babyloniens, probablement envoyés par le roi Moabdar, le remplissait d'inquiétude. Il s'avance en hâte vers le village, n'imaginant pas pourquoi quatre courriers de Babylone venaient prendre cette Égyptienne, mais encore plus étonné du caractère de cette dame.

CHAPITRE X

L'ESCLAVAGE

Comme il entrait dans la bourgade égyptienne, il se vit entouré par le peuple. Chacun criait : « Voilà celui qui a enlevé la belle Missouf, et qui vient d'assassiner Clétofis ! — Messieurs, dit-il, Dieu me préserve d'enlever jamais votre belle Missouf ! elle est trop capricieuse, et à l'égard de Clétofis, je ne l'ai point assassiné, je me suis défendu seulement contre lui. Il voulait me tuer, parce que je lui avais demandé très humblement grâce pour la belle Missouf, qu'il battait impitoyablement. Je suis un étranger qui vient chercher un asile dans l'Égypte ; et il n'y a pas d'apparence qu'en venant demander votre protection j'aie commencé par enlever une femme, et par assassiner un homme. »

Les Égyptiens étaient alors justes et humains [25]. Le peuple conduisit Zadig à la maison de ville. On commença par le faire panser de sa blessure, et ensuite on l'interrogea, lui et son domestique séparément, pour savoir la vérité. On reconnut que Zadig n'était point un assassin ; mais il était coupable du sang d'un homme ; la loi le condamnait à être esclave. On vendit au profit de la bourgade ses deux chameaux ; on distribua aux habitants tout l'or qu'il avait apporté ; sa personne fut exposée en vente dans la place publique, ainsi que celle de son compagnon de voyage. Un marchand arabe, nommé Sétoc, y mit l'enchère ; mais le valet, plus propre à la fatigue, fut vendu bien plus chèrement que le maître. On ne faisait pas de comparaison entre ces deux hommes. Zadig fut donc esclave subordonné à son valet : on les attacha ensemble avec une chaîne qu'on leur passa aux pieds, et en cet état ils suivirent le marchand arabe dans sa maison. Zadig, en chemin, consolait son domestique et l'exhortait à la patience ; mais, selon sa coutume, il faisait des réflexions sur la vie humaine. « Je vois, lui disait-il, que les malheurs de ma destinée se répandent sur la tienne. Tout m'a tourné jusqu'ici d'une façon bien étrange. J'ai été condamné à l'amende pour avoir vu passer une chienne ; j'ai pensé être empalé pour un griffon ; j'ai été envoyé au supplice parce que j'avais fait des vers à la louange du roi ; j'ai été sur le point d'être étranglé parce que la reine avait des rubans jaunes ; et me voici esclave avec toi parce qu'un brutal a battu sa maîtresse. Allons, ne perdons point courage ; tout ceci finira peut-être ; il faut bien que les marchands arabes aient des esclaves ; et pourquoi ne le serais-je pas comme un autre, puisque je suis homme, comme un autre ? Ce marchand ne sera pas impitoyable ; il faut qu'il traite bien ses esclaves, s'il en veut tirer des services. » Il parlait ainsi, et, dans le fond de son cœur, il était occupé du sort de la reine de Babylone.

Sétoc, le marchand, partit deux jours après pour l'Arabie déserte, avec ses esclaves et ses chameaux. Sa tribu habitait vers le désert d'Horeb[26]. Le chemin fut long et pénible. Sétoc, dans la route, faisait bien plus de cas du valet que du maître, parce que le premier chargeait bien mieux les chameaux ; et toutes les petites distinctions furent pour lui.

Un chameau mourut à deux journées d'Horeb ; on répartit sa charge sur le dos de chacun des serviteurs ; Zadig en eut sa part. Sétoc se mit à rire en voyant tous ses esclaves marcher courbés. Zadig prit la liberté de lui en expliquer la raison, et lui apprit les lois de l'équilibre. Le marchand, étonné, commença à le regarder d'un autre œil. Zadig, voyant qu'il avait excité sa curiosité, la redoubla en lui apprenant beaucoup de choses qui n'étaient point étrangères à son commerce ; les pesanteurs spécifiques des métaux et des denrées sous un volume égal ; les propriétés de plusieurs animaux utiles ; le moyen de rendre tels ceux qui ne l'étaient pas ; enfin il lui parut un sage. Sétoc lui donna la préférence sur son camarade, qu'il avait tant estimé. Il le traita bien, et n'eut pas sujet de s'en repentir.

Arrivé dans sa tribu, Sétoc commença par redemander cinq cents onces d'argent à un Hébreu auquel il les avait prêtées en présence de deux témoins ; mais ces deux témoins étaient morts, et l'Hébreu, ne pouvant être convaincu, s'appropriait l'argent du marchand, en remerciant Dieu de ce qu'il lui avait donné le moyen de tromper un Arabe. Sétoc confia sa peine à Zadig, qui était devenu son conseil. « En quel endroit, demanda Zadig, prêtâtes-vous vos cinq cents onces à cet infidèle ? — Sur une large pierre, répondit le marchand, qui est auprès du mont Horeb. — Quel est le caractère de votre débiteur ? dit Zadig. — Celui d'un fripon, reprit Sétoc. — Mais je vous demande si c'est un homme vif ou flegmatique, avisé ou imprudent. — C'est de tous les mauvais payeurs, dit Sétoc, le plus vif que je connaisse. — Eh bien ! insista Zadig, permettez que je plaide votre cause devant le juge. » En effet, il cita l'Hébreu au tribunal, et il parla ainsi au juge : « Oreiller du trône d'équité, je viens redemander à cet homme, au nom de mon maître, cinq cents onces d'argent, qu'il ne veut pas rendre. — Avez-vous des témoins ? dit le juge. — Non, ils sont morts ; mais il reste une large pierre sur laquelle l'argent fut compté ; et, s'il plaît à Votre Grandeur d'ordonner qu'on aille chercher la pierre, j'espère qu'elle portera témoignage ; nous resterons ici, l'Hébreu et moi, en attendant que la pierre vienne ; je l'enverrai chercher aux dépens de Sétoc, mon maître. — Très volontiers », répondit le juge. Et il se mit à expédier d'autres affaires.

À la fin de l'audience : « Eh bien ! dit-il à Zadig, votre pierre n'est pas encore venue ? » L'Hébreu, en riant, répondit : « Votre Grandeur resterait ici jusqu'à demain que la pierre ne serait pas encore arrivée ; elle est à plus de six milles d'ici, et il faudrait quinze hommes pour la remuer. — Eh bien ! s'écria Zadig, je vous avais bien dit que la pierre porterait témoignage ; puisque cet homme sait où elle est, il avoue donc que c'est sur elle que l'argent fut compté. » L'Hébreu, déconcerté, fut bientôt contraint de tout avouer. Le juge ordonna qu'il serait lié à la pierre, sans boire ni manger, jusqu'à ce qu'il eût rendu les cinq cents onces, qui furent bientôt payées.

L'esclave Zadig et la pierre furent en grande recommandation dans l'Arabie.

CHAPITRE XI

LE BÛCHER

Sétoc, enchanté, fit de son esclave son ami intime. Il ne pouvait pas plus se passer de lui qu'avait fait le roi de Babylone ; et Zadig fut heureux que Sétoc n'eût point de femme. Il découvrait dans son maître un naturel porté au bien, beaucoup de droiture et de bon sens. Il fut fâché de voir qu'il adorait l'armée céleste, c'est-à-dire le soleil, la lune et les étoiles, selon l'ancien usage d'Arabie[27]. Il lui en parlait quelquefois avec beaucoup de discrétion. Enfin il lui dit que c'étaient des corps comme les autres, qui ne méritaient pas plus son hommage qu'un arbre ou un rocher. « Mais, disait Sétoc, ce sont des êtres éternels dont nous tirons tous nos avantages ; ils animent la nature ; ils règlent les saisons ; ils sont d'ailleurs si loin de nous qu'on ne peut pas s'empêcher de les révérer. — Vous recevez plus d'avantages, répondit

Zadig, des eaux de la mer Rouge, qui portent vos marchandises aux Indes. Pourquoi ne serait-elle pas aussi ancienne que les étoiles ? Et, si vous adorez ce qui est éloigné de vous, vous devez adorer la terre des Gangarides[28], qui est aux extrémités du monde. — Non, disait Sétoc, les étoiles sont trop brillantes pour que je ne les adore pas. » Le soir venu, Zadig alluma un grand nombre de flambeaux dans la tente où il devait souper avec Sétoc ; et, dès que son patron parut, il se jeta à genoux devant ces cires allumées, et leur dit : « Éternelles et brillantes clartés, soyez-moi toujours propices. » Ayant proféré ces paroles, il se mit à table sans regarder Sétoc. « Que faites-vous donc ? lui dit Sétoc étonné. — Je fais comme vous, répondit Zadig ; j'adore ces chandelles, et je néglige leur maître et le mien. » Sétoc comprit le sens profond de cet apologue. La sagesse de son esclave entra dans son âme ; il ne prodigua plus son encens aux créatures, et adora l'Être éternel qui les a faites.

Il y avait alors dans l'Arabie une coutume affreuse, venue originairement de Scythie, et qui, s'étant établie dans les Indes par le crédit des brachmanes, menaçait d'envahir tout l'Orient. Lorsqu'un homme marié était mort et que sa femme bien-aimée voulait être sainte, elle se brûlait en public sur le corps de son mari[29]. C'était une fête solennelle qui s'appelait *le bûcher du veuvage*. La tribu dans laquelle il y avait eu le plus de femmes brûlées était la plus considérée. Un Arabe de la tribu de Sétoc étant mort, sa veuve, nommée Almona, qui était fort dévote, fit savoir le jour et l'heure où elle se jetterait dans le feu au son des tambours et des trompettes. Zadig remontra à Sétoc combien cette horrible coutume était contraire au bien du genre humain ; qu'on laissait brûler tous les jours de jeunes veuves qui pouvaient donner des enfants à l'État, ou du moins élever les leurs ; et il le fit convenir qu'il fallait, si on pouvait, abolir un usage si barbare. Sétoc répondit : « Il y a plus de mille ans que les femmes sont en possession de se brûler. Qui de nous osera changer une loi que le temps a consacrée ? Y a-t-il rien de plus respectable qu'un ancien abus ? — La raison est plus ancienne, reprit Zadig. Parlez aux chefs des tribus, et je vais trouver la jeune veuve. »

Il se fit présenter à elle ; et après s'être insinué dans son esprit par des louanges sur sa beauté, après lui avoir dit combien c'était dommage de mettre au feu tant de charmes, il la loua encore sur sa constance et sur son courage. « Vous aimiez donc prodigieusement votre mari ? lui dit-il. — Moi ? Point du tout, répondit la dame arabe. C'était un brutal, un jaloux, un homme insupportable ; mais je suis fermement résolue de me jeter sur son bûcher. — Il faut, dit Zadig, qu'il y ait apparemment un plaisir bien délicieux à être brûlée vive. — Ah ! cela fait frémir la nature, dit la dame ; mais il faut en passer par là. Je suis dévote ; je serais perdue de réputation, et tout le monde se moquerait de moi, si je ne me brûlais pas. » Zadig, l'ayant fait convenir qu'elle se brûlait pour les autres, et par vanité, lui parla longtemps d'une manière à lui faire aimer un peu la vie[30], et parvint même à lui inspirer quelque bienveillance pour celui qui lui parlait. « Que feriez-vous enfin, lui dit-il, si la vanité de vous brûler ne vous tenait pas ? — Hélas ! dit la dame, je crois que je vous prierais de m'épouser. »

Zadig était trop rempli de l'idée d'Astarté pour ne pas éluder cette déclaration ; mais il alla dans l'instant trouver les chefs des tribus, leur dit ce qui s'était passé, et leur conseilla de faire une loi par laquelle il ne serait permis à une veuve de se brûler qu'après avoir entretenu un jeune homme, tête à tête, pendant une heure entière. Depuis ce temps, aucune dame ne se brûla en Arabie. On eut au seul Zadig l'obligation d'avoir détruit en un jour une coutume si cruelle, qui durait depuis tant de siècles. Il était donc le bienfaiteur de l'Arabie.

CHAPITRE XII

LE SOUPER

Sétoc, qui ne pouvait se séparer de cet homme en qui habitait la sagesse, le mena à la grande foire de Balzora[31], où devaient se rendre les plus grands négociants de la terre habitable. Ce fut pour Zadig une consolation sensible de voir tant d'hommes de diverses contrées réunis dans la même place. Il lui paraissait que l'univers était une grande famille qui se rassemblait à Balzora. Il se trouva à table, dès le second jour, avec un Égyptien, un Indien gangaride, un habitant du Cathay, un Grec, un Celte, et plusieurs autres étrangers qui, dans leurs fréquents voyages vers le golfe arabique, avaient appris assez d'arabe pour se faire entendre. L'Égyptien paraissait fort en colère. « Quel abominable pays que Balzora ! disait-il ; on m'y refuse mille onces d'or sur le meilleur effet du monde ! — Comment donc ! dit Sétoc ; sur quel effet a-t-on refusé cette somme ? — Sur le corps de ma tante, répondit l'Égyptien ; c'était la plus brave femme d'Égypte. Elle m'accompagnait toujours ; elle est morte en chemin : j'en ai fait une des plus belles momies que nous ayons ; et je trouverais dans mon pays tout ce que je voudrais en la mettant en gage[32]. Il est bien étrange qu'on ne veuille pas seulement me donner ici mille onces d'or sur un effet si solide. » Tout en se courrouçant, il était près de manger d'une excellente poule bouillie, quand l'Indien, le prenant par la main, s'écria avec douleur : « Ah ! qu'allez-vous faire ? — Manger de cette poule, dit l'homme à la momie. — Gardez-vous-en bien, dit le Gangaride. Il se pourrait faire que l'âme de la défunte fût passée dans le corps de cette poule, et vous ne voudriez pas vous exposer à manger votre tante. Faire cuire des poules, c'est outrager manifestement la nature. — Que voulez-vous dire avec votre nature et vos poules ? reprit le colérique Égyptien ; nous adorons un bœuf, et nous en mangeons bien. — Vous adorez un bœuf ! est-il possible ? dit l'homme du Gange. — Il n'y a rien de si possible, repartit l'autre, il y a cent trente-cinq mille ans que nous en usons ainsi ; et personne parmi nous n'y trouve à redire. — Ah ! cent trente-cinq mille ans ! dit l'Indien, ce compte est un peu exagéré ; il n'y en a que quatre-vingt mille que l'Inde est peuplée, et assurément nous sommes vos anciens ; et Brahma nous avait défendu de manger des bœufs avant que vous vous fussiez avisés de les mettre sur les autels et à la broche. — Voilà un plaisant animal que votre Brahma, pour le comparer à Apis ! dit l'Égyptien ; qu'a donc fait votre Brahma de si beau ? » Le bramin répondit : « C'est lui qui a appris aux hommes à lire et à écrire, et à qui toute la terre doit le jeu des échecs[33]. — Vous vous trompez, dit un Chaldéen qui était auprès de lui ; c'est le poisson Oannès[34] à qui on doit de si grands bienfaits, et il est juste de ne rendre qu'à lui ses hommages. Tout le monde vous dira que c'était un être divin, qu'il avait la queue dorée, avec une belle tête d'homme, et qu'il sortait de l'eau pour venir prêcher à terre trois heures par jour. Il eut plusieurs enfants, qui furent rois, comme chacun sait. J'ai son portrait chez moi, que je vénère comme je le dois. On peut manger du bœuf tant qu'on veut ; mais c'est assurément une très grande impiété de faire cuire du poisson ; d'ailleurs vous êtes tous deux d'une origine trop peu noble et trop récente pour me rien disputer. La nation égyptienne ne compte que cent trente-cinq mille ans, et les Indiens ne se vantent que de quatre-vingt mille, tandis que nous avons des almanachs de quatre mille siècles. Croyez-moi, renoncez à vos folies, et je vous donnerai à chacun un beau portrait d'Oannès. »

L'homme de Cambalu, prenant la parole, dit : « Je respecte fort les Égyptiens, les Chaldéens, les Grecs, les Celtes, Brahma, le bœuf Apis, le beau poisson Oannès ; mais peut-être que le Li ou le Tien*[35], comme on voudra l'appeler, vaut bien les bœufs et les poissons. Je ne dirai rien de mon pays ; il est aussi grand que la terre d'Égypte, la Chaldée et les Indes ensemble. Je ne dispute pas d'antiquité, parce qu'il suffit d'être heureux, et que c'est fort peu de chose d'être ancien ; mais, s'il fallait parler d'almanachs, je dirais que toute l'Asie prend les nôtres, et que nous en avions de fort bons avant qu'on sût l'arithmétique en Chaldée.

— Vous êtes de grands ignorants tous tant que vous êtes, s'écria le Grec ; est-ce que vous ne savez pas que le chaos est le père de tout, et que la forme et la matière ont mis le monde dans l'état où il est ? » Ce Grec parla longtemps ; mais il fut enfin interrompu par le Celte, qui, ayant beaucoup bu pendant qu'on disputait, se crut alors plus savant que tous les autres, et dit en jurant qu'il n'y avait que Teutath[36] et le gui de chêne qui valussent la peine qu'on en parlât ; que, pour lui, il avait toujours du gui dans sa poche ; que les Scythes, ses ancêtres, étaient les seuls gens de bien qui eussent jamais été au monde ; qu'ils avaient, à la vérité, quelquefois mangé des hommes, mais que cela n'empêchait pas qu'on ne dût avoir beaucoup de respect pour sa nation ; et qu'enfin, si quelqu'un parlait mal de Teutath, il lui apprendrait à vivre[37]. La querelle s'échauffa pour lors, et Sétoc vit le moment où la table allait être ensanglantée. Zadig, qui avait gardé le silence pendant toute la dispute, se leva enfin : il s'adressa d'abord au Celte, comme au plus furieux ; il lui dit qu'il avait raison, et lui demanda du gui ; il loua le Grec sur son éloquence, et adoucit tous les esprits échauffés. Il ne dit que très peu de chose à l'homme du Cathay, parce qu'il avait été le plus raisonnable de tous. Ensuite il leur dit : « Mes amis, vous alliez vous quereller pour rien, car vous êtes tous du même avis. » À ce mot, ils se récrièrent tous. « N'est-il pas vrai, dit-il au Celte, que vous

* Mots chinois qui signifient proprement : *Li*, la lumière naturelle, la raison, et *Tien*, le ciel, et qui signifient aussi Dieu.

n'adorez pas ce gui, mais celui qui a fait le gui et le chêne ? — Assurément, répondit le Celte. — Et vous, monsieur l'Égyptien, vous révérez apparemment dans un certain bœuf celui qui vous a donné les bœufs ? — Oui, dit l'Égyptien. — Le poisson Oannès, continua-t-il, doit céder à celui qui a fait la mer et les poissons. — D'accord, dit le Chaldéen. — L'Indien, ajouta-t-il, et le Cathayen reconnaissent comme vous un premier principe ; je n'ai pas trop bien compris les choses admirables que le Grec a dites, mais je suis sûr qu'il admet aussi un Être supérieur, de qui la forme et la matière dépendent. » Le Grec, qu'on admirait, dit que Zadig avait très bien pris sa pensée. « Vous êtes donc tous de même avis, répliqua Zadig, et il n'y a pas là de quoi se quereller. » Tout le monde l'embrassa. Sétoc, après avoir vendu fort cher ses denrées, reconduisit son ami Zadig dans sa tribu. Zadig apprit en arrivant qu'on lui avait fait son procès en son absence et qu'il allait être brûlé à petit feu.

CHAPITRE XIII

LES RENDEZ-VOUS

Pendant son voyage à Balzora les prêtres des étoiles avaient résolu de le punir. Les pierreries et les ornements des jeunes veuves qu'ils envoyaient au bûcher leur appartenaient de droit[38] ; c'était bien le moins qu'ils fissent brûler Zadig pour le mauvais tour qu'il leur avait joué. Ils accusèrent donc Zadig d'avoir des sentiments erronés sur l'armée céleste ; ils déposèrent contre lui et jurèrent qu'ils lui avaient entendu dire que les étoiles ne se couchaient pas dans la mer. Ce blasphème effroyable fit frémir les juges ; ils furent prêts de déchirer leurs vêtements quand ils ouïrent ces paroles impies, et ils l'auraient fait, sans doute, si Zadig avait eu de quoi les payer. Mais, dans l'excès de leur douleur, ils se contentèrent de le condamner à être brûlé à petit feu. Sétoc, désespéré, employa en vain son crédit pour sauver son ami ; il fut bientôt obligé de se taire. La jeune veuve Almona, qui avait pris beaucoup de goût à la vie et qui en avait l'obligation à Zadig, résolut de le tirer du bûcher, dont il lui avait fait connaître l'abus. Elle roula son dessein dans sa tête, sans en parler à personne. Zadig devait être exécuté le lendemain ; elle n'avait que la nuit pour le sauver : voici comme elle s'y prit, en femme charitable et prudente.

Elle se parfuma, elle releva sa beauté par l'ajustement le plus riche et le plus galant, et alla demander une audience secrète au chef des prêtres des étoiles. Quand elle fut devant ce vieillard vénérable, elle lui parla en ces termes : « Fils aîné de la Grande Ourse, frère du Taureau, cousin du Grand Chien (c'étaient les titres de ce pontife), je viens vous confier mes scrupules. J'ai bien peur d'avoir commis un péché énorme en ne me brûlant pas dans le bûcher de mon cher mari. En effet, qu'avais-je à conserver ? une chair périssable, et qui est déjà toute flétrie. » En disant ces paroles, elle tira de ses longues manches de soie ses bras nus, d'une forme admirable et d'une blancheur éblouissante. « Vous voyez, dit-elle, le peu que cela vaut. » Le pontife trouva dans son cœur que cela valait beaucoup. Ses yeux le dirent, et sa bouche le confirma : il jura qu'il n'avait vu de sa vie de si beaux bras. « Hélas ! lui dit la veuve, les bras peuvent être un peu moins mal que le reste ; mais vous m'avouerez que la gorge n'était pas digne de mes attentions. » Alors elle laissa voir le sein le plus charmant que la nature eût jamais formé. Un bouton de rose sur une pomme d'ivoire n'eût paru auprès que de la garance sur du buis, et les agneaux sortant du lavoir auraient semblé d'un jaune brun. Cette gorge, ses grands yeux noirs qui languissaient en brillant doucement d'un feu tendre, ses joues animées de la plus belle pourpre mêlée au blanc de lait le plus pur, son nez, qui n'était pas comme la tour du mont Liban, ses lèvres, qui étaient comme deux bordures de corail renfermant les plus belles perles de la mer d'Arabie, tout cela ensemble fit croire au vieillard qu'il avait vingt ans. Il fit en bégayant une déclaration tendre. Almona, le voyant enflammé, lui demanda la grâce de Zadig. « Hélas ! dit-il, ma belle dame, quand je vous accorderais sa grâce, mon indulgence ne servirait de rien ; il faut qu'elle soit signée de trois autres de mes confrères. — Signez toujours, dit Almona. — Volontiers, dit le prêtre, à condition que vos faveurs seront le prix de ma facilité. — Vous me faites trop d'honneur, dit Almona ; ayez seulement pour agréable de venir dans ma chambre après que le soleil sera couché, et dès que la brillante étoile Sheat[39] sera sur l'horizon. Vous me trouverez sur un sopha couleur de rose, et vous en userez comme vous pourrez avec votre servante. » Elle sortit alors, emportant avec elle la signature, et laissa le vieillard plein d'amour et de défiance de ses forces. Il employa le reste du jour à se baigner ; il but une liqueur composée de la cannelle de Ceylan et des précieuses épices de Tidor et de Ternate[40], et attendit avec impatience que l'étoile Sheat vînt à paraître.

Cependant la belle Almona alla trouver le second pontife. Celui-ci l'assura que le soleil, la lune et tous les feux du firmament n'étaient que des feux follets en comparaison de ses charmes. Elle lui demanda la même grâce, et on lui proposa d'en donner le même prix. Elle se laissa vaincre, et donna rendez-vous au second pontife au lever de l'étoile Algénib[41]. De là, elle passa chez le troisième et chez le quatrième prêtre, prenant toujours une signature et donnant un rendez-vous d'étoile en étoile. Alors elle fit avertir les juges de venir chez elle pour une affaire importante. Ils s'y rendirent : elle leur montra les quatre noms, et leur dit à quel prix les prêtres avaient vendu la grâce de Zadig. Chacun d'eux arriva à l'heure prescrite ; chacun fut bien étonné d'y trouver ses confrères, et plus encore d'y trouver les juges, devant qui leur honte fut manifestée. Zadig fut sauvé. Sétoc fut si charmé de l'habileté d'Almona qu'il en fit sa femme.

Zadig partit après s'être jeté aux pieds de sa belle libératrice. Sétoc et lui se quittèrent en pleurant, en se jurant une amitié éternelle et en se promettant que le premier des deux qui ferait une grande fortune en ferait part à l'autre.

Zadig marcha du côté de la Syrie, toujours pensant à la malheureuse Astarté, et toujours réfléchissant sur le sort qui s'obstinait à se jouer de lui et à le persécuter. « Quoi ! disait-il, quatre cents onces d'or pour avoir vu passer une chienne ! condamné à être décapité pour quatre mauvais vers à la louange du roi ! prêt à être étranglé parce que la reine avait des babouches de la couleur de mon bonnet ! réduit en esclavage pour avoir secouru une femme qu'on battait ! et sur le point d'être brûlé pour avoir sauvé la vie à toutes les jeunes veuves arabes ! »

CHAPITRE XIV

LE BRIGAND

En arrivant aux frontières qui séparent l'Arabie Pétrée de la Syrie, comme il passait près d'un château assez fort, des Arabes armés en sortirent. Il se vit entouré ; on lui criait : « Tout ce que vous avez nous appartient, et votre personne appartient à notre maître. » Zadig pour réponse tira son épée ; son valet, qui avait du courage, en fit autant. Ils renversèrent morts les premiers Arabes qui mirent la main sur eux ; le nombre redoubla ; ils ne s'étonnèrent point, et résolurent de périr en combattant. On voyait deux hommes se défendre contre une multitude ; un tel combat ne pouvait durer longtemps. Le maître du château, nommé Arbogad, ayant vu d'une fenêtre les prodiges de valeur que faisait Zadig, conçut de l'estime pour lui. Il descendit en hâte, et vint lui-même écarter ses gens et délivrer les deux voyageurs.

« Tout ce qui passe sur mes terres est à moi, dit-il, aussi bien que ce que je trouve sur les terres des autres ; mais vous me paraissez un si brave homme que je vous exempte de la loi commune. » Il le fit entrer dans son château, ordonnant à ses gens de le bien traiter, et le soir, Arbogad voulut souper avec Zadig.

Le seigneur du château était un de ces Arabes qu'on appelle *voleurs*[42] ; mais il faisait quelquefois de bonnes actions parmi une foule de mauvaises ; il volait avec une rapacité furieuse, et donnait libéralement ; intrépide dans l'action, assez doux dans le commerce, débauché à table, gai dans la débauche, et surtout plein de franchise. Zadig lui plut beaucoup ; sa conversation, qui s'anima, fit durer le repas ; enfin Arbogad lui dit : « Je vous conseille de vous enrôler sous moi ; vous ne sauriez mieux faire ; ce métier-ci n'est pas mauvais ; vous pourrez un jour devenir ce que je suis. — Puis-je vous demander, dit Zadig, depuis quel temps vous exercez cette noble profession ? — Dès ma plus tendre jeunesse, reprit le seigneur. J'étais valet d'un Arabe assez habile ; ma situation m'était insupportable. J'étais au désespoir de voir que dans toute la terre, qui appartient également aux hommes, la destinée ne m'eût pas réservé ma portion[43]. Je confiai mes peines à un vieil Arabe, qui me dit : " Mon fils, ne désespérez pas : il y avait autrefois un grain de sable[44] qui se lamentait d'être un atome ignoré dans les déserts ; au bout de quelques années il devint diamant, et il est à présent le plus bel ornement de la couronne du roi des Indes. " Ce discours me fit impression ; j'étais le grain de sable, je résolus de devenir diamant. Je commençai par voler deux chevaux ; je m'associai des camarades ; je me mis en état de voler de petites caravanes ; ainsi je fis cesser peu à peu la disproportion qui était d'abord entre les hommes et moi. J'eus ma part aux biens de ce monde, et je fus même dédommagé avec usure : on me considéra beaucoup ; je devins seigneur brigand, j'acquis ce château par voie de fait. Le satrape de Syrie voulut m'en déposséder ; mais j'étais déjà trop riche pour avoir rien à craindre : je donnai de l'argent au satrape, moyennant quoi je conservai ce château, et j'agrandis mes domaines ; il me nomma même trésorier des tributs que l'Arabie Pétrée payait au roi des rois. Je fis ma charge de receveur, et point du tout celle de payeur.

« Le grand desterham de Babylone envoya ici, au nom du roi Moabdar, un petit satrape pour me faire étrangler. Cet homme arriva avec son ordre : j'étais instruit de tout ; je fis étrangler en sa présence les quatre personnes qu'il avait amenées avec lui pour serrer le lacet ; après quoi je lui demandai ce que pouvait lui valoir la commission de m'étrangler. Il me répondit que ses honoraires pouvaient aller à trois cents pièces d'or. Je lui fis voir clair qu'il y aurait plus à gagner avec moi. Je le fis sous-brigand ; il est aujourd'hui un de mes meilleurs officiers, et des plus riches. Si vous m'en croyez, vous réussirez comme lui. Jamais la saison de voler n'a été meilleure, depuis que Moabdar est tué et que tout est confusion dans Babylone.

— Moabdar est tué ! dit Zadig, et qu'est devenue la reine Astarté ? — Je n'en sais rien, reprit Arbogad. Tout ce que je sais, c'est que Moabdar est devenu fou, qu'il a été tué, que Babylone est un grand coupe-gorge, que tout l'empire est désolé, qu'il y a de beaux coups à faire encore, et que pour ma part j'en ai fait d'admirables. — Mais la reine ? dit Zadig ; de grâce, ne savez-vous rien de la destinée de la reine ? — On m'a parlé d'un prince d'Hyrcanie, reprit-il ; elle est probablement parmi ses concubines, si elle n'a pas été tuée dans le tumulte ; mais je suis plus curieux de butin que de nouvelles. J'ai pris plusieurs femmes dans mes courses ; je n'en garde aucune ; je les vends cher quand elles sont belles, sans m'informer de ce qu'elles sont. On n'achète point le rang ; une reine qui serait laide ne trouverait pas marchand : peut-être ai-je vendu la reine Astarté, peut-être est-elle morte ; mais peu m'importe, et je pense que vous ne devez pas vous en soucier plus que moi. » En parlant ainsi il buvait avec tant de courage, il confondait tellement toutes les idées, que Zadig n'en put tirer aucun éclaircissement.

Il restait interdit, accablé, immobile. Arbogad buvait toujours, faisait des contes, répétait sans cesse qu'il était le plus heureux de tous les hommes, exhortant Zadig à se rendre aussi heureux que lui. Enfin, doucement assoupi par les fumées du vin, il alla dormir d'un sommeil tranquille. Zadig passa la nuit dans l'agitation la plus violente. « Quoi ! disait-il, le roi est devenu fou ! il est tué ! Je ne peux m'empêcher de le plaindre. L'empire est déchiré, et ce brigand est heureux. Ô fortune ! ô destinée ! un voleur est heureux et ce que la nature a fait de plus aimable a péri peut-être d'une manière affreuse, ou vit dans un état pire que la mort. Ô Astarté ! qu'êtes-vous devenue ? »

Dès le point du jour, il interrogea tous ceux qu'il rencontrait dans le château ; mais tout le monde était occupé, personne ne lui répondit : on avait fait pendant la nuit de nouvelles conquêtes, on partageait les dépouilles. Tout ce qu'il put obtenir dans cette confusion tumultueuse, ce fut la permission de partir. Il en profita sans tarder, plus abîmé que jamais dans ses réflexions douloureuses.

Zadig marchait inquiet, agité, l'esprit tout occupé de la malheureuse Astarté, du roi de Babylone, de son fidèle Cador, de l'heureux brigand Arbogad, de cette femme si capricieuse que les Babyloniens avaient enlevée sur les confins de l'Égypte ; enfin de tous les contretemps et de toutes les infortunes qu'il avait éprouvés.

CHAPITRE XV

LE PÊCHEUR

À quelques lieues du château d'Arbogad, il se trouva sur le bord d'une petite rivière, toujours déplorant sa destinée et se regardant comme le modèle du malheur. Il vit un pêcheur couché sur la rive, tenant à peine d'une main languissante son filet, qu'il semblait abandonner, et levant les yeux vers le ciel.

« Je suis certainement le plus malheureux de tous les hommes, disait le pêcheur. J'ai été, de l'aveu de tout le monde, le plus célèbre marchand de fromages à la crème dans Babylone, et j'ai été ruiné. J'avais la plus jolie femme qu'homme de ma sorte pût posséder, et j'en ai été trahi. Il me restait une chétive maison, je l'ai vue pillée et détruite. Réfugié dans une cabane, je n'ai de ressource que ma pêche, et je ne prends pas un poisson. Ô mon filet ! je ne te jetterai plus dans l'eau, c'est à moi de m'y jeter. » En disant ces mots il se lève, et s'avance dans l'attitude d'un homme qui allait se précipiter et finir sa vie.

« Eh quoi ! se dit Zadig à lui-même, il y a donc des hommes aussi malheureux que moi ! » L'ardeur de sauver la vie au pêcheur fut aussi prompte que cette réflexion. Il court à lui, il l'arrête, il l'interroge d'un air attendri et consolant. On prétend qu'on en est moins malheureux quand on ne l'est pas seul. Mais, selon Zoroastre, ce n'est pas par malignité, c'est par besoin. On se sent alors entraîné vers un infortuné comme vers son semblable. La joie d'un homme heureux serait une insulte ; mais deux malheureux sont comme deux arbrisseaux faibles qui, s'appuyant l'un sur l'autre, se fortifient contre l'orage.

« Pourquoi succombez-vous à vos malheurs ? dit Zadig au

pêcheur. — C'est, répondit-il, parce que je n'y vois pas de ressource. J'ai été le plus considéré du village de Derlback[45] auprès de Babylone, et je faisais, avec l'aide de ma femme, les meilleurs fromages à la crème de l'empire. La reine Astarté et le fameux ministre Zadig les aimaient passionnément. J'avais fourni à leur maison six cents fromages. J'allai un jour à la ville pour être payé ; j'appris, en arrivant dans Babylone, que la reine et Zadig avaient disparu. Je courus chez le seigneur Zadig, que je n'avais jamais vu : je trouvai les archers du grand desterham, qui, munis d'un papier royal, pillaient sa maison loyalement et avec ordre. Je volai aux cuisines de la reine : quelques-uns des seigneurs de la bouche me dirent qu'elle était morte ; d'autres dirent qu'elle était en prison ; d'autres prétendirent qu'elle avait pris la fuite ; mais tous m'assurèrent qu'on ne me payerait point mes fromages. J'allai avec ma femme chez le seigneur Orcan, qui était une de mes pratiques : nous lui demandâmes sa protection dans notre disgrâce ; il l'accorda à ma femme, et me la refusa. Elle était plus blanche que ses fromages à la crème, qui commencèrent mon malheur ; et l'éclat de la pourpre de Tyr n'était pas plus brillant que l'incarnat qui animait cette blancheur. C'est ce qui fit qu'Orcan la retint, et me chassa de sa maison. J'écrivis à ma chère femme la lettre d'un désespéré. Elle dit au porteur : “ Ah, ah ! oui, je sais quel est l'homme qui m'écrit, j'en ai entendu parler : on dit qu'il fait des fromages à la crème excellents ; qu'on m'en apporte, et qu'on les lui paye. ”

« Dans mon malheur, je voulus m'adresser à la justice. Il me restait six onces d'or : il fallut en donner deux onces à l'homme de loi que je consultai, deux au procureur qui entreprit mon affaire, deux au secrétaire du premier juge. Quand tout cela fut fait, mon procès n'était pas encore commencé, et j'avais déjà dépensé plus d'argent que mes fromages et ma femme ne valaient. Je retournai à mon village dans l'intention de vendre ma maison pour avoir ma femme.

« Ma maison valait bien soixante onces d'or ; mais on me

voyait pauvre et pressé de vendre. Le premier à qui je m'adressai m'en offrit trente onces, le second vingt, et le troisième dix. J'étais prêt enfin de conclure, tant j'étais aveuglé, lorsqu'un prince d'Hyrcanie vint à Babylone et ravagea tout sur son passage. Ma maison fut d'abord saccagée, et ensuite brûlée.

« Ayant ainsi perdu mon argent, ma femme et ma maison, je me suis retiré dans ce pays où vous me voyez. J'ai tâché de subsister du métier de pêcheur ; les poissons se moquent de moi comme les hommes. Je ne prends rien, je meurs de faim ; et sans vous, auguste consolateur, j'allais mourir dans la rivière. »

Le pêcheur ne fit point ce récit tout de suite ; car à tout moment Zadig, ému et transporté, lui disait : « Quoi ! vous ne savez rien de la destinée de la reine ? — Non, Seigneur, répondait le pêcheur ; mais je sais que la reine et Zadig ne m'ont point payé mes fromages à la crème, qu'on a pris ma femme, et que je suis au désespoir. — Je me flatte, dit Zadig, que vous ne perdrez pas tout votre argent. J'ai entendu parler de ce Zadig ; il est honnête homme ; et s'il retourne à Babylone, comme il l'espère, il vous donnera plus qu'il ne vous doit ; mais pour votre femme, qui n'est pas si honnête, je vous conseille de ne pas chercher à la reprendre. Croyez-moi, allez à Babylone ; j'y serai avant vous, parce que je suis à cheval et que vous êtes à pied. Adressez-vous à l'illustre Cador ; dites-lui que vous avez rencontré son ami ; attendez-moi chez lui. Allez ; peut-être ne serez-vous pas toujours malheureux.

« Ô puissant Orosmade ! continua-t-il, vous vous servez de moi pour consoler cet homme, de qui vous servirez-vous pour me consoler ? » En parlant ainsi il donnait au pêcheur la moitié de tout l'argent qu'il avait apporté d'Arabie, et le pêcheur, confondu et ravi, baisait les pieds de l'ami de Cador, et disait : « Vous êtes un ange sauveur. »

Cependant Zadig demandait toujours des nouvelles et versait des larmes. « Quoi ! Seigneur, s'écria le pêcheur, vous seriez donc aussi malheureux, vous qui faites du bien ? — Plus malheureux que toi cent fois, répondait Zadig. — Mais comment se peut-il faire, disait le bonhomme, que celui qui donne soit plus à plaindre que celui qui reçoit ? — C'est que ton plus grand malheur, reprit Zadig, était le besoin, et que je suis infortuné par le cœur. — Orcan vous aurait-il pris votre femme ? » dit le pêcheur. Ce mot rappela dans l'esprit de Zadig toutes ses aventures : il répétait la liste de ses infortunes, à commencer depuis la chienne de la reine jusqu'à son arrivée chez le brigand Arbogad. « Ah ! dit-il au pêcheur, Orcan mérite d'être puni. Mais d'ordinaire ce sont ces gens-là qui sont les favoris de la destinée. Quoi qu'il en soit, va chez le seigneur Cador, et attends-moi. » Ils se séparèrent : le pêcheur marcha en remerciant son destin, et Zadig courut en accusant toujours le sien.

CHAPITRE XVI

LE BASILIC[46]

Arrivé dans une belle prairie, il y vit plusieurs femmes qui cherchaient quelque chose avec beaucoup d'application. Il prit la liberté de s'approcher de l'une d'elles et de lui demander s'il pouvait avoir l'honneur de les aider dans leurs recherches. « Gardez-vous-en bien, répondit la Syrienne ; ce que nous cherchons ne peut être touché que par des femmes. — Voilà qui est bien étrange, dit Zadig ; oserais-je vous prier de m'apprendre ce que c'est qu'il n'est permis qu'aux femmes de toucher ? — C'est un basilic, dit-elle. — Un basilic, madame ? et pour quelle raison, s'il vous plaît, cherchez-vous un basilic ? — C'est pour notre seigneur et maître Ogul[47], dont vous voyez le château sur le bord de cette rivière, au bout de la prairie. Nous sommes ses très humbles esclaves ; le seigneur Ogul est malade ; son médecin lui a ordonné de manger un basilic cuit dans l'eau rose, et comme c'est un animal fort rare, qui ne se laisse jamais prendre que par des femmes, le seigneur Ogul a promis de choisir pour sa femme bien-aimée celle de nous qui lui apporterait un basilic : laissez-moi chercher, s'il vous plaît, car vous voyez ce qu'il m'en coûterait si j'étais prévenue par mes compagnes. »

Zadig laissa cette Syrienne et les autres chercher leur basilic, et continua de marcher dans la prairie. Quand il fut au bord d'un petit ruisseau, il y trouva une autre dame couchée sur le gazon, et qui ne cherchait rien. Sa taille paraissait majestueuse, mais son visage était couvert d'un voile. Elle était penchée vers le ruisseau ; de profonds soupirs sortaient de sa bouche. Elle tenait en main une petite baguette, avec laquelle elle traçait des caractères sur un sable fin qui se trouvait entre le gazon et le ruisseau. Zadig eut la curiosité de voir ce que cette femme écrivait ; il s'approcha, il vit la lettre Z, puis un A ; il fut étonné ; puis parut un D ; il tressaillit. Jamais surprise ne fut égale à la sienne quand il vit les deux dernières lettres de son nom. Il demeura quelque temps immobile ; enfin, rompant le silence d'une voix entrecoupée : « Ô généreuse dame ! pardonnez à un étranger, à un infortuné, d'oser vous demander par quelle aventure étonnante je trouve ici le nom de ZADIG tracé de votre main divine. » À cette voix, à ces paroles, la dame releva son voile d'une main tremblante, regarda Zadig, jeta un cri d'attendrissement, de surprise et de joie, et, succombant sous tous les mouvements divers qui assaillaient à la fois son âme, elle tomba évanouie entre ses bras. C'était Astarté elle-même, c'était la reine de Babylone, c'était celle que Zadig adorait, et qu'il se reprochait d'adorer ; c'était celle dont il avait tant pleuré et tant craint la destinée. Il fut un moment privé de l'usage de ses sens ; et quand il eut attaché ses regards sur les yeux d'Astarté, qui se rouvraient avec une langueur mêlée de confusion et de tendresse : « Ô puissances immortelles ! s'écria-t-il, qui présidez aux destins des faibles humains, me rendez-vous Astarté ? En quel temps, en quels lieux, en quel état la revois-je ! » Il se jeta à genoux devant Astarté, et il attacha son front à la poussière de ses pieds. La reine de Babylone le relève, et le fait asseoir auprès d'elle sur le bord de ce ruisseau ; elle essuyait à plusieurs reprises ses yeux, dont les larmes recommençaient toujours à couler. Elle reprenait vingt fois des discours que ses gémissements interrompaient ; elle l'interrogeait sur le hasard qui les rassemblait, et prévenait soudain ses réponses par d'autres questions. Elle entamait le récit de ses malheurs, et voulait savoir ceux de Zadig. Enfin tous deux ayant un peu apaisé le tumulte de leurs âmes, Zadig lui conta en peu de mots par quelle aventure il se trouvait dans cette prairie. « Mais, ô malheureuse et respectable reine ! comment vous retrouvé-je en ce lieu écarté, vêtue en esclave, et accompagnée d'autres femmes esclaves qui cherchent un basilic pour le faire cuire dans de l'eau rose par ordonnance du médecin ?

— Pendant qu'elles cherchent leur basilic, dit la belle Astarté, je vais vous apprendre tout ce que j'ai souffert, et tout ce que je pardonne au ciel depuis que je vous revois. Vous savez que le roi mon mari trouva mauvais que vous fussiez le plus aimable de tous les hommes ; et ce fut pour cette raison qu'il prit une nuit la résolution de vous faire étrangler et de m'empoisonner. Vous savez comme le ciel permit que mon petit muet m'avertît de l'ordre de Sa Sublime Majesté. À peine le fidèle Cador vous eut-il forcé de m'obéir et de partir qu'il osa entrer chez moi au milieu de la nuit par une issue secrète. Il m'enleva, et me conduisit dans le temple d'Orosmade, où le mage, son frère, m'enferma dans une statue colossale dont la base touche aux fondements du temple et dont la tête atteint la voûte. Je fus là comme ensevelie, mais servie par le mage et ne manquant d'aucune chose nécessaire. Cependant, au point du jour, l'apothicaire de sa Majesté entra dans ma chambre avec une potion mêlée de jusquiame, d'opium, de ciguë, d'ellébore noir et d'aconit ; et un autre officier alla chez vous avec un lacet de soie bleue. On ne trouva personne. Cador, pour mieux tromper le roi, feignit de venir nous accuser tous deux. Il dit que vous aviez pris la route des Indes, et moi celle de Memphis : on envoya des satellites après vous et après moi.

« Les courriers qui me cherchaient ne me connaissaient pas. Je n'avais presque jamais montré mon visage qu'à vous seul, en présence et par ordre de mon époux. Ils coururent à ma poursuite, sur le portrait qu'on leur faisait de ma personne : une femme de la même taille que moi, et qui peut-être avait plus de charmes, s'offrit à leurs regards sur les frontières de l'Égypte. Elle était éplorée, errante. Ils ne doutèrent pas que cette femme ne fût la reine de Babylone ; ils la menèrent à Moabdar. Leur méprise fit entrer d'abord le roi dans une violente colère ; mais bientôt, ayant considéré de plus près cette femme, il la trouva très belle, et fut consolé. On l'appelait Missouf. On m'a dit depuis que son nom signifie en langue égyptienne *la belle capricieuse*. Elle l'était en effet ; mais elle avait autant d'art que de caprice. Elle plut à Moabdar. Elle le subjugua au point de se faire déclarer sa femme. Alors son caractère se développa tout entier ; elle se livra sans crainte à toutes les folies de son imagination. Elle voulut obliger le chef des mages, qui était vieux et goutteux, de danser devant elle ; et, sur le refus du mage, elle le persécuta violemment. Elle ordonna à son grand écuyer de lui faire une tourte de confitures. Le grand écuyer eut beau lui représenter qu'il n'était point pâtissier, il fallut qu'il fît la tourte ; et on le chassa parce qu'elle était trop brûlée. Elle donna la charge de grand écuyer à son nain, et la place de chancelier à un page. C'est ainsi qu'elle gouverna Babylone. Tout le monde me regrettait. Le roi, qui avait été assez honnête homme jusqu'au moment où il avait voulu m'empoisonner et vous faire étrangler, semblait avoir noyé ses vertus dans l'amour prodigieux qu'il avait pour la belle capricieuse. Il vint au temple le grand jour du feu sacré. Je le vis implorer les dieux pour Missouf aux pieds de la statue où j'étais renfermée. J'élevai la voix ; je lui criai : *Les dieux refusent les vœux d'un roi devenu tyran, qui a voulu faire mourir une femme raisonnable pour épouser une extravagante.* Moabdar fut confondu de ces paroles au point que sa tête se troubla. L'oracle que j'avais rendu et la tyrannie de Missouf suffisaient pour lui faire perdre le jugement. Il devint fou en peu de jours.

« Sa folie, qui parut un châtiment du ciel, fut le signal de la révolte. On se souleva, on courut aux armes. Babylone, si longtemps plongée dans une mollesse oisive, devint le théâtre d'une guerre civile affreuse. On me tira du creux de ma statue, et on me mit à la tête d'un parti. Cador courut à Memphis pour vous ramener à Babylone. Le prince d'Hyrcanie, apprenant ces funestes nouvelles, revint avec son armée faire un troisième parti dans la Chaldée. Il attaqua le roi, qui courut au-devant de lui avec son extravagante Égyptienne. Moabdar mourut percé de coups. Missouf tomba aux mains des vainqueurs. Mon malheur voulut que je fusse prise moi-même par un parti hyrcanien, et qu'on me menât devant le prince précisément dans le temps qu'on lui amenait Missouf. Vous serez flatté, sans doute, en apprenant que le prince me trouva plus belle que l'Égyptienne ; mais vous serez fâché d'apprendre qu'il me destina à son sérail. Il me dit fort résolument que, dès qu'il aurait fini une expédition militaire qu'il allait exécuter, il viendrait à moi. Jugez de ma douleur. Mes liens avec Moabdar étaient rompus, je pouvais être à Zadig ; et je tombais dans les chaînes d'un barbare. Je lui répondis avec toute la fierté que me donnaient mon rang et mes sentiments. J'avais toujours entendu dire que le ciel attachait aux personnes de ma sorte un caractère de grandeur qui, d'un mot et d'un coup d'œil, faisait rentrer dans l'abaissement du plus profond respect les téméraires qui osaient s'en écarter. Je parlai en reine ; mais je fus traitée en demoiselle suivante. L'Hyrcanien, sans daigner seulement m'adresser la parole, dit à son eunuque noir que j'étais une impertinente, mais qu'il me trouvait jolie. Il lui ordonna d'avoir soin de moi, et de me mettre au régime des favorites, afin de me rafraîchir le teint et de me rendre plus digne de ses faveurs pour le jour où il aurait la commodité de m'en honorer. Je lui dis que je me tuerais ; il répliqua en riant qu'on ne se tuait point, qu'il était fait à ces façons-là, et me quitta comme un homme qui vient de mettre un perroquet dans sa ménagerie. Quel état pour la première reine de l'univers, et, je dirai plus, pour un cœur qui était à Zadig ! »

À ces paroles, il se jeta à ses genoux et les baigna de larmes. Astarté le releva tendrement, et elle continua ainsi : « Je me voyais au pouvoir d'un barbare et rivale d'une folle avec qui j'étais renfermée. Elle me raconta son aventure d'Égypte. Je jugeai par les traits dont elle vous peignait, par le temps, par le dromadaire sur lequel vous étiez monté, par toutes les circonstances, que c'était Zadig qui avait combattu pour elle. Je ne doutai pas que vous ne fussiez à Memphis ; je pris la résolution de m'y retirer. " Belle Missouf, lui dis-je, vous êtes beaucoup plus plaisante que moi, vous divertirez bien mieux que moi le prince d'Hyrcanie. Facilitez-moi les moyens de me sauver ; vous régnerez seule, vous me rendrez heureuse en vous débarrassant d'une rivale. " Missouf concerta avec moi les moyens de ma fuite. Je partis donc secrètement avec une esclave égyptienne.

« J'étais déjà près de l'Arabie, lorsqu'un fameux voleur, nommé Arbogad, m'enleva, et me vendit à des marchands qui m'ont amenée dans ce château, où demeure le seigneur Ogul. Il m'a achetée sans savoir qui j'étais. C'est un homme voluptueux qui ne cherche qu'à faire grande chère, et qui croit que Dieu l'a mis au monde pour tenir table. Il est d'un embonpoint excessif, qui est toujours prêt à le suffoquer. Son médecin, qui n'a que peu de crédit auprès de lui quand il digère bien, le gouverne despotiquement quand il a trop mangé. Il lui a persuadé qu'il le guérirait avec un basilic cuit dans de l'eau rose. Le seigneur Ogul a promis sa main à celle de ses esclaves qui lui apporterait un basilic. Vous voyez que je les laisse s'empresser à mériter cet honneur, et je n'ai jamais eu moins d'envie de trouver ce basilic que depuis que le ciel a permis que je vous revisse. »

Alors Astarté et Zadig se dirent tout ce que des sentiments longtemps retenus, tout ce que leurs malheurs et leurs amours pouvaient inspirer aux cœurs les plus nobles et les plus passionnés ; et les génies qui présidaient à l'amour portèrent leurs paroles jusqu'à la sphère de Vénus.

Les femmes rentrèrent chez Ogul sans avoir rien trouvé. Zadig se fit présenter à lui, et lui parla en ces termes : « Que la santé immortelle descende du ciel pour avoir soin de tous vos jours ! Je suis médecin ; j'ai accouru vers vous sur le bruit de votre maladie, et je vous ai apporté un basilic cuit dans de l'eau rose. Ce n'est pas que je prétende vous épouser. Je ne vous demande que la liberté d'une jeune esclave de Babylone que vous avez depuis quelques jours ; et je consens de rester en esclavage à sa place si je n'ai pas le bonheur de guérir le magnifique seigneur Ogul. »

La proposition fut acceptée. Astarté partit pour Babylone avec le domestique de Zadig, en lui promettant de lui envoyer incessamment un courrier pour l'instruire de tout ce qui se serait passé. Leurs adieux furent aussi tendres que l'avait été leur reconnaissance. Le moment où l'on se retrouve et celui où l'on se sépare sont les deux plus grandes époques de la vie, comme dit le grand livre du *Zend*. Zadig aimait la reine autant qu'il le jurait, et la reine aimait Zadig plus qu'elle ne lui disait.

Cependant Zadig parla ainsi à Ogul : « Seigneur, on ne mange point mon basilic, toute sa vertu doit entrer chez vous par les pores. Je l'ai mis dans un petit outre bien enflé et couvert d'une peau fine : il faut que vous poussiez cet outre de toute votre force, et que je vous le renvoie à plusieurs reprises ; et en peu de jours de régime vous verrez ce que peut mon art. » Ogul, dès le premier jour, fut tout essoufflé, et crut qu'il mourrait de fatigue. Le second, il fut moins fatigué, et dormit mieux. En huit jours il recouvra toute la force, la santé, la légèreté et la gaieté de ses plus brillantes années. « Vous avez joué au ballon, et vous avez été sobre, lui dit Zadig : apprenez qu'il n'y a point de basilic dans la nature, qu'on se porte toujours bien avec de la sobriété et de l'exercice, et que l'art de faire subsister ensemble l'intempérance et la santé est un art aussi chimérique que la pierre philosophale, l'astrologie judiciaire[48] et la théologie des mages. »

Le premier médecin d'Ogul, sentant combien cet homme était dangereux pour la médecine, s'unit avec l'apothicaire du corps pour envoyer Zadig chercher des basilics dans l'autre monde. Ainsi, après avoir été toujours puni pour avoir bien fait, il était prêt de périr pour avoir guéri un seigneur gourmand. On l'invita à un excellent dîner. Il devait être empoisonné au second service ; mais il reçut un courrier de la belle Astarté au premier. Il quitta la table, et partit. « Quand on est aimé d'une belle femme, dit le grand Zoroastre, on se tire toujours d'affaire dans ce monde. »

CHAPITRE XVII

LES COMBATS

La reine avait été reçue à Babylone avec les transports qu'on a toujours pour une belle princesse qui a été malheureuse. Babylone alors paraissait être plus tranquille. Le prince d'Hyrcanie avait été tué dans un combat. Les Babyloniens, vainqueurs, déclarèrent qu'Astarté épouserait celui qu'on choisirait pour souverain. On ne voulut point que la première place du monde, qui serait celle de mari d'Astarté et de roi de Babylone, dépendît des intrigues et des cabales. On jura de reconnaître pour roi le plus vaillant et le plus sage. Une grande lice bordée d'amphithéâtres magnifiquement ornés fut formée à quelques lieues de la ville. Les combattants devaient s'y rendre armés de toutes pièces. Chacun d'eux avait derrière les amphithéâtres un appartement séparé où il ne devait être vu ni connu de personne. Il fallait courir quatre lances. Ceux qui seraient assez heureux pour vaincre quatre chevaliers devraient combattre ensuite les uns contre les autres ; de façon que celui qui resterait le dernier maître du champ serait proclamé le vainqueur des jeux. Il devait revenir quatre jours après, avec les mêmes armes, et expliquer les énigmes proposés [49] par les mages. S'il n'expliquait point les énigmes, il n'était point roi, et il fallait recommencer à courir des lances jusqu'à ce qu'on trouvât un homme qui fût vainqueur dans ces deux combats ; car on voulait absolument pour roi le plus vaillant et le plus sage [50]. La reine, pendant tout ce temps, devait être étroitement gardée : on lui permettait seulement d'assister aux jeux, couverte d'un voile ; mais on ne souffrait pas qu'elle parlât à aucun des prétendants, afin qu'il n'y eût ni faveur ni injustice.

Voilà ce qu'Astarté faisait savoir à son amant, espérant qu'il montrerait pour elle plus de valeur et d'esprit que personne. Il partit, et pria Vénus de fortifier son courage et d'éclairer son esprit. Il arriva sur le rivage de l'Euphrate la veille de ce grand jour. Il fit inscrire sa devise parmi celles des combattants, en cachant son visage et son nom, comme la loi l'ordonnait, et alla se reposer dans l'appartement qui lui échut par le sort. Son ami Cador, qui était revenu à Babylone après l'avoir inutilement cherché en Égypte, fit porter dans sa loge une armure complète que la reine lui envoyait. Il lui fit amener aussi de sa part le plus beau cheval de Perse. Zadig reconnut Astarté à ces présents : son courage et son amour en prirent de nouvelles forces et de nouvelles espérances.

Le lendemain, la reine étant venue se placer sous un dais de pierreries, et les amphithéâtres étant remplis de toutes les dames et de tous les ordres de Babylone, les combattants parurent dans le cirque. Chacun d'eux vint mettre sa devise aux pieds du grand mage. On tira au sort les devises ; celle de Zadig fut la dernière. Le premier qui s'avança était un seigneur très riche, nommé Itobad, fort vain, peu courageux, très maladroit, et sans esprit. Ses domestiques l'avaient persuadé qu'un homme comme lui devait être roi ; il leur avait répondu : « Un homme comme moi doit régner[51]. » Ainsi on l'avait armé de pied en cap. Il portait une armure d'or émaillée de vert, un panache vert, une lance ornée de rubans verts. On s'aperçut d'abord, à la manière dont Itobad gouvernait son cheval, que ce n'était pas un homme comme lui à qui le ciel réservait le sceptre de Babylone. Le premier cavalier qui courut contre lui le désarçonna ; le second le renversa sur la croupe de son cheval, les deux jambes en l'air et les bras étendus. Itobad se remit, mais de si mauvaise grâce que tout l'amphithéâtre se mit à rire. Un troisième ne daigna pas se servir de sa lance ; mais, en lui faisant une passe, il le prit par la jambe droite, et lui faisant faire un demi-tour, il le fit tomber sur le sable ; les écuyers des jeux accoururent à lui en riant et le remirent en selle. Le quatrième combattant le prend par la jambe gauche, et le fait tomber de l'autre côté. On le conduisit avec des huées à sa loge, où il devait passer la nuit selon la loi ; et il disait en marchant à peine : « Quelle aventure pour un homme comme moi ! »

Les autres chevaliers s'acquittèrent mieux de leur devoir. Il y en eut qui vainquirent deux combattants de suite ; quelques-uns allèrent jusqu'à trois. Il n'y eut que le prince Otame qui en vainquit quatre. Enfin Zadig combattit à son tour : il désarçonna quatre cavaliers de suite avec toute la grâce possible. Il fallut donc voir qui serait vainqueur d'Otame ou de Zadig. Le premier portait des armes bleues et or, avec un panache de même ; celles de Zadig étaient blanches[52] Tous les vœux se partageaient entre le cavalier bleu et le cavalier blanc. La reine, à qui le cœur palpitait, faisait des prières au ciel pour la couleur blanche.

Les deux champions firent des passes et des voltes avec tant d'agilité, ils se donnèrent de si beaux coups de lance, ils étaient si fermes sur leurs arçons que tout le monde, hors la reine, souhaitait qu'il y eût deux rois dans Babylone. Enfin, leurs chevaux étant lassés, et leurs lances rompues, Zadig usa de cette adresse : il passe derrière le prince bleu, s'élance sur la croupe de son cheval, le prend par le milieu du corps, le jette à terre, se met en selle à sa place et caracole autour d'Otame étendu sur la place. Tout l'amphithéâtre crie : « Victoire au cavalier blanc ! » Otame, indigné, se relève, tire son épée ; Zadig saute de cheval, le sabre à la main. Les voilà tous deux sur l'arène, livrant un nouveau combat, où la force et l'agilité triomphent tour à tour. Les plumes de leur casque, les clous de leurs brassards, les mailles de leur armure sautent au loin sous mille coups précipités. Ils frappent de pointe et de taille, à droite, à gauche, sur la tête, sur la poitrine ; ils reculent, ils avancent, ils se mesurent, ils se rejoignent, ils se saisissent, ils se replient comme des serpents, ils s'attaquent comme des lions ; le feu jaillit à tout moment des coups qu'ils se portent. Enfin Zadig, ayant un moment repris ses esprits, s'arrête, fait une feinte, passe sur Otame, le fait tomber, le désarme, et Otame s'écrie : « Ô chevalier blanc ! c'est vous qui devez régner sur Babylone. » La reine était au comble de la joie. On reconduisit le chevalier bleu et le chevalier blanc chacun à leur loge, ainsi que tous les autres, selon ce qui était porté par la loi. Des muets vinrent les servir et leur apporter à manger. On peut juger si le petit muet de la reine ne fut pas celui qui servit Zadig. Ensuite on les laissa dormir seuls jusqu'au lendemain matin, temps où le vainqueur devait apporter sa devise au grand mage pour la confronter et se faire reconnaître.

Zadig dormit, quoique amoureux, tant il était fatigué. Itobad, qui était couché auprès de lui, ne dormit point. Il se leva pendant la nuit, entra dans sa loge, prit les armes blanches de Zadig avec sa devise, et mit son armure verte à la place. Le point du jour étant venu, il alla fièrement au grand mage déclarer qu'un homme comme lui était vainqueur. On ne s'y attendait pas ; mais il fut proclamé pendant que Zadig dormait encore. Astarté, surprise et le désespoir dans le cœur, s'en retourna dans Babylone. Tout l'amphithéâtre était déjà presque vide lorsque Zadig s'éveilla ; il chercha ses armes, et ne trouva que cette armure verte. Il était obligé de s'en couvrir, n'ayant rien autre chose auprès de lui. Étonné et indigné, il les endosse avec fureur, il avance dans cet équipage.

Tout ce qui était encore sur l'amphithéâtre et dans le cirque le reçut avec des huées. On l'entourait ; on lui insultait en face. Jamais homme n'essuya des mortifications si humiliantes. La patience lui échappa ; il écarta à coups de sabre la populace qui osait l'outrager ; mais il ne savait quel parti prendre. Il ne pouvait voir la reine ; il ne pouvait réclamer l'armure blanche qu'elle lui avait envoyée : c'eût été la compromettre ; ainsi, tandis qu'elle était plongée dans la douleur, il était pénétré de fureur et d'inquiétude. Il se promenait sur les bords de l'Euphrate, persuadé que son étoile le destinait à être malheureux sans ressource, repassant dans son esprit toutes ses disgrâces, depuis l'aventure de la femme qui haïssait les borgnes jusqu'à celle de son armure. « Voilà ce que c'est, disait-il, de m'être éveillé trop tard ; si j'avais moins dormi, je serais roi de Babylone, je posséderais Astarté. Les sciences, les mœurs, le courage, n'ont donc jamais servi qu'à mon infortune. » Il lui échappa enfin de murmurer contre la Providence, et il fut tenté de croire que tout était gouverné par une destinée cruelle qui opprimait les bons et qui faisait prospérer les chevaliers verts. Un de ses chagrins était de porter cette armure verte qui lui avait attiré tant de huées. Un marchand passa, il la lui vendit à vil prix, et prit du marchand une robe et un bonnet long. Dans cet équipage, il côtoyait l'Euphrate, rempli de désespoir, et accusant en secret la Providence, qui le persécutait toujours.

CHAPITRE XVIII

L'ERMITE[53]

Il rencontra en marchant un ermite dont la barbe blanche et vénérable lui descendait jusqu'à la ceinture. Il tenait en main un livre qu'il lisait attentivement. Zadig s'arrêta, et lui fit une profonde inclination. L'ermite le salua d'un air si noble et si doux que Zadig eut la curiosité de l'entretenir. Il lui demanda quel livre il lisait. « C'est le livre des destinées, dit l'ermite ; voulez-vous en lire quelque chose ? » Il mit le livre dans les mains de Zadig, qui, tout instruit qu'il était dans plusieurs langues, ne put déchiffrer un seul caractère du livre[54]. Cela redoubla encore sa curiosité. « Vous me paraissez bien chagrin, lui dit ce bon père. — Hélas ! que j'en ai sujet ! dit Zadig. — Si vous permettez que je vous accompagne, repartit le vieillard, peut-être vous serai-je utile : j'ai quelquefois répandu des sentiments de consolation dans l'âme des malheureux. » Zadig se sentit du respect pour l'air, pour la barbe et pour le livre de l'ermite. Il lui trouva dans la conversation des lumières supérieures. L'ermite parlait de la destinée, de la justice, de la morale, du souverain bien, de la faiblesse humaine, des vertus et des vices, avec une éloquence si vive et si touchante que Zadig se sentit entraîné vers lui par un charme invincible. Il le pria avec instance de ne le point quitter jusqu'à ce qu'ils fussent de retour à Babylone. « Je vous demande moi-même cette grâce, lui dit le vieillard ; jurez-moi par Orosmade que vous ne vous séparerez point de moi d'ici à quelques jours, quelque chose que je fasse. » Zadig jura et ils partirent ensemble.

Les deux voyageurs arrivèrent le soir à un château superbe. L'ermite demanda l'hospitalité pour lui et pour le jeune homme qui l'accompagnait. Le portier, qu'on aurait pris pour un grand seigneur, les introduisit avec une espèce de bonté dédaigneuse. On les présenta à un principal domestique, qui leur fit voir les appartements magnifiques du maître. Ils furent admis à sa table, au bas bout, sans que le seigneur du château les honorât d'un regard ; mais ils furent servis comme les autres, avec délicatesse et profusion. On leur donna ensuite à laver dans un bassin d'or garni d'émeraudes et de rubis. On les mena coucher dans un bel appartement, et le lendemain matin un domestique leur apporta à chacun une pièce d'or, après quoi on les congédia.

« Le maître de la maison, dit Zadig, en chemin, me paraît être un homme généreux, quoique un peu fier ; il exerce noblement l'hospitalité. » En disant ces paroles, il aperçut qu'une espèce de poche très large que portait l'ermite paraissait tendue et enflée : il y vit le bassin d'or garni de pierreries, que celui-ci avait volé. Il n'osa d'abord en rien témoigner ; mais il était dans une étrange surprise.

Vers le midi l'ermite se présenta à la porte d'une maison très petite où logeait un riche avare ; il y demanda l'hospitalité pour quelques heures. Un vieux valet mal habillé le reçut d'un ton rude, et fit entrer l'ermite et Zadig dans l'écurie, où on leur donna quelques olives pourries, de mauvais pain et de la bière gâtée. L'ermite but et mangea d'un air aussi content que la veille ; puis, s'adressant à ce vieux valet, qui les observait tous deux pour voir s'ils ne volaient rien et qui les pressait de partir, il lui donna les deux pièces d'or qu'il avait reçues le matin et le remercia de toutes ses attentions. « Je vous prie, ajouta-t-il, faites-moi parler à votre maître. » Le valet, étonné, introduisit les deux voyageurs. « Magnifique seigneur, dit l'ermite, je ne puis que vous rendre de très humbles grâces de la manière noble dont vous nous avez reçus : daignez accepter ce bassin d'or comme un faible gage de ma reconnaissance. » L'avare fut prêt de tomber à la renverse. L'ermite ne lui donna pas le temps de revenir de son saisissement ; il partit au plus vite avec son jeune voyageur. « Mon père, lui dit Zadig, qu'est-ce que tout ce que je vois ? Vous ne me paraissez ressembler en rien aux autres hommes : vous volez un bassin d'or garni de pierreries à un seigneur qui vous reçoit magnifiquement, et vous le donnez à un avare qui vous traite avec indignité. — Mon fils, répondit le vieillard, cet homme magnifique, qui ne reçoit les étrangers que par vanité et pour faire admirer ses richesses, deviendra plus sage ; l'avare apprendra à exercer l'hospitalité : ne vous étonnez de rien, et suivez-moi. » Zadig ne savait encore s'il avait affaire au plus fou ou au plus sage de tous les hommes ; mais l'ermite parlait avec tant d'ascendant que Zadig, lié d'ailleurs par son serment, ne put s'empêcher de le suivre.

Ils arrivèrent le soir à une maison agréablement bâtie, mais simple, où rien ne sentait ni la prodigalité ni l'avarice. Le maître était un philosophe retiré du monde, qui cultivait en paix la sagesse et la vertu, et qui cependant ne s'ennuyait pas. Il s'était plu à bâtir cette retraite, dans laquelle il recevait les étrangers avec une noblesse qui n'avait rien de l'ostentation. Il alla lui-même au-devant des deux voyageurs, qu'il fit reposer d'abord dans un appartement commode. Quelque temps après, il les vint prendre lui-même pour les inviter à un repas propre et bien entendu, pendant lequel il parla avec discrétion des dernières révolutions de Babylone. Il parut sincèrement attaché à la reine, et souhaita que Zadig eût paru dans la lice pour disputer la couronne. « Mais les hommes, ajouta-t-il, ne méritent pas d'avoir un roi comme Zadig. » Celui-ci rougissait et sentait redoubler ses douleurs. On convint dans la conversation que les choses de ce monde n'allaient pas toujours au gré des plus sages. L'ermite soutint toujours qu'on ne connaissait pas les voies de la Providence, et que les hommes avaient tort de juger d'un tout dont ils n'apercevaient que la plus petite partie.

On parla des passions[55]. « Ah ! qu'elles sont funestes ! disait Zadig. — Ce sont les vents qui enflent les voiles du vaisseau, repartit l'ermite : elles le submergent quelquefois ; mais sans elles il ne pourrait voguer. La bile rend colère et malade ; mais sans la bile l'homme ne saurait vivre. Tout est dangereux ici-bas, et tout est nécessaire. »

On parla de plaisir[56], et l'ermite prouva que c'est un présent de la Divinité : « Car, dit-il, l'homme ne peut se donner ni sensations ni idées, il reçoit tout ; la peine et le plaisir lui viennent d'ailleurs, comme son être. »

Zadig admirait comment un homme qui avait fait des choses si extravagantes pouvait raisonner si bien. Enfin, après un entretien aussi instructif qu'agréable, l'hôte reconduisit ses deux voyageurs dans leur appartement, en bénissant le ciel qui lui avait envoyé deux hommes si sages et si vertueux. Il leur offrit de l'argent d'une manière aisée et noble qui ne pouvait déplaire. L'ermite le refusa, et lui dit qu'il prenait congé de lui, comptant partir pour Babylone avant le jour. Leur séparation fut tendre ; Zadig surtout se sentait plein d'estime et d'inclination pour un homme si aimable.

Quand l'ermite et lui furent dans leur appartement, ils firent longtemps l'éloge de leur hôte. Le vieillard au point du jour éveilla son camarade. « Il faut partir, dit-il ; mais, tandis que tout le monde dort encore, je veux laisser à cet homme un témoignage de mon estime et de mon affection. » En disant ces mots, il prit un flambeau, et mit le feu à la maison. Zadig, épouvanté, jeta des cris, et voulut l'empêcher de commettre une action si affreuse. L'ermite l'entraînait par une force supérieure ; la maison était enflammée. L'ermite, qui était déjà assez loin avec son compagnon, la regardait brûler tranquillement. « Dieu merci ! dit-il, voilà la maison de mon cher hôte détruite de fond en comble ! L'heureux homme ! » À ces mots Zadig fut tenté à la fois d'éclater de rire, de dire des injures au révérend père, de le battre, et de s'enfuir, mais il ne fit rien de tout cela, et toujours subjugué par l'ascendant de l'ermite, il le suivit malgré lui à la dernière couchée.

Ce fut chez une veuve charitable et vertueuse qui avait un neveu de quatorze ans, plein d'agréments et son unique espérance. Elle fit du mieux qu'elle put les honneurs de sa maison. Le lendemain, elle ordonna à son neveu d'accompagner les voyageurs jusqu'à un pont qui, étant rompu depuis peu, était devenu un passage dangereux. Le jeune homme, empressé, marche au-devant d'eux. Quand ils furent sur le pont : « Venez, dit l'ermite au jeune homme, il faut que je marque ma reconnaissance à votre tante. » Il le prend alors par les cheveux et le jette dans la rivière. L'enfant tombe, reparaît un moment sur l'eau, et est engouffré dans le torrent. « Ô monstre ! ô le plus scélérat de tous les hommes ! s'écria Zadig. — Vous m'aviez promis plus de patience, lui dit l'ermite en l'interrompant : apprenez que, sous les ruines de cette maison où la Providence a mis le feu, le maître a trouvé un trésor immense ; apprenez que ce jeune homme, dont la Providence a tordu le cou, aurait assassiné sa tante dans un an, et vous dans deux. — Qui te l'a dit, barbare ? cria Zadig ; et quand tu aurais lu cet événement dans ton livre des destinées, t'est-il permis de noyer un enfant qui ne t'a point fait de mal ? »

Tandis que le Babylonien parlait, il aperçut que le vieillard n'avait plus de barbe, que son visage prenait les traits de la jeunesse. Son habit d'ermite disparut ; quatre belles ailes couvraient un corps majestueux et resplendissant de lumière. « Ô envoyé du ciel ! ô ange divin ! s'écria Zadig en se prosternant, tu es donc descendu de l'empyrée pour apprendre à un faible mortel à se soumettre aux ordres éternels ? — Les hommes, dit l'ange Jesrad[57], jugent de tout sans rien connaître : tu étais celui de tous les hommes qui méritait le plus d'être éclairé. » Zadig lui demanda la permission de parler[58]. « Je me défie de moi-même, dit-il ; mais oserai-je te prier de m'éclaircir un doute : ne vaudrait-il pas mieux avoir corrigé cet enfant, et l'avoir rendu vertueux, que de le noyer ? » Jesrad reprit : « S'il avait été vertueux, et s'il eût vécu, son destin était d'être assassiné lui-même avec la femme qu'il devait épouser, et le fils qui en devait naître. — Mais quoi ! dit Zadig, il est donc nécessaire qu'il y ait des crimes et des malheurs, et les malheurs tombent sur les gens de bien ? — Les méchants, répondit Jesrad, sont toujours malheureux : ils servent à éprouver un petit nombre de justes répandus sur la terre, et il n'y a point de mal dont il ne naisse un bien [59]. — Mais, dit Zadig, s'il n'y avait que du bien, et point de mal ? — Alors, reprit Jesrad, cette terre serait une autre terre [60] ; l'enchaînement des événements serait un autre ordre de sagesse ; et cet autre ordre, qui serait parfait, ne peut être que dans la demeure éternelle de l'Être suprême, de qui le mal ne peut approcher. Il a créé des millions de mondes [61] dont aucun ne peut ressembler à l'autre. Cette immense variété est un attribut de sa puissance immense [62]. Il n'y a ni deux feuilles d'arbre sur la terre, ni deux globes dans les champs infinis du ciel, qui soient semblables [63] ; et tout ce que tu vois sur le petit atome où tu es né devait être dans sa place et dans son temps fixe, selon les ordres immuables de celui qui embrasse tout. Les hommes pensent que cet enfant qui vient de périr est tombé dans l'eau par hasard, que c'est par un même hasard que cette maison est brûlée ; mais il n'y a point de hasard : tout est épreuve, ou punition, ou récompense, ou prévoyance. Souviens-toi de ce pêcheur qui se croyait le plus malheureux de tous les hommes. Orosmade t'a envoyé pour changer sa destinée. Faible mortel, cesse de disputer contre ce qu'il faut adorer. — Mais, dit Zadig... » Comme il disait *Mais,* l'ange prenait déjà son vol vers la dixième sphère. Zadig, à genoux, adora la Providence, et se soumit. L'ange lui cria du haut des airs : « Prends ton chemin vers Babylone. »

CHAPITRE XIX

LES ÉNIGMES[64]

Zadig, hors de lui-même et comme un homme auprès de qui est tombé le tonnerre, marchait au hasard. Il entra dans Babylone le jour où ceux qui avaient combattu dans la lice étaient déjà assemblés dans le grand vestibule du palais pour expliquer les énigmes, et pour répondre aux questions du grand mage. Tous les chevaliers étaient arrivés, excepté l'armure verte. Dès que Zadig parut dans la ville, le peuple s'assembla autour de lui ; les yeux ne se rassasiaient point de le voir, les bouches de le bénir, les cœurs de lui souhaiter l'empire. L'envieux le vit passer, frémit, et se détourna ; le peuple le porta jusqu'au lieu de l'assemblée. La reine, à qui on apprit son arrivée, fut en proie à l'agitation de la crainte et de l'espérance ; l'inquiétude la dévorait : elle ne pouvait comprendre ni pourquoi Zadig était sans armes, ni comment Itobad portait l'armure blanche. Un murmure confus s'éleva à la vue de Zadig. On était surpris et charmé de le revoir ; mais il n'était permis qu'aux chevaliers qui avaient combattu de paraître dans l'assemblée.

« J'ai combattu comme un autre, dit-il, mais un autre porte ici mes armes ; et en attendant que j'aie l'honneur de le prouver, je demande la permission de me présenter pour expliquer les énigmes. » On alla aux voix : sa réputation de probité était encore si fortement imprimée dans les esprits qu'on ne balança pas à l'admettre.

Le grand mage proposa d'abord cette question : « Quelle est de toutes les choses du monde la plus longue et la plus courte, la plus prompte et la plus lente, la plus divisible et la plus étendue, la plus négligée et la plus regrettée, sans qui rien ne se peut faire, qui dévore tout ce qui est petit, et qui vivifie tout ce qui est grand ? »

C'était à Itobad à parler. Il répondit qu'un homme comme lui n'entendait rien aux énigmes, et qu'il lui suffisait d'avoir vaincu à grands coups de lance. Les uns dirent que le mot de l'énigme était la fortune, d'autres la terre, d'autres la lumière. Zadig dit que c'était le temps. « Rien n'est plus long, ajouta-t-il, puisqu'il est la mesure de l'éternité ; rien n'est plus court, puisqu'il manque à tous nos projets ; rien n'est plus lent pour qui attend ; rien de plus rapide pour qui jouit ; il s'étend jusqu'à l'infini en grand ; il se divise jusque dans l'infini en petit ; tous les hommes le négligent, tous en regrettent la perte ; rien ne se fait sans lui ; il fait oublier tout ce qui est indigne de la postérité, et il immortalise les grandes choses. » L'assemblée convint que Zadig avait raison.

On demanda ensuite : « Quelle est la chose qu'on reçoit sans remercier, dont on jouit sans savoir comment, qu'on donne aux autres quand on ne sait où l'on en est, et qu'on perd sans s'en apercevoir ? »

Chacun dit son mot. Zadig devina seul que c'était la vie. Il expliqua toutes les autres énigmes avec la même facilité. Itobad disait toujours que rien n'était plus aisé, et qu'il en serait venu à bout tout aussi facilement s'il avait voulu s'en donner la peine. On proposa des questions sur la justice, sur le souverain bien, sur l'art de régner. Les réponses de Zadig furent jugées les plus solides. « C'est bien dommage, disait-on, qu'un si bon esprit soit un si mauvais cavalier. »

« Illustres seigneurs, dit Zadig, j'ai eu l'honneur de vaincre dans la lice. C'est à moi qu'appartient l'armure blanche. Le seigneur Itobad s'en empara pendant mon sommeil : il jugea apparemment qu'elle lui siérait mieux que la verte. Je suis prêt de lui prouver d'abord devant vous, avec ma robe et mon épée, contre toute cette belle armure blanche qu'il m'a prise, que c'est moi qui ai eu l'honneur de vaincre le brave Otame. »

Itobad accepta le défi avec la plus grande confiance. Il ne

doutait pas qu'étant casqué, cuirassé, brassardé, il ne vînt aisément à bout d'un champion en bonnet de nuit et en robe de chambre. Zadig tira son épée, en saluant la reine, qui le regardait, pénétrée de joie et de crainte. Itobad tira la sienne, en ne saluant personne. Il s'avança sur Zadig comme un homme qui n'avait rien à craindre. Il était prêt à lui fendre la tête. Zadig sut parer le coup, en opposant ce qu'on appelle le fort de l'épée au faible de son adversaire, de façon que l'épée d'Itobad se rompît. Alors Zadig, saisissant son ennemi au corps, le renversa par terre ; et, lui portant la pointe de son épée au défaut de la cuirasse : « Laissez-vous désarmer, dit-il, ou je vous tue. » Itobad, toujours surpris des disgrâces qui arrivaient à un homme comme lui, laissa faire Zadig, qui lui ôta paisiblement son magnifique casque, sa superbe cuirasse, ses beaux brassards, ses brillants cuissards, s'en revêtit, et courut, dans cet équipage, se jeter aux genoux d'Astarté. Cador prouva aisément que l'armure appartenait à Zadig. Il fut reconnu roi d'un consentement unanime, et surtout de celui d'Astarté, qui goûtait, après tant d'adversités, la douceur de voir son amant digne aux yeux de l'univers d'être son époux. Itobad alla se faire appeler monseigneur dans sa maison. Zadig fut roi, et fut heureux. Il avait présent à l'esprit ce que lui avait dit l'ange Jesrad. Il se souvenait même du grain de sable devenu diamant. La reine et lui adorèrent la Providence. Zadig laissa la belle capricieuse Missouf courir le monde. Il envoya chercher le brigand Arbogad, auquel il donna un grade honorable dans son armée, avec promesse de l'avancer aux premières dignités s'il se comportait en vrai guerrier, et de le faire pendre s'il faisait le métier de brigand.

Sétoc fut appelé du fond de l'Arabie, avec la belle Almona, pour être à la tête du commerce de Babylone. Cador fut placé et chéri selon ses services ; il fut l'ami du roi, et le roi fut alors le seul monarque de la terre qui eût un ami. Le petit muet ne fut pas oublié. On donna une belle maison au pêcheur. Orcan fut condamné à lui payer une grosse somme et à lui rendre sa femme ; mais le pêcheur, devenu sage, ne prit que l'argent.

Ni la belle Sémire ne se consolait d'avoir cru que Zadig serait borgne, ni Azora ne cessait de pleurer d'avoir voulu lui couper le nez. Il adoucit leurs douleurs par des présents. L'envieux mourut de rage et de honte. L'empire jouit de la paix, de la gloire et de l'abondance ; ce fut le plus beau siècle de la terre : elle était gouvernée par la justice et par l'amour. On bénissait Zadig, et Zadig bénissait le ciel.

APPENDICE[65]

LA DANSE

Sétoc devait aller, pour les affaires de son commerce, dans l'île de Serendib[66] ; mais le premier mois de son mariage, qui est, comme on sait, la lune du miel, ne lui permettait ni de quitter sa femme, ni de croire qu'il pût jamais la quitter : il pria son ami Zadig de faire pour lui le voyage. « Hélas ! disait Zadig, faut-il que je mette encore un plus vaste espace entre la belle Astarté et moi ? Mais il faut servir mes bienfaiteurs. » Il dit, il pleura, et il partit.

Il ne fut pas longtemps dans l'île de Serendib sans y être regardé comme un homme extraordinaire. Il devint l'arbitre de tous les différends entre les négociants, l'ami des sages, le conseil du petit nombre de gens qui prennent conseil. Le roi voulut le voir et l'entendre. Il connut bientôt tout ce que valait Zadig ; il eut confiance en sa sagesse, et en fit son ami. La familiarité et l'estime du roi fit trembler Zadig. Il était nuit et jour pénétré du malheur que lui avaient attiré les bontés de Moabdar. « Je plais au roi, disait-il ; ne serai-je pas perdu ? » Cependant il ne pouvait se dérober aux caresses de Sa Majesté : car il faut avouer que Nabussan[67], roi de Serendib, fils de Nussanab, fils de Nabassun, fils de Sanbusna, était un des meilleurs princes de l'Asie, et que, quand on lui parlait, il était difficile de ne le pas aimer.

Ce bon prince était toujours loué, trompé, et volé : c'était à qui pillerait ses trésors. Le receveur général de l'île de Serendib donnait toujours cet exemple, fidèlement suivi par les autres. Le roi le savait : il avait changé de trésorier plusieurs fois ; mais il n'avait pu changer la mode établie de partager les revenus du roi en deux moitiés inégales, dont la plus petite revenait toujours à Sa Majesté, et la plus grosse aux administrateurs.

Le roi Nabussan confia sa peine au sage Zadig. « Vous qui savez tant de belles choses, lui dit-il, ne sauriez-vous point le moyen de me faire trouver un trésorier qui ne me vole point ? — Assurément, répondit Zadig, je sais une façon infaillible de vous donner un homme qui ait les mains nettes. » Le roi, charmé, lui demanda en l'embrassant, comment il fallait s'y prendre. « Il n'y a, dit Zadig, qu'à faire danser tous ceux qui se présenteront pour la dignité de trésorier, et celui qui dansera avec le plus de légèreté sera infailliblement le plus honnête homme[68]. — Vous vous moquez, dit le roi ; voilà une plaisante façon de choisir un receveur de mes finances. Quoi ! vous prétendez que celui qui fera le mieux un entrechat sera le financier le plus intègre et le plus habile ? — Je ne vous réponds pas qu'il sera le plus habile, repartit Zadig ; mais je vous assure que ce sera indubitablement le plus honnête homme. » Zadig parlait avec tant de confiance que le roi crut qu'il avait quelque secret surnaturel pour connaître les financiers. « Je n'aime pas le surnaturel, dit Zadig ; les gens et les livres à prodiges m'ont toujours déplu : si Votre Majesté veut me laisser faire l'épreuve que je lui propose, elle sera bien convaincue que mon secret est la chose la plus simple et la plus aisée. » Nabussan, roi de Serendib, fut bien plus étonné d'entendre que ce secret était aussi simple que si on le lui avait donné pour un miracle. « Or bien, dit-il, faites comme vous l'entendrez. — Laissez-moi faire, dit Zadig, vous gagnerez à cette épreuve plus que vous ne pensez. » Le jour même il fit publier, au nom du roi, que tous ceux qui prétendaient à l'emploi de haut receveur des deniers de Sa Gracieuse Majesté Nabussan, fils de Nussanab, eussent à se rendre, en habits de soie légère, le premier de la lune du crocodile, dans l'antichambre du roi. Ils s'y rendirent au nombre de soixante et quatre. On avait fait venir des violons dans un salon voisin ; tout était préparé pour le bal ; mais la porte de ce salon était fermée, et il fallait, pour y entrer, passer par une petite galerie assez obscure. Un huissier vint chercher et introduire chaque candidat, l'un après l'autre, par ce passage dans lequel on le laissait seul, quelques minutes. Le roi, qui avait le mot, avait étalé tous ses trésors dans cette galerie. Lorsque tous les prétendants furent arrivés dans le salon, Sa Majesté ordonna qu'on les fît danser. Jamais on ne dansa plus pesamment et avec moins de grâce ; ils avaient tous la tête baissée, les reins courbés, les mains collées à leurs côtés. « Quels fripons ! » disait tout bas Zadig. Un seul d'entre eux formait des pas avec agilité, la tête haute, le regard assuré, les bras étendus, le corps droit, le jarret ferme. « Ah ! l'honnête homme ! le brave homme ! » disait Zadig. Le roi embrassa ce bon danseur, le déclara trésorier, et tous les autres furent punis et taxés avec la plus grande justice du monde : car chacun, dans le temps qu'il avait été dans la galerie, avait rempli ses poches et pouvait à peine marcher. Le roi fut fâché pour la nature humaine que de ces soixante et quatre danseurs il y eût soixante et trois filous. La galerie obscure fut appelée *le corridor de la tentation*. On aurait, en Perse, empalé ces soixante et trois seigneurs ; en d'autres pays, on eût fait une chambre de justice qui eût consommé en frais le triple de l'argent volé, et qui n'eût rien remis dans les coffres du souverain ; dans un autre royaume, ils se seraient pleinement justifiés, et auraient fait disgracier ce danseur si léger : à Serendib, ils ne furent condamnés qu'à augmenter le trésor public, car Nabussan était fort indulgent.

Il était aussi fort reconnaissant ; il donna à Zadig une somme d'argent plus considérable qu'aucun trésorier n'en avait jamais volé au roi son maître. Zadig s'en servit pour envoyer des exprès à Babylone, qui devaient l'informer de la destinée d'Astarté. Sa voix trembla en donnant cet ordre, son sang reflua vers son cœur, ses yeux se couvrirent de ténèbres, son âme fut prête à l'abandonner. Le courrier partit, Zadig le vit embarquer ; il rentra chez le roi, ne voyant personne, croyant être dans sa chambre, et prononçant le nom d'amour. « Ah ! l'amour, dit le roi, c'est précisément ce dont il s'agit ; vous avez deviné ce qui fait ma peine. Que vous êtes un grand homme ! J'espère que vous m'apprendrez à connaître une femme à toute épreuve, comme vous m'avez fait trouver un trésorier désintéressé. » Zadig, ayant repris ses sens, lui promit de le servir en amour comme en finance, quoique la chose parût plus difficile encore.

LES YEUX BLEUS

« Le corps et le cœur », dit le roi à Zadig... À ces mots, le Babylonien ne put s'empêcher d'interrompre Sa Majesté. « Que je vous sais bon gré, dit-il, de n'avoir point dit *l'esprit et le cœur !* car on n'entend que ces mots dans les conversations de Babylone ; on ne voit que des livres où il est question du cœur et de l'esprit[69] composés par des gens qui n'ont ni de l'un ni de l'autre ; mais, de grâce, Sire, poursuivez. » Nabussan continua ainsi : « Le corps et le cœur sont chez moi destinés à aimer ; la première de ces deux puissances a tout lieu d'être satisfaite. J'ai ici cent femmes à mon service, toutes belles, complaisantes, prévenantes, voluptueuses même, ou feignant de l'être avec moi. Mon cœur n'est pas à beaucoup près si heureux. Je n'ai que trop éprouvé qu'on caresse beaucoup le roi de Serendib, et qu'on se soucie fort peu de Nabussan. Ce n'est pas que je croie mes femmes infidèles ; mais je voudrais trouver une âme qui fût à moi ; je donnerais pour un pareil trésor les cent beautés dont je possède les charmes : voyez si, sur ces cent sultanes, vous pouvez m'en trouver une dont je sois sûr d'être aimé. »

Zadig lui répondit comme il avait fait sur l'article des financiers : « Sire, laissez-moi faire ; mais permettez d'abord que je dispose de ce que vous aviez étalé dans la galerie de la tentation ; je vous en rendrai bon compte et vous n'y perdrez rien. » Le roi le laissa le maître absolu. Il choisit dans Serendib trente-trois petits bossus des plus vilains qu'il put trouver, trente-trois pages des plus beaux, et trente-trois bonzes des plus éloquents et des plus robustes. Il leur laissa à tous la liberté d'entrer dans les cellules des sultanes ; chaque petit bossu eut quatre mille pièces d'or à donner, et dès le premier jour tous les bossus furent heureux. Les pages, qui n'avaient rien à donner qu'eux-mêmes, ne triomphèrent qu'au bout de deux ou trois jours. Les bonzes eurent un peu plus de peine ; mais enfin trente-trois dévotes se rendirent à eux. Le roi, par des jalousies qui avaient vue sur toutes les cellules, vit toutes ces épreuves, et fut émerveillé. De ses cent femmes, quatre-vingt-dix-neuf succombèrent à ses yeux.

Il en restait une toute jeune, toute neuve, de qui Sa Majesté n'avait jamais approché. On lui détacha un, deux, trois bossus, qui lui offrirent jusqu'à vingt mille pièces ; elle fut incorruptible, et ne put s'empêcher de rire de l'idée qu'avaient ces bossus de croire que de l'argent les rendrait mieux faits. On lui présenta les deux plus beaux pages ; elle dit qu'elle trouvait le roi encore plus beau. On lui lâcha le plus éloquent des bonzes, et ensuite le plus intrépide ; elle trouva le premier un bavard, et ne daigna pas même soupçonner le mérite du second. « Le cœur fait tout, disait-elle ; je ne céderai jamais ni à l'or d'un bossu, ni aux grâces d'un jeune homme, ni aux séductions d'un bonze ; j'aimerai uniquement Nabussan fils de Nussanab, et j'attendrai qu'il daigne m'aimer. » Le roi fut transporté de joie, d'étonnement et de tendresse. Il reprit tout l'argent qui avait fait réussir les bossus, et en fit présent à la belle Falide ; c'était le nom de cette jeune personne. Il lui donna son cœur : elle le méritait bien. Jamais la fleur de la jeunesse ne fut si brillante ; jamais les charmes de la beauté ne furent si enchanteurs. La vérité de l'histoire ne permet pas de taire qu'elle faisait mal la révérence ; mais elle dansait comme les fées, chantait comme les sirènes et parlait comme les Grâces : elle était pleine de talents et de vertus.

Nabussan, aimé, l'adora ; mais elle avait les yeux bleus, et ce fut la source des plus grands malheurs. Il y avait une ancienne loi qui défendait aux rois d'aimer une de ces femmes que les Grecs ont appelées depuis *boopies*[70]. Le chef des bonzes avait établi cette loi il y avait plus de cinq mille ans ; c'était pour s'approprier la maîtresse du premier roi de l'île de Serendib que ce premier bonze avait fait passer l'anathème des yeux bleus en constitution fondamentale d'État. Tous les ordres de l'empire vinrent faire à Nabussan des remontrances. On disait publiquement que les derniers jours du royaume étaient arrivés, que l'abomination était à son comble, que toute la nature était menacée d'un événement sinistre ; qu'en un mot Nabussan fils de Nussanab aimait deux grands yeux bleus[71]. Les bossus, les financiers, les bonzes et les brunes remplirent le royaume de leurs plaintes.

Les peuples sauvages qui habitent le nord de Serendib profitèrent de ce mécontentement général. Ils firent une irruption dans les États du bon Nabussan. Il demanda des subsides à ses sujets ; les bonzes, qui possédaient la moitié des revenus de l'État, se contentèrent de lever les mains au ciel, et refusèrent de les mettre dans leurs coffres pour aider le roi. Ils firent de belles prières en musique, et laissèrent l'État en proie aux barbares.

« Ô mon cher Zadig, me tireras-tu encore de cet horrible embarras ? s'écria douloureusement Nabussan. — Très volontiers, répondit Zadig ; vous aurez de l'argent des bonzes tant que vous en voudrez. Laissez à l'abandon les terres où sont situés leurs châteaux, et défendez seulement les vôtres. » Nabussan n'y manqua pas : les bonzes vinrent se jeter aux pieds du roi et implorer son assistance. Le roi répondit par une belle musique dont les paroles étaient des prières au ciel pour la conservation de leurs terres. Les bonzes enfin donnèrent de l'argent, et le roi finit heureusement la guerre. Ainsi Zadig, par ses conseils sages et heureux, et par les plus grands services, s'était attiré l'irréconciliable inimitié des hommes les plus puissants de l'État : les bonzes et les brunes jurèrent sa perte ; les financiers et les bossus ne l'épargnèrent pas ; on le rendit suspect au bon Nabussan. Les services rendus restent souvent dans l'antichambre, et les soupçons entrent dans le cabinet, selon la sentence de Zoroastre : c'était tous les jours de nouvelles accusations ; la première est repoussée, la seconde effleure, la troisième blesse, la quatrième tue.

Zadig intimidé, qui avait bien fait les affaires de son ami Sétoc et qui lui avait fait tenir son argent, ne songea plus qu'à partir de l'île, et résolut d'aller lui-même chercher des nouvelles d'Astarté. « Car, disait-il, si je reste dans Serendib, les bonzes me feront empaler ; mais où aller ? Je serai esclave en Égypte, brûlé, selon toutes les apparences, en Arabie, étranglé à Babylone. Cependant il faut savoir ce qu'Astarté est devenue : partons, et voyons à quoi me réserve ma triste destinée. »

C'est ici que finit le manuscrit qu'on a retrouvé de l'histoire de Zadig. Ces deux chapitres doivent être certai-

nement placés après le douzième, et avant l'arrivée de Zadig en Syrie. On sait qu'il a essuyé bien d'autres aventures qui ont été fidèlement écrites. On prie messieurs les interprètes des langues orientales de les communiquer, si elles parviennent jusqu'à eux.

MEMNON

OU LA SAGESSE HUMAINE

Memnon conçut un jour le projet insensé d'être parfaitement sage. Il n'y a guère d'hommes à qui cette folie n'ait quelquefois passé par la tête. Memnon se dit à lui-même : « Pour être très sage, et par conséquent très heureux, il n'y a qu'à être sans passions ; et rien n'est plus aisé, comme on sait. Premièrement, je n'aimerai jamais de femme ; car, en voyant une beauté parfaite, je me dirai à moi-même : " Ces joues-là se rideront un jour ; ces beaux yeux seront bordés de rouge ; cette gorge ronde deviendra plate et pendante ; cette belle tête deviendra chauve. " Or je n'ai qu'à la voir à présent des mêmes yeux dont je la verrai alors ; et assurément cette tête ne fera pas tourner la mienne.

« En second lieu, je serai toujours sobre. J'aurai beau être tenté par la bonne chère, par des vins délicieux, par la séduction de la société ; je n'aurai qu'à me représenter les suites des excès, une tête pesante, un estomac embarrassé, la perte de la raison, de la santé et du temps : je ne mangerai alors que pour le besoin ; ma santé sera toujours égale, mes idées toujours pures et lumineuses. Tout cela est si facile qu'il n'y a aucun mérite à y parvenir.

« Ensuite, disait Memnon, il faut penser un peu à ma fortune. Mes désirs sont modérés ; mon bien est solidement placé sur le receveur général des finances de Ninive ; j'ai de quoi vivre dans l'indépendance ; c'est là le plus grand des biens. Je ne serai jamais dans la cruelle nécessité de faire ma cour : je n'envierai personne, et personne ne m'enviera. Voilà qui est encore très aisé. J'ai des amis, continuait-il, je les conserverai, puisqu'ils n'auront rien à me disputer. Je n'aurai jamais d'humeur avec eux, ni eux avec moi. Cela est sans difficulté. »

Ayant fait ainsi son petit plan de sagesse[1] dans sa chambre, Memnon mit la tête à la fenêtre. Il vit deux femmes qui se promenaient sous des platanes auprès de sa maison. L'une était vieille et paraissait ne songer à rien. L'autre était jeune, jolie, et semblait fort occupée. Elle soupirait, elle pleurait, et n'en avait que plus de grâces. Notre sage fut touché, non pas de la beauté de la dame (il était bien sûr de ne pas sentir une telle faiblesse), mais de l'affliction où il la voyait. Il descendit, il aborda la jeune Ninivienne dans le dessein de la consoler avec sagesse. Cette belle personne lui conta de l'air le plus naïf et le plus touchant tout le mal que lui faisait un oncle qu'elle n'avait point ; avec quels artifices il lui avait enlevé un bien qu'elle n'avait jamais possédé, et tout ce qu'elle avait à craindre de sa violence. « Vous me paraissez un homme de si bon conseil, lui dit-elle, que si vous aviez la condescendance de venir jusque chez moi, et d'examiner mes affaires, je suis sûre que vous me tireriez du cruel embarras où je suis. » Memnon n'hésita pas à la suivre pour examiner sagement ses affaires et pour lui donner un bon conseil.

La dame affligée le mena dans une chambre parfumée, et le fit asseoir avec elle poliment sur un large sofa, où ils se tenaient tous deux les jambes croisées vis-à-vis l'un de l'autre. La dame parla en baissant les yeux, dont il échappait quelquefois des larmes, et qui en se relevant rencontraient toujours les regards du sage Memnon. Ses discours étaient pleins d'un attendrissement qui redoublait toutes les fois qu'ils se regardaient. Memnon prenait ses affaires extrêmement à cœur, et se sentait de moment en moment la plus grande envie d'obliger une personne si honnête et si malheureuse. Ils cessèrent insensiblement, dans la chaleur de la conversation, d'être vis-à-vis l'un de l'autre. Leurs jambes ne furent plus croisées. Memnon la conseilla de si près, et lui donna des avis si tendres, qu'ils ne pouvaient ni l'un ni l'autre parler d'affaires, et qu'ils ne savaient plus où ils en étaient.

Comme ils en étaient là, arrive l'oncle, ainsi qu'on peut bien le penser ; il était armé de la tête aux pieds ; et la première chose qu'il dit fut qu'il allait tuer, comme de raison, le sage Memnon et sa nièce ; la dernière qui lui échappa fut qu'il pouvait pardonner pour beaucoup d'argent. Memnon fut obligé de donner tout ce qu'il avait. On était heureux, dans ce temps-là, d'en être quitte à si bon marché ; l'Amérique n'était pas encore découverte, et les dames affligées n'étaient pas à beaucoup près si dangereuses qu'elles le sont aujourd'hui.

Memnon honteux et désespéré rentra chez lui : il y trouva un billet qui l'invitait à dîner avec quelques-uns de ses intimes amis. « Si je reste seul chez moi, dit-il, j'aurai l'esprit occupé de ma triste aventure, je ne mangerai point, je tomberai malade. Il vaut mieux aller faire avec mes amis intimes un repas frugal. J'oublierai, dans la douceur de leur société, la sottise que j'ai faite ce matin. » Il va au rendez-vous ; on le trouve un peu chagrin. On le fait boire pour dissiper sa tristesse. Un peu de vin pris modérément est un remède pour l'âme et pour le corps. C'est ainsi que pense le sage Memnon ; et il s'enivre. On lui propose de jouer après le repas. Un jeu réglé avec des amis est un passe-temps honnête. Il joue ; on lui gagne tout ce qu'il a dans sa bourse, et quatre fois autant sur sa parole. Une dispute s'élève sur le jeu, on s'échauffe[2] : l'un de ses amis intimes lui jette à la tête un cornet, et lui crève un œil. On rapporte chez lui le sage Memnon ivre, sans argent et ayant un œil de moins.

Il cuve un peu son vin ; et, dès qu'il a la tête plus libre, il envoie son valet chercher de l'argent chez le receveur général des finances de Ninive, pour payer ses intimes amis : on lui dit que son débiteur a fait le matin une banqueroute frauduleuse qui met en alarme cent familles. Memnon, outré, va à la cour avec un emplâtre sur l'œil et un placet à la main, pour demander justice au roi contre le banqueroutier. Il rencontre dans un salon plusieurs dames qui portaient toutes d'un air aisé des cerceaux de vingt-quatre pieds de circonférence. L'une d'elles, qui le connaissait un peu, dit en le regardant de côté : « Ah, l'horreur ! » Une autre, qui le connaissait davantage, lui dit : « Bonsoir, monsieur Memnon ; mais vraiment, monsieur Memnon, je suis fort aise de vous voir ; à propos, monsieur Memnon, pourquoi avez-vous perdu un œil ? » Et elle passa sans attendre sa réponse. Memnon se cacha dans un coin, et attendit le moment où il pût se jeter aux pieds du monarque. Ce moment arriva. Il baisa trois fois la terre, et présenta son placet. Sa Gracieuse Majesté le reçut très favorablement, et donna le mémoire à un de ses satrapes pour lui en rendre compte. Le satrape tire Memnon à part, et lui dit d'un air de hauteur, et ricanant amèrement : « Je vous trouve un plaisant borgne de vous adresser au roi plutôt qu'à moi, et encore plus plaisant d'oser demander justice contre un honnête banqueroutier, que j'honore de ma protection et qui est le neveu d'une femme de chambre de ma maîtresse. Abandonnez cette affaire-là, mon ami, si vous voulez conserver l'œil qui vous reste. »

Memnon, ayant ainsi renoncé le matin aux femmes, aux excès de table, au jeu, à toute querelle, et surtout à la cour, avait été avant la nuit trompé et volé par une belle dame, s'était enivré, avait joué, avait eu une querelle, s'était fait crever l'œil, et avait été à la cour, où l'on s'était moqué de lui.

Pétrifié d'étonnement, et navré de douleur, il s'en retourne la mort dans le cœur. Il veut rentrer chez lui ; il y trouve des huissiers qui démeublaient sa maison de la part de ses créanciers. Il reste presque évanoui sous un platane ; il y rencontre la belle dame du matin, qui se promenait avec son cher oncle, et qui éclata de rire en voyant Memnon avec son emplâtre. La nuit vint ; Memnon se coucha sur de la paille auprès des murs de sa maison. La fièvre le saisit ; il s'endormit dans l'accès ; et un esprit céleste lui apparut en songe.

Il était tout resplendissant de lumière. Il avait six belles ailes, mais ni pieds, ni tête, ni queue, et ne ressemblait à rien. « Qui es-tu ? lui dit Memnon. — Ton bon génie, lui répondit l'autre. — Rends-moi donc mon œil, ma santé, mon bien, ma sagesse », lui dit Memnon. Ensuite, il lui conta comment il avait perdu tout cela en un jour. « Voilà des aventures qui ne nous arrivent jamais dans le monde que nous habitons, dit l'esprit. — Et quel monde habitez-vous ? dit l'homme affligé. — Ma patrie, répondit-il, est à cinq cents millions de lieues du soleil, dans une petite étoile auprès de Sirius, que tu vois d'ici. — Le beau pays ! dit Memnon. Quoi ! vous n'avez point chez vous de coquines qui trompent un pauvre homme, point d'amis intimes qui lui gagnent son argent et qui lui crèvent un œil, point de banqueroutiers, point de satrapes qui se moquent de vous en vous refusant justice ? — Non, dit l'habitant de l'étoile, rien de tout cela. Nous ne sommes jamais trompés par les femmes, parce que nous n'en avons point ; nous ne faisons point d'excès de table, parce que nous ne mangeons point ; nous n'avons point de banqueroutiers, parce qu'il n'y a chez nous ni or ni argent ; on ne peut pas nous crever les yeux, parce que nous n'avons point de corps à la façon des vôtres ; et les satrapes ne nous font jamais d'injustices, parce que dans notre petite étoile tout le monde est égal. »

Memnon lui dit alors : « Monseigneur, sans femme et sans dîner, à quoi passez-vous votre temps ? — À veiller, dit le génie, sur les autres globes qui nous sont confiés ; et je viens pour te consoler. — Hélas ! reprit Memnon, que ne veniez-vous la nuit passée pour m'empêcher de faire tant de folies ? — J'étais auprès d'Assan, ton frère aîné, dit l'être céleste. Il est plus à plaindre que toi. Sa Gracieuse Majesté le roi des Indes, à la cour duquel il a l'honneur d'être, lui a fait crever les deux yeux pour une petite indiscrétion, et il est actuellement dans un cachot, les fers aux pieds et aux mains. — C'est bien la peine, dit Memnon, d'avoir un bon génie dans une famille, pour que de deux frères l'un soit borgne, l'autre aveugle, l'un couché sur la paille, l'autre en prison. — Ton sort changera, reprit l'animal de l'étoile. Il est vrai que tu seras toujours borgne ; mais, à cela près, tu seras assez heureux, pourvu que tu ne fasses jamais le sot projet d'être parfaitement sage. — C'est donc une chose à laquelle il est impossible de parvenir ? s'écria Memnon en soupirant. — Aussi impossible, lui répliqua l'autre, que d'être parfaitement habile, parfaitement fort, parfaitement puissant, parfaitement heureux. Nous-mêmes, nous en sommes bien loin. Il y a un globe où tout cela se trouve ; mais dans les cent mille millions de mondes qui sont dispersés dans l'étendue, tout se suit par degrés [3]. On a moins de sagesse et de plaisir dans le second que dans le premier, moins dans le troisième que dans le second. Ainsi du reste jusqu'au dernier, où tout le monde est complètement fou. — J'ai bien peur, dit Memnon, que notre petit globe terraqué ne soit précisément les petites-maisons de l'univers dont vous me faites l'honneur de me parler. — Pas tout à fait, dit l'esprit ; mais il en approche : il faut que tout soit en sa place. — Eh mais ! dit Memnon, certains poètes, certains philosophes, ont donc grand tort de dire que *tout est bien.* — Ils ont grande raison, dit le philosophe de là-haut, en considérant l'arrangement de l'univers entier. — Ah ! je ne croirai cela, répliqua le pauvre Memnon, que quand je ne serai plus borgne. »

LETTRE D'UN TURC

SUR LES FAKIRS ET SUR SON AMI BABABEC

Lorsque j'étais dans la ville de Bénarès sur le rivage du Gange, ancienne patrie des bracmanes, je tâchai de m'instruire. J'entendais passablement l'indien ; j'écoutais beaucoup et remarquais tout. J'étais logé chez mon correspondant Omri ; c'était le plus digne homme que j'aie jamais connu. Il était de la religion des bramins, j'ai l'honneur d'être musulman : jamais nous n'avons eu une parole plus haute que l'autre au sujet de Mahomet et de Brahma. Nous faisions nos ablutions chacun de notre côté ; nous buvions de la même limonade, nous mangions du même riz, comme deux frères.

Un jour nous allâmes ensemble à la pagode de Gavani. Nous y vîmes plusieurs bandes de fakirs, dont les uns étaient des janguis, c'est-à-dire des fakirs contemplatifs, et les autres des disciples des anciens gymnosophistes, qui menaient une vie active. Ils ont, comme on sait, une langue savante, qui est celle des plus anciens bracmanes, et, dans cette langue, un livre qu'ils appellent le *Veidam*[1]. C'est assurément le plus ancien livre de toute l'Asie, sans en excepter le *Zend-Vesta*[2].

Je passai devant un fakir qui lisait ce livre. « Ah ! malheureux infidèle ! s'écria-t-il, tu m'as fait perdre le nombre des voyelles que je comptais ; et, de cette affaire-là, mon âme passera dans le corps d'un lièvre au lieu d'aller dans celui d'un perroquet, comme j'avais tout lieu de m'en flatter. » Je lui donnai une roupie pour le consoler. À quelques pas de là, ayant eu le malheur d'éternuer, le bruit que je fis réveilla un fakir qui était en extase[3]. « Où suis-je ? dit-il. Quelle horrible chute ! je ne vois plus le bout de mon nez : la lumière céleste est disparue*. — Si je suis cause, lui dis-je, que vous voyez enfin plus loin que le bout de votre nez, voilà une roupie pour réparer le mal que j'ai fait ; reprenez votre lumière céleste. »

M'étant ainsi tiré d'affaire discrètement, je passai aux autres gymnosophistes : il y en eut plusieurs qui m'apportèrent de petits clous fort jolis, pour m'enfoncer dans les bras et dans les cuisses en l'honneur de Brahma. J'achetai leurs clous, dont j'ai fait clouer mes tapis. D'autres dansaient sur les mains ; d'autres voltigeaient sur la corde lâche ; d'autres allaient toujours à cloche-pied. Il y en avait qui portaient des chaînes, d'autres un bât ; quelques-uns avaient leur tête dans un boisseau : au demeurant les meilleures gens du monde. Mon ami Omri me mena dans la cellule d'un des plus fameux ; il s'appelait Bababec : il était nu comme un singe, et avait au cou une grosse chaîne qui pesait plus de soixante livres. Il était assis sur une chaise de bois, proprement garnie de petites pointes de clous qui lui entraient dans les fesses, et on aurait cru qu'il était sur un lit de satin. Beaucoup de femmes venaient le consulter ; il était l'oracle des familles ; et on peut dire qu'il jouissait d'une très grande réputation. Je fus témoin du long entretien qu'Omri eut avec lui. « Croyez-vous, lui dit-il, mon père, qu'après avoir passé par l'épreuve des sept métempsycoses, je puisse parvenir à la demeure de Brahma ? — C'est selon, dit le fakir ; comment vivez-vous ? — Je tâche, dit Omri, d'être bon citoyen, bon mari, bon père, bon ami ; je prête de l'argent sans intérêt aux riches dans l'occasion ; j'en donne aux pauvres ; j'entretiens la paix parmi mes voisins. — Vous mettez-vous quelquefois des clous dans le cul ? demanda le bramin. — Jamais, mon

* Quand les fakirs veulent voir la lumière céleste, ce qui est très commun parmi eux, ils tournent les yeux vers le bout de leur nez.

Révérend Père. — J'en suis fâché, répliqua le fakir : vous n'irez certainement que dans le dix-neuvième ciel ; et c'est dommage. — Comment ! dit Omri, cela est fort honnête ; je suis très content de mon lot : que m'importe du dix-neuvième ou du vingtième, pourvu que je fasse mon devoir dans mon pèlerinage, et que je sois bien reçu au dernier gîte ? N'est-ce pas assez d'être honnête homme dans ce pays-ci, et d'être ensuite heureux au pays de Brahma ? Dans quel ciel prétendez-vous donc aller, vous, monsieur Bababec, avec vos clous et vos chaînes ? — Dans le trente-cinquième, dit Bababec. — Je vous trouve plaisant, répliqua Omri, de prétendre être logé plus haut que moi : ce ne peut être assurément que l'effet d'une excessive ambition. Vous condamnez ceux qui recherchent les honneurs dans cette vie, pourquoi en voulez-vous de si grands dans l'autre ? Et sur quoi d'ailleurs prétendez-vous être mieux traité que moi ? Sachez que je donne plus en aumônes en dix jours que ne vous coûtent en dix ans tous les clous que vous vous enfoncez dans le derrière. Brahma a bien affaire que vous passiez la journée tout nu, avec une chaîne au cou ; vous rendez là un beau service à la patrie. Je fais cent fois plus de cas d'un homme qui sème des légumes, ou qui plante des arbres, que de tous vos camarades qui regardent le bout de leur nez ou qui portent un bât par excès de noblesse d'âme. » Ayant parlé ainsi, Omri se radoucit, le caressa, le persuada, l'engagea enfin à laisser là ses clous et sa chaîne et à venir chez lui mener une vie honnête. On le décrassa, on le frotta d'essences parfumées, on l'habilla décemment ; il vécut quinze jours d'une manière fort sage, et avoua qu'il était cent fois plus heureux qu'auparavant. Mais il perdait son crédit dans le peuple ; les femmes ne venaient plus le consulter ; il quitta Omri, et reprit ses clous, pour avoir de la considération.

HISTOIRE DES VOYAGES DE SCARMENTADO

ÉCRITE PAR LUI-MÊME

Je naquis dans la ville de Candie, en 1600. Mon père en était gouverneur ; et je me souviens qu'un poète médiocre, qui n'était pas médiocrement dur, nommé Iro[1], fit de mauvais vers à ma louange, dans lesquels il me faisait descendre de Minos en droite ligne ; mais, mon père ayant été disgracié, il fit d'autres vers où je ne descendais plus que de Pasiphaé et de son amant. C'était un bien méchant homme que cet Iro, et le plus ennuyant coquin qui fût dans l'île.

Mon père m'envoya à l'âge de quinze ans étudier à Rome. J'arrivai dans l'espérance d'apprendre toutes les vérités ; car jusque-là on m'avait enseigné tout le contraire, selon l'usage de ce bas monde depuis la Chine jusqu'aux Alpes. Monsignor Profondo, à qui j'étais recommandé, était un homme singulier et un des plus terribles savants qu'il y eût au monde. Il voulut m'apprendre les catégories d'Aristote, et fut sur le point de me mettre dans la catégorie de ses mignons : je l'échappai belle. Je vis des processions, des exorcismes et quelques rapines. On disait, mais très faussement, que la signora Olimpia[2], personne d'une grande prudence, vendait beaucoup de choses qu'on ne doit point vendre. J'étais dans un âge où tout cela me paraissait fort plaisant. Une jeune dame de mœurs très douces, nommée la signora Fatelo[3], s'avisa de m'aimer. Elle était courtisée par le révérend père Poignardini et par le révérend père Aconiti, jeunes profès d'un ordre qui ne subsiste plus : elle les mit d'accord en me donnant ses bonnes grâces ; mais en même temps je courus risque d'être excommunié, et empoisonné. Je partis très content de l'architecture de Saint-Pierre.

Je voyageai en France ; c'était le temps du règne de Louis le juste. La première chose qu'on me demanda, ce fut si je voulais à mon déjeuner un petit morceau du maréchal d'Ancre[4], dont le peuple avait fait rôtir la chair, et qu'on distribuait à fort bon compte à ceux qui en voulaient.

Cet État était continuellement en proie aux guerres civiles, quelquefois pour une place au conseil, quelquefois pour deux pages de controverse. Il y avait plus de soixante ans que ce feu, tantôt couvert et tantôt soufflé avec violence, désolait ces beaux climats. C'étaient là des libertés de l'Église gallicane. « Hélas ! dis-je, ce peuple est pourtant né doux : qui peut l'avoir tiré ainsi de son caractère ? Il plaisante, et il fait des Saint-Barthélemy. Heureux le temps où il ne fera que plaisanter ! »

Je passai en Angleterre[5] : les mêmes querelles y excitaient les mêmes fureurs. De saints catholiques avaient résolu, pour le bien de l'Église, de faire sauter en l'air, avec de la poudre, le roi, la famille royale et tout le parlement, et de délivrer l'Angleterre de ces hérétiques. On me montra la place où la bienheureuse reine Marie, fille de Henri VIII, avait fait brûler plus de cinq cents de ses sujets. Un prêtre hibernois m'assura que c'était une très bonne action : premièrement, parce que ceux qu'on avait brûlés étaient Anglais ; en second lieu, parce qu'ils ne prenaient jamais d'eau bénite, et qu'ils ne croyaient pas au trou de saint Patrice[6]. Il s'étonnait surtout que la reine Marie ne fût pas encore canonisée ; mais il espérait qu'elle le serait bientôt, quand le cardinal-neveu aurait un peu de loisir.

J'allai en Hollande, où j'espérais trouver plus de tranquillité chez des peuples plus flegmatiques. On coupait la tête à un vieillard vénérable lorsque j'arrivai à La Haye[7]. C'était la tête chauve du premier ministre Barneveldt, l'homme qui avait le mieux mérité de la République. Touché de pitié, je demandai quel était son crime, et s'il avait trahi l'État. « Il a fait bien pis, me répondit un prédicant à manteau noir : c'est un homme qui croit que l'on peut se sauver par les bonnes œuvres aussi bien que par la foi. Vous sentez bien que si de telles opinions s'établissaient, une république ne pourrait subsister, et qu'il faut des lois sévères pour réprimer de si scandaleuses horreurs. » Un profond politique du pays me dit en soupirant : « Hélas ! monsieur, le bon temps ne durera pas toujours ; ce n'est que par hasard que ce peuple est si zélé ; le fond de son caractère est porté au dogme abominable de la tolérance ; un jour il y viendra : cela fait frémir. » Pour moi, en attendant que ce temps funeste de la modération et de l'indulgence fût arrivé, je quittai bien vite un pays où la sévérité n'était adoucie par aucun agrément, et je m'embarquai pour l'Espagne.

La cour était à Séville ; les galions étaient arrivés ; tout respirait l'abondance et la joie dans la plus belle saison de l'année. Je vis au bout d'une allée d'orangers et de citronniers une espèce de lice immense entourée de gradins couverts d'étoffes précieuses. Le roi, la reine, les infants, les infantes, étaient sous un dais superbe. Vis-à-vis de cette auguste famille était un autre trône, mais plus élevé. Je dis à un de mes compagnons de voyage : « À moins que ce trône ne soit réservé pour Dieu, je ne vois pas à quoi il peut servir. » Ces indiscrètes paroles furent entendues d'un grave Espagnol et me coûtèrent cher. Cependant je m'imaginais que nous allions voir quelque carrousel ou quelque fête de taureaux, lorsque le grand inquisiteur parut sur ce trône, d'où il bénit le roi et le peuple.

Ensuite vint une armée de moines défilant deux à deux, blancs, noirs, gris, chaussés, déchaussés, avec barbe, sans barbe, avec capuchon pointu, et sans capuchon ; puis marchait le bourreau ; puis on voyait au milieu des alguazils et des grands environ quarante personnes couvertes de sacs sur lesquels on avait peint des diables et des flammes[8].

C'étaient des Juifs qui n'avaient pas voulu renoncer absolument à Moïse, c'étaient des chrétiens qui avaient épousé leurs commères, ou qui n'avaient pas adoré Notre-Dame d'Atocha[9], ou qui n'avaient pas voulu se défaire de leur argent comptant en faveur des frères hiéronymites. On chanta dévotement de très belles prières, après quoi on brûla à petit feu tous les coupables ; de quoi toute la famille royale parut extrêmement édifiée.

Le soir, dans le temps que j'allais me mettre au lit, arrivèrent chez moi deux familiers de l'Inquisition avec la sainte Hermandad : ils m'embrassèrent tendrement, et me menèrent, sans me dire un seul mot, dans un cachot très frais, meublé d'un lit de natte et d'un beau crucifix. Je restai là six semaines, au bout desquelles le révérend père inquisiteur m'envoya prier de venir lui parler : il me serra quelque temps entre ses bras, avec une affection toute paternelle ; il me dit qu'il était sincèrement affligé d'avoir appris que je fusse si mal logé ; mais que tous les appartements de la maison étaient remplis, et qu'une autre fois il espérait que je serais plus à mon aise. Ensuite il me demanda cordialement si je ne savais pas pourquoi j'étais là. Je dis au révérend père que c'était apparemment pour mes péchés. « Eh bien, mon cher enfant, pour quel péché ? parlez-moi avec confiance. » J'eus beau imaginer, je ne devinai point ; il me mit charitablement sur les voies.

Enfin je me souvins de mes indiscrètes paroles. J'en fus quitte pour la discipline et une amende de trente mille réales. On me mena faire révérence au grand inquisiteur : c'était un homme poli, qui me demanda comment j'avais trouvé sa petite fête. Je lui dis que cela était délicieux, et j'allai presser mes compagnons de voyage de quitter ce pays, tout beau qu'il est. Ils avaient eu le temps de s'instruire de toutes les grandes choses que les Espagnols avaient faites pour la religion. Ils avaient lu les mémoires du fameux évêque de Chiapa[10], par lesquels il paraît qu'on avait égorgé ou brûlé ou noyé dix millions d'infidèles en Amérique pour les convertir. Je crus que cet évêque exagérait ; mais, quand on réduirait ces sacrifices à cinq millions de victimes, cela serait encore admirable.

Le désir de voyager me pressait toujours. J'avais compté finir mon tour de l'Europe par la Turquie ; nous en prîmes la route. Je me proposai bien de ne plus dire mon avis sur les fêtes que je verrais. « Ces Turcs, dis-je à mes compagnons, sont des mécréants, qui n'ont point été baptisés, et qui par conséquent seront bien plus cruels que les révérends pères inquisiteurs. Gardons le silence quand nous serons chez les mahométans. »

J'allai donc chez eux. Je fus étrangement surpris de voir en Turquie beaucoup plus d'églises chrétiennes qu'il n'y en avait dans Candie. J'y vis jusqu'à des troupes nombreuses de moines qu'on laissait prier la vierge Marie librement, et maudire Mahomet, ceux-ci en grec, ceux-là en latin, quelques autres en arménien. « Les bonnes gens que les Turcs ! » m'écriai-je. Les chrétiens grecs et les chrétiens latins étaient ennemis mortels dans Constantinople ; ces esclaves se persécutaient les uns les autres, comme des chiens qui se mordent dans la rue, et à qui leurs maîtres donnent des coups de bâton pour les séparer. Le grand vizir protégeait alors les Grecs. Le patriarche grec m'accusa d'avoir soupé chez le patriarche latin, et je fus condamné en plein divan à cent coups de latte sur la plante des pieds, rachetables de cinq cents sequins. Le lendemain, le grand vizir fut étranglé ; le surlendemain son successeur, qui était pour le parti des Latins, et qui ne fut étranglé qu'un mois après, me condamna à la même amende pour avoir soupé chez le patriarche grec. Je fus dans la triste nécessité de ne plus fréquenter ni l'église grecque ni la latine. Pour m'en consoler, je pris à loyer une fort belle Circassienne, qui était la personne la plus tendre dans le tête-à-tête et la plus dévote à la mosquée. Une nuit, dans les doux transports de son amour, elle s'écria en m'embrassant : *Alla, Illa, Alla*[11] ; ce sont les paroles sacramentales des Turcs ; je crus que c'étaient celles de l'amour ; je m'écriai aussi fort tendrement : *Alla, Illa, Alla.* « Ah ! me dit-elle, le Dieu miséricordieux soit loué, vous êtes turc. » Je lui dis que je le bénissais de m'en avoir donné la force, et je me crus trop heureux. Le matin l'iman vint pour me circoncire ; et, comme je fis quelque difficulté, le cadi du quartier, homme loyal, me proposa de m'empaler : je sauvai mon prépuce et mon derrière avec mille sequins, et je m'enfuis vite en Perse, résolu de ne plus entendre ni messe grecque ni latine en Turquie, et de ne plus crier : *Alla, Illa, Alla* dans un rendez-vous.

En arrivant à Ispahan, on me demanda si j'étais pour le mouton noir ou pour le mouton blanc. Je répondis que cela m'était fort indifférent, pourvu qu'il fût tendre. Il faut savoir que les factions du *Mouton blanc* et du *Mouton noir* partageaient encore les Persans. On crut que je me moquais des deux partis, de sorte que je me trouvai déjà une violente affaire sur les bras aux portes de la ville : il m'en coûta encore grand nombre de sequins pour me débarrasser des moutons.

Je poussai jusqu'à la Chine [12] avec un interprète, qui m'assura que c'était là le pays où l'on vivait librement et gaiement. Les Tartares s'en étaient rendus maîtres, après avoir tout mis à feu et à sang ; et les révérends pères jésuites d'un côté, comme les révérends pères dominicains de l'autre, disaient qu'ils y gagnaient des âmes à Dieu, sans que personne en sût rien. On n'a jamais vu des convertisseurs si zélés : car ils se persécutaient les uns les autres tour à tour ; ils écrivaient à Rome des volumes de calomnies ; ils se traitaient d'infidèles, et de prévaricateurs pour une âme. Il y avait surtout une horrible querelle [13] entre eux sur la manière de faire la révérence. Les jésuites voulaient que les Chinois saluassent leurs pères et leurs mères à la mode de la Chine, et les dominicains voulaient qu'on les saluât à la mode de Rome. Il m'arriva d'être pris par les jésuites pour un dominicain. On me fit passer chez Sa Majesté tartare pour un espion du pape. Le conseil suprême chargea un premier mandarin, qui ordonna à un sergent, qui commanda à quatre sbires du pays de m'arrêter et de me lier en cérémonie. Je fus conduit après cent quarante génuflexions devant Sa Majesté. Elle me fit demander si j'étais l'espion du pape, et s'il était vrai que ce prince dût venir en personne le détrôner. Je lui répondis que le pape était un prêtre de soixante et dix ans ; qu'il demeurait à quatre mille lieues de Sa Sacrée Majesté tartaro-chinoise ; qu'il avait environ deux mille soldats qui montaient la garde avec un parasol ; qu'il ne détrônait personne, et que Sa Majesté pouvait dormir en sûreté. Ce fut l'aventure la moins funeste de ma vie. On m'envoya à Macao, d'où je m'embarquai pour l'Europe.

Mon vaisseau eut besoin d'être radoubé vers les côtes de Golconde. Je pris ce temps pour aller voir la cour du grand Aureng-Zeb[14], dont on disait des merveilles dans le monde : il était alors dans Delhi. J'eus la consolation de l'envisager le jour de la pompeuse cérémonie dans laquelle il reçut le présent céleste que lui envoyait le shérif de La Mecque. C'était le balai avec lequel on avait balayé la maison sainte, le Caaba, le Beth Allah. Ce balai est le symbole qui balaye toutes les ordures de l'âme. Aureng-Zeb ne paraissait pas en avoir besoin ; c'était l'homme le plus pieux de tout l'Indoustan. Il est vrai qu'il avait égorgé un de ses frères et empoisonné son père. Vingt rayas et d'autant d'omrahs étaient morts dans les supplices ; mais cela n'était rien, et on ne parlait que de sa dévotion. On ne lui comparait que la Sacrée Majesté du sérénissime Empereur de Maroc, Muley-Ismaël[15], qui coupait des têtes tous les vendredis après la prière.

Je ne disais mot ; les voyages m'avaient formé, et je sentais qu'il ne m'appartenait pas de décider entre ces deux augustes souverains. Un jeune Français avec qui je logeais manqua, je l'avoue, de respect à l'empereur des Indes et à celui de Maroc. Il s'avisa de dire très indiscrètement qu'il y avait en Europe de très pieux souverains qui gouvernaient bien leurs États, et qui fréquentaient même les églises, sans pourtant tuer leurs pères et leurs frères, et sans couper les têtes de leurs sujets. Notre interprète transmit en indou le discours impie de mon jeune homme. Instruit par le passé, je fis vite seller mes chameaux : nous partîmes, le Français et moi. J'ai su depuis que, la nuit même, les officiers du grand Aureng-Zeb étant venus pour nous prendre, ils ne trouvèrent que l'interprète. Il fut exécuté en place publique, et tous les courtisans avouèrent sans flatterie que sa mort était très juste.

Il me restait de voir l'Afrique, pour jouir de toutes les douceurs de notre continent. Je la vis en effet. Mon vaisseau fut pris par des corsaires nègres. Notre patron fit de grandes plaintes ; il leur demanda pourquoi ils violaient ainsi les lois des nations. Le capitaine nègre lui répondit : « Vous avez le nez long, et nous l'avons plat ; vos cheveux sont tout droits, et notre laine est frisée ; vous avez la peau de couleur de cendre, et nous de couleur d'ébène ; par conséquent nous devons, par les lois sacrées de la nature, être toujours ennemis. Vous nous achetez aux foires de la côte de Guinée comme des bêtes de somme, pour nous faire travailler à je ne sais quel emploi aussi pénible que ridicule. Vous nous faites fouiller à coups de nerfs de bœuf dans des montagnes, pour en tirer une espèce de terre jaune qui par elle-même n'est bonne à rien, et qui ne vaut pas, à beaucoup près, un bon oignon d'Égypte ; aussi, quand nous vous rencontrons et que nous sommes les plus forts, nous vous faisons esclaves, nous vous faisons labourer nos champs, ou nous vous coupons le nez et les oreilles. »

On n'avait rien à répliquer à un discours si sage. J'allai labourer le champ d'une vieille négresse pour conserver mes oreilles et mon nez. On me racheta au bout d'un an. J'avais vu tout ce qu'il y a de beau, de bon et d'admirable sur la terre : je résolus de ne plus voir que mes pénates. Je me mariai chez moi ; je fus cocu, et je vis que c'était l'état le plus doux de la vie.

LES DEUX CONSOLÉS

Le grand philosophe Citophile disait un jour à une femme désolée, et qui avait juste sujet de l'être : « Madame, la reine d'Angleterre, fille du grand Henri IV[1], a été aussi malheureuse que vous : on la chassa de ses royaumes ; elle fut prête à périr sur l'Océan par les tempêtes ; elle vit mourir son royal époux sur l'échafaud. — J'en suis fâchée pour elle », dit la dame ; et elle se mit à pleurer ses propres infortunes.

« Mais, dit Citophile, souvenez-vous de Marie Stuart[2] : elle aimait fort honnêtement un brave musicien qui avait une très belle basse-taille. Son mari tua son musicien à ses yeux ; et ensuite sa bonne amie et sa bonne parente la reine Élisabeth, qui se disait pucelle, lui fit couper le cou sur un échafaud tendu de noir, après l'avoir tenue en prison dix-huit années. — Cela est fort cruel », répondit la dame ; et elle se replongea dans sa mélancolie.

« Vous avez peut-être entendu parler, dit le consolateur, de la belle Jeanne de Naples[3], qui fut prise et étranglée ? — Je m'en souviens confusément, dit l'affligée.

— Il faut que je vous conte, ajouta l'autre, l'aventure d'une souveraine qui fut détrônée de mon temps après souper, et qui est morte dans une île déserte. — Je sais toute cette histoire, répondit la dame.

— Eh bien donc, je vais vous apprendre ce qui est arrivé à une autre grande princesse à qui j'ai montré la philosophie. Elle avait un amant, comme en ont toutes les grandes et belles princesses. Son père entra dans sa chambre, et surprit l'amant, qui avait le visage tout en feu et l'œil étincelant comme une escarboucle ; la dame aussi avait le teint fort animé. Le visage du jeune homme déplut tellement au père qu'il lui appliqua le plus énorme soufflet qu'on eût jamais donné dans sa province. L'amant prit une paire de pincettes et cassa la tête au beau-père, qui guérit à peine, et qui porte encore la cicatrice de cette blessure. L'amante, éperdue, sauta par la fenêtre et se démit le pied ; de manière qu'aujourd'hui elle boite visiblement, quoique d'ailleurs elle ait la taille admirable. L'amant fut condamné à la mort pour avoir cassé la tête à un très grand prince. Vous pouvez juger de l'état où était la princesse quand on menait pendre l'amant. Je l'ai vue longtemps lorsqu'elle était en prison ; elle ne me parlait jamais que de ses malheurs.

— Pourquoi ne voulez-vous donc pas que je songe aux miens ? lui dit la dame. — C'est, dit le philosophe, parce qu'il n'y faut pas songer, et que, tant de grandes dames ayant été si infortunées, il vous sied mal de vous désespérer. Songez à Hécube, songez à Niobé. — Ah ! dit la dame, si j'avais vécu de leur temps, ou de celui de tant de belles princesses, et si pour les consoler vous leur aviez conté mes malheurs, pensez-vous qu'elles vous eussent écouté ? »

Le lendemain, le philosophe perdit son fils unique, et fut sur le point d'en mourir de douleur. La dame fit dresser une liste de tous les rois qui avaient perdu leurs enfants, et la porta au philosophe ; il la lut, la trouva fort exacte, et n'en pleura pas moins. Trois mois après ils se revirent et furent étonnés de se retrouver d'une humeur très gaie. Ils firent ériger une belle statue au Temps, avec cette inscription : À CELUI QUI CONSOLE.

HISTOIRE D'UN BON BRAMIN

Je rencontrai dans mes voyages un vieux bramin, homme fort sage, plein d'esprit et très savant ; de plus il était riche, et partant il en était plus sage encore : car ne manquant de rien, il n'avait besoin de tromper personne. Sa famille était très bien gouvernée par trois belles femmes qui s'étudiaient à lui plaire ; et quand il ne s'amusait pas avec ses femmes, il s'occupait à philosopher.

Près de sa maison, qui était belle, ornée et accompagnée de jardins charmants, demeurait une vieille Indienne bigote, imbécile et assez pauvre.

Le bramin me dit un jour : « Je voudrais n'être jamais né. » Je lui demandai pourquoi. Il me répondit : « J'étudie depuis quarante ans, ce sont quarante années de perdues : j'enseigne les autres, et j'ignore tout ; cet état porte dans mon âme tant d'humiliation et de dégoût que la vie m'est insupportable. Je suis né, je vis dans le temps, et je ne sais pas ce que c'est que le temps ; je me trouve dans un point entre deux éternités, comme disent nos sages, et je n'ai nulle idée de l'éternité. Je suis composé de matière ; je pense, je n'ai jamais pu m'instruire de ce qui produit la pensée ; j'ignore si mon entendement est en moi une simple faculté, comme celle de marcher, de digérer, et si je pense avec ma tête comme je prends avec mes mains. Non seulement le principe de ma pensée m'est inconnu, mais le principe de mes mouvements m'est également caché : je ne sais pourquoi j'existe. Cependant on me fait chaque jour des questions sur tous ces points ; il faut répondre ; je n'ai rien de bon à dire ; je parle beaucoup, et je demeure confus et honteux de moi-même après avoir parlé.

« C'est bien pis quand on me demande si Brahma a été produit par Vitsnou [1] ou s'ils sont tous deux éternels. Dieu m'est témoin que je n'en sais pas un mot, et il y paraît bien à mes réponses. " Ah ! mon révérend père, me dit-on, apprenez-nous comment le mal inonde toute la terre. " Je suis aussi en peine que ceux qui me font cette question. Je leur dis quelquefois que tout est le mieux du monde ; mais ceux qui ont la gravelle, ceux qui ont été ruinés et mutilés à la guerre n'en croient rien, ni moi non plus : je me retire chez moi accablé de ma curiosité et de mon ignorance. Je lis nos anciens livres, et ils redoublent mes ténèbres. Je parle à mes compagnons : les uns me répondent qu'il faut jouir de la vie et se moquer des hommes ; les autres croient savoir quelque chose, et se perdent dans des idées extravagantes ; tout augmente le sentiment douloureux que j'éprouve. Je suis prêt quelquefois de tomber dans le désespoir, quand je songe qu'après toutes mes recherches, je ne sais ni d'où je viens, ni ce que je suis, ni où j'irai, ni ce que je deviendrai [2]. »

L'état de ce bon homme me fit une vraie peine : personne n'était ni plus raisonnable ni de meilleure foi que lui. Je conçus que plus il avait de lumières dans son entendement et de sensibilité dans son cœur, plus il était malheureux.

Je vis le même jour la vieille femme qui demeurait dans son voisinage : je lui demandai si elle avait jamais été affligée de ne savoir pas comment son âme était faite. Elle ne comprit seulement pas ma question : elle n'avait jamais réfléchi un seul moment de sa vie sur un seul des points qui tourmentaient le bramin ; elle croyait aux métamorphoses de Vitsnou de tout son cœur, et pourvu qu'elle pût avoir quelquefois de l'eau du Gange pour se laver, elle se croyait la plus heureuse des femmes.

Frappé du bonheur de cette pauvre créature, je revins à

mon philosophe, et je lui dis : « N'êtes-vous pas honteux d'être malheureux dans le temps qu'à votre porte il y a un vieil automate qui ne pense à rien, et qui vit content ? — Vous avez raison, me répondit-il ; je me suis dit cent fois que je serais heureux si j'étais aussi sot que ma voisine, et cependant je ne voudrais pas d'un tel bonheur. »

Cette réponse de mon bramin me fit une plus grande impression que tout le reste ; je m'examinai moi-même et je vis qu'en effet je n'aurais pas voulu être heureux à condition d'être imbécile.

Je proposai la chose à des philosophes, et ils furent de mon avis. « Il y a pourtant, disais-je, une furieuse contradiction dans cette façon de penser. » Car enfin de quoi s'agit-il ? d'être heureux. Qu'importe d'avoir de l'esprit ou d'être sot ? Il y a bien plus : ceux qui sont contents de leur être sont bien sûrs d'être contents ; ceux qui raisonnent ne sont pas si sûrs de bien raisonner. « Il est donc clair, disais-je, qu'il faudrait choisir de n'avoir pas le sens commun, pour peu que ce sens commun contribue à notre mal-être. » Tout le monde fut de mon avis, et cependant je ne trouvai personne qui voulût accepter le marché de devenir imbécile pour devenir content. De là je conclus que, si nous faisons cas du bonheur, nous faisons encore plus de cas de la raison.

Mais après y avoir réfléchi, il paraît que de préférer la raison à la félicité, c'est être très insensé. Comment donc cette contradiction peut-elle s'expliquer ? Comme toutes les autres. Il y a là de quoi parler beaucoup.

POT-POURRI

I

Brioché fut le père de Polichinelle, non pas son propre père, mais père de génie[1]. Le père de Brioché était Guillot Gorju, qui fut fils de Gilles, qui fut fils de Gros-René, qui tirait son origine du prince des sots, et de la mère sotte[2]; c'est ainsi que l'écrit l'auteur de l'*Almanach de la foire*[3]. M. Parfaict, écrivain non moins digne de foi[4], donne pour père à Brioché Tabarin, à Tabarin Gros-Guillaume, à Gros-Guillaume Jean-Boudin, mais en remontant toujours au prince des sots[5]. Si ces deux historiens se contredisent, c'est une preuve de la vérité du fait pour le P. Daniel, qui les concilie avec une merveilleuse sagacité, et qui détruit par là le pyrrhonisme de l'histoire[6].

II

Comme je finissais ce premier paragraphe des cahiers de Merry Hissing[7] dans mon cabinet, dont la fenêtre donne sur la rue Saint-Antoine, j'ai vu passer les syndics des apothicaires, qui allaient saisir des drogues et du vert-de-gris que les jésuites de la rue Saint-Antoine vendaient en contrebande[8] ; mon voisin M. Husson, qui est une bonne tête, est venu chez moi, et m'a dit : « Mon ami, vous riez de voir les jésuites vilipendés ; vous êtes bien aise de savoir qu'ils sont convaincus d'un parricide en Portugal[9], et d'une rébellion au Paraguay[10] ; le cri public qui s'élève en France contre eux, la haine qu'on leur porte, les opprobres multipliés dont ils sont couverts, semblent être pour vous une consolation ; mais sachez que, s'ils sont perdus comme tous les honnêtes gens le désirent[11], vous n'y gagnerez rien : vous serez accablé par la faction des jansénistes. Ce sont des enthousiastes féroces, des âmes de bronze, pires que les presbytériens qui renversèrent le trône de Charles Ier. Songez que les fanatiques sont plus dangereux que les fripons. On ne peut jamais faire entendre raison à un énergumène ; les fripons l'entendent. »

Je disputai longtemps contre M. Husson ; je lui dis enfin : « Monsieur, consolez-vous ; peut-être que les jansénistes seront un jour aussi adroits que les jésuites. » Je tâchai de l'adoucir ; mais c'est une tête de fer qu'on ne fait jamais changer de sentiment.

III

Brioché, voyant que Polichinelle était bossu par-devant et par-derrière, lui voulut apprendre à lire et à écrire. Polichinelle, au bout de deux ans, épela assez passablement ; mais il ne put jamais parvenir à se servir d'une plume[12]. Un des écrivains de sa vie remarque qu'il essaya un jour d'écrire son nom, mais que personne ne put le lire[13].

Brioché était fort pauvre ; sa femme et lui n'avaient pas de quoi nourrir Polichinelle, encore moins de quoi lui faire apprendre un métier. Polichinelle leur dit : « Mon père et ma mère, je suis bossu, et j'ai de la mémoire ; trois ou quatre de mes amis[14], et moi, nous pouvons établir des marionnettes : je gagnerai quelque argent ; les hommes ont toujours aimé les marionnettes ; il y a quelquefois de la perte à en vendre de nouvelles, mais aussi il y a de grands profits. »

M. et Mme Brioché admirèrent le bon sens du jeune homme ; la troupe se forma, et elle alla établir ses petits tréteaux dans une bourgade suisse[15], sur le chemin d'Appenzel à Milan[16].

C'était justement dans ce village que les charlatans d'Orviète avaient établi le magasin de leur orviétan. Ils s'aperçurent qu'insensiblement la canaille allait aux marionnettes, et qu'ils vendaient dans le pays la moitié moins de savonnettes et d'onguent pour la brûlure[17]. Ils accusèrent Polichinelle de plusieurs mauvais déportements[18], et portèrent leurs plaintes devant le magistrat. La requête disait que c'était un ivrogne dangereux[19] ; qu'un jour il avait donné cent coups de pied dans le ventre, en plein marché, à des paysans qui vendaient des nèfles[20].

On prétendit aussi qu'il avait molesté un marchand de coqs d'Inde ; enfin, ils l'accusèrent d'être sorcier. M. Parfaict, dans son *Histoire du théâtre*, prétend qu'il fut avalé par un crapaud[21] ; mais le P. Daniel pense, ou du moins parle autrement[22]. On ne sait pas ce que devint Brioché. Comme il n'était que le père putatif de Polichinelle, l'historien n'a pas jugé à propos de nous dire de ses nouvelles[23].

IV

Feu M. Dumarsais assurait que le plus grand des abus était la vénalité des charges[24]. « C'est un grand malheur pour l'État, disait-il, qu'un homme de mérite, sans fortune, ne puisse parvenir à rien. Que de talents enterrés, et que de sots en place ! Quelle détestable politique d'avoir éteint l'émulation ! » M. Dumarsais, sans y penser, plaidait sa propre cause ; il a été réduit à enseigner le latin, et il aurait rendu de grands services à l'État s'il avait été employé. Je connais des barbouilleurs de papier qui eussent enrichi une province s'ils avaient été à la place de ceux qui l'ont volée. Mais, pour avoir cette place, il faut être fils d'un riche qui vous laisse de quoi acheter une charge, un office, et ce qu'on appelle *une dignité*.

Dumarsais assurait qu'un Montagne, un Charron, un Descartes, un Gassendi, un Bayle, n'eussent jamais condamné aux galères des écoliers soutenant thèse contre la philosophie d'Aristote, ni n'auraient fait brûler le curé Urbain Grandier, le curé Gaufrédi[25], et qu'ils n'eussent point, etc., etc.

V

Il n'y a pas longtemps que le chevalier Roginante[26], gentilhomme ferrarois, qui voulait faire une collection de tableaux de l'école flamande, alla faire des emplettes dans Amsterdam. Il marchanda un assez beau Christ chez le sieur Vandergru[27]. « Est-il possible, dit le Ferrarois au Batave, que, vous qui n'êtes pas chrétien (car vous êtes Hollandais), vous ayez chez vous un Jésus ? — Je suis chrétien et catholique », répondit M. Vandergru sans se fâcher ; et il vendit son tableau assez cher. « Vous croyez donc Jésus-Christ Dieu ? lui dit Roginante. — Assurément », dit Vandergru.

Un autre curieux logeait à la porte attenant, c'était un socinien ; il lui vendit une Sainte Famille. « Que pensez-vous de l'enfant ? dit le Ferrarois. — Je pense, répondit l'autre, que ce fut la créature la plus parfaite que Dieu ait mise sur la terre. »

De là le Ferrarois alla chez Moïse Mansebo[28], qui n'avait

que de beaux paysages, et point de Sainte Famille. Roginante lui demanda pourquoi on ne trouvait pas chez lui de pareils sujets. « C'est, dit-il, que nous avons cette famille en exécration. »

Roginante passa chez un fameux anabaptiste, qui avait les plus jolis enfants du monde ; il leur demanda dans quelle église ils avaient été baptisés. « Fi donc ! Monsieur, lui dirent les enfants ; grâce à Dieu, nous ne sommes point encore baptisés. »

Roginante n'était pas au milieu de la rue qu'il avait déjà vu une douzaine de sectes entièrement opposées les unes aux autres. Son compagnon de voyage, M. Sacrito, lui dit : « Enfuyons-nous vite, voilà l'heure de la Bourse ; tous ces gens-ci vont s'égorger sans doute, selon l'antique usage, puisqu'ils pensent tous diversement ; et la populace nous assommera pour être sujets du pape. »

Ils furent bien étonnés quand ils virent tous ces bonnes gens-là sortir de leurs maisons avec leurs commis, se saluer civilement, et aller à la Bourse de compagnie. Il y avait ce jour-là, de compte fait, cinquante-trois religions sur la place, en comptant les arméniens et les jansénistes. On fit pour cinquante-trois millions d'affaires le plus paisiblement du monde, et le Ferrarois retourna dans son pays, où il trouva plus d'*Agnus Dei* que de lettres de change.

On voit tous les jours la même scène à Londres, à Hambourg, à Dantzick, à Venise même, etc[29]. Mais ce que j'ai vu de plus édifiant, c'est à Constantinople.

J'eus l'honneur d'assister, il y a cinquante ans, à l'installation d'un patriarche grec par le sultan Achmet III, dont Dieu veuille avoir l'âme. Il donna à ce prêtre chrétien l'anneau, et le bâton fait en forme de béquille[30]. Il y eut ensuite une procession de chrétiens dans la rue Cléobule ; deux janissaires marchèrent à la tête de la procession. J'eus le plaisir de communier publiquement dans l'église patriarcale, et il ne tint qu'à moi d'obtenir un canonicat.

J'avoue qu'à mon retour à Marseille je fus fort étonné de

ne point y trouver de mosquée. J'en marquai ma surprise à monsieur l'intendant et à monsieur l'évêque. Je leur dis que cela était fort incivil, et que si les chrétiens avaient des églises chez les musulmans on pouvait au moins faire aux Turcs la galanterie de quelques chapelles. Ils me promirent tous deux qu'ils en écriraient en cour ; mais l'affaire en demeure là, à cause de la constitution *Unigenitus*[31].

Ô mes frères les jésuites ! vous n'avez pas été tolérants, et on ne l'est pas pour vous. Consolez-vous ; d'autres à leur tour deviendront persécuteurs, et à leur tour ils seront abhorrés.

VI

Je contais ces choses, il y a quelques jours, à M. de Boucacous, Languedocien très chaud et huguenot très zélé. « *Cavalisque !* me dit-il, on nous traite donc en France comme les Turcs ; on leur refuse des mosquées, et on ne nous accorde point de temples ! — Pour des mosquées, lui dis-je, les Turcs ne nous en ont encore point demandé ; et j'ose me flatter qu'ils en obtiendront quand ils voudront, parce qu'ils sont nos bons alliés ; mais je doute fort qu'on rétablisse vos temples, malgré toute la politesse dont nous nous piquons : la raison en est que vous êtes un peu nos ennemis. — Vos ennemis ! s'écria M. de Boucacous, nous qui sommes les plus ardents serviteurs du roi ! — Vous êtes fort ardents, lui répliquai-je, et si ardents[32] que vous avez fait neuf guerres civiles, sans compter les massacres des Cévennes[33]. — Mais, dit-il, si nous avons fait des guerres civiles, c'est que vous nous cuisiez en place publique ; on se lasse à la longue d'être brûlé, il n'y a patience de saint qui puisse y tenir : qu'on nous laisse en repos, et je vous jure que nous serons des sujets très fidèles. — C'est précisément ce qu'on fait, lui dis-je ; on ferme les yeux sur vous, on vous laisse faire votre commerce, vous avez une liberté assez honnête. — Voilà une plaisante liberté ! dit M. de Boucacous ; nous ne pouvons nous assembler en pleine campagne quatre ou cinq mille seulement, avec des psaumes à quatre parties, que sur-le-champ il ne vienne un régiment de dragons qui nous fait rentrer chacun chez nous. Est-ce là vivre ? est-ce là être libre ? »

Alors je lui parlai ainsi : « Il n'y a aucun pays dans le monde où l'on puisse s'attrouper sans l'ordre du souverain ; tout attroupement est contre les lois. Servez Dieu à votre mode dans vos maisons ; n'étourdissez personne par des hurlements que vous appelez *musique*. Pensez-vous que Dieu soit bien content de vous quand vous chantez ses commandements sur l'air de *Réveillez-vous, belle endormie*[34] ? Et quand vous dites avec les Juifs, en parlant d'un peuple voisin :

> *Heureux qui doit te détruire à jamais !*
> *Qui, t'arrachant les enfants des mamelles,*
> *Écrasera leurs têtes infidèles*[35] *!*

Dieu veut-il absolument qu'on écrase les cervelles des petits enfants ? Cela est-il humain ? De plus, Dieu aime-t-il les mauvais vers et la mauvaise musique ? »

M. de Boucacous m'interrompit, et me demanda si le latin de cuisine de nos psaumes valait mieux. « Non, sans doute, lui dis-je ; je conviens même qu'il y a un peu de stérilité d'imagination à ne prier Dieu que dans une traduction très vicieuse de vieux cantiques d'un peuple que nous abhorrons ; nous sommes tous juifs à vêpres, comme nous sommes tous païens à l'Opéra.

« Ce qui me déplaît seulement, c'est que les *Métamorphoses* d'Ovide sont, par la malice du démon, bien mieux écrites, et plus agréables que les cantiques juifs[36] : car il faut avouer que cette montagne de Sion, et ces gueules de basilic, et ces collines qui sautent comme des béliers, et toutes ces répétitions fastidieuses, ne valent ni la poésie grecque, ni la latine, ni la française. Le froid petit Racine a beau faire, cet enfant dénaturé n'empêchera pas, profanement parlant, que son père ne soit un meilleur poète que David.

« Mais enfin, nous sommes la religion dominante chez nous ; il ne vous est pas permis de vous attrouper en Angleterre : pourquoi voudriez-vous avoir cette liberté en France ? Faites ce qu'il vous plaira dans vos maisons, et j'ai parole de monsieur le gouverneur et de monsieur l'intendant qu'en étant sages vous serez tranquilles : l'imprudence seule fit et fera les persécutions. Je trouve très mauvais que vos mariages, l'état de vos enfants, le droit d'héritage[37], souffrent la moindre difficulté. Il n'est pas juste de vous saigner et de vous purger parce que vos pères ont été malades ; mais que voulez-vous ? ce monde est un grand Bedlam où des fous enchaînent d'autres fous[38]. »

VII

Les compagnons de Polichinelle réduits à la mendicité, qui était leur état naturel, s'associèrent avec quelques bohèmes, et coururent de village en village[39]. Ils arrivèrent dans une petite ville[40], et logèrent dans un quatrième étage[41], où ils se mirent à composer des drogues dont la vente les aida quelque temps à subsister. Ils guérirent même de la gale l'épagneul d'une dame de considération ; les voisins crièrent au prodige[42], mais malgré toute leur industrie la troupe ne fit pas fortune.

Ils se lamentaient de leur obscurité et de leur misère, lorsqu'un jour ils entendirent un bruit sur leur tête, comme celui d'une brouette qu'on roule sur le plancher. Ils montèrent au cinquième étage, et y trouvèrent un petit homme qui faisait des marionnettes pour son compte : il s'appelait le sieur Bienfait ; il avait tout juste le génie qu'il fallait pour son art[43].

On n'entendait pas un mot de ce qu'il disait ; mais il avait un galimatias fort convenable, et il ne faisait pas mal ses bamboches[44]. Un compagnon, qui excellait aussi en galimatias, lui parla ainsi[45] :

« Nous croyons que vous êtes destiné à relever nos marionnettes ; car nous avons lu dans Nostradamus ces propres paroles : *Nelle chi li po rate icsus res fait en bi*, lesquelles prises à rebours font évidemment : *Bienfait ressuscitera Polichinelle*[46]. Le nôtre a été avalé par un crapaud ; mais nous avons retrouvé son chapeau, sa bosse, et sa pratique. Vous fournirez le fil d'archal. Je crois d'ailleurs qu'il vous sera aisé de lui faire une moustache toute semblable à celle qu'il avait, et quand nous serons unis ensemble, il est à croire que nous aurons beaucoup de succès. Nous ferons valoir Polichinelle par Nostradamus, et Nostradamus par Polichinelle[47]. »

Le sieur Bienfait accepta la proposition. On lui demanda ce qu'il voulait pour sa peine. « Je veux, dit-il, beaucoup d'honneurs et beaucoup d'argent[48]. — Nous n'avons rien de cela, dit l'orateur de la troupe ; mais avec le temps on a de tout. » Le sieur Bienfait se lia donc avec les bohèmes, et tous ensemble allèrent à Milan établir leur théâtre[49], sous la protection de Mme Carminetta[50]. On afficha que le même Polichinelle, qui avait été mangé par un crapaud du village du canton d'Appenzel, reparaîtrait sur le théâtre de Milan, et qu'il danserait avec Mme Gigogne. Tous les vendeurs d'orviétan eurent beau s'y opposer, le sieur Bienfait[51], qui avait aussi le secret de l'orviétan, soutint que le sien était le meilleur[52] : il en vendit beaucoup aux femmes, qui étaient folles de Polichinelle[53], et il devint si riche qu'il se mit à la tête de la troupe.

Dès qu'il eut ce qu'il voulait (et que tout le monde veut), des honneurs et du bien, il fut très ingrat envers Mme Carminetta. Il acheta une belle maison vis-à-vis de celle de sa bienfaitrice, et il trouva le secret de la faire payer par ses associés [54]. On ne le vit plus faire sa cour à Mme Carminetta ; au contraire, il voulut qu'elle vînt déjeuner chez lui, et un jour qu'elle daigna y venir il lui fit fermer la porte au nez [55], etc.

VIII

N'ayant rien entendu au précédent chapitre de Merry Hissing, je me transportai chez mon ami M. Husson, pour lui en demander l'explication. Il me dit que c'était une profonde allégorie sur le P. La Valette, marchand banqueroutier d'Amérique [56] ; mais que d'ailleurs il y avait longtemps qu'il ne s'embarrassait plus de ces sottises, qu'il n'allait jamais aux marionnettes ; qu'on jouait ce jour-là *Polyeucte* [57], et qu'il voulait l'entendre. Je l'accompagnai à la comédie.

M. Husson, pendant le premier acte, branlait toujours la tête. Je lui demandai dans l'entracte pourquoi sa tête branlait tant. « J'avoue, dit-il, que je suis indigné contre ce sot Polyeucte et contre cet impudent Néarque. Que diriez-vous d'un gendre de M. le gouverneur de Paris, qui serait huguenot, et qui, accompagnant son beau-père le jour de Pâques à Notre-Dame, irait mettre en pièces le ciboire et le calice, et donner des coups de pied dans le ventre à monsieur l'archevêque et aux chanoines ? Serait-il bien justifié, en nous disant que nous sommes des idolâtres ; qu'il l'a entendu dire au sieur Lubolier, prédicant d'Amsterdam, et au sieur Morfyé, compilateur à Berlin, auteur de la *Bibliothèque germanique,* qui le tenait du prédicant Urieju [58] ? C'est là le fidèle portrait de la conduite de Polyeucte. Peut-on s'intéresser à ce plat fanatique, séduit par le fanatique Néarque ? »

M. Husson me disait ainsi son avis amicalement dans les entractes. Il se mit à rire quand il vit Polyeucte résigner sa femme à son rival ; et il la trouva un peu bourgeoise quand elle dit à son amant qu'elle va dans sa chambre, au lieu d'aller avec lui à l'église :

Adieu, trop vertueux objet, et trop charmant ;
Adieu, trop généreux et trop parfait amant ;
Je vais seule en ma chambre enfermer mes regrets[59].

Mais il admira la scène où elle demande à son amant la grâce de son mari[60].

« Il y a là, dit-il, un gouverneur d'Arménie qui est bien le plus lâche, le plus bas des hommes ; ce père de Pauline avoue même qu'il a les sentiments d'un coquin :

Polyeucte est ici l'appui de ma famille ;
Mais si par son trépas l'autre épousait ma fille,
J'acquerrais bien par là de plus puissants appuis,
Qui me mettraient plus haut cent fois que je ne suis.

« Un procureur au Châtelet ne pourrait guère ni penser, ni s'exprimer autrement. Il y a de bonnes âmes qui avalent tout cela ; je ne suis pas du nombre. Si ces pauvretés peuvent entrer dans une tragédie du pays des Gaules, il faut brûler l'*Œdipe* des Grecs[61]. »

M. Husson est un rude homme. J'ai fait ce que j'ai pu pour l'adoucir ; mais je n'ai pu en venir à bout[62]. Il a persisté dans son avis, et moi dans le mien.

IX

Nous avons laissé le sieur Bienfait fort riche et fort insolent. Il fit tant par ses menées qu'il fut reconnu pour entrepreneur d'un grand nombre de marionnettes. Dès qu'il fut revêtu de cette dignité, il fit promener Polichinelle dans toutes les villes, et afficha que tout le monde serait tenu de l'appeler *Monsieur ;* sans quoi il ne jouerait point. C'est de là que, dans toutes les représentations des marionnettes, il ne répond jamais à son compère que quand le compère l'appelle M. Polichinelle. Peu à peu Polichinelle devint si important qu'on ne donna plus aucun spectacle sans lui payer une rétribution [63], comme les Opéras des provinces en payent une à l'Opéra de Paris.

Un jour, un de ses domestiques, receveur des billets et ouvreur de loges, ayant été cassé aux gages, se souleva contre Bienfait, et institua d'autres marionnettes qui décrièrent toutes les danses de Mme Gigogne [64] et tous les tours de passe-passe de Bienfait. Il retrancha plus de cinquante ingrédients qui entraient dans l'orviétan, composa le sien de cinq ou six drogues [65], et, le vendant beaucoup meilleur marché, il enleva une infinité de pratiques à Bienfait, ce qui excita un furieux procès, et on se battit longtemps à la porte des marionnettes, dans le préau de la foire [66].

X

M. Husson me parlait hier de ses voyages : en effet, il a passé plusieurs années dans les Échelles du Levant ; il est allé en Perse ; il a demeuré longtemps dans les Indes, et a vu toute l'Europe. « J'ai remarqué, me disait-il, qu'il y a un nombre prodigieux de Juifs qui attendent le Messie, et qui se feraient empaler plutôt que de convenir qu'il est venu. J'ai vu mille Turcs persuadés que Mahomet avait mis la moitié de la lune dans sa manche. Le petit peuple, d'un bout du monde à l'autre, croit fermement les choses les plus absurdes. Cependant, qu'un philosophe ait un écu à partager avec le plus imbécile de ces malheureux, en qui la raison humaine est si horriblement obscurcie, il est sûr que s'il y a un sou à gagner l'imbécile l'emportera sur le philosophe. Comment des taupes, si aveugles sur le plus grand des intérêts, sont-elles lynx sur les plus petits ? Pourquoi le même Juif qui vous égorge le vendredi ne voudrait-il pas voler un liard le jour du sabbat ? Cette contradiction de l'espèce humaine mérite qu'on l'examine[67].

— N'est-ce pas, dis-je à M. Husson, que les hommes sont superstitieux par coutume, et coquins par instinct ?

— J'y rêverai, me dit-il ; cette idée me paraît assez bonne. »

XI

Polichinelle, depuis l'aventure de l'ouvreur des loges, a essuyé bien des disgrâces. Les Anglais, qui sont raisonneurs et sombres, lui ont préféré Shakespeare[68] ; mais ailleurs ses farces ont été fort en vogue, et, sans l'Opéra-Comique[69], son théâtre était le premier des théâtres. Il a eu de grandes querelles avec Scaramouche et Arlequin, et on ne sait pas encore qui l'emportera[70]. Mais...

XII

« Mais, mon cher monsieur, disais-je, comment peut-on être à la fois si barbare et si drôle ? Comment, dans l'histoire d'un peuple, trouve-t-on à la fois la Saint-Barthélemy et les *Contes* de La Fontaine, etc. ? Est-ce l'effet du climat ? Est-ce l'effet des lois ?

— Le genre humain, répondit M. Husson, est capable de tout. Néron pleura quand il fallut signer l'arrêt de mort d'un criminel, joua des farces, et assassina sa mère. Les singes font des tours extrêmement plaisants, et étouffent leurs petits. Rien n'est plus doux, plus timide qu'une levrette ; mais elle déchire un lièvre, et baigne son long museau dans son sang.

— Vous devriez, lui dis-je, nous faire un beau livre qui développât toutes ces contradictions.

— Ce livre est tout fait, dit-il ; vous n'avez qu'à regarder une girouette ; elle tourne tantôt au doux souffle du zéphyr, tantôt au vent violent du nord : voilà l'homme[71]. »

XIII

Rien n'est souvent plus convenable que d'aimer sa cousine. On peut aussi aimer sa nièce ; mais il en coûte dix-huit mille livres, payables à Rome, pour épouser une cousine, et quatre-vingt mille francs pour coucher avec sa nièce en légitime mariage[72].

Je suppose quarante nièces par an, mariées avec leurs oncles, et deux cents cousins et cousines conjoints : cela fait en sacrements six millions huit cent mille livres par an, qui sortent du royaume. Ajoutez-y environ six cent mille francs pour ce qu'on appelle *les annates des terres de France*[73], que le roi de France donne à des Français en bénéfices ; joignez-y encore quelques menus frais : c'est environ huit millions quatre cent mille livres que nous donnons libéralement au Saint-Père par chacun an[74]. Nous exagérons peut-être un peu ; mais on conviendra que si nous avons beaucoup de cousines et de nièces jolies, et si la mortalité se met parmi les bénéficiers, la somme peut aller au double. Le fardeau serait lourd, tandis que nous avons des vaisseaux à construire, des armées et des rentiers à payer.

Je m'étonne que, dans l'énorme quantité de livres dont les auteurs ont gouverné l'État depuis vingt ans, aucun n'ait pensé à réformer ces abus. J'ai prié un docteur de Sorbonne, de mes amis, de me dire dans quel endroit de l'Écriture on trouve que la France doive payer à Rome la somme susdite : il n'a jamais pu le trouver. J'en ai parlé à un jésuite ; il m'a répondu que cet impôt fut mis par saint Pierre sur les Gaules, dès la première année qu'il vint à Rome ; et comme je doutais que saint Pierre eût fait ce voyage, il m'en a convaincu en me disant qu'on voit encore à Rome les clefs du paradis qu'il portait toujours à sa ceinture[75]. « Il est vrai, m'a-t-il dit, que nul auteur canonique ne parle de ce voyage de ce Simon Barjone ; mais nous avons une belle lettre de lui, datée de Babylone ; or, certainement Babylone veut dire Rome, donc vous devez de l'argent au pape quand vous épousez vos cousines[76]. » J'avoue que j'ai été frappé de la force de cet argument.

XIV

J'ai un vieux parent qui a servi le roi cinquante-deux ans. Il s'est retiré dans la haute Alsace, où il a une petite terre qu'il cultive, dans le diocèse de Porentru[77]. Il voulut un jour faire donner le dernier labour à son champ ; la saison avançait, l'ouvrage pressait. Ses valets refusèrent le service, et dirent pour raison que c'était la fête de sainte Barbe, la sainte la plus fêtée à Porentru. « Eh ! mes amis, leur dit mon parent, vous avez été à la messe en l'honneur de Barbe, vous avez rendu à Barbe ce qui lui appartient ; rendez-moi ce que vous me devez : cultivez mon champ, au lieu d'aller au cabaret. Sainte Barbe ordonne-t-elle qu'on s'enivre pour lui faire honneur, et que je manque de blé cette année ? » Le maître-valet lui dit : « Monsieur, vous voyez bien que je serais damné si je travaillais dans un si saint jour. Sainte Barbe est la plus grande sainte du paradis ; elle grava le signe de la croix sur une colonne de marbre avec le bout du doigt ; et du même doigt, et du même signe, elle fit tomber toutes les dents d'un chien qui lui avait mordu les fesses : je ne travaillerai point le jour de sainte Barbe. »

Mon parent envoya chercher des laboureurs luthériens, et son champ fut cultivé. L'évêque de Porentru l'excommunia. Mon parent en appela comme d'abus ; le procès n'est pas encore jugé. Personne assurément n'est plus persuadé que mon parent qu'il faut honorer les saints ; mais il prétend aussi qu'il faut cultiver la terre.

Je suppose en France environ cinq millions d'ouvriers, soit manœuvres, soit artisans, qui gagnent chacun, l'un portant l'autre, vingt sous par jour, et qu'on force saintement de ne rien gagner pendant trente jours de l'année, indépendamment des dimanches : cela fait cent cinquante millions de moins dans la circulation, et cent cinquante millions de moins en main-d'œuvre[78]. Quelle prodigieuse supériorité ne doivent point avoir sur nous les royaumes voisins, qui n'ont ni sainte Barbe, ni d'évêque de Porentru ! On répondait à cette objection que les cabarets, ouverts les saints jours de fêtes, produisent beaucoup aux fermes générales. Mon parent en convenait ; mais il prétendait que c'est un léger dédommagement ; et que d'ailleurs, si on peut travailler après la messe, on peut aller au cabaret après le travail. Il soutient que cette affaire est purement de police, et point du tout épiscopale ; il soutient qu'il vaut encore mieux labourer que de s'enivrer. J'ai bien peur qu'il ne perde son procès.

XV

Il y a quelques années qu'en passant par la Bourgogne avec M. Évrard que vous connaissez tous, nous vîmes un vaste palais, dont une partie commençait à s'élever. Je demandai à quel prince il appartenait. Un maçon me répondit que c'était à Mgr l'abbé de Cîteaux ; que le marché avait été fait à dix-sept cent mille livres, mais que probablement il en coûterait bien davantage[79].

Je bénis Dieu qui avait mis son serviteur en état d'élever un si beau monument, et de répandre tant d'argent dans le pays. « Vous moquez-vous ? dit M. Évrard ; n'est-il pas abominable que l'oisiveté soit récompensée par deux cent cinquante mille livres de rente, et que la vigilance d'un pauvre curé de campagne soit punie par une portion congrue de cent écus ? Cette inégalité n'est-elle pas la chose du monde la plus injuste et la plus odieuse ? Qu'en reviendra-t-il à l'État quand un moine sera logé dans un palais de deux millions ? Vingt familles de pauvres officiers, qui partageraient ces deux millions, auraient chacune un bien honnête, et donneraient au roi de nouveaux officiers. Les petits moines, qui sont aujourd'hui les sujets inutiles d'un de leurs moines élu par eux, deviendraient des membres de l'État au lieu qu'ils ne sont que des chancres qui le rongent[80]. »

Je répondis à M. Évrard : « Vous allez trop loin, et trop vite ; ce que vous dites arrivera certainement dans deux ou trois cents ans ; ayez patience. — Et c'est précisément, répondit-il, parce que la chose n'arrivera que dans deux ou trois siècles que je perds toute patience ; je suis las de tous les abus que je vois : il me semble que je marche dans les déserts de la Libye, où notre sang est sucé par des insectes quand les lions ne nous dévorent pas [81].

« J'avais, continua-t-il, une sœur assez imbécile pour être janséniste de bonne foi, et non par esprit de parti. La belle aventure des billets de confession la fit mourir de désespoir. Mon frère avait un procès qu'il avait gagné en première instance ; sa fortune en dépendait. Je ne sais comment il est arrivé que les juges ont cessé de rendre la justice, et mon frère a été ruiné. J'ai un vieil oncle criblé de blessures, qui faisait passer ses meubles et sa vaisselle d'une province à une autre ; des commis alertes ont saisi le tout sur un petit manque de formalité ; mon oncle n'a pu payer les trois vingtièmes, et il est mort en prison [82]. »

M. Évrard me conta des aventures de cette espèce pendant deux heures entières. Je lui dis : « Mon cher monsieur Évrard, j'en ai essuyé plus que vous ; les hommes sont ainsi faits d'un bout du monde à l'autre : nous nous imaginons que les abus ne règnent que chez nous ; nous sommes tous deux comme Astolphe et Joconde [83], qui pensaient d'abord qu'il n'y avait que leurs femmes d'infidèles ; ils se mirent à voyager, et ils trouvèrent partout des gens de leur confrérie.

— Oui, dit M. Évrard, mais ils eurent le plaisir de rendre partout ce qu'on avait eu la bonté de leur prêter chez eux.

— Tâchez, lui dis-je, d'être seulement pendant trois ans directeur de..., ou de..., ou de..., ou de..., et vous vous vengerez avec usure. »

M. Évrard me crut : c'est à présent l'homme de France qui vole le roi, l'État et les particuliers de la manière la plus dégagée et la plus noble, qui fait la meilleure chère, et qui juge le plus fièrement d'une pièce nouvelle.

LE BLANC ET LE NOIR

Tout le monde, dans la province de Candahar[1], connaît l'aventure du jeune Rustan[2]. Il était fils unique d'un mirza[3] du pays : c'est comme qui dirait marquis parmi nous, ou baron chez les Allemands. Le mirza son père avait un bien honnête. On devait marier le jeune Rustan à une demoiselle, ou mirzasse de sa sorte. Les deux familles le désiraient passionnément. Il devait faire la consolation de ses parents, rendre sa femme heureuse et l'être avec elle.

Mais par malheur il avait vu la princesse de Cachemire à la foire de Kaboul, qui est la foire la plus considérable du monde, et incomparablement plus fréquentée que celles de Bassora et d'Astrakan ; et voici pourquoi le vieux prince de Cachemire était venu à la foire avec sa fille.

Il avait perdu les deux plus rares pièces de son trésor : l'une était un diamant gros comme le pouce, sur lequel sa fille était gravée par un art que les Indiens possédaient alors, et qui s'est perdu depuis ; l'autre était un javelot qui allait de lui-même où l'on voulait ; ce qui n'est pas une chose bien extraordinaire parmi nous, mais qui l'était à Cachemire.

Un fakir de Son Altesse lui vola ces deux bijoux ; il les porta à la princesse. « Gardez soigneusement ces deux pièces, lui dit-il ; votre destinée en dépend. » Il partit alors, et on ne le revit plus. Le duc de Cachemire, au désespoir, résolut d'aller voir à la foire de Kaboul si, de tous les marchands qui s'y rendent des quatre coins du monde, il n'y en aurait pas un qui eût son diamant et son arme. Il menait sa fille avec lui dans tous ses voyages. Elle porta son diamant bien enfermé dans sa ceinture ; mais pour le javelot, qu'elle ne pouvait si bien cacher, elle l'avait enfermé soigneusement à Cachemire dans son grand coffre de la Chine.

Rustan et elle se virent à Kaboul ; ils s'aimèrent avec toute la bonne foi de leur âge et toute la tendresse de leur pays. La princesse, pour gage de son amour, lui donna son diamant, et Rustan lui promit à son départ de l'aller voir secrètement à Cachemire.

Le jeune mirza avait deux favoris qui lui servaient de secrétaires, d'écuyers, de maîtres d'hôtel et de valets de chambre. L'un s'appelait Topaze ; il était beau, bien fait, blanc comme une Circassienne, doux et serviable comme un Arménien, sage comme un Guèbre. L'autre se nommait Ébène ; c'était un nègre fort joli, plus empressé, plus industrieux que Topaze, et qui ne trouvait rien de difficile. Il leur communiqua le projet de son voyage. Topaze tâcha de l'en détourner avec le zèle circonspect d'un serviteur qui ne voulait pas lui déplaire ; il lui représenta tout ce qu'il hasardait. Comment laisser deux familles au désespoir ; comment mettre le couteau dans le cœur de ses parents ? Il ébranla Rustan ; mais Ébène le raffermit et leva tous ses scrupules.

Le jeune homme manquait d'argent pour un si long voyage. Le sage Topaze ne lui en aurait pas fait prêter ; Ébène y pourvut. Il prit adroitement le diamant de son maître, en fit faire un faux tout semblable, qu'il remit à sa place, et donna le véritable en gage à un Arménien pour quelques milliers de roupies.

Quand le marquis eut ses roupies, tout fut prêt pour le départ. On chargea un éléphant de son bagage, on monta à cheval. Topaze dit à son maître : « J'ai pris la liberté de vous faire des remontrances sur votre entreprise ; mais, après avoir remontré, il faut obéir ; je suis à vous, je vous aime, je vous suivrai jusqu'au bout du monde ; mais consultons en chemin l'oracle qui est à deux parasanges[4] d'ici. » Rustan y consentit. L'oracle répondit : *Si tu vas à l'orient, tu seras à l'occident.* Rustan ne comprit rien à cette réponse. Topaze soutint qu'elle ne contenait rien de bon. Ébène, toujours complaisant, lui persuada qu'elle était très favorable.

Il y avait encore un autre oracle dans Kaboul ; ils y allèrent. L'oracle de Kaboul répondit en ces mots : *Si tu possèdes, tu ne posséderas pas ; si tu es vainqueur, tu ne vaincras pas ; si tu es Rustan, tu ne le seras pas.* Cet oracle parut encore plus inintelligible que l'autre. « Prenez garde à vous », disait Topaze. « Ne redoutez rien », disait Ébène, et ce ministre, comme on peut le croire, avait toujours raison auprès de son maître, dont il encourageait la passion et l'espérance.

Au sortir de Kaboul, on marcha par une grande forêt, on s'assit sur l'herbe pour manger, on laissa les chevaux paître. On se préparait à décharger l'éléphant qui portait le dîner et le service, lorsqu'on s'aperçut que Topaze et Ébène n'étaient plus avec la petite caravane. On les appelle ; la forêt retentit des noms d'Ébène et de Topaze. Les valets les cherchent de tous côtés et remplissent la forêt de leurs cris ; ils reviennent sans avoir rien vu, sans qu'on leur ait répondu. « Nous n'avons trouvé, dirent-ils à Rustan, qu'un vautour qui se battait avec un aigle, et qui lui ôtait toutes ses plumes. » Le récit de ce combat piqua la curiosité de Rustan ; il alla à pied sur le lieu ; il n'aperçut ni vautour ni aigle, mais il vit son éléphant, encore tout chargé de son bagage, qui était assailli par un gros rhinocéros[5]. L'un frappait de sa corne, l'autre de sa trompe. Le rhinocéros lâcha prise à la vue de Rustan ; on ramena son éléphant, mais on ne trouva plus les chevaux. « Il arrive d'étranges choses dans les forêts quand on voyage ! » s'écriait Rustan. Les valets étaient consternés, et le maître au désespoir d'avoir perdu à la fois ses chevaux, son cher nègre et le sage Topaze, pour lequel il avait toujours de l'amitié, quoiqu'il ne fût jamais de son avis.

L'espérance d'être bientôt aux pieds de la belle princesse

de Cachemire le consolait, quand il rencontra un grand âne rayé, à qui un rustre vigoureux et terrible donnait cent coups de bâton. Rien n'est si beau, ni si rare, ni si léger à la course que les ânes de cette espèce[6]. Celui-ci répondait aux coups redoublés du vilain par des ruades qui auraient pu déraciner un chêne. Le jeune mirza prit, comme de raison, le parti de l'âne, qui était une créature charmante. Le rustre s'enfuit en disant à l'âne : « Tu me le payeras. » L'âne remercia son libérateur en son langage, s'approcha, se laissa caresser, et caressa. Rustan monte dessus après avoir dîné, et prend le chemin de Cachemire avec ses domestiques, qui suivent les uns à pied, les autres montés sur l'éléphant.

À peine était-il sur son âne que cet animal tourne vers Kaboul, au lieu de suivre la route de Cachemire. Son maître a beau tourner la bride, donner des saccades, serrer les genoux, appuyer des éperons, rendre la bride, tirer à lui, fouetter à droite et à gauche, l'animal opiniâtre courait toujours vers Kaboul.

Rustan suait, se démenait, se désespérait, quand il rencontra un marchand de chameaux qui lui dit : « Maître, vous avez là un âne bien malin, qui vous mène où vous ne voulez pas aller ; si vous voulez me le céder, je vous donnerai quatre de mes chameaux à choisir. » Rustan remercia la Providence de lui avoir procuré un si bon marché. « Topaze avait grand tort, dit-il, de me dire que mon voyage serait malheureux. » Il monte sur le plus beau chameau, les trois autres suivent ; il rejoint sa caravane, et se voit dans le chemin de son bonheur.

À peine a-t-il marché quatre parasanges qu'il est arrêté par un torrent profond, large et impétueux, qui roulait des rochers blanchis d'écume. Les deux rivages étaient des précipices affreux, qui éblouissaient la vue et glaçaient le courage, nul moyen de passer, nul d'aller à droite ou à gauche[7]. « Je commence à craindre, dit Rustan, que Topaze n'ait eu raison de blâmer mon voyage, et moi grand tort de l'entreprendre, encore s'il était ici, il me pourrait donner quelques bons avis. Si j'avais Ébène, il me consolerait, et il trouverait des expédients ; mais tout me manque. » Son embarras était augmenté par la consternation de sa troupe : la nuit était noire, on la passa à se lamenter. Enfin la fatigue et l'abattement endormirent l'amoureux voyageur. Il se réveille au point du jour, et voit un beau pont de marbre élevé sur le torrent d'une rive à l'autre.

Ce furent des exclamations, des cris d'étonnement et de joie. Est-il possible ? est-ce un songe ? quel prodige ! quel enchantement ! oserons-nous passer ? Toute la troupe se mettait à genoux, se relevait, allait au pont, baisait la terre, regardait le ciel, étendait les mains, posait le pied en tremblant, allait, revenait, était en extase ; et Rustan disait : « Pour le coup le ciel me favorise. Topaze ne savait ce qu'il disait ; les oracles étaient en ma faveur ; Ébène avait raison ; mais pourquoi n'est-il pas ici ? »

À peine la troupe fut-elle au-delà du torrent que voilà le pont qui s'abîme dans l'eau avec un fracas épouvantable. « Tant mieux ! tant mieux ! s'écria Rustan ; Dieu soit loué, le ciel soit béni ! il ne veut pas que je retourne dans mon pays, où je n'aurais été qu'un simple gentilhomme ; il veut que j'épouse ce que j'aime. Je serai prince de Cachemire ; c'est ainsi qu'en *possédant* ma maîtresse, je ne *posséderai* pas mon petit marquisat à Candahar. *Je serai Rustan, et je ne le serai pas,* puisque je deviendrai un grand prince : voilà une grande partie de l'oracle expliquée nettement en ma faveur, le reste s'expliquera de même ; je suis trop heureux ; mais pourquoi Ébène n'est-il pas auprès de moi ? je le regrette mille fois plus que Topaze. »

Il avança encore quelques parasanges avec la plus grande allégresse ; mais, sur la fin du jour, une enceinte de montagnes plus roides qu'une contrescarpe et plus hautes que n'aurait été la tour de Babel si elle avait été achevée, barra entièrement la caravane saisie de crainte.

Tout le monde s'écria : « Dieu veut que nous périssions ici, il n'a brisé le pont que pour nous ôter tout espoir de retour ; il n'a élevé la montagne que pour nous priver de tout moyen d'avancer. Ô Rustan ! ô malheureux marquis ! nous ne verrons jamais Cachemire, nous ne rentrerons jamais dans la terre de Candahar. »

La plus cuisante douleur, l'abattement le plus accablant, succédaient dans l'âme de Rustan à la joie immodérée qu'il avait ressentie, aux espérances dont il s'était enivré. Il était bien loin d'interpréter les prophéties à son avantage. « Ô ciel ! ô Dieu paternel ! faut-il que j'aie perdu mon ami Topaze ! »

Comme il prononçait ces paroles en poussant de profonds soupirs et en versant des larmes au milieu de ses suivants désespérés, voilà la base de la montagne qui s'ouvre, une longue galerie en voûte, éclairée de cent mille flambeaux, se présente aux yeux éblouis ; et Rustan de s'écrier, et ses gens de se jeter à genoux, et de tomber d'étonnement à la renverse, et de crier miracle ! et de dire : « Rustan est le favori de Vitsnou, le bien-aimé de Brahma ; il sera le maître du monde. » Rustan le croyait, il était hors de lui, élevé au-dessus de lui-même. « Ah ! Ébène, mon cher Ébène ! où êtes-vous ? que n'êtes-vous témoin de toutes ces merveilles ? comment vous ai-je perdu ? belle princesse de Cachemire, quand reverrai-je vos charmes ? »

Il avance avec ses domestiques, son éléphant, ses chameaux, sous la voûte de la montagne, au bout de laquelle il entre dans une prairie émaillée de fleurs et bordée de ruisseaux ; et au bout de la prairie ce sont des allées d'arbres à perte de vue ; et au bout de ces allées, une rivière, le long de laquelle sont mille maisons de plaisance, avec des jardins délicieux. Il entend partout des concerts de voix et d'instruments ; il voit des danses ; il se hâte de passer un des ponts de la rivière ; il demande au premier homme qu'il rencontre : « Quel est ce beau pays ? »

Celui auquel il s'adressait lui répondit : « Vous êtes dans la province de Cachemire ; vous voyez les habitants dans la joie et dans les plaisirs : nous célébrons les noces de notre belle princesse qui va se marier avec le seigneur Barbabou, à qui son père l'a promise ; que Dieu perpétue leur félicité ! » A ces paroles Rustan tomba évanoui, et le seigneur cachemirien crut qu'il était sujet à l'épilepsie ; il le fit porter dans sa maison, où il fut longtemps sans connaissance. On alla chercher les deux plus habiles médecins du canton ; ils tâtèrent le pouls du malade, qui, ayant repris un peu ses esprits, poussait des sanglots, roulait les yeux, et s'écriait de temps en temps : « Topaze, Topaze, vous aviez bien raison ! »

L'un des deux médecins dit au seigneur cachemirien : « Je vois à son accent que c'est un jeune homme de Candahar, à qui l'air de ce pays ne vaut rien ; il faut le renvoyer chez lui ; je vois à ses yeux qu'il est devenu fou ; confiez-le-moi, je le ramènerai dans sa patrie, et je le guérirai. » L'autre médecin assura qu'il n'était malade que de chagrin, qu'il fallait le mener aux noces de la princesse et le faire danser. Pendant qu'ils consultaient, le malade reprit ses forces ; les deux médecins furent congédiés, et Rustan demeura tête à tête avec son hôte.

« Seigneur, lui dit-il, je vous demande pardon de m'être évanoui devant vous, je sais que cela n'est pas poli ; je vous supplie de vouloir bien accepter mon éléphant en reconnaissance des bontés dont vous m'avez honoré. » Il lui conta ensuite toutes ses aventures, en se gardant bien de lui parler de l'objet de son voyage. « Mais, au nom de Vitsnou et de Brahma, lui dit-il, apprenez-moi quel est cet heureux Barbabou qui épouse la princesse de Cachemire ; pourquoi son père l'a choisi pour gendre, et pourquoi la princesse l'a accepté pour époux. — Seigneur, lui dit le Cachemirien, la princesse n'a point du tout accepté Barbabou : au contraire, elle est dans les pleurs, tandis que toute la province célèbre avec joie son mariage ; elle s'est enfermée dans la tour de son palais ; elle ne veut voir aucune des réjouissances qu'on fait pour elle. » Rustan, en entendant ces paroles, se sentit renaître ; l'éclat de ses couleurs, que la douleur avait flétries, reparut sur son visage. « Dites-moi, je vous prie, continua-t-il, pourquoi le prince de Cachemire s'obstine à donner sa fille à un Barbabou dont elle ne veut pas.

— Voici le fait, répondit le Cachemirien. Savez-vous que notre auguste prince avait perdu un gros diamant et un javelot qui lui tenaient fort au cœur ? — Ah ! je le sais très bien, dit Rustan. — Apprenez donc, dit l'hôte, que notre prince, au désespoir de n'avoir point de nouvelles de ses deux bijoux, après les avoir fait longtemps chercher par toute la terre, a promis sa fille à quiconque lui rapporterait l'un ou l'autre. Il est venu un seigneur Barbabou qui était muni du diamant, et il épouse demain la princesse. »

Rustan pâlit, bégaya un compliment, prit congé de son hôte, et courut sur son dromadaire à la ville capitale où se devait faire la cérémonie. Il arrive au palais du prince ; il dit qu'il a des choses importantes à lui communiquer ; il demande une audience ; on lui répond que le prince est occupé des préparatifs de la noce. « C'est pour cela même, dit-il, que je veux lui parler. » Il presse tant qu'il est introduit. « Monseigneur, dit-il, que Dieu couronne tous vos jours de gloire et de magnificence ! votre gendre est un fripon.

— Comment ! un fripon ? qu'osez-vous dire ? Est-ce ainsi qu'on parle à un duc de Cachemire du gendre qu'il a choisi ? — Oui, un fripon, reprit Rustan ; et, pour le prouver à Votre Altesse, c'est que voici votre diamant que je vous rapporte. »

Le duc, tout étonné, confronta les deux diamants ; et, comme il ne s'y connaissait guère, il ne put dire quel était le véritable. « Voilà deux diamants, dit-il, et je n'ai qu'une fille ; me voilà dans un étrange embarras ! » Il fit venir Barbabou et lui demanda s'il ne l'avait point trompé. Barbabou jura qu'il avait acheté son diamant d'un Arménien ; l'autre ne disait pas de qui il tenait le sien, mais il proposa un expédient : ce fut qu'il plût à Son Altesse de le faire combattre sur-le-champ contre son rival. « Ce n'est pas assez que votre gendre donne un diamant, disait-il, il faut aussi qu'il donne des preuves de valeur. Ne trouvez-vous pas bon que celui qui tuera l'autre épouse la princesse ? — Très bon, répondit le prince ; ce sera un fort beau spectacle pour la cour : battez-vous vite tous deux ; le vainqueur prendra les armes du vaincu, selon l'usage de Cachemire, et il épousera ma fille. »

Les deux prétendants descendent aussitôt dans la cour. Il y avait sur l'escalier une pie et un corbeau. Le corbeau criait : « Battez-vous, battez-vous » ; la pie : « Ne vous battez pas. » Cela fit rire le prince ; les deux rivaux y prirent garde à peine : ils commencent le combat ; tous les courtisans faisaient un cercle autour d'eux. La princesse, se tenant toujours renfermée dans sa tour, ne voulut point assister à ce spectacle ; elle était bien loin de se douter que son amant fût à Cachemire, et elle avait tant d'horreur pour Barbabou qu'elle ne voulait rien voir. Le combat se passa le mieux du monde ; Barbabou fut tué roide, et le peuple en fut charmé, parce qu'il était laid, et que Rustan était fort joli : c'est presque toujours ce qui décide de la faveur publique.

Le vainqueur revêtit la cotte de mailles, l'écharpe et le casque du vaincu, et vint, suivi de toute la cour, au son des fanfares, se présenter sous les fenêtres de sa maîtresse. Tout le monde criait : « Belle princesse, venez voir votre beau mari qui a tué son vilain rival » ; ses femmes répétaient ces paroles. La princesse mit par malheur la tête à la fenêtre, et, voyant l'armure d'un homme qu'elle abhorrait, elle courut en désespérée à son coffre de la Chine et tira le javelot fatal qui alla percer son cher Rustan au défaut de la cuirasse ; il jeta un grand cri, et à ce cri la princesse crut reconnaître la voix de son malheureux amant.

Elle descend échevelée, la mort dans les yeux et dans le cœur. Rustan était déjà tombé tout sanglant dans les bras de son père. Elle le voit : ô moment ! ô vue ! ô reconnaissance dont on ne peut exprimer ni la douleur, ni la tendresse, ni l'horreur ! Elle se jette sur lui, elle l'embrasse. « Tu reçois, lui dit-elle, les premiers et les derniers baisers de ton amante et de ta meurtrière. » Elle retire le dard de la plaie, l'enfonce dans son cœur et meurt sur l'amant qu'elle adore. Le père, épouvanté, éperdu, prêt à mourir comme elle, tâche en vain de la rappeler à la vie ; elle n'était plus ; il maudit ce dard fatal, le brise en morceaux, jette au loin ces deux diamants funestes ; et tandis qu'on prépare les funérailles de sa fille au lieu de son mariage, il fait transporter dans son palais Rustan ensanglanté qui avait encore un reste de vie.

On le porte dans un lit. La première chose qu'il voit aux deux côtés de ce lit de mort, c'est Topaze et Ébène. Sa surprise lui rendit un peu de force. « Ah ! cruels, dit-il, pourquoi m'avez-vous abandonné ? Peut-être la princesse vivrait encore, si vous aviez été près du malheureux Rustan.
— Je ne vous ai pas abandonné un seul moment, dit Topaze.
— J'ai toujours été près de vous, dit Ébène.

— Ah ! que dites-vous ? pourquoi insulter à mes derniers moments ? répondit Rustan d'une voix languissante. — Vous pouvez m'en croire, dit Topaze ; vous savez que je n'approuvai jamais ce fatal voyage dont je prévoyais les horribles suites. C'est moi qui étais l'aigle qui a combattu contre le vautour, et qu'il a déplumée[8] ; j'étais l'éléphant qui emportait le bagage pour vous forcer à retourner dans votre patrie ; j'étais l'âne rayé qui vous ramenait malgré vous chez votre père ; c'est moi qui ai égaré vos chevaux ; c'est moi qui ai formé le torrent qui vous empêchait de passer ; c'est moi qui ai élevé la montagne qui vous fermait un chemin si funeste ; j'étais le médecin qui vous conseillait l'air natal ; j'étais la pie qui vous criait de ne point combattre. — Et moi, dit Ébène, j'étais le vautour qui a déplumé l'aigle[9], le rhinocéros qui donnait cent coups de corne à l'éléphant, le vilain qui battait l'âne rayé, le marchand qui vous donnait des chameaux pour courir à votre perte ; j'ai bâti le pont sur lequel vous avez passé ; j'ai creusé la caverne que vous avez traversée ; je suis le médecin qui vous encourageait à marcher, le corbeau qui vous criait de vous battre.

— Hélas ! souviens-toi des oracles, dit Topaze : *Si tu vas à l'orient, tu seras à l'occident.* — Oui, dit Ébène, on ensevelit ici les morts le visage tourné à l'occident : l'oracle était clair, que ne l'as-tu compris ? *Tu as possédé, et tu ne possédais pas* : car tu avais le diamant, mais il était faux, et tu n'en savais rien. Tu es vainqueur, et tu meurs ; tu es Rustan, et tu cesses de l'être : tout a été accompli. »

Comme il parlait ainsi, quatre ailes blanches couvrirent le corps de Topaze, et quatre ailes noires celui d'Ébène[10]. « Que vois-je ? » s'écria Rustan. Topaze et Ébène répondirent ensemble : « Tu vois tes deux génies. — Eh ! messieurs, leur dit le malheureux Rustan, de quoi vous mêliez-vous ? et pourquoi deux génies pour un pauvre homme ? — C'est la loi, dit Topaze, chaque homme a ses deux génies, c'est Platon qui l'a dit le premier[11], et d'autres l'ont répété ensuite ; tu vois que rien n'est plus véritable : moi qui te parle, je suis ton bon génie, et ma charge était de veiller auprès de toi jusqu'au dernier moment de ta vie ; je m'en suis fidèlement acquitté. — Mais, dit le mourant, si ton emploi était de me servir, je suis donc d'une nature fort supérieure à la tienne ; et puis comment oses-tu dire que tu es mon bon génie, quand tu m'as laissé tromper dans tout ce que j'ai entrepris, et que tu me laisses mourir, moi et ma maîtresse, misérablement ? — Hélas ! c'était ta destinée, dit Topaze. — Si c'est la destinée qui fait tout, dit le mourant, à quoi un génie est-il bon ? Et toi, Ébène, avec tes quatre ailes noires, tu es apparemment mon mauvais génie ? — Vous l'avez dit, répondit Ébène. — Mais tu étais donc aussi le mauvais génie de ma princesse ? — Non, elle avait le sien ; et je l'ai parfaitement secondé. — Ah ! maudit Ébène, si tu es si méchant, tu n'appartiens donc pas au même maître que Topaze ? Vous avez été formés tous deux par deux principes différents, dont l'un est bon et l'autre méchant de sa nature ? — Ce n'est pas une conséquence, dit Ébène, mais c'est une grande difficulté. — Il n'est pas possible, reprit l'agonisant, qu'un être favorable ait fait un génie si funeste. — Possible ou non possible, repartit Ébène, la chose est comme je te le dis. — Hélas ! dit Topaze, mon pauvre ami, ne vois-tu pas que ce coquin-là a encore la malice de te faire disputer pour allumer ton sang et précipiter l'heure de ta mort ? — Va, je ne suis guère plus content de toi que de lui, dit le triste Rustan : il avoue du moins qu'il a voulu me faire du mal ; et toi, qui prétendais me défendre, tu ne m'as servi de rien. — J'en suis bien fâché, dit le bon génie. — Et moi aussi, dit le mourant ; il y a quelque chose là-dessous que je ne comprends pas. — Ni moi non plus, dit le pauvre bon génie. — J'en serai instruit dans un moment, dit Rustan. — C'est ce que nous verrons », dit Topaze. Alors tout disparut. Rustan se retrouva dans la maison de son père, dont il n'était pas sorti, et dans son lit, où il avait dormi une heure.

Il se réveille en sursaut, tout en sueur, tout égaré ; il se tâte, il appelle, il crie, il sonne. Son valet de chambre Topaze accourt en bonnet de nuit, et tout en bâillant.

« Suis-je mort, suis-je en vie ? s'écria Rustan ; la belle princesse de Cachemire en réchappera-t-elle ?... — Monseigneur rêve-t-il ? » répondit froidement Topaze.

— Ah ! s'écriait Rustan, qu'est donc devenu ce barbare Ébène avec ses quatre ailes noires ? C'est lui qui me fait mourir d'une mort si cruelle. — Monseigneur, je l'ai laissé là-haut qui ronfle ; voulez-vous qu'on le fasse descendre ? — Le scélérat ! il y a six mois entiers qu'il me persécute ; c'est lui qui me mena à cette fatale foire de Kaboul ; c'est lui qui m'escamota le diamant que m'avait donné la princesse ; il est seul la cause de mon voyage, de la mort de ma princesse, et du coup de javelot dont je meurs à la fleur de mon âge.

— Rassurez-vous, dit Topaze ; vous n'avez jamais été à Kaboul ; il n'y a point de princesse de Cachemire ; son père n'a jamais eu que deux garçons qui sont actuellement au collège. Vous n'avez jamais eu de diamant ; la princesse ne peut être morte puisqu'elle n'est pas née, et vous vous portez à merveille.

— Comment ! il n'est pas vrai que tu m'assistais à la mort dans le lit du prince de Cachemire ? Ne m'as-tu pas avoué que, pour me garantir de tant de malheurs, tu avais été aigle, éléphant, âne rayé, médecin et pie ? — Monseigneur, vous avez rêvé tout cela : nos idées ne dépendent pas plus de nous dans le sommeil que dans la veille [12]. Dieu a voulu que cette file d'idées vous ait passé par la tête, pour vous donner apparemment quelque instruction dont vous ferez votre profit.

— Tu te moques de moi, reprit Rustan ; combien de temps ai-je dormi ? — Monseigneur, vous n'avez encore dormi qu'une heure. — Eh bien ! maudit raisonneur, comment veux-tu qu'en une heure de temps j'aie été à la foire de Kaboul il y a six mois, que j'en sois revenu, que j'aie fait le voyage de Cachemire, et que nous soyons morts, Barbabou, la princesse et moi ? — Monseigneur, il n'y a rien de plus aisé et de plus ordinaire, et vous auriez pu réellement faire le tour du monde et avoir beaucoup d'aventures en bien moins de temps.

« N'est-il pas vrai que vous pouvez lire en une heure l'abrégé de l'histoire des Perses, écrite par Zoroastre ? cependant, cet abrégé contient huit cent mille années. Tous ces événements passent sous vos yeux l'un après l'autre en une heure ; or vous m'avouerez qu'il est aussi aisé à Brahma de les resserrer tous dans l'espace d'une heure que de les étendre dans l'espace de huit cent mille années ; c'est précisément la même chose. Figurez-vous que le temps tourne sur une roue dont le diamètre est infini. Sous cette roue immense sont une multitude innombrable de roues les unes dans les autres ; celle du centre est imperceptible et fait un nombre infini de tours précisément dans le même temps que la grande roue n'en achève qu'un [13]. Il est clair que tous les événements, depuis le commencement du monde jusqu'à sa fin, peuvent arriver successivement en beaucoup moins de temps que la cent millième partie d'une seconde ; et on peut dire même que la chose est ainsi.

— Je n'y entends rien, dit Rustan. — Si vous voulez, dit Topaze, j'ai un perroquet qui vous le fera aisément comprendre. Il est né quelque temps avant le déluge ; il a été dans l'arche ; il a beaucoup vu ; cependant il n'a encore qu'un an et demi : il vous contera son histoire qui est fort intéressante.

— Allez vite chercher votre perroquet, dit Rustan ; il m'amusera jusqu'à ce que je puisse me rendormir. — Il est chez ma sœur la religieuse [14], dit Topaze ; je vais le chercher, vous en serez content ; sa mémoire est fidèle, il conte simplement, sans chercher à montrer de l'esprit à tout propos et sans faire des phrases. — Tant mieux, dit Rustan, voilà comme j'aime les contes. » On lui amena le perroquet, lequel parla ainsi.

N. B. — *Mlle Catherine Vadé n'a jamais pu trouver l'histoire du perroquet dans le portefeuille de feu son cousin Antoine Vadé, auteur de ce conte. C'est grand dommage, vu le temps auquel vivait ce perroquet.*

JEANNOT ET COLIN

Plusieurs personnes dignes de foi ont vu Jeannot et Colin à l'école dans la ville d'Issoire en Auvergne, ville fameuse dans tout l'univers par son collège, et par ses chaudrons. Jeannot était fils d'un marchand de mulets très renommé, et Colin devait le jour à un brave laboureur des environs, qui cultivait la terre avec quatre mulets, et qui, après avoir payé la taille, le taillon [1], les aides et gabelles, le sou pour livre, la capitation et les vingtièmes, ne se trouvait pas puissamment riche au bout de l'année.

Jeannot et Colin étaient fort jolis pour des Auvergnats ; ils s'aimaient beaucoup ; et ils avaient ensemble de petites privautés, de petites familiarités, dont on se ressouvient toujours avec agrément quand on se rencontre ensuite dans le monde.

Le temps de leurs études était sur le point de finir, quand un tailleur apporta à Jeannot un habit de velours à trois couleurs, avec une veste de Lyon de fort bon goût : le tout était accompagné d'une lettre à M. de la Jeannotière. Colin admira l'habit, et ne fut point jaloux ; mais Jeannot prit un air de supériorité qui affligea Colin. Dès ce moment Jeannot n'étudia plus, se regarda au miroir et méprisa tout le monde. Quelque temps après un valet de chambre arrive en poste, et apporte une seconde lettre à M. le marquis de la Jeannotière ; c'était un ordre de monsieur son père de faire venir monsieur son fils à Paris. Jeannot monta en chaise en tendant la main à

Colin avec un sourire de protection assez noble. Colin sentit son néant et pleura. Jeannot partit dans toute la pompe de sa gloire.

Les lecteurs qui aiment à s'instruire doivent savoir que M. Jeannot le père avait acquis assez rapidement des biens immenses dans les affaires. Vous demandez comment on fait ces grandes fortunes ? C'est parce qu'on est heureux[2]. M. Jeannot était bien fait, sa femme aussi, et elle avait encore de la fraîcheur. Ils allèrent à Paris pour un procès qui les ruinait, lorsque la fortune, qui élève et qui abaisse les hommes à son gré, les présenta à la femme d'un entrepreneur des hôpitaux des armées, homme d'un grand talent, et qui pouvait se vanter d'avoir tué plus de soldats en un an que le canon n'en fait périr en dix. Jeannot plut à madame : la femme de Jeannot plut à monsieur. Jeannot fut bientôt de part dans l'entreprise ; il entra dans d'autres affaires. Dès qu'on est dans le fil de l'eau, il n'y a qu'à se laisser aller ; on fait sans peine une fortune immense. Les gredins qui du rivage vous regardent voguer à pleines voiles, ouvrent des yeux étonnés ; ils ne savent comment vous avez pu parvenir ; ils vous envient au hasard, et font contre vous des brochures que vous ne lisez point. C'est ce qui arriva à Jeannot le père, qui fut bientôt M. de la Jeannotière, et qui, ayant acheté un marquisat au bout de six mois, retira de l'école monsieur le marquis son fils, pour le mettre à Paris dans le beau monde.

Colin, toujours tendre, écrivit une lettre de compliments à son ancien camarade, *et lui fit ces lignes pour le congratuler*[3]. Le petit marquis ne lui fit point de réponse. Colin en fut malade de douleur.

Le père et la mère donnèrent d'abord un gouverneur au jeune marquis : ce gouverneur, qui était un homme du bel air, et qui ne savait rien, ne put rien enseigner à son pupille. Monsieur voulait que son fils apprît le latin, madame ne le voulait pas. Ils prirent pour arbitre un auteur qui était célèbre alors par des ouvrages agréables. Il fut prié à dîner. Le maître de la maison commença par lui dire d'abord :

« Monsieur, comme vous savez le latin, et que vous êtes un homme de la cour... — Moi, monsieur, du latin ! je n'en sais pas un mot, répondit le bel esprit, et bien m'en a pris : il est clair qu'on parle beaucoup mieux sa langue quand on ne partage pas son application entre elle et des langues étrangères. Voyez toutes nos dames : elles ont l'esprit plus agréable que les hommes ; leurs lettres sont écrites avec cent fois plus de grâce [4], elles n'ont sur nous cette supériorité que parce qu'elles ne savent pas le latin.

— Eh bien, n'avais-je pas raison ? dit madame. Je veux que mon fils soit un homme d'esprit, qu'il réussisse dans le monde ; et vous voyez bien que, s'il savait le latin, il serait perdu. Joue-t-on, s'il vous plaît, la comédie et l'opéra en latin ? Plaide-t-on en latin quand on a un procès ? Fait-on l'amour en latin ? » Monsieur, ébloui de ces raisons, passa condamnation, et il fut conclu que le jeune marquis ne perdrait point son temps à connaître Cicéron, Horace et Virgile. Mais qu'apprendra-t-il donc ? car encore faut-il qu'il sache quelque chose ; ne pourrait-on pas lui montrer un peu de géographie ? « À quoi cela lui servira-t-il ? répondit le gouverneur. Quand monsieur le marquis ira dans ses terres, les postillons ne sauront-ils pas les chemins ? ils ne l'égareront certainement pas. On n'a pas besoin d'un quart de cercle pour voyager, et on va très commodément de Paris en Auvergne sans qu'il soit besoin de savoir sous quelle latitude on se trouve.

— Vous avez raison, répliqua le père ; mais j'ai entendu parler d'une belle science qu'on appelle, je crois, l'*astronomie*. — Quelle pitié ! repartit le gouverneur ; se conduit-on par les astres dans ce monde ? et faudra-t-il que monsieur le marquis se tue à calculer une éclipse, quand il la trouve à point nommé dans l'almanach, qui lui enseigne de plus les fêtes mobiles, l'âge de la lune, et celui de toutes les princesses de l'Europe ? »

Madame fut entièrement de l'avis du gouverneur. Le petit marquis était au comble de la joie ; le père était très indécis.

« Que faudra-t-il donc apprendre à mon fils[5] ? disait-il. — À être aimable, répondit l'ami que l'on consultait ; et, s'il sait *les moyens de plaire*[6], il saura tout : c'est un art qu'il apprendra chez madame sa mère, sans que ni l'un ni l'autre ne se donnent la moindre peine. »

Madame, à ce discours, embrassa le gracieux ignorant, et lui dit : « On voit bien, monsieur, que vous êtes l'homme du monde le plus savant ; mon fils vous devra toute son éducation. Je m'imagine pourtant qu'il ne serait pas mal qu'il sût un peu d'histoire. — Hélas ! madame, à quoi cela est-il bon ? répondit-il ; il n'y a certainement d'agréable et d'utile que l'histoire du jour. Toutes les histoires anciennes, comme le disait un de nos beaux esprits[7], ne sont que des fables convenues ; et, pour les modernes, c'est un chaos qu'on ne peut débrouiller. Qu'importe à monsieur votre fils que Charlemagne ait institué les douze pairs de France, et que son successeur ait été bègue[8] ?

— Rien n'est mieux dit ! s'écria le gouverneur ; on étouffe l'esprit des enfants sous un amas de connaissances inutiles ; mais de toutes les sciences, la plus absurde à mon avis, et celle qui est la plus capable d'étouffer toute espèce de génie, c'est la géométrie. Cette science ridicule a pour objet des surfaces, des lignes et des points qui n'existent pas dans la nature. On fait passer en esprit cent mille lignes courbes entre un cercle et une ligne droite qui le touche, quoique dans la réalité on n'y puisse pas passer un fétu[9]. La géométrie, en vérité, n'est qu'une mauvaise plaisanterie. »

Monsieur et madame n'entendaient pas trop ce que le gouverneur voulait dire ; mais ils furent entièrement de son avis.

« Un seigneur comme monsieur le marquis, continua-t-il, ne doit pas se dessécher le cerveau dans ces vaines études. Si un jour il a besoin d'un géomètre sublime pour lever le plan de ses terres, il les fera arpenter pour son argent. S'il veut débrouiller l'antiquité de sa noblesse, qui remonte aux temps les plus reculés, il enverra chercher un bénédictin. Il en est de même de tous les arts. Un jeune seigneur heureusement né n'est ni peintre, ni musicien, ni architecte, ni sculpteur ; mais il fait fleurir tous ces arts en les encourageant par sa magnificence. Il vaut sans doute mieux les protéger que de les exercer ; il suffit que monsieur le marquis ait du goût ; c'est aux artistes à travailler pour lui ; et c'est en quoi on a très grande raison de dire que les gens de qualité *(j'entends ceux qui sont très riches)* savent tout sans avoir rien appris [10], parce qu'en effet ils savent à la longue juger de toutes les choses qu'ils commandent et qu'ils payent. »

L'aimable ignorant prit alors la parole, et dit : « Vous avez très bien remarqué, madame, que la grande fin de l'homme est de réussir dans la société. De bonne foi, est-ce par les sciences qu'on obtient ce succès ? S'est-on jamais avisé dans la bonne compagnie de parler de géométrie ? Demande-t-on jamais à un honnête homme quel astre se lève aujourd'hui avec le soleil ? S'informe-t-on à souper si Clodion le chevelu passa le Rhin ? — Non, sans doute, s'écria la marquise de la Jeannotière, que ses charmes avaient initiée [11] quelquefois dans le beau monde ; et monsieur mon fils ne doit point éteindre son génie par l'étude de tous ces fatras ; mais enfin que lui apprendra-t-on ? Car il est bon qu'un jeune seigneur puisse briller dans l'occasion, comme dit monsieur mon mari. Je me souviens d'avoir ouï dire à un abbé, que la plus agréable des sciences était une chose dont j'ai oublié le nom, mais qui commence par un *B*. — Par un *B*, madame ? ne serait-ce point la botanique ? — Non, ce n'était point de botanique qu'il me parlait ; elle commençait, vous dis-je, par un *B*, et finissait par un *on*. — Ah ! j'entends, madame, c'est le blason : c'est à la vérité une science fort profonde : mais elle n'est plus à la mode, depuis qu'on a perdu l'habitude de faire peindre ses armes aux portières de son carrosse ; c'était la chose du monde la plus utile dans un État bien policé. D'ailleurs, cette étude serait infinie ; il n'y a point aujourd'hui de barbier qui n'ait ses armoiries ; et vous savez que tout ce qui devient commun est peu fêté. » Enfin, après avoir examiné le fort et le faible des sciences, il fut décidé que monsieur le marquis apprendrait à danser.

La nature, qui fait tout, lui avait donné un talent qui se développa bientôt avec un succès prodigieux, c'était de chanter agréablement des vaudevilles. Les grâces de la jeunesse, jointes à ce don supérieur, le firent regarder comme le jeune homme de la plus grande espérance. Il fut aimé des femmes, et ayant la tête toute pleine de chansons, il en fit pour ses maîtresses. Il pillait *Bacchus et l'Amour* dans un vaudeville, *la Nuit et le Jour* dans un autre, *les Charmes et les Alarmes* dans un troisième. Mais, comme il y avait toujours dans ses vers quelques pieds de plus ou de moins qu'il ne fallait, il les faisait corriger moyennant vingt louis d'or par chanson, et il fut mis dans l'*Année littéraire* au rang des La Fare, des Chaulieu, des Hamiltons, des Sarrazins et des Voitures [12].

Madame la marquise crut alors être la mère d'un bel esprit, et donna à souper aux beaux esprits de Paris. La tête du jeune homme fut bientôt renversée ; il acquit l'art de parler sans s'entendre, et se perfectionna dans l'habitude de n'être propre à rien. Quand son père le vit si éloquent, il regretta vivement de ne lui avoir pas fait apprendre le latin, car il lui aurait acheté une grande charge dans la robe. La mère, qui avait des sentiments plus nobles, se chargea de solliciter un régiment pour son fils ; et en attendant il fit l'amour. L'amour est quelquefois plus cher qu'un régiment. Il dépensa beaucoup, pendant que ses parents s'épuisaient encore davantage à vivre en grands seigneurs.

Une jeune veuve de qualité leur voisine, qui n'avait qu'une fortune médiocre, voulut bien se résoudre à mettre en sûreté les grands biens de M. et de Mme de la Jeannotière, en se les appropriant, et en épousant le jeune marquis. Elle l'attira chez elle, se laissa aimer, lui fit entrevoir qu'il ne lui était pas indifférent, le conduisit par degrés, l'enchanta, le subjugua sans peine. Elle lui donnait tantôt des éloges, tantôt des conseils ; elle devint la meilleure amie du père et de la mère.

Une vieille voisine proposa le mariage. Les parents, éblouis de la splendeur de cette alliance, acceptèrent avec joie la proposition. Ils donnèrent leur fils unique à leur amie intime. Le jeune marquis allait épouser une femme qu'il adorait et dont il était aimé ; les amis de la maison le félicitaient, on allait rédiger les articles en travaillant aux habits de noce et à l'épithalame.

Il était un matin aux genoux de sa charmante épouse, que l'amour, l'estime et l'amitié allaient lui donner ; ils goûtaient dans une conversation tendre et animée les prémices de leur bonheur ; ils s'arrangeaient pour mener une vie délicieuse ; lorsqu'un valet de chambre de madame la mère arrive tout effaré. « Voici bien d'autres nouvelles, dit-il ; des huissiers déménagent la maison de monsieur et de madame ; tout est saisi par des créanciers : on parle de prise de corps, et je vais faire mes diligences pour être payé de mes gages. — Voyons un peu, dit le marquis, ce que c'est que ça [13], ce que c'est que cette aventure-là. — Oui, dit la veuve, allez punir ces coquins-là, allez vite. » Il y court, il arrive à la maison ; son père était déjà emprisonné : tous les domestiques avaient fui chacun de leur côté, en emportant tout ce qu'ils avaient pu. Sa mère était seule, sans secours, sans consolation, noyée dans les larmes ; il ne lui restait rien que le souvenir de sa fortune, de sa beauté, de ses fautes et de ses folles dépenses [14].

Après que le fils eut longtemps pleuré avec la mère, il lui dit enfin : « Ne nous désespérons pas ; cette jeune veuve m'aime éperdument, elle est plus généreuse encore que riche, je réponds d'elle, je vole à elle, et je vais vous l'amener. » Il retourne donc chez sa maîtresse, il la trouve tête à tête avec un jeune officier fort aimable. « Quoi ! c'est vous M. de la Jeannotière, que venez-vous faire ici ? Abandonne-t-on ainsi sa mère ? Allez chez cette pauvre femme, et dites-lui que je lui veux toujours du bien : j'ai besoin d'une femme de chambre, et je lui donnerai la préférence. — Mon garçon, tu me parais assez bien tourné, lui dit l'officier, si tu veux entrer dans ma compagnie, je te donnerai un bon engagement. »

Le marquis stupéfait, la rage dans le cœur, alla chercher son ancien gouverneur, déposa ses douleurs dans son sein, et lui demanda des conseils. Celui-ci lui proposa de se faire, comme lui, gouverneur d'enfants. « Hélas ! je ne sais rien, vous ne m'avez rien appris, et vous êtes la première cause de mon malheur » ; et il sanglotait en lui parlant ainsi. « Faites des romans, lui dit un bel esprit qui était là, c'est une excellente ressource à Paris. »

Le jeune homme, plus désespéré que jamais, courut chez le confesseur de sa mère : c'était un théatin très accrédité, qui ne dirigeait que les femmes de la première considération ; dès qu'il le vit, il se précipita vers lui. « Eh mon Dieu, monsieur le marquis, où est votre carrosse ? comment se porte la respectable madame la marquise votre mère ? » Le pauvre malheureux lui conta le désastre de sa famille. À mesure qu'il s'expliquait, le théatin prenait une mine plus grave, plus indifférente, plus imposante : « Mon fils, voilà où Dieu vous voulait : les richesses ne servent qu'à corrompre le cœur. Dieu a donc fait la grâce à votre mère de la réduire à la mendicité ? — Oui, monsieur. — Tant mieux, elle est sûre de son salut. — Mais, mon Père, en attendant n'y aurait-il pas moyen d'obtenir quelque secours dans ce monde ? — Adieu, mon fils ; il y a une dame de la cour qui m'attend [15]. »

Le marquis fut prêt à s'évanouir ; il fut traité à peu près de même par ses amis, et apprit mieux à connaître le monde dans une demi-journée que dans tout le reste de sa vie.

Comme il était plongé dans l'accablement du désespoir, il vit avancer une chaise roulante à l'antique, espèce de tombereau couvert, accompagné de rideaux de cuir [16], suivi de quatre charrettes énormes toutes chargées. Il y avait dans la chaise un jeune homme grossièrement vêtu ; c'était un visage rond et frais qui respirait la douceur et la gaieté. Sa petite femme, brune, et assez grossièrement agréable, était cahotée à côté de lui. La voiture n'allait pas comme le char d'un petit-maître. Le voyageur eut tout le temps de contempler le marquis immobile, abîmé dans sa douleur. « Eh mon

Dieu ! s'écria-t-il, je crois que c'est là Jeannot. » À ce nom le marquis lève les yeux, la voiture s'arrête : « C'est Jeannot lui-même, c'est Jeannot. » Le petit homme rebondi ne fait qu'un saut et court embrasser son ancien camarade. Jeannot reconnut Colin ; la honte et les pleurs couvrirent son visage. « Tu m'as abandonné, dit Colin, mais tu as beau être grand seigneur, je t'aimerai toujours. » Jeannot confus et attendri lui conta en sanglotant une partie de son histoire. « Viens dans l'hôtellerie où je loge me conter le reste, lui dit Colin, embrasse ma petite femme, et allons dîner ensemble. »

Ils vont tous trois à pied, suivis du bagage. « Qu'est-ce donc que tout cet attirail ? Vous appartient-il ? — Oui, tout est à moi et à ma femme. Nous arrivons du pays ; je suis à la tête d'une bonne manufacture de fer étamé et de cuivre. J'ai épousé la fille d'un riche négociant en ustensiles nécessaires aux grands et aux petits ; nous travaillons beaucoup ; Dieu nous bénit ; nous n'avons point changé d'état, nous sommes heureux, nous aiderons notre ami Jeannot. Ne sois plus marquis ; toutes les grandeurs de ce monde ne valent pas un bon ami. Tu reviendras avec moi au pays, je t'apprendrai le métier, il n'est pas bien difficile ; je te mettrai de part [17], et nous vivrons gaiement dans le coin de terre où nous sommes nés. »

Jeannot, éperdu, se sentait partagé entre la douleur et la joie, la tendresse et la honte ; et il se disait tout bas : « Tous mes amis du bel air m'ont trahi, et Colin que j'ai méprisé vient seul à mon secours. Quelle instruction ! » La bonté d'âme de Colin développa dans le cœur de Jeannot le germe du bon naturel, que le monde n'avait pas encore étouffé. Il sentit qu'il ne pouvait abandonner son père et sa mère. « Nous aurons soin de ta mère, dit Colin ; et quant à ton bon homme de père, qui est en prison, j'entends un peu les affaires ; ses créanciers, voyant qu'il n'a plus rien, s'accommoderont pour peu de chose, je me charge de tout. » Colin fit tant qu'il tira le père de prison. Jeannot retourna dans sa patrie avec ses parents, qui reprirent leur première profession. Il épousa une sœur de Colin, laquelle, étant de même humeur que le frère, le rendit très heureux. Et Jeannot le père, et Jeannotte la mère, et Jeannot le fils, virent que le bonheur n'est pas dans la vanité.

PETITE DIGRESSION

Dans les commencements de la fondation des Quinze-Vingts, on sait qu'ils étaient tous égaux, et que leurs petites affaires se décidaient à la pluralité des voix. Ils distinguaient parfaitement au toucher la monnaie de cuivre de celle d'argent ; aucun d'eux ne prit jamais du vin de Brie pour du vin de Bourgogne. Leur odorat était plus fin que celui de leurs voisins qui avaient deux yeux. Ils raisonnèrent parfaitement sur les quatre sens, c'est-à-dire qu'ils en connurent tout ce qu'il est permis d'en savoir ; et ils vécurent paisibles et fortunés autant que des Quinze-Vingts peuvent l'être. Malheureusement un de leurs professeurs prétendit avoir des notions claires sur le sens de la vue ; il se fit écouter, il intrigua, il forma des enthousiastes ; enfin on le reconnut pour le chef de la communauté. Il se mit à juger souverainement des couleurs, et tout fut perdu.

Ce premier dictateur des Quinze-Vingts se forma d'abord un petit conseil, avec lequel il se rendit le maître de toutes les aumônes. Par ce moyen personne n'osa lui résister. Il décida que tous les habits des Quinze-Vingts étaient blancs ; les aveugles le crurent ; ils ne parlaient que de leurs beaux habits blancs, quoiqu'il n'y en eût pas un seul de cette couleur. Tout le monde se moqua d'eux ; ils allèrent se plaindre au dictateur, qui les reçut fort mal ; il les traita de novateurs, d'esprits forts, de rebelles, qui se laissaient séduire par les opinions erronées de ceux qui avaient des yeux, et qui osaient douter de l'infaillibilité de leur maître. Cette querelle forma deux partis.

Le dictateur, pour les apaiser, rendit un arrêt par lequel tous leurs habits étaient rouges. Il n'y avait pas un habit rouge aux Quinze-Vingts. On se moqua d'eux plus que jamais. Nouvelles plaintes de la part de la communauté. Le dictateur entra en fureur, les autres aveugles aussi ; on se battit longtemps, et la concorde ne fut rétablie que lorsqu'il fut permis à tous les Quinze-Vingts de suspendre leur jugement sur la couleur de leurs habits.

Un sourd, en lisant cette petite histoire, avoua que les aveugles avaient eu tort de juger des couleurs ; mais il resta ferme dans l'opinion qu'il n'appartient qu'aux sourds de juger de la musique.

AVENTURE INDIENNE

traduite par l'ignorant

Pythagore[1], dans son séjour aux Indes, apprit, comme tout le monde sait, à l'école des gymnosophistes, le langage des bêtes et celui des plantes. Se promenant un jour dans une prairie assez près du rivage de la mer, il entendit ces paroles : « Que je suis malheureuse d'être née herbe ! à peine suis-je parvenue à deux pouces de hauteur que voilà un monstre dévorant, un animal horrible, qui me foule sous ses larges pieds ; sa gueule est armée d'une rangée de faux tranchantes avec laquelle il me coupe, me déchire et m'engloutit. Les hommes nomment ce monstre un *mouton*. Je ne crois pas qu'il y ait au monde une plus abominable créature. »

Pythagore avança quelques pas ; il trouva une huître qui bâillait sur un petit rocher ; il n'avait point encore embrassé cette admirable loi par laquelle il est défendu de manger les animaux nos semblables. Il allait avaler l'huître, lorsqu'elle prononça ces mots attendrissants : « Ô nature ! que l'herbe, qui est comme moi ton ouvrage, est heureuse ! Quand on l'a coupée, elle renaît, elle est immortelle ; et nous, pauvres huîtres, en vain sommes-nous défendues par une double cuirasse ; des scélérats nous mangent par douzaines à leur déjeuner, et c'en est fait pour jamais. Quelle épouvantable destinée que celle d'une huître, et que les hommes sont barbares ! »

Pythagore tressaillit ; il sentit l'énormité du crime qu'il

allait commettre : il demanda pardon à l'huître en pleurant, et la remit bien proprement sur son rocher.

Comme il rêvait profondément à cette aventure en retournant à la ville, il vit des araignées qui mangeaient des mouches, des hirondelles qui mangeaient des araignées, des éperviers qui mangeaient des hirondelles. « Tous ces gens-là, dit-il, ne sont pas philosophes. »

Pythagore, en entrant, fut heurté, froissé, renversé par une multitude de gredins et de gredines qui couraient en criant : « C'est bien fait, c'est bien fait, ils l'ont bien mérité. — Qui ? quoi ? » dit Pythagore en se relevant ; et les gens couraient toujours en disant : « Ah ! que nous aurons de plaisir de les voir cuire ! »

Pythagore crut qu'on parlait de lentilles ou de quelques autres légumes ; point du tout, c'était de deux pauvres Indiens. « Ah ! sans doute, dit Pythagore, ce sont deux grands philosophes qui sont las de la vie ; ils sont bien aises de renaître sous une autre forme ; il y a du plaisir à changer de maison, quoiqu'on soit toujours mal logé ; il ne faut pas disputer des goûts. »

Il avança avec la foule jusqu'à la place publique, et ce fut là qu'il vit un grand bûcher allumé, et vis-à-vis de ce bûcher un banc qu'on appelait un *tribunal*, et sur ce banc des juges, et ces juges tenaient tous une queue de vache à la main, et ils avaient sur la tête un bonnet ressemblant parfaitement aux deux oreilles de l'animal qui porta Silène quand il vint autrefois au pays avec Bacchus[2], après avoir traversé la mer Érythrée à pied sec, et avoir arrêté le soleil et la lune, comme on le raconte fidèlement dans les *Orphiques*.

Il y avait parmi ces juges un honnête homme fort connu de Pythagore. Le sage de l'Inde expliqua au sage de Samos de quoi il était question dans la fête qu'on allait donner au peuple indou.

« Les deux Indiens, dit-il, n'ont nulle envie d'être brûlés ; mes graves confrères les ont condamnés à ce supplice, l'un pour avoir dit que la substance de Xaca n'est pas la substance de Brahma ; et l'autre, pour avoir soupçonné qu'on pouvait plaire à l'Être suprême par la vertu, sans tenir en mourant une vache par la queue ; parce que, disait-il, on peut être vertueux en tout temps, et qu'on ne trouve pas toujours une vache à point nommé. Les bonnes femmes de la ville ont été si effrayées de ces deux propositions si hérétiques qu'elles n'ont point donné de repos aux juges jusqu'à ce qu'ils aient ordonné le supplice de ces deux infortunés. »

Pythagore jugea que depuis l'herbe jusqu'à l'homme il y avait bien des sujets de chagrin. Il fit pourtant entendre raison aux juges, et même aux dévotes ; et c'est ce qui n'est arrivé que cette seule fois.

Ensuite il alla prêcher la tolérance à Crotone ; mais un intolérant mit le feu à sa maison : il fut brûlé, lui qui avait tiré deux Indous des flammes. *Sauve qui peut !*

L'INGÉNU

Histoire véritable
tirée des manuscrits du P. Quesnel[1]

CHAPITRE PREMIER

COMMENT LE PRIEUR DE NOTRE-DAME DE LA MONTAGNE ET MADEMOISELLE SA SŒUR RENCONTRÈRENT UN HURON

Un jour saint Dunstan[2], Irlandais de nation et saint de profession, partit d'Irlande sur une petite montagne qui vogua vers les côtes de France, et arriva par cette voiture à la baie de Saint-Malo. Quand il fut à bord, il donna la bénédiction à sa montagne, qui lui fit de profondes révérences et s'en retourna en Irlande par le même chemin qu'elle était venue.

Dunstan fonda un petit prieuré dans ces quartiers-là et lui donna le nom de *prieuré de la Montagne*, qu'il porte encore, comme un chacun sait.

En l'année 1689[3], le 15 juillet au soir, l'abbé de Kerkabon, prieur de Notre-Dame de la Montagne, se promenait sur le bord de la mer avec Mlle de Kerkabon, sa sœur, pour prendre le frais. Le prieur, déjà un peu sur l'âge, était un très bon ecclésiastique, aimé de ses voisins, après l'avoir été autrefois de ses voisines. Ce qui lui avait donné surtout une grande considération, c'est qu'il était le seul bénéficier du pays qu'on ne fût pas obligé de porter dans son lit quand il avait soupé avec ses confrères. Il savait assez honnêtement de théologie ; et quand il était las de lire saint Augustin, il s'amusait avec Rabelais[4] : aussi tout le monde disait du bien de lui.

Mlle de Kerkabon, qui n'avait jamais été mariée, quoiqu'elle eût grande envie de l'être, conservait de la fraîcheur à l'âge de quarante-cinq ans ; son caractère était bon et sensible ; elle aimait le plaisir et était dévote.

Le prieur disait à sa sœur, en regardant la mer : « Hélas ! c'est ici que s'embarqua notre pauvre frère avec notre chère belle-sœur, Mme de Kerkabon sa femme, sur la frégate *L'Hirondelle,* en 1669, pour aller servir en Canada. S'il n'avait pas été tué, nous pourrions espérer de le revoir encore.

— Croyez-vous, disait Mlle de Kerkabon, que notre belle-sœur ait été mangée par les Iroquois, comme on nous l'a dit ? Il est certain que, si elle n'avait pas été mangée, elle serait revenue au pays. Je la pleurerai toute ma vie : c'était une femme charmante ; et notre frère, qui avait beaucoup d'esprit, aurait fait assurément une grande fortune. »

Comme ils s'attendrissaient l'un et l'autre à ce souvenir, ils virent entrer dans la baie de Rance un petit bâtiment qui arrivait avec la marée : c'était des Anglais qui venaient vendre quelques denrées de leur pays. Ils sautèrent à terre, sans regarder monsieur le prieur ni mademoiselle sa sœur, qui fut très choquée du peu d'attention qu'on avait pour elle.

Il n'en fut pas de même d'un jeune homme très bien fait, qui s'élança d'un saut par-dessus la tête de ses compagnons, et se trouva vis-à-vis mademoiselle. Il lui fit un signe de tête, n'étant pas dans l'usage de faire la révérence. Sa figure et son ajustement attirèrent les regards du frère et de la sœur. Il était nu-tête et nu-jambes, les pieds chaussés de petites sandales, le chef orné de longs cheveux en tresses, un petit pourpoint qui serrait une taille fine et dégagée ; l'air martial et doux. Il tenait dans sa main une petite bouteille d'eau des

Barbades[5], et dans l'autre une espèce de bourse dans laquelle était un gobelet et de très bon biscuit de mer. Il parlait français fort intelligiblement. Il présenta de son eau des Barbades à Mlle de Kerkabon et à monsieur son frère ; il en but avec eux ; il leur en fit reboire encore, et tout cela d'un air si simple et si naturel que le frère et la sœur en furent charmés. Ils lui offrirent leurs services, en lui demandant qui il était et où il allait. Le jeune homme leur répondit qu'il n'en savait rien, qu'il était curieux, qu'il avait voulu voir comment les côtes de France étaient faites, qu'il était venu, et allait s'en retourner.

Monsieur le prieur, jugeant à son accent qu'il n'était pas anglais, prit la liberté de lui demander de quel pays il était. « Je suis huron », lui répondit le jeune homme.

Mlle de Kerkabon, étonnée et enchantée de voir un Huron qui lui avait fait des politesses, pria le jeune homme à souper ; il ne se fit pas prier deux fois, et tous trois allèrent de compagnie au prieuré de Notre-Dame de la Montagne.

La courte et ronde demoiselle le regardait de tous ses petits yeux, et disait de temps en temps au prieur : « Ce grand garçon-là a un teint de lis et de rose ! qu'il a une belle peau pour un Huron ! — Vous avez raison, ma sœur », disait le prieur. Elle faisait cent questions coup sur coup, et le voyageur répondait toujours fort juste.

Le bruit se répandit bientôt qu'il y avait un Huron au prieuré. La bonne compagnie du canton s'empressa d'y venir souper. L'abbé de Saint-Yves y vint avec mademoiselle sa sœur, jeune Basse-Brette, fort jolie et très bien élevée. Le bailli, le receveur des tailles et leurs femmes furent du souper. On plaça l'étranger entre Mlle de Kerkabon et Mlle de Saint-Yves. Tout le monde le regardait avec admiration ; tout le monde lui parlait et l'interrogeait à la fois ; le Huron ne s'en émouvait pas. Il semblait qu'il eût pris pour sa devise celle de milord Bolingbroke : *nihil admirari*[6]. Mais à la fin, excédé de tant de bruit, il leur dit avec assez de douceur, mais avec un peu de fermeté : « Messieurs, dans mon pays on parle l'un après l'autre ; comment voulez-vous que je vous réponde quand vous m'empêchez de vous entendre ? » La raison fait toujours rentrer les hommes en eux-mêmes pour quelques moments. Il se fit un grand silence. Monsieur le bailli, qui s'emparait toujours des étrangers dans quelque maison qu'il se trouvât, et qui était le plus grand questionneur de la province, lui dit en ouvrant la bouche d'un demi-pied : « Monsieur, comment vous nommez-vous ? — On m'a toujours appelé *l'Ingénu,* reprit le Huron, et on m'a confirmé ce nom en Angleterre, parce que je dis toujours naïvement ce que je pense, comme je fais tout ce que je veux.

— Comment, étant né huron, avez-vous pu, monsieur, venir en Angleterre ? — C'est qu'on m'y a mené ; j'ai été fait, dans un combat, prisonnier par les Anglais, après m'être assez bien défendu ; et les Anglais, qui aiment la bravoure, parce qu'ils sont braves et qu'ils sont aussi honnêtes que nous, m'ayant proposé de me rendre à mes parents ou de venir en Angleterre, j'acceptai le dernier parti, parce que de mon naturel j'aime passionnément à voir du pays.

— Mais, monsieur, dit le bailli avec son ton imposant, comment avez-vous pu abandonner ainsi père et mère ? — C'est que je n'ai jamais connu ni père ni mère », dit l'étranger. La compagnie s'attendrit, et tout le monde répétait : *Ni père, ni mère !* « Nous lui en servirons, dit la maîtresse de la maison à son frère le prieur ; que ce monsieur le Huron est intéressant ! » L'Ingénu la remercia avec une cordialité noble et fière, et lui fit comprendre qu'il n'avait besoin de rien.

« Je m'aperçois, monsieur l'Ingénu, dit le grave bailli, que vous parlez mieux français qu'il n'appartient à un Huron. — Un Français, dit-il, que nous avions pris dans ma grande jeunesse en Huronie, et pour qui je conçus beaucoup d'amitié, m'enseigna sa langue ; j'apprends très vite ce que je veux apprendre. J'ai trouvé en arrivant à Plymouth un de vos Français réfugiés que vous appelez *huguenots*[7], je ne sais pourquoi ; il m'a fait faire quelques progrès dans la connaissance de votre langue ; et, dès que j'ai pu m'exprimer intelligiblement, je suis venu voir votre pays, parce que j'aime assez les Français quand ils ne font pas trop de questions. »

L'abbé de Saint-Yves, malgré ce petit avertissement, lui demanda laquelle des trois langues lui plaisait davantage, la huronne, l'anglaise ou la française. « La huronne, sans contredit, répondit l'Ingénu. — Est-il possible ? s'écria Mlle de Kerkabon ; j'avais toujours cru que le français était la plus belle de toutes les langues après le bas-breton. »

Alors ce fut à qui demanderait à l'Ingénu comment on disait en huron du tabac, et il répondait *taya ;* comment on disait manger, et il répondait *essenten.* Mlle de Kerkabon voulut absolument savoir comment on disait faire l'amour ; il lui répondit *trovander* *, et soutint, non sans apparence de raison, que ces mots-là valaient bien les mots français et anglais qui leur correspondaient. *Trovander* parut très joli à tous les convives.

Monsieur le prieur, qui avait dans sa bibliothèque la grammaire huronne dont le révérend père Sagard-Théodat[8], récollet, fameux missionnaire, lui avait fait présent, sortit de table un moment pour l'aller consulter. Il revint tout haletant de tendresse et de joie. Il reconnut l'Ingénu pour un vrai Huron. On disputa un peu sur la multiplicité des langues, et on convint que, sans l'aventure de la tour de Babel, toute la terre aurait parlé français.

L'interrogant bailli, qui jusque-là s'était défié un peu du personnage, conçut pour lui un profond respect ; il lui parla avec plus de civilité qu'auparavant, de quoi l'Ingénu ne s'aperçut pas.

Mlle de Saint-Yves était fort curieuse de savoir comment on faisait l'amour au pays des Hurons. « En faisant de belles actions, répondit-il, pour plaire aux personnes qui vous

* Tous ces noms sont en effet hurons.

ressemblent. » Tous les convives applaudirent avec étonnement. Mlle de Saint-Yves rougit, et fut fort aise. Mlle de Kerkabon rougit aussi, mais elle n'était pas si aise ; elle fut un peu piquée que la galanterie ne s'adressât pas à elle, mais elle était si bonne personne que son affection pour le Huron n'en fut point du tout altérée. Elle lui demanda, avec beaucoup de bonté, combien il avait eu de maîtresses en Huronie. « Je n'en ai jamais eu qu'une, dit l'Ingénu ; c'était Mlle Abacaba, la bonne amie de ma chère nourrice ; les joncs ne sont pas plus droits, l'hermine n'est pas plus blanche, les moutons sont moins doux, les aigles moins fiers, et les cerfs ne sont pas si légers que l'était Abacaba. Elle poursuivait un jour un lièvre dans notre voisinage, environ à cinquante lieues de notre habitation. Un Algonquin mal élevé[9], qui habitait cent lieues plus loin, vint lui prendre son lièvre ; je le sus, j'y courus, je terrassai l'Algonquin d'un coup de massue, je l'amenai aux pieds de ma maîtresse, pieds et poings liés. Les parents d'Abacaba voulurent le manger[10], mais je n'eus jamais de goût pour ces sortes de festins ; je lui rendis sa liberté, j'en fis un ami. Abacaba fut si touchée de mon procédé qu'elle me préféra à tous ses amants. Elle m'aimerait encore si elle n'avait pas été mangée par un ours. J'ai puni l'ours, j'ai porté longtemps sa peau, mais cela ne m'a pas consolé. »

Mlle de Saint-Yves, à ce récit, sentait un plaisir secret d'apprendre que l'Ingénu n'avait eu qu'une maîtresse, et qu'Abacaba n'était plus ; mais elle ne démêlait pas la cause de son plaisir. Tout le monde fixait les yeux sur l'Ingénu ; on le louait beaucoup d'avoir empêché ses camarades de manger un Algonquin.

L'impitoyable bailli, qui ne pouvait réprimer sa fureur de questionner, poussa enfin la curiosité jusqu'à s'informer de quelle religion était monsieur le Huron ; s'il avait choisi la religion anglicane, ou la gallicane, ou la huguenote. « Je suis de ma religion, dit-il, comme vous de la vôtre. — Hélas ! s'écria la Kerkabon, je vois bien que ces malheureux Anglais n'ont pas seulement songé à le baptiser. — Eh ! mon Dieu, disait Mlle de Saint-Yves, comment se peut-il que les Hurons ne soient pas catholiques ? Est-ce que les RR.PP. jésuites ne les ont pas tous convertis ? » L'Ingénu l'assura que dans son pays on ne convertissait personne ; que jamais un vrai Huron n'avait changé d'opinion, et que même il n'y avait point dans sa langue de terme qui signifiât *inconstance*. Ces derniers mots plurent extrêmement à Mlle de Saint-Yves.

« Nous le baptiserons, nous le baptiserons, disait la Kerkabon à monsieur le prieur ; vous en aurez l'honneur, mon cher frère ; je veux absolument être sa marraine ; M. l'abbé de Saint-Yves le présentera sur les fonts : ce sera une cérémonie bien brillante ; il en sera parlé dans toute la Basse-Bretagne, et cela nous fera un honneur infini. » Toute la compagnie seconda la maîtresse de la maison ; tous les convives criaient : « Nous le baptiserons ! » L'Ingénu répondit qu'en Angleterre on laissait vivre les gens à leur fantaisie. Il témoigna que la proposition ne lui plaisait point du tout, et que la loi des Hurons valait pour le moins la loi des Bas-Bretons ; enfin, il dit qu'il repartait le lendemain. On acheva de vider sa bouteille d'eau des Barbades, et chacun s'alla coucher.

Quand on eut reconduit l'Ingénu dans sa chambre, Mlle de Kerkabon et son amie Mlle de Saint-Yves ne purent se tenir de regarder par le trou d'une large serrure pour voir comment dormait un Huron. Elles virent qu'il avait étendu la couverture du lit sur le plancher, et qu'il reposait dans la plus belle attitude du monde.

CHAPITRE SECOND

LE HURON, NOMMÉ L'INGÉNU, RECONNU DE SES PARENTS

L'Ingénu, selon sa coutume, s'éveilla avec le soleil au chant du coq, qu'on appelle en Angleterre et en Huronie *la trompette du jour.* Il n'était pas comme la bonne compagnie qui languit dans un lit oiseux jusqu'à ce que le soleil ait fait la moitié de son tour, qui ne peut ni dormir ni se lever, qui perd tant d'heures précieuses dans cet état mitoyen entre la vie et la mort, et qui se plaint encore que la vie est trop courte.

Il avait déjà fait deux ou trois lieues, il avait tué trente pièces de gibier à balle seule, lorsqu'en rentrant il trouva monsieur le prieur de Notre-Dame de la Montagne et sa discrète sœur, se promenant en bonnet de nuit dans leur petit jardin. Il leur présenta toute sa chasse, et, en tirant de sa chemise une espèce de petit talisman qu'il portait toujours à son cou, il les pria de l'accepter en reconnaissance de leur bonne réception. « C'est ce que j'ai de plus précieux, leur dit-il ; on m'a assuré que je serais toujours heureux tant que je porterais ce petit brimborion sur moi, et je vous le donne afin que vous soyez toujours heureux. »

Le prieur et mademoiselle sourirent avec attendrissement de la naïveté de l'Ingénu. Ce présent consistait en deux petits portraits assez mal faits, attachés ensemble avec une courroie fort grasse.

Mlle de Kerkabon lui demanda s'il y avait des peintres en Huronie. « Non, dit l'Ingénu, cette rareté me vient de ma nourrice ; son mari l'avait eue par conquête, en dépouillant quelques Français du Canada qui nous avaient fait la guerre ; c'est tout ce que j'en ai su. »

Le prieur regardait attentivement ces portraits ; il changea de couleur, il s'émut, ses mains tremblèrent. « Par Notre-Dame de la Montagne, s'écria-t-il, je crois que voilà le visage de mon frère le capitaine et de sa femme ! » Mademoiselle, après les avoir considérés avec la même émotion, en jugea de même. Tous deux étaient saisis d'étonnement et d'une joie mêlée de douleur ; tous deux s'attendrissaient ; tous deux pleuraient ; leur cœur palpitait ; ils poussaient des cris ; ils s'arrachaient les portraits ; chacun d'eux les prenait et les rendait vingt fois en une seconde ; ils dévoraient des yeux les portraits et le Huron ; ils lui demandaient l'un après l'autre, et tous deux à la ſois, en quel lieu, en quel temps, comment ces miniatures étaient tombées entre les mains de sa nourrice ; ils rapprochaient, ils comptaient les temps depuis le départ du capitaine ; ils se souvenaient d'avoir eu nouvelle qu'il avait été jusqu'au pays des Hurons, et que depuis ce temps ils n'en avaient jamais entendu parler.

L'Ingénu leur avait dit qu'il n'avait connu ni père ni mère. Le prieur, qui était homme de sens, remarqua que l'Ingénu avait un peu de barbe[11] ; il savait très bien que les Hurons n'en ont point. « Son menton est cotonné, il est donc fils d'un homme d'Europe. Mon frère et ma belle-sœur ne parurent plus après l'expédition contre les Hurons en 1669 ; mon neveu devait alors être à la mamelle ; la nourrice huronne lui a sauvé la vie et lui a servi de mère. » Enfin, après cent questions et cent réponses, le prieur et sa sœur conclurent que le Huron était leur propre neveu. Ils l'embrassaient en versant des larmes ; et l'Ingénu riait, ne pouvant s'imaginer qu'un Huron fût neveu d'un prieur bas-breton.

Toute la compagnie descendit ; M. de Saint-Yves, qui était grand physionomiste, compara les deux portraits avec le visage de l'Ingénu ; il fit très habilement remarquer qu'il avait les yeux de sa mère, le front et le nez de feu M. le capitaine de Kerkabon, et des joues qui tenaient de l'un et de l'autre.

Mlle de Saint-Yves, qui n'avait jamais vu le père ni la mère, assura que l'Ingénu leur ressemblait parfaitement. Ils admiraient tous la Providence et l'enchaînement des événements de ce monde. Enfin on était si persuadé, si convaincu de la naissance de l'Ingénu, qu'il consentit lui-même à être neveu de monsieur le prieur, en disant qu'il aimait autant l'avoir pour son oncle qu'un autre.

On alla rendre grâce à Dieu dans l'église de Notre-Dame de la Montagne, tandis que le Huron, d'un air indifférent, s'amusait à boire dans la maison.

Les Anglais qui l'avaient amené, et qui étaient prêts à mettre à la voile, vinrent lui dire qu'il était temps de partir. « Apparemment, leur dit-il, que vous n'avez pas retrouvé vos oncles et vos tantes : je reste ici ; retournez à Plymouth, je vous donne toutes mes hardes, je n'ai plus besoin de rien au monde, puisque je suis le neveu d'un prieur. » Les Anglais mirent à la voile, en se souciant fort peu que l'Ingénu eût des parents ou non en Basse-Bretagne.

Après que l'oncle, la tante et la compagnie eurent chanté le *Te Deum ;* après que le bailli eut encore accablé l'Ingénu de questions ; après qu'on eut épuisé tout ce que l'étonnement, la joie, la tendresse peuvent faire dire, le prieur de la Montagne et l'abbé de Saint-Yves conclurent à faire baptiser l'Ingénu au plus vite. Mais il n'en était pas d'un grand Huron de vingt-deux ans comme d'un enfant qu'on régénère sans qu'il en sache rien. Il fallait l'instruire, et cela paraissait difficile : car l'abbé de Saint-Yves supposait qu'un homme qui n'était pas né en France n'avait pas le sens commun.

Le prieur fit observer à la compagnie que, si en effet monsieur l'Ingénu, son neveu, n'avait pas eu le bonheur d'être élevé en Basse-Bretagne, il n'en avait pas moins d'esprit ; qu'on en pouvait juger par toutes ses réponses ; et que sûrement la nature l'avait beaucoup favorisé, tant du côté paternel que du maternel.

On lui demanda d'abord s'il avait jamais lu quelque livre. Il dit qu'il avait lu Rabelais traduit en anglais, et quelques morceaux de Shakespeare qu'il savait par cœur ; qu'il avait trouvé ces livres chez le capitaine du vaisseau qui l'avait amené de l'Amérique à Plymouth et qu'il en était fort content. Le bailli ne manqua pas de l'interroger sur ces livres. « Je vous avoue, dit l'Ingénu, que j'ai cru en deviner quelque chose, et que je n'ai pas entendu le reste. »

L'abbé de Saint-Yves, à ce discours, fit réflexion que c'était ainsi que lui-même avait toujours lu, et que la plupart des hommes ne lisaient guère autrement. « Vous avez sans doute lu la Bible ? dit-il au Huron. — Point du tout, monsieur l'abbé ; elle n'était pas parmi les livres de mon capitaine ; je n'en ai jamais entendu parler. — Voilà comme sont ces maudits Anglais, criait Mlle de Kerkabon ; ils feront plus de cas d'une pièce de Shakespeare, d'un plumbpouding et d'une bouteille de rhum que du Pentateuque. Aussi n'ont-ils jamais converti personne en Amérique. Certainement ils sont maudits de Dieu ; et nous leur prendrons la Jamaïque et la Virginie avant qu'il soit peu de temps. »

Quoi qu'il en soit, on fit venir le plus habile tailleur de Saint-Malo pour habiller l'Ingénu de pied en cap. La compagnie se sépara ; le bailli alla faire ses questions ailleurs. Mlle de Saint-Yves, en partant, se retourna plusieurs fois pour regarder l'Ingénu ; et il lui fit des révérences plus profondes qu'il n'en avait jamais fait à personne en sa vie.

Le bailli, avant de prendre congé, présenta à Mlle de Saint-Yves un grand nigaud de fils qui sortait du collège ; mais à peine le regarda-t-elle, tant elle était occupée de la politesse du Huron.

CHAPITRE TROISIÈME

LE HURON, NOMMÉ L'INGÉNU, CONVERTI

Monsieur le prieur, voyant qu'il était un peu sur l'âge, et que Dieu lui envoyait un neveu pour sa consolation, se mit en tête qu'il pourrait lui résigner son bénéfice s'il réussissait à le baptiser et à le faire entrer dans les ordres.

L'Ingénu avait une mémoire excellente. La fermeté des organes de Basse-Bretagne, fortifiée par le climat du Canada, avait rendu sa tête si vigoureuse que, quand on frappait dessus, à peine le sentait-il ; et, quand on gravait dedans, rien ne s'effaçait ; il n'avait jamais rien oublié. Sa conception était d'autant plus vive et plus nette que, son enfance n'ayant point été chargée des inutilités et des sottises qui accablent la nôtre, les choses entraient dans sa cervelle sans nuage. Le prieur résolut enfin de lui faire lire le Nouveau Testament. L'Ingénu le dévora avec beaucoup de plaisir ; mais, ne sachant ni dans quel temps ni dans quel pays toutes les aventures rapportées dans ce livre étaient arrivées, il ne douta point que le lieu de la scène ne fût en Basse-Bretagne, et il jura qu'il couperait le nez et les oreilles à Caïphe et à Pilate si jamais il rencontrait ces marauds-là.

Son oncle, charmé de ces bonnes dispositions, le mit au fait en peu de temps ; il loua son zèle, mais il lui apprit que ce zèle était inutile, attendu que ces gens-là étaient morts il y avait environ seize cent quatre-vingt-dix années. L'Ingénu sut bientôt presque tout le livre par cœur. Il proposait quelquefois des difficultés qui mettaient le prieur fort en peine. Il était obligé souvent de consulter l'abbé de Saint-Yves qui, ne sachant que répondre, fit venir un jésuite bas-breton pour achever la conversion du Huron.

Enfin la grâce opéra ; l'Ingénu promit de se faire chrétien ;

il ne douta pas qu'il ne dût commencer par être circoncis [12] : « Car, disait-il, je ne vois pas dans le livre qu'on m'a fait lire un seul personnage qui ne l'ait été ; il est donc évident que je dois faire le sacrifice de mon prépuce : le plus tôt c'est le mieux. » Il ne délibéra point. Il envoya chercher le chirurgien du village et le pria de lui faire l'opération, comptant réjouir infiniment Mlle de Kerkabon et toute la compagnie quand une fois la chose serait faite. Le frater [13], qui n'avait point encore fait cette opération, en avertit la famille, qui jeta les hauts cris. La bonne Kerkabon trembla que son neveu, qui paraissait résolu et expéditif, ne se fît lui-même l'opération très maladroitement, et qu'il n'en résultât de tristes effets auxquels les dames s'intéressent toujours par bonté d'âme.

Le prieur redressa les idées du Huron ; il lui remontra que la circoncision n'était plus de mode, que le baptême était beaucoup plus doux et plus salutaire, que la loi de grâce n'était pas comme la loi de rigueur. L'Ingénu, qui avait beaucoup de bon sens et de droiture, disputa, mais reconnut son erreur, ce qui est assez rare en Europe aux gens qui disputent ; enfin il promit de se faire baptiser quand on voudrait.

Il fallait auparavant se confesser, et c'était là le plus difficile. L'Ingénu avait toujours en poche le livre que son oncle lui avait donné. Il n'y trouvait pas qu'un seul apôtre se fût confessé, et cela le rendait très rétif. Le prieur lui ferma la bouche en lui montrant, dans l'épître de saint Jacques le Mineur, ces mots qui font tant de peine aux hérétiques : *Confessez vos péchés les uns aux autres* [14]. Le Huron se tut, et se confessa à un récollet [15]. Quand il eut fini, il tira le récollet du confessionnal, et, saisissant son homme d'un bras vigoureux, il se mit à sa place et le fit mettre à genoux devant lui : « Allons, mon ami, il est dit : *Confessez-vous les uns aux autres ;* je t'ai conté mes péchés, tu ne sortiras pas d'ici que tu ne m'aies conté les tiens. » En parlant ainsi, il appuyait son large genou contre la poitrine de son adverse partie. Le récollet pousse des hurlements qui font retentir l'église. On accourt au bruit, on voit le catéchumène qui gourmait le moine au nom de saint Jacques le Mineur. La joie de baptiser un Bas-Breton huron et anglais était si grande qu'on passa par-dessus ces singularités. Il y eut même beaucoup de théologiens qui pensèrent que la confession n'était pas nécessaire, puisque le baptême tenait lieu de tout.

On prit jour avec l'évêque de Saint-Malo, qui, flatté, comme on peut le croire, de baptiser un Huron, arriva dans un pompeux équipage, suivi de son clergé. Mlle de Saint-Yves, en bénissant Dieu, mit sa plus belle robe et fit venir une coiffeuse de Saint-Malo, pour briller à la cérémonie. L'interrogant bailli accourut avec toute la contrée. L'église était magnifiquement parée ; mais, quand il fallut prendre le Huron pour le mener aux fonts baptismaux, on ne le trouva point.

L'oncle et la tante le cherchèrent partout. On crut qu'il était à la chasse, selon sa coutume. Tous les conviés à la fête parcoururent les bois et les villages voisins : point de nouvelles du Huron.

On commençait à craindre qu'il ne fût retourné en Angleterre. On se souvenait de lui avoir entendu dire qu'il aimait fort ce pays-là. Monsieur le prieur et sa sœur étaient persuadés qu'on n'y baptisait personne, et tremblaient pour l'âme de leur neveu. L'évêque était confondu et prêt à s'en retourner ; le prieur et l'abbé de Saint-Yves se désespéraient ; le bailli interrogeait tous les passants avec sa gravité ordinaire. Mlle de Kerkabon pleurait ; Mlle de Saint-Yves ne pleurait pas, mais elle poussait de profonds soupirs qui semblaient témoigner son goût pour les sacrements. Elles se promenaient tristement le long des saules et des roseaux qui bordent la petite rivière de Rance, lorsqu'elles aperçurent au milieu de la rivière une grande figure assez blanche, les deux mains croisées sur la poitrine. Elles jetèrent un grand cri et se détournèrent. Mais, la curiosité l'emportant bientôt sur toute autre considération, elles se coulèrent doucement entre les roseaux, et quand elles furent bien sûres de n'être point vues, elles voulurent voir de quoi il s'agissait.

CHAPITRE QUATRIÈME

L'INGÉNU BAPTISÉ

Le prieur et l'abbé, étant accourus, demandèrent à l'Ingénu ce qu'il faisait là. « Eh parbleu ! messieurs, j'attends le baptême. Il y a une heure que je suis dans l'eau jusqu'au cou, et il n'est pas honnête de me laisser morfondre.

— Mon cher neveu, lui dit tendrement le prieur, ce n'est pas ainsi qu'on baptise en Basse-Bretagne ; reprenez vos habits et venez avec nous. » Mlle de Saint-Yves, en entendant ce discours, disait tout bas à sa compagne : « Mademoiselle, croyez-vous qu'il reprenne sitôt ses habits ? »

Le Huron cependant repartit au prieur : « Vous ne m'en ferez pas accroire cette fois-ci comme l'autre ; j'ai bien étudié depuis ce temps-là, et je suis très certain qu'on ne se baptise pas autrement. L'eunuque de la reine Candace[16] fut baptisé dans un ruisseau ; je vous défie de me montrer dans le livre que vous m'avez donné qu'on s'y soit jamais pris d'une autre façon. Je ne serai point baptisé du tout, ou je le serai dans la rivière. » On eut beau lui démontrer que les usages avaient changé. L'Ingénu était têtu, car il était breton et huron. Il revenait toujours à l'eunuque de la reine Candace. Et, quoique mademoiselle sa tante et Mlle de Saint-Yves, qui l'avaient observé entre les saules, fussent en droit de lui dire qu'il ne lui appartenait pas de citer un pareil homme, elles n'en firent pourtant rien ; tant était grande leur discrétion. L'évêque vint lui-même lui parler, ce qui est beaucoup ; mais il ne gagna rien : le Huron disputa contre l'évêque.

« Montrez-moi, lui dit-il, dans le livre que m'a donné mon oncle, un seul homme qui n'ait pas été baptisé dans la rivière, et je ferai tout ce que vous voudrez. »

La tante, désespérée, avait remarqué que, la première fois que son neveu avait fait la révérence, il en avait fait une plus profonde à Mlle de Saint-Yves qu'à aucune autre personne de la compagnie ; qu'il n'avait pas même salué monsieur l'évêque avec ce respect mêlé de cordialité qu'il avait témoigné à cette belle demoiselle. Elle prit le parti de s'adresser à elle dans ce grand embarras ; elle la pria d'interposer son crédit pour engager le Huron à se faire baptiser de la même manière que les Bretons, ne croyant pas que son neveu pût jamais être chrétien s'il persistait à vouloir être baptisé dans l'eau courante.

Mlle de Saint-Yves rougit du plaisir secret qu'elle sentait d'être chargée d'une si importante commission. Elle s'approcha modestement de l'Ingénu, et lui serrant la main d'une manière tout à fait noble : « Est-ce que vous ne ferez rien pour moi ? » lui dit-elle ; et, en prononçant ces mots, elle baissait les yeux et les relevait avec une grâce attendrissante. « Ah ! tout ce que vous voudrez, mademoiselle, tout ce que vous me commanderez : baptême d'eau, baptême de feu, baptême de sang[17] ; il n'y a rien que je vous refuse. » Mlle de Saint-Yves eut la gloire de faire en deux paroles ce que ni les empressements du prieur, ni les interrogations réitérées du bailli, ni les raisonnements même de monsieur l'évêque n'avaient pu faire. Elle sentit son triomphe ; mais elle n'en sentait pas encore toute l'étendue.

Le baptême fut administré et reçu avec toute la décence, toute la magnificence, tout l'agrément possibles. L'oncle et la tante cédèrent à M. l'abbé de Saint-Yves et à sa sœur l'honneur de tenir l'Ingénu sur les fonts. Mlle de Saint-Yves rayonnait de joie de se voir marraine. Elle ne savait pas à quoi ce grand titre l'asservissait ; elle accepta cet honneur sans en connaître les fatales conséquences.

Comme il n'y eut jamais de cérémonie qui ne fût suivie d'un grand dîner, on se mit à table au sortir du baptême. Les goguenards de Basse-Bretagne dirent qu'il ne fallait pas baptiser son vin. Monsieur le prieur disait que le vin, selon

Salomon, réjouit le cœur de l'homme[18]. Monsieur l'évêque ajoutait que le patriarche Juda devait lier son ânon à la vigne, et tremper son manteau dans le sang du raisin[19], et qu'il était bien triste qu'on n'en pût faire autant en Basse-Bretagne, à laquelle Dieu a dénié les vignes. Chacun tâchait de dire un bon mot sur le baptême de l'Ingénu, et des galanteries à la marraine. Le bailli, toujours interrogant, demandait au Huron s'il serait fidèle à ses promesses. « Comment voulez-vous que je manque à mes promesses, répondit le Huron, puisque je les ai faites entre les mains de Mlle de Saint-Yves ? »

Le Huron s'échauffa ; il but beaucoup à la santé de sa marraine. « Si j'avais été baptisé de votre main, dit-il, je sens que l'eau froide qu'on m'a versée sur le chignon m'aurait brûlé. » Le bailli trouva cela trop poétique, ne sachant pas combien l'allégorie est familière au Canada. Mais la marraine en fut extrêmement contente.

On avait donné le nom d'Hercule au baptisé. L'évêque de Saint-Malo demandait toujours quel était ce patron dont il n'avait jamais entendu parler. Le jésuite, qui était fort savant, lui dit que c'était un saint qui avait fait douze miracles. Il y en avait un treizième qui valait les douzes autres, mais dont il ne convenait pas à un jésuite de parler : c'était celui d'avoir changé cinquante filles en femmes en une seule nuit. Un plaisant qui se trouva là releva ce miracle avec énergie. Toutes les dames baissèrent les yeux, et jugèrent à la physionomie de l'Ingénu qu'il était digne du saint dont il portait le nom.

CHAPITRE CINQUIÈME

L'INGÉNU AMOUREUX

Il faut avouer que depuis ce baptême et ce dîner, Mlle de Saint-Yves souhaita passionnément que monsieur l'évêque la fît encore participante de quelque beau sacrement avec M. Hercule l'Ingénu. Cependant, comme elle était bien élevée et fort modeste, elle n'osait convenir tout à fait avec elle-même de ses tendres sentiments ; mais s'il lui échappait un regard, un mot, un geste, une pensée, elle enveloppait tout cela d'un voile de pudeur infiniment aimable. Elle était tendre, vive et sage.

Dès que monsieur l'évêque fut parti, l'Ingénu et Mlle de Saint-Yves se rencontrèrent sans avoir fait réflexion qu'ils se cherchaient. Ils se parlèrent sans avoir imaginé ce qu'ils se diraient. L'Ingénu lui dit d'abord qu'il l'aimait de tout son cœur, et que la belle Abacaba, dont il avait été fou dans son pays, n'approchait pas d'elle. Mademoiselle lui répondit, avec sa modestie ordinaire, qu'il fallait en parler au plus vite à monsieur le prieur son oncle et à mademoiselle sa tante, et que de son côté elle en dirait deux mots à son cher frère l'abbé de Saint-Yves, et qu'elle se flattait d'un consentement commun.

L'Ingénu lui répond qu'il n'avait besoin du consentement de personne ; qu'il lui paraissait extrêmement ridicule d'aller demander à d'autres ce qu'on devait faire ; que, quand deux parties sont d'accord, on n'a pas besoin d'un tiers pour les accommoder. « Je ne consulte personne, dit-il, quand j'ai envie de déjeuner, ou de chasser, ou de dormir. Je sais bien qu'en amour il n'est pas mal d'avoir le consentement de la personne à qui on en veut ; mais, comme ce n'est ni de mon oncle ni de ma tante que je suis amoureux, ce n'est pas à eux que je dois m'adresser dans cette affaire ; et, si vous m'en croyez, vous vous passerez aussi de M. l'abbé de Saint-Yves. »

On peut juger que la belle Bretonne employa toute la délicatesse de son esprit à réduire son Huron aux termes de la bienséance. Elle se fâcha même, et bientôt se radoucit. Enfin on ne sait comment aurait fini cette conversation, si, le jour baissant, monsieur l'abbé n'avait ramené sa sœur à son abbaye. L'Ingénu laissa coucher son oncle et sa tante, qui étaient un peu fatigués de la cérémonie et de leur long dîner. Il passa une partie de la nuit à faire des vers en langue huronne pour sa bien-aimée : car il faut savoir qu'il n'y a aucun pays de la terre où l'amour n'ait rendu les amants poètes.

Le lendemain, son oncle lui parla ainsi après le déjeuner, en présence de Mlle Kerkabon, qui était tout attendrie : « Le ciel soit loué de ce que vous avez l'honneur, mon cher neveu, d'être chrétien et Bas-Breton ! mais cela ne suffit pas ; je suis un peu sur l'âge ; mon frère n'a laissé qu'un petit coin de terre qui est très peu de chose ; j'ai un bon prieuré : si vous voulez seulement vous faire sous-diacre, comme je l'espère, je vous résignerai mon prieuré, et vous vivrez fort à votre aise, après avoir été la consolation de ma vieillesse. »

L'Ingénu répondit : « Mon oncle, grand bien vous fasse ! vivez tant que vous pourrez. Je ne sais pas ce que c'est que d'être sous-diacre ni que de résigner ; mais tout me sera bon pourvu que j'aie Mlle de Saint-Yves à ma disposition. — Eh, mon Dieu ! mon neveu, que me dites-vous là ? Vous aimez donc cette belle demoiselle à la folie ? — Oui, mon oncle. — Hélas ! mon neveu, il est impossible que vous l'épousiez. — Cela est très possible, mon oncle ; car non seulement elle m'a serré la main en me quittant, mais elle m'a promis qu'elle me demanderait en mariage ; et assurément je l'épouserai. — Cela est impossible, vous dis-je : elle est votre marraine ; c'est un péché épouvantable à une marraine de serrer la main de son filleul ; il n'est pas permis d'épouser sa marraine ; les lois divines et humaines s'y opposent[20]. — Morbleu ! mon oncle, vous vous moquez de moi ; pourquoi serait-il défendu d'épouser sa marraine, quand elle est jeune et jolie ? Je n'ai point vu dans le livre que vous m'avez donné qu'il fût mal d'épouser les filles qui ont aidé les gens à être baptisés. Je m'aperçois tous les jours qu'on fait ici une infinité de choses qui ne sont point dans votre livre, et qu'on n'y fait rien de tout ce qu'il dit. Je vous avoue que cela m'étonne et me fâche. Si on me prive de la belle Saint-Yves sous prétexte de mon baptême, je vous avertis que je l'enlève et que je me débaptise. »

Le prieur fut confondu ; sa sœur pleura. « Mon cher frère, dit-elle, il ne faut pas que notre neveu se damne ; notre saint-père le pape peut lui donner dispense, et alors il pourra être chrétiennement heureux avec ce qu'il aime. » L'Ingénu embrassa sa tante. « Quel est donc, dit-il, cet homme charmant qui favorise avec tant de bonté les garçons et les filles dans leurs amours ? Je veux lui aller parler tout à l'heure. »

On lui expliqua ce que c'était que le pape, et l'Ingénu fut encore plus étonné qu'auparavant. « Il n'y a pas un mot de tout cela dans votre livre, mon cher oncle ; j'ai voyagé, je connais la mer ; nous sommes ici sur la côte de l'Océan, et je quitterais Mlle de Saint-Yves pour aller demander la permission de l'aimer à un homme qui demeure vers la Méditerranée, à quatre cents lieues d'ici, et dont je n'entends point la langue ! Cela est d'un ridicule incompréhensible ! Je vais sur-le-champ chez M. l'abbé de Saint-Yves, qui ne demeure qu'à une lieue de vous, et je vous réponds que j'épouserai ma maîtresse dans la journée. »

Comme il parlait encore, entra le bailli, qui, selon sa coutume, lui demanda où il allait. « Je vais me marier », dit l'Ingénu en courant ; et au bout d'un quart d'heure il était déjà chez sa belle et chère Basse-Brette, qui dormait encore. « Ah ! mon frère, disait Mlle de Kerkabon au prieur, jamais vous ne ferez un sous-diacre de notre neveu. »

Le bailli fut très mécontent de ce voyage : car il prétendait que son fils épousât la Saint-Yves ; et ce fils était encore plus sot et plus insupportable que son père.

CHAPITRE SIXIÈME

L'INGÉNU COURT CHEZ SA MAÎTRESSE, ET DEVIENT FURIEUX

À peine l'Ingénu était arrivé, qu'ayant demandé à une vieille servante où était la chambre de sa maîtresse, il avait poussé fortement la porte mal fermée et s'était élancé vers le lit. Mlle de Saint-Yves, se réveillant en sursaut, s'était écriée : « Quoi ! c'est vous ! ah ! c'est vous ! arrêtez-vous, que faites-vous ? » Il avait répondu : « Je vous épouse » ; et en effet il l'épousait, si elle ne s'était pas débattue avec toute l'honnêteté d'une personne qui a de l'éducation.

L'Ingénu n'entendait pas raillerie ; il trouvait toutes ces façons-là extrêmement impertinentes. « Ce n'était pas ainsi qu'en usait Mlle Abacaba, ma première maîtresse ; vous n'avez point de probité ; vous m'avez promis mariage, et vous ne voulez point faire mariage : c'est manquer aux premières lois de l'honneur ; je vous apprendrai à tenir votre parole, et je vous remettrai dans le chemin de la vertu. »

L'Ingénu possédait une vertu mâle et intrépide, digne de son patron Hercule, dont on lui avait donné le nom à son baptême ; il allait l'exercer dans toute son étendue, lorsqu'aux cris perçants de la demoiselle plus discrètement vertueuse accourut le sage abbé de Saint-Yves, avec sa gouvernante, un vieux domestique dévot et un prêtre de la paroisse. Cette vue modéra le courage de l'assaillant. « Eh, mon Dieu ! mon cher voisin, lui dit l'abbé, que faites-vous là ? — Mon devoir, répliqua le jeune homme ; je remplis mes promesses, qui sont sacrées. »

Mlle de Saint-Yves se rajusta en rougissant. On emmena l'Ingénu dans un autre appartement. L'abbé lui remontra l'énormité du procédé. L'Ingénu se défendit sur les privilèges de la loi naturelle, qu'il connaissait parfaitement. L'abbé voulut prouver que la loi positive devait avoir tout l'avantage, et que, sans les conventions faites entre les hommes, la loi de nature ne serait presque jamais qu'un brigandage naturel. « Il faut, lui disait-il, des notaires, des prêtres, des témoins, des contrats, des dispenses. » L'Ingénu lui répondit par la réflexion que les sauvages ont toujours faite : « Vous êtes donc de bien malhonnêtes gens, puisqu'il faut entre vous tant de précautions. »

L'abbé eut de la peine à résoudre cette difficulté. « Il y a, dit-il, je l'avoue, beaucoup d'inconstants et de fripons parmi nous, et il y en aurait autant chez les Hurons s'ils étaient rassemblés dans une grande ville ; mais aussi il y a des âmes sages, honnêtes, éclairées, et ce sont ces hommes-là qui ont fait les lois. Plus on est homme de bien, plus on doit s'y soumettre ; on donne l'exemple aux vicieux, qui respectent un frein que la vertu s'est donné elle-même. »

Cette réponse frappa l'Ingénu. On a déjà remarqué qu'il avait l'esprit juste. On l'adoucit par des paroles flatteuses ; on lui donna des espérances : ce sont les deux pièges où les hommes des deux hémisphères se prennent ; on lui présenta même Mlle de Saint-Yves, quand elle eut fait sa toilette. Tout se passa avec la plus grande bienséance. Mais, malgré cette décence, les yeux étincelants de l'Ingénu Hercule firent toujours baisser ceux de sa maîtresse, et trembler la compagnie.

On eut une peine extrême à le renvoyer chez ses parents. Il fallut encore employer le crédit de la belle Saint-Yves ; plus elle sentait son pouvoir sur lui, et plus elle l'aimait. Elle le fit partir, et en fut très affligée ; enfin, quand il fut parti, l'abbé, qui non seulement était le frère très aîné de Mlle de Saint-

Yves, mais qui était aussi son tuteur, prit le parti de soustraire sa pupille aux empressements de cet amant redoutable. Il alla consulter le bailli, qui, destinant toujours son fils à la sœur de l'abbé, lui conseilla de mettre la pauvre fille dans une communauté. Ce fut un coup terrible : une indifférente qu'on mettrait au couvent jetterait les hauts cris ; mais une amante, et une amante aussi sage que tendre, c'était de quoi la mettre au désespoir.

L'Ingénu, de retour chez le prieur, raconta tout avec sa naïveté ordinaire. Il essuya les mêmes remontrances, qui firent quelque effet sur son esprit, et aucun sur ses sens ; mais le lendemain, quand il voulut retourner chez sa belle maîtresse pour raisonner avec elle sur la loi naturelle et sur la loi de convention, monsieur le bailli lui apprit avec une joie insultante qu'elle était dans un couvent. « Eh bien ! dit-il, j'irai raisonner dans ce couvent. — Cela ne se peut », dit le bailli. Il lui expliqua fort au long ce que c'était qu'un couvent ou un convent ; que ce mot venait du latin *conventus*, qui signifie assemblée ; et le Huron ne pouvait comprendre pourquoi il ne pouvait pas être admis dans l'assemblée. Sitôt qu'il fut instruit que cette assemblée était une espèce de prison où l'on tenait les filles renfermées, chose horrible, inconnue chez les Hurons et chez les Anglais, il devint aussi furieux que le fut son patron Hercule lorsque Euryte, roi d'Œchalie, non moins cruel que l'abbé de Saint-Yves, lui refusa la belle Iole sa fille, non moins belle que la sœur de l'abbé. Il voulait aller mettre le feu au couvent, enlever sa maîtresse, ou se brûler avec elle. Mlle de Kerkabon, épouvantée, renonçait plus que jamais à toutes les espérances de voir son neveu sous-diacre, et disait en pleurant qu'il avait le diable au corps depuis qu'il était baptisé.

CHAPITRE SEPTIÈME

L'INGÉNU REPOUSSE LES ANGLAIS

L'Ingénu, plongé dans une sombre et profonde mélancolie, se promena vers le bord de la mer, son fusil à deux coups sur l'épaule, son grand coutelas au côté, tirant de temps en temps sur quelques oiseaux, et souvent tenté de tirer sur lui-même ; mais il aimait encore la vie, à cause de Mlle de Saint-Yves. Tantôt il maudissait son oncle, sa tante, et toute la Basse-Bretagne, et son baptême ; tantôt il les bénissait puisqu'ils lui avaient fait connaître celle qu'il aimait. Il prenait sa résolution d'aller brûler le couvent, et il s'arrêtait tout court, de peur de brûler sa maîtresse. Les flots de la Manche ne sont pas plus agités par les vents d'est et d'ouest que son cœur l'était par tant de mouvements contraires.

Il marchait à grands pas, sans savoir où, lorsqu'il entendit le son du tambour. Il vit de loin tout un peuple dont une moitié courait au rivage, et l'autre s'enfuyait.

Mille cris s'élèvent de tous côtés ; la curiosité et le courage le précipitent à l'instant vers l'endroit d'où partaient ces clameurs ; il y vole en quatre bonds. Le commandant de la milice, qui avait soupé avec lui chez le prieur, le reconnut aussitôt ; il court à lui, les bras ouverts : « Ah ! c'est l'Ingénu, il combattra pour nous. » Et les milices, qui mouraient de peur, se rassurèrent et crièrent aussi : « C'est l'Ingénu ! c'est l'Ingénu ! »

« Messieurs, dit-il, de quoi s'agit-il ? Pourquoi êtes-vous si effarés ? A-t-on mis vos maîtresses dans des couvents ? » Alors cent voix confuses s'écrient : « Ne voyez-vous pas les Anglais qui abordent[21] ? — Eh bien ! répliqua le Huron, ce sont de braves gens ; ils ne m'ont jamais proposé de me faire sous-diacre ; ils ne m'ont point enlevé ma maîtresse. »

Le commandant lui fit entendre que les Anglais venaient piller l'abbaye de la Montagne, boire le vin de son oncle, et peut-être enlever Mlle de Saint-Yves ; que le petit vaisseau sur lequel il avait abordé en Bretagne n'était venu que pour reconnaître la côte ; qu'ils faisaient des actes d'hostilité sans avoir déclaré la guerre au roi de France, et que la province était exposée. « Ah ! si cela est, ils violent la loi naturelle ; laissez-moi faire ; j'ai demeuré longtemps parmi eux, je sais leur langue, je leur parlerai ; je ne crois pas qu'ils puissent avoir un si méchant dessein. »

Pendant cette conversation, l'escadre anglaise approchait ; voilà le Huron qui court vers elle, se jette dans un petit bateau, arrive, monte au vaisseau amiral, et demande s'il est vrai qu'ils viennent ravager le pays sans avoir déclaré la guerre honnêtement. L'amiral et tout son bord firent de grands éclats de rire, lui firent boire du punch, et le renvoyèrent.

L'Ingénu, piqué, ne songea plus qu'à se bien battre contre ses anciens amis pour ses compatriotes et pour monsieur le prieur. Les gentilshommes du voisinage accouraient de toutes parts : il se joint à eux ; on avait quelques canons ; il les charge, il les pointe, il les tire l'un après l'autre. Les Anglais débarquent ; il court à eux, il en tue trois de sa main, il blesse même l'amiral qui s'était moqué de lui. Sa valeur anime le courage de toute la milice ; les Anglais se rembarquent, et toute la côte retentissait des cris de victoire : « Vive le roi ! vive l'Ingénu ! » Chacun l'embrassait, chacun s'empressait d'étancher le sang de quelques blessures légères[22] qu'il avait reçues. « Ah ! disait-il, si Mlle de Saint-Yves était là, elle me mettrait une compresse. »

Le bailli, qui s'était caché dans sa cave pendant le combat, vint lui faire compliment comme les autres. Mais il fut bien surpris quand il entendit Hercule l'Ingénu dire à une douzaine de jeunes gens de bonne volonté, dont il était entouré : « Mes amis, ce n'est rien d'avoir délivré l'abbaye de la Montagne ; il faut délivrer une fille. » Toute cette bouillante jeunesse prit feu à ces seules paroles. On le suivait déjà en foule, on courait au couvent. Si le bailli n'avait pas sur-le-champ averti le commandant, si on n'avait pas couru après la troupe joyeuse, c'en était fait. On ramena l'Ingénu chez son oncle et sa tante, qui le baignèrent de larmes de joie et de tendresse.

« Je vois bien que vous ne serez jamais ni sous-diacre, ni prieur, lui dit l'oncle ; vous serez un officier encore plus brave que mon frère le capitaine, et probablement aussi gueux. » Et Mlle de Kerkabon pleurait toujours en l'embrassant, et en disant : « Il se fera tuer comme mon frère ; il vaudrait bien mieux qu'il fût sous-diacre. »

L'Ingénu, dans le combat, avait ramassé une grosse bourse remplie de guinées, que probablement l'amiral avait laissé tomber. Il ne douta pas qu'avec cette bourse il ne pût acheter toute la Basse-Bretagne, et surtout faire Mlle de Saint-Yves grande dame. Chacun l'exhorta de faire le voyage de Versailles, pour y recevoir le prix de ses services. Le commandant, les principaux officiers, le comblèrent de certificats. L'oncle et la tante approuvèrent le voyage du neveu. Il devait être, sans difficulté, présenté au roi : cela seul lui donnerait un prodigieux relief dans la province. Ces deux bonnes gens ajoutèrent à la bourse anglaise un présent considérable de leurs épargnes. L'Ingénu disait en lui-même : « Quand je verrai le roi je lui demanderai Mlle de Saint-Yves en mariage, et certainement il ne me refusera pas. » Il partit donc aux acclamations de tout le canton, étouffé d'embrassements, baigné des larmes de sa tante, béni par son oncle, et se recommandant à la belle Saint-Yves.

CHAPITRE HUITIÈME

L'INGÉNU VA EN COUR. IL SOUPE EN CHEMIN AVEC DES HUGUENOTS

L'Ingénu prit le chemin de Saumur par le coche, parce qu'il n'y avait point alors d'autre commodité. Quand il fut à Saumur, il s'étonna de trouver la ville presque déserte, et de voir plusieurs familles qui déménageaient. On lui dit que, six ans auparavant, Saumur contenait plus de quinze mille âmes, et qu'à présent il n'y en avait pas six mille[23]. Il ne manqua pas d'en parler à souper dans son hôtellerie. Plusieurs protestants étaient à table ; les uns se plaignaient amèrement, d'autres frémissaient de colère, d'autres disaient en pleurant : *Nos dulcia linquimus arva, nos patriam fugimus*[24]. L'Ingénu, qui ne savait pas le latin, se fit expliquer ces paroles, qui signifient : « Nous abandonnons nos douces campagnes, nous fuyons notre patrie. »

« Et pourquoi fuyez-vous votre patrie, messieurs ? — C'est qu'on veut que nous reconnaissions le pape. — Et pourquoi ne le reconnaîtriez-vous pas ? Vous n'avez donc point de marraines que vous vouliez épouser ? car on m'a dit que c'était lui qui en donnait la permission. — Ah ! monsieur, ce pape dit qu'il est le maître du domaine des rois ! — Mais, messieurs, de quelle profession êtes-vous ? — Monsieur, nous sommes pour la plupart des drapiers et des fabricants. — Si votre pape dit qu'il est le maître de vos draps et de vos fabriques, vous faites très bien de ne le pas reconnaître ; mais pour les rois, c'est leur affaire : de quoi vous mêlez-vous ? » Alors un petit homme noir prit la parole, et exposa très savamment les griefs de la compagnie. Il parla de la révocation de l'édit de Nantes avec tant d'énergie, il déplora d'une manière si pathétique le sort de cinquante mille familles fugitives et de cinquante mille autres converties par les dragons, que l'Ingénu à son tour versa des larmes. « D'où vient donc, disait-il, qu'un si grand roi, dont la gloire s'étend jusque chez les Hurons, se prive ainsi de tant de cœurs qui l'auraient aimé, et de tant de bras qui l'auraient servi[25] ?

— C'est qu'on l'a trompé comme les autres grands rois, répondit l'homme noir. On lui a fait croire que, dès qu'il aurait dit un mot, tous les hommes penseraient comme lui, et qu'il nous ferait changer de religion, comme son musicien Lulli[26] fait changer en un moment les décorations de ses opéras. Non seulement il perd déjà cinq à six cent mille sujets très utiles, mais il s'en fait des ennemis ; et le roi Guillaume, qui est actuellement maître de l'Angleterre, a composé plusieurs régiments de ces mêmes Français qui auraient combattu pour leur monarque.

« Un tel désastre est d'autant plus étonnant que le pape régnant, à qui Louis XIV sacrifie une partie de son peuple, est son ennemi déclaré. Ils ont encore tous deux, depuis neuf ans, une querelle violente. Elle a été poussée si loin que la France a espéré enfin de voir briser le joug qui la soumet depuis tant de siècles à cet étranger, et surtout de ne lui plus donner d'argent, ce qui est le premier mobile des affaires de ce monde. Il paraît donc évident qu'on a trompé ce grand roi sur ses intérêts comme sur l'étendue de son pouvoir, et qu'on a donné atteinte à la magnanimité de son cœur. »

L'Ingénu, attendri de plus en plus, demanda quels étaient les Français qui trompaient ainsi un monarque si cher aux Hurons. « Ce sont les jésuites, lui répondit-on ; c'est surtout le père de La Chaise, confesseur de Sa Majesté. Il faut espérer que Dieu les en punira un jour, et qu'ils seront chassés comme ils nous chassent. Y a-t-il un malheur égal aux nôtres ? Mons de Louvois nous envoie de tous côtés des jésuites et des dragons.

— Oh bien ! messieurs, répliqua l'Ingénu, qui ne pouvait plus se contenir, je vais à Versailles recevoir la récompense due à mes services ; je parlerai à ce mons de Louvois : on m'a dit que c'est lui qui fait la guerre, de son cabinet. Je verrai le roi, je lui ferai connaître la vérité ; il est impossible qu'on ne se rende pas à cette vérité quand on la sent. Je reviendrai bientôt pour épouser Mlle de Saint-Yves, et je vous prie à la noce. » Ces bonnes gens le prirent alors pour un grand seigneur qui voyageait *incognito* par le coche. Quelques-uns le prirent pour le fou du roi.

Il y avait à table un jésuite déguisé qui servait d'espion au révérend père de La Chaise. Il lui rendait compte de tout, et le père de La Chaise en instruisait mons de Louvois. L'espion écrivit. L'Ingénu et la lettre arrivèrent presque en même temps à Versailles.

CHAPITRE NEUVIÈME

ARRIVÉE DE L'INGÉNU À VERSAILLES. SA RÉCEPTION À LA COUR

L'Ingénu débarque en pot de chambre* dans la cour des cuisines. Il demande aux porteurs de chaise à quelle heure on peut voir le roi. Les porteurs lui rient au nez, tout comme avait fait l'amiral anglais. Il les traita de même, il les battit ; ils voulurent le lui rendre, et la scène allait être sanglante s'il n'eût passé un garde du corps, gentilhomme breton, qui écarta la canaille. « Monsieur, lui dit le voyageur, vous me paraissez un brave homme ; je suis le neveu de M. le prieur de Notre-Dame de la Montagne ; j'ai tué des Anglais, je viens parler au roi : je vous prie de me mener dans sa chambre. » Le garde, ravi de trouver un brave de sa

* C'est une voiture de Paris à Versailles, laquelle ressemble à un petit tombereau couvert.

province, qui ne paraissait pas au fait des usages de la cour, lui apprit qu'on ne parlait pas ainsi au roi, et qu'il fallait être présenté par Mgr de Louvois. « Eh bien ! menez-moi donc chez ce Mgr de Louvois, qui sans doute me conduira chez Sa Majesté. — Il est encore plus difficile, répliqua le garde, de parler à Mgr de Louvois qu'à Sa Majesté. Mais je vais vous conduire chez M. Alexandre[27], le premier commis de la guerre : c'est comme si vous parliez au ministre. » Ils vont donc chez ce M. Alexandre, premier commis, et ils ne purent être introduits ; il était en affaire avec une dame de la cour, et il y avait ordre de ne laisser entrer personne. « Eh bien ! dit le garde, il n'y a rien de perdu ; allons chez le premier commis de M. Alexandre : c'est comme si vous parliez à M. Alexandre lui-même. »

Le Huron, tout étonné, le suit ; ils restent ensemble une demi-heure dans une petite antichambre. « Qu'est-ce donc que tout ceci ? dit l'Ingénu ; est-ce que tout le monde est invisible dans ce pays-ci ? Il est bien plus aisé de se battre en Basse-Bretagne contre les Anglais que de rencontrer à Versailles les gens à qui on a affaire. » Il se désennuya en racontant ses amours à son compatriote. Mais l'heure en sonnant rappela le garde du corps à son poste. Ils se promirent de se revoir le lendemain ; et l'Ingénu resta encore une autre demi-heure dans l'antichambre, en rêvant à Mlle de Saint-Yves, et à la difficulté de parler aux rois et aux premiers commis.

Enfin le patron parut. « Monsieur, lui dit l'Ingénu, si j'avais attendu pour repousser les Anglais aussi longtemps que vous m'avez fait attendre mon audience, ils ravageraient actuellement la Basse-Bretagne tout à leur aise. » Ces paroles frappèrent le commis. Il dit enfin au Breton : « Que demandez-vous ? — Récompense, dit l'autre ; voici les titres. » Il lui étala tous ses certificats. Le commis lut, et lui dit que probablement on lui accorderait la permission d'acheter une lieutenance. « Moi ! que je donne de l'argent pour avoir repoussé les Anglais ! que je paye le droit de me faire tuer pour vous, pendant que vous donnez ici vos audiences tranquillement ? Je crois que vous voulez rire. Je veux une compagnie de cavalerie pour rien. Je veux que le roi fasse sortir Mlle de Saint-Yves du couvent, et qu'il me la donne par mariage. Je veux parler au roi en faveur de cinquante mille familles que je prétends lui rendre. En un mot, je veux être utile : qu'on m'emploie et qu'on m'avance.

— Comment vous nommez-vous, monsieur, qui parlez si haut ? — Oh ! oh ! reprit l'Ingénu, vous n'avez donc pas lu mes certificats ? C'est donc ainsi qu'on en use ? Je m'appelle Hercule de Kerkabon ; je suis baptisé, je loge au Cadran bleu, et je me plaindrai de vous au roi. » Le commis conclut, comme les gens de Saumur, qu'il n'avait pas la tête bien saine, et n'y fit pas grande attention.

Ce même jour, le révérend père La Chaise, confesseur de Louis XIV, avait reçu la lettre de son espion, qui accusait le Breton Kerkabon de favoriser dans son cœur les huguenots, et de condamner la conduite des jésuites. M. de Louvois, de son côté, avait reçu une lettre de l'interrogant bailli, qui dépeignait l'Ingénu comme un garnement qui voulait brûler les couvents et enlever les filles.

L'Ingénu, après s'être promené dans les jardins de Versailles, où il s'ennuya, après avoir soupé en Huron et en Bas-Breton, s'était couché dans la douce espérance de voir le roi le lendemain, d'obtenir Mlle de Saint-Yves en mariage, d'avoir au moins une compagnie de cavalerie, et de faire cesser la persécution contre les huguenots. Il se berçait de ces flatteuses idées, quand la maréchaussée entra dans sa chambre. Elle se saisit d'abord de son fusil à deux coups et de son grand sabre.

On fit un inventaire de son argent comptant, et on le mena dans le château que fit construire le roi Charles V, fils de Jean II, auprès de la rue Saint-Antoine, à la porte des Tournelles.

Quel était en chemin l'étonnement de l'Ingénu, je vous le laisse à penser. Il crut d'abord que c'était un rêve. Il resta dans l'engourdissement ; puis tout à coup, transporté d'une fureur qui redoublait ses forces, il prend à la gorge deux de ses conducteurs qui étaient avec lui dans le carrosse, les jette par la portière, se jette après eux, et entraîne le troisième, qui voulait le retenir. Il tombe de l'effort, on le lie, on le remonte dans la voiture. « Voilà donc, disait-il, ce que l'on gagne à chasser les Anglais de la Basse-Bretagne ! Que dirais-tu, belle Saint-Yves, si tu me voyais dans cet état ? »

On arrive enfin au gîte qui lui était destiné. On le porte en silence dans la chambre où il devait être enfermé, comme un mort qu'on porte dans un cimetière. Cette chambre était déjà occupée par un vieux solitaire de Port-Royal, nommé Gordon[28], qui y languissait depuis deux ans. « Tenez, lui dit le chef des sbires, voilà de la compagnie que je vous amène » ; et sur-le-champ on referma les énormes verrous de la porte épaisse, revêtue de larges barres. Les deux captifs restèrent séparés de l'univers entier.

CHAPITRE DIXIÈME

L'INGÉNU ENFERMÉ À LA BASTILLE AVEC UN JANSÉNISTE

M. Gordon était un vieillard frais et serein, qui savait deux grandes choses : supporter l'adversité et consoler les malheureux. Il s'avança d'un air ouvert et compatissant vers son compagnon, et lui dit en l'embrassant : « Qui que vous soyez qui venez partager mon tombeau, soyez sûr que je m'oublierai toujours moi-même pour adoucir vos tourments dans l'abîme infernal où nous sommes plongés. Adorons la Providence qui nous y a conduits, souffrons en paix, et espérons. » Ces paroles firent sur l'âme de l'Ingénu l'effet des gouttes d'Angleterre[29] qui rappellent un mourant à la vie, et lui font entrouvrir des yeux étonnés.

Après les premiers compliments, Gordon, sans le presser de lui apprendre la cause de son malheur, lui inspira, par la douceur de son entretien, et par cet intérêt que prennent deux malheureux l'un à l'autre, le désir d'ouvrir son cœur et de déposer le fardeau qui l'accablait ; mais il ne pouvait deviner le sujet de son malheur : cela lui paraissait un effet sans cause, et le bonhomme Gordon était aussi étonné que lui-même.

« Il faut, dit le janséniste au Huron, que Dieu ait de grands desseins sur vous, puisqu'il vous a conduit du lac Ontario en Angleterre et en France, qu'il vous a fait baptiser en Basse-Bretagne, et qu'il vous a mis ici pour votre salut. — Ma foi, répondit l'Ingénu, je crois que le diable s'est mêlé seul de ma destinée. Mes compatriotes d'Amérique ne m'auraient jamais traité avec la barbarie que j'éprouve ; ils n'en ont pas d'idée. On les appelle *sauvages ;* ce sont des gens de bien grossiers, et les hommes de ce pays-ci sont des coquins raffinés. Je suis, à la vérité, bien surpris d'être venu de l'autre monde pour être enfermé dans celui-ci sous quatre verrous avec un prêtre ; mais je fais réflexion au nombre prodigieux d'hommes qui partent d'un hémisphère pour aller se faire tuer dans l'autre, ou qui font naufrage en chemin, et qui sont mangés des poissons : je ne vois pas les gracieux desseins de Dieu sur tous ces gens-là. »

On leur apporta à dîner par un guichet. La conversation roula sur la Providence, sur les lettres de cachet, et sur l'art de ne pas succomber aux disgrâces auxquelles tout homme est exposé dans ce monde. « Il y a deux ans que je suis ici, dit le vieillard, sans autre consolation que moi-même et des livres ; je n'ai pas eu un moment de mauvaise humeur.

— Ah ! monsieur Gordon, s'écria l'Ingénu, vous n'aimez donc pas votre marraine ? Si vous connaissiez comme moi Mlle de Saint-Yves, vous seriez au désespoir. » À ces mots il ne put retenir ses larmes, et il se sentit alors un peu moins oppressé. « Mais, dit-il, pourquoi donc les larmes soulagent-elles ? Il me semble qu'elles devraient faire un effet contraire. — Mon fils, tout est physique en nous, dit le bon vieillard ; toute sécrétion fait du bien au corps, et tout ce qui le soulage soulage l'âme : nous sommes les machines de la Providence. »

L'Ingénu, qui, comme nous l'avons dit plusieurs fois, avait un grand fonds d'esprit, fit de profondes réflexions sur cette idée, dont il semblait qu'il avait la semence en lui-même. Après quoi il demanda à son compagnon pourquoi sa machine était depuis deux ans sous quatre verrous. « Par la grâce efficace, répondit Gordon ; je passe pour janséniste : j'ai connu Arnaud et Nicole ; les jésuites nous ont persécutés. Nous croyons que le pape n'est qu'un évêque comme un autre ; et c'est pour cela que le père de La Chaise a obtenu du roi, son pénitent, un ordre de me ravir, sans aucune formalité de justice, le bien le plus précieux des hommes, la liberté. — Voilà qui est bien étrange, dit l'Ingénu ; tous les malheureux que j'ai rencontrés ne le sont qu'à cause du pape.

« À l'égard de votre grâce efficace, je vous avoue que je n'y entends rien ; mais je regarde comme une grande grâce que Dieu m'ait fait trouver dans mon malheur un homme comme vous, qui verse dans mon cœur des consolations dont je me croyais incapable. »

Chaque jour la conversation devenait plus intéressante et plus instructive. Les âmes des deux captifs s'attachaient l'une à l'autre. Le vieillard savait beaucoup, et le jeune homme voulait beaucoup apprendre. Au bout d'un mois il étudia la géométrie ; il la dévorait. Gordon lui fit lire la *Physique* de Rohault[30], qui était encore à la mode, et il eut le bon esprit de n'y trouver que des incertitudes.

Ensuite il lut le premier volume de la *Recherche de la vérité.* Cette nouvelle lumière l'éclaira. « Quoi ! dit-il, notre imagination et nos sens nous trompent à ce point ! quoi ! les objets ne forment point nos idées, et nous ne pouvons nous les donner nous-mêmes ! » Quand il eut lu le second volume, il ne fut plus si content, et il conclut qu'il est plus aisé de détruire que de bâtir.

Son confrère, étonné qu'un jeune ignorant fît cette réflexion qui n'appartient qu'aux âmes exercées, conçut une grande idée de son esprit et s'attacha à lui davantage.

« Votre Malebranche, lui dit un jour l'Ingénu, me paraît avoir écrit la moitié de son livre avec sa raison, et l'autre avec son imagination et ses préjugés[31]. »

Quelques jours après, Gordon lui demanda : « Que pensez-vous donc de l'âme, de la manière dont nous recevons nos idées, de notre volonté, de la grâce, du libre arbitre ? — Rien, lui repartit l'Ingénu ; si je pensais quelque chose, c'est que nous sommes sous la puissance de l'Être éternel comme les astres et les éléments ; qu'il fait tout en nous, que nous sommes de petites roues de la machine immense dont il est l'âme ; qu'il agit par des lois générales et non par des vues particulières ; cela seul me paraît intelligible, tout le reste est pour moi un abîme de ténèbres.

— Mais, mon fils, ce serait faire Dieu auteur du péché !

— Mais, mon père, votre grâce efficace ferait Dieu auteur du péché aussi : car il est certain que tous ceux à qui cette grâce serait refusée pécheraient ; et qui nous livre au mal n'est-il pas l'auteur du mal ? »

Cette naïveté embarrassait fort le bonhomme ; il sentait qu'il faisait de vains efforts pour se tirer de ce bourbier, et il entassait tant de paroles qui paraissaient avoir du sens et qui n'en avaient point (dans le goût de la prémotion physique[32]) que l'Ingénu en avait pitié. Cette question tenait évidemment à l'origine du bien et du mal ; et alors il fallait que le pauvre Gordon passât en revue la boîte de Pandore, l'œuf d'Orosmade percé par Arimane, l'inimitié entre Typhon et Osiris, et enfin le péché originel ; et ils couraient l'un et l'autre dans cette nuit profonde, sans jamais se rencontrer. Mais enfin ce roman de l'âme détournait leur vue de la contemplation de leur propre misère ; et par un charme étrange, la foule des calamités répandues sur l'univers diminuait la sensation de leurs peines : ils n'osaient se plaindre quand tout souffrait.

Mais dans le repos de la nuit, l'image de la belle Saint-Yves effaçait dans l'esprit de son amant toutes les idées de métaphysique et de morale. Il se réveillait les yeux mouillés de larmes ; et le vieux janséniste oubliait sa grâce efficace, et l'abbé de Saint-Cyran, et Jansénius, pour consoler un jeune homme qu'il croyait en péché mortel.

Après leurs lectures, après leurs raisonnements, ils parlaient encore de leurs aventures ; et après en avoir inutilement parlé, ils lisaient ensemble ou séparément. L'esprit du jeune homme se fortifiait de plus en plus. Il serait surtout allé très loin en mathématique, sans les distractions que lui donnait Mlle de Saint-Yves.

Il lut des histoires, elles l'attristèrent. Le monde lui parut trop méchant et trop misérable. En effet, l'histoire n'est que le tableau des crimes et des malheurs. La foule des hommes innocents et paisibles disparaît toujours sur ces vastes théâtres. Les personnages ne sont que des ambitieux pervers. Il semble que l'histoire ne plaise que comme la tragédie, qui languit si elle n'est animée par les passions, les forfaits et les grandes infortunes. Il faut armer Clio du poignard comme Melpomène.

Quoique l'histoire de France soit remplie d'horreurs ainsi que toutes les autres, cependant elle lui parut si dégoûtante dans ses commencements, si sèche dans son milieu, si petite enfin, même du temps de Henri IV, toujours si dépourvue de grands monuments, si étrangère à ces belles découvertes qui ont illustré d'autres nations, qu'il était obligé de lutter contre l'ennui pour lire tous ces détails de calamités obscures resserrées dans un coin du monde.

Gordon pensait comme lui. Tous deux riaient de pitié quand il était question des souverains de Fezensac, de Fezansaguet et d'Astarac[33]. Cette étude en effet ne serait bonne que pour leurs héritiers s'ils en avaient. Les beaux siècles de la république romaine le rendirent quelque temps indifférent pour le reste de la terre. Le spectacle de Rome victorieuse et législatrice des nations occupait son âme entière. Il s'échauffait en contemplant ce peuple qui fut gouverné sept cents ans par l'enthousiasme de la liberté et de la gloire.

Ainsi se passaient les jours, les semaines, les mois ; et il se serait cru heureux dans le séjour du désespoir, s'il n'avait point aimé.

Son bon naturel s'attendrissait encore sur le prieur de Notre-Dame de la Montagne et sur la sensible Kerkabon. « Que penseront-ils, répétait-il souvent, quand ils n'auront point de mes nouvelles ? Ils me croiront un ingrat. » Cette idée le tourmentait ; il plaignait ceux qui l'aimaient, beaucoup plus qu'il ne se plaignait lui-même.

CHAPITRE ONZIÈME

COMMENT L'INGÉNU DÉVELOPPE SON GÉNIE

La lecture agrandit l'âme, et un ami éclairé la console. Notre captif jouissait de ces deux avantages qu'il n'avait pas soupçonnés auparavant. « Je serais tenté, dit-il, de croire aux métamorphoses, car j'ai été changé de brute en homme. » Il se forma une bibliothèque choisie d'une partie de son argent dont on lui permettait de disposer. Son ami l'encouragea à mettre par écrit ses réflexions. Voici ce qu'il écrivit sur l'histoire ancienne :

Je m'imagine que les nations ont été longtemps comme moi, qu'elles ne se sont instruites que fort tard, qu'elles n'ont été occupées pendant des siècles que du moment présent qui coulait, très peu du passé et jamais de l'avenir. J'ai parcouru cinq ou six cents lieues du Canada, je n'y ai pas trouvé un seul monument ; personne n'y sait rien de ce qu'a fait son bisaïeul. Ne serait-ce pas là l'état naturel de l'homme ? L'espèce de ce continent-ci me paraît supérieure à celle de l'autre. Elle a augmenté son être depuis plusieurs siècles par les arts et par les connaissances. Est-ce parce qu'elle a de la barbe au menton, et que Dieu a refusé la barbe aux Américains ? Je ne le crois pas ; car je vois que les Chinois n'ont presque point de barbe, et qu'ils cultivent les arts depuis plus de cinq mille années. En effet, s'ils ont plus de quatre mille ans d'annales, il faut bien que la nation ait été rassemblée et florissante depuis plus de cinquante siècles.

Une chose me frappe surtout dans cette ancienne histoire de la Chine, c'est que presque tout y est vraisemblable et naturel. Je l'admire en ce qu'il n'y a rien de merveilleux.

Pourquoi toutes les autres nations se sont-elles donné des origines fabuleuses ? Les anciens chroniqueurs de l'histoire de France, qui ne sont pas fort anciens, font venir les Français d'un Francus, fils d'Hector. Les Romains se disaient issus d'un Phrygien, quoiqu'il n'y eût pas dans leur langue un seul mot qui eût le moindre rapport à la langue de Phrygie. Les dieux avaient habité dix mille ans en Égypte et les diables en Scythie, où ils avaient engendré les Huns. Je ne vois, avant Thucydide, que des romans semblables aux Amadis[34], *et beaucoup moins amusants. Ce sont partout des apparitions, des oracles, des prodiges, des sortilèges, des métamorphoses, des songes expliqués, et qui font la destinée des plus grands empires et des plus petits États : ici des bêtes qui parlent, là des bêtes qu'on adore, des dieux transformés en hommes, et des hommes transformés en dieux. Ah ! s'il nous faut des fables, que ces fables soient du moins l'emblème de la vérité ! J'aime les fables des philosophes, je ris de celles des enfants, et je hais celles des imposteurs.*

Il tomba un jour sur une histoire de l'empereur Justinien. On y lisait que des apédeutes[35] de Constantinople avaient donné, en très mauvais grec, un édit contre le plus grand capitaine du siècle, parce que ce héros avait prononcé ces paroles dans la chaleur de la conversation : *La vérité luit de sa propre lumière, et on n'éclaire pas les esprits avec les flammes des bûchers*[36]. Les apédeutes assurèrent que cette proposition était hérétique, sentant l'hérésie, et que l'axiome contraire était catholique, universel et grec : *On n'éclaire les esprits qu'avec la flamme des bûchers, et la vérité ne saurait luire de sa propre lumière.* Ces linostoles[37] condamnèrent ainsi plusieurs discours du capitaine, et donnèrent un édit.

« Quoi ! s'écria l'Ingénu, des édits rendus par ces gens-là ! — Ce ne sont point des édits, répliqua Gordon, ce sont des contre-édits, dont tout le monde se moquait à Constantinople, et l'empereur tout le premier : c'était un sage prince qui avait su réduire les apédeutes linostoles à ne pouvoir faire que du bien. Il savait que ces messieurs-là et plusieurs autres pastophores[38] avaient lassé de contre-édits la patience des empereurs ses prédécesseurs en matière plus grave. — Il fit fort bien, dit l'Ingénu ; on doit soutenir les pastophores et les contenir. »

Il mit par écrit beaucoup d'autres réflexions qui épouvantèrent le vieux Gordon. « Quoi ! dit-il en lui-même, j'ai consumé cinquante ans à m'instruire, et je crains de ne pouvoir atteindre au bon sens naturel de cet enfant presque sauvage ! Je tremble d'avoir laborieusement fortifié des préjugés ; il n'écoute que la simple nature. »

Le bonhomme avait quelques-uns de ces petits livres de critique, de ces brochures périodiques où des hommes incapables de rien produire dénigrent les productions des autres, où les Visé insultent aux Racine, et les Faydit aux Fénelon[39]. L'Ingénu en parcourut quelques-uns. « Je les compare, disait-il, à certains moucherons qui vont déposer leurs œufs dans le derrière des plus beaux chevaux : cela ne les empêche pas de courir. » À peine les deux philosophes daignèrent-ils jeter les yeux sur ces excréments de la littérature.

Ils lurent bientôt ensemble les éléments de l'astronomie ;

l'Ingénu fit venir des sphères : ce grand spectacle le ravissait. « Qu'il est dur, disait-il, de ne commencer à connaître le ciel que lorsqu'on me ravit le droit de le contempler ! Jupiter et Saturne roulent dans ces espaces immenses ; des millions de soleils éclairent des milliards de mondes ; et dans le coin de terre où je suis jeté, il se trouve des êtres qui me privent, moi être voyant et pensant, de tous ces mondes où ma vue pourrait atteindre, et de celui où Dieu m'a fait naître ! La lumière faite pour tout l'univers est perdue pour moi. On ne me la cachait pas dans l'horizon septentrional où j'ai passé mon enfance et ma jeunesse. Sans vous, mon cher Gordon, je serais ici dans le néant. »

CHAPITRE DOUZIÈME

CE QUE L'INGÉNU PENSE DES PIÈCES DE THÉÂTRE

Le jeune Ingénu ressemblait à un de ces arbres vigoureux qui, nés dans un sol ingrat, étendent en peu de temps leurs racines et leurs branches quand ils sont transplantés dans un terrain favorable ; et il était bien extraordinaire qu'une prison fût ce terrain.

Parmi les livres qui occupaient le loisir des deux captifs, il se trouva des poésies, des traductions de tragédies grecques, quelques pièces du théâtre français. Les vers qui parlaient d'amour portèrent à la fois dans l'âme de l'Ingénu le plaisir et la douleur. Ils lui parlaient tous de sa chère Saint-Yves. La fable des *Deux pigeons*[40] lui perça le cœur : il était bien loin de pouvoir revenir à son colombier.

Molière l'enchanta. Il lui faisait connaître les mœurs de Paris et du genre humain. « À laquelle de ses comédies donnez-vous la préférence ? — Au *Tartuffe*, sans difficulté.

— Je pense comme vous, dit Gordon ; c'est un tartufe qui m'a plongé dans ce cachot, et peut-être ce sont des tartufes qui ont fait votre malheur. Comment trouvez-vous ces tragédies grecques[41] ? — Bonnes pour des Grecs », dit l'Ingénu. Mais quand il lut l'*Iphigénie* moderne, *Phèdre, Andromaque, Athalie,* il fut en extase, il soupira, il versa des larmes, il les sut par cœur sans avoir envie de les apprendre.

« Lisez *Rodogune,* lui dit Gordon : on dit que c'est le chef-d'œuvre du théâtre ; les autres pièces qui vous ont fait tant de plaisir sont peu de chose en comparaison. » Le jeune homme, dès la première page, lui dit : « Cela n'est pas du même auteur. — À quoi le voyez-vous ? — Je n'en sais rien encore ; mais ces vers-là ne vont ni à mon oreille ni à mon cœur. — Oh ! ce n'est rien que les vers », répliqua Gordon. L'Ingénu répondit : « Pourquoi donc en faire ? »

Après avoir lu très attentivement la pièce, sans autre dessein que celui d'avoir du plaisir, il regardait son ami avec des yeux secs et étonnés, et ne savait que dire. Enfin, pressé de rendre compte de ce qu'il avait senti, voici ce qu'il répondit : « Je n'ai guère entendu le commencement ; j'ai été révolté du milieu ; la dernière scène m'a beaucoup ému, quoiqu'elle me paraisse peu vraisemblable ; je ne me suis intéressé pour personne, et je n'ai pas retenu vingt vers, moi qui les retiens tous quand ils me plaisent.

— Cette pièce passe pourtant pour la meilleure que nous ayons. — Si cela est, répliqua-t-il, elle est peut-être comme bien des gens qui ne méritent pas leurs places. Après tout, c'est ici une affaire du goût : le mien ne doit pas encore être formé ; je peux me tromper ; mais vous savez que je suis assez accoutumé à dire ce que je pense, ou plutôt ce que je sens. Je soupçonne qu'il y a souvent de l'illusion, de la mode, du caprice, dans les jugements des hommes. J'ai parlé d'après la nature : il se peut que chez moi la nature soit très imparfaite ; mais il se peut aussi qu'elle soit quelquefois peu consultée par la plupart des hommes. » Alors il récita des vers d'*Iphigénie,* dont il était plein, et quoiqu'il ne déclamât pas bien, il y mit tant de vérité et d'onction qu'il fit pleurer le vieux janséniste. Il lut ensuite *Cinna :* il ne pleura point, mais il admira. « Je suis fâché pourtant, dit-il, que cette brave fille reçoive tous les jours des rouleaux[42] de l'homme qu'elle veut faire assassiner. Je lui dirais volontiers ce que j'ai lu dans *Les Plaideurs :* Eh ! rendez donc l'argent ! »

CHAPITRE TREIZIÈME

LA BELLE SAINT-YVES VA À VERSAILLES

Pendant que notre infortuné s'éclairait plus qu'il ne se consolait ; pendant que son génie, étouffé depuis si longtemps, se déployait avec tant de rapidité et de force ; pendant que la nature, qui se perfectionnait en lui, le vengeait des outrages de la fortune, que devinrent monsieur le prieur et sa bonne sœur, et la belle recluse Saint-Yves ? Le premier mois on fut inquiet, et au troisième on fut plongé dans la douleur : les fausses conjectures, les bruits mal fondés alarmèrent ; au bout de six mois on le crut mort. Enfin, M. et Mlle de Kerkabon apprirent, par une ancienne lettre qu'un garde du roi avait écrite en Bretagne, qu'un jeune homme semblable à l'Ingénu était arrivé un soir à Versailles, mais qu'il avait été enlevé pendant la nuit, et que depuis ce temps personne n'en avait entendu parler.

« Hélas ! dit Mlle Kerkabon, notre neveu aura fait quelque sottise et se sera attiré de fâcheuses affaires. Il est jeune, il est Bas-Breton, il ne peut savoir comme on doit se comporter à la cour. Mon cher frère, je n'ai jamais vu Versailles ni Paris ; voici une belle occasion, nous retrouverons peut-être notre pauvre neveu ; c'est le fils de notre frère, notre devoir est de le secourir. Qui sait si nous ne pourrons point parvenir enfin à le faire sous-diacre, quand la fougue de la jeunesse sera amortie ? Il avait beaucoup de disposition pour les sciences. Vous souvenez-vous comme il raisonnait sur l'Ancien et sur le Nouveau Testament ? Nous sommes responsables de son âme ; c'est nous qui l'avons fait baptiser ; sa chère maîtresse Saint-Yves passe les journées à pleurer. En vérité, il faut aller à Paris. S'il est caché dans quelqu'une de ces vilaines maisons de joie dont on m'a fait tant de récits, nous l'en tirerons. » Le prieur fut touché des discours de sa sœur. Il alla trouver l'évêque de Saint-Malo qui avait baptisé le Huron, et lui demanda sa protection et ses conseils. Le prélat approuva le voyage. Il donna au prieur des lettres de recommandation pour le père de La Chaise, confesseur du roi, qui avait la première dignité du royaume ; pour l'archevêque de Paris Harlay[43], et pour l'évêque de Meaux Bossuet.

Enfin le frère et la sœur partirent ; mais quand ils furent arrivés à Paris, ils se trouvèrent égarés comme dans un vaste labyrinthe sans fil et sans issue. Leur fortune était médiocre ; il leur fallait tous les jours des voitures pour aller à la découverte, et ils ne découvraient rien.

Le prieur se présenta chez le révérend père de La Chaise : il était avec Mlle du Tron et ne pouvait donner audience à des prieurs. Il alla à la porte de l'archevêque : le prélat était enfermé avec la belle Mme de Lesdiguières pour les affaires de l'Église. Il courut à la maison de campagne de l'évêque de Meaux : celui-ci examinait avec Mlle de Mauléon[44] l'amour mystique de Mme Guyon. Cependant il parvint à se faire entendre de ces deux prélats ; tous deux lui déclarèrent qu'ils ne pouvaient se mêler de son neveu, attendu qu'il n'était pas sous-diacre.

Enfin il vit le jésuite ; celui-ci le reçut à bras ouverts, lui protesta qu'il avait toujours eu pour lui une estime particulière, ne l'ayant jamais connu. Il jura que la Société avait toujours été attachée aux Bas-Bretons. « Mais, dit-il, votre neveu n'aurait-il pas le malheur d'être huguenot ? — Non, assurément, mon Révérend Père. — Serait-il point janséniste ? — Je puis assurer à Votre Révérence qu'à peine est-il chrétien. Il y a environ onze mois que nous l'avons baptisé. — Voilà qui est bien, voilà qui est bien, nous aurons soin de lui. Votre bénéfice est-il considérable ? — Oh ! fort peu de chose, et mon neveu nous coûte beaucoup. — Y a-t-il quelques jansénistes dans le voisinage ? Prenez bien garde, mon cher monsieur le prieur, ils sont plus dangereux que les huguenots et les athées. — Mon Révérend Père, nous n'en avons point ; on ne sait ce que c'est que le jansénisme à Notre-Dame de la Montagne. — Tant mieux ; allez, il n'y a rien que je ne fasse pour vous. » Il congédia affectueusement le prieur, et n'y pensa plus.

Le temps s'écoulait, le prieur et la bonne sœur se désespéraient.

Cependant le maudit bailli pressait le mariage de son grand benêt de fils avec la belle Saint-Yves, qu'on avait fait sortir exprès du couvent. Elle aimait toujours son cher filleul autant qu'elle détestait le mari qu'on lui présentait. L'affront d'avoir été mise dans un couvent augmentait sa passion. L'ordre d'épouser le fils du bailli y mettait le comble. Les regrets, la tendresse et l'horreur bouleversaient son âme. L'amour, comme on sait, est bien plus ingénieux et plus hardi dans une jeune fille que l'amitié ne l'est dans un vieux prieur et dans une tante de quarante-cinq ans passés. De plus, elle s'était bien formée dans son couvent par les romans qu'elle avait lus à la dérobée.

La belle Saint-Yves se souvenait de la lettre qu'un garde du corps avait écrite en Basse-Bretagne, et dont on avait parlé dans la province. Elle résolut d'aller elle-même prendre des informations à Versailles, de se jeter aux pieds des ministres si son mari était en prison, comme on le disait, et d'obtenir justice pour lui. Je ne sais quoi l'avertissait secrètement qu'à la cour on ne refuse rien à une jolie fille. Mais elle ne savait pas ce qu'il en coûtait.

Sa résolution prise, elle est consolée, elle est tranquille, elle ne rebute plus son sot prétendu ; elle accueille le détestable beau-père, caresse son frère, répand l'allégresse dans la maison ; puis, le jour destiné à la cérémonie, elle part secrètement à quatre heures du matin avec ses petits présents de noce et tout ce qu'elle a pu rassembler. Ses mesures étaient si bien prises qu'elle était déjà à plus de dix lieues lorsqu'on entra dans sa chambre vers le midi. La surprise et la consternation furent grandes. L'interrogant bailli fit ce jour-là plus de questions qu'il n'en avait fait dans toute la semaine ; le mari resta plus sot qu'il ne l'avait jamais été. L'abbé de Saint-Yves en colère prit le parti de courir après sa sœur. Le bailli et son fils voulurent l'accompagner. Ainsi la destinée conduisait à Paris presque tout ce canton de la Basse-Bretagne.

La belle Saint-Yves se doutait bien qu'on la suivrait. Elle était à cheval ; elle s'informait adroitement des courriers s'ils n'avaient point rencontré un gros abbé, un énorme bailli et un jeune benêt, qui couraient sur le chemin de Paris. Ayant appris au troisième jour qu'ils n'étaient pas loin, elle prit une route différente, et eut assez d'habileté et de bonheur pour arriver à Versailles tandis qu'on la cherchait inutilement dans Paris.

Mais comment se conduire à Versailles ? Jeune, belle, sans conseil, sans appui, inconnue, exposée à tout, comment oser chercher un garde du roi ? Elle imagina de s'adresser à un jésuite du bas étage ; il y en avait pour toutes les conditions de la vie, comme Dieu, disaient-ils, a donné différentes nourritures aux diverses espèces d'animaux. Il avait donné au roi son confesseur, que tous les solliciteurs de bénéfices appelaient le *chef de l'Église gallicane ;* ensuite venaient les confesseurs des princesses ; les ministres n'en avaient point : ils n'étaient pas si sots. Il y avait les jésuites du grand commun[45], et surtout les jésuites des femmes de chambre, par lesquelles on savait les secrets des maîtresses, et ce n'était pas un petit emploi. La belle Saint-Yves s'adressa à un de ces derniers, qui s'appelait le père Tout-à-tous. Elle se confessa à lui, lui exposa ses aventures, son état, son danger, et le conjura de la loger chez quelque bonne dévote qui la mît à l'abri des tentations.

Le père Tout-à-tous l'introduisit chez la femme d'un officier du gobelet[46], l'une de ses plus affidées pénitentes[47]. Dès qu'elle y fut, elle s'empressa de gagner la confiance et l'amitié de cette femme ; elle s'informa du garde breton, et le fit prier de venir chez elle. Ayant su de lui que son amant avait été enlevé après avoir parlé à un premier commis, elle court chez ce commis : la vue d'une belle femme l'adoucit, car il faut convenir que Dieu n'a créé les femmes que pour apprivoiser les hommes.

Le plumitif attendri lui avoua tout. « Votre amant est à la Bastille depuis près d'un an, et sans vous il y serait peut-être toute sa vie. » La tendre Saint-Yves s'évanouit. Quand elle eut repris ses sens, le plumitif lui dit : « Je suis sans crédit pour faire du bien ; tout mon pouvoir se borne à faire du mal quelquefois. Croyez-moi, allez chez M. de Saint-Pouange[48], qui fait le bien et le mal, cousin et favori de Mgr de Louvois. Ce ministre a deux âmes : M. de Saint-Pouange en est une ; Mme du Belloy[49], l'autre ; mais elle n'est pas à présent à Versailles ; il ne vous reste que de fléchir le protecteur que je vous indique. »

La belle Saint-Yves, partagée entre un peu de joie et d'extrêmes douleurs, entre quelque espérance et de tristes craintes, poursuivie par son frère, adorant son amant, essuyant ses larmes et en versant encore, tremblante, affaiblie, et reprenant courage, courut vite chez M. de Saint-Pouange.

CHAPITRE QUATORZIÈME

PROGRÈS DE L'ESPRIT DE L'INGÉNU

L'Ingénu faisait des progrès rapides dans les sciences, et surtout dans la science de l'homme. La cause du développement rapide de son esprit était due à son éducation sauvage presque autant qu'à la trempe de son âme. Car n'ayant rien appris dans son enfance, il n'avait point appris de préjugés. Son entendement, n'ayant point été courbé par l'erreur, était demeuré dans toute sa rectitude. Il voyait les choses comme elles sont, au lieu que les idées qu'on nous donne dans l'enfance nous les font voir toute notre vie comme elles ne sont point. « Vos persécuteurs sont abominables, disait-il à son ami Gordon. Je vous plains d'être opprimé, mais je vous plains d'être janséniste. Toute secte me paraît le ralliement de l'erreur. Dites-moi s'il y a des sectes en géométrie. — Non, mon cher enfant, lui dit en soupirant le bon Gordon ; tous les hommes sont d'accord sur la vérité quand elle est démontrée, mais ils sont trop partagés sur les vérités obscures. — Dites sur les faussetés obscures. S'il y avait eu une seule vérité cachée dans vos amas d'arguments qu'on ressasse depuis tant de siècles, on l'aurait découverte sans doute ; et l'univers aurait été d'accord au moins sur ce point-là. Si cette vérité était nécessaire comme le soleil l'est à la terre, elle serait brillante comme lui. C'est une absurdité, c'est un outrage au genre humain, c'est un attentat contre l'Être infini et suprême de dire : “ Il y a une vérité essentielle à l'homme, et Dieu l'a cachée. ” »

Tout ce que disait ce jeune ignorant, instruit par la nature, faisait une impression profonde sur l'esprit du vieux savant infortuné. « Serait-il bien vrai, s'écria-t-il, que je me fusse rendu malheureux pour des chimères ? Je suis bien plus sûr de mon malheur que de la grâce efficace. J'ai consumé mes jours à raisonner sur la liberté de Dieu et du genre humain, mais j'ai perdu la mienne ; ni saint Augustin ni Prosper[50] ne me tireront de l'abîme où je suis. »

L'Ingénu, livré à son caractère, dit enfin : « Voulez-vous que je vous parle avec une confiance hardie ? Ceux qui se font persécuter pour ces vaines disputes de l'école me semblent peu sages ; ceux qui persécutent me paraissent des monstres. »

Les deux captifs étaient fort d'accord sur l'injustice de leur captivité. « Je suis cent fois plus à plaindre que vous, disait l'Ingénu ; je suis né libre comme l'air ; j'avais deux vies, la liberté et l'objet de mon amour : on me les ôte. Nous voici tous deux dans les fers, sans en savoir la raison, et sans pouvoir la demander. J'ai vécu huron vingt ans ; on dit que ce sont des barbares parce qu'ils se vengent de leurs ennemis ; mais ils n'ont jamais opprimé leurs amis. À peine ai-je mis le pied en France que j'ai versé mon sang pour elle ; j'ai peut-être sauvé une province, et pour récompense je suis englouti dans ce tombeau des vivants, où je serais mort de rage sans vous. Il n'y a donc point de lois dans ce pays ! On condamne les hommes sans les entendre ! Il n'en est pas ainsi en Angleterre. Ah ! ce n'était pas contre les Anglais que je devais me battre. » Ainsi sa philosophie naissante ne pouvait dompter la nature outragée dans le premier de ses droits, et laissait un libre cours à sa juste colère.

Son compagnon ne le contredit point. L'absence augmente toujours l'amour qui n'est pas satisfait, et la philosophie le ne diminue pas. Il parlait aussi souvent de sa chère Saint-Yves que de morale et de métaphysique. Plus ses sentiments s'épuraient, et plus il aimait. Il lut quelques romans nouveaux ; il en trouva peu qui lui peignissent la situation de son âme. Il sentait que son cœur allait toujours au-delà de ce qu'il lisait. « Ah ! disait-il, presque tous ces auteurs-là n'ont que de l'esprit et de l'art. » Enfin le bon prêtre janséniste devenait insensiblement le confident de sa tendresse. Il ne connaissait l'amour auparavant que comme un péché dont on s'accuse en confession. Il apprit à le connaître comme un sentiment aussi noble que tendre, qui peut élever l'âme autant que l'amollir, et produire même quelquefois des vertus. Enfin, pour dernier prodige, un Huron convertissait un janséniste.

CHAPITRE QUINZIÈME

LA BELLE SAINT-YVES RÉSISTE À DES PROPOSITIONS DÉLICATES

La belle Saint-Yves, plus tendre encore que son amant, alla donc chez M. de Saint-Pouange, accompagnée de l'amie chez qui elle logeait, toutes deux cachées dans leurs coiffes. La première chose qu'elle vit à la porte ce fut l'abbé de Saint-Yves, son frère, qui en sortait. Elle fut intimidée ; mais la dévote amie la rassura. « C'est précisément parce qu'on a parlé contre vous qu'il faut que vous parliez. Soyez sûre que dans ce pays les accusateurs ont toujours raison si on ne se hâte de les confondre. Votre présence d'ailleurs, ou je me trompe fort, fera plus d'effet que les paroles de votre frère. »

Pour peu qu'on encourage une amante passionnée, elle est intrépide. La Saint-Yves se présente à l'audience. Sa jeunesse, ses charmes, ses yeux tendres, mouillés de quelques pleurs, attirèrent tous les regards. Chaque courtisan du sous-ministre oublia un moment l'idole du pouvoir pour contempler celle de la beauté. Le Saint-Pouange la fit entrer dans un cabinet ; elle parla avec attendrissement et avec grâce. Saint-Pouange se sentit touché. Elle tremblait, il la rassura. « Revenez ce soir, lui dit-il ; vos affaires méritent qu'on y pense et qu'on en parle à loisir. Il y a ici trop de monde. On expédie les audiences trop rapidement. Il faut que je vous entretienne à fond de tout ce qui vous regarde. » Ensuite, ayant fait l'éloge de sa beauté et de ses sentiments, il lui recommanda de venir à sept heures du soir.

Elle n'y manqua pas ; la dévote amie l'accompagna encore, mais elle se tint dans le salon, et lut le *Pédagogue chrétien*[51], pendant que le Saint-Pouange et la belle Saint-Yves étaient dans l'arrière-cabinet. « Croiriez-vous bien, mademoiselle, lui dit-il d'abord, que votre frère est venu me demander une lettre de cachet contre vous ? En vérité j'en expédierais plutôt une pour le renvoyer en Basse-Bretagne. — Hélas ! monsieur, on est donc bien libéral de lettres de cachet dans vos bureaux, puisqu'on en vient solliciter du fond du royaume, comme des pensions ? Je suis bien loin d'en demander une contre mon frère. J'ai beaucoup à me plaindre de lui, mais je respecte la liberté des hommes ; je demande celle d'un homme que je veux épouser, d'un homme à qui le roi doit la conservation d'une province, qui peut le servir utilement, et qui est fils d'un officier tué à son service. De quoi est-il accusé ? Comment a-t-on pu le traiter si cruellement sans l'entendre ? »

Alors le sous-ministre lui montra la lettre du jésuite espion et celle du perfide bailli. « Quoi ! il y a de pareils monstres sur la terre ! et on veut me forcer ainsi à épouser le fils ridicule d'un homme ridicule et méchant ! et c'est sur de pareils avis qu'on décide ici de la destinée des citoyens ! » Elle se jeta à genoux, elle demanda avec des sanglots la liberté du brave homme qui l'adorait. Ses charmes dans cet état parurent dans leur plus grand avantage. Elle était si belle que le Saint-Pouange, perdant toute honte, lui insinua qu'elle réussirait si elle commençait par lui donner les prémices de ce qu'elle réservait à son amant. La Saint-Yves, épouvantée et confuse, feignit longtemps de ne le pas entendre ; il fallut s'expliquer plus clairement. Un mot lâché d'abord avec retenue en produisait un plus fort, suivi d'un autre plus expressif. On offrit non seulement la révocation de la lettre de cachet, mais des récompenses, de l'argent, des honneurs, des établissements ; et plus on promettait, plus le désir de n'être pas refusé augmentait.

La Saint-Yves pleurait, elle était suffoquée, à demi renversée sur un sopha, croyant à peine ce qu'elle voyait, ce qu'elle entendait. Le Saint-Pouange, à son tour, se jeta à ses genoux. Il n'était pas sans agréments, et aurait pu ne pas effaroucher un cœur moins prévenu. Mais Saint-Yves adorait son amant et croyait que c'était un crime horrible de le trahir pour le servir. Saint-Pouange redoublait les prières et les promesses. Enfin, la tête lui tourna au point qu'il lui déclara que c'était le seul moyen de tirer de sa prison l'homme auquel elle prenait un intérêt si violent et si tendre. Cet étrange entretien se prolongeait. La dévote de l'antichambre, en lisant son *Pédagogue chrétien,* disait : « Mon Dieu ! que peuvent-ils faire là depuis deux heures ? Jamais Mgr de Saint-Pouange n'a donné une si longue audience ; peut-être qu'il a tout refusé à cette pauvre fille, puisqu'elle le prie encore. »

Enfin sa compagne sortit de l'arrière-cabinet, tout éperdue, sans pouvoir parler, réfléchissant profondément sur le caractère des grands et des demi-grands qui sacrifient si légèrement la liberté des hommes et l'honneur des femmes.

Elle ne dit pas un mot pendant tout le chemin. Arrivée chez l'amie, elle éclata, elle lui conta tout. La dévote fit de grands signes de croix : « Ma chère amie, il faut consulter dès demain le père Tout-à-tous, notre directeur ; il a beaucoup de crédit auprès de M. de Saint-Pouange ; il confesse plusieurs servantes de sa maison ; c'est un homme pieux et accommodant, qui dirige aussi des femmes de qualité. Abandonnez-vous à lui, c'est ainsi que j'en use ; je m'en suis toujours bien trouvée. Nous autres, pauvres femmes, nous avons besoin d'être conduites par un homme. — Eh bien, donc ! ma chère amie, j'irai trouver demain le père Tout-à-tous. »

CHAPITRE SEIZIÈME

ELLE CONSULTE UN JÉSUITE

Dès que la belle et désolée Saint-Yves fut avec son bon confesseur, elle lui confia qu'un homme puissant et voluptueux lui proposait de faire sortir de prison celui qu'elle devait épouser légitimement, et qu'il demandait un grand prix de son service ; qu'elle avait une répugnance horrible pour une telle infidélité, et que, s'il ne s'agissait que de sa propre vie, elle la sacrifierait plutôt que de succomber.

« Voilà un abominable pécheur ! lui dit le père Tout-à-tous. Vous devriez bien me dire le nom de ce vilain homme ; c'est à coup sûr quelque janséniste ; je le dénoncerai à Sa Révérence le père de La Chaise, qui le fera mettre dans le gîte où est à présent la chère personne que vous devez épouser. »

La pauvre fille, après un long embarras et de grandes irrésolutions, lui nomma enfin Saint-Pouange.

« Mgr de Saint-Pouange ! s'écria le jésuite ; ah ! ma fille, c'est tout autre chose ; il est cousin du plus grand ministre que nous ayons jamais eu, homme de bien, protecteur de la bonne cause, bon chrétien ; il ne peut avoir eu une telle pensée, il faut que vous ayez mal entendu. — Ah ! mon père, je n'ai entendu que trop bien ; je suis perdue quoi que je fasse ; je n'ai que le choix du malheur et de la honte ; il faut que mon amant reste enseveli tout vivant, ou que je me rende indigne de vivre. Je ne puis le laisser périr , et je ne puis le sauver. »

Le père Tout-à-tous tâcha de la calmer par ces douces paroles :

« Premièrement, ma fille, ne dites jamais ce mot, *mon amant ;* il a quelque chose de mondain qui pourrait offenser Dieu. Dites : *mon mari ;* car, bien qu'il ne le soit pas encore, vous le regardez comme tel, et rien n'est plus honnête.

« Secondement, bien qu'il soit votre époux en idée, en espérance, il ne l'est pas en effet : ainsi vous ne commettriez pas un adultère, péché énorme qu'il faut toujours éviter autant qu'il est possible.

« Troisièmement, les actions ne sont pas d'une malice de coulpe quand l'intention est pure ; et rien n'est plus pur que de délivrer votre mari.

« Quatrièmement, vous avez des exemples dans la sainte

antiquité qui peuvent merveilleusement servir à votre conduite. Saint Augustin[52] rapporte que, sous le proconsulat de Septimius Acindynus, en l'an 340 de notre salut, un pauvre homme, ne pouvant payer à César ce qui appartenait à César, fut condamné à la mort, comme il est juste, malgré la maxime : *Où il n'y a rien le roi perd ses droits.* Il s'agissait d'une livre d'or ; le condamné avait une femme en qui Dieu avait mis la beauté et la prudence. Un vieux richard promit de donner une livre d'or, et même plus, à la dame, à condition qu'il commettrait avec elle le péché immonde. La dame ne crut point mal faire en sauvant la vie à son mari. Saint Augustin approuve fort sa généreuse résignation. Il est vrai que le vieux richard la trompa, et peut-être même son mari n'en fut pas moins pendu ; mais elle avait fait tout ce qui était en elle pour sauver sa vie.

« Soyez sûre, ma fille, que, quand un jésuite vous cite saint Augustin, il faut bien que ce saint ait pleinement raison. Je ne vous conseille rien ; vous êtes sage ; il est à présumer que vous serez utile à votre mari. Mgr de Saint-Pouange est un honnête homme, il ne vous trompera pas ; c'est tout ce que je puis vous dire ; je prierai Dieu pour vous, et j'espère que tout se passera à sa plus grande gloire. »

La belle Saint-Yves, non moins effrayée des discours du jésuite que des propositions du sous-ministre, s'en retourna éperdue chez son amie. Elle était tentée de se délivrer par la mort de l'horreur de laisser dans une captivité affreuse l'amant qu'elle adorait, et de la honte de le délivrer au prix de ce qu'elle avait de plus cher, et qui ne devait appartenir qu'à cet amant infortuné.

CHAPITRE DIX-SEPTIÈME

ELLE SUCCOMBE PAR VERTU

Elle priait son amie de la tuer ; mais cette femme, non moins indulgente que le jésuite, lui parla plus clairement encore. « Hélas ! dit-elle, les affaires ne se font guère autrement dans cette cour si aimable, si galante et si renommée. Les places les plus médiocres et les plus considérables n'ont souvent été données qu'au prix qu'on exige de vous. Écoutez, vous m'avez inspiré de l'amitié et de la confiance ; je vous avouerai que, si j'avais été aussi difficile que vous l'êtes, mon mari ne jouirait pas du petit poste qui le fait vivre ; il le sait, et loin d'en être fâché, il voit en moi sa bienfaitrice, et il se regarde comme ma créature. Pensez-vous que tous ceux qui ont été à la tête des provinces, ou même des armées, aient dû leurs honneurs et leur fortune à leurs seuls services ? Il en est qui en sont redevables à mesdames leurs femmes. Les dignités de la guerre ont été sollicitées par l'amour ; et la place a été donnée au mari de la plus belle.

« Vous êtes dans une situation bien plus intéressante : il s'agit de rendre votre amant au jour et de l'épouser ; c'est un devoir sacré qu'il vous faut remplir. On n'a point blâmé les belles et les grandes dames dont je vous parle ; on vous applaudira, on dira que vous ne vous êtes permis une faiblesse que par un excès de vertu. — Ah ! quelle vertu ! s'écria la belle Saint-Yves ; quel labyrinthe d'iniquités ! quel pays ! et que j'apprends à connaître les hommes ! Un père de La Chaise et un bailli ridicule font mettre mon amant en prison ; ma famille me persécute ; on ne me tend la main dans mon désastre que pour me déshonorer. Un jésuite a perdu un brave homme, un autre jésuite veut me perdre ; je ne suis entourée que de pièges, et je touche au moment de tomber dans la misère ! Il faut que je me tue ou que je parle au roi ; je me jetterai à ses pieds sur son passage, quand il ira à la messe ou à la comédie.

— On ne vous laissera pas approcher, lui dit sa bonne amie ; et, si vous aviez le malheur de parler, mons de Louvois et le révérend père de La Chaise pourraient vous enterrer dans le fond d'un couvent pour le reste de vos jours. »

Tandis que cette brave personne augmentait ainsi les perplexités de cette âme désespérée et enfonçait le poignard dans son cœur, arrive un exprès de M. de Saint-Pouange avec une lettre et deux beaux pendants d'oreilles. Saint-Yves rejeta le tout en pleurant, mais l'amie s'en chargea.

Dès que le messager fut parti, notre confidente lit la lettre dans laquelle on propose un petit souper aux deux amies pour le soir. Saint-Yves jure qu'elle n'ira point. La dévote veut lui essayer les deux boucles de diamants ; Saint-Yves ne le put souffrir, elle combattit la journée entière. Enfin, n'ayant en vue que son amant, vaincue, entraînée, ne sachant où on la mène, elle se laisse conduire au souper fatal. Rien n'avait pu la déterminer à se parer de ses pendants d'oreilles ; la confidente les apporta, elle les lui ajusta malgré elle avant qu'on se mît à table. Saint-Yves était si confuse, si troublée, qu'elle se laissait tourmenter ; et le patron en tirait un augure très favorable. Vers la fin du repas, la confidente se retira discrètement. Le patron montra alors la révocation de la lettre de cachet, le brevet d'une gratification considérable, celui d'une compagnie, et n'épargna pas les promesses. « Ah ! lui dit Saint-Yves, que je vous aimerais si vous ne vouliez pas être tant aimé ! »

Enfin, après une longue résistance, après des sanglots, des cris, des larmes, affaiblie du combat, éperdue, languissante, il fallut se rendre. Elle n'eut d'autre ressource que de se promettre de ne penser qu'à l'Ingénu tandis que le cruel jouirait impitoyablement de la nécessité où elle était réduite.

CHAPITRE DIX-HUITIÈME

ELLE DÉLIVRE SON AMANT ET UN JANSÉNISTE

Au point du jour, elle vole à Paris, munie de l'ordre du ministre. Il est difficile de peindre ce qui se passait dans son cœur pendant ce voyage. Qu'on imagine une âme vertueuse et noble, humiliée de son opprobre, enivrée de tendresse, déchirée des remords d'avoir trahi son amant, pénétrée du plaisir de délivrer ce qu'elle adore. Ses amertumes, ses combats, son succès, partageaient toutes ses réflexions. Ce n'était plus cette fille simple dont une éducation provinciale avait rétréci les idées. L'amour et le malheur l'avaient formée. Le sentiment avait fait autant de progrès en elle que la raison en avait fait dans l'esprit de son amant infortuné. Les filles apprennent à sentir plus aisément que les hommes n'apprennent à penser. Son aventure était plus instructive que quatre ans de couvent.

Son habit était d'une simplicité extrême. Elle voyait avec horreur les ajustements sous lesquels elle avait paru devant son funeste bienfaiteur ; elle avait laissé ses boucles de diamants à sa compagne sans même les regarder. Confuse et charmée, idolâtre de l'Ingénu et se haïssant elle-même, elle arrive enfin à la porte.

De cet affreux château, palais de la vengeance,
Qui renferma souvent le crime et l'innocence[53].

Quand il fallut descendre du carrosse, les forces lui manquèrent ; on l'aida ; elle entra, le cœur palpitant, les yeux humides, le front consterné. On la présente au gouverneur ; elle veut lui parler, sa voix expire ; elle montre son ordre en articulant à peine quelques paroles. Le gouverneur aimait son prisonnier ; il fut très aise de sa délivrance. Son cœur n'était pas endurci comme celui de quelques honorables geôliers ses confrères, qui, ne pensant qu'à la rétribution attachée à la garde de leurs captifs, fondant leurs revenus sur leurs victimes, et vivant du malheur d'autrui, se faisaient en secret une joie affreuse des larmes des infortunés.

Il fait venir le prisonnier dans son appartement. Les deux amants se voient, et tous deux s'évanouissent. La belle Saint-Yves resta longtemps sans mouvement et sans vie : l'autre rappela bientôt son courage. « C'est apparemment là madame votre femme, lui dit le gouverneur ; vous ne m'aviez point dit que vous fussiez marié. On me mande que c'est à ses soins généreux que vous devez votre délivrance. — Ah ! je ne suis pas digne d'être sa femme », dit la belle Saint-Yves d'une voix tremblante, et elle retomba encore en faiblesse.

Quand elle eut repris ses sens, elle présenta, toujours tremblante, le brevet de la gratification et la promesse par écrit d'une compagnie. L'Ingénu, aussi étonné qu'attendri, s'éveillait d'un songe pour retomber dans un autre. « Pourquoi ai-je été enfermé ici ? comment avez-vous pu m'en tirer ? où sont les monstres qui m'y ont plongé ? Vous êtes une divinité qui descendez du ciel à mon secours. »

La belle Saint-Yves baissait la vue, regardait son amant, rougissait, et détournait, le moment d'après, ses yeux mouillés de pleurs. Elle lui apprit enfin tout ce qu'elle savait et tout ce qu'elle avait éprouvé, excepté ce qu'elle aurait voulu se cacher pour jamais, et ce qu'un autre que l'Ingénu, plus accoutumé au monde et plus instruit des usages de la cour, aurait deviné facilement.

« Est-il possible qu'un misérable comme ce bailli ait eut le pouvoir de me ravir ma liberté ? Ah ! je vois bien qu'il en est des hommes comme des plus vils animaux ; tous peuvent nuire. Mais est-il possible qu'un moine, un jésuite confesseur du roi, ait contribué à mon infortune autant que ce bailli, sans que je puisse imaginer sous quel prétexte ce détestable fripon m'a persécuté ? M'a-t-il fait passer pour un janséniste ? Enfin, comment vous êtes-vous souvenue de moi ? Je ne le méritais pas, je n'étais alors qu'un sauvage. Quoi ! vous avez pu, sans conseil, sans secours, entreprendre le voyage de Versailles ! Vous y avez paru, et on a brisé mes fers ! Il est donc dans la beauté et dans la vertu un charme invincible qui fait tomber les portes de fer et qui amollit les cœurs de bronze ! »

À ce mot de *vertu,* des sanglots échappèrent à la belle Saint-Yves. Elle ne savait pas combien elle était vertueuse dans le crime qu'elle se reprochait.

Son amant continua ainsi : « Ange qui avez rompu mes liens, si vous avez eu (ce que je ne comprends pas encore) assez de crédit pour me faire rendre justice, faites-la donc rendre aussi à un vieillard qui m'a le premier appris à penser, comme vous m'avez appris à aimer. La calamité nous a unis ; je l'aime comme un père, je ne peux vivre ni sans vous ni sans lui.

— Moi ! que je sollicite le même homme qui... ! — Oui, je veux tout vous devoir, et je ne veux devoir jamais rien qu'à vous : écrivez à cet homme puissant, comblez-moi de vos bienfaits, achevez ce que vous avez commencé, achevez vos prodiges. » Elle sentait qu'elle devait faire tout ce que son amant exigeait. Elle voulut écrire, sa main ne pouvait obéir. Elle recommença trois fois sa lettre, la déchira trois fois ; elle écrivit enfin, et les deux amants sortirent après avoir embrassé le vieux martyr de la grâce efficace.

L'heureuse et désolée Saint-Yves savait dans quelle maison logeait son frère ; elle y alla ; son amant prit un appartement dans la même maison.

À peine y furent-ils arrivés que son protecteur lui envoya l'ordre de l'élargissement du bonhomme Gordon, et lui demanda un rendez-vous pour le lendemain. Ainsi, à chaque action honnête et généreuse qu'elle faisait, son déshonneur en était le prix. Elle regardait avec exécration cet usage de vendre le malheur et le bonheur des hommes. Elle donna l'ordre de l'élargissement à son amant, et refusa le rendez-vous d'un bienfaiteur qu'elle ne pouvait plus voir sans expirer de douleur et de honte. L'Ingénu ne pouvait se séparer d'elle que pour aller délivrer un ami. Il y vola. Il remplit ce devoir en réfléchissant sur les étranges événements de ce monde, et en admirant la vertu courageuse d'une jeune fille à qui deux infortunés devaient plus que la vie.

CHAPITRE DIX-NEUVIÈME

L'INGÉNU, LA BELLE SAINT-YVES ET LEURS PARENTS SONT RASSEMBLÉS

La généreuse et respectable infidèle était avec son frère l'abbé de Saint-Yves, le bon prieur de la Montagne et la dame de Kerkabon. Tous étaient également étonnés, mais leurs situations et leurs sentiments étaient bien différents. L'abbé de Saint-Yves pleurait ses torts aux pieds de sa sœur, qui lui pardonnait. Le prieur et sa tendre sœur pleuraient aussi, mais de joie. Le vilain bailli et son insupportable fils ne troublaient point cette scène touchante : ils étaient partis au premier bruit de l'élargissement de leur ennemi ; ils couraient ensevelir dans leur province leur sottise et leur crainte.

Les quatre personnages, agités de cent mouvements divers, attendaient que le jeune homme revînt avec l'ami qu'il devait délivrer. L'abbé de Saint-Yves n'osait lever les yeux devant sa sœur ; la bonne Kerkabon disait : « Je reverrai donc mon cher neveu. — Vous le reverrez, dit la charmante Saint-Yves, mais ce n'est plus le même homme ; son maintien, son ton, ses idées, son esprit, tout est changé ; il est devenu aussi respectable qu'il était naïf et étranger à tout. Il sera l'honneur et la consolation de votre famille ; que ne puis-je être aussi l'honneur de la mienne ! — Vous n'êtes point non plus la même, dit le prieur, que vous est-il donc arrivé qui ait fait en vous un si grand changement ? »

Au milieu de cette conversation, l'Ingénu arrive, tenant par la main son janséniste. La scène alors devint plus neuve et plus intéressante. Elle commença par les tendres embrassements de l'oncle et de la tante. L'abbé de Saint-Yves se mettait presque aux genoux de l'Ingénu, qui n'était plus l'*ingénu*. Les deux amants se parlaient par des regards qui exprimaient tous les sentiments dont ils étaient pénétrés. On voyait éclater la satisfaction, la reconnaissance, sur le front de l'un ; l'embarras était peint dans les yeux tendres et un peu égarés de l'autre. On était étonné qu'elle mêlât de la douleur à tant de joie.

Le vieux Gordon devint en peu de moments cher à toute la famille. Il avait été malheureux avec le jeune prisonnier, et c'était un grand titre. Il devait sa délivrance aux deux amants, cela seul le réconciliait avec l'amour ; l'âpreté de ses anciennes opinions sortait de son cœur ; il était changé en homme, ainsi que le Huron. Chacun raconta ses aventures avant le souper. Les deux abbés, la tante, écoutaient comme des enfants qui entendent des histoires de revenants, et comme des hommes qui s'intéressaient tous à tant de désastres. « Hélas ! dit Gordon, il y a peut-être plus de cinq cents personnes vertueuses qui sont à présent dans les mêmes fers que Mlle de Saint-Yves a brisés : leurs malheurs sont inconnus. On trouve assez de mains qui frappent sur la foule des malheureux, et rarement une secourable. » Cette réflexion si vraie augmentait sa sensibilité et sa reconnaissance ; tout redoublait le triomphe de la belle Saint-Yves ; on admirait la grandeur et la fermeté de son âme. L'admiration était mêlée de ce respect qu'on sent malgré soi pour une personne qu'on croit avoir du crédit à la cour. Mais l'abbé de Saint-Yves disait quelquefois : « Comment ma sœur a-t-elle pu faire pour obtenir sitôt ce crédit ? »

On allait se mettre à table de très bonne heure. Voilà que la bonne amie de Versailles arrive sans rien savoir de tout ce qui s'était passé ; elle était en carrosse à six chevaux, et on voit bien à qui appartenait l'équipage. Elle entre avec l'air imposant d'une personne de cour qui a de grandes affaires, salue très légèrement la compagnie, et, tirant la belle Saint-Yves à l'écart : « Pourquoi vous faire tant attendre ? Suivez-moi ; voilà vos diamants que vous aviez oubliés. » Elle ne put dire ces paroles si bas que l'Ingénu ne les entendît ; il vit les diamants ; le frère fut interdit ; l'oncle et la tante n'éprouvèrent qu'une surprise de bonnes gens qui n'avaient jamais vu une telle magnificence. Le jeune homme, qui s'était formé par un an de réflexions, en fit malgré lui et parut troublé un moment. Son amante s'en aperçut ; une pâleur mortelle se répandit sur son beau visage, un frisson la saisit, elle se soutenait à peine. « Ah ! madame, dit-elle à la fatale amie, vous m'avez perdue ! vous me donnez la mort ! » Ces paroles percèrent le cœur de l'Ingénu ; mais il avait déjà appris à se posséder ; il ne les releva point, de peur d'inquiéter sa maîtresse devant son frère ; mais il pâlit comme elle.

Saint-Yves, éperdue de l'altération qu'elle apercevait sur le visage de son amant, entraîne cette femme hors de la chambre dans un petit passage, jette les diamants à terre devant elle. « Ah ! ce ne sont pas eux qui m'ont séduite, vous le savez ; mais celui qui les a donnés ne me reverra jamais. » L'amie les ramassait, et Saint-Yves ajoutait : « Qu'il les reprenne ou qu'il vous les donne ; allez, ne me rendez plus honteuse de moi-même. » L'ambassadrice enfin s'en retourna, ne pouvant comprendre les remords dont elle était témoin.

La belle Saint-Yves, oppressée, éprouvant dans son corps une révolution qui la suffoquait, fut obligée de se mettre au lit ; mais pour n'alarmer personne elle ne parla point de ce qu'elle souffrait, et, ne prétextant que sa lassitude, elle demanda la permission de prendre du repos ; mais ce fut après avoir rassuré la compagnie par des paroles consolantes et flatteuses, et jeté sur son amant des regards qui portaient le feu dans son âme.

Le souper, qu'elle n'animait pas, fut triste dans le commencement, mais de cette tristesse intéressante qui fournit des conversations attachantes et utiles, si supérieures à la frivole joie qu'on recherche, et qui n'est d'ordinaire qu'un bruit importun.

Gordon fit en peu de mots l'histoire du jansénisme et du molinisme, des persécutions dont un parti accablait l'autre, et de l'opiniâtreté de tous les deux. L'Ingénu en fit la critique, et plaignit les hommes qui, non contents de tant de discorde que leurs intérêts allument, se font de nouveaux maux pour des intérêts chimériques, et pour des absurdités inintelligibles. Gordon racontait, l'autre jugeait ; les convives écoutaient avec émotion et s'éclairaient d'une lumière nouvelle. On parla de la longueur de nos infortunes et de la brièveté de la vie. On remarqua que chaque profession a un vice et un danger qui lui sont attachés, et que, depuis le prince jusqu'au dernier des mendiants, tout semble accuser la nature. Comment se trouve-t-il tant d'hommes qui, pour si peu d'argent, se font les persécuteurs, les satellites, les bourreaux des autres hommes ? Avec quelle indifférence inhumaine un homme en place signe la destruction d'une famille, et avec quelle joie plus barbare des mercenaires l'exécutent !

« J'ai vu dans ma jeunesse, dit le bonhomme Gordon, un parent du maréchal de Marillac [54], qui, étant poursuivi dans sa province pour la cause de cet illustre malheureux, se cachait dans Paris sous un nom supposé. C'était un vieillard de soixante et douze ans. Sa femme, qui l'accompagnait, était à peu près de son âge. Ils avaient eu un fils libertin qui, à l'âge de quatorze ans, s'était enfui de la maison paternelle ; devenu soldat, puis déserteur, il avait passé par tous les degrés de la débauche et de la misère ; enfin, ayant pris un nom de terre, il était dans les gardes du cardinal de Richelieu (car ce prêtre, ainsi que Mazarin, avait des gardes) ; il avait obtenu un bâton d'exempt dans cette compagnie de satellites. Cet aventurier fut chargé d'arrêter le vieillard et son épouse, et s'en acquitta avec toute la dureté d'un homme qui voulait plaire à son maître. Comme il les conduisait, il entendit ces deux victimes déplorer la longue suite des malheurs qu'elles avaient éprouvés depuis leur berceau. Le père et la mère comptaient parmi leurs plus grandes infortunes les égarements et la perte de leur fils. Il les reconnut ; il ne les conduisit pas moins en prison, en les assurant que Son Éminence devait être servie de préférence à tout. Son Éminence récompensa son zèle.

« J'ai vu un espion du père de La Chaise trahir son propre frère, dans l'espérance d'un petit bénéfice qu'il n'eut point ; et je l'ai vu mourir, non de remords, mais de douleur d'avoir été trompé par le jésuite.

« L'emploi de confesseur, que j'ai longtemps exercé, m'a fait connaître l'intérieur des familles ; je n'en ai guère vu qui ne fussent plongées dans l'amertume, tandis qu'au-dehors couvertes du masque du bonheur elles paraissaient nager dans la joie, et j'ai toujours remarqué que les grands chagrins étaient le fruit de notre cupidité effrénée.

— Pour moi, dit l'Ingénu, je pense qu'une âme noble, reconnaissante et sensible peut vivre heureuse ; et je compte bien jouir d'une félicité sans mélange avec la belle et généreuse Saint-Yves. Car je me flatte, ajouta-t-il, en s'adressant à son frère avec le sourire de l'amitié, que vous ne me refuserez pas, comme l'année passée, et que je m'y prendrai d'une manière plus décente. » L'abbé se confondit en excuses du passé et en protestations d'un attachement éternel.

L'oncle Kerkabon dit que ce serait le plus beau jour de sa vie. La bonne tante, en s'extasiant et en pleurant de joie, s'écriait : « Je vous l'avais bien dit que vous ne seriez jamais sous-diacre ; ce sacrement-ci vaut mieux que l'autre ; plût à Dieu que j'en eusse été honorée ! mais je vous servirai de mère. » Alors ce fut à qui renchérirait sur les louanges de la tendre Saint-Yves.

Son amant avait le cœur trop plein de ce qu'elle avait fait pour lui, il l'aimait trop pour que l'aventure des diamants eût fait sur son cœur une impression dominante. Mais ces mots qu'il avait trop entendus : *vous me donnez la mort*, l'effrayaient encore en secret et corrompaient toute sa joie, tandis que les éloges de sa belle maîtresse augmentaient encore son amour. Enfin on n'était plus occupé que d'elle ; on ne parlait que du bonheur que ces deux amants méritaient ; on s'arrangeait pour vivre tous ensemble dans Paris, on faisait des projets de fortune et d'agrandissement, on se livrait à toutes ces espérances que la moindre lueur de félicité fait naître si aisément. Mais l'Ingénu, dans le fond de son cœur, éprouvait un sentiment secret qui repoussait cette illusion. Il relisait ces promesses signées Saint-Pouange, et les brevets signés Louvois ; on lui dépeignit ces deux hommes tels qu'ils étaient, ou qu'on les croyait être. Chacun parla des ministres et du ministère avec cette liberté de table regardée en France comme la plus précieuse liberté qu'on puisse goûter sur la terre.

« Si j'étais roi de France, dit l'Ingénu, voici le ministre de la guerre que je choisirais[55] : je voudrais un homme de la plus haute naissance, par la raison qu'il donne des ordres à la noblesse. J'exigerais qu'il eût été lui-même officier, qu'il eût passé par tous les grades, qu'il fût au moins lieutenant général des armées, et digne d'être maréchal de France ; car n'est-il pas nécessaire qu'il ait servi lui-même pour mieux connaître les détails du service ? et les officiers n'obéiront-ils pas avec cent fois plus d'allégresse à un homme de guerre qui aura comme eux signalé son courage, qu'à un homme de cabinet qui ne peut que deviner tout au plus les opérations d'une campagne, quelque esprit qu'il puisse avoir ? Je ne serais pas fâché que mon ministre fût généreux, quoique mon garde du trésor royal en fût quelquefois un peu embarrassé. J'aimerais qu'il eût un travail facile, et que même il se distinguât par cette gaieté d'esprit, partage d'un homme supérieur aux affaires, qui plaît tant à la nation et qui rend tous les devoirs moins pénibles. » Il désirait qu'un ministre eût ce caractère parce qu'il avait toujours remarqué que cette belle humeur est incompatible avec la cruauté.

Mons de Louvois n'aurait peut-être pas été satisfait des souhaits de l'Ingénu : il avait une autre sorte de mérite.

Mais, pendant qu'on était à table, la maladie de cette fille malheureuse prenait un caractère funeste ; son sang s'était allumé, une fièvre dévorante s'était déclarée, elle souffrait, et ne se plaignait point, attentive à ne pas troubler la joie des convives.

Son frère, sachant qu'elle ne dormait pas, alla au chevet de son lit ; il fut surpris de l'état où elle était. Tout le monde accourut ; l'amant se présentait à la suite du frère. Il était sans doute le plus alarmé et le plus attendri de tous ; mais il avait appris à joindre la discrétion à tous les dons heureux que la nature lui avait prodigués, et le sentiment prompt des bienséances commençait à dominer dans lui.

On fit venir aussitôt un médecin du voisinage. C'était un de ceux qui visitent leurs malades en courant, qui confondent la maladie qu'ils viennent de voir avec celle qu'ils voient, qui mettent une pratique aveugle dans une science à laquelle toute la maturité d'un discernement sain et réfléchi ne peut ôter son incertitude et ses dangers. Il redoubla le mal par sa précipitation à prescrire un remède alors à la mode. De la mode jusque dans la médecine ! Cette manie était trop commune dans Paris.

La triste Saint-Yves contribuait encore plus que son médecin à rendre sa maladie dangereuse. Son âme tuait son corps. La foule des pensées qui l'agitaient portait dans ses veines un poison plus dangereux que celui de la fièvre la plus brûlante.

CHAPITRE VINGTIÈME

LA BELLE SAINT-YVES MEURT, ET CE QUI EN ARRIVE

On appela un autre médecin : celui-ci, au lieu d'aider la nature et de la laisser agir dans une jeune personne dans qui tous les organes rappelaient la vie, ne fut occupé que de contrecarrer son confrère. La maladie devint mortelle en deux jours. Le cerveau, qu'on croit le siège de l'entendement, fut attaqué aussi violemment que le cœur, qui est, dit-on, le siège des passions.

Quelle mécanique incompréhensible a soumis les organes au sentiment et à la pensée ? comment une seule idée douloureuse dérange-t-elle le cours du sang, et comment le sang à son tour porte-t-il ses irrégularités dans l'entendement humain ? quel est ce fluide inconnu et dont l'existence est certaine, qui, plus prompt, plus actif que la lumière, vole en moins d'un clin d'œil dans tous les canaux de la vie, produit les sensations, la mémoire, la tristesse ou la joie, la raison ou le vertige, rappelle avec horreur ce qu'on voudrait oublier, et fait d'un animal pensant ou un objet d'admiration, ou un sujet de pitié et de larmes ?

C'était là ce que disait le bon Gordon ; et cette réflexion si naturelle, que rarement font les hommes, ne dérobait rien à son attendrissement ; car il n'était pas de ces malheureux philosophes qui s'efforcent d'être insensibles. Il était touché du sort de cette jeune fille, comme un père qui voit mourir lentement son enfant chéri. L'abbé de Saint-Yves était désespéré, le prieur et sa sœur répandaient des ruisseaux de larmes. Mais qui pourrait peindre l'état de son amant ? Nulle langue n'a des expressions qui répondent à ce comble des douleurs ; les langues sont trop imparfaites.

La tante, presque sans vie, tenait la tête de la mourante dans ses faibles bras, son frère était à genoux au pied du lit. Son amant pressait sa main, qu'il baignait de pleurs, et éclatait en sanglots ; il la nommait sa bienfaitrice, son espérance, sa vie, la moitié de lui-même, sa maîtresse, son épouse. À ce mot d'*épouse*, elle soupira, le regarda avec une tendresse inexprimable, et soudain jeta un cri d'horreur ; puis, dans un de ces intervalles où l'accablement et l'oppression des sens, et les souffrances suspendues, laissent à l'âme sa liberté et sa force, elle s'écria : « Moi, votre épouse ! Ah ! cher amant, ce nom, ce bonheur, ce prix, n'étaient plus faits pour moi ; je meurs, et je le mérite. Ô dieu de mon cœur ! ô vous que j'ai sacrifié à des démons infernaux, c'en est fait, je suis punie, vivez heureux. » Ces paroles tendres et terribles ne pouvaient être comprises ; mais elles portaient dans tous les cœurs l'effroi et l'attendrissement ; elle eut le courage de s'expliquer. Chaque mot fit frémir d'étonnement, de douleur et de pitié tous les assistants. Tous se réunissaient à détester l'homme puissant qui n'avait réparé une horrible injustice que par un crime, et qui avait forcé la plus respectable innocence à être sa complice.

« Qui ? vous, coupable ! lui dit son amant ; non, vous ne l'êtes pas ; le crime ne peut être que dans le cœur, le vôtre est à la vertu et à moi. »

Il confirmait ce sentiment par des paroles qui semblaient ramener à la vie la belle Saint-Yves. Elle se sentit consolée, et s'étonnait d'être aimée encore. Le vieux Gordon l'aurait condamnée dans le temps qu'il n'était que janséniste ; mais étant devenu sage, il l'estimait et il pleurait.

Au milieu de tant de larmes et de craintes, pendant que le danger de cette fille si chère remplissait tous les cœurs, que tout était consterné, on annonce un courrier de la cour. Un courrier ! et de qui ? et pourquoi ? C'était de la part du confesseur du roi pour le prieur de la Montagne ; ce n'était pas le père de La Chaise qui écrivait, c'était le frère Vadbled[56], son valet de chambre, homme très important dans ce temps-là, lui qui mandait aux archevêques les volontés du révérend père, lui qui donnait audience, lui qui promettait des bénéfices, lui qui faisait quelquefois expédier des lettres de cachet. Il écrivait à l'abbé de la Montagne *que sa Révérence était informée des aventures de son neveu, que sa prison n'était qu'une méprise, que ces petites disgrâces arrivaient fréquemment, qu'il ne fallait pas y faire attention, et qu'enfin il convenait que lui prieur vînt lui présenter son neveu le lendemain, qu'il devait amener avec lui le bonhomme Gordon, que lui frère Vadbled les introduirait chez Sa Révérence et chez mons de Louvois, lequel leur dirait un mot dans son antichambre.*

Il ajoutait que l'histoire de l'Ingénu et son combat contre les Anglais avaient été contés au roi, que sûrement le roi daignerait le remarquer quand il passerait dans la galerie, et peut-être même lui ferait un signe de tête. La lettre finissait par l'espérance dont on le flattait que toutes les dames de la cour s'empresseraient de faire venir son neveu à leurs toilettes, que plusieurs d'entre elles lui diraient : « Bonjour, monsieur l'Ingénu » ; et qu'assurément il serait question de lui au souper du roi. La lettre était signée : *Votre affectionné Vadbled, frère jésuite.*

Le prieur ayant lu la lettre tout haut, son neveu, furieux, et commandant un moment à sa colère, ne dit rien au porteur ; mais, se tournant vers le compagnon de ses infortunes, il lui demanda ce qu'il pensait de ce style. Gordon lui répondit : « C'est donc ainsi qu'on traite les hommes comme des singes ! On les bat et on les fait danser. » L'Ingénu, reprenant son caractère, qui revient toujours dans les grands mouvements de l'âme, déchira la lettre par morceaux et les jeta au nez du courrier : « Voilà ma réponse. » Son oncle, épouvanté, crut voir le tonnerre et vingt lettres de cachet tomber sur lui. Il alla vite écrire et excuser, comme il put, ce qu'il prenait pour l'emportement d'un jeune homme, et qui était la saillie d'une grande âme.

Mais des soins plus douloureux s'emparaient de tous les

cœurs. La belle et infortunée Saint-Yves sentait déjà sa fin approcher ; elle était dans le calme, mais dans ce calme affreux de la nature affaissée qui n'a plus la force de combattre. « Ô mon cher amant ! dit-elle d'une voix tombante, la mort me punit de ma faiblesse ; mais j'expire avec la consolation de vous savoir libre. Je vous ai adoré en vous trahissant, et je vous adore en vous disant un éternel adieu. »

Elle ne se parait pas d'une vaine fermeté ; elle ne concevait pas cette misérable gloire de faire dire à quelques voisins : « Elle est morte avec courage. » Qui peut perdre à vingt ans son amant, sa vie, et ce qu'on appelle l'*honneur,* sans regrets et sans déchirements ? Elle sentait toute l'horreur de son état, et le faisait sentir par ces mots et par ces regards mourants qui parlent avec tant d'empire. Enfin elle pleurait comme les autres dans les moments où elle eut la force de pleurer.

Que d'autres cherchent à louer les morts fastueuses de ceux qui entrent dans la destruction avec insensibilité : c'est le sort de tous les animaux. Nous ne mourons comme eux avec indifférence que quand l'âge ou la maladie nous rend semblables à eux par la stupidité de nos organes. Quiconque fait une grande perte a de grands regrets ; s'il les étouffe, c'est qu'il porte la vanité jusque dans les bras de la mort.

Lorsque le moment fatal fut arrivé, tous les assistants jetèrent des larmes et des cris. L'Ingénu perdit l'usage de ses sens. Les âmes fortes ont des sentiments bien plus violents que les autres quand elles sont tendres. Le bon Gordon le connaissait assez pour craindre qu'étant revenu à lui il ne se donnât la mort. On écarta toutes les armes ; le malheureux jeune homme s'en aperçut ; il dit à ses parents et à Gordon, sans pleurer, sans gémir, sans s'émouvoir : « Pensez-vous donc qu'il y ait quelqu'un sur la terre qui ait le droit et le pouvoir de m'empêcher de finir ma vie ? » Gordon se garda bien de lui étaler ces lieux communs fastidieux par lesquels on essaie de prouver qu'il n'est pas permis d'user de sa liberté pour cesser d'être quand on est horriblement mal[57], qu'il ne faut pas sortir de sa maison quand on ne peut plus y demeurer, que l'homme est sur la terre comme un soldat à son poste : comme s'il importait à l'Être des êtres que l'assemblage de quelques parties de matière fût dans un lieu ou dans un autre ; raisons impuissantes qu'un désespoir ferme et réfléchi dédaigne d'écouter, et auxquelles Caton ne répondit que par un coup de poignard.

Le morne et terrible silence de l'Ingénu, ses yeux sombres, ses lèvres tremblantes, les frémissements de son corps, portaient dans l'âme de tous ceux qui le regardaient ce mélange de compassion et d'effroi qui enchaîne toutes les puissances de l'âme, qui exclut tout discours, et qui ne se manifeste que par des mots entrecoupés. L'hôtesse et sa famille étaient accourues ; on tremblait de son désespoir, on le gardait à vue, on observait tous ses mouvements. Déjà le corps glacé de la belle Saint-Yves avait été porté dans une salle basse, loin des yeux de son amant, qui semblait la chercher encore, quoiqu'il ne fût plus en état de rien voir.

Au milieu de ce spectacle de la mort, tandis que le corps est exposé à la porte de la maison, que deux prêtres à côté d'un bénitier récitent des prières d'un air distrait, que des passants jettent quelques gouttes d'eau bénite sur la bière par oisiveté, que d'autres poursuivent leur chemin avec indifférence, que les parents pleurent et qu'un amant est prêt de s'arracher la vie, le Saint-Pouange arrive avec l'amie de Versailles.

Son goût passager, n'ayant été satisfait qu'une fois, était devenu de l'amour. Le refus de ses bienfaits l'avait piqué. Le père de La Chaise n'aurait jamais pensé à venir dans cette maison ; mais Saint-Pouange, ayant tous les jours devant les yeux l'image de la belle Saint-Yves, brûlant d'assouvir une passion qui par une seule jouissance avait enfoncé dans son cœur l'aiguillon des désirs, ne balança pas à venir lui-même chercher celle qu'il n'aurait pas peut-être voulu revoir trois fois si elle était venue d'elle-même.

Il descend de carrosse ; le premier objet qui se présente à lui est une bière ; il détourne les yeux avec ce simple dégoût d'un homme nourri dans les plaisirs, qui pense qu'on doit lui épargner tout spectacle qui pourrait le ramener à la contemplation de la misère humaine. Il veut monter. La femme de Versailles demande par curiosité qui on va enterrer ; on prononce le nom de Mlle de Saint-Yves. À ce nom, elle pâlit et poussa un cri affreux ; Saint-Pouange se retourne ; la surprise et la douleur saisissent son âme. Le bon Gordon était là, les yeux remplis de larmes. Il interrompt ses tristes prières pour apprendre à l'homme de cour toute cette horrible catastrophe. Il lui parle avec cet empire que donnent la douleur et la vertu. Saint-Pouange n'était point né méchant ; le torrent des affaires et des amusements avait emporté son âme, qui ne se connaissait pas encore. Il ne touchait point à la vieillesse, qui endurcit d'ordinaire le cœur des ministres ; il écoutait Gordon les yeux baissés, et il en essuyait quelques pleurs qu'il était étonné de répandre : il connut le repentir.

« Je veux voir absolument, dit-il, cet homme extraordinaire dont vous m'avez parlé ; il m'attendrit presque autant que cette innocente victime dont j'ai causé la mort. » Gordon le suit jusqu'à la chambre où le prieur, la Kerkabon, l'abbé de Saint-Yves et quelques voisins rappelaient à la vie le jeune homme retombé en défaillance.

« J'ai fait votre malheur, lui dit le sous-ministre ; j'emploierai ma vie à le réparer. » La première idée qui vint à l'Ingénu fut de le tuer et de se tuer lui-même après. Rien n'était plus à sa place ; mais il était sans armes et veillé de près. Saint-Pouange ne se rebuta point des refus accompagnés du reproche, du mépris et de l'horreur qu'il avait mérités, et qu'on lui prodigua. Le temps adoucit tout. Mons de Louvois vint enfin à bout de faire un excellent officier de l'Ingénu, qui a paru sous un autre nom à Paris et dans les armées, avec l'approbation de tous les honnêtes gens, et qui a été à la fois un guerrier et un philosophe intrépide.

Il ne parlait jamais de cette aventure sans gémir ; et cependant sa consolation était d'en parler. Il chérit la mémoire de la tendre Saint-Yves jusqu'au dernier moment de sa vie. L'abbé de Saint-Yves et le prieur eurent chacun un bon bénéfice ; la bonne Kerkabon aima mieux voir son neveu dans les honneurs militaires que dans le sous-diaconat. La dévote de Versailles garda les boucles de diamants, et reçut encore un beau présent. Le père Tout-à-tous eut des boîtes de chocolat, de café, de sucre candi, de citrons confits, avec les *Méditations du révérend père Croiset* et *La Fleur des saints* reliées en maroquin[58]. Le bon Gordon vécut avec l'Ingénu jusqu'à sa mort dans la plus intime amitié ; il eut un bénéfice aussi, et oublia pour jamais la grâce efficace et le concours concomitant[59]. Il prit pour sa devise : *malheur est bon à quelque chose.* Combien d'honnêtes gens dans le monde ont pu dire : *malheur n'est bon à rien !*

LA PRINCESSE DE BABYLONE

I

Le vieux Bélus, roi de Babylone[1], se croyait le premier homme de la terre ; car tous ses courtisans le lui disaient et ses historiographes le lui prouvaient. Ce qui pouvait excuser en lui ce ridicule, c'est qu'en effet ses prédécesseurs avaient bâti Babylone plus de trente mille ans avant lui, et qu'il l'avait embellie. On sait que son palais et son parc, situés à quelques parasanges de Babylone[2], s'étendaient entre l'Euphrate et le Tigre, qui baignaient ces rivages enchantés. Sa vaste maison, de trois mille pas de façade, s'élevait jusqu'aux nues. La plate-forme était entourée d'une balustrade de marbre blanc de cinquante pieds de hauteur qui portait les statues colossales de tous les rois et de tous les grands hommes de l'empire. Cette plate-forme, composée de deux rangs de briques couvertes d'une épaisse surface de plomb d'une extrémité à l'autre, était chargée de douze pieds de terre ; et sur cette terre on avait élevé des forêts d'oliviers, d'orangers, de citronniers, de palmiers, de gérofliers, de cocotiers, de cannelliers, qui formaient des allées impénétrables aux rayons du soleil.

Les eaux de l'Euphrate, élevées par des pompes dans cent colonnes creusées, venaient dans ces jardins remplir de vastes bassins de marbre, et, retombant ensuite par d'autres canaux, allaient former dans le parc des cascades de six mille pieds de longueur, et cent mille jets d'eau dont la hauteur pouvait à peine être aperçue : elles retournaient ensuite dans l'Euphrate, dont elles étaient parties Les jardins de Sémiramis, qui étonnèrent l'Asie plusieurs siècles après, n'étaient qu'une faible imitation de ces antiques merveilles ; car, du temps de Sémiramis, tout commençait à dégénérer chez les hommes et chez les femmes.

Mais ce qu'il y avait de plus admirable à Babylone, ce qui éclipsait tout le reste, était la fille unique du roi, nommée Formosante[3]. Ce fut d'après ses portraits et ses statues que dans la suite des siècles Praxitèle sculpta son Aphrodite et celle qu'on nomma la *Vénus aux belles fesses.* Quelle différence, ô ciel ! de l'original aux copies ! Aussi Bélus était plus fier de sa fille que de son royaume. Elle avait dix-huit ans : il lui fallait un époux digne d'elle ; mais où le trouver ? Un ancien oracle avait ordonné que Formosante ne pourrait appartenir qu'à celui qui tendrait l'arc de Nembrod. Ce Nembrod[4], le fort chasseur devant le Seigneur, avait laissé un arc de sept pieds babyloniques de haut, d'un bois d'ébène plus dur que le fer du mont Caucase qu'on travaille dans les forges de Derbent[5] ; et nul mortel depuis Nembrod n'avait pu bander cet arc merveilleux.

Il était dit encore que le bras qui aurait tendu cet arc tuerait le lion le plus terrible et le plus dangereux qui serait lâché dans le cirque de Babylone. Ce n'était pas tout : le bandeur de l'arc, le vainqueur du lion, devait terrasser tous ses rivaux ; mais il devait surtout avoir beaucoup d'esprit, être le plus magnifique des hommes, le plus vertueux, et posséder la chose la plus rare qui fût dans l'univers entier.

Il se présenta trois rois qui osèrent disputer Formosante : le pharaon d'Égypte, le schah des Indes et le grand khan des Scythes. Bélus assigna le jour et le lieu du combat à l'extrémité de son parc, dans le vaste espace bordé par les eaux de l'Euphrate et du Tigre réunies. On dressa autour de la lice un amphithéâtre de marbre qui pouvait contenir cinq cent mille spectateurs. Vis-à-vis l'amphithéâtre était le trône du roi, qui devait paraître avec Formosante, accompagnée de toute la cour ; et à droite et à gauche, entre le trône et l'amphithéâtre, étaient d'autres trônes et d'autres sièges pour les trois rois et pour tous les autres souverains qui seraient curieux de venir voir cette auguste cérémonie.

Le roi d'Égypte arriva le premier, monté sur le bœuf Apis et tenant en main le sistre d'Isis[6]. Il était suivi de deux mille prêtres vêtus de robes de lin plus blanches que la neige, de deux mille eunuques, de deux mille magiciens, et de deux mille guerriers.

Le roi des Indes arriva bientôt après dans un char traîné par douze éléphants. Il avait une suite encore plus nombreuse et plus brillante que le pharaon d'Égypte.

Le dernier qui parut était le roi des Scythes. Il n'avait auprès de lui que des guerriers choisis, armés d'arcs et de flèches. Sa monture était un tigre superbe qu'il avait dompté, et qui était aussi haut que les plus beaux chevaux de Perse. La taille de ce monarque, imposante et majestueuse, effaçait celle de ses rivaux ; ses bras nus, aussi nerveux que blancs, semblaient déjà tendre l'arc de Nembrod.

Les trois princes se prosternèrent d'abord devant Bélus et Formosante. Le roi d'Égypte offrit à la princesse les deux plus beaux crocodiles du Nil, deux hippopotames, deux zèbres, deux rats d'Égypte et deux momies, avec les livres du grand Hermès[7], qu'il croyait être ce qu'il y avait de plus rare sur la terre.

Le roi des Indes lui offrit cent éléphants qui portaient chacun une tour de bois doré, et mit à ses pieds le *Veidam*[8], écrit de la main de Xaca lui-même[9].

Le roi des Scythes, qui ne savait ni lire ni écrire, présenta cent chevaux de bataille couverts de housses de peaux de renards noirs.

La princesse baissa les yeux devant ses amants, et s'inclina avec des grâces aussi modestes que nobles.

Bélus fit conduire ces monarques sur les trônes qui leur

étaient préparés. « Que n'ai-je trois filles ? leur dit-il ; je rendrais aujourd'hui six personnes heureuses. » Ensuite il fit tirer au sort à qui essayerait le premier l'arc de Nembrod. On mit dans un casque d'or les noms des trois prétendants. Celui du roi d'Égypte sortit le premier ; ensuite parut le nom du roi des Indes. Le roi scythe, en regardant l'arc et ses rivaux, ne se plaignit point d'être le troisième.

Tandis qu'on préparait ces brillantes épreuves, vingt mille pages et vingt mille jeunes filles distribuaient sans confusion des rafraîchissements aux spectateurs entre les rangs des sièges. Tout le monde avouait que les dieux n'avaient établi les rois que pour donner tous les jours des fêtes, pourvu qu'elles fussent diversifiées ; que la vie est trop courte pour en user autrement ; que les procès, les intrigues, la guerre, les disputes des prêtres, qui consument la vie humaine, sont des choses absurdes et horribles ; que l'homme n'est né que pour la joie ; qu'il n'aimerait pas les plaisirs passionnément et continuellement s'il n'était pas formé pour eux ; que l'essence de la nature humaine est de se réjouir, et que tout le reste est folie. Cette excellente morale n'a jamais été démentie que par les faits.

Comme on allait commencer ces essais, qui devaient décider de la destinée de Formosante, un jeune inconnu monté sur une licorne[10], accompagné de son valet monté de même, et portant sur le poing un gros oiseau, se présente à la barrière. Les gardes furent surpris de voir en cet équipage une figure qui avait l'air de la Divinité. C'était, comme on a dit depuis, le visage d'Adonis sur le corps d'Hercule[11] ; c'était la majesté avec les grâces. Ses sourcils noirs et ses longs cheveux blonds, mélange de beauté inconnue à Babylone, charmèrent l'assemblée : tout l'amphithéâtre se leva pour le mieux regarder ; toutes les femmes de la cour fixèrent sur lui des regards étonnés. Formosante elle-même, qui baissait toujours les yeux, les releva et rougit ; les trois rois pâlirent ; tous les spectateurs, en comparant Formosante avec l'inconnu, s'écriaient : « Il n'y a dans le monde que ce jeune homme qui soit aussi beau que la princesse. »

Les huissiers, saisis d'étonnement, lui demandèrent s'il était roi. L'étranger répondit qu'il n'avait pas cet honneur, mais qu'il était venu de fort loin par curiosité pour voir s'il y avait des rois qui fussent dignes de Formosante. On l'introduisit dans le premier rang de l'amphithéâtre, lui, son valet, ses deux licornes et son oiseau. Il salua profondément Bélus, sa fille, les trois rois et toute l'assemblée. Puis il prit place en rougissant. Ses deux licornes se couchèrent à ses pieds, son oiseau se percha sur son épaule, et son valet, qui portait un petit sac, se mit à côté de lui.

Les épreuves commencèrent. On tira de son étui d'or l'arc de Nembrod. Le grand maître des cérémonies, suivi de cinquante pages et précédé de vingt trompettes, le présenta au roi d'Égypte, qui le fit bénir par ses prêtres ; et, l'ayant posé sur la tête du bœuf Apis, il ne douta pas de remporter cette première victoire. Il descend au milieu de l'arène, il essaie, il épuise ses forces, il fait des contorsions qui excitent le rire de l'amphithéâtre, et qui font même sourire Formosante.

Son grand aumônier s'approcha de lui. « Que Votre Majesté, lui dit-il, renonce à ce vain honneur, qui n'est que celui des muscles et des nerfs : vous triompherez dans tout le reste. Vous vaincrez le lion, puisque vous avez le sabre d'Osiris[12]. La princesse de Babylone doit appartenir au prince qui a le plus d'esprit, et vous avez deviné des énigmes. Elle doit épouser le plus vertueux, vous l'êtes, puisque vous avez été élevé par les prêtres d'Égypte. Le plus généreux doit l'emporter, et vous avez donné les deux plus beaux crocodiles, et les deux plus beaux rats qui soient dans le Delta. Vous possédez le bœuf Apis et les livres d'Hermès, qui sont la chose la plus rare de l'univers. Personne ne peut vous disputer Formosante. — Vous avez raison », dit le roi d'Égypte, et il se remit sur son trône.

On alla mettre l'arc entre les mains du roi des Indes. Il en eut des ampoules pour quinze jours, et se consola en présumant que le roi des Scythes ne serait pas plus heureux que lui.

Le Scythe mania l'arc à son tour. Il joignit l'adresse à la force : l'arc parut prendre quelque élasticité entre ses mains ; il le fit un peu plier, mais jamais il ne put venir à bout de le tendre. L'amphithéâtre, à qui la bonne mine de ce prince inspirait des inclinations favorables, gémit de son peu de succès et jugea que la belle princesse ne serait jamais mariée.

Alors le jeune inconnu descendit d'un saut dans l'arène et, s'adressant au roi de Scythes : « Que Votre Majesté, lui dit-il, ne s'étonne point de n'avoir pas entièrement réussi. Ces arcs d'ébène se font dans mon pays ; il n'y a qu'un certain tour à donner. Vous avez beaucoup plus de mérite à l'avoir fait plier que je n'en peux avoir à le tendre. » Aussitôt il prit une flèche, l'ajusta sur la corde, tendit l'arc de Nembrod et fit voler la flèche bien au-delà des barrières. Un million de mains applaudit à ce prodige. Babylone retentit d'acclamations, et toutes les femmes disaient : « Quel bonheur qu'un si beau garçon ait tant de force ! »

Il tira ensuite de sa poche une petite lame d'ivoire, écrivit sur cette lame avec une aiguille d'or, attacha la tablette d'ivoire à l'arc, et présenta le tout à la princesse avec une grâce qui ravissait tous les assistants. Puis il alla modestement se remettre à sa place entre son oiseau et son valet. Babylone entière était dans la surprise ; les trois rois étaient confondus, et l'inconnu ne paraissait pas s'en apercevoir.

Formosante fut encore plus étonnée en lisant sur la tablette d'ivoire attachée à l'arc ces petits vers en beau langage chaldéen :

L'arc de Nembrod est celui de la guerre ;
L'arc de l'amour est celui du bonheur ;
Vous le portez. Par vous ce dieu vainqueur
Est devenu le maître de la terre.

Trois rois puissants, trois rivaux aujourd'hui,
Osent prétendre à l'honneur de vous plaire :
Je ne sais pas qui votre cœur préfère,
Mais l'univers sera jaloux de lui.

Ce petit madrigal ne fâcha point la princesse. Il fut critiqué par quelques seigneurs de la vieille cour, qui dirent qu'autrefois, dans le bon temps, on aurait comparé Bélus au soleil, et Formosante à la lune, son cou à une tour, et sa gorge à un boisseau de froment[13]. Ils dirent que l'étranger n'avait point d'imagination, et qu'il s'écartait des règles de la véritable poésie ; mais toutes les dames trouvèrent les vers fort galants. Elles s'émerveillèrent qu'un homme qui bandait si bien un arc eût tant d'esprit. La dame d'honneur de la princesse lui dit : « Madame, voilà bien des talents en pure perte. De quoi servira à ce jeune homme son esprit et l'arc de Bélus ? — À le faire admirer, répondit Formosante. — Ah ! dit la dame d'honneur entre ses dents, encore un madrigal, et il pourrait bien être aimé. »

Cependant Bélus, ayant consulté ses mages, déclara qu'aucun des trois rois n'ayant pu bander l'arc de Nembrod, il n'en fallait pas moins marier sa fille, et qu'elle appartiendrait à celui qui viendrait à bout d'abattre le grand lion qu'on nourrissait exprès dans sa ménagerie. Le roi d'Égypte, qui avait été élevé dans toute la sagesse de son pays[14], trouva qu'il était fort ridicule d'exposer un roi aux bêtes pour le marier. Il avouait que la possession de Formosante était d'un grand prix ; mais il prétendait que, si le lion l'étranglait, il ne pourrait jamais épouser cette belle Babylonienne. Le roi des Indes entra dans les sentiments de l'Égyptien ; tous deux conclurent que le roi de Babylone se moquait d'eux ; qu'il fallait faire venir des armées pour le punir ; qu'ils avaient assez de sujets qui se tiendraient fort honorés de mourir au service de leurs maîtres, sans qu'il en coûtât un cheveu à leurs têtes sacrées ; qu'ils détrôneraient aisément le roi de Babylone, et qu'ensuite ils tireraient au sort la belle Formosante.

Cet accord étant fait, les deux rois dépêchèrent chacun dans leur pays un ordre exprès d'assembler une armée de trois cent mille hommes pour enlever Formosante.

Cependant le roi des Scythes descendit seul dans l'arène, le cimeterre à la main. Il n'était pas éperdument épris des charmes de Formosante ; la gloire avait été jusque-là sa seule passion ; elle l'avait conduit à Babylone. Il voulait faire voir que, si les rois de l'Inde et de l'Égypte étaient assez prudents pour ne se pas compromettre avec des lions, il était assez courageux pour ne pas dédaigner ce combat, et qu'il réparerait l'honneur du diadème. Sa rare valeur ne lui permit pas seulement de se servir du secours de son tigre. Il s'avance seul, légèrement armé, couvert d'un casque d'acier garni d'or, ombragé de trois queues de cheval, blanches comme la neige.

On lâche contre lui le plus énorme lion qui ait jamais été nourri dans les montagnes de l'Anti-Liban. Ses terribles griffes semblaient capables de déchirer les trois rois à la fois, et sa vaste gueule de les dévorer. Ses affreux rugissements faisaient retentir l'amphithéâtre. Les deux fiers champions se précipitent l'un contre l'autre d'une course rapide. Le courageux Scythe enfonce son épée dans le gosier du lion ; mais la pointe, rencontrant une de ces épaisses dents que rien ne peut percer, se brise en éclats, et le monstre des forêts, furieux de sa blessure, imprimait déjà ses ongles sanglants dans les flancs du monarque.

Le jeune inconnu, touché du péril d'un si brave prince, se jette dans l'arène plus prompt qu'un éclair ; il coupe la tête du lion avec la même dextérité qu'on a vu depuis dans nos carrousels de jeunes chevaliers adroits enlever des têtes de maures ou des bagues.

Puis, tirant une petite boîte, il la présente au roi scythe, en lui disant : « Votre Majesté trouvera dans cette petite boîte le véritable dictame qui croît dans mon pays. Vos glorieuses blessures seront guéries en un moment. Le hasard seul vous a empêché de triompher du lion ; votre valeur n'en est pas moins admirable. »

Le roi scythe, plus sensible à la reconnaissance qu'à la jalousie, remercia son libérateur, et, après l'avoir tendrement embrassé, rentra dans son quartier pour appliquer le dictame sur ses blessures.

L'inconnu donna la tête du lion à son valet ; celui-ci après l'avoir lavée à la grande fontaine qui était au-dessous de l'amphithéâtre, et en avoir fait écouler tout le sang, tira un fer de son petit sac, arracha les quarante dents du lion, et mit à leur place quarante diamants d'une égale grosseur.

Son maître, avec sa modestie ordinaire, se remit à sa place ; il donna la tête du lion à son oiseau : « Bel oiseau, dit-il, allez porter aux pieds de Formosante ce faible hommage. » L'oiseau part, tenant dans une de ses serres le terrible trophée ; il le présente à la princesse en baissant humblement le cou, et en s'aplatissant devant elle. Les quarante brillants éblouirent tous les yeux. On ne connaissait pas encore cette magnificence dans la superbe Babylone : l'émeraude, la topaze, le saphir et le pyrope[15] étaient regardés encore comme les plus précieux ornements. Bélus et toute la cour étaient saisis d'admiration. L'oiseau qui offrait ce présent les surprit encore davantage. Il était de la taille d'un aigle, mais ses yeux étaient aussi doux et aussi tendres que ceux de l'aigle sont fiers et menaçants. Son bec était couleur de rose, et semblait tenir quelque chose de la belle bouche de Formosante. Son cou rassemblait toutes les couleurs de l'iris, mais plus vives et plus brillantes. L'or en mille nuances éclatait sur son plumage. Ses pieds paraissaient un mélange d'argent et de pourpre ; et la queue des beaux oiseaux qu'on attela depuis au char de Junon n'approchait pas de la sienne[16].

L'attention, la curiosité, l'étonnement, l'extase de toute la cour, se partageaient entre les quarante diamants et l'oiseau. Il s'était perché sur la balustrade, entre Bélus et sa fille

Formosante ; elle le flattait, le caressait, le baisait. Il semblait recevoir ses caresses avec un plaisir mêlé de respect. Quand la princesse lui donnait des baisers, il les rendait, et la regardait ensuite avec des yeux attendris. Il recevait d'elle des biscuits et des pistaches, qu'il prenait de sa patte purpurine et argentée, et qu'il portait à son bec avec des grâces inexprimables.

Bélus, qui avait considéré les diamants avec attention, jugeait qu'une de ses provinces pouvait à peine payer un présent si riche. Il ordonna qu'on préparât pour l'inconnu des dons encore plus magnifiques que ceux qui étaient destinés aux trois monarques. « Ce jeune homme, disait-il, est sans doute le fils du roi de la Chine, ou de cette partie du monde qu'on nomme *Europe,* dont j'ai entendu parler, ou de l'Afrique, qui est, dit-on, voisine du royaume d'Égypte. »

Il envoya sur-le-champ son grand écuyer complimenter l'inconnu, et lui demander s'il était souverain ou fils du souverain d'un de ces empires, et pourquoi, possédant de si étonnants trésors, il était venu avec un valet et un petit sac.

Tandis que le grand écuyer avançait vers l'amphithéâtre pour s'acquitter de sa commission, arriva un autre valet sur une licorne. Ce valet, adressant la parole au jeune homme, lui dit : « Ormar votre père touche à l'extrémité de sa vie, et je suis venu vous en avertir. » L'inconnu leva les yeux au ciel, versa des larmes, et ne répondit que par ce mot : « Partons. »

Le grand écuyer, après avoir fait les compliments de Bélus au vainqueur du lion, au donneur des quarante diamants, au maître du bel oiseau, demanda au valet de quel royaume était souverain le père de ce jeune héros. Le valet répondit : « Son père est un vieux berger qui est fort aimé dans le canton. »

Pendant ce court entretien l'inconnu était déjà monté sur sa licorne. Il dit au grand écuyer : « Seigneur, daignez me mettre aux pieds de Bélus et de sa fille. J'ose la supplier d'avoir grand soin de l'oiseau que je lui laisse ; il est unique comme elle. » En achevant ces mots, il partit comme un éclair ; les deux valets [17] le suivirent, et on les perdit de vue.

Formosante ne put s'empêcher de jeter un grand cri. L'oiseau, se retournant vers l'amphithéâtre où son maître avait été assis, parut très affligé de ne le plus voir. Puis, regardant fixement la princesse, et frottant doucement sa belle main de son bec, il sembla se vouer à son service.

Bélus, plus étonné que jamais, apprenant que ce jeune homme si extraordinaire était le fils d'un berger, ne put le croire. Il fit courir après lui ; mais bientôt on lui rapporta que les licornes sur lesquelles ces trois hommes couraient ne pouvaient être atteintes, et qu'au galop dont elles allaient elles devaient faire cent lieues par jour.

II

Tout le monde raisonnait sur cette aventure étrange et s'épuisait en vaines conjectures. Comment le fils d'un berger peut-il donner quarante gros diamants ? Pourquoi est-il monté sur une licorne ? On s'y perdait, et Formosante, en caressant son oiseau, était plongée dans une rêverie profonde.

La princesse Aldée, sa cousine issue de germaine, très bien faite, et presque aussi belle que Formosante, lui dit : « Ma cousine, je ne sais pas si ce jeune demi-dieu est le fils d'un berger ; mais il me semble qu'il a rempli toutes les conditions attachées à votre mariage. Il a bandé l'arc de Nembrod, il a vaincu le lion, il a beaucoup d'esprit, puisqu'il a fait pour vous un assez joli impromptu. Après les quarante énormes diamants qu'il vous a donnés, vous ne pouvez nier qu'il ne soit le plus généreux des hommes. Il possédait dans son oiseau ce qu'il y a de plus rare sur la terre. Sa vertu n'a point d'égale, puisque, pouvant demeurer auprès de vous, il est parti sans délibérer dès qu'il a su que son père était malade. L'oracle est accompli dans tous ses points, excepté dans celui qui exige qu'il terrasse ses rivaux ; mais il a fait plus, il a sauvé la vie du seul concurrent qu'il pouvait craindre ; et, quand il s'agira de battre les deux autres, je crois que vous ne doutez pas qu'il n'en vienne à bout aisément.

— Tout ce que vous dites est bien vrai, répondit Formosante ; mais est-il possible que le plus grand des hommes, et peut-être même le plus aimable, soit le fils d'un berger ? »

La dame d'honneur, se mêlant de la conversation, dit que très souvent ce mot de *berger* était appliqué aux rois ; qu'on les appelait *bergers,* parce qu'ils tondent de fort près leur troupeau ; que c'était sans doute une mauvaise plaisanterie de son valet ; que ce jeune héros n'était venu si mal accompagné que pour faire voir combien son seul mérite était au-dessus du faste des rois, et pour ne devoir Formosante qu'à lui-même. La princesse ne répondit qu'en donnant à son oiseau mille tendres baisers.

On préparait cependant un grand festin pour les trois rois et pour tous les princes qui étaient venus à la fête. La fille et la nièce du roi devaient en faire les honneurs. On portait chez les rois des présents dignes de la magnificence de Babylone. Bélus, en attendant qu'on servît, assembla son conseil sur le mariage de la belle Formosante, et voici comment il parla en grand politique :

« Je suis vieux, je ne sais plus que faire, ni à qui donner ma fille. Celui qui la méritait n'est qu'un vil berger. Le roi des Indes et celui d'Égypte sont des poltrons ; le roi des Scythes me conviendrait assez, mais il n'a rempli aucune des conditions imposées. Je vais encore consulter l'oracle. En attendant, délibérez, et nous conclurons suivant ce que l'oracle aura dit ; car un roi ne doit se conduire que par l'ordre exprès des dieux immortels. »

Alors il va dans sa chapelle ; l'oracle lui répond en peu de mots suivant sa coutume : *Ta fille ne sera mariée que quand elle aura couru le monde.* Bélus, étonné, revient au conseil et rapporte cette réponse.

Tous les ministres avaient un profond respect pour les

oracles ; tous convenaient ou feignaient de convenir qu'ils étaient le fondement de la religion ; que la raison doit se taire devant eux ; que c'est par eux que les rois règnent sur les peuples, et les mages sur les rois ; que sans les oracles il n'y aurait ni vertu ni repos sur la terre. Enfin, après avoir témoigné la plus profonde vénération pour eux, presque tous conclurent que celui-ci était impertinent, qu'il ne fallait pas lui obéir ; que rien n'était plus indécent pour une fille, et surtout pour celle du grand roi de Babylone, que d'aller courir sans savoir où ; que c'était le vrai moyen de n'être point mariée, ou de faire un mariage clandestin, honteux et ridicule ; qu'en un mot cet oracle n'avait pas le sens commun.

Le plus jeune des ministres, nommé Onadase, qui avait plus d'esprit qu'eux, dit que l'oracle entendait sans doute quelque pèlerinage de dévotion, et qu'il s'offrait à être le conducteur de la princesse. Le conseil revint à son avis, mais chacun voulut servir d'écuyer. Le roi décida que la princesse pourrait aller à trois cents parasanges sur le chemin de l'Arabie, à un temple dont le saint avait la réputation de procurer d'heureux mariages aux filles, et que ce serait le doyen du conseil qui l'accompagnerait. Après cette décision, on alla souper.

III

Au milieu des jardins, entre deux cascades, s'élevait un salon ovale de trois cents pieds de diamètre, dont la voûte d'azur semée d'étoiles d'or représentait toutes les constellations avec les planètes, chacune à leur véritable place, et cette voûte tournait ainsi que le ciel, par des machines aussi invisibles que le sont celles qui dirigent les mouvements célestes[18]. Cent mille flambeaux, enfermés dans des cylindres de cristal de roche, éclairaient les dehors et l'intérieur de la salle à manger. Un buffet en gradins portait vingt mille vases ou plats d'or ; et vis-à-vis le buffet d'autres gradins étaient remplis de musiciens. Deux autres amphithéâtres étaient chargés, l'un, des fruits de toutes les saisons, l'autre, d'amphores de cristal où brillaient tous les vins de la terre.

Les convives prirent leurs places autour d'une table de compartiments qui figuraient des fleurs et des fruits, tous en pierres précieuses. La belle Formosante fut placée entre le roi des Indes et celui d'Égypte, la belle Aldée auprès du roi des Scythes. Il y avait une trentaine de princes, et chacun d'eux était à côté d'une des plus belles dames du palais. Le roi de Babylone au milieu, vis-à-vis de sa fille, paraissait partagé entre le chagrin de n'avoir pu la marier et le plaisir de la garder encore. Formosante lui demanda la permission de mettre son oiseau sur la table à côté d'elle. Le roi le trouva très bon.

La musique, qui se fit entendre, donna une pleine liberté à chaque prince d'entretenir sa voisine. Le festin parut aussi agréable que magnifique. On avait servi devant Formosante un ragoût que le roi son père aimait beaucoup. La princesse dit qu'il fallait le porter devant Sa Majesté ; aussitôt l'oiseau se saisit du plat avec une dextérité merveilleuse et va le présenter au roi. Jamais on ne fut plus étonné à souper. Bélus lui fit autant de caresses que sa fille. L'oiseau reprit ensuite son vol pour retourner auprès d'elle. Il déployait en volant une si belle queue, ses ailes étendues étalaient tant de brillantes couleurs, l'or de son plumage jetait un éclat si éblouissant, que tous les yeux ne regardaient que lui. Tous les concertants cessèrent leur musique et demeurèrent immobiles. Personne ne mangeait, personne ne parlait, on n'entendait qu'un murmure d'admiration. La princesse de Babylone le baisa pendant tout le souper, sans songer seulement s'il y avait des rois dans le monde. Ceux des Indes et d'Égypte sentirent redoubler leur dépit et leur indignation, et chacun d'eux se promit bien de hâter la marche de ses trois cent mille hommes pour se venger.

Pour le roi des Scythes, il était occupé à entretenir la belle

Aldée : son cœur altier, méprisant sans dépit les inattentions de Formosante, avait conçu pour elle plus d'indifférence que de colère. « Elle est belle, disait-il, je l'avoue ; mais elle me paraît de ces femmes qui ne sont occupées que de leur beauté, et qui pensent que le genre humain doit leur être bien obligé quand elles daignent se laisser voir en public. On n'adore point des idoles dans mon pays. J'aimerais mieux une laideron complaisante et attentive que cette belle statue. Vous avez, madame, autant de charmes qu'elle, et vous daignez au moins faire conversation avec les étrangers. Je vous avoue, avec la franchise d'un Scythe, que je vous donne la préférence sur votre cousine. » Il se trompait pourtant sur le caractère de Formosante : elle n'était pas si dédaigneuse qu'elle le paraissait ; mais son compliment fut très bien reçu de la princesse Aldée. Leur entretien devint fort intéressant : ils étaient très contents, et déjà sûrs l'un de l'autre avant qu'on sortît de table.

Après le souper, on alla se promener dans les bosquets. Le roi des Scythes et Aldée ne manquèrent pas de chercher un cabinet solitaire. Aldée, qui était la franchise même, parla ainsi à ce prince :

« Je ne hais point ma cousine, quoiqu'elle soit plus belle que moi, et qu'elle soit destinée au trône de Babylone : l'honneur de vous plaire me tient lieu d'attraits. Je préfère la Scythie avec vous à la couronne de Babylone sans vous ; mais cette couronne m'appartient de droit, s'il y a des droits dans le monde : car je suis de la branche aînée de Nembrod, et Formosante n'est que de la cadette. Son grand-père détrôna le mien et le fit mourir.

— Telle est donc la force du sang dans la maison de Babylone ! dit le Scythe. Comment s'appelait votre grand-père ? — Il se nommait Aldée comme moi. Mon père avait le même nom ; il fut relégué au fond de l'empire avec ma mère ; et Bélus, après leur mort, ne craignant rien de moi, voulut bien m'élever auprès de sa fille. Mais il a décidé que je ne serais jamais mariée.

— Je veux venger votre père, et votre grand-père, et vous, dit le roi des Scythes. Je vous réponds que vous serez mariée ; je vous enlèverai après-demain de grand matin, car il faut dîner demain avec le roi de Babylone, et je reviendrai soutenir vos droits avec une armée de trois cent mille hommes. — Je le veux bien », dit la belle Aldée ; et, après s'être donné leur parole d'honneur, ils se séparèrent.

Il y avait longtemps que l'incomparable Formosante s'était allée coucher. Elle avait fait placer à côté de son lit un petit oranger dans une caisse d'argent, pour y faire reposer son oiseau. Ses rideaux étaient fermés, mais elle n'avait nulle envie de dormir. Son cœur et son imagination étaient trop éveillés. Le charmant inconnu était devant ses yeux ; elle le voyait tirant une flèche avec l'arc de Nembrod ; elle le contemplait coupant la tête du lion ; elle récitait son madrigal ; enfin elle le voyait s'échapper de la foule, monté sur sa licorne ; alors elle éclatait en sanglots ; elle s'écriait en larmes : « Je ne le reverrai donc plus ; il ne reviendra pas.

— Il reviendra, madame, lui répondit l'oiseau du haut de son oranger ; peut-on vous avoir vue et ne pas vous revoir ?

— Ô ciel ! ô puissances éternelles ! mon oiseau parle[19] le pur chaldéen ! » En disant ces mots, elle tire ses rideaux, lui tend les bras, se met à genoux sur son lit : « Êtes-vous un dieu descendu sur la terre ? êtes-vous le grand Orosmade caché sous ce beau plumage ? Si vous êtes un dieu, rendez-moi ce beau jeune homme.

— Je ne suis qu'une volatile[20], répliqua l'autre ; mais je naquis dans le temps que toutes les bêtes parlaient encore, et que les oiseaux, les serpents, les ânesses, les chevaux et les griffons s'entretenaient familièrement avec les hommes. Je n'ai pas voulu parler devant le monde, de peur que vos dames d'honneur ne me prissent pour un sorcier : je ne veux me découvrir qu'à vous. »

Formosante, interdite, égarée, enivrée de tant de merveilles, agitée de l'empressement de faire cent questions à la fois, lui demanda d'abord quel âge il avait. « Vingt-sept mille neuf cents ans et six mois, madame ; je suis de l'âge de la petite révolution du ciel que vos mages appellent *la précession des équinoxes,* et qui s'accomplit en près de vingt-huit mille de vos années. Il y a des révolutions infiniment plus longues, aussi nous avons des êtres beaucoup plus vieux que moi. Il y a vingt-deux mille ans que j'appris le chaldéen dans un de mes voyages. J'ai toujours conservé beaucoup de goût pour la langue chaldéenne ; mais les autres animaux mes confrères ont renoncé à parler dans vos climats. — Et pourquoi cela, mon divin oiseau ? — Hélas ! c'est parce que les hommes ont pris enfin l'habitude de nous manger, au lieu de converser et de s'instruire avec nous. Les barbares ! ne devaient-ils pas être convaincus qu'ayant les mêmes organes qu'eux, les mêmes sentiments, les mêmes besoins, les mêmes désirs, nous avions ce qui s'appelle *une âme* tout comme eux ; que nous étions leurs frères, et qu'il ne fallait cuire et manger que les méchants ? Nous sommes tellement vos frères que le grand Être, l'Être éternel et formateur, ayant fait un pacte avec les hommes *, nous comprit expressément dans le traité. Il vous défendit de vous nourrir de notre sang, et à nous de sucer le vôtre.

« Les fables de votre ancien Locman [21], traduites en tant de langues, seront un témoignage éternellement subsistant de l'heureux commerce que vous avez eu autrefois avec nous. Elles commencent toutes par ces mots : *Du temps que les bêtes parlaient.* Il est vrai qu'il y a beaucoup de femmes parmi vous qui parlent toujours à leurs chiens ; mais ils ont résolu de ne point répondre depuis qu'on les a forcés à coups de fouet d'aller à la chasse et d'être complices du meurtre de nos anciens amis communs, les cerfs, les daims, les lièvres, et les perdrix.

« Vous avez encore d'anciens poèmes dans lesquels les chevaux parlent [22], et vos cochers leur adressent la parole

* Voyez le chapitre IX de la *Genèse,* et les chapitres III, XVIII et XIX de l'*Ecclésiaste.*

tous les jours ; mais c'est avec tant de grossièreté, et en prononçant des mots si infâmes, que les chevaux, qui vous aimaient tant autrefois, vous détestent aujourd'hui.

« Le pays où demeure votre charmant inconnu, le plus parfait des hommes, est demeuré le seul où votre espèce sache encore aimer la nôtre et lui parler ; et c'est la seule contrée de la terre où les hommes soient justes.

— Et où est-il ce pays de mon cher inconnu ? quel est le nom de ce héros ? comment se nomme son empire ? car je ne croirai pas plus qu'il est un berger que je ne crois que vous êtes une chauve-souris. — Son pays, madame, est celui des Gangarides, peuple vertueux et invincible qui habite la rive orientale du Gange. Le nom de mon ami est Amazan. Il n'est pas roi, et je ne sais même s'il voudrait s'abaisser à l'être ; il aime trop ses compatriotes : il est berger comme eux. Mais n'allez pas vous imaginer que ces bergers ressemblent aux vôtres, qui, couverts à peine de lambeaux déchirés, gardent des moutons infiniment mieux habillés qu'eux ; qui gémissent sous le fardeau de la pauvreté ; et qui payent à un exacteur la moitié des gages chétifs qu'ils reçoivent de leurs maîtres. Les bergers gangarides, nés tous égaux, sont les maîtres des troupeaux innombrables qui couvrent leurs prés éternellement fleuris. On ne les tue jamais ; c'est un crime horrible vers le Gange de tuer et de manger son semblable[23]. Leur laine, plus fine et plus brillante que la plus belle soie, est le plus grand commerce de l'Orient. D'ailleurs la terre des Gangarides produit tout ce qui peut flatter les désirs de l'homme[24]. Ces gros diamants qu'Amazan a eu l'honneur de vous offrir sont d'une mine qui lui appartient. Cette licorne que vous l'avez vu monter est la monture ordinaire des Gangarides. C'est le plus bel animal, le plus fier, le plus terrible et le plus doux qui orne la terre. Il suffirait de cent Gangarides et de cent licornes pour dissiper des armées innombrables. Il y a environ deux siècles qu'un roi des Indes fut assez fou pour vouloir conquérir cette nation[25] : il se présenta suivi de dix mille éléphants et d'un million de guerriers. Les licornes percèrent les éléphants, comme j'ai vu sur votre table des mauviettes [26] enfilées dans des brochettes d'or. Les guerriers tombaient sous le sabre des Gangarides, comme les moissons de riz sont coupées par les mains des peuples de l'Orient. On prit le roi prisonnier avec plus de six cent mille hommes. On le baigna dans les eaux salutaires du Gange ; on le mit au régime du pays, qui consiste à ne se nourrir que de végétaux prodigués par la nature pour nourrir tout ce qui respire. Les hommes alimentés de carnage et abreuvés de liqueurs fortes ont tous un sang aigri et aduste [27] qui les rend fous en cent manières différentes. Leur principale démence est la fureur de verser le sang de leurs frères [28] et de dévaster des plaines fertiles pour régner sur des cimetières. On employa six mois entiers à guérir le roi des Indes de sa maladie. Quand les médecins eurent enfin jugé qu'il avait le pouls plus tranquille et l'esprit plus rassis, ils en donnèrent le certificat au conseil des Gangarides. Ce conseil, ayant pris l'avis des licornes, renvoya humainement le roi des Indes, sa sotte cour et ses imbéciles guerriers dans leur pays. Cette leçon les rendit sages, et, depuis ce temps, les Indiens respectèrent les Gangarides, comme les ignorants qui voudraient s'instruire respectent parmi vous les philosophes chaldéens, qu'ils ne peuvent égaler. — À propos, mon cher oiseau, lui dit la princesse, y a-t-il une religion chez les Gangarides ? — S'il y en a une ? Madame, nous nous assemblons pour rendre grâce à Dieu les jours de la pleine lune, les hommes dans un grand temple de cèdre, les femmes dans un autre, de peur des distractions ; tous les oiseaux dans un bocage, les quadrupèdes sur une belle pelouse. Nous remercions Dieu de tous les biens qu'ils nous a faits. Nous avons surtout des perroquets qui prêchent à merveille.

— Telle est la patrie de mon cher Amazan, c'est là que je demeure ; j'ai autant d'amitié pour lui qu'il vous a inspiré d'amour. Si vous m'en croyez, nous partirons ensemble, et vous irez lui rendre sa visite.

— Vraiment, mon oiseau, vous faites là un joli métier,

répondit en souriant la princesse, qui brûlait d'envie de faire le voyage, et qui n'osait le dire. — Je sers mon ami, dit l'oiseau ; et, après le bonheur de vous aimer, le plus grand est celui de servir vos amours. »

Formosante ne savait plus où elle en était ; elle se croyait transportée hors de la terre. Tout ce qu'elle avait vu dans cette journée, tout ce qu'elle voyait, tout ce qu'elle entendait, et surtout ce qu'elle sentait dans son cœur, la plongeait dans un ravissement qui passait de bien loin celui qu'éprouvent aujourd'hui les fortunés musulmans quand, dégagés de leurs biens terrestres, ils se voient dans le neuvième ciel entre les bras de leurs houris, environnés et pénétrés de la gloire et de la félicité célestes.

IV

Elle passa toute la nuit à parler d'Amazan. Elle ne l'appelait plus que son *berger;* et c'est depuis ce temps-là que les noms de *berger* et d'*amant* sont toujours employés l'un pour l'autre chez quelques nations.

Tantôt elle demandait à l'oiseau si Amazan avait eu d'autres maîtresses. Il répondait que non, et elle était au comble de la joie. Tantôt elle voulait savoir à quoi il passait sa vie ; et elle apprenait avec transport qu'il l'employait à faire du bien, à cultiver les arts, à pénétrer les secrets de la nature, à perfectionner son être. Tantôt elle voulait savoir si l'âme de son oiseau était de la même nature que celle de son amant ; pourquoi il avait vécu près de vingt-huit mille ans, tandis que son amant n'en avait que dix-huit ou dix-neuf. Elle faisait cent questions pareilles, auxquelles l'oiseau répondait avec une discrétion qui irritait sa curiosité. Enfin, le sommeil ferma leurs yeux et livra Formosante à la douce illusion des songes envoyés par les dieux, qui surpassent quelquefois la réalité même, et que toute la philosophie des Chaldéens a bien de la peine à expliquer[29].

Formosante ne s'éveilla que très tard. Il était petit jour chez elle quand le roi son père entra dans sa chambre. L'oiseau reçut Sa Majesté avec une politesse respectueuse, alla au-devant de lui, battit des ailes, allongea son cou, et se remit sur son oranger. Le roi s'assit sur le lit de sa fille, que ses rêves avaient encore embellie. Sa grande barbe s'approcha de ce beau visage, et, après lui avoir donné deux baisers, il lui parla en ces mots :

« Ma chère fille, vous n'avez pu trouver hier un mari comme je l'espérais ; il vous en faut un pourtant ; le salut de mon empire l'exige. J'ai consulté l'oracle, qui, comme vous savez, ne ment jamais, et qui dirige toute ma conduite. Il m'a ordonné de vous faire courir le monde. Il faut que vous voyagiez. — Ah ! chez les Gangarides sans doute », dit la princesse ; et, en prononçant ces mots, qui lui échappaient, elle sentit bien qu'elle disait une sottise. Le roi, qui ne savait pas un mot de géographie, lui demanda ce qu'elle entendait par des Gangarides. Elle trouva aisément une défaite[30]. Le roi lui apprit qu'il fallait faire un pèlerinage ; qu'il avait nommé les personnes de sa suite, le doyen des conseillers d'État, le grand aumônier, une dame d'honneur, un médecin, un apothicaire, et son oiseau, avec tous les domestiques convenables.

Formosante, qui n'était jamais sortie du palais du roi son père, et qui jusqu'à la journée des trois rois et d'Amazan n'avait mené qu'une vie très insipide dans l'étiquette du faste et dans l'apparence des plaisirs, fut ravie d'avoir un pèlerinage à faire. « Qui sait, disait-elle tout bas à son cœur, si les dieux n'inspireront pas à mon cher Gangaride le même désir d'aller à la même chapelle, et si je n'aurai pas le bonheur de revoir le pèlerin ? » Elle remercia tendrement son père, en lui disant qu'elle avait eu toujours une secrète dévotion pour le saint chez lequel on l'envoyait.

Bélus donna un excellent dîner à ses hôtes ; il n'y avait que des hommes. C'étaient tous gens fort mal assortis : rois, princes, ministres, pontifes, tous jaloux les uns des autres, tous pesant leurs paroles, tous embarrassés de leurs voisins et d'eux-mêmes. Le repas fut triste, quoiqu'on y bût beaucoup. Les princesses restèrent dans leurs appartements, occupées chacune de leur départ. Elles mangèrent à leur petit couvert[31]. Formosante ensuite alla se promener dans les jardins avec son cher oiseau, qui, pour l'amuser, vola d'arbre en arbre en étalant sa superbe queue et son divin plumage.

Le roi d'Égypte, qui était chaud de vin, pour ne pas dire ivre, demanda un arc et des flèches à un de ses pages. Ce prince était à la vérité l'archer le plus maladroit de son royaume. Quand il tirait au blanc[32], la place où l'on était le plus en sûreté était le but où il visait. Mais le bel oiseau, en volant aussi rapidement que la flèche, se présenta lui-même au coup, et tomba tout sanglant entre les bras de Formosante. L'Égyptien, en riant d'un sot rire, se retira dans son quartier. La princesse perça le ciel de ses cris, fondit en larmes, se meurtrit les joues et la poitrine. L'oiseau mourant lui dit tout bas : « Brûlez-moi, et ne manquez pas de porter mes cendres vers l'Arabie Heureuse, à l'orient de l'ancienne ville d'Aden ou d'Éden, et de les exposer au soleil sur un petit bûcher de gérofle et de cannelle. » Après avoir proféré ces paroles, il expira. Formosante resta longtemps évanouie, et ne revit le jour que pour éclater en sanglots. Son père, partageant sa douleur, et faisant des imprécations contre le roi d'Égypte, ne douta pas que cette aventure n'annonçât un avenir sinistre. Il alla vite consulter l'oracle de sa chapelle. L'oracle répondit : *Mélange de tout ; mort vivant, infidélité et constance, perte et gain, calamité et bonheur.* Ni lui ni son conseil n'y purent rien comprendre ; mais enfin il était satisfait d'avoir rempli ses devoirs de dévotion.

Sa fille, éplorée, pendant qu'il consultait l'oracle, fit rendre à l'oiseau les honneurs funèbres qu'il avait ordonnés, et résolut de le porter en Arabie au péril de ses jours. Il fut brûlé dans du lin incombustible avec l'oranger sur lequel il avait couché ; elle en recueillit la cendre dans un petit vase d'or tout entouré d'escarboucles et des diamants qu'on ôta de la gueule du lion. Que ne put-elle, au lieu d'accomplir ce devoir funeste, brûler tout en vie le détestable roi d'Égypte ! c'était là tout son désir. Elle fit tuer, dans son dépit, les deux crocodiles, ses deux hippopotames, ses deux zèbres, ses deux rats, et fit jeter ses deux momies dans l'Euphrate ; si elle avait tenu son bœuf Apis, elle ne l'aurait pas épargné.

Le roi d'Égypte, outré de cet affront, partit sur-le-champ pour faire avancer ses trois cent mille hommes. Le roi des Indes, voyant partir son allié, s'en retourna le jour même, dans le ferme dessein de joindre ses trois cent mille Indiens à l'armée égyptienne. Le roi de Scythie délogea dans la nuit avec la princesse Aldée, bien résolu de venir combattre pour elle à la tête de trois cent mille Scythes, et de lui rendre l'héritage de Babylone, qui lui était dû, puisqu'elle descendait de la branche aînée.

De son côté la belle Formosante se mit en route à trois heures du matin avec sa caravane de pèlerins, se flattant bien qu'elle pourrait aller en Arabie exécuter les dernières volontés de son oiseau, et que la justice des dieux immortels lui rendrait son cher Amazan, sans qui elle ne pouvait plus vivre.

Ainsi, à son réveil, le roi de Babylone ne trouva plus personne. « Comme les grandes fêtes se terminent ! disait-il, et comme elles laissent un vide étonnant dans l'âme, quand le fracas est passé ! » Mais il fut transporté d'une colère vraiment royale lorsqu'il apprit qu'on avait enlevé la princesse Aldée. Il donna ordre qu'on éveillât tous ses ministres et qu'on assemblât le conseil. En attendant qu'ils vinssent, il ne manqua pas de consulter son oracle ; mais il ne put jamais en tirer que ces paroles, si célèbres depuis dans tout l'univers : *Quand on ne marie pas les filles, elles se marient elles-mêmes.*

Aussitôt l'ordre fut donné de faire marcher trois cent mille hommes contre le roi des Scythes. Voilà donc la guerre la plus terrible allumée de tous les côtés, et elle fut produite par les plaisirs de la plus belle fête qu'on ait jamais donnée sur la terre. L'Asie allait être désolée par quatre armées de trois cent mille combattants chacune. On sent bien que la guerre de Troie, qui étonna le monde quelques siècles après, n'était qu'un jeu d'enfants en comparaison ; mais aussi on doit considérer que dans la querelle des Troyens il ne s'agissait que d'une vieille femme fort libertine qui s'était fait enlever deux fois[33], au lieu qu'ici il s'agissait de deux filles et d'un oiseau.

Le roi des Indes allait attendre son armée sur le grand et magnifique chemin qui conduisait alors en droiture de Babylone à Cachemire. Le roi des Scythes courait avec Aldée par la belle route qui menait au mont Imaüs[34]. Tous ces chemins ont disparu dans la suite par le mauvais gouvernement. Le roi d'Égypte avait marché à l'Occident, et côtoyait la petite mer Méditerranée, que les ignorants Hébreux ont depuis nommée la *grande mer.*

À l'égard de la belle Formosante, elle suivait le chemin de Bassora, planté de hauts palmiers qui fournissaient un ombrage éternel et des fruits dans toutes les saisons. Le temple où elle allait en pèlerinage était dans Bassora même. Le saint à qui ce temple avait été dédié était à peu près dans le goût de celui qu'on adora depuis à Lampsaque. Non seulement il procurait des maris aux filles, mais il tenait lieu souvent de mari[35]. C'était le saint le plus fêté de toute l'Asie.

Formosante ne se souciait point du tout du saint de Bassora ; elle n'invoquait que son cher berger gangaride, son bel Amazan. Elle comptait s'embarquer à Bassora, et entrer dans l'Arabie Heureuse, pour faire ce que l'oiseau mort avait ordonné.

À la troisième couchée, à peine était-elle entrée dans une hôtellerie où ses fourriers avaient tout préparé pour elle, qu'elle apprit que le roi d'Égypte y entrait aussi. Instruit de la marche de la princesse par ses espions, il avait sur-le-champ changé de route, suivi d'une nombreuse escorte. Il arrive ; il fait placer des sentinelles à toutes les portes ; il monte dans la chambre de la belle Formosante, et lui dit : « Mademoiselle, c'est vous précisément que je cherchais ; vous avez fait très peu de cas de moi lorsque j'étais à Babylone ; il est juste de punir les dédaigneuses et les capricieuses : vous aurez, s'il vous plaît, la bonté de souper avec moi ce soir ; vous n'aurez point d'autre lit que le mien, et je me conduirai avec vous selon que j'en serai content. »

Formosante vit bien qu'elle n'était pas la plus forte ; elle savait que le bon esprit consiste à se conformer à sa situation ; elle prit le parti de se délivrer du roi d'Égypte par une innocente adresse ; elle le regarda du coin de l'œil, ce qui plusieurs siècles après s'est appelé *lorgner ;* et voici comme elle lui parla, avec une modestie, une grâce, une douceur, un embarras et une foule de charmes qui auraient rendu fou le plus sage des hommes et aveuglé le plus clairvoyant :

« Je vous avoue, monsieur, que je baissai toujours les yeux devant vous quand vous fîtes l'honneur au roi mon père de venir chez lui. Je craignais mon cœur, je craignais ma simplicité trop naïve : je tremblais que mon père et vos rivaux ne s'aperçussent de la préférence que je vous donnais, et que vous méritez si bien. Je puis à présent me livrer à mes sentiments. Je jure par le bœuf Apis, qui est, après vous, tout ce que je respecte le plus au monde, que vos propositions m'ont enchantée. J'ai déjà soupé avec vous chez le roi mon père ; j'y souperai bien encore ici sans qu'il soit de la partie ; tout ce que je vous demande, c'est que votre grand aumônier boive avec nous ; il m'a paru à Babylone un très bon convive ; j'ai d'excellent vin de Chiraz, je veux vous en faire goûter à tous deux. À l'égard de votre seconde proposition, elle est très engageante, mais il ne convient pas à une fille bien née d'en parler ; qu'il vous suffise de savoir que je vous regarde comme le plus grand des rois et le plus aimable des hommes. »

Ce discours fit tourner la tête au roi d'Égypte ; il voulut bien que l'aumônier fût en tiers. « J'ai encore une grâce à vous demander, lui dit la princesse, c'est de permettre que mon apothicaire vienne me parler ; les filles ont toujours de certaines petites incommodités qui demandent de certains soins, comme vapeurs de tête, battements de cœur, coliques, étouffements, auxquels il faut mettre un certain ordre dans de certaines circonstances ; en un mot, j'ai un besoin pressant de mon apothicaire, et j'espère que vous ne me refuserez pas cette légère marque d'amour.

— Mademoiselle, lui répondit le roi d'Égypte, quoiqu'un apothicaire ait des vues précisément opposées aux miennes[36], et que les objets de son art soient le contraire de ceux du mien, je sais trop bien vivre pour vous refuser une demande si juste : je vais ordonner qu'il vienne vous parler en attendant le souper ; je conçois que vous devez être un peu fatiguée du voyage ; vous devez aussi avoir besoin d'une femme de chambre, vous pourrez faire venir celle qui vous agréera davantage ; j'attendrai ensuite vos ordres et votre commodité. » Il se retira ; l'apothicaire et la femme de chambre, nommée Irla, arrivèrent. La princesse avait en elle une entière confiance ; elle lui ordonna de faire apporter six bouteilles de vin de Chiraz pour le souper, et d'en faire boire de pareil à tous les sentinelles[37] qui tenaient ses officiers aux arrêts ; puis elle recommanda à l'apothicaire de faire mettre dans toutes les bouteilles certaines drogues de sa pharmacie qui faisaient dormir les gens vingt-quatre heures, et dont il était toujours pourvu. Elle fut ponctuellement obéie. Le roi revint avec le grand aumônier au bout d'une demi-heure : le souper fut très gai ; le roi et le prêtre vidèrent les six bouteilles et avouèrent qu'il n'y avait pas de si bon vin en Égypte ; la femme de chambre eut soin d'en faire boire aux domestiques qui avaient servi. Pour la princesse, elle eut grande attention de n'en point boire, disant que son médecin l'avait mise au régime. Tout fut bientôt endormi.

L'aumônier du roi d'Égypte avait la plus belle barbe que pût porter un homme de sa sorte. Formosante la coupa très adroitement ; puis, l'ayant fait coudre à un petit ruban, elle l'attacha à son menton. Elle s'affubla de la robe du prêtre et de toutes les marques de sa dignité, habilla sa femme de chambre en sacristain de la déesse Isis ; enfin, s'étant munie de son urne et de ses pierreries, elle sortit de l'hôtellerie à travers les sentinelles, qui dormaient comme leur maître. La suivante avait eu soin de faire tenir à la porte deux chevaux prêts. La princesse ne pouvait mener avec elle aucun des officiers de sa suite : ils auraient été arrêtés par les grandes gardes.

Formosante et Irla passèrent à travers des haies de soldats qui, prenant la princesse pour le grand prêtre, l'appelaient *mon Révérendissime père en Dieu*, et lui demandaient sa bénédiction. Les deux fugitives arrivent en vingt-quatre heures à Bassora, avant que le roi fût éveillé. Elles quittèrent alors leur déguisement, qui eût pu donner des soupçons. Elles frétèrent au plus vite un vaisseau, qui les porta, par le détroit d'Ormus, au beau rivage d'Éden, dans l'Arabie Heureuse[38]. C'est cet Éden dont les jardins furent si renommés qu'on en fit depuis la demeure des justes : ils furent le modèle des Champs-Élysées, des jardins des Hespérides et de ceux des îles Fortunées ; car, dans ces climats chauds, les hommes n'imaginèrent point de plus grande béatitude que les ombrages et les murmures des eaux. Vivre éternellement dans les cieux avec l'Être suprême, ou aller se promener dans le jardin, dans le paradis, fut la même chose pour les hommes, qui parlent toujours sans s'entendre, et qui n'ont pu guère avoir encore d'idées nettes ni d'expressions justes[39].

Dès que la princesse se vit dans cette terre, son premier soin fut de rendre à son cher oiseau les honneurs funèbres qu'il avait exigés d'elle. Ses belles mains dressèrent un petit bûcher de gérofle et de cannelle. Quelle fut sa surprise lorsque ayant répandu les cendres de l'oiseau sur ce bûcher, elle le vit s'enflammer de lui-même ! Tout fut bientôt consumé. Il ne parut, à la place des cendres, qu'un gros œuf, dont elle vit sortir son oiseau plus brillant qu'il ne l'avait jamais été. Ce fut le plus beau des moments que la princesse eût éprouvés dans toute sa vie ; il n'y en avait qu'un qui pût lui être plus cher : elle le désirait, mais elle ne l'espérait pas.

« Je vois bien, dit-elle à l'oiseau, que vous êtes le phénix dont on m'avait tant parlé. Je suis prête à mourir d'étonnement et de joie. Je ne croyais point à la résurrection ; mais mon bonheur m'en a convaincue. — La résurrection, madame, lui dit le phénix, est la chose du monde la plus simple. Il n'est pas plus surprenant de naître deux fois qu'une. Tout est résurrection dans ce monde ; les chenilles ressuscitent en papillons, un noyau mis en terre ressuscite en arbre ; tous les animaux ensevelis dans la terre ressuscitent en herbes, en plantes, et nourrissent d'autres animaux dont ils font bientôt une partie de la substance : toutes les particules qui composaient les corps sont changées en différents êtres. Il est vrai que je suis le seul à qui le puissant Orosmade ait fait la grâce de ressusciter dans sa propre nature. »

Formosante, qui, depuis le jour qu'elle vit Amazan et le phénix pour la première fois, avait passé toutes ses heures à s'étonner, lui dit : « Je conçois bien que le grand Être ait pu former de vos cendres un phénix à peu près semblable à vous ; mais que vous soyez précisément la même personne, que vous ayez la même âme, j'avoue que je ne le comprends pas bien clairement. Qu'est devenue votre âme pendant que je vous portais dans ma poche après votre mort ?

— Eh, mon Dieu ! madame, n'est-il pas aussi facile au grand Orosmade de continuer son action sur une petite étincelle de moi-même que de commencer cette action ? Il m'avait accordé auparavant le sentiment, la mémoire et la pensée : il me les accorde encore ; qu'il ait attaché cette faveur à un atome de feu élémentaire caché dans moi, ou à l'assemblage de mes organes, cela ne fait rien au fond : les phénix et les hommes ignoreront toujours comment la chose se passe ; mais la plus grande grâce que l'Être suprême m'ait accordée est de me faire renaître pour vous.

Que ne puis-je passer les vingt-huit mille ans que j'ai encore à vivre jusqu'à ma prochaine résurrection entre vous et mon cher Amazan !

— Mon phénix, lui repartit la princesse, songez que les premières paroles que vous me dîtes à Babylone, et que je n'oublierai jamais, me flattèrent de l'espérance de revoir ce cher berger que j'idolâtre ; il faut absolument que nous allions ensemble chez les Gangarides, et que je le ramène à Babylone. — C'est bien mon dessein, dit le phénix ; il n'y a pas un moment à perdre. Il faut aller trouver Amazan par le plus court chemin, c'est-à-dire par les airs. Il y a dans l'Arabie Heureuse deux griffons, mes amis intimes, qui ne demeurent qu'à cent cinquante milles d'ici : je vais leur écrire par la poste aux pigeons ; ils viendront avant la nuit. Nous aurons tout le temps de vous faire travailler un petit canapé commode avec des tiroirs où l'on mettra vos provisions de bouche. Vous serez très à votre aise dans cette voiture avec votre demoiselle. Les deux griffons sont les plus vigoureux de leur espèce ; chacun d'eux tiendra un des bras du canapé entre ses griffes. Mais encore une fois, les moments sont chers. » Il alla sur-le-champ avec Formosante commander le canapé à un tapissier de sa connaissance. Il fut achevé en quatre heures. On mit dans les tiroirs des petits pains à la reine, des biscuits meilleurs que ceux de Babylone, des poncires[40], des ananas, des cocos, des pistaches et du vin d'Éden, qui l'emporte sur le vin de Chiraz autant que celui de Chiraz est au-dessus de celui de Suresnes.

Le canapé était aussi léger que commode et solide. Les deux griffons arrivèrent dans Éden à point nommé. Formosante et Irla se placèrent dans la voiture. Les deux griffons l'enlevèrent comme une plume. Le phénix tantôt volait auprès, tantôt se perchait sur le dossier. Les deux griffons cinglèrent vers le Gange avec la rapidité d'une flèche qui fend les airs. On ne se reposait que la nuit pendant quelques moments pour manger, et pour faire boire un coup aux deux voituriers.

On arriva enfin chez les Gangarides. Le cœur de la princesse palpitait d'espérance, d'amour et de joie. Le phénix fit arrêter la voiture devant la maison d'Amazan ; il demande à lui parler ; mais il y avait trois heures qu'il en était parti, sans qu'on sût où il était allé.

Il n'y a point de terme dans la langue même des Gangarides qui puisse exprimer le désespoir dont Formosante fut accablée. « Hélas ! voilà ce que j'avais craint, dit le phénix ; les trois heures que vous avez passées dans votre hôtellerie sur le chemin de Bassora avec ce malheureux roi d'Égypte vous ont enlevé peut-être pour jamais le bonheur de votre vie : j'ai bien peur que nous n'ayons perdu Amazan sans retour. »

Alors il demanda aux domestiques si on pouvait saluer madame sa mère. Ils répondirent que son mari était mort l'avant-veille et qu'elle ne voyait personne. Le phénix, qui avait du crédit dans la maison, ne laissa pas de faire entrer la princesse de Babylone dans un salon dont les murs étaient revêtus de bois d'oranger à filets d'ivoire ; les sous-bergers et les sous-bergères, en longues robes blanches ceintes de garniture aurore, lui servirent dans cent corbeilles de simple porcelaine cent mets délicieux, parmi lesquels on ne voyait aucun cadavre déguisé : c'était du riz, du sagou[41], de la semoule, du vermicelle, des macaronis, des omelettes, des œufs au lait, des fromages à la crème, des pâtisseries de toute espèce, des légumes, des fruits d'un parfum et d'un goût dont on n'a point d'idée dans les autres climats ; c'était une profusion de liqueurs rafraîchissantes, supérieures aux meilleurs vins.

Pendant que la princesse mangeait, couchée sur un lit de roses, quatre pavons, ou paons, ou pans[42], heureusement muets, l'éventaient de leurs brillantes ailes ; deux cents oiseaux, cent bergers et cent bergères lui donnèrent un concert à deux chœurs ; les rossignols, les serins, les fauvettes, les pinsons, chantaient le dessus avec les bergères ; les bergers faisaient la haute-contre et la basse : c'était en tout la belle et simple nature. La princesse avoua que, s'il y avait plus de magnificence à Babylone, la nature était mille fois plus agréable chez les Gangarides ; mais, pendant qu'on lui donnait cette musique si consolante et si voluptueuse, elle versait des larmes, elle disait à la jeune Irla sa compagne : « Ces bergers et ces bergères, ces rossignols et ces serins, font l'amour, et moi, je suis privée du héros gangaride, digne objet de mes très tendres et très impatients désirs. »

Pendant qu'elle faisait ainsi collation, qu'elle admirait, et qu'elle pleurait, le phénix disait à la mère d'Amazan : « Madame, vous ne pouvez vous dispenser de voir la princesse de Babylone ; vous savez… — Je sais tout, dit-elle, jusqu'à son aventure dans l'hôtellerie sur le chemin de Bassora ; un merle m'a tout conté ce matin ; et ce cruel merle est cause que mon fils, au désespoir, est devenu fou et a quitté la maison paternelle. — Vous ne savez donc pas, reprit le phénix, que la princesse m'a ressuscité ? — Non, mon cher enfant ; je savais par le merle que vous étiez mort, et j'en étais inconsolable. J'étais si affligée de cette perte, de la mort de mon mari et du départ précipité de mon fils, que j'avais fait défendre ma porte. Mais, puisque la princesse de Babylone me fait l'honneur de me venir voir, faites-la entrer au plus vite ; j'ai des choses de la dernière conséquence à lui dire, et je veux que vous y soyez présent. » Elle alla aussitôt dans un autre salon au-devant de la princesse. Elle ne marchait pas facilement : c'était une dame d'environ trois cents années[43] ; mais elle avait encore de beaux restes, et on voyait bien que vers les deux cent trente à quarante ans elle avait été charmante. Elle reçut Formosante avec une noblesse respectueuse, mêlée d'un air d'intérêt et de douleur qui fit sur la princesse une vive impression.

Formosante lui fit d'abord ses tristes compliments sur la mort de son mari. « Hélas ! dit la veuve, vous devez vous intéresser à sa perte plus que vous ne pensez. — J'en suis touchée sans doute, dit Formosante : il était le père de… » À ces mots elle pleura. « Je n'étais venue que pour lui et à travers bien des dangers. J'ai quitté pour lui mon père et la plus brillante cour de l'univers ; j'ai été enlevée par un roi d'Égypte que je déteste. Échappée à ce ravisseur, j'ai traversé les airs pour venir voir ce que j'aime ; j'arrive, et il me fuit ! » Les pleurs et les sanglots l'empêchèrent d'en dire davantage.

La mère lui dit alors : « Madame, lorsque le roi d'Égypte vous ravissait, lorsque vous soupiez avec lui dans un cabaret sur le chemin de Bassora, lorsque vos belles mains lui versaient du vin de Chiraz, vous souvenez-vous d'avoir vu un merle qui voltigeait dans la chambre ? — Vraiment oui, vous m'en rappelez la mémoire ; je n'y avais pas fait d'attention ; mais en recueillant mes idées, je me souviens très bien qu'au moment que le roi d'Égypte se leva de table pour me donner un baiser, le merle s'envola par la fenêtre en jetant un grand cri, et ne reparut plus.

— Hélas ! madame, reprit la mère d'Amazan, voilà ce qui fait précisément le sujet de nos malheurs ; mon fils avait envoyé ce merle s'informer de l'état de votre santé et de tout ce qui se passait à Babylone ; il comptait revenir bientôt se mettre à vos pieds et vous consacrer sa vie. Vous ne savez pas à quel excès il vous adore. Tous les Gangarides sont amoureux et fidèles ; mais mon fils est le plus passionné et le plus constant de tous. Le merle vous rencontra dans un cabaret ; vous buviez très gaiement avec le roi d'Égypte et un vilain prêtre ; il vous vit enfin donner un tendre baiser à ce monarque qui avait tué le phénix, et pour qui mon fils conserve une horreur invincible. Le merle à cette vue fut saisi d'une juste indignation ; il s'envola en maudissant vos funestes amours ; il est revenu aujourd'hui, il a tout conté ; mais dans quels moments, juste ciel ! dans le temps où mon fils pleurait avec moi la mort de son père et celle du phénix ; dans le temps qu'il apprenait de moi qu'il est votre cousin issu de germain !

— Ô ciel ! mon cousin ! Madame, est-il possible ? par quelle aventure ? comment ? quoi ! je serais heureuse à ce point ! et je serais en même temps assez infortunée pour l'avoir offensé !

— Mon fils est votre cousin, vous dis-je, reprit la mère, et je vais bientôt vous en donner la preuve ; mais en devenant ma parente vous m'arrachez mon fils ; il ne pourra survivre à la douleur que lui a causée votre baiser donné au roi d'Égypte.

— Ah ! ma tante, s'écria la belle Formosante, je jure par lui et par le puissant Orosmade que ce baiser funeste, loin d'être criminel, était la plus forte preuve d'amour que je pusse donner à votre fils. Je désobéissais à mon père pour lui. J'allais pour lui de l'Euphrate au Gange. Tombée entre les mains de l'indigne pharaon d'Égypte, je ne pouvais lui échapper qu'en le trompant. J'en atteste les cendres et l'âme du phénix qui étaient alors dans ma poche ; il peut me rendre justice. Mais comment votre fils, né sur les bords du Gange, peut-il être mon cousin, moi dont la famille règne sur les bords de l'Euphrate depuis tant de siècles ?

— Vous savez, lui dit la vénérable Gangaride, que votre grand-oncle Aldée était roi de Babylone, et qu'il fut détrôné par le père de Bélus ? — Oui, madame. — Vous savez que son fils Aldée avait eu de son mariage la princesse Aldée, élevée dans votre cour. C'est ce prince, qui, étant persécuté par votre père, vint se réfugier dans notre heureuse contrée, sous un autre nom ; c'est lui qui m'épousa ; j'en ai eu le jeune prince Aldée-Amazan, le plus beau, le plus fort, le plus courageux, le plus vertueux des mortels, et aujourd'hui le plus fou. Il alla aux fêtes de Babylone sur la réputation de votre beauté : depuis ce temps-là il vous idolâtre, et peut-être je ne reverrai jamais mon cher fils. »

Alors elle fit déployer devant la princesse tous les titres de la maison des Aldées ; à peine Formosante daigna les regarder. « Ah ! madame, s'écria-t-elle, examine-t-on ce qu'on désire ? Mon cœur vous en croit assez. Mais où est Aldée-Amazan ? où est mon parent, mon amant, mon roi ? où est ma vie ? quel chemin a-t-il pris ? J'irais le chercher dans tous les globes que l'Éternel a formés, et dont il est le plus bel ornement. J'irais dans l'étoile Canope, dans Shcath, dans Aldebaran ; j'irais le convaincre de mon amour et de mon innocence. »

Le phénix justifia la princesse du crime que lui imputait le merle d'avoir donné par amour un baiser au roi d'Égypte ; mais il fallait détromper Amazan et le ramener. Il envoie des oiseaux sur tous les chemins, il met en campagne les licornes : on lui rapporte enfin qu'Amazan a pris la route de la Chine. « Eh bien ! allons à la Chine, s'écria la princesse ; le voyage n'est pas long ; j'espère bien vous ramener votre fils dans quinze jours au plus tard. » À ces mots, que de larmes de tendresse versèrent la mère gangaride et la princesse de Babylone ! que d'embrassements ! que d'effusion de cœur !

Le phénix commanda sur-le-champ un carrosse à six licornes. La mère fournit deux cents cavaliers et fit présent à la princesse, sa nièce, de quelques milliers des plus beaux diamants du pays. Le phénix, affligé du mal que l'indiscrétion du merle avait causé, fit ordonner à tous les merles de vider le pays ; et c'est depuis ce temps qu'il ne s'en trouve plus sur les bords du Gange.

V

Les licornes, en moins de huit jours, amenèrent Formosante, Irla et le phénix à Cambalu, capitale de la Chine. C'était une ville plus grande que Babylone, et d'une espèce de magnificence toute différente. Ces nouveaux objets, ces mœurs nouvelles, auraient amusé Formosante, si elle avait pu être occupée d'autre chose que d'Amazan.

Dès que l'empereur de la Chine eut appris que la princesse de Babylone était à une porte de la ville, il lui dépêcha quatre mille mandarins en robe de cérémonie ; tous se prosternèrent devant elle et lui présentèrent chacun un compliment écrit en lettres d'or sur une feuille de soie pourpre. Formosante leur dit que, si elle avait quatre mille langues, elle ne manquerait pas de répondre sur-le-champ à chaque mandarin, mais que, n'en ayant qu'une, elle les priait de trouver bon qu'elle s'en servît pour les remercier tous en général. Ils la conduisirent respectueusement chez l'empereur.

C'était le monarque de la terre le plus juste, le plus poli et le plus sage. Ce fut lui qui, le premier, laboura un petit champ de ses mains impériales, pour rendre l'agriculture respectable à son peuple. Il établit, le premier, des prix pour la vertu. Les lois, partout ailleurs, étaient honteusement bornées à punir les crimes. Cet empereur venait de chasser de ses États une troupe de bonzes étrangers qui étaient venus du fond de l'Occident, dans l'espoir insensé de forcer toute la Chine à penser comme eux, et qui, sous prétexte d'annoncer des vérités, avaient acquis déjà des richesses et des honneurs. Il leur avait dit, en les chassant, ces propres paroles, enregistrées dans les annales de l'empire :

Vous pourriez faire ici autant de mal que vous en avez fait ailleurs : vous êtes venus prêcher des dogmes d'intolérance chez la nation la plus tolérante de la terre. Je vous renvoie pour n'être jamais forcé de vous punir. Vous serez reconduits honorablement sur mes frontières ; on vous fournira tout pour retourner aux bornes de l'hémisphère dont vous êtes partis. Allez en paix si vous pouvez être en paix, et ne revenez plus[44].

La princesse de Babylone apprit avec joie ce jugement et ce discours ; elle en était plus sûre d'être bien reçue à la cour, puisqu'elle était très éloignée d'avoir des dogmes intolérants. L'empereur de la Chine, en dînant avec elle tête à tête, eut la politesse de bannir l'embarras de toute étiquette gênante ; elle lui présenta le phénix qui fut très caressé de l'empereur, et qui se percha sur son fauteuil. Formosante, sur la fin du repas, lui confia ingénument le sujet de son voyage, et le pria de faire chercher dans Cambalu le bel Amazan, dont elle lui conta l'aventure, sans lui rien cacher de la fatale passion dont son cœur était enflammé pour ce jeune héros. « À qui en parlez-vous ? lui dit l'empereur de la Chine ; il m'a fait le plaisir de venir dans ma cour ; il m'a enchanté, cet aimable Amazan ; il est vrai qu'il est profondément affligé ; mais ses grâces n'en sont que plus touchantes ; aucun de mes favoris n'a plus d'esprit que lui ; nul mandarin de robe n'a de plus vastes connaissances ; nul mandarin d'épée n'a l'air plus martial et plus héroïque ; son extrême jeunesse donne un nouveau prix à tous ses talents : si j'étais assez malheureux, assez abandonné du Tien et du Changti[45] pour vouloir être conquérant, je prierais Amazan de se mettre à la tête de mes armées, et je serais sûr de triompher de l'univers entier. C'est bien dommage que son chagrin lui dérange quelquefois l'esprit.

— Ah ! monsieur, lui dit Formosante avec un air enflammé et un ton de douleur, de saisissement et de reproche, pourquoi ne m'avez-vous pas fait dîner avec lui ? Vous me faites mourir, envoyez-le prier tout à l'heure. — Madame, il est parti ce matin, et il n'a point dit dans quelle contrée il portait ses pas. » Formosante se tourna vers le phénix : « Eh bien ! dit-elle, phénix, avez-vous jamais vu une fille plus malheureuse que moi ? Mais, monsieur, continua-t-elle, comment, pourquoi a-t-il pu quitter si brusquement une cour aussi polie que la vôtre, dans laquelle il me semble qu'on voudrait passer sa vie ?

— Voici, madame, ce qui est arrivé. Une princesse du sang, des plus aimables, s'est éprise de passion pour lui, et lui a donné un rendez-vous chez elle à midi ; il est parti au point du jour, et il a laissé ce billet qui a coûté bien des larmes à ma parente :

Belle princesse du sang de la Chine, vous méritez un cœur qui n'ait jamais été qu'à vous ; j'ai juré aux dieux immortels de n'aimer jamais que Formosante, princesse de Babylone, et de lui apprendre comment on peut dompter ses désirs dans ses voyages ; elle a eu le malheur de succomber avec un indigne roi d'Égypte : je suis le plus malheureux des hommes ; j'ai perdu mon père et le phénix, et l'espérance d'être aimé de Formosante ; j'ai quitté ma mère affligée, ma patrie, ne pouvant vivre un moment dans les lieux où j'ai appris que Formosante en aimait un autre que moi ; j'ai juré de parcourir la terre et d'être fidèle. Vous me mépriseriez, et les dieux me puniraient, si je violais mon serment ; prenez un amant, Madame, et soyez aussi fidèle que moi.

— Ah ! laissez-moi cette étonnante lettre, dit la belle Formosante, elle fera ma consolation ; je suis heureuse dans mon infortune. Amazan m'aime ; Amazan renonce pour moi à la possession des princesses de la Chine ; il n'y a que lui sur la terre capable de remporter une telle victoire ; il me donne un grand exemple ; le phénix sait que je n'en avais pas besoin ; il est bien cruel d'être privée de son amant pour le plus innocent des baisers donné par pure fidélité. Mais enfin, où est-il allé ? quel chemin a-t-il pris ? Daignez me l'enseigner, et je pars. »

L'empereur de la Chine lui répondit qu'il croyait, sur les rapports qu'on lui avait faits, que son amant avait suivi une route qui menait en Scythie. Aussitôt les licornes furent attelées, et la princesse, après les plus tendres compliments, prit congé de l'empereur avec le phénix, sa femme de chambre Irla, et toute sa suite.

Dès qu'elle fut en Scythie, elle vit plus que jamais combien les hommes et les gouvernements diffèrent et différeront toujours jusqu'au temps où quelque peuple plus éclairé que les autres communiquera la lumière de proche en proche après mille siècles de ténèbres, et qu'il se trouvera dans des climats barbares des âmes héroïques qui auront la force et la persévérance de changer les brutes en hommes. Point de villes en Scythie[46], par conséquent point d'arts agréables. On ne voyait que de vastes prairies et des nations entières sous des tentes et sur des chars. Cet aspect imprimait la terreur. Formosante demanda dans quelle tente ou dans quelle charrette logeait le roi. On lui dit que depuis huit jours il s'était mis en marche à la tête de trois cent mille hommes de cavalerie pour aller à la rencontre du roi de Babylone, dont il avait enlevé la nièce, la belle princesse Aldée. « Il a enlevé ma cousine ? s'écria Formosante ; je ne m'attendais pas à cette nouvelle aventure. Quoi ! ma cousine, qui était trop heureuse de me faire la cour, est devenue reine, et je ne suis pas encore mariée ! » Elle se fit conduire incontinent aux tentes de la reine.

Leur réunion inespérée dans ces climats lointains, les choses singulières qu'elles avaient mutuellement à s'apprendre, mirent dans leur entrevue un charme qui leur fit oublier qu'elles ne s'étaient jamais aimées ; elles se revirent avec transport ; une douce illusion se mit à la place de la vraie tendresse ; elles s'embrassèrent en pleurant ; et il y eut même entre elles de la cordialité et de la franchise, attendu que l'entrevue ne se faisait pas dans un palais.

Aldée reconnut le phénix et la confidente Irla ; elle donna des fourrures de zibeline[47] à sa cousine, qui lui donna des diamants. On parla de la guerre que les deux rois entreprenaient ; on déplora la condition des hommes que des monarques envoient par fantaisie s'égorger pour des différends que deux honnêtes gens pourraient concilier en une heure ; mais surtout on s'entretint du bel étranger vainqueur des lions, donneur des plus gros diamants de l'univers, faiseur de madrigaux, possesseur du phénix, devenu le plus malheureux des hommes sur le rapport d'un merle. « C'est mon cher frère, disait Aldée. — C'est mon amant, s'écriait Formosante ; vous l'avez vu sans doute, il est peut-être encore ici : car, ma cousine, il sait qu'il est votre frère ; il ne vous aura pas quittée brusquement comme il a quitté le roi de la Chine.

— Si je l'ai vu, grands dieux ! reprit Aldée ; il a passé

quatre jours entiers avec moi. Ah ! ma cousine, que mon frère est à plaindre ! Un faux rapport l'a rendu absolument fou ; il court le monde sans savoir où il va. Figurez-vous qu'il a poussé la démence jusqu'à refuser les faveurs de la plus belle Scythe de toute la Scythie. Il partit hier après lui avoir écrit une lettre dont elle a été désespérée. Pour lui, il est allé chez les Cimmériens. — Dieu soit loué ! s'écria Formosante ; encore un refus en ma faveur ! mon bonheur a passé mon espoir, comme mon malheur a surpassé toutes mes craintes. Faites-moi donner cette lettre charmante, que je parte, que je le suive, les mains pleines de ses sacrifices. Adieu, ma cousine : Amazan est chez les Cimmériens, j'y vole. »

Aldée trouva que la princesse sa cousine était encore plus folle que son frère Amazan. Mais, comme elle avait senti elle-même les atteintes de cette épidémie, comme elle avait quitté les délices et la magnificence de Babylone pour le roi des Scythes, comme les femmes s'intéressent toujours aux folies dont l'amour est cause, elle s'attendrit véritablement pour Formosante, lui souhaita un heureux voyage, et lui promit de servir sa passion si jamais elle était assez heureuse pour revoir son frère.

VI

Bientôt la princesse de Babylone et le phénix arrivèrent dans l'empire des Cimmériens, bien moins peuplé, à la vérité, que la Chine, mais deux fois plus étendu, autrefois semblable à la Scythie, et devenu depuis quelque temps aussi florissant que les royaumes qui se vantaient d'instruire les autres États.

Après quelques jours de marche on entra dans une très grande ville que l'impératrice régnante faisait embellir ; mais elle n'y était pas, elle voyageait alors des frontières de l'Europe à celles de l'Asie pour connaître ses États par ses yeux[48], pour juger des maux et porter les remèdes, pour accroître les avantages, pour semer l'instruction.

Un des principaux officiers de cette ancienne capitale, instruit de l'arrivée de la Babylonienne et du phénix, s'empressa de rendre ses hommages à la princesse, et de lui faire les honneurs du pays, bien sûr que sa maîtresse, qui était la plus polie et la plus magnifique des reines[49], lui saurait gré d'avoir reçu une si grande dame avec les mêmes égards qu'elle aurait prodigués elle-même.

On logea Formosante au palais, dont on écarta une foule importune de peuple ; on lui donna des fêtes ingénieuses. Le seigneur cimmérien[50], qui était un grand naturaliste, s'entretint beaucoup avec le phénix dans les temps où la princesse était retirée dans son appartement. Le phénix lui avoua qu'il avait autrefois voyagé chez les Cimmériens, et qu'il ne reconnaissait plus le pays. « Comment de si prodigieux changements, disait-il, ont-ils pu être opérés dans un temps si court ? Il n'y a pas trois cents ans que je vis ici la nature sauvage dans toute son horreur ; j'y trouve aujourd'hui les arts, la splendeur, la gloire et la politesse. — Un seul homme[51] a commencé ce grand ouvrage, répondit le Cimmérien, une femme l'a perfectionné ; une femme a été meilleure législatrice que l'Isis des Égyptiens et la Cérès des Grecs. La plupart des législateurs ont eu un génie étroit et despotique, qui a resserré leurs vues dans le pays qu'ils ont gouverné ; chacun a regardé son peuple comme étant seul sur la terre, ou comme devant être l'ennemi du reste de la terre. Ils ont formé des institutions pour ce seul peuple, introduit des usages pour lui seul, établi une religion pour lui seul. C'est ainsi que les Égyptiens, si fameux par des monceaux de pierres, se sont abrutis et déshonorés par leurs superstitions barbares. Ils croient les autres nations profanes, ils ne communiquent point avec elles, et, excepté la cour qui s'élève quelquefois au-dessus des préjugés vulgaires, il n'y a pas un Égyptien qui voulût manger dans un plat dont un étranger se serait servi. Leurs prêtres sont cruels et absurdes[52]. Il vaudrait mieux n'avoir point de lois et n'écouter que la nature, qui a gravé dans nos cœurs les caractères du juste et de l'injuste, que de soumettre la société à des lois si insociables.

« Notre impératrice embrasse des projets entièrement opposés ; elle considère son vaste État, sur lequel tous les méridiens viennent se joindre, comme devant correspondre à tous les peuples qui habitent sous ces différents méridiens. La première de ses lois a été la tolérance de toutes les religions[53], et la compassion pour toutes les erreurs. Son puissant génie a connu que, si les cultes sont différents, la morale est partout la même ; par ce principe elle a lié sa nation à toutes les nations du monde, et les Cimmériens vont regarder le Scandinavien et le Chinois comme leurs frères. Elle a fait plus : elle a voulu que cette précieuse tolérance, le premier lien des hommes, s'établît chez ses voisins ; ainsi elle a mérité le titre de mère de la patrie, et elle aura celui de bienfaitrice du genre humain, si elle persévère.

« Avant elle, des hommes malheureusement puissants envoyaient des troupes de meurtriers ravir à des peuplades inconnues et arroser de leur sang les héritages de leurs pères ; on appelait ces assassins des héros ; leur brigandage était de la gloire. Notre souveraine a une autre gloire : elle a fait marcher des armées pour apporter la paix[54], pour empêcher les hommes de se nuire, pour les forcer à se supporter les uns les autres ; et ses étendards ont été ceux de la concorde publique. »

Le phénix, enchanté de tout ce que lui apprenait ce seigneur, lui dit : « Monsieur, il y a vingt-sept mille neuf cents années et sept mois que je suis au monde ; je n'ai encore rien vu de comparable à ce que vous me faites entendre. » Il lui demanda des nouvelles de son ami Amazan ; le Cimmérien lui conta les mêmes choses qu'on avait dites à la princesse chez les Chinois et chez les Scythes. Amazan s'enfuyait de toutes les cours qu'il visitait sitôt qu'une dame lui avait donné un rendez-vous auquel il craignait de succomber. Le phénix instruisit bientôt Formosante de cette nouvelle marque de fidélité qu'Amazan lui donnait, fidélité d'autant plus étonnante qu'il ne pouvait pas soupçonner que sa princesse en fût jamais informée.

Il était parti pour la Scandinavie. Ce fut dans ces climats que des spectacles nouveaux frappèrent encore ses yeux. Ici la royauté et la liberté subsistaient ensemble par un accord qui paraît impossible dans d'autres États : les agriculteurs avaient part à la législation, aussi bien que les grands du royaume ; et un jeune prince[55] donnait les plus grandes espérances d'être digne de commander à une nation libre. Là c'était quelque chose de plus étrange : le seul roi qui fût despotique de droit sur la terre par un contrat formel avec son peuple était en même temps le plus jeune et le plus juste des rois[56].

Chez les Sarmates, Amazan vit un philosophe sur le trône ; on pouvait l'appeler *le roi de l'anarchie,* car il était le chef de cent mille petits rois, dont un seul pouvait d'un mot anéantir les résolutions de tous les autres. Éole n'avait pas plus de peine à contenir tous les vents qui se combattent sans cesse que ce monarque n'en avait à concilier les esprits ; c'était un pilote environné d'un éternel orage[57], et cependant le vaisseau ne se brisait pas : car le prince était un excellent pilote.

En parcourant tous ces pays si différents de sa patrie, Amazan refusait constamment toutes les bonnes fortunes qui se présentaient à lui, toujours désespéré du baiser que Formosante avait donné au roi d'Égypte, toujours affermi dans son inconcevable résolution de donner à Formosante l'exemple d'une fidélité unique et inébranlable.

La princesse de Babylone avec le phénix le suivait partout à la piste, et ne le manquait jamais que d'un jour ou deux, sans que l'un se lassât de courir, et sans que l'autre perdît un moment à le suivre.

Ils traversèrent ainsi toute la Germanie ; ils admirèrent les progrès que la raison et la philosophie faisaient dans le Nord ; tous les princes[58] y étaient instruits, tous autorisaient la liberté de penser ; leur éducation n'avait point été confiée à des hommes qui eussent intérêt de les tromper ou qui fussent trompés eux-mêmes ; on les avait élevés dans la connaissance de la morale universelle et dans le mépris des superstitions ; on avait banni dans tous ces États un usage insensé qui énervait et dépeuplait plusieurs pays méridionaux : cette coutume était d'enterrer tout vivants, dans de vastes cachots, un nombre infini des deux sexes éternellement séparés l'un de l'autre, et de leur faire jurer de n'avoir jamais de communication ensemble. Cet excès de démence, accrédité pendant des siècles, avait dévasté la terre autant que les guerres les plus cruelles.

Les princes du Nord avaient à la fin compris que, si l'on voulait avoir des haras, il ne fallait pas séparer les plus forts chevaux des cavales. Ils avaient détruit aussi des erreurs non moins bizarres et non moins pernicieuses. Enfin les hommes osaient être raisonnables dans ces vastes pays, tandis qu'ailleurs on croyait encore qu'on ne peut les gouverner qu'autant qu'ils sont imbéciles.

VII

Amazan arriva chez les Bataves ; son cœur éprouva une douce satisfaction, dans son chagrin, d'y retrouver quelque faible image du pays des heureux Gangarides : la liberté, l'égalité, la propreté, l'abondance, la tolérance ; mais les dames du pays étaient si froides qu'aucune ne lui fit d'avances comme on lui en avait fait partout ailleurs ; il n'eut pas la peine de résister. S'il avait voulu attaquer ces dames, il les aurait toutes subjuguées l'une après l'autre sans être aimé d'aucune ; mais il était bien éloigné de songer à faire des conquêtes.

Formosante fut sur le point de l'attraper chez cette nation insipide : il ne s'en fallut que d'un moment.

Amazan avait entendu parler chez les Bataves avec tant d'éloges d'une certaine île nommée Albion, qu'il s'était déterminé à s'embarquer, lui et ses licornes, sur un vaisseau qui, par un vent d'orient favorable, l'avait porté en quatre heures au rivage de cette terre plus célèbre que Tyr et que l'île Atlantide.

La belle Formosante, qui l'avait suivi au bord de la Duina, de la Vistule, de l'Elbe, du Véser[59], arrive enfin aux bouches du Rhin, qui portait alors ses eaux rapides dans la mer Germanique.

Elle apprend que son cher amant a vogué aux côtes d'Albion ; elle croit voir son vaisseau, elle pousse des cris de joie dont toutes les dames bataves furent surprises, n'imaginant pas qu'un jeune homme pût causer tant de joie ; et, à l'égard du phénix, elles n'en firent pas grand cas, parce qu'elles jugèrent que ses plumes ne pourraient probablement se vendre aussi bien que celles des canards et des oisons de leurs marais. La princesse de Babylone loua ou nolisa deux vaisseaux pour la transporter avec tout son monde dans cette bienheureuse île qui allait posséder l'unique objet de tous ses désirs, l'âme de sa vie, le dieu de son cœur.

Un vent funeste d'occident s'éleva tout à coup dans le moment même où le fidèle et malheureux Amazan mettait pied à terre en Albion : les vaisseaux de la princesse de Babylone ne purent démarrer[60]. Un serrement de cœur, une douleur amère, une mélancolie profonde, saisirent Formosante ; elle se mit au lit, dans sa douleur, en attendant que le vent changeât ; mais il souffla huit jours entiers avec une violence désespérante. La princesse, pendant ce siècle de huit jours, se faisait lire par Irla des romans : ce n'est pas que les Bataves en sussent faire ; mais, comme ils étaient les facteurs[61] de l'univers, ils vendaient l'esprit des autres nations ainsi que leurs denrées. La princesse fit acheter chez Marc-Michel Rey[62] tous les contes que l'on avait écrits chez les Ausoniens et chez les Velches, et dont le débit était défendu sagement chez ces peuples pour enrichir les Bataves ; elle espérait qu'elle trouverait dans ces histoires quelque aventure qui ressemblerait à la sienne, et qui charmerait sa douleur. Irla lisait, le phénix disait son avis, et la princesse ne trouvait rien dans *La Paysanne parvenue*, ni dans *Tanzaï*, ni dans *Le Sopha*, ni dans *Les Quatre Facardins*[63], qui eût le moindre rapport à ses aventures ; elle interrompait à tout moment la lecture pour demander de quel côté venait le vent.

VIII

Cependant Amazan était déjà sur le chemin de la capitale d'Albion, dans son carrosse à six licornes, et rêvait à sa princesse. Il aperçut un équipage versé dans une fosse ; les domestiques s'étaient écartés pour aller chercher du secours ; le maître de l'équipage restait tranquillement dans sa voiture, ne témoignant pas la plus légère impatience, et s'amusant à fumer : car on fumait alors ; il se nommait milord Whatthen, ce qui signifie à peu près milord Qu'importe en la langue dans laquelle je traduis ces mémoires.

Amazan se précipita pour lui rendre service ; il releva tout seul la voiture, tant sa force était supérieure à celle des autres hommes. Milord Qu'importe se contenta de dire : « Voilà un homme bien vigoureux. » Des rustres du voisinage, étant accourus, se mirent en colère de ce qu'on les avait fait venir inutilement, et s'en prirent à l'étranger ; ils le menacèrent en l'appelant *chien d'étranger,* et ils voulurent le battre.

Amazan en saisit deux de chaque main, et les jeta à vingt pas ; les autres le respectèrent, le saluèrent, lui demandèrent pour boire : il leur donna plus d'argent qu'ils n'en avaient jamais vu. Milord Qu'importe lui dit : « Je vous estime ; venez dîner avec moi dans ma maison de campagne, qui n'est qu'à trois milles » ; il monta dans la voiture d'Amazan, parce que la sienne était dérangée par la secousse.

Après un quart d'heure de silence, il regarda un moment Amazan, et lui dit : « *How dye do ?* », à la lettre : *Comment faites-vous faire ?* et dans la langue du traducteur : *Comment vous portez-vous ?* ce qui ne veut rien dire du tout en aucune langue ; puis il ajouta : « Vous avez là six jolies licornes » ; et il se remit à fumer.

Le voyageur lui dit que ses licornes étaient à son service ; qu'il venait avec elles du pays des Gangarides ; et il en prit occasion de lui parler de la princesse de Babylone et du fatal baiser qu'elle avait donné au roi d'Égypte : à quoi l'autre ne répliqua rien du tout, se souciant très peu qu'il y eût dans le monde un roi d'Égypte et une princesse de Babylone. Il fut encore un quart d'heure sans parler ; après quoi il redemanda à son compagnon *comment il faisait faire*, et si on mangeait du bon *roast-beef* dans le pays des Gangarides. Le voyageur lui répondit avec sa politesse ordinaire qu'on ne mangeait point ses frères sur les bords du Gange. Il lui expliqua le système qui fut, après tant de siècles, celui de Pythagore, de Porphyre, de Iamblique. Sur quoi milord s'endormit, et ne fit qu'un somme jusqu'à ce qu'on fût arrivé à sa maison.

Il avait une femme jeune et charmante, à qui la nature avait donné une âme aussi vive et aussi sensible que celle de son mari était indifférente. Plusieurs seigneurs albioniens étaient venus ce jour-là dîner avec elle. Il y avait des caractères de toutes les espèces ; car, le pays n'ayant presque jamais été gouverné que par des étrangers, les familles venues avec ces princes avaient toutes apporté des mœurs différentes. Il se trouva dans la compagnie des gens très aimables, d'autres d'un esprit supérieur, quelques-uns d'une science profonde.

La maîtresse de la maison n'avait rien de cet air emprunté et gauche, de cette raideur, de cette mauvaise honte qu'on reprochait alors aux jeunes femmes d'Albion ; elle ne cachait point, par un maintien dédaigneux, et par un silence affecté, la stérilité de ses idées et l'embarras humiliant de n'avoir rien à dire : nulle femme n'était plus engageante. Elle reçut Amazan avec la politesse et les grâces qui lui étaient naturelles. L'extrême beauté de ce jeune étranger, et la comparaison soudaine qu'elle fit entre lui et son mari, la frappèrent d'abord sensiblement.

On servit. Elle fit asseoir Amazan à côté d'elle, et lui fit manger des poudings de toute espèce, ayant su de lui que les Gangarides ne se nourrissaient de rien qui eût reçu des dieux le don céleste de la vie. Sa beauté, sa force, les mœurs des Gangarides, les progrès des arts, la religion et le gouvernement, furent le sujet d'une conversation aussi agréable qu'instructive pendant le repas, qui dura jusqu'à la nuit, et pendant lequel milord Qu'importe but beaucoup et ne dit mot.

Après le dîner, pendant que milady versait du thé, et qu'elle dévorait des yeux le jeune homme, il s'entretenait avec un membre du parlement ; car chacun sait que dès lors il y avait un parlement, et qu'il s'appelait *Wittenagemot*, ce qui signifie *l'assemblée des gens d'esprit*. Amazan s'informait de la constitution, des mœurs, des lois, des forces, des usages, des arts, qui rendaient ce pays si recommandable ; et ce seigneur lui parlait en ces termes :

« Nous avons longtemps marché tout nus, quoique le climat ne soit pas chaud. Nous avons été longtemps traités en esclaves par des gens venus de l'antique terre de Saturne, arrosée des eaux du Tibre. Mais nous nous sommes fait nous-mêmes beaucoup plus de maux que nous n'en avions essuyé de nos premiers vainqueurs. Un de nos rois [64] poussa la bassesse jusqu'à se déclarer sujet d'un prêtre qui demeurait aussi sur les bords du Tibre, et qu'on appelait *le Vieux des sept montagnes* [65] ; tant la destinée de ces sept montagnes a été longtemps de dominer sur une grande partie de l'Europe, habitée alors par des brutes.

« Après ces temps d'avilissement sont venus des siècles de

férocité et d'anarchie. Notre terre, plus orageuse que les mers qui l'environnent, a été saccagée et ensanglantée par nos discordes. Plusieurs têtes couronnées ont péri par le dernier supplice. Plus de cent princes du sang des rois ont fini leurs jours sur l'échafaud. On a arraché le cœur à tous leurs adhérents, et on en a battu leurs joues[66]. C'était au bourreau qu'il appartenait d'écrire l'histoire de notre île, puisque c'était lui qui avait terminé toutes les grandes affaires.

« Il n'y a pas longtemps[67] que, pour comble d'horreur, quelques personnes portant un manteau noir, et d'autres qui mettaient une chemise blanche par-dessus leur jaquette, ayant été mordues par des chiens enragés, communiquèrent la rage à la nation entière. Tous les citoyens furent ou meurtriers ou égorgés, ou bourreaux ou suppliciés, ou déprédateurs ou esclaves, au nom du ciel, et en cherchant le Seigneur.

« Qui croirait que de cet abîme épouvantable, de ce chaos de dissensions, d'atrocités, d'ignorance et de fanatisme, il est enfin résulté le plus parfait gouvernement, peut-être, qui soit aujourd'hui dans le monde ? Un roi honoré et riche, tout-puissant pour faire le bien, impuissant pour faire le mal, est à la tête d'une nation libre, guerrière, commerçante et éclairée. Les grands d'un côté, et les représentants des villes de l'autre, partagent la législation avec le monarque.

« On avait vu, par une fatalité singulière, le désordre, les guerres civiles, l'anarchie et la pauvreté désoler le pays quand les rois affectaient le pouvoir arbitraire. La tranquillité, la richesse, la félicité publique, n'ont régné chez nous que quand les rois ont reconnu qu'ils n'étaient pas absolus[68]. Tout était subverti quand on disputait sur des choses inintelligibles : tout a été dans l'ordre quand on les a méprisées. Nos flottes victorieuses portent notre gloire sur toutes les mers, et les lois mettent en sûreté nos fortunes ; jamais un juge ne peut les expliquer arbitrairement ; jamais on ne rend un arrêt qui ne soit motivé. Nous punirions comme des assassins des juges qui oseraient envoyer à la mort un citoyen sans manifester les témoignages qui l'accusent et la loi qui le condamne.

« Il est vrai qu'il y a toujours chez nous deux partis qui se combattent avec la plume et avec des intrigues ; mais aussi ils se réunissent toujours quand il s'agit de prendre les armes pour défendre la patrie et la liberté. Ces deux partis veillent l'un sur l'autre ; ils s'empêchent mutuellement de violer le dépôt sacré des lois ; ils se haïssent, mais ils aiment l'État : ce sont des amants jaloux qui servent à l'envi la même maîtresse.

« Du même fonds d'esprit qui nous a fait connaître et soutenir les droits de la nature humaine, nous avons porté les sciences au plus haut point où elles puissent parvenir chez les hommes. Vos Égyptiens, qui passent pour de si grands mécaniciens ; vos Indiens, qu'on croit de si grands philosophes ; vos Babyloniens, qui se vantent d'avoir observé les astres pendant quatre cent trente mille années ; les Grecs, qui ont écrit tant de phrases et si peu de choses, ne savent précisément rien en comparaison de nos moindres écoliers, qui ont étudié les découvertes de nos grands maîtres. Nous avons arraché plus de secrets à la nature dans l'espace de cent années que le genre humain n'en avait découvert dans la multitude des siècles.

« Voilà au vrai l'état où nous sommes. Je ne vous ai caché ni le bien, ni le mal, ni nos opprobres, ni notre gloire ; et je n'ai rien exagéré. »

Amazan, à ce discours, se sentit pénétré du désir de s'instruire dans ces sciences sublimes dont on lui parlait ; et si sa passion pour la princesse de Babylone, son respect filial pour sa mère, qu'il avait quittée, et l'amour de sa patrie, n'eussent fortement parlé à son cœur déchiré, il aurait voulu passer sa vie dans l'île d'Albion. Mais ce malheureux baiser donné par sa princesse au roi d'Égypte ne lui laissait pas assez de liberté dans l'esprit pour étudier les hautes sciences.

« Je vous avoue, dit-il, que, m'ayant imposé la loi de

courir le monde, et de m'éviter moi-même, je serais curieux de voir cette antique terre de Saturne, ce peuple du Tibre et des sept montagnes à qui vous avez obéi autrefois ; il faut, sans doute, que ce soit le premier peuple de la terre. — Je vous conseille de faire ce voyage, lui répondit l'Albionien, pour peu que vous aimiez la musique et la peinture. Nous allons très souvent nous-mêmes porter quelquefois notre ennui vers les sept montagnes[69]. Mais vous serez bien étonné en voyant les descendants de nos vainqueurs. »

Cette conversation fut longue. Quoique le bel Amazan eût la cervelle un peu attaquée, il parlait avec tant d'agréments, sa voix était si touchante, son maintien si noble et si doux, que la maîtresse de la maison ne put s'empêcher de l'entretenir à son tour tête à tête. Elle lui serra tendrement la main en lui parlant, et en le regardant avec des yeux humides et étincelants qui portaient les désirs dans tous les ressorts de la vie. Elle le retint à souper et à coucher. Chaque instant, chaque parole, chaque regard, enflammèrent sa passion. Dès que tout le monde fut retiré, elle lui écrivit un petit billet, ne doutant pas qu'il ne vînt lui faire la cour dans son lit, tandis que milord Qu'importe dormait dans le sien. Amazan eut encore le courage de résister ; tant un grain de folie produit d'effets miraculeux dans une âme forte et profondément blessée.

Amazan, selon sa coutume, fit à la dame une réponse respectueuse, par laquelle il lui représentait la sainteté de son serment, et l'obligation étroite où il était d'apprendre à la princesse de Babylone à dompter ses passions ; après quoi il fit atteler ses licornes et repartit pour la Batavie, laissant toute la compagnie émerveillée de lui, et la dame du logis désespérée. Dans l'excès de sa douleur, elle laissa traîner la lettre d'Amazan ; milord Qu'importe la lut le lendemain matin. « Voilà, dit-il en levant les épaules, de bien plates niaiseries » ; et il alla chasser au renard avec quelques ivrognes du voisinage.

Amazan voguait déjà sur la mer, muni d'une carte

géographique dont lui avait fait présent le savant Albionien qui s'était entretenu avec lui chez milord Qu'importe. Il voyait avec surprise une grande partie de la terre sur une feuille de papier.

Ses yeux et son imagination s'égaraient dans ce petit espace ; il regardait le Rhin, le Danube, les Alpes du Tyrol, marqués alors par d'autres noms, et tous les pays par où il devait passer avant d'arriver à la ville des sept montagnes ; mais surtout il jetait les yeux sur la contrée des Gangarides, sur Babylone, où il avait vu sa chère princesse, et sur le fatal pays de Bassora, où elle avait donné un baiser au roi d'Égypte. Il soupirait, il versait des larmes ; mais il convenait que l'Albionien, qui lui avait fait présent de l'univers en raccourci, n'avait point eu tort en disant qu'on était mille fois plus instruit sur les bords de la Tamise que sur ceux du Nil, de l'Euphrate et du Gange.

Comme il retournait en Batavie, Formosante volait vers Albion avec ses deux vaisseaux, qui cinglaient à pleines voiles ; celui d'Amazan et celui de la princesse se croisèrent, se touchèrent presque : les deux amants étaient près l'un de l'autre, et ne pouvaient s'en douter. Ah, s'ils l'avaient su ! Mais l'impérieuse destinée ne le permit pas.

IX

Sitôt qu'Amazan fut débarqué sur le terrain égal et fangeux de la Batavie, il partit comme un éclair pour la ville aux sept montagnes. Il fallut traverser la partie méridionale de la Germanie. De quatre milles en quatre milles, on trouvait un prince et une princesse, des filles d'honneur, et des gueux. Il était étonné des coquetteries que ces dames et ces filles d'honneur lui faisaient partout avec la bonne foi germanique ; et il n'y répondait que par de modestes refus.

Après avoir franchi les Alpes, il s'embarqua sur la mer de Dalmatie, et aborda dans une ville qui ne ressemblait à rien du tout de ce qu'il avait vu jusqu'alors. La mer formait les rues, les maisons étaient bâties dans l'eau. Le peu de places publiques qui ornaient cette ville était couvert d'hommes et de femmes qui avaient un double visage, celui que la nature leur avait donné, et une face de carton mal peint qu'ils appliquaient par-dessus ; en sorte que la nation semblait composée de spectres. Les étrangers qui venaient dans cette contrée commençaient par acheter un visage, comme on se pourvoit ailleurs de bonnets et de souliers. Amazan dédaigna cette mode contre nature ; il se présenta tel qu'il était. Il y avait dans la ville douze mille filles enregistrées dans le grand livre de la république : filles utiles à l'État, chargées du commerce le plus avantageux et le plus agréable qui ait jamais enrichi une nation. Les négociants ordinaires envoyaient à grands frais et à grands risques des étoffes dans l'Orient ; ces belles négociantes faisaient sans aucun risque un trafic toujours renaissant de leurs attraits. Elles vinrent toutes se présenter au bel Amazan et lui offrir le choix. Il s'enfuit au plus vite, en prononçant le nom de l'incomparable princesse de Babylone, et en jurant par les dieux immortels qu'elle était plus belle que toutes les douze mille filles vénitiennes. « Sublime friponne, s'écriait-il dans ses transports, je vous apprendrai à être fidèle. »

Enfin les ondes jaunes du Tibre, des marais empestés, des habitants hâves, décharnés et rares, couverts de vieux manteaux troués, qui laissaient voir leur peau sèche et tannée, se présentèrent à ses yeux et lui annoncèrent qu'il était à la porte de la ville aux sept montagnes, de cette ville de héros et de législateurs qui avaient conquis et policé une grande partie du globe.

Il s'était imaginé qu'il verrait à la porte triomphale cinq cents bataillons commandés par des héros, et dans le sénat, une assemblée de demi-dieux donnant des lois à la terre ; il trouva, pour toute armée, une trentaine de gredins montant la garde avec un parasol, de peur du soleil. Ayant pénétré jusqu'à un temple qui lui parut très beau, mais moins que celui de Babylone, il fut assez surpris d'y entendre une musique exécutée par des hommes qui avaient des voix de femmes.

« Voilà, dit-il, un plaisant pays que cette antique terre de Saturne. J'ai vu une ville où personne n'avait son visage ; en voici une autre où les hommes n'ont ni leur voix ni leur barbe. » On lui dit que ces chantres n'étaient plus hommes, qu'on les avait dépouillés de leur virilité afin qu'ils chantassent plus agréablement les louanges d'une prodigieuse quantité de gens de mérite. Amazan ne comprit rien à ce discours. Ces messieurs le prièrent de chanter ; il chanta un air gangaride avec sa grâce ordinaire. Sa voix était une très belle haute-contre. « Ah ! Monsignor, lui dirent-ils, quel charmant soprano vous auriez ! Ah ! si... — Comment, si ? Que prétendez-vous dire ? — Ah, Monsignor ! — Eh bien ? — Si vous n'aviez point de barbe ! » Alors ils lui expliquèrent très plaisamment et avec des gestes fort comiques, selon leur coutume, de quoi il était question. Amazan demeura tout confondu. « J'ai voyagé, dit-il, et jamais je n'ai entendu parler d'une telle fantaisie. »

Lorsqu'on eut bien chanté, *le Vieux des sept montagnes* alla en grand cortège à la porte du temple ; il coupa l'air en quatre avec le pouce élevé, deux doigts étendus et deux autres pliés, en disant ces mots dans une langue qu'on ne parlait plus : *À la ville et à l'univers**. Le Gangaride ne pouvait comprendre que deux doigts pussent atteindre si loin.

Il vit bientôt défiler toute la cour du maître du monde : elle était composée de graves personnages, les uns en robes rouges, les autres en violet ; presque tous regardaient le bel Amazan en adoucissant les yeux ; ils lui faisaient des révérences, et se disaient l'un à l'autre : *San Martino, che bel ragazzo ! San Pancratio, che bel fanciullo*[70] *!*

Les ardents[71], dont le métier était de montrer aux étrangers

* *Urbi et orbi.*

les curiosités de la ville, s'empressèrent de lui faire voir des masures où un muletier ne voudrait pas passer la nuit, mais qui avaient été autrefois de dignes monuments de la grandeur d'un peuple roi. Il vit encore des tableaux de deux cents ans, et des statues de plus de vingt siècles, qui lui parurent des chefs-d'œuvre. « Faites-vous encore de pareils ouvrages ? — Non, Votre Excellence, lui répondit un des ardents, mais nous méprisons le reste de la terre parce que nous conservons ces raretés. Nous sommes des espèces de fripiers qui tirons notre gloire des vieux habits qui restent dans nos magasins. »

Amazan voulut voir le palais du prince ; on l'y conduisit. Il vit des hommes en violet qui comptaient l'argent des revenus de l'État : tant d'une terre située sur le Danube, tant d'une autre sur la Loire, ou sur le Guadalquivir, ou sur la Vistule. « Oh, oh ! dit Amazan après avoir consulté sa carte de géographie, votre maître possède donc toute l'Europe comme ces anciens héros des sept montagnes ? — Il doit posséder l'univers entier de droit divin, lui répondit un violet ; et même il a été un temps où ses prédécesseurs ont approché de la monarchie universelle ; mais leurs successeurs ont la bonté de se contenter aujourd'hui de quelque argent que les rois leurs sujets leur font payer en forme de tribut[72].

— Votre maître est donc en effet le roi des rois ? c'est donc là son titre ? dit Amazan. — Non, Votre Excellence, son titre est *serviteur des serviteurs ;* il est originairement poissonnier et portier, et c'est pourquoi les emblèmes de sa dignité sont des clefs et des filets ; mais il donne toujours des ordres à tous les rois. Il n'y a pas longtemps qu'il envoya cent et un commandements[73] à un roi du pays des Celtes, et le roi obéit.

— Votre poissonnier, dit Amazan, envoya donc cinq ou six cent mille hommes pour faire exécuter ses cent et une volontés ?

— Point du tout, Votre Excellence ; notre saint maître n'est pas assez riche pour soudoyer dix mille soldats ; mais il a quatre à cinq cent mille prophètes divins distribués dans les autres pays. Ces prophètes de toutes couleurs sont, comme de raison, nourris aux dépens des peuples ; ils annoncent de la part du ciel que mon maître peut avec ses clefs ouvrir et fermer toutes les serrures, et surtout celles des coffres-forts. Un prêtre normand[74], qui avait auprès du roi dont je vous parle la charge de confident de ses pensées, le convainquit qu'il devait obéir sans réplique aux cent et une pensées de mon maître ; car il faut que vous sachiez qu'une des prérogatives du *Vieux des sept montagnes* est d'avoir toujours raison[75], soit qu'il daigne parler, soit qu'il daigne écrire.

— Parbleu, dit Amazan, voilà un singulier homme ! je serais curieux de dîner avec lui. — Votre Excellence, quand vous seriez roi, vous ne pourriez manger à sa table ; tout ce qu'il pourrait faire pour vous, ce serait de vous en faire servir une à côté de lui plus petite et plus basse que la sienne. Mais, si vous voulez avoir l'honneur de lui parler, je lui demanderai audience pour vous, moyennant la *buona mancia*[76] que vous aurez la bonté de me donner. — Très volontiers », dit le Gangaride. Le violet s'inclina. « Je vous introduirai demain, dit-il ; vous ferez trois génuflexions, et vous baiserez les pieds du *Vieux des sept montagnes.* » À ces mots, Amazan fit de si prodigieux éclats de rire qu'il fut prêt de suffoquer ; il sortit en se tenant les côtés, et rit aux larmes pendant tout le chemin, jusqu'à ce qu'il fût arrivé à son hôtellerie, où il rit encore très longtemps.

À son dîner, il se présenta vingt hommes sans barbe et vingt violons qui lui donnèrent un concert. Il fut courtisé le reste de la journée par les seigneurs les plus importants de la ville ; ils lui firent des propositions encore plus étranges que celles de baiser les pieds du *Vieux des sept montagnes.* Comme il était extrêmement poli, il crut d'abord que ces messieurs le prenaient pour une dame, et les avertit de leur méprise avec l'honnêteté la plus circonspecte. Mais, étant pressé un peu vivement par deux ou trois des plus déterminés violets, il les jeta par les fenêtres, sans croire faire un grand sacrifice à la belle Formosante. Il quitta au plus vite cette ville des maîtres du monde, où il fallait baiser un vieillard à l'orteil, comme si sa joue était à son pied, et où l'on n'abordait les jeunes gens qu'avec des cérémonies encore plus bizarres.

X

De province en province, ayant toujours repoussé les agaceries de toute espèce, toujours fidèle à la princesse de Babylone, toujours en colère contre le roi d'Égypte, ce modèle de constance parvint à la capitale nouvelle des Gaules. Cette ville avait passé, comme tant d'autres, par tous les degrés de la barbarie, de l'ignorance, de la sottise et de la misère. Son premier nom avait été *la boue et la crotte*[77]; ensuite elle avait pris celui d'Isis, du culte d'Isis parvenu jusque chez elle. Son premier sénat avait été une compagnie de bateliers. Elle avait été longtemps esclave des héros déprédateurs des sept montagnes ; et, après quelques siècles, d'autres héros brigands, venus de la rive ultérieure du Rhin, s'étaient emparés de son petit terrain.

Le temps, qui change tout, en avait fait une ville dont la moitié était très noble et très agréable, l'autre un peu grossière et ridicule : c'était l'emblème de ses habitants. Il y avait dans son enceinte environ cent mille personnes au moins qui n'avaient rien à faire qu'à jouer et à se divertir. Ce peuple d'oisifs jugeait des arts que les autres cultivaient. Ils ne savaient rien de ce qui se passait à la cour ; quoiqu'elle ne fût qu'à quatre petits milles d'eux, il semblait qu'elle en fût à six cent milles au moins. La douceur de la société, la gaieté, la frivolité, étaient leur importante et leur unique affaire : on les gouvernait comme des enfants à qui l'on prodigue des jouets pour les empêcher de crier. Si on leur parlait des horreurs qui avaient, deux siècles auparavant, désolé leur patrie, et des temps épouvantables où la moitié de la nation avait massacré l'autre pour des sophismes, ils disaient qu'en effet cela n'était pas bien ; et puis ils se mettaient à rire et à chanter des vaudevilles.

Plus les oisifs étaient polis, plaisants et aimables, plus on observait un triste contraste entre eux et des compagnies d'occupés[78].

Il était, parmi ces occupés, ou qui prétendaient l'être, une troupe de sombres fanatiques, moitié absurdes, moitié fripons, dont le seul aspect contristait la terre, et qui l'auraient bouleversée, s'ils l'avaient pu, pour se donner un peu de crédit. Mais la nation des oisifs, en dansant et en chantant, les faisait rentrer dans leurs cavernes, comme les oiseaux obligent les chats-huants à se replonger dans les trous des masures.

D'autres occupés, en plus petit nombre, étaient les conservateurs d'anciens usages barbares contre lesquels la nature effrayée réclamait à haute voix ; ils ne consultaient que leurs registres rongés des vers. S'ils y voyaient une coutume insensée et horrible, ils la regardaient comme une loi sacrée. C'est par cette lâche habitude de n'oser penser par eux-mêmes, et de puiser leurs idées dans les débris des temps où l'on ne pensait pas, que, dans la ville des plaisirs, il était encore des mœurs atroces. C'est par cette raison qu'il n'y avait nulle proportion entre les délits et les peines. On faisait quelquefois souffrir mille morts à un innocent pour lui faire avouer un crime qu'il n'avait pas commis.

On punissait une étourderie de jeune homme[79] comme on aurait puni un empoisonnement ou un parricide. Les oisifs en poussaient des cris perçants, et le lendemain ils n'y pensaient plus, et ne parlaient que de modes nouvelles.

Ce peuple avait vu s'écouler un siècle entier pendant lequel les beaux-arts s'élevèrent à un degré de perfection qu'on n'aurait jamais osé espérer ; les étrangers venaient alors, comme à Babylone, admirer les grands monuments d'architecture, les prodiges des jardins, les sublimes efforts de la sculpture et de la peinture. Ils étaient enchantés d'une musique qui allait à l'âme sans étonner les oreilles.

La vraie poésie, c'est-à-dire celle qui est naturelle et harmonieuse, celle qui parle au cœur autant qu'à l'esprit, ne fut connue de la nation que dans cet heureux siècle. De nouveaux genres d'éloquence déployèrent des beautés sublimes. Les théâtres surtout retentirent de chefs-d'œuvre dont aucun peuple n'approcha jamais [80]. Enfin le bon goût se répandit dans toutes les professions, au point qu'il y eut de bons écrivains même chez les druides.

Tant de lauriers, qui avaient levé leurs têtes jusqu'aux nues, se séchèrent bientôt dans une terre épuisée. Il n'en resta qu'un très petit nombre dont les feuilles étaient d'un vert pâle et mourant. La décadence fut produite par la facilité de faire et par la paresse de bien faire, par la satiété du beau et par le goût du bizarre. La vanité protégea des artistes qui ramenaient les temps de la barbarie ; et cette même vanité, en persécutant les talents véritables, les força de quitter leur patrie ; les frelons firent disparaître les abeilles.

Presque plus de véritables arts, presque plus de génie [81] ; le mérite consistait à raisonner à tort et à travers sur le mérite du siècle passé ; le barbouilleur des murs d'un cabaret critiquait savamment les tableaux des grands peintres ; les barbouilleurs de papier défiguraient les ouvrages des grands écrivains. L'ignorance et le mauvais goût avaient d'autres barbouilleurs à leurs gages ; on répétait les mêmes choses dans cent volumes sous des titres différents. Tout était ou dictionnaire ou brochure. Un gazetier druide écrivait deux fois par semaine les annales [82] obscures de quelques énergumènes ignorés de la nation, et de prodiges célestes opérés dans des galetas par de petits gueux et de petites gueuses ; d'autres ex-druides, vêtus de noir [83], prêts de mourir de colère et de faim, se plaignaient dans cent écrits qu'on ne leur permît plus de tromper les hommes, et qu'on laissât ce droit à des boucs vêtus de gris[84]. Quelques archi-druides imprimaient des libelles diffamatoires[85].

Amazan ne savait rien de tout cela ; et, quand il l'aurait su, il ne s'en serait guère embarrassé, n'ayant la tête remplie que de la princesse de Babylone, du roi d'Égypte, et de son serment inviolable de mépriser toutes les coquetteries des dames, dans quelque pays que le chagrin conduisît ses pas.

Toute la populace légère, ignorante, et toujours poussant à l'excès cette curiosité naturelle au genre humain, s'empressa longtemps autour des licornes ; les femmes, plus sensées, forcèrent les portes de son hôtel pour contempler sa personne.

Il témoigna d'abord à son hôte quelque désir d'aller à la cour ; mais des oisifs de bonne compagnie, qui se trouvèrent là par hasard, lui dirent que ce n'était plus la mode, que les temps étaient bien changés, et qu'il n'y avait plus de plaisirs qu'à la ville. Il fut invité le soir même à souper par une dame dont l'esprit et les talents étaient connus hors de sa patrie, et qui avait voyagé dans quelques pays où Amazan avait passé[86]. Il goûta fort cette dame et la société rassemblée chez elle. La liberté y était décente, la gaieté n'y était point bruyante, la science n'y avait rien de rebutant, et l'esprit rien d'apprêté. Il vit que le nom de bonne compagnie n'est pas un vain nom, quoiqu'il soit souvent usurpé. Le lendemain il dîna dans une société non moins aimable, mais beaucoup plus voluptueuse. Plus il fut satisfait des convives, plus on fut content de lui. Il sentait son âme s'amollir et se dissoudre comme les aromates de son pays se fondent doucement à un feu modéré, et s'exhalent en parfums délicieux.

Après le dîner, on le mena à un spectacle enchanteur, condamné par les druides, parce qu'il leur enlevait les auditeurs dont ils étaient les plus jaloux. Ce spectacle était un composé de vers agréables, de chants délicieux, de danses qui exprimaient les mouvements de l'âme, et de perspectives qui charmaient les yeux en les trompant[87]. Ce genre de plaisir, qui rassemblait tant de genres, n'était connu que sous un nom étranger : il s'appelait *opéra*, ce qui signifiait autrefois dans la langue des sept montagnes *travail, soin, occupation, industrie, entreprise, besogne, affaire*. Cette affaire l'enchanta. Une fille surtout le charma par sa voix mélodieuse, et par les grâces qui l'accompagnaient ; cette fille d'*affaire*[88], après le spectacle, lui fut présentée par ses nouveaux amis. Il lui fit présent d'une poignée de diamants. Elle en fut si reconnaissante qu'elle ne put le quitter du reste du jour. Il soupa avec elle, et pendant le repas il oublia sa sobriété ; et après le repas il oublia son serment d'être toujours insensible à la beauté et inexorable aux tendres coquetteries. Quel exemple de la faiblesse humaine !

La belle princesse de Babylone arrivait alors avec le phénix, sa femme de chambre Irla, et ses deux cents cavaliers gangarides montés sur leurs licornes. Il fallut attendre assez longtemps pour qu'on ouvrît les portes. Elle demanda d'abord si le plus beau des hommes, le plus courageux, le plus spirituel et le plus fidèle était encore dans cette ville. Les magistrats virent bien qu'elle voulait parler d'Amazan. Elle se fit conduire à son hôtel ; elle entra, le cœur palpitant d'amour : toute son âme était pénétrée de l'inexprimable joie de revoir enfin dans son amant le modèle de la constance. Rien ne put l'empêcher d'entrer dans sa chambre ; les rideaux étaient ouverts : elle vit le bel Amazan dormant entre les bras d'une jolie brune. Ils avaient tous deux un très grand besoin de repos.

Formosante jeta un cri de douleur qui retentit dans toute la maison, mais qui ne put éveiller ni son cousin, ni la fille d'*affaire*. Elle tomba pâmée entre les bras d'Irla. Dès qu'elle eut repris ses sens, elle sortit de cette chambre fatale avec une douleur mêlée de rage. Irla s'informa quelle était cette jeune demoiselle qui passait des heures si douces avec le bel Amazan. On lui dit que c'était une fille d'*affaire* fort complaisante, qui joignait à ses talents celui de chanter avec assez de grâce. « Ô juste ciel ! ô puissant Orosmade ! s'écriait la belle princesse de Babylone, tout en pleurs, par qui suis-je trahie, et pour qui ! Ainsi donc celui qui a refusé pour moi tant de princesses m'abandonne pour une farceuse des Gaules [89] ! Non, je ne pourrai survivre à cet affront.

— Madame, lui dit Irla, voilà comme sont faits tous les jeunes gens d'un bout du monde à l'autre ; fussent-ils amoureux d'une beauté descendue du ciel, ils lui feraient, dans de certains moments, des infidélités pour une servante de cabaret.

— C'en est fait, dit la princesse, je ne le reverrai de ma vie ; partons dans l'instant même, et qu'on attelle mes licornes. » Le phénix la conjura d'attendre au moins qu'Amazan fût éveillé, et qu'il pût lui parler. « Il ne le mérite pas, dit la princesse ; vous m'offenseriez cruellement ; il croirait que je vous ai prié de lui faire des reproches, et que je veux me raccommoder avec lui. Si vous m'aimez, n'ajoutez pas cette injure à l'injure qu'il m'a faite. » Le phénix, qui après tout devait la vie à la fille du roi de Babylone, ne put lui désobéir. Elle repartit avec tout son monde. « Où allons-nous, madame ? lui demandait Irla. — Je n'en sais rien, répondait la princesse ; nous prendrons le premier chemin que nous trouverons : pourvu que je fuie Amazan pour jamais, je suis contente. »

Le phénix, qui était plus sage que Formosante, parce qu'il était sans passion, la consolait en chemin ; il lui remontrait avec douceur qu'il était triste de se punir pour les fautes d'un autre ; qu'Amazan lui avait donné des preuves assez éclatantes et assez nombreuses de fidélité pour qu'elle pût lui pardonner de s'être oublié un moment ; que c'était un juste à qui la grâce d'Orosmade avait manqué ; qu'il n'en serait que plus constant désormais dans l'amour et dans la vertu ; que le désir d'expier sa faute le mettrait au-dessus de lui-même ; qu'elle n'en serait que plus heureuse ; que plusieurs grandes princesses avant elle avaient pardonné à de semblables écarts et s'en étaient bien trouvées : il lui en rapportait des exemples ; et il possédait tellement l'art de conter que le cœur de Formosante fut enfin plus calme et plus paisible ;

elle aurait voulu n'être point si tôt partie ; elle trouvait que ses licornes allaient trop vite, mais elle n'osait revenir sur ses pas ; combattue entre l'envie de pardonner et celle de montrer sa colère, entre son amour et sa vanité, elle laissait aller ses licornes ; elle courait le monde selon la prédiction de l'oracle de son père.

Amazan, à son réveil, apprend l'arrivée et le départ de Formosante et du phénix ; il apprend le désespoir et le courroux de la princesse ; on lui dit qu'elle a juré de ne lui pardonner jamais. « Il ne me reste plus, s'écria-t-il, qu'à la suivre et à me tuer à ses pieds. »

Ses amis de la bonne compagnie des oisifs accoururent au bruit de cette aventure ; tous lui remontrèrent qu'il valait infiniment mieux demeurer avec eux ; que rien n'était comparable à la douce vie qu'ils menaient dans le sein des arts et d'une volupté tranquille et délicate ; que plusieurs étrangers et des rois même avaient préféré ce repos, si agréablement occupé et si enchanteur, à leur patrie et à leur trône ; que d'ailleurs sa voiture était brisée, et qu'un sellier lui en faisait une à la nouvelle mode ; que le meilleur tailleur de la ville lui avait déjà coupé une douzaine d'habits du dernier goût ; que les dames les plus spirituelles et les plus aimables de la ville, chez qui on jouait très bien la comédie, avaient retenu chacune leur jour pour lui donner des fêtes. La fille d'*affaire*, pendant ce temps-là, prenait son chocolat à sa toilette, riait, chantait, et faisait des agaceries au bel Amazan, qui s'aperçut enfin qu'elle n'avait pas le sens d'un oison.

Comme la sincérité, la cordialité, la franchise, ainsi que la magnanimité et le courage, composaient le caractère de ce grand prince, il avait conté ses malheurs et ses voyages à ses amis ; ils savaient qu'il était cousin issu de germain de la princesse ; ils étaient informés du baiser funeste donné par elle au roi d'Égypte. « On se pardonne, lui dirent-ils, ces petites frasques entre parents, sans quoi il faudrait passer sa vie dans d'éternelles querelles. » Rien n'ébranla son dessein de courir après Formosante ; mais, sa voiture n'étant pas prête, il fut obligé de passer trois jours parmi les oisifs dans les fêtes et dans les plaisirs ; enfin il prit congé d'eux en les embrassant, en leur faisant accepter les diamants de son pays les mieux montés, en leur recommandant d'être toujours légers et frivoles, puisqu'ils n'en étaient que plus aimables et plus heureux. « Les Germains, disait-il, sont les vieillards de l'Europe ; les peuples d'Albion sont les hommes faits ; les habitants de la Gaule sont les enfants, et j'aime à jouer avec eux. »

XI

Ses guides n'eurent pas de peine à suivre la route de la princesse ; on ne parlait que d'elle et de son gros oiseau. Tous les habitants étaient encore dans l'enthousiasme de l'admiration. Les peuples de la Dalmatie et de la Marche d'Ancône éprouvèrent depuis une surprise moins délicieuse quand ils virent une maison voler dans les airs[90] ; les bords de la Loire, de la Dordogne, de la Garonne, de la Gironde, retentissaient encore d'acclamations.

Quand Amazan fut aux pieds des Pyrénées, les magistrats et les druides du pays lui firent danser malgré lui un tambourin ; mais, sitôt qu'il eut franchi les Pyrénées, il ne vit plus de gaieté et de joie. S'il entendit quelques chansons de loin à loin, elles étaient toutes sur un ton triste : les habitants marchaient gravement avec des grains enfilés et un poignard à leur ceinture. La nation, vêtue de noir, semblait en deuil. Si les domestiques d'Amazan interrogeaient les passants, ceux-ci répondaient par signes ; si on entrait dans une hôtellerie, le maître de la maison enseignait aux gens en trois paroles qu'il n'y avait rien dans la maison, et qu'on pouvait envoyer chercher à quelques milles les choses dont on avait un besoin pressant.

Quand on demandait à ces silentiaires[91] s'ils avaient vu passer la belle princesse de Babylone, ils répondaient avec moins de brièveté : « Nous l'avons vue, elle n'est pas si belle, il n'y a de beau que les teints basanés ; elle étale une gorge d'albâtre qui est la chose du monde la plus dégoûtante, et qu'on ne connaît presque point dans nos climats. »

Amazan avançait vers la province arrosée du Bétis. Il ne s'était pas écoulé plus de douze mille années depuis que ce pays avait été découvert par les Tyriens, vers le même temps qu'ils firent la découverte de la grande île Atlantide, submergée quelques siècles après. Les Tyriens cultivèrent la Bétique, que les naturels du pays laissaient en friche, prétendant qu'ils ne devaient se mêler de rien, et que c'était aux Gaulois leurs voisins à venir cultiver leurs terres. Les Tyriens avaient amené avec eux des Palestins, qui, dès ce temps-là, couraient dans tous les climats, pour peu qu'il y eût de l'argent à gagner. Ces Palestins, en prêtant sur gages à cinquante pour cent, avaient attiré à eux presque toutes les richesses du pays. Cela fit croire aux peuples de la Bétique que les Palestins étaient sorciers ; et tous ceux qui étaient accusés de magie étaient brûlés sans miséricorde par une compagnie de druides qu'on appelait *les rechercheurs* ou *les antropokaies*[92]. Ces prêtres les revêtaient d'abord d'un habit de masque, s'emparaient de leurs biens, et récitaient dévotement les propres prières des Palestins tandis qu'on les cuisait à petit feu *por l'amor de Dios.*

La princesse de Babylone avait mis pied à terre dans la ville qu'on appela depuis *Sevilla.* Son dessein était de s'embarquer sur le Bétis pour retourner par Tyr à Babylone, revoir le roi Bélus son père, et oublier, si elle pouvait, son infidèle amant, ou bien le demander en mariage. Elle fit venir chez elle deux Palestins qui faisaient toutes les affaires de la cour. Ils devaient lui fournir trois vaisseaux. Le phénix fit avec eux tous les arrangements nécessaires, et convint du prix après avoir un peu disputé.

L'hôtesse était fort dévote, et son mari, non moins dévot, était familier, c'est-à-dire espion des druides rechercheurs antropokaies[93] ; il ne manqua pas de les avertir qu'il avait dans sa maison une sorcière et deux Palestins qui faisaient un pacte avec le diable, déguisé en gros oiseau doré. Les rechercheurs, apprenant que la dame avait une prodigieuse quantité de diamants[94], la jugèrent incontinent sorcière ; ils attendirent la nuit pour enfermer les deux cents cavaliers et les licornes qui dormaient dans de vastes écuries : car les rechercheurs sont poltrons.

Après avoir bien barricadé les portes, ils se saisirent de la princesse et d'Irla ; mais ils ne purent prendre le phénix, qui s'envola à tire-d'aile : il se doutait bien qu'il trouverait Amazan sur le chemin des Gaules à Sevilla.

Il le rencontra sur la frontière de la Bétique, et lui apprit le désastre de la princesse. Amazan ne put parler, il était trop saisi, trop en fureur. Il s'arme d'une cuirasse d'acier damasquinée d'or, d'une lance de douze pieds, de deux javelots et d'une épée tranchante appelée *la fulminante,* qui pouvait fendre d'un seul coup des arbres, des rochers et des druides ; il couvre sa belle tête d'un casque d'or ombragé de plumes de héron et d'autruche. C'était l'ancienne armure de Magog[95], dont sa sœur Aldée lui avait fait présent dans son voyage en Scythie ; le peu de suivants qui l'accompagnaient montent comme lui chacun sur sa licorne.

Amazan, en embrassant son cher phénix, ne lui dit que ces tristes paroles : « Je suis coupable ; si je n'avais pas couché avec une fille d'*affaire* dans la ville des oisifs, la belle princesse de Babylone ne serait pas dans cet état épouvantable ; courons aux antropokaies. » Il entre bientôt dans Sevilla : quinze cents alguazils gardaient les portes de l'enclos où les deux cents Gangarides et leurs licornes étaient renfermés sans avoir à manger; tout était préparé pour le sacrifice qu'on allait faire de la princesse de Babylone, de sa femme de chambre Irla, et des deux riches Palestins.

Le grand antropokaie, entouré de ses petits antropokaies, était déjà sur son tribunal sacré[96]; une foule de Sévillois portant des grains enfilés à leurs ceintures joignaient les deux mains sans dire un mot; et l'on amenait la belle princesse, Irla, et les deux Palestins, les mains liées derrière le dos, et vêtus d'un habit de masque[97].

Le phénix entre par une lucarne dans la prison où les Gangarides commençaient déjà à enfoncer les portes. L'invincible Amazan les brisait en dehors. Ils sortent tout armés, tous sur leurs licornes; Amazan se met à leur tête. Il n'eut pas de peine à renverser les alguazils, les familiers, les prêtres antropokaies; chaque licorne en perçait des douzaines à la fois. La fulminante d'Amazan coupait en deux tous ceux qu'il rencontrait; le peuple fuyait en manteau noir et fraise sale, toujours tenant à la main ses grains bénits *por l'amor de Dios*.

Amazan saisit de sa main le grand rechercheur sur son tribunal, et le jette sur le bûcher qui était préparé à quarante pas; il y jeta aussi les autres petits rechercheurs l'un après l'autre[98]. Il se prosterne ensuite aux pieds de Formosante. « Ah! que vous êtes aimable, dit-elle, et que je vous adorerais si vous ne m'aviez pas fait une infidélité avec une fille d'*affaire!* »

Tandis qu'Amazan faisait la paix avec la princesse, tandis que ses Gangarides entassaient dans le bûcher les corps de tous les antropokaies, et que les flammes s'élevaient jusqu'aux nues, Amazan vit de loin comme une armée qui venait à lui. Un vieux monarque[99], la couronne en tête, s'avançait sur un char traîné par huit mules attelées avec des cordes; cent autres chars suivaient. Ils étaient accompagnés de graves personnages en manteau noir et en fraise, montés sur de très beaux chevaux ; une multitude de gens à pied suivait en cheveux gras et en silence.

D'abord Amazan fit ranger autour de lui ses Gangarides, et s'avança la lance en arrêt. Dès que le roi l'aperçut, il ôta sa couronne, descendit de son char, embrassa l'étrier d'Amazan, et lui dit : « Homme envoyé de Dieu, vous êtes le vengeur du genre humain, le libérateur de ma patrie, mon protecteur. Ces monstres sacrés dont vous avez purgé la terre étaient mes maîtres au nom du *Vieux des sept montagnes ;* j'étais forcé de souffrir leur puissance criminelle. Mon peuple m'aurait abandonné si j'avais voulu seulement modérer leurs abominables atrocités. D'aujourd'hui je respire, je règne, et je vous le dois. »

Ensuite il baisa respectueusement la main de Formosante, et la supplia de vouloir bien monter, avec Amazan, Irla et le phénix, dans son carrosse à huit mules. Les deux Palestins, banquiers de la cour, encore prosternés à terre de frayeur et de reconnaissance, se relevèrent ; et la troupe des licornes suivit le roi de la Bétique dans son palais.

Comme la dignité du roi d'un peuple grave exigeait que ses mules allassent au petit pas, Amazan et Formosante eurent le temps de lui conter leurs aventures. Il entretint aussi le phénix, il l'admira, et le baisa cent fois. Il comprit combien les peuples d'Occident, qui mangeaient les animaux, et qui n'entendaient plus leur langage, étaient ignorants, brutaux et barbares ; que les seuls Gangarides avaient conservé la nature et la dignité primitive de l'homme ; mais il convenait surtout que les plus barbares des mortels étaient ces rechercheurs antropokaies, dont Amazan venait de purger le monde. Il ne cessait de le bénir et de le remercier. La belle Formosante oubliait déjà l'aventure de la fille d'*affaire*, et n'avait l'âme remplie que de la valeur du héros qui lui avait sauvé la vie. Amazan, instruit de l'innocence du baiser donné au roi d'Égypte et de la résurrection du phénix, goûtait une joie pure et était enivré du plus violent amour.

On dîna au palais, et on y fit assez mauvaise chère. Les cuisiniers de la Bétique étaient les plus mauvais de l'Europe. Amazan conseilla d'en faire venir des Gaules. Les musiciens du roi exécutèrent pendant le repas cet air célèbre qu'on appela, dans la suite des siècles, *les Folies d'Espagne*[100]. Après le repas on parla d'affaires.

Le roi demanda au bel Amazan, à la belle Formosante et au beau phénix, ce qu'ils prétendaient devenir. « Pour moi, dit Amazan, mon intention est de retourner à Babylone, dont je suis l'héritier présomptif, et de demander à mon oncle Bélus ma cousine issue de germaine, l'incomparable Formosante, à moins qu'elle n'aime mieux vivre avec moi chez les Gangarides.

— Mon dessein, dit la princesse, est assurément de ne jamais me séparer de mon cousin issu de germain. Mais je crois qu'il convient que je me rende auprès du roi mon père, d'autant plus qu'il ne m'a donné permission que d'aller en pèlerinage à Bassora, et que j'ai couru le monde. — Pour moi, dit le phénix, je suivrai partout ces deux tendres et généreux amants.

— Vous avez raison, dit le roi de la Bétique ; mais le retour à Babylone n'est pas si aisé que vous le pensez. Je sais tous les jours des nouvelles de ce pays-là par les vaisseaux tyriens, et par mes banquiers palestins, qui sont en correspondance avec tous les peuples de la terre. Tout est en armes vers l'Euphrate et le Nil. Le roi de Scythie redemande l'héritage de sa femme, à la tête de trois cent mille guerriers tous à cheval. Le roi d'Égypte et le roi des Indes désolent aussi les bords du Tigre et de l'Euphrate, chacun à la tête de trois cent mille hommes, pour se venger de ce qu'on s'est moqué d'eux. Pendant que le roi d'Égypte est hors de son pays, son ennemi le roi d'Éthiopie ravage l'Égypte avec trois cent mille hommes ; et le roi de Babylone n'a encore que six cent mille hommes sur pied pour se défendre.

« Je vous avoue, continua le roi, que, lorsque j'entends parler de ces prodigieuses armées que l'Orient vomit de son sein, et de leur étonnante magnificence ; quand je les compare à nos petits corps de vingt à trente mille soldats, qu'il est si difficile de vêtir et de nourrir, je suis tenté de croire que l'Orient a été fait bien longtemps avant l'Occident. Il semble que nous soyons sortis avant-hier du chaos, et hier de la barbarie.

— Sire, dit Amazan, les derniers venus l'emportent quelquefois sur ceux qui sont entrés les premiers dans la carrière. On pense dans mon pays que l'homme est originaire de l'Inde, mais je n'en ai aucune certitude.

— Et vous, dit le roi de la Bétique au phénix, qu'en pensez-vous ? — Sire, répondit le phénix, je suis encore trop jeune pour être instruit de l'antiquité. Je n'ai vécu qu'environ vingt-sept mille ans ; mais mon père, qui avait vécu cinq fois cet âge, me disait qu'il avait appris de son père que les contrées de l'Orient avaient toujours été plus peuplées et plus riches que les autres. Il tenait de ses ancêtres que les générations de tous les animaux avaient commencé sur les bords du Gange. Pour moi, je n'ai pas la vanité d'être de cette opinion. Je ne puis croire que les renards d'Albion, les marmottes des Alpes et les loups de la Gaule viennent de mon pays ; de même que je ne crois pas que les sapins et les chênes de vos contrées descendent des palmiers et des cocotiers des Indes.

— Mais d'où venons-nous donc ? dit le roi. — Je n'en sais rien, dit le phénix ; je voudrais seulement savoir où la belle princesse de Babylone et mon cher ami Amazan pourront aller. — Je doute fort, repartit le roi, qu'avec ses deux cents licornes il soit en état de percer à travers tant d'armées de trois cent mille hommes chacune. — Pourquoi non ? » dit Amazan.

Le roi de la Bétique sentit le sublime du *Pourquoi non ?* mais il crut que le sublime seul ne suffisait pas contre des armées innombrables. « Je vous conseille, dit-il, d'aller trouver le roi d'Éthiopie ; je suis en relation avec ce prince noir par le moyen de mes Palestins. Je vous donnerai des lettres pour lui. Puisqu'il est l'ennemi du roi d'Égypte, il sera trop heureux d'être fortifié par votre alliance. Je puis vous aider de deux mille hommes très sobres et très braves ; il ne tiendra qu'à vous d'en engager autant chez les peuples qui demeurent, ou plutôt qui sautent au pied des Pyrénées, et qu'on appelle *Vasques* ou *Vascons.* Envoyez un de vos guerriers sur une licorne avec quelques diamants ; il n'y a point de Vascon qui ne quitte le castel, c'est-à-dire la chaumière de son père, pour vous servir. Ils sont infatigables, courageux et plaisants ; vous en serez très satisfaits. En attendant qu'ils soient arrivés, nous vous donnerons des fêtes, et nous vous préparerons des vaisseaux. Je ne puis trop reconnaître le service que vous m'avez rendu. »

Amazan jouissait du bonheur d'avoir retrouvé Formosante, et de goûter en paix dans sa conversation tous les charmes de l'amour réconcilié, qui valent presque ceux de l'amour naissant.

Bientôt une troupe fière et joyeuse de Vascons arriva en dansant un tambourin ; l'autre troupe fière et sérieuse de Bétiquois était prête. Le vieux roi tanné embrassa tendrement les deux amants ; il fit charger leurs vaisseaux d'armes, de lits, de jeux d'échecs, d'habits noirs, de golilles[101], d'oignons, de moutons, de poules, de farine et de beaucoup d'ail, en leur souhaitant une heureuse traversée, un amour constant et des victoires.

La flotte aborda le rivage où l'on dit que, tant de siècles après, la Phénicienne Didon, sœur d'un Pygmalion, épouse d'un Sichée, ayant quitté cette ville de Tyr, vint fonder la superbe ville de Carthage, en coupant un cuir de bœuf en lanières, selon le témoignage des plus graves auteurs de l'antiquité, lesquels n'ont jamais conté de fables, et selon les professeurs qui ont écrit pour les petits garçons ; quoique après tout il n'y ait jamais eu personne à Tyr qui se soit appelé Pygmalion, ou Didon, ou Sichée, qui sont des noms entièrement grecs, et quoique enfin il n'y eût point de roi à Tyr en ces temps-là.

La superbe Carthage n'était point encore un port de mer; il n'y avait là que quelques Numides qui faisaient sécher des poissons au soleil. On côtoya la Byzacène et les Syrtes, les bords fertiles où furent depuis Cyrène et la grande Chersonèse.

Enfin on arriva vers la première embouchure du fleuve sacré du Nil. C'est à l'extrémité de cette terre fertile que le port du Canope[102] recevait déjà les vaisseaux de toutes les nations commerçantes, sans qu'on sût si le dieu Canope avait fondé le port, ou si les habitants avaient fabriqué le dieu, ni si l'étoile Canope avait donné son nom à la ville, ou si la ville avait donné le sien à l'étoile. Tout ce qu'on en savait, c'est que la ville et l'étoile étaient fort anciennes; et c'est tout ce qu'on peut savoir de l'origine des choses, de quelque nature qu'elles puissent être.

Ce fut là que le roi d'Éthiopie, ayant ravagé toute l'Égypte, vit débarquer l'invincible Amazan et l'adorable Formosante. Il prit l'un pour le dieu des combats, et l'autre pour la déesse de la beauté. Amazan lui présenta la lettre de recommandation du roi d'Espagne. Le roi d'Éthiopie donna d'abord des fêtes admirables, suivant la coutume indispensable des temps héroïques; ensuite on parla d'aller exterminer les trois cent mille hommes du roi d'Égypte, les trois cent mille de l'empereur des Indes et les trois cent mille du grand khan des Scythes, qui assiégeaient l'immense, l'orgueilleuse, la voluptueuse ville de Babylone.

Les deux mille Espagnols qu'Amazan avait amenés avec lui dirent qu'ils n'avaient que faire du roi d'Éthiopie pour secourir Babylone; que c'était assez que leur roi leur eût ordonné d'aller la délivrer; qu'il suffisait d'eux pour cette expédition.

Les Vascons dirent qu'ils en avaient bien fait d'autres; qu'ils battraient tout seuls les Égyptiens, les Indiens et les Scythes, et qu'ils ne voulaient marcher avec les Espagnols qu'à condition que ceux-ci seraient à l'arrière-garde.

Les deux cents Gangarides se mirent à rire des prétentions

de leurs alliés, et ils soutinrent qu'avec cent licornes seulement ils feraient fuir tous les rois de la terre. La belle Formosante les apaisa par sa prudence et par ses discours enchanteurs. Amazan présenta au monarque noir ses Gangarides, ses licornes, les Espagnols, les Vascons et son bel oiseau.

Tout fut prêt bientôt pour marcher par Memphis, par Héliopolis, par Arsinoé, par Pétra, par Artémite, par Sora, par Apamée[103], pour aller attaquer les trois rois, et pour faire cette guerre mémorable devant laquelle toutes les guerres que les hommes ont faites depuis n'ont été que des combats de coqs et de cailles.

Chacun sait comment le roi d'Éthiopie devint amoureux de la belle Formosante, et comment il la surprit au lit, lorsqu'un doux sommeil fermait ses longues paupières. On se souvient qu'Amazan, témoin de ce spectacle, crut voir le jour et la nuit couchant ensemble. On n'ignore pas qu'Amazan, indigné de l'affront, tira soudain sa fulminante, qu'il coupa la tête perverse du nègre insolent, et qu'il chassa tous les Éthiopiens d'Égypte. Ces prodiges ne sont-ils pas écrits dans le livre des chroniques d'Égypte ? La renommée a publié de ses cent bouches les victoires qu'il remporta sur les trois rois avec ses Espagnols, ses Vascons et ses licornes. Il rendit la belle Formosante à son père ; il délivra toute la suite de sa maîtresse, que le roi d'Égypte avait réduite en esclavage. Le grand khan des Scythes se déclara son vassal, et son mariage avec la princesse Aldée fut confirmé. L'invincible et généreux Amazan, reconnu pour héritier du royaume de Babylone, entra dans la ville en triomphe avec le phénix, en présence de cent rois tributaires. La fête de son mariage surpassa en tout celle que le roi Bélus avait donnée. On servit à table le bœuf Apis rôti. Le roi d'Égypte et celui des Indes donnèrent à boire aux deux époux ; et ces noces furent célébrées par cinq cents grands poètes de Babylone.

Ô Muses ! qu'on invoque toujours au commencement de son ouvrage, je ne vous implore qu'à la fin. C'est en vain qu'on me reproche de dire grâces sans avoir dit *benedicite*. Muses ! vous n'en serez pas moins mes protectrices. Empêchez que les continuateurs téméraires ne gâtent par leurs fables les vérités que j'ai enseignées aux mortels dans ce fidèle récit, ainsi qu'ils ont osé falsifier *Candide, L'Ingénu*, et les chastes aventures de la chaste Jeanne qu'un ex-capucin a défigurées par des vers dignes des capucins, dans des éditions bataves[104]. Qu'ils ne fassent pas ce tort à mon typographe, chargé d'une nombreuse famille, et qui possède à peine de quoi avoir des caractères, du papier et de l'encre.

Ô Muses ! imposez silence au détestable Coger, professeur de bavarderie au collège Mazarin, qui n'a pas été content des discours moraux de Bélisaire et de l'empereur Justinien, et qui a écrit de vilains libelles diffamatoires contre ces deux grands hommes[105].

Mettez un bâillon au pédant Larcher qui, sans savoir un mot de l'ancien babylonien, sans avoir voyagé comme moi sur les bords de l'Euphrate et du Tigre, a eu l'impudence de soutenir que la belle Formosante, fille du plus grand roi du monde, et la princesse Aldée, et toutes les femmes de cette respectable cour, allaient coucher avec tous les palefreniers de l'Asie pour de l'argent, dans le grand temple de Babylone[106], par principe de religion. Ce libertin de collège, votre ennemi et celui de la pudeur, accuse les belles Égyptiennes de Mendès de n'avoir aimé que des boucs, se proposant en secret par cet exemple de faire un tour en Égypte pour avoir enfin de bonnes aventures.

Comme il ne connaît pas plus le moderne que l'antique, il insinue, dans l'espérance de s'introduire auprès de quelque vieille, que notre incomparable Ninon, à l'âge de quatre-vingts ans, coucha avec l'abbé Gédoyn et autres de l'Académie française, et de celle des inscriptions et belles-lettres. Il n'a jamais entendu parler de l'abbé de Châteauneuf, qu'il prend pour l'abbé Gédoyn[107]. Il ne connaît pas plus Ninon que les filles de Babylone.

Muses, filles du ciel, votre ennemi Larcher fait plus : il se répand en éloges sur la pédérastie ; il ose dire que tous les bambins de mon pays sont sujets à cette infamie. Il croit se sauver en augmentant le nombre des coupables.

Nobles et chastes Muses, qui détestez également le pédantisme et la pédérastie, protégez-moi contre maître Larcher !

Et vous, maître Aliboron, dit Fréron, ci-devant soi-disant jésuite, vous dont le Parnasse est tantôt à Bicêtre [108], et tantôt au cabaret du coin ; vous à qui on a rendu tant de justice sur tous les théâtres de l'Europe, dans l'honnête comédie de *L'Écossaise* [109] *;* vous, digne fils du prêtre Desfontaines, qui naquîtes de ses amours avec un de ces beaux enfants qui portent un fer et un bandeau comme le fils de Vénus, et qui s'élancent comme lui dans les airs, quoiqu'ils n'aillent jamais qu'au haut des cheminées [110] ; mon cher Aliboron, pour qui j'ai toujours eu tant de tendresse, et qui m'avez fait rire un mois de suite du temps de cette *Écossaise,* je vous recommande ma *Princesse de Babylone ;* dites-en bien du mal afin qu'on la lise.

Je ne vous oublierai point ici, gazetier ecclésiastique, illustre orateur des convulsionnaires, père de l'église fondée par l'abbé Bécherand et par Abraham Chaumeix [111] ; ne manquez pas de dire dans vos feuilles, aussi pieuses qu'éloquentes et sensées, que *La Princesse de Babylone* est hérétique, déiste et athée. Tâchez surtout d'engager le sieur Riballier à faire condamner *La Princesse de Babylone* par la Sorbonne [112] ; vous ferez grand plaisir à mon libraire, à qui j'ai donné cette petite histoire pour ses étrennes.

DOSSIER

CHRONOLOGIE

1685 Révocation de l'édit de Nantes.

1688 Début de la guerre de la ligue d'Augsbourg.

1694 21 novembre, naissance de François-Marie, fils de François Arouet, notaire au Châtelet de Paris, et de Marguerite Daumard ; il a pour frère aîné Armand et pour sœur Marguerite Catherine.

1697 Traité de Ryswick, mettant fin à la guerre de la ligue d'Augsbourg.

1699 Mort de Racine.

1700 Mort de Charles II, roi d'Espagne ; Philippe d'Anjou, petit-fils de Louis XIV, lui succède, ce qui entraînera la guerre de Succession d'Espagne (1701-1713).

1701 Mort de Mme Arouet.

1704 François-Marie est mis au Grand Collège des jésuites, futur lycée Louis-le-Grand. — Défaite de Hochstaedt.

1705 En mourant, la célèbre courtisane Ninon de Lenclos, à qui il a été présenté par son parrain l'abbé de Châteauneuf, fait au jeune Arouet un legs « pour s'acheter des livres ». À peu près à la même époque, l'abbé de Châteauneuf l'introduit dans la société libertine du Temple.

1706 Défaites de Turin et de Ramillies.

1709-1711 Déjà célèbre comme poète, le jeune Arouet fait brillamment ses classes de rhétorique et de philosophie. Il est mis ensuite à l'Ecole de Droit. — Mort de Boileau, de Louis, « le grand dauphin ».

1712 Naissance de Jean-Jacques Rousseau, de Frédéric II. Villars remporte la victoire de Denain (24 juillet).

1713 Pour « calmer » son fils, François Arouet l'envoie à La Haye auprès de l'ambassadeur de France, qui négocie la paix d'Utrecht, mettant fin à la guerre de Succession d'Espagne. Le jeune homme a une liaison avec une jeune protestante, Olympe Du Noyer, dite Pimpette, et doit rentrer en France le 24 décembre. Naissance de Diderot. Clément XI promulgue la bulle *Unigenitus*, qui suscite de longues querelles religieuses.

1714 François-Marie est mis en stage chez le notaire Alain, où il fait la connaissance de Nicolas Thiériot, qui sera son correspondant à Paris et restera son ami.

1715 Le 1er septembre, Louis XIV meurt ; Philippe d'Orléans devient régent. Le jeune Arouet fréquente la cour de Sceaux chez la duchesse du Maine pour laquelle il compose ses premiers contes, notamment *Le Crocheteur borgne ;* dans ce milieu frondeur, il s'abandonne à sa veine satirique, qui n'épargne pas le Régent.

1716 De mai à octobre, il est en exil chez le duc de Sully, à Sully-sur-Loire. — Mort de Leibniz. Venue à Paris d'une troupe de comédiens italiens, qui jouera plusieurs fois des parodies de pièces du futur Voltaire.

1717 Il commence le *Poème de la Ligue* (future *Henriade*). De nouvelles satires très osées contre Philippe d'Orléans le font envoyer à la Bastille (16 mai). — Naissance de d'Alembert. Début du « système de Law ». Fondation de la Nouvelle-Orléans, ainsi nommée en l'honneur du Régent.

1718 Libéré en avril, et envoyé en exil à Châtenay, François-Marie prend le nom de Voltaire, sans doute par anagramme pour AROUET L(e) J(eune). C'est aussi une façon de rejeter la paternité de François Arouet, dont il prétendra plus tard ne pas avoir été le fils. Le 18 novembre, première représentation d'*Œdipe*, qui obtient un succès retentissant.

1719 Début pour Voltaire d'une existence très mondaine, pendant laquelle il fera notamment la connaissance de milord Bolingbroke. Le système de Law bat son plein. Conspiration de Cellamare : compromise, la duchesse du Maine est reléguée à Sceaux.

1720 Faillite du « système ». Law s'enfuit de France.

1721 Mort de Watteau. Montesquieu publie les *Lettres persanes.*

1722 Mort de François Arouet, qui soumet l'héritage de François-Marie à une tutelle et à des conditions de bonne conduite. Celui-ci reçoit une pension du Régent. Il fait de juillet à octobre un voyage en Hollande avec Mme de Ruppelmonde et, pour apaiser ses scrupules de religion, écrit pour elle une première version de l'*Épître à Uranie* (« Je ne suis pas chrétien, mais c'est pour t'aimer mieux », dit-il en s'adressant à Dieu). À Bruxelles, il choque Jean-Baptiste Rousseau par ses outrances antichrétiennes et se brouille avec lui.

1723 Liaison avec Mme de Bernières. Le poème de *La Ligue* se voit refuser une approbation, et Voltaire ne peut le dédier au roi. Il est atteint de la petite vérole au château de Maisons, où il est soigné par Thiériot. — En février, Louis XV est déclaré majeur. Le 2 décembre, Philippe d'Orléans meurt et le duc de Bourbon devient Premier ministre.

1724 Le 6 mars, *Mariamne* est jouée sans succès. Voltaire, qui loge chez Mme de Bernières, passe l'été aux eaux de Forges avec le duc de Richelieu.

1725 Grâce à la protection de la marquise de Prie, maîtresse du duc de Bourbon, Voltaire est chargé de fournir les divertissements pour le mariage de Louis XV avec Marie Leszczynska. Celle-ci lui accorde une pension importante. Il forme le projet d'un voyage en Angleterre et le prépare par des dispositions financières. Après avoir présenté *Mariamne* remaniée sous le nom d'*Hérode et Mariamne,* il fait jouer en août la comédie de *L'Indiscret.* — Mort de Pierre le Grand de Russie, que Voltaire avait rencontré à Paris.

1726 Querelle avec le chevalier de Rohan, qui, infirme, fait bâtonner Voltaire par ses gens. Comme Voltaire s'arme et veut provoquer Rohan en duel, il est mis à la Bastille (17 avril). Libéré, il est autorisé à réaliser son projet de voyage en Angleterre (mai). Après un bref voyage secret à Paris, il y séjournera jusqu'en novembre 1728.

1727 Voltaire apprend l'anglais, est présenté au roi George Ier, voit représenter Shakespeare, Ben Johnson, les comédies de la Restauration.

1728 Il travaille à l'*Histoire de Charles XII,* à *Brutus,* rédige quelques « Lettres anglaises », rencontre Pope, Swift... En novembre, il rentre clandestinement en France, passant l'hiver à Dieppe.

1729 Il se réinstalle à Paris, où il résidera en principe jusqu'en 1733. Il se livre à des opérations financières aussi tortueuses que profitables.

1730 Achève et fait imprimer l'*Histoire de Charles XII.* La fin d'Adrienne Lecouvreur, sans doute sa maîtresse, dont le corps est jeté à la voirie, lui inspire l'*Ode sur la mort de Mlle Lecouvreur.* Le 11 décembre, première représentation de *Brutus,* qu'il fait imprimer avec un *Discours sur la tragédie* et une dédicace à Bolingbroke. Il développe ses activités financières qui s'étendront bientôt à la fourniture aux armées et au négoce en Amérique et aux Indes.

1731 La police arrêtant l'impression de *Charles XII,* Voltaire le fait imprimer clandestinement à Rouen. Liaison avec Mme de Fontaine-Martel, qui assure la promotion de son œuvre. Publication de *Manon Lescaut*, de l'abbé Prévost, et du premier livre de *La Vie de Marianne*, de Marivaux.

1732 Voltaire achève une version des *Lettres philosophiques* en vingt-quatre lettres et en fait exécuter une impression clandestine à Rouen. Il conçoit le premier projet de ce qui deviendra *Le Siècle de Louis XIV*. Première représentation et triomphe de *Zaïre*, dédiée à Falkener, un riche marchand anglais (13 août).

1733 Mort de Mme de Fontaine-Martel (janvier). Publication du *Temple du goût*, dont les attaques contre des personnes suscitent de vives querelles. Installé près de Saint-Gervais, Voltaire fait la connaissance de Mme du Châtelet, Émilie, qui devient sa maîtresse et à laquelle il restera attaché jusqu'à la mort de celle-ci (1749). Il écrit la vingt-cinquième *Lettre philosophique*. Elle ne figure pas dans la version anglaise de l'ouvrage qui paraît à Londres par les soins de Thiériot sous le titre *Letters concerning the English Nation* (août). — Début d'un conflit avec l'Autriche (1733-1738) à propos des affaires de Pologne.

1734 Voltaire assiste au mariage du duc de Richelieu qu'il a contribué à faire conclure. Les *Lettres philosophiques* paraissent en français en Angleterre (24 lettres) et en France (25 lettres) (avril) et provoquent un scandale. Le 3 mai une lettre de cachet ordonne l'arrestation de Voltaire qui se réfugie auprès de Mme du Châtelet à Cirey en Champagne, non loin des terres de l'Empire. — Publication des *Considérations sur les Romains* de Montesquieu et de romans de Marivaux (second livre de *La Vie de Marianne*, livres I-IV du *Paysan parvenu*).

1735 À Cirey, Voltaire se livre en compagnie de Mme du Châtelet à des travaux de métaphysique et de physique. — Préliminaires de Vienne, visant à mettre fin à la guerre avec l'Autriche. Auguste III, candidat de l'Autriche, est reconnu roi de Pologne par la France. En contrepartie, son candidat, Stanislas Leszczynski, reçoit le duché de Lorraine, qui deviendra français à sa mort. Dès cette époque, Voltaire et Mme du Châtelet deviennent des familiers de la cour de Lorraine. Le 11 août, les élèves du collège d'Harcourt représentent *La Mort de César*, tragédie sans amour de Voltaire, qui sera imprimée l'année suivante.

1736 Le succès d'*Alzire, ou les Américains*, représentée le 27 janvier, et qui présente sous un jour favorable la religion chrétienne, rend possible un séjour de Voltaire à Paris (mai-juillet). Démêlés avec le libraire Jore, imprimeur des *Lettres philosophiques*, que Voltaire charge pour se protéger. L'héritier de Prusse, le futur Frédéric II, entame avec Voltaire une correspondance (août), qui sera très suivie. En septembre, scandale causé par la publication du *Mondain*, poème antichrétien. Pendant l'hiver 1736-1737, voyage en Hollande, où Voltaire rencontre la comtesse Bentinck, avec qui il aura une liaison pendant son séjour en Prusse.

1737 Séjour studieux à Cirey. Voltaire s'occupe avec Mme du Châtelet d'exégèse religieuse : leur lecture critique de la Bible laissera des traces dans beaucoup d'œuvres ultérieures, notamment dans *Le Taureau blanc.*

1738 Marie-Louise Mignot, fille de la sœur de Voltaire, se marie avec un sieur Denis (février). À Cirey, Voltaire se livre à des expériences et envoie un mémoire à l'Académie sur la nature du feu. Il écrit les premiers *Discours sur l'homme* et un conte nommé *Gangan* (allusion à un roman de Bordelon, *Gongam ou l'Homme prodigieux*) et l'envoie au roi de Prusse : c'est une ébauche de *Micromégas.* Il écrit contre l'abbé Desfontaines et polémique avec Jean-Baptiste Rousseau. En décembre paraissent les *Éléments de la philosophie de Newton,* pour lesquels il a bénéficié des lumières de Maupertuis, déjà sollicité auparavant lors de la rédaction des *Lettres philosophiques* sur le même sujet. — La signature du traité de Vienne met définitivement fin à la guerre de Succession de Pologne.

1739 Voltaire accompagne Mme du Châtelet à Bruxelles, où il l'aide dans un procès de famille. Il y restera jusqu'en octobre 1741, entrecoupant son séjour de voyages en Hollande pour des affaires de librairie, ainsi que d'un bref voyage à Paris (fin de l'été 1739), qui est suivi en novembre de la « suppression » des premiers chapitres du *Siècle de Louis XIV.* Au même moment paraît à Amsterdam une édition des *Œuvres de M. de Voltaire* en huit volumes, contenant des corrections importantes.

1740 Frédéric II devient roi de Prusse (31 mai). Voltaire, qu'il avait chargé de publier un *Anti-Machiavel,* doit infléchir le sens de cet ouvrage. Le 11 septembre, il rencontre pour la première fois Frédéric II à Clèves (voir le récit qu'il fera de cette rencontre dans ses *Mémoires,* rédigés en 1757). En novembre, il quitte La Haye pour un premier et bref séjour à Berlin. En décembre, profitant de l'état de santé de l'Empereur, et bien que la Prusse eût accepté, comme la plupart des cours d'Europe, la Pragmatique Sanction par laquelle, en 1712, Charles VI avait proclamé l'indivisibilité des États autrichiens et l'aptitude des femmes à succéder à la couronne au défaut d'héritiers mâles, Frédéric II, au mépris des principes de l'*Anti-Machiavel,* envahit la Silésie.

1741 De Bruxelles où il séjourne, Voltaire fait jouer à Lille *Mahomet* (25 avril), qui obtient un grand succès. Il commence à travailler à un ouvrage qui deviendra l'*Essai sur les mœurs.* À la fin de l'année, il rentre à Cirey après un détour par Paris. — Après la mort de Charles VI, sa fille Marie-Thérèse est couronnée impératrice. Se joignant à la Prusse, la France engage les hostilités contre l'Autriche, entamant ainsi la guerre de Succession d'Autriche (1740-1748). Dupleix est envoyé aux Indes.

1742 Nouveau voyage à Bruxelles avec Mme du Châtelet (août), suivi d'une nouvelle rencontre avec Frédéric à Aix-la-Chapelle (septembre) et d'un retour à Paris (novembre). Entre-temps, *Mahomet,* joué à Paris le 9 août, est interdit après la troisième représentation. — Frédéric II, se dérobant de l'alliance française, signe avec l'Autriche la paix de Breslau.

1743 Fleury, Premier ministre depuis 1726, étant mort, les frères d'Argenson, amis de Voltaire, accèdent au ministère. Voltaire, dont l'élection à l'Académie n'a pas été agréée par le Roi, est chargé d'une mission secrète : feignant d'être mécontent de la France, il doit aller à Berlin sonder les intentions de Frédéric (juin). Sur le plan littéraire, il fait jouer *Mérope* le 20 février, avec un grand succès. La Comédie-Française représente aussi *La Mort de César* (20 août).

1744 Rentré de Prusse à Cirey en mars, Voltaire y compose des pièces commandées pour le mariage du dauphin. L'été, à Paris, il a une liaison avec une comédienne, la Gaussin, et commence à s'intéresser à sa nièce, Marie-Louise Denis, devenue veuve. Ayant conclu une alliance avec la Prusse, la France déclare la guerre à l'Angleterre et à l'Autriche. Le marquis d'Argenson, devenu ministre des Affaires étrangères, utilise les services de Voltaire et facilite ses entrées à la Cour.

1745 À Versailles, Voltaire, devenu « historiographe de France » (27 mars), célèbre la victoire de Fontenoy (11 mai). En l'absence du roi, il est reçu à Étioles chez Mme de Pompadour ; il laissera plus tard entendre qu'il a reçu ses faveurs. Tout en restant lié à Mme du Châtelet, il devient l'amant de Mme Denis. Il fait la connaissance de Jean-Jacques Rousseau, qui a été chargé de mettre en un acte *La Princesse de Navarre,* commandée à Voltaire pour le mariage du dauphin (décembre). — Sur le plan international, la paix de Dresde confirme la perte de la Silésie par l'Autriche (décembre).

1746 Voltaire est élu à l'Académie (avril), et devient en novembre « gentilhomme ordinaire de la chambre et du cabinet », avec pension.

1747 Le marquis d'Argenson disgracié (janvier), la position de Voltaire devient moins sûre. Il passe les étés à Anet chez la duchesse du Maine et compose pour elle des comédies et des contes, dont *Memnon,* premier état de *Zadig.* Revenu à la Cour, il a au « jeu de la Reine » un mot imprudent adressé en anglais à Mme du

Châtelet. Le scandale les fait se retirer à Lunéville chez le roi Stanislas. Voltaire s'intéresse à la grande édition de ses *Œuvres* qui se prépare à Dresde.

1748 À Lunéville, Mme du Châtelet devient la maîtresse du poète Saint-Lambert. Représentation de *Sémiramis* (29 août). Publication de *Zadig* et du *Monde comme il va*. Publication de l'*Esprit des lois*, de Montesquieu, dont Voltaire ne pense guère de bien. — Le 16 octobre, signature de la paix d'Aix-la-Chapelle, peu favorable à la France, qui restitue ses conquêtes aux Pays-Bas, en Savoie et à Nice.

1749 Retour à Paris en compagnie de Mme du Châtelet. Voltaire s'installe rue Traversière (actuelle rue Molière). Il fait à Frédéric des offres de service. À Lunéville, où elle est revenue avec Voltaire (juillet), Mme du Châtelet meurt des suites d'un accouchement (10 septembre). Voltaire rentre à Paris (octobre), où il écrit *Catilina, ou Rome sauvée*.

1750 Mme Denis prend possession du logement de la rue Traversière. Voltaire fréquente de nouveau la société de la duchesse du Maine. Il lit à celle-ci les contes qu'il a composés, et elle fait représenter devant la cour de Sceaux sa tragédie de *Catilina* (22 juin). Le 25 juin, quittant Paris où il ne reviendra qu'en 1778, il part pour Potsdam, où il arrive un mois après, ayant fait des étapes dans les Pays-Bas, puis en Westphalie, possession de Frédéric. En Prusse, il retrouve la comtesse Bentinck avec laquelle il noue des liens intimes. Il entre en relations d'affaires suspectes avec le « Juif Hirschel ». — Au Portugal, le nouveau roi, Joseph Ier, prend pour Premier ministre le réformateur Pombal, pour lequel Voltaire professera une vive admiration.

1751 Tout en travaillant assidûment au *Siècle de Louis XIV*, Voltaire poursuit et gagne sans gloire son procès contre Hirschel (mars). Il va se loger au château du Marquisat, près de Potsdam, et aide la comtesse Bentinck dans ses affaires. À Paris, tandis que Lambert publie une édition de ses *Œuvres* en onze volumes (avril-mai), et que *Mahomet* est repris (30 septembre), ses amis essaient en vain d'obtenir son pardon et de le faire revenir en France. Le premier volume de l'*Encyclopédie* paraît. — Au Portugal, Pombal supprime les autodafés. Mort de Bolingbroke.

1752 Une première édition du *Siècle de Louis XIV*, non autorisée en France, paraît à Berlin, ainsi que *Micromégas*. Voltaire se remet immédiatement à ses travaux historiques, puis entre, d'abord secrètement, dans la lutte qui oppose, à l'Académie de Berlin, König et Maupertuis (juillet). Il rédige les premiers articles d'une « encyclopédie de la raison », plus activement militante que l'autre dans la lutte contre le christianisme. Peu sûr de Frédéric, il place en rentes du Wurtemberg une partie de la fortune qu'il amasse en Prusse (septembre). En décembre, il mécontente fortement Frédéric en faisant paraître la *Diatribe du docteur Akakia* contre Maupertuis, président de l'Académie de Berlin ; le roi fait saisir et brûler la brochure. — En France, condamnation de l'*Encyclopédie*.

1753 Après une éphémère réconciliation avec Frédéric, Voltaire quitte Berlin le 26 mars avec un « congé » de six mois auquel ni lui ni Frédéric n'ajoutent foi. Après un séjour dans les cours de Gotha et de Cassel (avril-mai), Voltaire arrive à Francfort (1er juin), où il est séquestré, ainsi que Mme Denis qui est venue le rejoindre, par les émissaires du roi de Prusse. Il n'est libéré que lorsqu'il peut restituer des manuscrits de Frédéric qu'il avait emportés dans ses bagages. La France lui étant toujours interdite, il s'arrête en Alsace où il s'occupe en travaillant aux *Annales de l'Empire*, en composant *Scarmentado*, conte de ton très pessimiste, et en « récrivant » les lettres qu'il avait adressées de Berlin à Mme Denis pour faire croire à la postérité qu'il n'a jamais été la dupe de Frédéric, dont en fait il parlait comme du « Salomon du Nord » dans sa correspondance authentique.

1754 Publication des *Annales de l'Empire*, promises à la duchesse de Gotha. N'obtenant toujours pas la permission de rentrer en France, il séjourne à Colmar, à l'abbaye de Sénones chez Dom Calmet, où il fait provision de munitions pour la lutte contre la Bible, qui seront employées notamment dans *Le Taureau blanc* (juin), et aux eaux de Plombières, où il retrouve la société parisienne. En novembre, il part pour Lyon, va de là à Genève et Prangins.

1755 Décidé à s'installer en Suisse, il loue une propriété à Lausanne et achète en bail viager à Genève la propriété de Saint-Jean, rebaptisée « Les Délices », qui lui inspire au printemps une *Epître en arrivant dans sa terre près du lac de Genève*. Dès le mois de juin, le consistoire des pasteurs de Genève se plaint des représentations théâtrales données aux Délices (le théâtre est interdit dans la Genève calviniste). Le 20 août, *L'Orphelin de la Chine* est représenté à Paris. Le 1er novembre, le tremblement de terre de Lisbonne, qui fait plus de vingt mille morts, émeut Voltaire et l'amène à se poser plus nettement la question de la validité de l'optimisme leibnizien. Il compose en décembre le *Poème sur le désastre de Lisbonne*. Mort de Montesquieu.

1756 La France procède à un renversement des alliances ; prenant acte du caractère désormais menaçant de la Prusse, elle s'allie à l'Autriche. Le 18 mai, la déclaration de guerre de l'Angleterre ouvre la guerre de Sept Ans. Pendant un moment, Voltaire espérera trouver dans les événements le moyen de se venger du roi de Prusse. C'est ainsi qu'il proposera en novembre au ministère les plans d'un char de combat, protégé contre le feu de la mousqueterie et traîné par des chevaux. Ce plan est repoussé, l'engin ne pouvant fonctionner que sur un sol bien dégagé. Sur le plan littéraire, Voltaire reçoit d'Alembert et prépare l'article « Genève » de l'*Encyclopédie*. Première édition Cramer, à Genève, d'une *Collection complète des Œuvres de M. de Voltaire* en dix-sept volumes, contenant plusieurs contes nouveaux, *Les Deux Consolés*, le *Songe de Platon* (composé sans doute dès 1738) et les *Voyages de Scarmentado*. Première publication avouée de l'*Essai sur l'histoire générale et sur les mœurs*.

1757 Divers événements survenus au début de l'année laisseront des traces dans *Candide* : l'attentat de Damiens contre Louis XV (5 janvier), l'exécution de l'amiral Byng, condamné à mort pour trahison, en faveur duquel Voltaire était intervenu non sans maladresse, etc. La cour de Russie le charge officieusement d'écrire une *Histoire de Pierre Ier*. En août, reprise de la correspondance avec Frédéric : celui ci subit des défaites et songe un moment au suicide. Voltaire joue au consolateur ; il est même mêlé un moment à des pourparlers de paix, mais la France y met fin. Du reste, grâce à la victoire de Rossbach (5 novembre), Frédéric reprend la Silésie. Voltaire y fait longuement allusion dans les *Mémoires* qu'il écrit alors, et qui ne seront publiés qu'après sa mort, en 1784. À Paris, Lambert publie une seconde édition de ses *Œuvres*, en vingt-deux volumes cette fois. La publication de l'article « Genève » de l'*Encyclopédie* fait scandale dans cette ville : le consistoire accuse Voltaire d'en être l'auteur.

1758 Voltaire entreprend la rédaction de *Candide*. Tandis que d'Alembert, par prudence, se retire de l'*Encyclopédie*, lui-même envoie scrupuleusement à Diderot tous les articles qu'il lui a promis (certains ne seront pas retenus pour la publication). En juillet-août, un séjour chez l'Électeur palatin est profitable à l'avancement de *Candide*, terminé en octobre. C'est l'époque où la comtesse Bentinck fait un séjour aux Délices. Jean-Jacques Rousseau répond à l'article « Genève » par sa *Lettre à d'Alembert sur les spectacles*, qui irrite considérablement Voltaire, grand amateur de théâtre. Succès anglais au Canada et aux Indes. En décembre, le duc de Choiseul, ami de Voltaire, qui a des contacts avec lui par Mme du Deffand, amie intime de la duchesse, devient ministre des Affaires étrangères. Peu confiant dans les sentiments des pasteurs de Genève à son égard, et rassuré sur ses relations avec la France, Voltaire fait l'acquisition des seigneuries de Ferney et de Tournay, situées en territoire français, près de la frontière de la république de Genève (décembre 1758-février 1759). Comme il achète en viager, ce sera pour lui l'occasion d'une série de querelles avec le vendeur, le président de Brosses, de Dijon.

1759 Publication simultanée de *Candide* à Paris, Londres, Amsterdam et Genève (janvier). L'ouvrage est condamné à Paris et à Genève. Voltaire devient un apôtre de la campagne contre « l'Infâme » (le christianisme). Il écrit contre les « antiphilosophes » une *Ode sur la mort de la margrave de Bayreuth*, puis une pièce, *Socrate*, qui ne sera pas jouée. À l'automne, il met ses relations avec Frédéric au service de Choiseul pour des pourparlers de paix qui n'aboutissent pas. Vers la fin de l'année, il se livre à Tournay et surtout à Ferney à une frénésie d'aménagements et de travaux de toute sorte qui ne s'interrompront qu'avec sa mort. — Sur le plan international, Québec capitule ; Montcalm y est tué. Les jésuites sont expulsés du Portugal. Plus sensible aux événements des Indes, où il a des intérêts, qu'à ceux du Canada, où il n'en a pas, Voltaire applaudit à la politique religieuse de Pombal.

1760 Sur sa lancée antichrétienne, Voltaire travaille à ce qui deviendra le *Dictionnaire philosophique*. Tandis qu'à Paris, Le Franc de Pompignan, Fréron, Palissot et Rousseau l'attaquent, il répond au premier par des épigrammes, au second par une comédie diffamatoire, *L'Écossaise*, à Rousseau par la satire du *Pauvre Diable*, etc. Il multiplie les représentations dans le théâtre aménagé à Ferney, et recueille Marie Corneille, petite-nièce du grand Corneille. Dans ses nouveaux domaines, il a déjà des démêlés avec les jésuites, le curé de Moëns, l'évêque d'Annecy. Mais il s'intéresse aussi aux expériences de Spallanzani et à la traduction d'un prétendu manuscrit antique indien, l'*Ezour Veidam*, qui lui permet d'affirmer l'antériorité de la civilisation indienne sur celle des Égyptiens, à plus forte raison des Juifs. En fait, cet ouvrage n'est qu'une fabrication moderne (les anciens ouvrages sanscrits ne seront découverts que plus tard). — Au Canada, Montréal doit capituler.

1761 Le succès de *La Nouvelle Héloïse* de Rousseau, parue au début de l'année, irrite Voltaire qui y répond par des *Lettres sur la Nouvelle Héloïse*, qu'il n'avoue pas. Contre Shakespeare, il lance un *Appel à toutes les nations de l'Europe*. Il prépare une édition commentée de Corneille dont les profits iront à Marie Corneille, mais les jugements qu'il porte au nom de la logique ou de la grammaire sont souvent injustes et dépourvus du sens de l'évolution de la langue. En mai, il entreprend de construire à Ferney une église « moderne » dont la dédicace, *Deo erexit Voltaire*, est un monument de l'esprit du philosophe. Par la même occasion, il obtient du pape des reliques de saint François pour son église et pour lui un titre de franciscain *ad honorem.* — En Inde, capitulation de Pondichéry, où commandait Lally-Tollendal.

1762 Fin mars, Voltaire apprend l'exécution à Toulouse le 13 octobre 1761, d'un huguenot, accusé d'avoir tué son fils qui s'était converti au catholicisme. D'abord indifférent, il se passionne bientôt pour ce qui devient « l'affaire Calas », non encore résolue de nos jours sur le plan policier ; dès juillet-août, il commence une campagne de requêtes et de mémoires pour faire annuler la décision du parlement de Toulouse. Il lit avec enthousiasme le *Manuel des inquisiteurs,* de l'abbé Morellet. Il se réjouit de l'expulsion des jésuites de France, non sans craindre la toute-puissance des jansénistes. Il travaille au *Dictionnaire philosophique,* au *Traité sur la tolérance,* mené de front avec le *Pot-pourri.* — L'*Émile* de Rousseau est condamné à Paris et Genève. Nonnotte publie *Les Erreurs de Voltaire,* qui mettent ce dernier en fureur. — En Russie, Catherine fait assassiner son mari Pierre III et lui succède sous le nom de Catherine II ; pour rétablir sa réputation en Europe, elle pourra compter sur le dévouement de Voltaire.

1763 Tandis que le traité de Paris (10 février) met fin à la guerre de Sept Ans, Voltaire marie Mlle Corneille, qui devient Mme Dupuits et, le 7 mars, le Conseil du roi autorise la révision du procès Calas. Il termine le *Pot-pourri,* compose le *Catéchisme de l'honnête homme,* publie *Saül,* tragédie grossièrement antireligieuse et, en novembre, le *Traité sur la tolérance,* de ton modéré. — Mort de Marivaux.

1764 Voltaire intervient en faveur de protestants condamnés aux galères pour des « assemblées » illégales ; il propose de les employer à fonder une colonie en Guyane, pour compenser les pertes coloniales du traité de Paris. Le ministère refuse, à cause des difficultés climatiques. En mars, Voltaire s'intéresse activement à l'affaire Sirven, protestant accusé d'un meurtre, qui s'est réfugié en Suisse avec sa femme. À l'occasion de la mort de Mme de Pompadour (15 avril), il évoque dans ses lettres ses relations avec celle-ci. Sur le plan littéraire, il met en souscription le commentaire sur Corneille, fait créer *Olympie* à la Comédie-Française, publie les *Contes de Guillaume Vadé,* qui outre des mélanges (contre Shakespeare) contient des contes en vers *(Ce qui plaît aux dames...)* et en prose *(Le Blanc et le noir, Jeannot et Colin)* qui rappellent les pièces composées un demi-siècle plus tôt chez la duchesse du Maine. En juillet, il publie le dangereux *Dictionnaire philosophique portatif,* et oppose les *Sentiments des citoyens* aux *Lettres écrites de la montagne* de Jean-Jacques Rousseau.

1765 Profitant de la réhabilitation des Calas (9 mars), Voltaire relance l'affaire Sirven, notamment par une campagne de souscription internationale. Le 21 mars il revend les Délices, ce qui le débarrasse de certains scrupules envers Genève : à la fin de l'année, il interviendra dans les troubles entre les différentes catégories de Genevois, les uns par le sang (bourgeois et citoyens), les autres par le sol (« natifs »). Publication des *Nouveaux mélanges,* dont le tome III contient le *Pot-pourri ;* de *La Philosophie de l'histoire,* dédiée à Catherine II, et qui deviendra l'introduction à l'*Essai sur les mœurs.* — En août, le chevalier de La Barre, avec son ami d'Étallonde, mutile un crucifix lors d'une partie de débauche. Une perquisition à son domicile fait découvrir, parmi des livres défendus, le *Dictionnaire philosophique,* ce qui explique le sentiment — inavoué — de responsabilité qu'éprouva Voltaire — Joseph II est couronné empereur ; il sera un monarque « éclairé ».

1766 Voltaire suggère à Versailles une intervention, militaire éventuellement, en faveur des « natifs » genevois. En mai, Lally-Tollendal, accusé de trahison pour n'avoir pu défendre Pondichéry contre les Anglais, est condamné et exécuté. Voltaire va travailler à sa réhabilitation. Le 1er juillet, La Barre est exécuté à Abbeville, après rejet d'un recours en grâce. Affolé, Voltaire se réfugie en Suisse. Il propose à d'Alembert, Diderot et autres de se retirer à Clèves, terre du roi de Prusse, et d'y fonder une colonie philosophique qui combattra « l'Infâme ». Tous refusent. Sur le plan littéraire, publication d'ouvrages surtout « philosophiques » : *Questions sur les miracles, Dialogue du douteur et de l'adorateur...,* comprenant aussi un « conte », *Le Philosophe ignorant* (incluant la *Petite Digression sur les Quinze-Vingts* et l'*Aventure indienne*) ; d'un *Commentaire sur le livre des délits et des peines de Beccaria* (supprimer la torture, proportionner les châtiments avec les délits...) ; et de la tragédie (antireligieuse) des *Scythes.* Mise en chantier de *L'Ingénu.*

1767 Le blocus de Genève par l'armée française gêne Voltaire. Il suggère à Choiseul de recruter les « natifs » et de les installer à Versoix, dont on ferait un port (de guerre : avec une petite frégate armée de canons) pour contrer Genève. Son activité littéraire est presque entièrement consacrée à la lutte contre « l'Infâme », encouragée par l'expulsion des jésuites d'Espagne, qui lui semble promettre une ère nouvelle ; représentation des *Scythes* à Paris (26 mars) ; publication des *Questions de Zapata,* des *Anecdotes sur Bélisaire,* de l'*Examen important de milord Bolingbroke,* ouvrage violemment antichrétien (qui remonte probablement à l'époque berlinoise), tout comme *Le Dîner du comte de Boulainvilliers;* seul le conte de *L'Ingénu* présente une vision plus sereine. En Pologne, Stanislas Poniatowski, qui a été élu roi avec l'appui de Catherine en septembre 1764, voit celle-ci saper de plus en plus ouvertement son autorité en fomentant la révolte des « dissidents » protestants. Voltaire soutiendra longtemps cette politique de la tsarine au nom de la lutte contre le « fanatisme ».

1768 Mécontent de Mme Denis, qui a été complice de La Harpe dans un vol de manuscrit, Voltaire la renvoie à Paris. Pendant qu'elle y mène grand train et accumule les dettes, il se livre avec passion au travail en menant une vie recluse. Il reprend la lutte en faveur de Sirven, dont le pourvoi a été rejeté (mars) ; il fait ses pâques avec ostentation, mécontentant à la fois ses amis parisiens et l'évêque d'Annecy ; il anime les travaux de Versoix. Surtout il écrit et publie *L'Homme aux quarante écus* et *La Princesse de Babylone* (février-mars), *La Guerre civile de Genève,* satire contre les Genevois, la *Profession de foi des théistes, L'A.B.C.,* le *Précis du siècle de Louis XV, Les Singularités de la nature, Le Pyrrhonisme de l'histoire,* etc. L'édition collective « Quarto » commence à paraître.

1769 Nouvelle comédie autour des pâques de Voltaire, qui feint d'être à l'agonie pour communier chez lui. Il profite encore de l'absence de Mme Denis pour publier : *La Raison par alphabet* (version nouvelle du *Dictionnaire philosophique*), l'*Épître à l'auteur du livre des Trois Imposteurs* (contre l'athéisme professé dans cet ouvrage publié au siècle précédent), *Le Cri des nations, Les Lettres d'Amabed, Les Guèbres,* nouvelle tragédie antichrétienne, ainsi que deux œuvres qui tranchent par leur caractère plus apaisé par rapport au Christ, *Dieu et les hommes* et *Les Adorateurs* (fin de l'année). Après le retour de Mme Denis (octobre), il se donne davantage encore à la mise en valeur de Ferney, construisant des maisons qu'il vend ou loue à bon prix aux « colons » genevois qui importent l'horlogerie.

1770 Tout en créant une manufacture de montres et une de bas dont il assure la promotion dans toute l'Europe auprès des souverains ses amis, il modernise la *Sophonisbe* (1627) de Mairet, s'oppose au matérialisme de la « clique holbachique » par *Dieu : réponse au Système de la nature;* commence une campagne par lettres et factums pour la libération des « serfs du Mont-Jura », dont les seigneurs sont les moines de Saint-Claude. En décembre, disgrâce de Choiseul.

1771 Voltaire soutient activement la (judicieuse) réforme de Maupeou supprimant les parlements et instituant une justice plus proche des administrés et gratuite ; mais ses amis, liés à Choiseul, lui en font grief. Il publie volume sur volume des *Questions sur l'Encyclopédie* qu'il a écrites dans la foulée du *Dictionnaire philosophique* (noter que les éditeurs de Kehl fondront ces deux ouvrages sous le nom fallacieux d' « Œuvres alphabétiques »). Le 25 novembre, l'acquittement définitif de Sirven est un nouveau succès pour Voltaire, excellent tacticien des guerres juridiques, auxquelles il sait intéresser l'opinion publique.

1772 Le partage de la Pologne commence enfin à ouvrir les yeux de Voltaire, qui met une sourdine à sa campagne en faveur de Catherine II. Il compose pour le théâtre une tragédie, *Les Pélopides* (non représentée) et une comédie, *Le Dépositaire*, dans laquelle il fait allusion à l'honnêteté avec laquelle Ninon de Lenclos avait conservé un dépôt que lui avait confié Gourville, disgracié au moment de l'affaire Fouquet. Il écrit des pièces en vers, satires *(Les Systèmes, Les Cabales)* et épîtres *(Épître à Horace)*, hommage au poète latin dont il se souvient fréquemment. Le 23 novembre, mort de Thiériot, avec lequel il avait partiellement renoué, après des années de refroidissement.

1773 En février-mars, douloureuse crise de strangurie qui met la vie de Voltaire en danger. C'est sans doute dans la joie de la convalescence qu'il compose *Le Taureau blanc*, dans lequel il reprend dans le style burlesque les critiques de la Bible qu'il avait traitées sérieusement dans les *Questions sur l'Encyclopédie*. Le roman est reproduit à partir de novembre dans les livraisons (non imprimées) de la *Correspondance littéraire*. En novembre également, paraît *La Tactique*, poème contre la guerre adressé à Frédéric II.

1774 Voltaire, qui a sollicité de Frédéric un congé pour d'Étallonde, condamné avec La Barre, mais qui avait pu s'enfuir et s'était engagé dans l'armée prussienne, essaie, en vain, de le faire réhabiliter (avril). Le 10 mai, mort de Louis XV. Louis XVI prend pour ministre Turgot, un intendant réformateur, ami et hôte de Voltaire, qui entreprend des réformes hardies (suppression du servage, des corporations...). Elles se heurtent à la résistance des parlements, réinstallés après l'échec de la réforme Maupeou, alors que Voltaire les approuve et les soutient. Sur le plan littéraire, il fait jouer la *Sophonisbe* de Mairet « corrigée » par lui (15 janvier). Le *Journal des dames* publie une version « châtiée » de son premier conte, *Le Crocheteur borgne*. Dans l'hiver 1774-1775 il publie la médiocre tragédie de *Don Pèdre*, suivie de l'*Éloge historique de la Raison*, pièce célébrant le progrès des « lumières » en Europe, intéressante aussi dans la mesure où elle témoigne du refroidissement de son enthousiasme pour Frédéric et surtout pour Catherine.

1775 Troubles populaires, attribués à la politique de liberté du commerce des grains de Turgot ; Voltaire l'appuie de son mieux. Il milite en faveur d'une zone franche pour le pays de Gex que Turgot lui accordera (décembre) et qui existe toujours. Désespérant d'obtenir pour le moment la révision du procès de La Barre, il écrit *Le Cri du sang innocent.* L'*Histoire de Jenni, ou le Sage et l'athée,* parue en juillet, confirme qu'il prend ses distances avec le matérialisme, qui ruine la morale commune. À partir de septembre, Cramer entame la publication de la collection des *Œuvres* dite « encadrée » (un filet orné entoure chaque page pour éviter, en vain d'ailleurs, les contrefaçons). Elle contient des contes nouveaux, l'*Aventure de la Mémoire* et *Les Oreilles du comte de Chesterfield,* et comptera au total quarante volumes.

1776 Les *Remontrances du pays de Gex au roi* (mars) demandent de nouvelles réformes, mais le renvoi de Turgot (12 mai) ajourne les espérances de Voltaire, quoique son successeur, le banquier genevois Necker, entretienne, par l'intermédiaire de sa femme, de bonnes relations avec le seigneur de Ferney ; quoi qu'il en soit, l'entreprise de Versoix opposée à Genève n'est plus d'actualité. La déclaration d'Indépendance des États-Unis sera regardée par Voltaire comme un triomphe de la « liberté » (voir l'année 1778). Publication de *La Bible enfin expliquée.* Encouragé dans son amour pour le théâtre classique français par le séjour à Ferney du célèbre comédien Lekain, qui joue ses pièces, Voltaire déclare une guerre sans merci à Shakespeare dans une *Lettre à l'Académie* qui y sera lue le 25 août.

1777 À la grande déception de Voltaire, qui avait organisé une réception avec revue de troupes, etc., Joseph II passe par Ferney sans s'y arrêter (juillet). Devenu le grand homme de tout le pays de Gex, Voltaire est célébré à Ferney pour la Saint-François, mais le rôle qu'il veut jouer lui attire des inimitiés, notamment celle de Fabry, « subdélégué » (de l'intendant) pour le pays de Gex. Il fonde un prix pour récompenser le meilleur projet de réforme de la législation, et publie lui-même *Le Prix de la justice et de l'humanité* (octobre).

1778 Sollicité par Beaumarchais, Voltaire entreprend de corriger ses œuvres en vue d'une grande édition complète (voir l'année 1785), mais ne fait que commencer le travail. Le 5 février, dans une berline où un lit lui est aménagé, il quitte Ferney pour Dijon et Paris, où il retrouve Mme Denis (10 février). Logé chez Villette, rue de Beaune, il mène une vie épuisante, au milieu des cérémonies (députations de l'Académie et de la Comédie-Française, suivies de visites de remerciement, triomphe populaire lors de la représentation d'*Irène,* le 30 mars, réception de Franklin dont il bénit le petit-fils au nom de « Liberté », réception dans une loge maçonnique, etc.) et des intrigues de son entourage (Villette et Mme Denis essaient de retarder l'arrivée de Wagnière, son fidèle secrétaire, puis de l'écarter). Le 7 mai, il présente à l'Académie le plan d'un nouveau dictionnaire de langue, et se met aussitôt au travail. Mais quelques jours plus tard, une nouvelle crise de strangurie, soignée par des doses de plus en plus fortes d'opium, le cloue au lit. Le 26 mai, il reçoit la nouvelle de la révision du procès de Lally-Tollendal. Il accepte, malgré son entourage, les secours d'un simple curé, l'abbé Gautier (plus tard victime des massacres de Septembre), et meurt le 30 mai en laissant une déclaration autographe : « Je meurs en adorant Dieu, en aimant mes amis, en ne haïssant pas mes ennemis et en détestant la superstition. » Malgré l'interdiction de sépulture, il est enterré en terre chrétienne, à l'abbaye de Scellières (Champagne), dont son neveu Mignot est abbé (avant d'être transféré au Panthéon en 1791). Dès l'été suivant, Mme Denis vend à Catherine II sa bibliothèque et ses manuscrits, dont quelques copies seront faites avant le transport de l'ensemble à Leningrad. — Mort de J.-J. Rousseau (2 juillet).

1784-1789 Beaumarchais, Condorcet et Decroix publient les *Œuvres* de Voltaire, en soixante-dix volumes in 8°. Contrairement à ce qu'on a cru jusqu'à ces toutes dernières années, la plupart des « corrections » de cette édition, imprimée à Kehl, ne sont pas de Voltaire, mais des éditeurs, et doivent donc être rejetées, notamment pour les contes.

BIBLIOGRAPHIE

On trouvera dans l'édition des *Romans et contes* de Voltaire par Frédéric Deloffre et Jacques Van den Heuvel avec la collaboration de Jacqueline Hellegouarc'h, à la Bibliothèque de la Pléiade, Gallimard, 1979, une bibliographie détaillée, ainsi que des indications complémentaires concernant la composition, la publication et le commentaire des œuvres contenues dans le présent volume. Seuls les ouvrages de critique les plus importants sont donc mentionnés ici.

I. BIOGRAPHIE

Pendant longtemps, l'ouvrage fondamental sur la biographie de Voltaire fut celui de Gustave Desnoiresterres, *Voltaire et la société française au XVIIIe siècle* (8 vol., 1871-1876). On dispose maintenant de l'excellente série de cinq volumes publiée sous la direction de René Pomeau, *Voltaire en son temps* (Oxford, Voltaire Foundation), à savoir :
I. 1694-1734 (1985) ;
II. 1734-1749 (1988) ;
III. 1750-1759 (1991) ;
IV. 1759-1770 ;
V. 1770-1778 (ces deux volumes à paraître).

II. ÉTUDES GÉNÉRALES SUR VOLTAIRE

LANSON, Gustave, *Voltaire*, Paris, 1906 ; rééd. par René Pomeau, Hachette, 1960.

NAVES, Raymond, *Voltaire*, « *L'homme* et *l'œuvre* », Boivin, 1942.

POMEAU, René, *Voltaire par lui-même*, éd. du Seuil, 1955.

—, *La Religion de Voltaire*, Paris, 1956, 2e éd., Nizet, 1969. Étude approfondie de la pensée religieuse de Voltaire.

WADE, Ira O., *The Intellectual Development of Voltaire*, Princeton, New Jersey, University Press, 1969.
MASON, Haydn T., *Voltaire*, Londres, Hutchinson, 1975.

III. SUR LES CONTES EN GÉNÉRAL

VAN DEN HEUVEL, Jacques, *Voltaire dans ses contes*, A. Colin, 1967. Étude fondamentale.
MYLNE, Vivienne, « Literary Techniques and Methods in Voltaire's Contes Philosophiques », *Studies on Voltaire and the Eighteenth Century*, 67, 1967, p. 1055-1080.
RIGO, Dora Bienaimé, *Gli ultimi racconti di Voltaire*, Pise, Libreria Goliardica, 1974. Deux chapitres généraux, un sur la poétique du conte, l'autre sur la « destination philosophique du voyage », suivis d'une étude détaillée du *Blanc et noir*, de *La Princesse de Babylone*, et des *Lettres d'Amabed*.
SHERMAN, Carol, *Reading Voltaire's* Contes. *A Semiotics of Philosophical Narration*, Chapel Hill, North Carolina, 1985.

IV. SUR DES CONTES PARTICULIERS

HAVENS, George, « *Micromégas (1739-1752)*, Composition and Publication », *Modern Language Quarterly*, t. XXXIII, juin 1972.
Zadig ou la Destinée, Histoire orientale, édition critique par Georges Ascoli, revue et complétée par Jean Fabre, Didier, 1962.
STAROBINSKI, Jean, « Sur le style philosophique de *Candide* » et « L'Ingénu sur la plage », études reprises sous le titre « Le fusil à deux coups de Voltaire » dans *Le Remède dans le mal*, Gallimard, 1989.
L'Ingénu, édition critique par J. H. Brumfitt et M. I. G. Davis, Oxford, 1960.

NOTICES ET NOTES

LE CROCHETEUR BORGNE

Notice

On peut être surpris que Voltaire n'ait jamais publié *Le Crocheteur borgne,* l'une de ses plus charmantes œuvrettes. Est-ce parce qu'il se fiait plus à ses grandes œuvres dramatiques, historiques ou philosophiques pour survivre qu'à ses contes ? Ou parce que celui-ci ne comporte aucun message ? Ou plus simplement parce qu'il en avait perdu le manuscrit, ou même oublié l'existence ? L'examen des faits connus permet de donner à cette question une réponse probable.

En mars 1774, le *Journal des dames* de Mme de Printzen en publiait une version, remaniée pour ménager la pudeur des lectrices du journal et rendre, croyait-on, le récit plus vraisemblable. C'est ainsi que procédaient couramment les rédacteurs de l'immense *Bibliothèque des romans,* qui présentait les anciens romans « digérés » à l'usage du public des châteaux de campagne et des villes de province. Le rédacteur du *Journal des dames* faisait précéder le conte de la notice suivante :

J'insère ici un petit conte qui est l'ouvrage d'un homme très célèbre qui ne l'a jamais fait imprimer. Il fut fait dans la société d'une princesse qui réunissait chez elle les talents qu'elle protégeait. Toute faute, dans cette société, devait être réparée par un conte fait sur-le-champ : c'était une espèce de pensum. *On sait que le* pensum *de la société de Boileau était la lecture de quelques vers de* La Pucelle *de Chapelain. J'ai cru que la lecture de celui-ci serait agréable par la gaieté qui règne dans les idées, et dans la manière dont elles sont rendues.*

Les auteurs de la grande édition posthume de Kehl, qui ignoraient l'existence de cette première publication, entrèrent pour leur part en possession d'une version du conte, qu'ils publièrent en 1784 avec plus de fidélité que Mme de Printzen, en la faisant suivre de la note suivante (t. XLV, p. 424) :

*Ce conte, ainsi que le suivant [*Cosi-Sancta*], n'a jamais été imprimé. M. de Voltaire attachait peu de prix à ces amusements de société. Il sentait très bien que le plus joli roman ne pourrait jamais être ni aussi curieux, ni aussi instructif pour les hommes éclairés que le texte même de* La Cité de Dieu, *d'où il avait tiré* Cosi-Sancta. *Quant au* Crocheteur borgne, *c'est le même sujet que celui du conte intitulé* Le Blanc et le noir. *L'idée est prise des contes orientaux, où l'on voit souvent ainsi tantôt un rêve pris pour la réalité, tantôt des aventures réelles, mais arrangées d'une manière bizarre, prises pour un rêve par celui qui les éprouve. Le but de ces contes est de montrer que la vie ne diffère point d'un songe un peu suivi ; ils conviennent à des peuples dont le repos est le plus grand des biens, et qui cherchent dans la philosophie des motifs de ne point agir, et de s'abandonner aux événements. Ces deux petits romans sont de la jeunesse de M. de Voltaire, et fort antérieurs à ce qu'il a fait depuis dans ce genre.*

Au vu de ces deux textes, Beuchot, l'excellent éditeur de Voltaire au XIXe siècle, avait estimé que *Le Crocheteur borgne* avait été composé par Voltaire, comme *Cosi-Sancta,* en 1746-1747, lors des séjours qu'il fit à cette époque auprès de la duchesse du Maine au château de Sceaux. Tous les éditeurs et commentateurs ultérieurs avaient partagé ces vues, lorsqu'elles furent remises en question par Jacqueline Hellegouarc'h [1], dont les conclusions ne corrigent pas seulement une erreur de chronologie, mais modifient les idées qu'on pouvait avoir sur la naissance chez Voltaire du genre du conte en prose.

En fait, ce n'est pas en 1746-1747 que Voltaire dut composer ces deux contes à la cour de Sceaux, c'est beaucoup plus tôt, à la fin du règne de Louis XIV ou au début de la Régence, à l'époque où nous savons qu'il y lut sa tragédie d'*Œdipe.* La convergence des arguments en faveur de cette thèse ne laisse place à aucun doute.

Il est d'abord clair que lorsque les éditeurs de Kehl parlent de la « jeunesse » de Voltaire, ils ne peuvent se référer aux années 1746-1747, époque où Voltaire avait cinquante-deux ou cinquante-trois ans. Ils précisent d'ailleurs que ces « petits romans » sont « fort antérieurs à ce qu'il a fait depuis dans ce genre », alors qu'en 1746-1747 il avait déjà écrit plusieurs « romans » célèbres, dont *Zadig.* Un autre indice vient renforcer l'hypothèse. À propos d'un passage de *Cosi-Sancta* où il est question de « toutes les grossièretés assez mal enveloppées dont on embarrasse ordinairement la pudeur des jeunes mariées », une note de

1. « Mélinade ou la duchesse du Maine. Deux contes de jeunesse de Voltaire », *Revue d'histoire littéraire de la France* (1978, n° 5) ; voir aussi notre édition à la Bibliothèque de la Pléiade, p. 662 et suiv.

Kehl (p. 408, n. 3) précise : « C'était encore l'usage dans la jeunesse de M. de Voltaire. »

Un autre argument peut être tiré d'une façon moins immédiate mais non moins probante des indications données sur la façon dont furent composés les deux contes. Les éditeurs de Kehl disent qu'il s'agissait d' « amusements de société » ; ils associent *Cosi-Sancta* aux « loteries » de Sceaux. Le rédacteur du *Journal des dames* parle du *Crocheteur borgne* comme d'un « conte fait sur-le-champ ». Les premiers parlent de contes ou poèmes composés à titre de « gages », le second de « pensum ». Toutes les allusions qui nous sont parvenues de « loteries » à propos de la cour de Sceaux sont antérieures à 1725, et renvoient même particulièrement aux années 1714-1715, voire auparavant. Les *Divertissements de Sceaux* évoquent un gage à propos de l'abbé Genest : ils parurent en 1718. Autant de raisons de penser que les deux contes remontent à une époque bien plus ancienne que 1746-1747.

À ces arguments fondés sur des indices externes, on peut en ajouter d'autres fournis par le texte lui-même. Ceux-ci sont liés à l'interprétation du conte, dont il va être question. Il suffit pour le moment de noter que, dans le petit monde de la cour de Sceaux, tous les divertissements ont pour centre la duchesse du Maine. Toutes les allusions dignes de passer à la postérité sont autant d'éloges de la maîtresse des lieux. Devant improviser un conte à l'époque où *Les Mille et Une Nuits* viennent de paraître dans la traduction de Galland avec un vif succès [1], Voltaire songe tout naturellement à une histoire merveilleuse dans un cadre oriental ; mais pour nourrir son imagination, il n'a qu'à ouvrir les yeux : les prestiges qui s'offrent à lui sont ceux de Sceaux.

Ceux de la *première* cour de Sceaux, avant que la duchesse connaisse l'exil pour ses intrigues en 1718. C'est de cette période seule que participent l'atmosphère, le ton, la philosophie du conte. Ainsi, la scène de réception du maître de l'anneau par les génies rappelle les cérémonies d'intronisation dans l'ordre de la Mouche à miel, fondé en 1703. C'est à cette époque que le château est devenu un « palais enchanté » où la duchesse règne comme une divinité sur une cour de nymphes et de sylphes ; c'est alors que les festins sont servis par des faunes ; alors que les familiers promus chevaliers de l'Ordre prêtent à genoux serment de fidélité à la Grande Maîtresse et reçoivent d'elle une médaille aussi précieuse que l'anneau du conte.

Une raison plus forte encore de placer le conte vers 1715 est fournie par l'âge de la duchesse. Si c'est bien elle qui, comme on va le montrer, figure sous le voile transparent de Mélinade, peut-on l'imaginer en 1746, à l'âge de soixante-dix ans, dans la posture où la montre le récit ? En revanche, vers 1715, elle est encore une jeune femme séduisante et

1. Chez le libraire Barbin, à partir de 1704.

courtisée, qui permet à ses adulateurs un ton de liberté dont les contes de Hamilton donnent un exemple.

Ce dernier argument est décisif, s'il est démontré que Voltaire a songé à la duchesse du Maine en composant son conte. Certes, il pourrait sembler que ni l'intrigue ni les personnages du *Crocheteur borgne* n'ont de rapport avec quelque actualité que ce soit. Le crocheteur borgne vient des *Mille et Une Nuits.* Son nom, sa patrie, Bagdad, ses « crins noirs, hérissés, crépus », il les tient du Mesrour qui dans les contes arabes est le chef des eunuques noirs, le *kaishar agassi* (Voltaire emploiera le mot dans son *Histoire de Charles XII*) du calife Haroun-al-Rachid. Les borgnes et les portefaix ne manquent pas dans *Les Mille et Une Nuits :* les trois calenders sont borgnes, et c'est un portefaix qui est invité à banqueter dans la maison de Sinbad le marin.

Les aventures de Mesrour sont aussi dans le genre des contes orientaux. L'histoire du *Dormeur éveillé,* notamment, est une sorte de contre-épreuve de la sienne. Si Abou Hassan a été transporté pendant son sommeil dans le palais du calife, c'est bien éveillé qu'il a participé au milieu des plus belles femmes à un festin magnifique et s'est trouvé posséder pour un jour tous les pouvoirs du calife de Bagdad : il aura beau avoir vécu réellement cette journée, tout le monde croira qu'il a rêvé, et lui-même devra en convenir pour sortir de l'asile de fous où il a été enfermé.

Il n'est pas jusqu'à la leçon de l'histoire qui, comme le remarquaient les éditeurs de Kehl, ne soit celle des contes orientaux, à savoir que « la vie ne diffère point d'un songe un peu suivi », ce qui convient à des peuples « qui cherchent dans la philosophie des motifs de ne point agir » ; ou même, plus spécialement, que la vision qu'on a du monde dépend de l'œil dont on le regarde, suivant la conclusion de l'*Histoire de l'aveugle Baba-Abdallah.*

Ainsi, le conte de Voltaire est nourri de réminiscences des *Mille et Une Nuits,* auxquelles on pourrait en ajouter d'autres du *Roland furieux* de l'Arioste (l'anneau par exemple), des contes de Perrault (le couple du crocheteur et de Mélinade ressemble à celui de la belle et de la bête) et de Hamilton (*Zénéyde* fait aussi passer d'un monde familier au merveilleux par l'apparition inexpliquée d'une belle princesse légèrement vêtue). Mais on peut aussi le voir sous un jour tout différent.

À quoi, par exemple, pouvaient penser les familiers de la duchesse quand on évoquait devant eux l'apparition sur un « char » tiré de « six grands chevaux blancs » d'une « grande princesse » aux « beaux cheveux blonds », « relevés les uns en tresse et les autres en boucle », accompagnée de son petit chien, et qui conduit elle-même son équipage ? À la duchesse du Maine. Sa coiffure, très caractéristique, est celle qu'on voit sur la médaille de l'ordre de la Mouche à miel, conservée au château de Sceaux. Son carrosse à six chevaux, qui la menait à Paris, était célèbre vers 1710, et la mort de son petit chien, Jonquille, peint par de Troy aboyant à ses côtés, suscita une chanson et une épitaphe à sa mémoire que conservent les *Divertissements de Sceaux.* Les autres détails ne concordent pas moins exactement. Le conte mentionne les « fort petits pieds » et les « petites mains » de la princesse : la taille de la duchesse, selon la Palatine, est celle « d'un enfant de dix ans ». Sa toilette n'est pas moins caractéristique. Un tableau de Gobert conservé à Sceaux la montre avec une robe d' « étoffe d'argent » et une jupe « semée de guirlandes de fleurs ».

Du reste, n'aurions-nous aucun portrait de la duchesse, l'identification de Mélinade ne serait pas moins claire. Certes, si ce nom évoque par sa finale les naïades de Sceaux, il rappelle davantage ceux de Shéhérazade et de Dinarzade dans *Les Mille et Une Nuits.* Mais c'est son radical qui apporte l'indication décisive. *Mellin* signifie « de la nature ou de la couleur du miel ». C'est doublement qu'il se réfère à la duchesse, à la fois en tant que blonde, et surtout en tant que « dictatrice perpétuelle » de l'ordre de la Mouche à miel, dont les chevaliers portaient la médaille pendue à un ruban jaune.

Ce n'est pas seulement à la personne de la duchesse que le conte fait allusion, mais à la vie à Sceaux. Le serment de fidélité que prêtent les génies au « maître de l'anneau » rappelle le serment que prêtaient à genoux les nouveaux chevaliers recevant leur médaille, tout comme le palais enchanté peut devoir quelque chose au pavillon de l'Aurore où s'était déroulée la fameuse cinquième « Nuit » — ce qui peut avoir suggéré l'allusion à Tithon. Mais c'est aussi cette philosophie orientale reconnue par les éditeurs de Kehl qui convient à la société de Sceaux. Ne prétendait-on pas y oublier les souffrances et la mort, quitte à se réfugier, comme Mesrour, dans l'ivresse ? À la fin de cette cinquième Nuit, la princesse, pour se consoler d'avoir perdu sa royauté, ne trouvait-elle pas, comme elle le chantait, « d'autre remède, / Que celui de s'enivrer » ?

Reste pourtant Mesrour, qui à première vue s'insère mal dans cette société. On a vu ce qu'il doit aux *Mille et Une Nuits;* il est aussi redevable de son physique au Brunel que l'Arioste décrit, au moment où il a dérobé l'anneau d'Angélique, avec « la tête crépue, les cheveux noirs et la peau brune [...] les yeux enflés, le regard louche, le nez écrasé et les sourcils hérissés ». Mais cela n'est qu'accessoire. Mesrour est avant tout l'antithèse de Mélinade, le « ver de terre amoureux d'une étoile ». Dans le monde onirique du *Crocheteur borgne,* n'est-il pas le déguisement que prend devant la reine de Sceaux le jeune auteur qui eut toujours la hantise de devenir borgne ?

Ce qui appartient en tout cas à Voltaire, c'est l'art avec lequel s'opère dans son récit cette fusion du réel et de l'imaginaire qui caractérise le rêve. Celui qui rêve prend pour vrai l'imaginaire, et le fait sans s'apercevoir du moment où il passe de l'un à l'autre. Mais comment créer la même impression chez le lecteur, c'est-à-dire le faire participer au rêve sans qu'il prenne conscience qu'il s'agit d'un rêve ? Le narrateur y parvient ici par une sorte de « fondu enchaîné » des différents niveaux de la narration : réalité pure et simple, rêve, merveilleux, retour à la veille, qui se confond avec la réalité. D'un plan à l'autre, le passage se fait avec une extrême simplicité, qui est le comble de la virtuosité.

Dans un cadre discrètement oriental, la triple qualité qui est reconnue à Mesrour (« borgne, crocheteur et philosophe ») laisse présager quelque aventure héroï-comique. À ce portrait à l'imparfait succède sans transition une action au passé simple : « Il vit par hasard passer... » Peu de lecteurs remarquent que dans un récit de ce genre on attend une précision de temps (« Il vit *un jour* passer... »), à laquelle est ici substituée, sans logique, une référence au destin. Pas plus que le dormeur, le lecteur n'a reconnu le passage au rêve, dont le moment lui a échappé. À la réflexion, il pourrait trouver étrange que, même avec de bonnes jambes, Mesrour ait pu courir « quatre bonnes lieues » à côté de chevaux au galop, mais la rapidité du récit l'empêche de faire la réflexion. L'aisance avec laquelle notre borgne coupe les traits des chevaux emballés tient certes de l'extraordinaire, mais ce n'est encore qu'avec un moment de retard qu'on en prend conscience. Il est vrai que le moment érotique qui suit est typiquement onirique, ne serait-ce que par la complaisance distraite de Mélinade. Mais déjà la métamorphose de Mesrour et l'apparition du palais enchanté ont fait verser le conte dans le merveilleux.

Or le merveilleux chevaleresque, à la façon du *Roland furieux*, porte en lui le germe d'un démenti sarcastique de la réalité. Le retour brutal à la vie quotidienne est d'abord un « désenchantement ». Encore le passage est-il aussi habilement ménagé que l'avait été l'entrée dans le rêve. Il se fait certes d'une façon brutale, mais selon une vision extérieure et indirecte : « Elle tomba sur un malheureux endormi... » Il faut un instant au lecteur pour réaliser que cet « endormi » est Mesrour, et que donc il dormait. Le mot de *rêve* n'est même pas prononcé, mais seulement ceux de « séjour enchanté » et de « voyage », qui conservent l'ambiguïté entre le plan du songe et celui du merveilleux.

Outre l'habileté des transitions et l'utilisation du merveilleux, moyen terme entre les deux mondes du rêve et de la réalité, un autre facteur contribue à la parfaite soudure des différents moments du conte : c'est le leitmotiv que constitue le rappel constant de l'œil unique. Il figure dans la première description de Mesrour (« Il aurait fallu être aveugle pour ne pas voir que Mesrour était borgne... ») ; il l'est dans la rencontre avec Mélinade, « qui avait un œil de plus que lui » ; il l'est encore dans la poursuite (« comme il avait plus de jambes que d'yeux... ») ; dans la déclaration d'amour qu'il fait à la belle (« je n'ai qu'un œil, et vous en avez deux... »), comme dans la réponse qu'elle lui fait (« Je voudrais bien pouvoir vous donner un autre œil ») ; dans la prière fervente de Mesrour à Mahomet (« ... d'être aux yeux de Mélinade ce qu'elle serait à mon œil s'il faisait jour ») ; enfin dans le retour du voyage enchanté (« il avait, pour comble de malheur, laissé un de ses yeux en chemin »).

Mais surtout, le thème « oculaire » a une fonction significative. La narration est insérée entre une introduction qui pose le problème du bien et du mal, ou plus exactement d'une manière de considérer l'un et l'autre dont chaque œil serait le siège respectif, et une conclusion qui attribue à Mesrour l'opportune privation de « l'œil qui voit le mauvais côté des choses ». Par là, le thème philosophique est étroitement intégré à la narration : *Le Crocheteur borgne* est déjà un « conte philosophique », qu'on pourrait, comme *Candide*, sous-titrer « ... *ou l'Optimisme* ». Mais ici, la grave question du bien et du mal est traitée avec une bonhomie souriante convenable au caractère du héros et à la jeunesse de l'auteur : de quoi faire presque regretter, un instant, le pessimisme grinçant de *Candide* et l'optimisme pédant de l'*Histoire de Jenni*.

Notes

Page 27.

1. On sait que les crocheteurs étaient des portefaix. Leur nom leur venait du crochet dont ils se servaient (comme encore certains manutentionnaires dans les ports, etc.) pour manipuler des fardeaux.

Page 29.

2. Plaisanterie traditionnelle ; dans *Le Paysan parvenu*, Jacob dit à Mlle Haberd : « Tenez, ma maîtresse, je vous demande pardon de ma parole ; mais il y a des gens qui ont une mine qui rend tous les passants leurs bons amis, et de ces mines-là, votre mère, de sa grâce, vous en a donné une. »

3. La formule rappelle qu'au moins dans sa version initiale, *Le Crocheteur borgne* avait été composé « sur-le-champ » (ou du moins était censé l'avoir été)...

Page 30.

4. L'analyse des états d'âme de Mélinade fait apparaître sa complaisance à l'égard des désirs de Mesrour ; Voltaire imaginera au moins une autre fois une situation analogue dans un conte en vers, *La Bégueule*, où la prude Arsinoé éprouve un sort analogue à celui de Mélinade alors qu'elle se trouve avec un « vilain charbonnier ».

5. L'opposition entre la religion musulmane, sensuelle, et la religion catholique, plus chaste, est un lieu commun à l'époque ; mais Voltaire crée, par un raccourci, une antithèse plaisante, non entre *musulman* et *catholique*, mais entre *homme transporté* et *catholique*.

Page 31.

6. On sait que Tithon était le vieil époux de l'Aurore ; leurs amours étaient le thème de peintures décorant le pavillon de l'Aurore, où

Voltaire fit peut-être ce récit ; voir la notice. Un peu plus loin, Mesrour n'est pas seulement Cupidon avec ses flèches, mais aussi le soleil, « l'astre dont la terre attendait le retour », et son carquois est « d'or », comme les rayons du soleil : Voltaire s'inspire peut-être encore ici d'un détail des peintures du pavillon.

Page 32.

7. Comme il convient à l'atmosphère d'un rêve, certains détails ne sont pas des plus logiques, ou du moins des plus explicites. Il faut comprendre que les « génies » sont les mêmes que les « esclaves », et que Mesrour a mis à son doigt l'anneau dont il a été question plus haut.

COSI-SANCTA

Notice

Le petit conte de *Cosi-Sancta,* en italien moderne *Cosi-Santa,* « si sainte », fut publié seulement après la mort de Voltaire par les éditeurs de Kehl (1784), à la suite du *Crocheteur borgne,* au tome XLV, p. 425 et suiv., de leur collection. Ils en avaient sans doute obtenu le texte, comme celui du *Crocheteur,* du prince de Condé, un des héritiers de la duchesse du Maine. Une note dont nous avons donné le texte plus haut (p. 398) faisait la transition entre les deux contes et précisait, comme on l'a vu, que l'un et l'autre étaient « de la jeunesse de M. de Voltaire, et fort antérieurs à ce qu'il a fait depuis dans ce genre ». En outre, le second était précédé d'un avertissement ainsi conçu :

Madame la duchesse du Maine avait imaginé une loterie de différents genres d'ouvrages en vers et en prose ; chacune des personnes qui tiraient ces billets était obligée de faire l'ouvrage qui s'y trouvait porté. Mme de Montauban ayant tiré pour son lot une nouvelle, *elle pria M. de Voltaire d'en faire une pour elle ; et il lui donna le conte suivant.*

Il était question pour *Le Crocheteur borgne* d'un gage, nous avons ici affaire à une loterie littéraire. La *Suite des Divertissements de Sceaux,* publiée en 1725, parle, à propos des Grandes Nuits, d'une « loterie de toutes sortes d'ouvrages ». Saint-Simon, tout comme l'éditeur des *Souvenirs de Mme de Caylus,* sans doute Voltaire lui-même, associent aussi les loteries aux fameuses « nuits blanches ». Or celles-ci se sont échelonnées entre le 31 juillet 1714 et le 15 mai 1715. Voltaire y fait allusion lui-même peu après : dans une lettre à la marquise de Mimeure écrite de Sully vers le mois d'août 1716, il dit qu'on y a « des nuits blanches comme à Sceaux ». Si l'on ajoute que Mme de Montauban perdit son fils unique en octobre ou novembre 1716, ce qui exclut qu'on ait pu mettre par la suite sous son nom un conte tel que *Cosi-Sancta,* il paraît très probable qu'il a été écrit en 1714, 1715 ou 1716.

La formule de la loterie n'est pas celle du gage : la pièce à composer n'est pas faite *in promptu.* Effectivement, les hésitations, vraies ou feintes, du *Crocheteur borgne,* ne se trouvent pas dans *Cosi-Sancta.* En revanche, ce dernier conte porte la trace de lectures austères dans lesquelles on reconnaît déjà le futur auteur du *Dictionnaire philosophique.*

Le thème de *Cosi-Sancta* vient en effet, sinon de saint Augustin lui-même, comme le laisse entendre le conteur, du moins de l'article « Acindynus » du *Dictionnaire historique et critique* de Bayle. Celui-ci y raconte l'histoire d'une chrétienne qui a vendu ses faveurs à un homme riche pour sauver son mari, et rapporte les hésitations de saint Augustin à condamner une telle conduite[1]. Bayle se scandalisait d'une telle indulgence de la part d'un Père de l'Église. Du reste, l'histoire n'était pas, et de loin, celle que raconte Voltaire. Le pauvre chrétien que sa femme avait ainsi sauvé devait acquitter la taxe d'une livre d'or. Un riche avait trompé sa femme en la payant d'un sac contenant une livre de terre. Indigné d'un tel abus de confiance, le vertueux Acindynus, à qui la jeune femme s'était plainte, avait lui-même payé la livre d'or au fisc et attribué au chrétien la parcelle d'où avait été tirée la terre.

Mais l'article « Acindynus » fait aussi allusion à l'histoire d'Abraham et de Sara ; une note renvoie expressément à l'article « Sara ». Voltaire a lu cette note, et c'est là qu'il a trouvé la mention de *La Cité de Dieu,* à laquelle il se réfère sans dire qu'il l'a lue. Ici, c'est l'adultère d'Abraham qui est excusé : il l'a commis « non pas pour faire injure à sa femme, mais plutôt pour lui complaire » ; comme le troisième adultère de *Cosi-Sancta,* celui-ci assure la descendance masculine.

Enfin, le même article « Acindynus » renvoie encore à la rubrique « Abimelech », où se trouve rapporté un autre épisode de la vie de Sara : elle s'est laissé enlever par Abimelech pour sauver la vie d'Abraham, lequel a consenti et même prêté les mains à la chose en se faisant passer seulement pour le frère de Sara, alors qu'il est son mari. C'est là que Voltaire a pu trouver l'idée du second adultère de Cosi-Sancta. Par un syncrétisme dont il donnera plus tard bien

1. Dans son commentaire du Sermon sur la Montagne, I, XVI, 50

d'autres exemples, il aurait ainsi prêté à son héroïne trois adultères, ceux de la femme d'Hippone, celui d'Abraham et celui de Sara !

Plus tard, au fort de la lutte « philosophique », c'est-à-dire antichrétienne, on le verra rendre compte assez exactement de l'histoire d'Acindynus dans les *Questions sur l'Encyclopédie* (1770), comme il avait rendu compte des relations d'Abraham et de Sara dans l'article « Abraham » du *Dictionnaire philosophique* (1764). Mais dans l'ouvrage qui nous intéresse ici, la signification du cas de conscience qui avait attiré l'attention du célèbre Père de l'Église est systématiquement travestie. Le drame de la pauvreté de Cosi-Sancta devient la comédie d'un cocuage plus ou moins mérité ; le chrétien impécunieux s'est transformé en « un petit vieillard ratatiné », « jaloux [...] comme un Vénitien », mais certainement riche et appartenant à la bonne société : aurait-il pu autrement, à son âge, prétendre à la main de « la plus belle personne de la province » ? De façon plus inattendue, le vertueux préteur Acindynus lui-même devient un débauché brutal, dont quelques traits annoncent le Saint-Pouange de *L'Ingénu*.

L'esprit de grivoiserie et d'irréligion de Voltaire, même encouragé par l'atmosphère du temps, ne suffit sans doute pas à rendre compte de ces transformations. On peut rappeler que l'abbé Genest, dans la préface de ses *Divertissements de Sceaux*, observe que les pièces composées dans ce cercle étaient inspirées par l'actualité, et même qu'elles étaient pleines d'allusions compréhensibles aux seuls initiés. En serait-il ainsi en la circonstance ?

Si *Cosi-Sancta* remonte à la période 1715-1716, il n'est pas exclu que Voltaire ait fait deviner derrière « Acindynus » le « préteur » de la province gauloise du temps, à savoir Philippe d'Orléans : on sait que la princesse du Maine ne l'aimait pas, et Voltaire devait écrire contre lui le libelle *Puero regnante*. Des noms tels que *Capito* ou *Aquila* ressemblent, sinon à des anagrammes tels que Voltaire aimera en faire plus tard, du moins à des traductions (Testu ? L'Aigle ?). Il est en tout cas plus que probable que les familiers de Sceaux devaient identifier aisément ce conseiller au présidial, « petit homme bourru et chagrin qui ne manquait pas d'esprit, mais qui etait pincé dans la conversation, ricaneur et assez mauvais plaisant ; jaloux d'ailleurs comme un Vénitien » d'une jeune et jolie femme courtisée par un grand seigneur. Nous ne pouvons préciser davantage.

Ce qui est sûr, en tout cas, c'est que, par le thème du cocuage, *Cosi-Sancta* se rattache aux contes en vers contemporains, *Le Cadenas* ou *Le Cocuage,* composés en 1716. Mais le conte en prose va plus loin que ces œuvres de pur divertissement. Ainsi, tout y est mis en œuvre pour compromettre saint Augustin dans une aventure rabelaisienne et le ridiculiser. Ce père spirituel des parents « jansénistes » de Cosi-Sancta[1] est censé absoudre et parrainer non pas une simple faute, mais une faute qui se répète jusqu'à devenir une vocation. Voltaire se souviendra de l'aventure de Cosi-Sancta dans *L'Ingénu*, où la belle Saint-Yves paie de sa personne pour sauver son fiancé et un janséniste, se résignant elle aussi à un « petit mal » pour un « grand bien ».

Plus sérieusement, l'anecdote est utilisée ici à des fins « philosophiques ». On songe à *Zadig*, où un monde médiocre et corrompu semble n'exister que pour grandir le sage et vertueux héros : l'apothéose du Babylonien rejoindra la canonisation de l'Africaine. Sur le plan métaphysique, les voies de la Providence sont impénétrables. Comme le dit l'ange Jesrad : « Les méchants [...] servent à éprouver un petit nombre de justes répandus sur la terre, et *il n'y a point de mal dont il ne naisse un bien.* »

En somme, cette œuvre non recueillie par Voltaire confirme et approfondit les conclusions qu'avait permis de tirer la restitution du *Crocheteur borgne* à un Voltaire de vingt ans. *Cosi-Sancta* ne montre pas seulement que l'art du conte en prose est chez lui un talent très ancien, mais aussi que l'irrévérence de l' « esprit voltairien » y est dès l'origine associée. L'histoire de la femme d'Hippone fait pressentir *Zadig*, tout comme celle du crocheteur avait fait entrevoir *Candide*.

Notes

Page 33.

1. Inexact ; comme on l'a dit dans la notice, c'est dans *De sermone Domini in monte*, I, XVI, que saint Augustin évoque le cas. Bayle ajoutait : « Saint Augustin n'ose décider si la conduite de cette femme est bonne ou mauvaise, et il penche beaucoup plus à l'approuver qu'à la condamner. »

Page 34.

2. Depuis l'*Histoire des oracles* de Fontenelle (1686), l'assimilation était courante entre les prophéties ou oracles et la « bonne aventure » ; voir *Le Taureau blanc*, ainsi que les articles « Oracles » et « Prophéties » du *Dictionnaire philosophique*. — La clé de ce personnage de « vieux curé » est probablement Malézieu, qui avait soixante-cinq ans et était surnommé à Sceaux « le curé ». Il passait pour avoir enseigné la magie à

1. Le mot est ironique, puisque les parents de Cosi-Sancta ont vécu avant saint Augustin. C'est Voltaire lui-même qui a des parents (un père, un frère) jansénistes.

la duchesse du Maine. L'expression « grand inventeur de confréries » acquiert alors un sens nouveau, puisque Malézieu passait aussi pour avoir eu le premier l'idée de l'ordre de la Mouche à miel.

3. Les éditeurs de Kehl donnent ici la note suivante, ironique à l'égard de Rousseau, mais qui, comme on l'a dit, a pour nous l'avantage de confirmer la datation ancienne de *Cosi-Sancta :* « C'était encore l'usage dans la jeunesse de M. de Voltaire, même dans la bonne compagnie ; mais ce ton n'est plus à la mode, parce que, suivant la remarque de J.-J. Rousseau et de plusieurs auteurs graves, nous avons dégénéré de la pureté de nos anciennes mœurs. »

Page 35.

4. Voltaire fait la même analyse dans *Zadig* (chap. VIII).

Page 36.

5. *Robin,* au sens d' « homme de robe » (et non pas comme ancien diminutif de *Robert*), ne serait pas attesté, selon Littré, avant la seconde moitié du XVIIIe siècle, ce qui pourrait être un indice en faveur d'une composition plus tardive du conte. Mais en réalité son emploi en ce sens est bien plus ancien. On lit par exemple dans *L'Homme à bonnes fortunes,* de Regnard (1690) : « Les fastidieux personnages que vos robins ! Ont-ils le sens commun ? Ils font l'amour par articles, comme s'ils dressaient un procès-verbal. »

Page 38.

6. Voltaire reviendra plusieurs fois sur la valeur du « gros sesterce » qui valait mille fois plus que le « petit sesterce ». La distinction est déjà faite dans le *Dictionnaire universel* de Furetière (1690), qui allègue Guillaume Budé.

SONGE DE PLATON

Notice

Ce conte fut longtemps présenté comme ayant été composé peu avant sa parution, en 1756. Selon nous, il date de la période de Cirey, et plus précisément des années 1737-1738. Une poussière de globes qui se comparent l'un à l'autre, un essai de dosage du bien et du mal dans la condition humaine, une explication finale qui remet l'homme et la terre à leur place, ces trois thèmes ne sont pas sans évoquer de très près le contenu philosophique de *Micromégas*, et ce n'est pas le moindre intérêt du *Songe de Platon* que de déboucher directement sur une autre fantaisie cosmique où ce sont cette fois les habitants, et non plus les créateurs, qui évaluent les mérites de leurs mondes respectifs. Plus généralement, il est curieux de saisir sur le vif la naissance d'une « rêverie » sans prétention, mais qui porte en elle néanmoins toutes les caractéristiques du conte voltairien.

Notes

Page 40.

1. *Le Banquet*, 189 d et suiv.
2. *Timée*, 55 d.
3. *Phédon*, 70 a ; 99 d.

MICROMÉGAS

Notice

Ce conte pose un problème capital pour la genèse et l'évolution du genre chez Voltaire. En effet, *Micromégas* a été publié en 1752 pendant le séjour de Voltaire en Prusse, et le manuscrit de l'œuvre, telle qu'elle a paru sous ce titre, est attesté dans la correspondance au début de 1751. De fait, jusqu'à une époque relativement récente, la critique littéraire a toujours placé *Micromégas* entre *Zadig* et *Candide*. Mais après les remarquables travaux de I. O. Wade, on a tendu à admettre que le *Micromégas* de 1752 serait semblable, à quelques différences près, dont le nom du héros, au *Voyage du baron de Gangan* que Voltaire envoie à Frédéric au mois de juin 1739, après l'avoir annoncé dès le 25 avril.

Micromégas offre avec ce que nous savons de Gangan des ressemblances assez frappantes, et la tentation est grande d'assimiler, dans leurs grandes lignes, ces deux œuvres l'une à l'autre. Voltaire semble autoriser une telle démarche, qui déclare, en juin 1752, au directeur de la Bibliothèque impartiale que son *Micromégas* est une « ancienne plaisanterie ». Enfin, les allusions constantes qu'on y trouve à une certaine actualité, les thèmes philosophiques qui s'en dégagent, nous ramènent invariablement aux préoccupations du Voltaire de Cirey vers les années 1737-1739.

Micromégas et le Saturnien arrivent « à terre sur le bord septentrional de la mer Baltique, le cinq juillet mil sept cent trente-sept, nouveau style » : exactement le jour où une expédition de savants fait naufrage dans le golfe de Botnie. Il s'agit donc très précisément de l'aventure qui arriva à Maupertuis et à ses collègues, et qui fit grand bruit à l'époque, en particulier chez les habitants de Cirey, passionnés pour les exploits de ces « nouveaux Argonautes ». Voltaire relatera toute l'histoire par le menu dans la troisième partie des *Éléments de la philosophie de Newton* (1738). Une application des lois de la gravitation, combinée à la théorie des forces centrifuges, avait fait supposer à Newton que la terre était un sphéroïde aplati aux pôles. Des mesures inexactes d'une méridienne tirée entre les Pyrénées et l'Observatoire laissèrent croire pendant quelque cinquante ans que cette supposition était fausse. C'était un démenti flagrant infligé aux théories newtoniennes. Mais vint Maupertuis, et son expédition au pôle rétablit les théories du grand Newton dans leur plus éclatante vérité. Cette vérification spectaculaire fut donc un des grands moments de la science newtonienne : on exultait à Cirey. Maupertuis et ses compagnons étaient glorifiés comme les échantillons les plus rares de l'espèce humaine. Ainsi Micromégas s'extasie-t-il devant ces « atomes intelligents, dans qui l'Être éternel s'est plu à manifester son adresse et sa puissance [...] ». De fait, dans toute cette aventure, et à part leur querelle finale sur la nature de l'âme, les savants-philosophes font assez honorable figure. Même en admettant que Voltaire eût été bâtir un conte sur une actualité refroidie depuis quinze ans, il aurait fait preuve à Berlin d'une particulière maladresse en allant choisir dans la carrière de Maupertuis, avec qui il était en train de se brouiller mortellement, l'épisode le plus glorieux de son épopée newtonienne.

C'est avant tout l'*esprit* du système de Newton qui s'exalte à travers *Micromégas.* L'oppression du plein est dissipée. L'infini se fait rassurant : le gouffre de Pascal n'est plus qu'une immensité limpide et sereine. Il y a de quoi être légèrement grisé : *Micromégas,* de fait, respire une sorte d'allégresse cosmique, une ivresse de la transparence et de la communication.

Enfin cette excursion à travers les mondes, cette confrontation entre leurs habitants, montrent la vanité qu'il y aurait à vouloir sortir de soi-même pour échapper à sa condition planétaire. La réponse à nos faiblesses et à nos grandeurs, c'est à l'échelle du cosmos qu'on la trouve, mais non pas au sens où Pascal avait tenté délibérément de situer l'homme entre deux abîmes, celui de l'infiniment grand et celui de l'infiniment petit, pour que, pris de vertige, il réalisât qu'il était un « monstre incompréhensible ». Tout autre est le propos de Voltaire : l'homme est à sa place dans la « grande chaîne des êtres » tendue par la Providence, et cette idée même est éminemment rassurante. Dépossédé de ce caractère de créature exceptionnelle que lui confère la religion chrétienne, il est de ce fait délivré d'un lourd fardeau, celui du péché originel. Cette perspective d'ensemble, fondamentale dans *Micromégas*, Voltaire l'emprunte à Pope, dont il songe alors à traduire l'*Essay on Man*, et qu'il imite bientôt dans ses *Discours en vers sur l'homme.* Locke, Newton, Pope, triple parrainage anglo-saxon sur ce qu'on peut appeler l'humanisme de Cirey, et sur un conte qui en reflète fidèlement l'atmosphère.

C'est dans cette rigoureuse perspective que s'est opérée la rencontre entre Voltaire et la tradition du voyage extraordinaire, vieille sans doute comme le monde, et assez vivace chez les anciens pour que Lucien s'y réfère déjà dans son *Histoire véritable.* Au cours du XVIIe siècle, cet aspect du genre connaît une faveur croissante, et se teinte déjà de philosophie : la *Nova Atlantis* de Bacon (1627) est une utopie scientifique, la *Civitas Solis* de Campanella (1637) ainsi que l'*Oceania* de Carrington (1656) sont des utopies religieuses et sociales.

À l'intérieur de cette abondante littérature, il est une tradition qui ne pouvait manquer de retenir la curiosité de Voltaire : favorisé par le développement des recherches scientifiques dans le domaine de l'astronomie et de la cosmographie, le « voyage interplanétaire » connaît une vogue sans précédent au XVIIe et au début du XVIIIe siècle, et ne peut manquer d'attirer l'attention des philosophes de Cirey. Si, dans le roman de Godwin, *Un homme dans la lune* (1638), l'auteur ne tire guère parti d'un héros espagnol qui se trouve emporté de planète en planète par un volatile, les *États et empires de la lune*, de Cyrano de Bergerac (1657), dans leur fantaisie souvent délirante, ne négligent pas les ressources philosophiques du thème.

Le roman de l'abbé Bordelon : *Gomgam ou l'Homme prodigieux, transporté dans l'air, sur la terre et sous les eaux* (1711), n'a guère comme intérêt que de nous montrer comme le thème est vivant à l'aube du XVIIIe siècle. C'est à Swift, dans ses *Voyages de Gulliver* (1726), qu'il appartenait d'amener le genre à son plus haut degré d'intellectualisation avant Voltaire. Swift, c'est d'une certaine façon le « Rabelais d'Angleterre [...], mais c'est un Rabelais sans fatras et le livre serait très amusant par lui-même par les imaginations singulières dont il est plein, par la légèreté de son style, etc., quand il ne serait pas d'ailleurs la satire du genre humain » (à Thiériot, 2 février 1727). Situé au centre des préoccupations de Swift, l'homme est à la fois, dans les *Voyages de Gulliver,* en effet, le héros et le sujet de toutes les expériences. Voltaire, qui emprunte tant à Swift dans ce sens, va réaliser avec *Micromégas* un pas de plus dans la conversion philosophique du merveilleux. La tradition qui met en scène un voyageur humain, forcément borné dans ses perspectives, lorsqu'il est confronté à des réalités inconnues, avec tous les cheminements et les tâtonnements qu'elle implique, ne lui semble sans doute pas assez directe : il l'intègre à une autre tradition, celle de l'observateur étranger-visiteur-juge, qui court dans le roman français depuis la fin du XVIIe siècle et s'est illustrée par les *Lettres persanes* (1721). Il y a dans *Micromégas* interversion des rôles : ces êtres, qui ne sont pas des hommes, et dont on attend la vérité, on ne va pas à leur rencontre ; c'est eux qui se déplacent pour venir juger l'humanité, avec l'infaillibilité que leur confère une nature supérieure. Par ce renversement de perspectives, Voltaire amène sa fiction à un rare degré de pureté philosophique : avec *Micromégas,* il réussit à faire un conte où l'affabulation ait le caractère d'une hypothèse, les aventures successives une allure d'expérience, et le dénouement la forme d'une conclusion.

Notes

Page 44.

1. Dans *La Vie de M. Pascal écrite par Mme Périer, sa sœur.*

Page 45.

2. Cette expression était devenue une manière de cliché. Cf. *Les Égarements du cœur et de l'esprit,* de Crébillon fils (1736-1738).

3. Cette « vantardise » de Derham se trouve dans l'*Astro-theology, or a Demonstration of the being and attributes of God from a survey of the heavens,* Londres, 1715.

4. Voltaire a toujours défendu la musique de Lulli contre la musique italienne. Voir notamment *Le Temple du goût* (1733) :

Aux lois de notre goût Lulli sut se ranger ;
Il embellit notre art, au lieu de le changer.

5. Le « secrétaire de l'Académie de Saturne » est manifestement Fontenelle, qui, avec les grâces déjà surannées de ses *Entretiens sur la pluralité des Mondes* (1686), est singulièrement à l'ordre du jour en 1738 dans le milieu de Cirey.

Page 46.

6. Du temps de Voltaire, on ne connaissait effectivement que cinq satellites de la lune.

Page 49.

7. L'« illustre habitant de notre petit globe » est Huyghens, auteur du *Systema saturnium* (1659), savant pour lequel Voltaire a beaucoup de respect, comme il apparaît dans son *Siècle de Louis XIV.*

Page 50.

8. Castel, savant jésuite (1688-1757), est l'inventeur du célèbre « clavecin oculaire ». Il publia un *Traité de la pesanteur universelle* (1724, 2 vol.), où il tente de défendre le système de Descartes contre celui de Newton.

Page 53.

9. Cet « examen patient » résulte d'une application scrupuleuse de la « méthode des essais et des erreurs », telle qu'elle avait été définie par Locke.

10. Il s'agit, très précisément, de l'aventure qui arriva à Maupertuis et à ses collègues, laquelle fit grand bruit à l'époque, en particulier dans le cercle de Cirey. L'expédition avait quitté Dunkerque le 2 mai 1736, à destination de Tornea. Les opérations de mesure du méridien furent achevées au début de 1737. Le départ pour la France eut lieu le 10 juin. Le bateau subit de fortes avaries au cours d'une tempête, effectivement le long des côtes de Botnie, et ne put être réparé que le 18 juillet. Voltaire et Mme du Châtelet s'étaient enthousiasmés pour l'expédition, et la fausse nouvelle du naufrage dans le golfe de Botnie, démentie quelques jours après, causa une vive sensation dans la petite société.

Page 54.

11. Maupertuis avait ramené effectivement deux Lapones, qui défrayèrent la chronique parisienne.

Page 55.

12. Leuwenhoek (1632-1723), et Hartsoeker (1656-1725) physiciens et naturalistes hollandais célèbres par leurs expériences sur les spermatozoïdes.

Page 57.

13. Poncif du voyage imaginaire : la prise de contact avec les habitants d'un autre monde. Comment les comprendre, comment se faire comprendre d'eux ? Comment apparaissent-ils aux voyageurs ? Irrévérence de Voltaire à l'égard d'un procédé éculé, mais aussi peut-être manière de suggérer qu'il peut exister entre les créatures un mode de communication universel.

Page 58.

14. Voltaire fait successivement allusion aux trois auteurs suivants :

— Virgile, *Géorgiques*, liv. IV.

— Swammerdam (Jan, 1637-1680), auteur d'une *Biblia naturae sive Historia insectorum.*

— Réaumur, auteur de *Mémoires pour servir à l'histoire des insectes* (1734-1742).

Page 59.

15. Il y a là une allusion évidente à la guerre austro-russo-turque, qui dura de 1736 à 1739, moment où fut signé le traité de Belgrade.

Page 61.

16. Dans le *De anima,* II, 2.

Page 62.

17. En même temps que les idées de Locke, sur lesquelles il revient sans cesse, Voltaire exprime aussi des convictions personnelles. On notera la modestie du personnage, qui ne s'exprime qu'une fois qu'on lui a adressé la parole.

18. L'animalcule en bonnet carré est un docteur de Sorbonne, qui vient soutenir de la manière la plus ridiculement inopportune la thèse de l'anthropocentrisme.

Page 63.

19. Ce « livre tout blanc » est celui de la destinée. Zadig, on le verra, pourra en distinguer les caractères, sinon les déchiffrer. Ici, le livre est blanc : pour les terriens seulement, exclus, par leur nature, de la vérité, ou pour tout le monde, ladite vérité étant alors une illusion universelle ?

LE MONDE COMME IL VA
Vision de Babouc, écrite par lui-même

Notice

Le Monde comme il va avait paru pour la première fois chez Walther à Dresde en 1748. Mais si on se réfère à la correspondance, on trouve des analogies frappantes entre certaines lettres de 1739 et le sujet du *Monde comme il va* qui pourraient nous permettre de faire remonter à cette date tout au moins l'idée initiale du conte. Il se trouve qu'en 1739 la barrière de sécurité que Voltaire a réussi à édifier entre le monde et lui, c'est-à-dire entre Paris et Cirey, se révèle assez précaire : si l'on traite Paris par le mépris en lui opposant les charmes de la retraite, Paris, lui, ne vous ménage pas ! Dans cette capitale de la superstition et de l'envie, l'abbé Desfontaines vient de lancer un infâme pamphlet, la *Voltairomanie.* Dès lors, le meilleur moyen pour Voltaire de se disculper, n'est-ce pas encore d'aller se montrer dans la capitale et s'y défendre ? Un procès que Mme du Châtelet doit soutenir à Bruxelles va lui donner l'occasion de sortir de sa retraite. Au retour, en août 1739, nos « deux voyageurs flamands », selon l'expression d'un billet à Pont de Veyle, prennent la direction de l'Île-de-France. La disposition d'esprit de Voltaire à ce moment précis se devine aisément : un mélange de curiosité et d'appréhension, de sévérité et d'indulgence, le sentiment d'avoir à réviser ses conceptions sur cette faune curieuse que sont les Parisiens, et de jouer une fois de plus le personnage d'un de ces visiteurs lointains qui viennent porter un jugement sur une terre inconnue. Aussitôt arrivé à Paris, Voltaire, comme Babouc à Persépolis, est happé par le tourbillon des mondanités et ses préventions ont vite fait de se muer en indulgence. Il se trouve bien aise, tout comme Mme du Châtelet, d'avoir retrouvé les Parisiens « aussi aimables et aussi frivoles qu'il les avait laissés avant son départ [1] ». C'est exactement de la même manière que, tout Scythe qu'il est, Babouc s'affectionne à Persépolis, dont le peuple est « poli, doux et bienfaisant ». Mais cette atmosphère de fête perpétuelle n'arrive pas à masquer la vérité : Paris-Persépolis demeure l'enfer de l'envie et de la superstition. Voltaire-Babouc a beau faire, son jugement oscille de la séduction à la méfiance.

Il serait certes exagéré de conclure que *Le Monde comme il va* fut entièrement et définitivement rédigé vers 1739. Il portera la marque d'événements postérieurs, et notamment du Paris de 1741, durant la guerre de Succession d'Autriche. Mais c'est à cette date qu'il faut fixer le point de départ, le *stimulus* initial du conte. Dès cette époque en effet se trouvent épars dans les écrits de Voltaire divers éléments importants de cette œuvre : l'étranger d'une vertueuse simplicité, qui débarque de son « désert » à Paris-Persépolis avec toutes ses préventions de moraliste, se laisse conquérir peu à peu par la vie mondaine, le luxe, les grâces, vacille dans ses convictions profondes, et recourt, pour masquer son désarroi, à une image comme la statue de Nabuchodonosor, où le bien et le mal, l'or et la fange sont inextricablement mêlés. La fiction ne sera que le prolongement de cette expérience vécue en 1739. C'est autour de ce rameau initial que vont se cristalliser toutes les préoccupations intellectuelles de Voltaire à partir de 1740.

Mises bout à bout dans le conte, les raisons qu'on peut avoir de désespérer de Persépolis aboutiraient à une totale condamnation. Mais Voltaire reste trop attaché à son optimisme pour ne point essayer de résorber ces ombres dans une vision finale plus rassurante : ce travail de réhabilitation de l'homme, cette lente reconquête sur le pessimisme pascalien momentanément victorieux constituent le sens même, et le mouvement du *Monde comme il va.* De tels renversements s'inscrivent dans une perspective plus large de « réhabilitation des passions » dont le Voltaire de Cirey a emprunté l'idée à des penseurs comme Locke, Shaftesbury, Bolingbroke ou Pope. Tel est notamment le sens de cette *Fable des abeilles* (1714) de Bernard de Mandeville (1670-1733), que Mme du Châtelet s'est essayée à traduire entre 1735 et 1738, et dont Voltaire s'inspire parfois de très près dans *Le Monde comme il va,* en

1. Dans *Ce qu'on ne fait pas et qu'on pourrait faire*, qui date de 1742.

particulier dans l'épisode du négociant, honnête homme malgré les apparences.

Tout compte fait, le bilan de Persépolis n'est pas fort engageant : la conclusion du *Monde comme il va,* malgré quelques gamineries, et beaucoup de replâtrages, révèle des fissures assez profondes dans cette construction harmonieuse qu'était l'idéal de Cirey. Le mal moral, si limité et circonscrit soit-il dans ses conséquences, n'est plus, comme le proclamait le *Traité de métaphysique,* « une chimère[1] ». Il a son existence propre, et l'on doit compter avec lui sur la terre. Quant à l'étendue de ce mal, rien ne nous permet de nous en faire la moindre idée. La statue qui est censée représenter la société humaine ne peut s'évaluer que globalement. Il faut se borner à accepter l'homme en bloc, tel qu'il est, en renonçant à tout essai d'explication, même relative. À ce point du dialogue qu'il entretient avec Pascal, Voltaire s'estime provisoirement à égalité avec son adversaire ; à ce stade de leur compétition, il n'y a ni gagnant ni perdant. Le mondain et le prophète se sont mutuellement neutralisés. Mais le contraste qu'ils offrent, leur affrontement dans la personnalité de Babouc, sont une source d'humour fort spirituellement exploitée.

Notes

Page 64.

1. Les Scythes, tels qu'ils ont été décrits par Hérodote, étaient d'anciennes peuplades issues du Nord-Ouest de l'Europe et du Nord-Est de l'Asie, qui, après avoir envahi la Mésopotamie au VIIe siècle avant Jésus-Christ, avaient fini par s'installer au nord du Pont-Euxin. Ils symbolisent à travers la tradition classique le barbare en face du civilisé.

2. Ce conte porte encore la marque de l'optimisme de Cirey : il n'en sera pas de même pour l'*Histoire des voyages de Scarmentado* et pour *Candide* ! Babouc présente le double aspect de discernement et de candeur qui caractérise les héros des contes, tout au moins jusqu'à *L'ingénu.*

3. Sennaar est le nom donné à la Babylonie dans la Bible, et est cité par elle comme le théâtre de nombreux combats (Isaïe, XI, II ; Daniel, I, 2 ; Zacharie, V, II).

Page 66.

4. C'est sensiblement l'époque où Voltaire, historiographe du roi, va faire l'*Éloge funèbre des officiers morts dans la guerre de 1741*, et le

1. Chap. II, « S'il y a un Dieu », (*Mélanges*, Bibl. de la Pléiade, p. 169).

Poème de Fontenoy (1745). Voltaire, comme Babouc, sera horrifié par les horreurs de la guerre, mais « étonné » et « ravi » par les actes de bravoure : « Plus la guerre est un fléau épouvantable, écrit-il dans l'*Éloge funèbre,* plus grande doit être notre reconnaissance envers ces braves compatriotes qui ont péri pour nous donner une paix heureuse. »

Page 67.

5. Candide, lui aussi, « entra [dans Paris] par le faubourg Saint-Marceau, et crut être dans le plus vilain village de la Westphalie » (chap. XXII). Cette réaction n'est pas propre à Voltaire. Rousseau, au IVe livre des *Confessions,* s'exprime de la même manière : « En entrant par le faubourg Saint-Marceau, je ne vis que de petites rues sales et puantes, de vilaines maisons noires, l'air de la malpropreté, de la pauvreté. »

Page 68.

6. Voltaire, à l'esprit duquel les considérations d'urbanisme furent toujours présentes, applaudit effectivement à la construction de la fontaine des Quatre-Saisons, par Bouchardon, qui venait de se faire entre 1736 et 1739.

Page 66.

7. Ce « jeune mage » est un jeune abbé. Voir la Ve *Lettre philosophique,* « Sur la religion anglicane » (1734) : « Cet être indéfinissable, qui n'est ni ecclésiastique ni séculier, en un mot, ce que l'on appelle un abbé, est une espèce inconnue en Angleterre. »

Page 72.

8. C'est la conception que Voltaire s'est toujours faite de la poésie tragique, selon la formule racinienne.

Page 73.

9. Cette réhabilitation du commerce s'inscrit dans un mouvement plus vaste pour la réhabilitation des passions. En effet, le commerce travaille à satisfaire les passions, et « contribue au bonheur du monde » (*Xe Lettre philosophique,* « Sur le commerce », justement. L'exemple vient en droite ligne de Mandeville, dans cette *Fable des abeilles,* dont Mme du Châtelet, on l'a vu, avait entrepris la traduction.

Page 74.

10. Allusion évidente aux convulsionnaires jansénistes. Quant au Grand-Lama, c'est le pape.

Page 79.

11. Le « petit vieillard » fait évidemment songer au cardinal de Fleury, à l'égard duquel Voltaire a toujours eu des sentiments partagés. D'abord

au mieux avec lui, il tomba en défaveur, surtout pendant l'automne de 1739.

ZADIG OU LA DESTINÉE

Notice

Zadig avait paru d'abord sous le titre de *Memnon* à Amsterdam en 1747 (avant d'être réédité en 1748 sous le titre de *Zadig ou la Destinée*). Selon la relation détaillée de Longchamp, cette première version du conte aurait été composée presque entièrement à Sceaux chez la duchesse du Maine, auprès de laquelle Voltaire avait trouvé refuge à la suite de l'incident du « jeu de la Reine ». Fuyant la cour et craignant des représailles, il serait resté enfermé quelques semaines dans un appartement secret, dont il ne sortait qu'une fois le soir venu pour aller prendre son souper en compagnie de l'illustre duchesse. Georges Ascoli, dans son édition critique de *Zadig*, a montré les difficultés d'une telle tradition. Longchamp en effet situe l'événement dans l'automne de 1746. Or l'incident du « jeu de la Reine » date d'octobre 1747, et à cette date *Memnon-Zadig* ne pouvait être présenté comme une nouveauté ayant paru au plus tard au mois de juillet en Hollande. Il est vraisemblable que Longchamp a confondu dans ses souvenirs les deux séjours que Voltaire fit à Sceaux, à l'automne de 1746, et à celui de 1747, et que ce soit en 1746 que Voltaire ait lu, après les avoir fait recopier par Longchamp, les chapitres de *Memnon* qu'il avait sans doute composés quelque temps auparavant : le conte porte en effet vigoureusement l'empreinte de ces années 1745 et 1746 durant lesquelles Voltaire apprend à ses dépens la distance qui existe entre un rêve de bonheur, de solitude tranquille, d'amour et de sagesse, tel qu'il a été entrevu à Cirey, et les réalités d'une existence imprévisible dans son capricieux développement.

Le pessimisme envahit Voltaire au moment où il compose *Zadig*. Influence de l'âge, sans doute : le cap de la cinquantaine qu'il a franchi depuis 1744 représente, comme il l'écrit à d'Argenson, un « assez f...u quantième ». Par ailleurs, la maladie, notamment au cours de l'année 1746, ne lui a pas ménagé ses attaques. Autre ravage du temps : l'échec qu'il inflige à l'amour, même et surtout à l'amour le plus pur, celui qui est fondé sur la communion de deux êtres. Deux essais successifs de Zadig pour trouver le bonheur dans une union délicieuse le décourageront pour longtemps du mariage. Sémire est une fille de condition, alors qu'Azora est une simple « citoyenne ». Faut-il voir dans cette différence sociale une allusion à la vie sentimentale de Voltaire en ces années ? Si les liens qui l'unissaient à Mme du Châtelet se distendent de jour en jour, nous savons maintenant qu'il s'est singulièrement rapproché de sa nièce Mme Denis depuis 1744, année de la mort de son mari, et qu'il n'a pas trouvé en elle un trésor de fidélité et de désintéressement... Déçu par l'amour, Zadig va chercher « son bonheur dans l'étude de la nature ». Cet autre aspect de l'idéal de Cirey échapperait-il aux vicissitudes de la condition humaine ? À partir du moment où il a décidé de vivre comme « un philosophe qui lit dans ce grand livre que Dieu a mis sous nos yeux », comme l'avaient fait les « newtoniens » de Cirey, il fait l'expérience, bien au contraire, que la science, loin d'être un refuge, est souvent compromettante.

Comment dès lors échapper à ce cycle infernal qui nous ramène sans cesse du repos à la persécution, sinon en sortant de sa retraite, et en se lançant à la conquête d'un monde qui de toute façon ne se laisse pas ignorer ? Justement la faveur royale semble avoir distingué les rares mérites de Zadig-Voltaire : l'occasion semble assez belle pour imposer aux hommes par l'exercice d'un juste pouvoir ces principes qu'ils ne respectent pas chez un simple particulier. Voilà donc Zadig rejeté malgré lui, par la logique des événements, dans le tourbillon du monde. Frédéric de Prusse avait envahi la Silésie à la fin de 1740. Le pouvoir, en l'occurrence le cardinal Fleury, connaissant ses liens avec Voltaire, avait chargé officieusement ce dernier d'aller le trouver et de le ramener aux côtés de la France. Le voilà donc devenu, de réprouvé qu'il était, l'homme indispensable. Ainsi Zadig auprès de Moabdar. Un an après, nouvelle mission diplomatique ; elle échoue sans doute, mais il n'en reste pas moins qu'une nouvelle fois on a eu recours aux bons offices de Voltaire. À la fin de 1744, autre événement heureux : c'est le marquis d'Argenson, ancien condisciple du jeune Arouet, qui devient ministre des Affaires étrangères, et l'année 1745 va marquer l'apogée du philosophe dans sa carrière de courtisan. Le 25 février, il fait représenter devant la cour, à l'occasion du mariage du dauphin, *La Princesse de Navarre ;* le 27 mars, il devient historiographe du roi, et reçoit la promesse d'être nommé gentilhomme ordinaire dès qu'une charge se trouvera vacante ; en juin, parution de son poème sur la bataille de Fontenoy ; en novembre, représentation devant le roi du *Temple de la Gloire ;* quelques mois plus tard, en avril 1746, ce sera l'élection à l'Académie française. Mais au milieu de ces succès et de ces distinctions, Voltaire ne laisse pas de s'interroger : il a bien facilement fait litière de ses principes de Cirey qui opposaient la retraite philosophique au pouvoir. On sent, à lire sa correspondance en 1744-1745, qu'il n'est pas dupe du ridicule de sa nouvelle situation. La vie qu'il mène, confie-t-il à Mme Denis, est toute contraire à son humeur et à sa façon de penser, et il ajoute : « Je me sens un peu honteux, à mon âge, de quitter ma philosophie et ma solitude pour être le baladin des rois » (13 avril 1744).

N'importe comment, ces illusions sont de courte durée... Dès le début de 1746 court de nouveau le bruit que Voltaire est disgracié. Le développement de l'affaire Travenol compromet sa sécurité [1]. Trop averti et trop lucide pour ne pas envisager le pire, il s'interroge sur son avenir. Il y voit, projetée en avant et singulièrement amplifiée dans ses oscillations, la courbe de ce qui a été jusque-là sa destinée, avec ses alternatives d'espoir et de désillusion : c'est une disgrâce, une fuite sans fin à travers le monde, et d'extraordinaires aventures dont son imagination, appuyée sur son expérience passée, et enrichie, on le verra, de nombreux éléments romanesques, lui fournit sans peine le schéma et la substance. Fuyant Babylone pour échapper au plus cruel des supplices, Zadig se met à recapituler ses expériences, au lieu de se borner comme auparavant à les enregistrer l'une après l'autre ; il recherche la loi de cette courbe sinueuse qui a été jusque-là celle de sa destinée. Une réflexion sur les caprices apparents de cette destinée ramenait Voltaire à la problématique leibnizienne telle qu'il venait de l'approfondir dans la *Théodicée.* Quoiqu'il soit impossible en l'absence de tout témoignage à cet égard de fixer avec précision le moment où a eu lieu cette lecture essentielle, il n'est guère douteux qu'elle eut lieu sous l'influence de Mme du Châtelet, et sans doute avec elle, au moment où elle préparait ses très leibniziennes *Institutions de physique.* À partir de 1740 en effet, des ajouts à la *Métaphysique de Newton* ne laissent plus aucun doute sur l'orientation de la pensée de Voltaire : la Providence, ayant pour but l'arrangement général, ne saurait être mise en doute au nom de certaines vues particulières. Tout passe par ses voies nécessaires et incompréhensibles. Il n'existe pas d'exercice direct de la liberté, non plus que de rémunération directe de nos actes. Telle semble bien, sous l'influence de Leibniz, la position de Voltaire dans les années qui précèdent immédiatement la composition de *Zadig.* Or la critique n'a retenu dans cette période que les pointes lancées par lui contre la philosophie leibnizienne. Sans doute l'*Exposition des institutions physiques* (1741) attaque-t-elle la raison suffisante, appelée « raison insuffisante », l'harmonie préétablie, le système des monades, la continuité, le plein, les forces actives, et même égratigne-t-elle parfois le « meilleur des mondes possibles » ; mais on y chercherait vainement des critiques contre ce qui est le centre de la *Théodicée,* cet essai de conciliation entre hasard et nécessité par le biais d'une Providence. Il est fort probable que *Zadig* a été écrit à un moment où Voltaire essaie encore de se rattacher, malgré de nombreuses difficultés, il est vrai, aux arguments providentialistes de Leibniz. Il y a comme une structure cycloïdale du conte qui fait qu'en définitive aucune expérience n'est perdue et que, dans une réussite qui est celle d'une

1. Le 3 juin 1756 avait eu lieu une descente de police chez Antoine Travenol, maître de danse. Parmi les manuscrits trouvés chez lui figuraient certaines satires sur Voltaire Travenol fut emprisonné pour six jours à la Bastille.

technique autant que celle d'une pensée philosophique, tous les détails concourent strictement à l'édification de l'ensemble. Interprétant la suite des aventures de Zadig, un Pangloss arriverait, semble-t-il, non pas à d'extravagantes ratiocinations *métaphysiques* — on sait que pour Voltaire la métaphysique est ridicule dans la mesure où elle s'oppose au naturel —, mais à l'expression de la vérité même. Car enfin, dirait-il cette fois à juste titre, si Zadig n'avait pas été trahi par Sémire, puis par Azora, s'il n'avait pas été dénoncé par l'Envieux, il ne serait pas devenu Premier ministre et n'aurait pas été remarqué par la reine Astarté ; s'il n'avait pas été menacé par la jalousie de Moabdar, s'il n'avait pas fui en Égypte, s'il n'avait pas été réduit en esclavage, il ne serait pas devenu en fin de compte l'époux d'Astarté, et le roi de Babylone...

Les autres destinées que Zadig et l'ermite croisent sur leur chemin offrent, elles aussi, sous une absurdité apparente, le même aspect providentiel. Par une symbolique très habile — composition en « abysme » —, Voltaire a disposé à l'intérieur de son récit principal de petites anecdotes qui, apportant elles aussi le même enseignement, élargissent à l'ensemble de l'humanité les problèmes que posait l'existence du seul Zadig. Sous les ruines de cette maison « où la Providence a mis le feu, le maître a trouvé un trésor immense ». Le jeune homme « dont la Providence a tordu le cou » aurait assassiné sa tante dans un an, et Zadig dans deux. Quant au pêcheur, anciennement le plus célèbre marchand de fromages à la crème de la cité, ce n'est pas à tort qu'au plus profond de son désarroi il lève les yeux vers le ciel : ses infortunes auront pour effet de lui faire rencontrer Zadig, qui deviendra à son endroit l'incarnation de la Providence. Or cette Providence elle-même s'est donné la peine de venir « éclairer » Zadig, en la personne de l'ange Jesrad, qui lui révèle une partie des mystères de la Destinée. Une interprétation « voltairienne » de cet épisode semble à première vue assez tentante. L'ermite y réciterait, sans trop y croire lui-même peut-être, une sorte de catéchisme leibnizien à l'usage des aveugles. Arrivant, par une ironie du sort, au pire moment des infortunes de Zadig, il viendrait, par ses ratiocinations, mettre un comble à cette impression d'absurdité universelle qui se dégageait jusque-là du récit. Devant cet ermite métamorphosé en ange, Zadig se comporterait en digne fils de Voltaire : nullement convaincu par les arguments célestes, il accumulerait les objections jusqu'au point de mettre en fuite son illustre interlocuteur, et cette fuite pourrait bien ressembler à une capitulation des systèmes métaphysiques devant les attaques d'une pensée lucide, symbolisée par les *Mais* de Zadig. Certes, il « ador[e] » et « se soumet ». Mais, employé par Voltaire à propos du mystère, le terme *adorer*, pris dans une acception péjorative, s'oppose à celui de *comprendre*. D'autre part, l'ironie voltairienne, que l'auteur des *Contes* confère si rarement à ses personnages principaux, semble parfaitement étrangère au tempérament de Zadig. Et même dans l'hypothèse contraire, en ferait-il usage contre cet ermite qui exerce sur sa personne un si prodigieux ascendant ? Le voyage qu'ils font tous les deux ensemble est là pour préparer les révélations essentielles de l'ange Jesrad, et surtout l'attitude que se doit de prendre le lecteur éclairé à leur égard : « Zadig se sentit du respect pour l'air, pour la barbe et pour le livre de l'ermite. Il lui trouva dans la conversation des lumières supérieures. L'ermite parlait de la destinée, de la justice, de la morale, du souverain bien, de la faiblesse humaine, des vertus et des vices, avec une éloquence si vive et si touchante que Zadig se sentit entraîné vers lui par un charme invincible. »

Ainsi, que l'on envisage les positions philosophiques de Voltaire vers 1745, la structure même du récit de Zadig, ou le détail de la leçon de l'ermite, le sens du conte est clair : *tout se passe comme si* la liberté, cette exigence fondamentale de l'homme, arrivait à se concilier avec un ordre nécessaire et immuable, par le ministère d'une Providence dont les voies sont impénétrables, mais qui se manifeste d'une manière éclatante dans la trame de la destinée ; comme si, en définitive, la sagesse menait au bonheur, comme si le mal pouvait s'intégrer dans une perspective générale.

Notes

Page 83.

1. Comme on le sait, Voltaire avait d'abord nommé son héros Memnon. Pour la source du nom de Zadig, on a suggéré à côté de Sadi ou Saad (voir l'Épître dédicatoire), l'*Histoire du grand écuyer Saddyk,* une des aventures du roman de Chec Zadé, l'*Histoire de la sultane de Perse.* Saddyk, en arabe, signifie le véridique, Zadik, en hébreu, le Juste. Voltaire avait pu entendre en 1727 à Westminster un motet de Haendel, extrait des *Rois,* et intitulé *Zadog le prêtre.* Ces différentes « sources » ne sont pas exclusives l'une de l'autre : l'imagination de Voltaire procède par de telles assimilations.

Quant au sous-titre « ou la Destinée », il manque dans *Memnon.* Une lettre de Voltaire à Bernis, « à Commercy, ce 14 octobre 1748 », nous donne une indication précieuse : « Je suis si loin de vous accuser, Monsieur, d'avoir fait *Zadig,* que je m'en avouai l'auteur au roi de Pologne, dès que l'ouvrage parut ; et je crus devoir cet aveu aux bontés de ce monarque, à l'approbation que lui, son confesseur, et les personnes les plus vertueuses donnaient à ce roman moral, qu'on devrait intituler plutôt *La Providence* que *La Destinée,* si on osait se servir de ce mot respectable de providence dans un ouvrage de pur amusement. »

2. Cadi-Lesquier : grand dignitaire turc, qui avait la charge de la religion et des lois.

3. Le *Gulistan* de Sadi a été traduit en français par Antoine du Ryer dès 1634, puis par d'Alèges, en 1704, avec une *Vie de Saadi.*

Page 84.

4. Il s'agit de « la prétendue Thalestris, reine des Amazones, qui vint trouver Alexandre pour le prier de lui faire un enfant » (*Le Pyrrhonisme de l'histoire,* 1768, chap. IX). Scander est le nom turc d'Alexandre.

Page 86.

5. Sur Zoroastre, la grande source de Voltaire est le livre de Hyde, *Historia religionis veterum Persarum* (1700), dont Bayle s'était déjà largement inspiré dans l'article « Zoroastre » de son *Dictionnaire* (1697).

Page 87.

6. Le nom de Sémire rappelle celui de Semirem ou Sémiramis, type de l'infidélité conjugale. Voltaire a composé sa tragédie de *Sémiramis* en même temps qu'il travaillait à *Zadig.*

7. Orcan est un nom oriental. On trouve un Orcan fils d'Othman Ier et père d'Amurat Ier (*Essai sur les mœurs,* chap. LXXXVII). Dans *Bajazet* (III, VIII), Orcan est l'eunuque noir qui porte à Roxane l'ordre de mort de Bajazet. Voltaire n'a sans doute pas négligé un rapprochement avec Rohan, le « brave chevalier » qui l'avait fait bâtonner en 1726.

8. Imaüs, nom donné par les Anciens à deux chaînes de montagnes faisant partie de l'Himalaya et du Bolar actuels, qui étaient célèbres pour leurs bêtes sauvages.

Page 88.

9. Le « grand médecin Hermès » est sans doute une allusion au grand Hermès Trismégiste, considéré encore d'après Jean Chardin (V, 291), comme un des grands maîtres de la médecine dans la Perse moderne, et dont Voltaire soutiendra toujours l'origine égyptienne (voir *La Princesse de Babylone,* chap. Ier). Memphis est la capitale de l'Égypte.

Page 89.

10. Voltaire s'inspire ici de l'histoire de la matrone d'Éphèse (Pétrone, *Satiricon,* chap. CXI-CXII), dont Saint-Évremond avait fait une adaptation (*Œuvres,* éditions Desmaizaux, t. II) et dont La Fontaine avait tiré son conte *La Matrone d'Éphèse.* Voltaire l'enjolive au moyen d'un récit chinois fourni par le *Recueil* de du Halde (t. III) : celui du lettré Tchoang-tsé et de sa femme Tien.

Page 90.

11. Dans la note de Voltaire, l'orthographe *Arnou* est curieuse ; le mot était correctement orthographié *Arnoult* dans le premier *Memnon :* sans doute Voltaire a-t-il voulu lui donner dans *Zadig* une couleur plus

orientale ! Le sieur Arnoult, qui tenait une officine rue des Cinq-Diamants, à Paris, et qui faisait dans le *Mercure de France* une grande publicité, s'était acquis beaucoup de renommée dans les années 1747-1748 en vendant des sachets « anti-apoplectiques ».

12. C'est dans les extraits de *Sadder* donnés par Hyde que Voltaire a trouvé le nom de ce pont Tchinavar, par lequel, dans la doctrine de Zoroastre, passent les âmes des justes, avant de connaître une éternité de délices.

Page 92.

13. Voltaire adapte ici un conte oriental qu'il a trouvé dans d'Herbelot (*Bibliothèque orientale*, art. « Arab » 112 *b*), publié dans le *Mercure* de juin 1712 par Dufresny.

14. *Desterham* est une altération de *Defterdar*, « celui qui tient les rôles de la milice et des finances chez les Persans et chez les Turcs » (d'Herbelot, *Bibliothèque orientale*, 264 *a*). Voltaire n'a pas pris la peine de corriger la forme du mot dans les éditions ultérieures du conte. Quant à la mention du knout qui suit, elle est, bien évidemment, un anachronisme plaisant.

Page 93.

15. Orosmade est le nom du principe du bien dans la religion des mages, hellénisé d'après l'original Ormuzd. Le principe du mal, Ahriman, va donner son nom à l'Envieux, Arimaze : nouveau témoignage de l'importance que Voltaire attache au choix des noms de ses personnages.

Page 95.

16. Le griffon est un animal fabuleux, moitié aigle, moitié lion, dont on trouve la figure sur les monuments orientaux. Voltaire mettra des griffons à côté du phénix dans *La Princesse de Babylone* (1768). À travers la loi de Zoroastre (qui n'y fait pas allusion), c'est en réalité la loi mosaïque interdisant de manger l'aigle, le gypaète et le griffon (Deutéronome, XIV, 12-3) qui est visée.

17. Yébor : anagramme de Boyer, théatin. Boyer, inquiet de la portée des *Lettres philosophiques* (1734), s'était montré hostile à Voltaire après la publication de cet ouvrage et l'avait desservi à la Cour. Ce dernier le poursuivit sans trêve de sa rancœur.

Page 97.

18. Cette anecdote a sans doute son origine dans une aventure arrivée à Voltaire au moment où il publiait son *Poème de Fontenoy*. Nous sommes en juin 1745 : il jouit alors d'une grande faveur et cette œuvre majestueuse, composée dans le ton du panégyrique, ne peut qu'avancer ses affaires. Or, voici que son ennemi acharné, le poète Roy, fait circuler, écrite sur le mode burlesque, une *Satire sur le poème de Fontenoy*,

laquelle, attribuée à Voltaire, pouvait le rendre suspect d'une sacrilège duplicité. La riposte de Voltaire n'est pas sans intérêt pour le commentaire de ce passage de *Zadig :* aux pieds d'une déesse, sur l'estampe qu'il met en tête de son opéra, *Le Temple de la Gloire,* autre œuvre de commande, il fait figurer son ennemi sous les traits de l'Envie.

Page 99.

19. L'idée de cette « action la plus généreuse » est chère à Voltaire : on la trouve aussi bien dans le *Dictionnaire philosophique* (1764), article « De la Chine »), que dans l'*Avis au public sur les parricides imputés aux Calas et aux Sirven* (1766) ou dans *La Princesse de Babylone* (1768).

Page 104.

20. Ces comparaisons font allusion aux Psaumes (CXIII, 46), à Isaïe (LIV, 10). Lorsque Voltaire raille le style oriental, en parlant du Coran ou de Sadder, il vise surtout la Bible.

Page 105.

21. Les « embellissements de Babylone » correspondent aux soucis d'urbanisme qui, ainsi qu'on l'a vu pour *Le Monde comme il va,* ont toujours beaucoup préoccupé Voltaire. Cf. *Des embellissements de Paris* (1749) et *Des embellissements de la ville de Cachemire* (1750).

22. Voltaire n'a jamais apprécié la comédie larmoyante (celle de Nivelle de La Chaussée), comme il n'appréciera pas, plus tard, le drame bourgeois de Diderot, auquel il fera pourtant des concessions dans *L'Écossaise* (1760). Quant à la tragédie, elle doit, à ses yeux (voir *Zaïre*), être fondée sur l'attendrissement plus que sur la terreur.

23. Toutes les éditions anciennes portent cette forme, au lieu de *Zend-Avesta.* Voltaire croit, à cette époque, qu'il s'agit d'un Dieu.

Page 111.

24. Voltaire cherche sans doute une expression équivalente à « pôle Sud ». Tournant le dos à l'étoile Polaire, Zadig rencontre Canope sur une médiatrice coupant un axe fictif qui joint le Baudrier d'Orion à Sirius : or cette médiatrice indique le plein sud.

Page 114.

25. Voltaire n'a jamais ménagé les Égyptiens, représentés par lui comme ignorants, superstitieux et fanatiques (voir notamment *Le Taureau blanc*). Mais il admet, dans une lettre à Mairan du 9 août 1760, qu'« apparemment du temps de Sésostris, ils étaient d'une autre pâte, ou que leurs voisins étaient encore plus misérables qu'eux ».

Page 115.

26. Le mont Horeb est avec le Sinaï une des deux croupes du mont

Thour. L'Arabie déserte (par opposition à l'Arabie heureuse) est le désert de Syrie.

Page 117.

27. Cette religion des astres, originaire effectivement d'Arabie, porte le nom de *sabéisme* ou *sabisme.* Banier, dans sa *Mythologie et fables expliquées par l'histoire* (1738-1740), accuse cette religion d'idolâtrie. On ne peut, dit-il, regarder Zoroastre comme l'auteur de cette secte, beaucoup plus ancienne que lui. C'est cette tradition que semble suivre ici Voltaire. Mais, à d'autres moments, notamment dans la *Philosophie de l'histoire* (*Essai sur les mœurs,* Introduction, § XV, « De l'Arabie »), il défend les Sabéens contre de telles accusations : « Leur religion était la plus naturelle et la plus simple de toutes : c'était le culte d'un Dieu et la vénération pour les étoiles, qui semblaient, sous un ciel si beau et si pur, annoncer la grandeur de Dieu avec plus de magnificence que le reste de la nature. » Voir encore le chapitre X de *Jenni.*

Page 118.

28. On retrouvera plus au long les Gangarides dans *La Princesse de Babylone,* chap. III, où Voltaire loue ce peuple habitant la rive orientale du Gange, et vante cette terre édénique qui « produit tout ce qui peut flatter les désirs de l'homme ».

29. Il y a ici, avant tout, un souvenir de la lettre CXXV des *Lettres persanes* de Montesquieu : « Une femme qui venait de perdre son mari vint en cérémonie chez le gouverneur de la ville lui demander la permission de se brûler. »

En outre, Voltaire était sans doute remonté jusqu'aux *Voyages* de Bernier (éd. de 1730, t. II, p. 96 et suiv.) : « Tant de voyageurs écrivent que les femmes se brûlent dans les Indes [...] », ou aux relations de Tavernier, de Dellon ou de Robert Challe, qu'on retrouvera les unes et les autres à propos de *La Princesse de Babylone* et des *Lettres d'Amabed.*

Page 119.

30. En « faisant aimer un peu la vie » aux dames, Zadig agit comme le personnage de *La Matrone d'Éphèse* de La Fontaine : « Il leur fit concevoir ce que c'est que la vie. »

Page 120.

31. Balzora, ou Bassorah, sur les bords de l'actuel golfe Persique, était effectivement célèbre par ses marchés. Mais Voltaire commet ici un anachronisme : elle fut, en effet, construite, selon d'Herbelot (*Bibliothèque orientale,* 176 *b*), par le second khalife Omar, l' « an XVe de l'Hégire », c'est-à-dire en 636 après Jésus-Christ.

32. D'après l'*Histoire ancienne des Égyptiens,* de Rollin (1740) et l'*Histoire des empires et des républiques depuis le déluge,* de l'abbé

Guyon (1741), une loi égyptienne aurait obligé tout emprunteur à donner en gage de sa dette la momie d'un parent. S'il ne s'était pas acquitté, il était déclaré impie et privé de sépulture.

Page 121.

33. D'Herbelot (*Bibliothèque orientale*, 200 *c*) dit que « [Brahma] a laissé quatre livres dans lesquels toutes les sciences et toutes les cérémonies des brachmanes sont comprises ». Voltaire précise, un peu au hasard, la science de l'alphabet, dont il dira, dans la *Philosophie de l'histoire* (*Essai sur les mœurs*, Introduction, § XX, « De la langue des Égyptiens, et de leurs symboles »), qu'il ne sait pas « quel peuple l'inventa » ; quant au jeu des échecs, Herbelot se borne à dire que « plusieurs le croient venu des Indes ».

34. Oannès est un dieu chaldéen, moitié homme moitié poisson, qui serait sorti de la mer Rouge pour enseigner aux hommes les lettres, les sciences et les arts.

Page 122.

35. Le « folklore » chinois de Voltaire est emprunté notamment à d'Herbelot, qui définit le Cathay comme « la Chine orientale et septentrionale » (225 *b*), Cambalu comme « la ville royale et impériale, ville capitale du Cathay [...] apparemment la même que Péquin » (166 *a*), et le Li et le Tien comme l'Être suprême (*passim*).

36. Teutah est un dieu de la religion druidique, à qui on sacrifiait des hommes, et qui s'assimile à Mercure après la conquête romaine. Il est traité par Voltaire d' « affreux Teutatès » au chant V de *La Henriade*.

37. Voltaire se moque ici de Rollin, qui avait fait l'éloge des Scythes dans son *Histoire ancienne des Égyptiens* (1740). Cf. encore la *Philosophie de l'histoire* (*Essai sur les mœurs*, Introduction, § XIV, « Des Scythes et des Gomérites ») : « Par quelle faiblesse, ou par quelle malignité secrète, ou par quelle affectation de montrer une éloquence déplacée, tant d'historiens ont-ils fait de si grands éloges des Scythes, qu'ils ne connaissaient pas ? »

Page 123.

38. Cette notation provient d'une lecture rapide de Tavernier (*Les Voyages de [...] en Turquie, en Perse et aux Indes*, 1679 ; 3 vol., t. II, p. 429-430) : « Les bramins ont intérêt que ces malheureuses femmes demeurent dans la résolution qu'elles prennent de se brûler, car tous les bracelets qu'elles ont tant aux bras qu'aux jambes avec leurs pendants d'oreilles et leurs anneaux appartiennent de droit à ces bramins, après que ces femmes se sont brûlées. Mais pour les pierreries, elles n'en portent point lorsqu'elles vont se brûler. »

Page 125.

39. Sheat est une des étoiles de la constellation de Pégase. « Le rendez-vous ainsi indiqué, remarque G. Ascoli dans son édition de *Zadig* [p. 112], convient particulièrement bien à un prêtre des étoiles. »

40. Tidor et Ternate sont deux villes de l'archipel des Moluques.

41. Algénib est une autre étoile brillante de la constellation de Pégase.

Page 127.

42. D'Herbelot (*Bibliothèque orientale,* 396 *b,* 432) donne des indications sur de fameux brigands arabes souvent parvenus à de hautes dignités. En 1773, dans les *Fragments historiques sur l'Inde* (art. IX et XXXIV), Voltaire parlera des exploits qu'en 1747 avait déjà accomplis le brigand Abdale, qui se fit voleur de grand chemin et devint un grand prince. Dans *Gil Blas de Santillane* (liv. I, chap. V-X), Le Sage racontait le séjour de son héros dans une caverne de voleurs.

43. Arbogad applique la doctrine de Hobbes, dans son *De Cive* (I, 10), résumée ainsi par Clarke, dans son *Traité de l'existence et des attributs de Dieu,* traduction Ricotier, 1717 : « Tout le système de Hobbes roule sur ce principe que tous les hommes étant égaux dans la nature, ont tous un même droit de s'approprier ce qu'ils trouvent à leur bienséance, [...] et peuvent s'emparer du bien d'autrui par force. »

44. D'Herbelot (*Bibliothèque orientale,* 153 *a*) rappelle ce proverbe turc : « Une pierre brute du Badkschian devient un rubis lorsque le soleil entreprend de la purifier. » Sur la puissance de Dieu, Voltaire cite Sadi (*Essai sur les mœurs,* chap. LXXXII, « Sciences et arts aux XIIIe et XIVe siècles ») :

Il prend deux gouttes d'eau : de l'une il fait un homme,
De l'autre il arrondit la perle au fond des mers.

Addison, dans le *Spectator* (5 février 1712), avait aimablement développé la même histoire.

Page 131.

45. Derlback est sans doute un nom de fantaisie. G. Ascoli suggère une déformation de Diarbek, nom de la Mésopotamie, et de Diarbékir, nom d'une ville du Kurdistan, sur le Tigre. Mais il peut tout aussi bien s'agir d'une facétie de Voltaire, accolant un nom de consonance germanique (Erlbach) à Babylone !

Page 133.

46. Ce basilic n'est pas le genre d'iguane décrit par nos zoologies, mais un serpent fabuleux dont le regard était mortel pour les êtres vivants, sauf les femmes. Une allusion grivoise de la part de Voltaire n'est pas à exclure, cf. « ce [...] qu'il n'est permis qu'aux femmes de toucher », etc.

47. Ogul est bien un nom oriental, indiqué par d'Herbelot (*Bibliothèque orientale*, 164 *a* ; 335 *a*, etc.) et à la mode dans les romans orientaux de la première moitié du XVIIIe siècle (cf. Mangogul, héros des *Bijoux indiscrets* de Diderot, 1748). Par ailleurs, il se trouve qu'Ogul est l'anagramme du mot latin *gulo*, glouton, et il est très probable que Voltaire a été sensible à cette rencontre.

Page 140.

48. L'astrologie judiciaire est cette partie de l'astrologie qui étudie le caractère et l'avenir d'un enfant d'après l'influence exercée par la situation des astres à sa naissance.

Page 141.

49. Comme plus haut le mot *outre* (p. 139), le mot *énigme* est couramment masculin au XVIIe et encore au XVIIIe siècle, quoique Richelet le donne déjà comme « plus souvent féminin ».

50. L'atmosphère évoquée ici est typiquement celle de l'Arioste (voir le *Roland furieux*, chant XVII), qu'on a déjà évoquée à propos du *Crocheteur borgne* et qui procède elle-même de celle des vieux romans de chevalerie. Voltaire, d'abord très réservé à l'égard de l'Arioste (voir l'*Essai sur la poésie épique*, 1727-1733), se livre à son goût pour cet écrivain dans les années quarante, lorsqu'il s'initie à l'italien. Sa prédilection ne cessera de se confirmer. On verra, à propos de *La Princesse de Babylone*, que ce qui l'enchantait de plus en plus chez l'Arioste était le mélange de fantaisie, d'ironie et de poésie qu'il y trouvait.

Page 142.

51. Voltaire n'a cessé de railler ce trait d'orgueil de la noblesse, comme Destouches l'avait fait dans *Le Glorieux* (1732), ou Duclos dans ses *Confessions du comte de* *** (1742). On lit dans la *Xe Lettre philosophique* (1734) : « En France est marquis qui veut, et quiconque arrive à Paris du fond d'une province avec de l'argent à dépenser et un nom en *ac* ou en *ille* peut dire " un homme comme moi, un homme de ma qualité " et mépriser souverainement un négociant. »

52. Ainsi, dans le *Roland furieux* (chant XVII), les armes enchantées de Grifon et de son cheval « égalaient la neige en blancheur ».

Page 145.

53. L'épisode de l'ermite est inspiré d'une antique légende montrant que l'homme est incapable de pénétrer les voies de la Providence. Un très ancien récit d'origine talmudique illustrait déjà cette vérité (voir Gaston Paris, *La Poésie au Moyen Âge*, 1885). Addison, dans son *Spectator* du 1er décembre 1711, rapporte cette tradition juive qui concerne Moïse cheminant avec un serviteur de Dieu. Mais, ainsi que l'a montré

longuement G. Ascoli, la source directe de Voltaire semble être Parnell, dont les poésies furent rassemblées et publiées en 1722.

54. Ainsi, à la fin de *Micromégas*, les hommes ne peuvent déchiffrer le livre que leur a laissé le Sirien, dans lequel « ils verraient le bout des choses » (p. 63) : il est tout blanc. C'est le « grand livre » de la destinée. Voir encore Diderot, *Jacques le Fataliste* (1773).

Page 147.

55. Le thème de la réhabilitation des passions est dans le goût des philosophes du temps (*Fable des abeilles*, de Mandeville, 1728 ; *Traité du vrai mérite*, de Lemaître de Claville, 1734 ; *Théorie des sentiments agréables*, de Lévesque de Pouilly, 1736, etc.). L'image du vaisseau et des vents est chère à Voltaire (*Traité de philosophie*, chap. VIII ; *IVe Discours en vers sur l'homme*, etc.). Il la doit avant tout à Pope, dans son *Essay on Man* (Ép. I, 3), que du Resnel traduisait ainsi :

Mais de nos passions les mouvements contraires
Sur ce vaste océan sont des vents nécessaires.

Page 148.

56. *De plaisir :* encore une thèse essentielle de la philosophie voltairienne. C'est le sujet de tout le *Ve Discours en vers sur l'homme :* « Sur la nature du plaisir ». On notera que l'ermite développe des points de vue essentiellement voltairiens, ce qui peut-être rend plus crédibles, ensuite, ses assertions leibniziennes...

Page 149.

57. Jesrad serait, selon G. Ascoli, une mauvaise orthographe pour Jezdad ou Jezdan. Jezd signifie, dans la langue ancienne des Perses, le Dieu tout-puissant, et Jezdad : Dieudonné. Selon d'Herbelot (*Bibliothèque orientale*, 448 *b*), c'est le nom de l'*Agathodaemon* des platoniciens, qui est, ou Dieu même, ou un ange bienfaisant, ou enfin le premier principe du bien, selon la doctrine de Zoroastre et des mages ses disciples.

58. G. Ascoli note fort justement que, dans les récits antérieurs, le Coran, les *Vitae Patrum*, *L'Ermite qui s'accompaigna à l'ange*, et aussi chez Parnell, l'homme se contente de recevoir les instructions de l'ange. Seul Zadig, fils de Voltaire, va discuter.

Page 150.

59. Ce « tout va bien » rappelle la formule de Pope, dans son *Essay on Man* (Ép. I, 3 et 18 de la traduction de l'abbé du Resnel) :

Dans l'homme tel qu'il est ce qui paraît un mal
Est la source d'un bien dans l'ordre général [...]

Tout désordre apparent est un ordre réel,
Tout mal particulier un bien universel[1].

60. Jesrad se montre ici bon leibnizien, comme dans les assertions qui vont suivre (million de mondes, immense variété, deux feuilles d'arbre...). Voltaire s'est ici largement inspiré des *Institutions de physique* de Mme du Châtelet, qu'il a résumées lui-même en 1740 dans son *Exposition du livre des institutions physiques.* Ainsi : « Chaque suite de choses constitue un monde qui serait différent de tout autre par les événements qui lui seraient particuliers. » L'idée sera reprise encore dans *Il faut prendre un parti* (1772) : « Tout événement présent est né du passé et père du futur, sans quoi cet univers serait absolument un autre univers, comme le dit si bien Leibniz. » Voir la *Théodicée,* III, § 365, où Leibniz se réfère à l'apologue de Laurent Valla, humaniste du XVe siècle, dans son *De libero arbitrio.*

61. Cf. les *Institutions de physique* de Mme du Châtelet : « On peut concevoir des univers possibles dans lesquels il y aurait d'autres étoiles et d'autres planètes, et comme les différents rapports de ces univers peuvent être combinés d'une infinité de manières, *il y a une infinité* de mondes possibles » (p. 43).

62. Dans son *Exposition du livre des Institutions physiques,* Voltaire s'arrête sur cette idée qu'il trouve « grande » : « Il paraît qu'il n'y a qu'un être tout-puissant qui ait pu faire des choses infiniment différentes. »

63. Cf. encore les *Institutions de physique :* « Ce philosophe ayant assuré qu'on ne trouverait jamais deux feuilles entièrement semblables dans la quantité presque innombrable de celles qui l'entouraient, plusieurs courtisans qui étaient présents passèrent inutilement une partie de la journée à cette recherche, et ils ne purent jamais trouver deux feuilles qui n'eussent des différences sensibles, même à l'œil » (p. 29-30).

Page 151.

64. Le jeu des énigmes est dans le goût oriental. On en trouve assez souvent dans les récits des *Mille et Une Nuits,* des *Mille et Un Jours* qui fleurissent au XVIIIe siècle. Cf. Hamilton, en tête de ses *Quatre Facardins* (1730) :

Ensuite vinrent de Syrie
Volumes de contes sans fin,
Où l'on avait mis à dessein
L'orientale allégorie,
Les énigmes et le génie
Du talmudiste et du rabbin.

Les légendes anciennes (Œdipe et le sphinx, Salomon et la reine de Saba) les utilisent. C'est encore Ésope qui, d'après sa *Vie,* racontée par La

1. C'est nous qui soulignons.

Fontaine, se tire d'affaire en devinant l'énigme du Grand Temple. La méthode employée pour choisir un roi vient de la tradition fénelonienne (*Télémaque*, liv. V). Il faut dire, d'autre part, que le jeu des énigmes était très en vogue dans la société mondaine et lettrée en France depuis la Préciosité. Chaque mois, le *Mercure* proposait des énigmes en vers qui exerçaient l'ingéniosité de quantité de lecteurs parisiens et provinciaux. C'était l'équivalent de nos mots croisés.

Page 154.

65. Voltaire n'a pas publié de son vivant les deux chapitres de cet appendice : ils ne paraîtront qu'en 1784 dans l'édition de Kehl.

66. Serendib était « l'île la plus fameuse de la mer qu'on appelle océan Indique ou Oriental ; cette île est la même que celle de Ceilan ou Zeilan » (d'Herbelot, *Bibliothèque orientale*, 806 ; il est vrai qu'en 364 *b* il est moins affirmatif et parle de Sumatra). Son nom revient souvent dans les contes orientaux, *Les Mille et Une Nuits, Les Mille et Un Jours*, etc. Le Sage avait écrit pour la Foire une excellente comédie intitulée *Arlequin roi de Serendib* (1713).

Page 155.

67. Nabussan : comme le remarque G. Ascoli, il y a dans cette suite généalogique un souvenir plaisant des énumérations orientales et particulièrement bibliques, où l'on trouve souvent des noms de consonance voisine.

68. Le mode de choix de cet « honnête homme » remonte sans doute à un souvenir de Swift, qui s'est fortement transformé dans l'esprit de Voltaire. Dans le *Voyage de Lilliput*, chap. III, Gulliver s'étonne de voir comment on choisit pour les hauts emplois les candidats qui dansent le mieux à la corde.

Page 157.

69. Sur cette nouvelle mention du « cœur et de l'esprit », cf. *Micromégas*, p. 412, n. 2. Ajoutons aux remarques qui ont été faites sur cette expression que la dyade *cœur/esprit* de *Micromégas* est devenue ici une triade, *corps/cœur/esprit.*

Page 159.

70. Boopis signifie « aux yeux de vache, aux grands yeux ». Voltaire a-t-il confondu cette épithète homérique avec une autre, *glaucopis*, « aux yeux pers », qui conviendrait mieux ici ?

71. L'allusion à Mme de Pompadour est ici fort claire. Voltaire ne se dit-il pas, dans une lettre qu'il lui envoie vers le 20 mai 1745, de ses « yeux », de sa « figure » et de son « esprit » le très humble serviteur ?

MEMNON
ou la Sagesse humaine

Notice

Aucun doute sur la date de composition de ce second *Memnon :* fin 1748, si on veut bien admettre comme vraisemblable qu'il s'agit de la « petite drôlerie » annoncée au roi de Prusse par l'intermédiaire de Baculard d'Arnaud dans une lettre envoyée de Cirey le 29 décembre 1748 ; ou au plus tard début 1749, comme en font foi deux lettres de Stanislas à Voltaire, du 31 janvier et du 5 février, où *Memnon* est signalé nommément, avec sa « folie d'être sage ». En effet, ce nouveau Memnon est un sage, mais de la pire espèce, celle du Timon-Pascal, qui « se croit parfait depuis qu'il n'aime rien [1] », ou de quiconque en vient, par mépris des passions humaines, à tomber dans les excès de l'angélisme. Voltaire se montre fidèle à une tradition philosophique bien établie qui, de Montaigne à Mandeville [2], en passant par La Fontaine *(Le Philosophe scythe* [3]*)*, et par bien d'autres, fonde le grand courant de l'épicurisme moderne. Ce renoncement aux passions est d'autant plus ridicule chez Memnon qu'il se formule en un « plan de sagesse » abstrait, et par là même artificiel. Du même coup, voilà ce dernier rattaché à une lignée de personnages issus du Docteur de la farce italienne, qui opposent à la complexité de la vie une armature de principes rigides, et dont le châtiment est normal dans la mesure où ils ont attenté, en quelque sorte, à l'ordre du monde. Pour parfaire ce portrait ridicule du Docteur, Voltaire y introduit une contradiction toute moliéresque : Memnon se révèle aussi faillible qu'il était sottement présomptueux.

En ces années 1746-1748, Voltaire, à vrai dire, n'avait pas à chercher très loin autour de lui des exemples d'un tel reniement de soi-même. À ses côtés, Mme du Châtelet, semble admettre dans son *Discours sur le bonheur* qu'il peut exister une méthode pour régler *a priori* sa vie : « On croit communément qu'il est difficile d'être heureux, et l'on n'a que trop de raisons de le croire ; mais il serait plus aisé de le devenir si chez les hommes les réflexions et les plans de conduite précédaient les actions [4]. » Or son aventure avec Saint-Lambert est en train d'infliger aux théories d'Émilie le plus flagrant des démentis. Elle est parfaitement consciente

1. Ve *Discours en vers sur l'homme*, « Sur la nature du plaisir », 1738 (*Mélanges*, Bibl. de la Pléiade, p. 228).
2. Cf. p. 430 n. 55.
3. Fables, XII, XX.
4. Éd. R. Mauzi, Paris, 1961, p. 3.

elle-même du désaccord entre sa conduite et ses principes, quand elle écrit, par exemple, à son nouvel amant : « Toutes mes résolutions contre l'amour n'ont pu me garantir de celui que vous m'avez inspiré[1]. » Par une ironie du sort, Voltaire est en train de faire une expérience exactement parallèle. Après la publication des lettres d'amour de Voltaire à sa nièce par Th. Besterman, en 1957, on est plus qu'amplement renseigné sur la nature des relations qui, dès cette époque, l'unissent à Mme Denis, et dont l'oncle, tout au moins, ne fut jamais particulièrement fier : « Je rougis d'être si philosophe en idée, et si pauvre en conduite[2]. »

Le conte de *Memnon* ne serait-il donc rien de plus qu'un apologue issu de la sagesse épicurienne du *Mondain* (1736), avec une moralité dans le genre « Rien de trop », ou « Qui veut faire l'ange fait la bête » ? En réalité, ce qui pourrait passer pour une simple pochade se révèle autrement plus complexe : devant la série des catastrophes qui s'abattent sur le pauvre « sage », nous oublions rapidement ses erreurs initiales pour n'être plus sensibles qu'à sa pitoyable destinée, et nous nous demandons si, parti d'un schéma de farce, Voltaire n'en vient pas à nous livrer dans ce conte des préoccupations plus personnelles. Il traverse en effet une nouvelle crise, mais dont l'ampleur, cette fois, est bien de nature à ébranler définitivement les différents articles du « credo de Cirey ». L'année 1748 se révèle désastreuse sur tous les plans et le trouve en pleine déroute. Menacé par l'exil, par la maladie, affecté par l'échec de *Sémiramis*, par la trahison d'Émilie, le voilà devenu « un des malheureux êtres pesants qui soit dans la nature[3] ». Tout comme Memnon, lorsque, « pétrifié d'étonnement », « navré de douleur », « la mort dans le cœur », borgne, nu et seul, il apparaît ainsi qu'une image saisissante de la condition humaine selon Pascal, ce Pascal qui prend ainsi sur la tranquille assurance du *Mondain*, et bien des années, notons-le, avant le désastre de Lisbonne (1755), sa première revanche caractérisée. Les paradis, s'ils existent, sont faits pour être perdus : avec *Memnon* la fatalité du péché originel s'est introduite, pour n'en plus sortir de longtemps, dans l'univers de Voltaire. Le fait que le sage y devienne borgne, irrémédiablement, marque bien le caractère définitif de cette dépossession. On a vu comment Zadig avait seulement *failli* devenir borgne, mais comment aussi, ce qui était le sens même du conte, il n'avait pas tardé à recouvrer l'intégrité de ses facultés visuelles. Sans parler du « crocheteur » du même nom, on notera que Pangloss, dans *Candide*, devient lamentablement, par sa propre faute, le « Docteur borgne ». L'insistance avec laquelle le thème, déjà présent dans *Œdipe*, revient dans les Contes nous montre que nous avons affaire ici à une de ces images qui

1. *Lettres de la marquise du Châtelet*, éd. Th. Besterman, n° 44.
2. À Mme Denis, janvier 1746 [?].
3. À d'Argenson, 19 juillet 1748.

traduisent directement, sur le plan du mythe, la conception que se fait Voltaire du monde à une époque donnée. Ce qui dans *Zadig* trahissait seulement la hantise que soit châtiée, à travers l'organe même de la vue, une indiscrète curiosité philosophique, devient avec *Memnon* le symbole d'une condition infirme, diminuée. L'œil perdu figure la part de ténèbres qui a envahi la destinée du personnage central, le premier parmi ceux des contes à se trouver affecté d'une caractéristique qui est appelée à y jouer le plus grand rôle, la *candeur*, avec ce qu'elle comporte à la fois de dérisoire et d'émouvant. Dans l'évolution du conte voltairien, le moment où le héros, d'intangible qu'il était, se met à souffrir dans sa chair, est aussi celui où il donne prise à l'ironie : en fin de compte, il est risible, autant que touchant, de connaître une destinée lamentable, lorsque naïvement on s'est cru invulnérable au malheur. La caricature de l'Anti-Mondain se mue ainsi progressivement en celle des illusions de Cirey. Pour que soit rendu encore plus sensible à l'âme de Voltaire le divorce entre l'existence rêvée et l'existence vécue, cette année 1748, particulièrement lourde de calamités, coïncide pour lui avec la révision de certaines œuvres antérieures, où s'affichait trop candidement sa confiance en la vie. Révision de *Zadig*, en particulier, ou plus exactement du premier *Memnon* pour le transformer en *Zadig*. Dès les premiers mois de l'année 1748, Voltaire étoffe son récit, ajoutant à la première version les trois chapitres du Souper, des Rendez-vous, et du Pêcheur. Deux éditions paraissent coup sur coup, l'une à Nancy, peut-être en juillet, l'autre à Paris vers le 10 septembre, au cours d'un voyage qu'il y vient faire en compagnie de Stanislas. Il débaptise son héros, et non sans raison, puisque le concept de justice le caractérise plus pleinement que celui de sagesse, et le nom de Memnon devenu pour ainsi dire vacant trouve son emploi dans l'histoire que Voltaire est en train de composer, on l'a vu, à cette époque. Ainsi, quand ce ne serait que par le nom du héros, *Memnon* est une reprise. Toujours préoccupé des rapports entre la situation des personnages de ses contes et la sienne propre, Voltaire prend conscience de la vanité de son *Zadig*. *Memnon*, c'est un Voltaire-Zadig désabusé qui, avec un an de recul, se juge impitoyablement.

Un héros faillible, vulnérable, isolé en face de l'opacité de son destin, en proie à une crise que seul un humour grinçant permet à la rigueur de surmonter, telle est avec *Memnon* la formule vers laquelle va s'orienter pour un temps le conte voltairien, traduisant par là même le désarroi de son auteur. Par une lente croissance intérieure, Scarmentado, Candide, le Huron, cette lignée des « ingénus » qui ont tout à apprendre de la vie, est en train de prendre naissance.

Notes

Page 163.

1. Comme le rappelle la note qui précède le conte dans la première édition, *Memnon* a « quelque rapport » aux *Discours en vers sur l'homme* avec lesquels il paraît dans le *Recueil de pièces en vers et en prose [...]* à la fin de 1749. De fait, le plan de sagesse en chambre élaboré par Memnon correspond, article par article, aux théories complaisamment développées dans les *Discours en vers sur l'homme* (1738).

Page 164.

2. On peut voir là une allusion à la mésaventure de Voltaire, dans l'affaire du jeu de la Reine, en octobre 1747.

Page 167.

3. Nous avons ici encore un catéchisme leibnizien, à confronter avec les révélations de l'ange Jesrad à Zadig. Mais ici on sent que Voltaire n'adhère plus du tout à ce credo.

LETTRE D'UN TURC
sur les fakirs et sur son ami Bababec

Notice

La première impression date de 1750, au tome IX de l'édition des *Œuvres de M. de Voltaire,* publiée à Dresde chez Walther. Plus il approfondit ses études en vue de l'*Essai sur les mœurs,* plus Voltaire se passionne pour les civilisations orientales. Nous savons qu'il s'était initié une première fois à la civilisation indienne pendant les années de Cirey. En effet, parmi les extraits de son *Histoire générale* qu'il publie en 1745 et 1746 dans le *Mercure de France* figurent trois chapitres sur l'Orient ancien (Empire arabe, Inde et Chine). Mais nous ne pouvons rien affirmer de précis sur la date de composition de cet opuscule. La *Lettre d'un Turc* est une illustration plaisante de la pensée de Voltaire et de ses procédés polémiques. Comme dans ce genre d'anecdotes philosophiquement orientées, il se garde d'approfondir l'aspect de couleur locale, tout en respectant l'essentiel des données historiques, ainsi que le suggèrent de nombreux rapprochements avec l'*Essai sur les mœurs.* Omri et son fakir sont assez transparents pour que l'on y retrouve en filigrane une opposition chère à Voltaire (depuis *Zadig* jusqu'au *Traité sur la tolérance*, pour ne citer que les textes les plus importants) entre le formalisme des rites, qui seul serait susceptible d'assurer le salut, et la simple morale de l'« honnête homme », « bon citoyen, bon mari, bon père, bon ami », et condamné de ce fait à n'atteindre que « le dix-neuvième ciel ». La fin est empreinte d'un certain pessimisme. Malgré un essai de quinze jours de sagesse, Bababec n'est point récupérable pour la société et la morale pratique. Cette page est de la même sagesse désabusée que *Memnon* et annonce l'*Histoire des voyages de Scarmentado*.

Notes

Page 168.

1. Ce *Veidam* est un apocryphe vraisemblablement fabriqué par les jésuites de Pondichéry pour convertir les Indiens vishnouistes. N'importe, Voltaire s'enthousiasmera pour ce texte auquel il consacre un chapitre (IV) de l'*Essai sur les mœurs*, « Des brachmanes, du *Veidam*, et de l'*Ezour-Veidam* ».

2. Sur ce Zend, « que les Parsis, dispersés aujourd'hui dans l'Asie, révèrent comme leur Bible », voir la *Philosophie de l'histoire (Essai sur les mœurs*, Introduction, § XI, « Des Babyloniens devenus Persans »).

Page 169.

3. Voltaire avait pu lire dans Bernier (*Voyages*, Amsterdam, 1709, t. II, p. 127-128), le récit de ces exercices : « Les fakirs passent des heures entières ravis en extase, leurs sens externes sans aucune autre fonction, et (ce qui serait admirable s'il était vrai) voyant Dieu même comme une lumière très blanche. »

HISTOIRE DES VOYAGES DE SCARMENTADO
écrite par lui-même

Notice

L'*Histoire des voyages de Scarmentado, écrite par lui-même* paraît en 1756, dans la *Suite des mélanges* [...] publiée à Genève par les frères Cramer. Le prospectus de cette édition présente parmi d'autres ce morceau comme une nouveauté. Cependant, si l'on en croit son secrétaire Collini (*Mon séjour auprès de Voltaire*), il aurait été composé en 1753 après l'aventure de Francfort et deux lettres d'Alsace de Voltaire à sa nièce (24 mars, 11 avril 1754) y font une référence explicite. Brouillé avec Frédéric II, il cherche à obtenir l'autorisation officielle de rentrer dans sa patrie. Or la publication prématurée, et intempestive, du dangereux *Abrégé de l'histoire universelle* par le libraire Néaulme, à la fin de 1753, ruine ses derniers espoirs de regagner Paris. Mme Denis ne peut lui dissimuler plus longtemps la vérité : sa présence est jugée parfaitement indésirable et serait considérée comme une provocation. Pour trouver une période aussi noire dans son existence, il faudrait remonter, non pas même en 1749, au moment où il perd Mme du Châtelet, mais bien en 1726, lorsque exilé de France il doit se réfugier en Angleterre.

C'est dans ce déplorable contexte qu'est écrite l'*Histoire des voyages de Scarmentado* qui est, comme beaucoup de contes de Voltaire, une confidence, mais une confidence à peine transposée, et qu'il nous livre — notons le fait pour sa rareté — à la première personne. Assez curieusement le cadre adopté par Voltaire pour y loger sa fiction est celui de cette *Histoire universelle* qui vient de faire son malheur, et vers laquelle il se retourne pour y trouver de subtiles analogies avec ses déboires personnels. C'est à ce moment — printemps 1754 — qu'il la complète jusqu'au début du XVIIe siècle, en ajustant ce qui constituera son *Essai sur les mœurs* avec *Le Siècle de Louis XIV*. Tandis que son corps et son âme souffrent des rigueurs de l'hiver et de l'hostilité des hommes, son esprit est préoccupé par les événements qui se sont déroulés aux alentours de l'année 1600 : moment précis où débute l'histoire du jeune Scarmentado, qui naît justement avec le siècle et arrive à Rome à l'âge de quinze ans. Une coupe dans l'épaisseur de l'histoire montre facilement que ce début du XVIIe siècle, si accordé aux sentiments de Voltaire en mars 1754, est « par une fatalité singulière » une époque funeste à tous les peuples, à tous les rois. On verra dans le détail du texte que la réalité historique est légèrement sollicitée : mais les entorses faites à la chronologie par Voltaire sont assez légères pour qu'il y ait rarement entre les aventures de Scarmentado et les événements qui sont censés se dérouler vers 1615-1620 un écart de plus de quelques années. Ces événements sont soigneusement triés pour qu'ils suggèrent la thèse d'emblée ; les détails pittoresques — voir le cœur du maréchal d'Ancre ! — sont mis en valeur pour stimuler l'imagination ; une mise en scène est ébauchée. Mais par rapport aux sources l'élaboration reste sommaire ; on pourrait presque penser que l'état d'extrême découragement dans lequel se trouve Voltaire l'empêche de pousser très loin la fiction. Comme si son abattement ne lui permettait plus de résister à ses démons intérieurs, il accumule les images obsédantes plutôt qu'il n'approfondit l'intrigue. Partout les ténèbres, le feu, le sang répandu, l'odeur de chair rôtie. Offrir le moins de prise possible à l'hostilité du monde, fuir, payer, se taire, tel est, non pas l'art de vivre, mais l'art de subsister que nous propose un Voltaire tristement assagi par l'expérience « qu'il a acquise à ses dépens », selon la signification littérale du mot espagnol *(e)scarmentado*[1] dont il a cette fois baptisé son héros. Le monde de Scarmentado est un monde désolé et désolant, coupé radicalement de toutes les valeurs, où l'on se sent partout un étranger. L'homme n'est plus dans l'homme, et la loi naturelle n'est qu'une expression vide de sens. Le discours du « capitaine nègre » dans sa logique désespérante est présenté comme un modèle de sagesse.

On a vu dans *Memnon* que le désespoir chez Voltaire n'est pas incompatible avec l'exercice de l'ironie. Mais cette ironie a changé de tonalité au cours de l'hiver 1753-1754. C'est maintenant sur un mode assez proche de la délectation morbide qu'elle apparaît, comme si l'exaspération de Voltaire s'était muée en une forme supérieure d'écœurement. Elle s'exprime couramment par l'antiphrase désabusée. Ainsi Scarmentado quitte Rome « très content de l'architecture de Saint-Pierre », part de Séville tout édifié des « grandes choses que les Espagnols [ont] faites pour la religion », se garde bien de critiquer les « merveilles » de la cour d'Aureng-Zeb, cet « auguste souverain ». Il lui reste à « voir l'Afrique, pour jouir de toutes les douceurs de notre continent », et quand après avoir labouré pendant un an « le champ d'une vieille négresse pour conserver [ses] oreilles et [son] nez » il revient dans sa patrie, il a vu « tout ce qu'il y a de beau, de bon et d'admirable sur la terre ». Un tel dégoût dans l'ironie chez un tempérament impulsif comme celui de Voltaire trahit une certaine chute de vitalité, et comme une abdication devant l'absurde. La structure de l'œuvre autant que sa tonalité portent la marque de cet amoindrissement et nous donnent dans l'*Histoire des voyages de Scarmentado* l'exemple d'un conte voltairien réduit à sa plus simple expression littéraire. Un héros sans caractère bien défini, sans prétentions d'aucune sorte, à la différence de ses aînés, Babouc, Zadig, Memnon (pourquoi vouloir en effet réformer, ou même comprendre un monde irréductiblement opaque ?) ; un récit qui dans sa sobriété ne fait aucune concession au romanesque, et présenté comme une série de « procès-verbaux » ; un dénouement dérisoire : l'œuvre saisit par sa pauvreté même, et sa portée philosophique s'accroît singulièrement de l'économie des moyens littéraires qui y sont mis en œuvre. Elle symbolise le dénuement total de l'homme en face de son destin.

1. Le verbe *escarmentar* signifie donner une sévère leçon, instruire par l'expérience.

Notes

Page 171.

1. Iro est l'anagramme du poète Roi (Pierre-Claude Roy), vieil ennemi de Voltaire.

2. Il s'agit d'Olimpia Maldacchini, qui avait acquis sur le pape Innocent X un tel empire qu'elle régna sur le monde catholique en souveraine, et en profita largement pour trafiquer des dispenses, des grâces, des bénéfices avec une avidité insatiable, au point qu'elle laissa à sa mort 900 000 livres en numéraire.

3. Fatelo : « Faites-le » [sans doute l'amour].

Page 172.

4. Historiquement, l'événement auquel se réfère Voltaire, la mort du maréchal d'Ancre (Concini), se place en 1617. Les éléments de ce passage sont amplement développés dans le chapitre CLXXV de l'*Essai sur les mœurs,* consacré à ce « jeune roi, à qui on avait donné dans son enfance le surnom de Juste » et qui « consent à l'assassinat de son premier ministre ». L'épisode du conte apparaît comme un condensé de tous ces détails : tout en lui donnant une allure familière, il met l'accent sur le côté horrible de la dernière scène où on mange le corps du maréchal d'Ancre.

5. L'Angleterre vit alors sous le règne de Jacques Ier (1603-1625). L'allusion à la conspiration des poudres, qui nous ramène une dizaine d'années en arrière (1605), est suffisamment habile pour qu'on puisse songer qu'il s'agit, lors du voyage de Scarmentado, d'un affreux souvenir.

6. « Le trou Saint-Patrice est très fameux en Irlande : c'est par là que ces messieurs disent qu'on descend en enfer » (Voltaire, *Question sur les miracles,* VIIe lettre). Hibernois signifie irlandais.

7. Allusion à la querelle entre gomaristes et arminiens. Celle-ci est racontée en ces termes dans le chapitre CLXXXVII de l'*Essai sur les mœurs.* « Deux docteurs calvinistes firent ce que tant de docteurs avaient fait ailleurs (1609 et suiv.). Gomar et Armin disputèrent dans Leyde avec fureur sur ce qu'ils n'entendaient pas, et ils divisèrent les Provinces-Unies. La querelle fut semblable, en plusieurs points, à celle des thomistes et des scotistes, des jansénistes et des molinistes, sur la prédestination, sur la grâce, sur la liberté, sur des questions obscures et frivoles, dans lesquelles on ne sait pas même définir les choses dont on dispute [...] Le prince d'Orange Maurice était à la tête des gomaristes ; le pensionnaire Barnevelt favorisait les arminiens [...] Barnevelt eut la tête tranchée dans La Haye (1619)... »

Page 173.

8. Le même mélange d'horreur et de magnificence se retrouvera dans les cérémonies de l'Inquisition au chapitre sixième de *Candide :* « Comment on fit un bel auto-da-fé [...] »

Page 174.

9. « Notre-Dame d'Atocha » est une statue de Notre-Dame en bois, conservée à Madrid, et qui pleure tous les ans le jour de sa fête.

10. Allusion à la *Brevissima relacion de la destruccion de las Indias* de Barthélemy de Las Casas (évêque de Chiapa au Mexique) 1552, traduite en français par Jacques de Migrodde, s.l., 1582, sous le titre : *Histoire admirable des horribles insolences, cruautés et tyrannies exercées par les Espagnols ès Indes occidentales.*

Page 175.

11. Traduction : « Allah est grand ! » Voltaire se sert souvent de cette formule dans ses lettres de l'époque. Voir, par exemple, la lettre du 1er septembre 1742, à Cideville.

Page 176.

12. L'arrivée de Scarmentado coïncide effectivement avec l'invasion de la Chine par les Tartares, que l'*Essai sur les mœurs* (chap. CXCV) situe au moment du règne de leur chef Taïtsou, mort en 1626.

13. Les disputes sur les cérémonies chinoises ont toujours exercé l'ironie de Voltaire. Voir, tout particulièrement, le chapitre XXXIX du *Siècle de Louis XIV :* « Les dominicains déférèrent les usages de la Chine à l'Inquisition de Rome, en 1645 [...]. Les jésuites soutinrent la cause des Chinois et de leurs pratiques. »

Page 177.

14. Né en 1619, mort en 1707, Aureng-Zeb, empereur mongol de l'Inde, ne commença à régner au plus tôt que vers 1660, lorsqu'il eut mis en prison son père Cha Gean. Sa présence ici est donc anachronique, comme celle du sultan du Maroc Muley-Ismaël (1646-1727).

15. Muley-Ismaël est également rapproché d'Aureng-Zeb dans le chapitre CXCI de l'*Essai sur les mœurs :* « Ces deux usurpateurs [...] ».

LES DEUX CONSOLÉS

Notice

On trouve la première impression au tome IV de la *Collection complète des œuvres de M. de Voltaire,* publié à Genève chez les Cramer en 1756. On sent, à travers le philosophe Citophile (c'est-à-dire celui qui aime à faire des citations), un Voltaire encore tout plein de l'érudition qu'il vient de déployer dans la première édition complète de l'*Essai sur les mœurs.* D'autre part, en cette année 1756, après le choc du désastre de Lisbonne, le thème de la *consolation* tend à se substituer chez Voltaire à celui de la *révélation* dorénavant jugée impossible. Corrélativement, l'écart pour lui tend à s'approfondir entre le livresque et le vécu. On verra, à propos de *Candide,* qu'il entretient alors une correspondance avec la très leibnizienne duchesse de Saxe-Gotha, dont la confiance n'est pas même ébranlée quand lui arrive le plus grand malheur qui puisse frapper une mère, la mort de son fils. Le rapprochement est tentant avec le texte des *Deux consolés.* Pour admettre l'influence de cet événement, il faudrait serrer au maximum la chronologie et supposer que Voltaire a encore eu le temps d'insérer cette page, composée pendant l'été 1756, dans le tome IV des *Mélanges* de l'édition Cramer, ce qui n'a rien d'impossible. Le changement de rôle entre la belle dame, qui se désole, et le philosophe qui cherche dans ses livres de quoi la consoler, et qui, lui, perd justement son fils, serait alors intéressant à étudier. En tout cas, les belles dissertations consolatrices du philosophe ne sont pas sans annoncer celles de Pangloss : on y trouve la même incorrigible tendance à faire des rapprochements entre tel cas particulier et les exemples que fournit à profusion l'histoire : « Les grandeurs, dira Pangloss, sont fort dangereuses, selon le rapport de tous les philosophes, car enfin Églon, roi des Moabites, fut assassiné par Aod, Absalon fut pendu par les cheveux [...]. » Très proche de *Memnon,* par ailleurs, le cruel démenti infligé aux théories par l'expérience : « Le lendemain, le philosophe perdit son fils unique, et fut sur le point d'en mourir de douleur. »

Notes

Page 179.

1. L'histoire d'Henriette, fille de Henri IV, sœur de Louis XIII et femme de Charles Ier d'Angleterre, est contée en des termes semblables dans les deux chapitres CLXXIX et CLXXX de l'*Essai sur les mœurs.*

2. Exploitation très précise du chapitre CLXIX de l'*Essai sur les mœurs*, « De la reine Marie Stuart ».

3. À la fin du chapitre CLXIX de l'*Essai sur les mœurs* figure aussi un parallèle de Marie Stuart et de Jeanne de Naples : « [...] toutes deux belles et spirituelles, entraînées dans le crime par faiblesse, toutes deux mises à mort par leurs parents.»

HISTOIRE D'UN BON BRAMIN

Notice

Éditée pour la première fois en 1761 dans la *Seconde suite des Mélanges de littérature, d'histoire et de philosophie* (à Genève, chez les frères Cramer), cette amusante parabole fut envoyée à Mme du Deffand dès le 13 octobre 1759, quelque neuf mois après la parution de *Candide*. À propos du « petit nombre d'hommes qui osent avoir le sens commun », Voltaire s'y exprime en ces termes dans la lettre d'accompagnement : « Je pense que vous êtes de ce petit nombre ; mais à quoi cela sert-il ? à rien du tout. Lisez la parabole du Bramin que j'ai eu l'honneur de vous envoyer, et je vous exhorte à jouir autant que vous le pourrez de la vie qui est peu de chose, sans craindre la mort qui n'est rien. » Alors que le philosophe, plein d'esprit, et fort savant, est obligé d'avouer que sa science ne lui a jamais valu qu'humiliation et que dégoût, et se replie sur lui-même, « accablé de [sa] curiosité et de [son] ignorance », alors que tout, autour de lui, augmente le sentiment douloureux de ce qu'il éprouve, une vieille femme de ses voisines vit dans un état d'hébétude totale et, ne comprenant rien à rien, goûte le parfait bonheur. Ce divorce entre la félicité et la pensée, entre l'existence et l'essence, nous ramène directement aux propos du vieillard turc, au jardin de *Candide*, et à la problématique qui est celle de Voltaire à cette époque

Notes

Page 182.

1. *Vitsnou* est une autre forme du mot Vichnou, dieu de la religion védique.

2. Souvenir très net de Pascal (*Pensées*, Brunschwicg, 194 ; Le Guern, 398) : « Je ne sais qui m'a mis au monde, ni ce que c'est que

le monde, ni que moi-même ; je suis dans une ignorance terrible de toutes choses [...].

« Comme je ne sais d'où je viens, aussi je ne sais où je vais.

POT-POURRI

Notice

Paru au tome III des *Nouveaux Mélanges* (1765), le *Pot-pourri* est le plus audacieux et le plus énigmatique des contes de Voltaire. Il n'a été étudié attentivement qu'à une date récente, notamment avec le concours de Jacqueline Hellegouarc'h. Ce sont les résultats de ces recherches qui seront résumés ici, dans une notice nécessairement plus longue et plus complexe que pour les autres contes.

Les conditions mêmes de sa composition posent un problème. La première trace qu'on en trouve consiste dans un manuscrit (Bibliothèque Nationale, Nouvelles acquisitions françaises 24342, folios 86-91) de la main de Wagnière, avec des corrections autographes de Voltaire Il comprend quatre « chapitres », dont le quatrième ne comporte que le titre, « Des abus ». Il a dû être rédigé en 1761. Du chapitre I, une partie fut utilisée pour le *Traité sur la tolérance* (1763), et une autre partie (les six premiers paragraphes) publiés pour la première fois par Beuchot en 1821 comme une « Section première » de l'article « Tolérance » du *Dictionnaire philosophique*. La fin du chapitre et les chapitres II et III furent utilisés pour le *Pot-pourri :* effectivement ils avaient été destinés à l'origine, comme tout le fragment, à la composition du conte qui ne portait peut-être pas encore ce nom.

Le thème de la tolérance n'en constituait qu'un des aspects. Le fragment manuscrit porte en effet en tête de la première page la mention « p[ou]r l'hist[oire] de brioché-polichin[elle]. On peut penser que dès cette époque Voltaire avait conçu un ouvrage dans lequel différents thèmes se seraient entrelacés, comme il apparaît par le sommaire suivant :

I. Histoire de Brioché et de son fils Polichinelle (allégorie de l'histoire du Christ).
II. Conversation avec Husson, qui interrompt la rédaction de cette histoire.
III. Suite de l'histoire de Polichinelle.
IV. Réflexions de Dumarsais sur les « abus ».
V. Roginante est témoin de la tolérance régnant à Amsterdam et à

Londres. Intolérance passée des jésuites, intolérance présente à leur endroit.

VI. Conversation avec Boucacous. On est intolérant à l'égard des protestants, qui eux-mêmes sont parfois fanatiques.

VII. Suite de l'histoire de Polichinelle.

VIII. Conversation avec Husson sur *Polyeucte*.

IX. Suite de l'histoire de Polichinelle.

X. Conversation avec Husson : diverses superstitions.

XI. Suite de l'histoire de Polichinelle : ses disgrâces. Le récit s'arrête sans conclure : « on ne sait pas encore qui l'emportera. Mais... »

XII. Avec Husson : les Français, nation « à la fois si barbare et si drôle ».

XIII. Abus des droits exigés par le pape.

XIV. Les fêtes religieuses coûteuses pour l'agriculture.

XV. Luxe des moines, etc.

Ce résumé fait apparaître deux thèmes différents, l'un historique, la vie du Christ, l'autre « philosophique », l'intolérance et les autres abus attribués au christianisme. L'ensemble constitue une machine de guerre antichrétienne subtile et efficace. Il est intéressant de voir comment elle est née dans l'esprit de Voltaire . sa signification n'en apparaîtra que mieux.

Du point de vue idéologique, c'est dans les relations avec Frédéric et spécialement dans le séjour à Berlin (juin 1750-mars 1753) qu'il faut chercher les origines d'un projet correspondant au *Pot-pourri.* C'est alors que Voltaire s'est habitué à l'idée d'attaquer Jésus et le Nouveau Testament avec la même violence qu'il l'avait fait jusque-là pour l'Ancien. C'est aussi dans le *Sermon des cinquante* et surtout l'*Examen important de milord Bolingbroke*, fruits de cette période, qu'on trouve, non seulement les thèmes qui seront développés dans le *Pot-pourri,* mais certaines métaphores porteuses de la future allégorie.

Ainsi, le chap. IX, de l'*Examen important,* « Des prophètes », assimile les prophéties annonçant la venue du Messie à celles — fausses — de Jurieu et de Nostradamus : l'un et l'autre seront cités dans le *Pot-pourri.* Le chap. X, « De la personne de Jésus », présente les disciples comme des personnages « très obscurs », qui ne commencèrent à être connus que « quand ils se furent associés à quelques Grecs ». Tout ce que l'on conte de Jésus lui-même, selon Voltaire, est « digne de l'Ancien Testament et de Bedlam » — l'hôpital des fous de Londres : la comparaison deviendra métaphore dans le *Pot-pourri* (p. 191). La prétendue « ivrognerie » du Christ, alléguée ici (p. 186), se trouve justifiée dans le même chapitre par le changement de l'eau en vin « dans un repas où tous les convives étaient déjà ivres ». L'expulsion des marchands du Temple est annoncée dans des termes qui annoncent ceux du *Pot-pourri :* « Il entre dans le temple [...]. Il prend un grand fouet, en donne sur les épaules de tous les marchands, les chasse à coups de lanière, eux, leurs poules, leurs pigeons, leurs moutons et leurs bœufs même, jette tout leur argent par terre, et on le laisse faire ! » La conclusion sur les miracles fait penser aux « charlatans d'Orviète » : « Tous ces miracles semblent faits par nos charlatans de Smithfields. » Le chap. XI, « Quelle idée il faut se former de Jésus et de ses disciples », donne, du Christ en particulier, l'image qui résulte des détails épars dans le *Pot-pourri :* « Jésus est évidemment un paysan grossier de la Judée [...]. Il voulut, sans savoir, à ce qu'il paraît, ni lire ni écrire, former une petite secte pour l'opposer à celles des récabites, des judaïtes, des thérapeutes, des esséniens, des pharisiens, des saducéens, des hérodiens.... » Le chap. XII « De l'établissement de la secte chrétienne, et particulièrement de Paul », insiste, comme le chap. VII du *Pot-pourri,* sur le rôle de l'apôtre. On se souviendra que, dans le conte, Bienfait, seul capable de « relever [les] marionnettes », est présenté comme ayant un « galimatias fort convenable », et qu'il est « reconnu pour entrepreneur d'un grand nombre de marionnettes », pour se trouver finalement « fort riche et fort insolent » (p. 192) : il était déjà dit de saint Paul dans l'*Examen important :* « Celui qui avait donné le plus de vogue à la secte était ce Paul au grand nez et au front chauve [...]. Quel galimatias quand il écrit à la société des chrétiens qui se formait à Rome dans la fange juive [...]. La fureur de la domination ne paraît-elle pas dans toute son insolence quand il dit aux mêmes Corinthiens [...]. À quels imbéciles écrivait-il ainsi en maître tyrannique [...] ? » Enfin le chap. XIII, « Des évangiles », insiste notamment sur les deux généalogies du Christ, celle de Luc et celle de Matthieu, et conclut par ce mot qui éclaire la référence — trompeuse — du *Pot-pourri* au père Daniel (p. 184) : « L'enthousiaste Pascal s'écrie : Cela ne s'est pas fait de concert. »

Mais si Voltaire dispose, dès l'époque berlinoise, de tous les arguments contre l'établissement du christianisme auxquels il recourra dans le *Pot-pourri,* cela ne signifie pas qu'il ait conçu la forme que prendra son projet. Elle se caractérise par deux aspects : un travestissement des personnages, une disposition par chapitres alternés qui à la fois masque et renforce les intentions de l'auteur. Voici comment on peut reconstituer la démarche de la création voltairienne.

Depuis longtemps Voltaire connaît Swift ; il l'a rencontré en Angleterre ; dès le 2 février 1727, il écrit à Thiériot qu'il est « le Rabelais d'Angleterre » ; il explique cette formule en y ajoutant des éloges dans la vingt-deuxième *Lettre philosophique.* Dès cette époque, il a certainement lu *A Tale of a Tub ;* pourtant, il n'y fait pas expressément référence. Au contraire, dans la version révisée de 1756, il ajoute à la lettre trois paragraphes relatifs à cette « Histoire d'un tonneau ». Il y développe l'idée — d'ailleurs discutable, car on peut estimer que Swift a voulu attaquer les abus des chrétiens, non le christianisme lui-même — que Swift, quoique « doyen d'une cathédrale », s'est posé en audacieux adversaire de la religion en ridiculisant catholicisme, luthéranisme et calvinisme. Il ajoute : « Il dit pour ses raisons qu'il n'a pas touché au christianisme [...]. Il prétend avoir respecté le Père en donnant cent coups de fouet aux trois enfants. » Quelque temps après, dans une lettre du 13 octobre 1759, il célèbre de nouveau la satire de Swift : « C'est un trésor de plaisanteries dont il n'y a point d'idées ailleurs. Pascal n'amuse qu'aux dépens des jésuites, Swift divertit et instruit aux dépens du genre humain. Que j'aime la hardiesse anglaise ! Que j'aime les gens qui disent ce qu'ils pensent ! C'est ne vivre qu'à demi que n'oser penser qu'à demi. »

En même temps qu'une leçon d'audace, Voltaire prenait avec l'œuvre de Swift une leçon de méthode. Le *Tale of a Tub*, si, comme Voltaire, on en néglige le début, est une histoire entrecoupée de digressions. L'auteur y rapporte l'histoire de trois frères, Pierre, Martin et Jacques, qui se querellent et modifient les manteaux qu'ils ont reçus de leur père : on comprend que les manteaux identiques représentent la religion chrétienne dans son intégrité originelle, tandis que les trois frères qui changent leurs manteux sont respectivement les catholiques, les luthériens et anglicans, les calvinistes et autres dissidents, qui tous l'ont travestie. L'histoire n'a pas à proprement parler de conclusion : les frères se querellent interminablement, et le narrateur excédé abandonne son récit. De même que l'histoire principale est une satire des diverses formes d'hypocrisie qui défigurent la véritable religion, les digressions intermédiaires sont une satire de l'hypocrisie dans la science et la littérature, assaisonnée d'attaques contre les critiques, les professeurs, les libraires, les écrivains et le public. Quoique le sujet de l'histoire principale et le thème des digressions n'aient pas de lien explicite, ils s'apparentent à la fois par le ton satirique et par la critique de l'hypocrisie humaine.

Il est aisé de voir tout ce que Voltaire retient de la technique narrative de Swift. Mais la forme particulière de son allégorie, l'histoire de « Brioché » et de « Polichinelle », a une autre origine. Pour attaquer la personne du Christ, Voltaire a besoin de « travestir » sa victime. À l'époque, depuis la fin de l'ère des burlesques, les maîtres du travestissement sont les comédiens du Théâtre Italien et leurs émules de la Foire et de l'Opéra-Comique. Les artistes, à leur suite, se sont inspirés des scènes et masques italiens pour illustrer les œuvres burlesques. Ainsi, Dubercelle, chargé de représenter des scènes de *L'Iliade travestie* de Marivaux, affuble les héros d'Homère des faux nez, des masques et des costumes bariolés d'Arlequin, Pierrot et Scaramouche. Voltaire, qui n'a pas eu à se louer des acteurs italiens — ils ont tourné en ridicule plusieurs de ses tragédies —, est en revanche lui-même montreur de marionnettes. Il est accoutumé à comparer à des marionnettes les hommes dont le destin tire les ficelles « ... Invisibles marionnettes / Qui volez si rapidement / De Polichinelle au néant... » *(Adieux à la vie)*. Or les plus célèbres montreurs de marionnettes appartiennent à la dynastie des Brioché, et Voltaire lui-même fait le rapprochement : « Nous sommes dans cette vie des marionnettes que Brioché mène et conduit sans qu'elles s'en doutent », écrit-il à Cideville le 2 janvier 1748. Or, pour les libertins du XVIIIe siècle, Brioché est une dénomination secrète pour le Christ. On peut assurer que le *Pot-pourri* est né dans l'esprit de Voltaire quand il a songé à associer au cadre fourni par *A Tale of a Tub* l'histoire du Christ et des apôtres déguisée en montreurs de marionnettes et en marchands d'orviétan[1].

On peut même préciser avec une grande probabilité le moment de cette rencontre. L'intuition première du conte doit être contemporaine d'une addition apportée, en 1761, au chap. LXXI de l'*Essai sur les mœurs.* Au passage où il parlait des papes au moment du Grand Schisme d'Occident, Voltaire ajoute maintenant : « Cependant tous ces misérables se disaient hautement *les vicaires de Dieu et les maîtres des rois ;* ils trouvaient des prêtres qui les servaient à genoux, comme des vendeurs d'orviétan trouvent des Gilles. » L'emploi allégorique de l'histoire des charlatans pour faire celle de l'Église du Christ fournit à Voltaire l'équivalent de l'allégorie des manteaux pour Swift.

Les étapes du travail peuvent même être reconstituées[2]. Voltaire a d'abord rédigé les chapitres I, II et III, qui inaugurent le système d'alternance. Vers novembre-décembre 1761, il commence un cahier de chapitres sur la tolérance, qui viennent interrompre l'histoire de Brioché. Il la reprend à deux ou trois reprises, y introduisant des additions suggérées par l'actualité. Parallèlement, il termine le chap. III et pousse l'histoire de Brioché suivant le système de l'alternance. L'essentiel de ce travail semble terminé vers juillet 1762. Les chapitres sur les « abus » sont écrits les derniers. En 1764, les problèmes qui ont intéressé Voltaire à l'époque où il esquissait le *Pot-pourri* sont de nouveau d'actualité pour lui, puisqu'il les reprend dans le *Traité sur la tolérance,* les *Questions sur l'Encyclopédie,* le *Dictionnaire philosophique* et la correspondance[3]. C'est alors qu'il met la dernière main au conte et le publie dans les *Nouveaux Mélanges.*

Le plan général, tel qu'il apparaît alors, est fondé sur une double alternance : alternance entre deux ensembles, respectivement de trois (I, II, III) et six chapitres (VII-XII) racontant l'histoire de « Polichinelle », et deux groupes de trois chapitres chacun, le premier traitant de la

1. Les deux activités sont généralement associées au XVIIe et au XVIIIe siècle. Les bonimenteurs, montreurs de marionnettes et faiseurs de tours vendent des drogues, arrachent des dents, ou font la réclame des praticiens qui les accompagnent. L'orviétan ayant auprès des doctes une réputation d'inefficacité, un « vendeur d'orviétan » est un charlatan, c'est-à-dire un prêtre, pour les philosophes.

2. On trouvera les détails de la démonstration dans la notice du *Pot-pourri* dans l'édition des *Romans et contes* à la Bibliothèque de la Pléiade.

3. Les différents thèmes de « l'homme qui a des terres près de Cîteaux », de *Polyeucte,* des protestants condamnés aux galères, des « mauvais sermons des sots prêtres calvinistes » apparaissent dans plusieurs lettres de l'année 1764 et des premières semaines de 1765 ; voir encore la notice citée à la note précédente.

tolérance (IV, V, VI), le second des abus ecclésiastiques (XIII, XIV, XV). La seconde alternance, moins nette, oppose les deux derniers groupes, formés de « blocs » artificiellement coupés en « chapitres » et les deux premiers, qui présentent alternativement les chapitres narratifs et les chapitres comprenant les commentaires plus ou moins éclairants de « M. Husson ». Cette composition complexe se retrouvera avec des variantes dans deux autres ouvrages ultérieurs, l'un et l'autre dangereux, *L'Homme aux quarante écus* et *Les Oreilles du comte de Chesterfield.*

Reste à tenter d'éclaircir un point essentiel. Dans quelle mesure le *Pot-pourri* représente-t-il la pensée définitive de Voltaire à l'égard du Christ ?

Même pour qui est accoutumé à ses fougues antireligieuses, le *Pot-pourri* laisse une impression de gêne. On a peine à comprendre cette prodigieuse incompréhension du message évangélique et de l'accueil qu'il reçut. On est choqué de la perfidie de ce « coup de poignard » que Voltaire prétend porter « avec tout le respect imaginable », comme il l'écrit à d'Argental le 3 avril 1765, non seulement au christianisme, mais à la personne du Christ. Tout ce qu'on peut faire est d'essayer de replacer cette flambée de haine dans l'évolution religieuse de Voltaire, dans la mesure où l'incertitude concernant la date de composition de plusieurs ouvrages importants permet de le faire.

À l'égard du Christ, Voltaire a d'abord commencé par un ton de supériorité méprisante. C'est l'impression que donne l'*Épître à Julie,* devenue plus tard l'*Épître à Uranie.* Un autre texte allant dans le même sens est la troisième *Lettre philosophique :* derrière l'enthousiaste quaker George Fox, Voltaire vise le Christ, qu'il présente comme un fanatique et un paysan. Le passage de l'hostilité sourde à la guerre déclarée est sensible dans l'*Examen important de milord Bolingbroke,* dont on a parlé plus haut, mais le texte était resté inédit. En 1761, Voltaire décide de ne plus s'en tenir aux attaques contre l'Ancien Testament, mais de s'en prendre au Christ : pourtant il ne publie encore rien ; l'année 1763 semble même marquer un certain recul, puisque le *Traité sur la tolérance* ménage Jésus : mais sans doute n'est-ce là que tactique. Peut-être en est-il de même du *Dialogue du douteur et de l'adorateur,* si ce texte est bien de 1763 : Voltaire n'y proclame-t-il pas que l'on a « corrompu la religion simple et naturelle de Jésus » ?

Quoi qu'il en soit, à la fin de 1763, le voilà de nouveau décidé à couper « quelques têtes à l'hydre », comme il l'écrit à d'Alembert le 31 décembre. Il travaille fiévreusement au *Dictionnaire philosophique,* encourage les « frères » à « écraser l'infâme », selon la formule par laquelle il conclut toutes les lettres qu'il leur adresse. Le 9 juillet, le *Dictionnaire* terminé, il en tire la recette pour Damilaville : « Je crois que la meilleure manière de tomber sur l'infâme est [...] de faire voir combien on nous a trompés en tout ; [...] combien ce qu'on nous a donné pour respectable est ridicule ; de laisser le lecteur tirer lui-même les conséquences. » Son *Saül,* tragédie en prose, montre la voie ; pour Jean-Robert Tronchin, ami de Voltaire, c'est une plaisanterie infâme, digne de la flétrissure. Le *Dictionnaire philosophique,* sur lequel Voltaire comptait pour frapper un grand coup, est condamné, des exemplaires sont saisis, des intermédiaires arrêtés. Tout en continuant à prêcher l'action à ses amis, il s'affole, se ménage un refuge en Suisse, multiplie les démentis maladroits. C'est dans cet esprit de haine attisée par la peur qu'il fait paraître le *Pot-pourri.*

Mais cet ouvrage représente-t-il sa pensée définitive ? Vers 1767, à l'époque où pourtant il vante à tous les échos les *Difficultés sur la religion,* ouvrage déiste de Robert Challe devenu matérialiste par les soins de Naigeon et d'Holbach, et où il publie lui-même des textes violemment antichrétiens *(Sermon des cinquante, Examen important...),* il semble rejoindre le point de vue des sociniens qui nient la divinité du Christ et, tout en rejetant comme eux l'Incarnation, il avoue que le Christ a joué un rôle important dans l'histoire de l'humanité. Dans l'*Homélie sur la superstition,* il veut bien reconnaître que Dieu ne lui a pas seulement donné « plus de lumières, plus de talents qu'à un autre », mais qu'il l'a choisi « pour s'unir de plus près à lui qu'aux autres hommes » ; mieux encore, il est prêt à en faire « le modèle de la raison [!] et de la vertu ». Enfin, dans un passage de *Dieu et les hommes,* malheureusement difficile à dater, il lui reconnaît « la qualité très rare de s'attacher des disciples », ce qui implique à ses yeux qu'il ait eu « de l'activité, de la force, de la douceur, de la tempérance, l'art de plaire, et surtout de bonnes mœurs » ; il « ose » même l'appeler « un Socrate rustique » ! Ajoutons encore à ces textes celui de « Religion II » (1771), recueilli dans les *Questions sur l'Encyclopédie* en 1773. L'auteur raconte qu'introduit aux Champs-Élysées, il y a rencontré Pythagore, Zoroastre, Socrate, puis enfin le Christ, « homme d'une figure douce et simple », qui répond « avec beaucoup d'affabilité » à ses questions. À celle de savoir quelle était la « vraie religion » qu'il professe, sa réponse a été : « Aimez Dieu et votre prochain comme vous-même, c'est là tout l'homme. » À quoi l'auteur a répliqué : « Eh bien, s'il en est ainsi, je vous prends pour mon seul maître. »

On se souvient du mot fameux de Rousseau dans la « Profession de foi du vicaire savoyard » (« Profession de foi » qu'évoque d'ailleurs un passage manuscrit du *Pot-pourri,* voir p. 455, n. 38). : « Si la vie et la mort de Socrate sont d'un sage, la vie et la mort du Christ sont d'un Dieu. » Voltaire n'est jamais allé si loin, tant parce que son Dieu est plus abstrait que parce qu'il a toujours nourri à l'égard du Christ une certaine jalousie. Du moins se trouve-t-il amené à reconnaître en lui « le premier des théistes », comme il l'écrivait au pasteur Vernes le 19 août 1768. Le *Pot-pourri* aurait-il été un de ses derniers reniements avant une certaine forme de « conversion laïque » ?

Notes

Page 184.

1. Cette phrase, comme la suite, est à expliquer sur deux plans. Sur le plan « obvie », Brioché est un pseudonyme qui désigna successivement plusieurs membres d'une famille de montreurs de marionnettes, les Datelin. Brioché II, le plus célèbre, joua à Saint-Germain pour le dauphin en juillet-août 1669 ; il mourut en 1680. Il y eut encore deux Brioché au XVIIIe siècle. — Sur le plan de la signification cachée, Brioché désigne ici, non pas le Christ, comme sous la plume de certains athées du temps (voir par exemple une lettre de Diderot à Sophie Volland du 17 septembre 1761), mais saint Joseph. Quant à Polichinelle, c'est un type de marionnette venu d'Italie ; Brioché le montrait sur le Pont-Neuf. Un théâtre de marionnettes de l'entrepreneur Bienfait avait joué en 1732 *Polichinelle comte de Paonfier,* parodie du *Glorieux* de Destouches ; en 1744 *Polichinelle et Dame Gigogne,* parodie de *Thétis et Pélée,* etc. — Sur le plan de l'allégorie, Polichinelle est le Christ.

2. Les difficultés de cette prétendue généalogie sont nombreuses. Guillaume Gorju (de son vrai nom Bertrand Haudouin), né en 1598, mourut en 1648. Nicolas du Parc, dit Gros-René, mourut en 1673. Il n'était ni le père de Brioché, ni le fils de « Gilles le Niais ».

3. Quoiqu'il y ait plusieurs ouvrages relatifs au théâtre de la foire, ce titre *Almanach de la foire* paraît inventé.

4. Voltaire semble faire allusion aux *Mémoires pour servir à l'histoire des théâtres de la foire par un acteur forain* (1743), des frères Parfaict. Il y est question, dans l'introduction, du « fameux Brioché qui transporta ses machines à la foire Saint-Germain », et du fils de l'acteur, « qui jouait Polichinelle dans la troupe italienne ».

5. Selon l'*Histoire du théâtre français,* des frères Parfaict (1743-1749), Tabarin imita les farces de Gros-Guillaume. Ce dernier, Robert Guérin, dit Gros-Guillaume, jouait à l'Hôtel de Bourgogne les rôles d'homme sentencieux. Il mourut en 1634, laissant une fille, comédienne elle aussi, qui fut la femme de La Thuillerie. La femme de Gaultier-Garguille, son contemporain, était elle-même la fille de Tabarin. Il est clair que Voltaire n'a pas cherché à démêler la généalogie compliquée des acteurs du siècle précédent. Son allégorie renvoie aux deux généalogies du Christ, selon les évangélistes, dont il venait justement de traiter dans le *Dictionnaire philosophique,* article « Christianisme » (addition de 1765). — Le « prince des sots » est, allégoriquement, Abraham, point commun des généalogies alléguées par saint Matthieu (I, 1-17) et saint Luc (III, 23-38). Les deux groupes différents de trois ascendants que cite Voltaire correspondent aux trois groupes d'ascendants donnés d'un côté par saint Matthieu (d'Abraham à David, de David à la déportation de Babylone,

de la déportation au Christ) et de l'autre par saint Luc (de Jésus à Salathiel, de Salathiel à David, de David à Abraham).

6. Il est d'autant plus difficile de savoir quel passage vise Voltaire, parmi les dix-sept volumes *in-quarto* de l'*Histoire de France* (1758) du père Daniel, que l'allusion vise en fait plutôt Pascal qui, à propos des différences dans la biographie du Christ, notait : « Cela ne s'est pas fait de concert. » Si Voltaire met en cause le père Daniel, c'est qu'il vient de le relire, comme il l'écrivait à Hénault le 22 juillet 1761, ajoutant : « Il a écrit en jésuite ; cela est à faire vomir. »

7. Merry Hissing : en anglais, « joyeux persifleur ». Ce personnage est Voltaire lui-même, devenu « plus hardi » en vieillissant, comme il l'écrit le 19 mars 1761 à d'Argental : « Plus je vieillis, plus je suis hardi. » Pour mener son combat contre les « bigots », Voltaire songe tout naturellement à l'Angleterre, et parmi les Anglais, au très audacieux « docteur Swift ». ainsi qu'on l'a dit dans la notice.

Page 185.

8. Voltaire fait allusion à une saisie qu'il raconte dans une note du *Russe à Paris* (1760) : « On saisit des drogues et du vert-de-gris chez les frères jésuites de la rue Saint-Antoine, le 10 [en fait, le 14] mai 1760, jour anniversaire de la mort de Henri le Grand. Il y a un grand procès sur cette contrebande entre les frères et les apothicaires.

9. Allusion à l'attentat du 3 septembre 1758 contre Joseph Ier, qui servit de prétexte à la condamnation au feu du père Malagrida et à l'expulsion des jésuites du Portugal.

10. Voir *Candide*, chap. XIV, ainsi que l'*Essai sur les mœurs*, chap. CLIV, « Du Paraguay. De la domination des jésuites dans cette partie de l'Amérique ».

11. Il n'est ici question que d'une menace, alors qu'à la fin du chap. V, cette menace est réalisée. La contradiction s'explique par le fait que le présent passage a été rédigé en 1761, alors que la fin du chap. V est dans le manuscrit une addition postérieure, probablement de septembre 1762 ; la condamnation en question des jésuites par le Parlement date en effet de la seconde quinzaine d'août 1762.

12. On sait que Jésus ne laissa aucun texte écrit, ainsi que Voltaire le relève dans l'article « Tolérance II » du *Dictionnaire philosophique*.

13. « L'écrivain de sa vie » est saint Jean, qui, dans l'épisode de la femme adultère (VIII, 2-11) écrit : « Ils disaient cela dans le dessein de le sonder pour avoir à l'accuser. Or Jésus, s'étant incliné, écrivit du doigt sur la terre. Et comme ils ne cessaient de l'interroger, il se redressa et leur dit : Que celui de vous qui est sans péché lui jette la première pierre. Et s'étant incliné de nouveau, il écrivait sur la terre. À ces mots, ils partirent l'un après l'autre, à commencer par les plus âgés. » Voltaire feint de croire que le départ des assistants s'explique non par la phrase écrite, mais par le découragement de ne pouvoir lire ce que Jésus a écrit.

Page 186.

14. L'hésitation sur le nombre des premiers apôtres s'explique par le fait que Jean n'est pas très clair. Le premier jour, il est question d'André et d' « un autre disciple » de Jean-Baptiste dont on ne sait ni qui il est, ni ce qu'il deviendra ; puis de Simon, et, le deuxième jour, de Philippe.

15. Sur la « bourgade suisse », voir la note suivante. Sur le plan allégorique, il s'agit de Jérusalem : les « charlatans » d'Orviète sont les prêtres juifs, et le « magasin de leur orviétan » le temple de Jérusalem.

16. Dans l'allégorie, Appenzell est Nazareth, et Milan peut-être Jéricho. On pourrait aussi imaginer qu'Appenzell étant Nazareth, Milan serait Rome, où aboutit Pierre. Mais les deux noms de ville sont surtout choisis par allusion à un épisode célèbre de la vie de Brioché que raconte Courtilz de Sandras dans les *Aventures de M. L. C. D. R.* Ayant ouvert à Soleure un théâtre de marionnettes où il faisait apparaître Polichinelle, il fut dénoncé au magistrat et arrêté comme magicien. Il fallut l'intervention d'un capitaine aux gardes suisses pour le faire relâcher.

17. Dans l'*Histoire de l'établissement du christianisme*, chap. VI, « Jésus », Voltaire note : « Christ signifie oint ; christianisme onguent. »

18. Jésus comparut devant le Sanhédrin.

19. Allusion à l'épisode des noces de Cana.

20. Le sens allégorique s'explique par le passage du chap. X de l'*Examen important*, cité dans la notice : « Il entre dans le temple », etc.

21. Parfaict ne parle pas de la fin de Brioché dans son *Histoire du théâtre français*. — Sur le plan allégorique, d'où vient ce « crapaud » qui aurait avalé le Christ ? Peut-être Voltaire a-t-il procédé à un amalgame entre l'histoire de Jonas avalé par une baleine, dont le Christ a fait la figure de son séjour « dans le cœur de la terre » (Matthieu, XII, 40) et l'histoire de Vanini, qu'il raconte dans l'article « Athée, athéisme » du *Dictionnaire philosophique :* « On trouva un gros crapaud vivant, qu'il conservait chez lui dans un vase plein d'eau. [...] On soutint que ce crapaud était le dieu qu'il adorait. » Vanini fut brûlé à Toulouse en 1619.

22. Bien entendu, le père Daniel ne parle ni de Bienfait, ni de Brioché, ni des autres personnages du conte.

23. Il n'est en effet pas question dans les Évangiles de ce que devint saint Joseph.

24. Dumarsais, connu surtout pour son *Traité des tropes*, dénonce effectivement la vénalité des charges dans le chap. VI de son *Essai sur les préjugés, ou De l'influence des opinions sur les mœurs et sur le bonheur des hommes ;* il propose comme système alternatif pour l'admission aux emplois le système du concours.

Page 187.

25. Urbain Grandier, curé de Loudun (1590-1634), fut accusé d'avoir jeté dans la possession démoniaque les religieuses de Loudun. Louis

Gaufrédi ou Gaufridi, curé à Aix-en-Provence, fut brûlé comme sorcier en 1611.

26. Dans le manuscrit Wagnière (voir la notice) était insérée une addition opposant les persécutions religieuses opérées par les chrétiens à la tolérance qui régnait en la matière chez les Grecs et les Romains. La fin de cette addition s'enchaînait avec l'actuel début du chap. V ; à savoir : « L'Allemagne serait un désert couvert des ossements des catholiques, évangéliques, réformés, anabaptistes, égorgés les uns par les autres, si la paix de Westphalie n'avait pas procuré enfin la liberté de conscience. Il n'y a pas longtemps que le chevalier Roginante », etc.

27. Encore un détail dont il est possible de retracer l'origine ; Voltaire avait acheté en novembre 1761 un grand Christ pour l'église de Ferney. Le 23 décembre 1761, il écrivait à Fyot de La Marche : « Mon grand Christ en Apollon du Belvédère, doré comme un calice, attire tous les curieux. Quelle piété ! dit-on. »

28. De la part de Voltaire, qui n'aime pas les juifs et sait un peu d'allemand, ce mot représente probablement un anagramme de *Böseman*, « méchant homme ».

Page 188.

29. La scène qu'on vient de lire illustre un passage de l'article « Tolérance I » (1764) du *Dictionnaire philosophique :* « Qu'à la bourse d'Amsterdam, de Londres ou de Surate, ou de Bassora, le guèbre, le banian, le juif, le mahométan, le déicole chinois, le bramin, le chrétien grec, le chrétien romain, le chrétien protestant, le chrétien quaker trafiquent ensemble, ils ne lèveront pas le poignard les uns sur les autres pour gagner des âmes à leur religion. » L'idée est ancienne chez Voltaire. Dans un passage de ses *Notebooks* remontant approximativement à 1727, on trouve, sous la curieuse rubrique *Tale of a Tub,* qui, comme on le voit, ramène à Swift, une dizaine de lignes dans lesquelles le lien est fait entre liberté de conscience et liberté de commerce. Elles se terminent comme suit : « The same god is there differently whorship'd by jews, mahometans, heathens, catholiques, quakers, anabaptists, which [*sic*] write strenuously one against another, but deal together freely and with trust and peace ; like good players who after having humour'd their parts and fought one against another upon the stage, spend the rest of their time in drinking together. »

30. Ici encore, on a comme une version plus pittoresque du *Traité sur la tolérance,* cf. chap. IV, dans lequel Voltaire donne des exemples de la tolérance turque : « Le muphti même nomme et présente à l'empereur le patriarche grec ; on y souffre un patriarche latin », etc.

Page 189.

31. Ce détail reporte la scène en 1713. Pour l'idée de la mosquée de Marseille, on se souviendra que Voltaire vient, en 1761, d'ajouter au

chap. CXXV de l'*Essai sur les mœurs*, « Conduite de François Ier », un paragraphe opposant la tolérance de ce prince envers les Turcs, pour lesquels il permettait l'entretien d'une mosquée, et les persécutions qu'il laissait commettre contre les protestants. Il en profite pour attaquer, comme ici, le père Daniel, qui loue la conduite du roi. C'est encore un indice que ce morceau a bien été rédigé en 1761.

32. Voltaire joue sur le sens de ce mot, qui peut aussi signifier, intransitivement, « qui brûle », comme dans « bal des ardents » ; voir la suite.

33. La révolte des Cévennes (1702-1704), qui, commencée de façon spontanée, fut ensuite soutenue par des agents anglais et ne put être réprimée que par les dragons de Villars. Voltaire en traite dans les Remarques de l'*Essai sur les mœurs* (1763), Remarque XVI, « Du protestantisme et de la guerre des Cévennes », où, comme ici, il blâme les deux partis : « Les Camisards agirent en bêtes féroces ; mais on leur avait enlevé leurs femelles et leurs petits ; ils déchirèrent les chasseurs qui couraient après eux. »

Page 190.

34. Chanson très populaire au début du XVIIIe siècle.

35. Il s'agit du psaume CXXXVI, 9 ; Voltaire s'en indigne encore à l'article 7 du *Fragment sur l'histoire générale*.

36. Ce n'est pas seulement pour des raisons esthétiques que Voltaire rapproche ainsi les cantiques juifs de l'œuvre d'Ovide. Tant dans le *Dictionnaire philosophique*, article « Métamorphose, Métempsycose », que dans une note du *Traité sur la tolérance*, il attribue une origine indienne aux fables dont procéderaient à ses yeux aussi bien les *Métamorphoses* latines que les cantiques juifs évoquant des sujets comparables.

Page 191.

37. Voltaire défend aussi le droit des protestants à l'héritage dans le *Traité sur la tolérance*, chap. XI.

38. Bedlam, on l'a vu, est l'hôpital des fous de Londres.

Le manuscrit Wagnière porte ici un passage que Miger reproduit dans son édition (1818), avec quelques variantes, en lui attribuant la qualité de « Chapitre VII ». En voici le texte :

*Nous raisonnions ainsi, M. de Boucacous et moi, quand nous vîmes passer Jean-Jacques Rousseau avec grande précipitation : Eh ! où allez-vous donc si vite, Monsieur Jean-Jacques ? — Je m'enfuis, parce que maître Joly de Fleury a dit, dans un réquisitoire [prononcé contre l'*Émile *le 9 juin 1762 au parlement de Paris], que je prêchais contre l'*intolérance *et contre l'*existence *de la religion chrétienne. — Il a voulu dire* évidence, *lui répondis-je ; il ne faut pas prendre feu pour un mot. — Eh ! mon Dieu,* *je n'ai que trop pris feu, dit Jean-Jacques ; on brûle partout mon livre. Je sors de Paris comme M. d'Assouci de Montpellier, de peur qu'on ne brûle ma personne. — Cela était bon, lui dis-je, du temps d'Anne Dubourg et de Michel Servet, mais à présent on est plus humain. Qu'est-ce donc que ce livre qu'on a brûlé ?*

— J'élevais, dit-il, à ma manière un petit garçon en quatre tomes. Je sentais bien que j'ennuierais peut-être ; et j'ai voulu, pour égayer la matière, glisser adroitement une cinquantaine de pages en faveur du théisme. J'ai cru qu'en disant des injures aux philosophes, mon théisme passerait, et je me suis trompé. — Qu'est-ce que théisme ? fis-je. — C'est, me dit-il, l'adoration d'un Dieu, en attendant que je sois mieux instruit. — Ah ! fis-je, si c'est là tout votre crime, consolez-vous. Mais pourquoi injurier les philosophes ? — J'ai tort, fit-il. — Mais, Monsieur Jean-Jacques, comment vous êtes-vous fait théiste ? quelle cérémonie faut-il pour cela ? — Aucune, nous dit Jean-Jacques. Je suis né protestant, j'ai retranché tout ce que les protestants condamnent dans la religion romaine ; ensuite j'ai retranché tout ce que les autres religions condamnent dans le protestantisme ; il ne m'est resté que Dieu ; je l'ai adoré, et maître Joly de Fleury a présenté contre moi un réquisitoire.

Alors nous parlâmes à fond du théisme avec Jean-Jacques, qui nous apprit qu'il y avait trois cent mille théistes à Londres, et environ cinquante mille seulement à Paris, parce que les Parisiens n'arrivent jamais à rien que longtemps après les Anglais, témoin l'inoculation, la gravitation, le semoir, etc. Il ajouta que le nord de l'Allemagne fourmillait de théistes et de gens qui se battent bien.

M. de Boucacous l'écouta attentivement, et promit de se faire théiste. Pour moi, je restai ferme. Je ne sais cependant si on ne brûlera pas ce petit écrit, comme un ouvrage de Jean-Jacques ou comme un mandement d'évêque ; mais un mal qui nous menace n'empêche pas toujours d'être sensible au mal d'autrui, et comme j'ai le cœur bon, je plaignis les tribulations de Jean-Jacques.

Quoique ce passage marquât une certaine sympathie pour Jean-Jacques Rousseau, Voltaire, à qui, dans une lettre du 8 septembre 1762, d'Alembert avait reproché d'être trop sévère à son égard, préféra le supprimer lors de la publication, pour ne pas attirer encore l'attention sur l'affaire de l'*Émile*.

39. On passe de l'Évangile aux *Actes des apôtres*. Jésus a disparu.

40. En fait, il s'agit toujours de Jérusalem.

41. « Rentrés en ville, ils montèrent à la chambre haute où ils se tenaient habituellement » (*Actes*, I, 13).

42. Voltaire pense-t-il à la résurrection de Dorcas, dont il parle à l'article « Christianisme » du *Dictionnaire philosophique* ? Le chap. IX des *Actes des apôtres* conclut ainsi : « Tout Joppé sut la chose ; et beaucoup crurent au Seigneur. »

Page 192.

43. Il s'agit de saint Paul, dont les *Actes*, IX, disent : « Il passa quelques jours avec les disciples à Damas, et aussitôt il se mit à prêcher Jésus dans les synagogues, proclamant qu'il est le fils de Dieu. [...] Arrivé à Jérusalem, il essayait de se joindre aux disciples, mais tous en avaient peur, ne croyant pas qu'il fût véritablement un disciple. »

44. Des bamboches sont des marionnettes de grande taille.

45. Il s'agit de Barnabé, mais, selon les *Actes*, IX, 27, celui-ci se fit l'interprète de Paul auprès des disciples, non l'inverse.

46. Nostradamus est l'Ancien Testament, dont saint Paul interprétait de nombreux passages.

47. La venue de Jésus confirme les prophéties, qui pour leur part confirment sa divinité.

48. Ce passage s'explique par la façon dont Voltaire interprète les versets de saint Paul (*Corinthiens*, I, IX, 7 et 11) qu'il cite à sa façon dans l'*Histoire de Jenni* (chap. III : « Qui fit jamais campagne à ses frais ? » et « Si nous avons semé en vous les biens spirituels, est-ce chose extraordinaire que nous récoltions vos biens temporels ? »

49. Saint Pierre, saint Paul et les autres disciples se rendent à Rome.

50. Voltaire passe sur les persécutions contre les premiers chrétiens. Ce n'est qu'en 313 que la protection du pouvoir temporel leur fut accordée par l'édit de Milan (d'où la mention de cette ville par Voltaire). « Madame Carminetta » doit être Constantin le Grand.

51. Bienfait est ici Pierre, ou ses successeurs, qui prennent la prééminence sur les évêques. Mme Gigogne est l'Église catholique.

52. Le double sens du mot *orviétan*, signalé plus haut, apparaît nettement ici.

53. Dans l'*Histoire de l'établissement du christianisme*, chap. VIII, Voltaire note à propos de saint Paul : « Telle est la faiblesse de toutes les femmes qu'elles courent après un mauvais prédicateur accrédité, quelque laid qu'il soit, plutôt qu'après un jeune homme aimable. »

Page 193.

54. Allusion probable à Constantinople, devenu centre de l'Empire et de l'Église ; voir le *Dictionnaire philosophique*, article « Christianisme ».

55. Allusion probable au refus que fit saint Ambroise d'accorder la communion à Théodose après le massacre de Thessalonique.

56. À la suite de la banqueroute du père La Valette à la Martinique, la Compagnie de Jésus fut condamnée à payer ses dettes (8 mai 1761). Les collèges jésuites furent supprimés en 1762, et leur ordre lui-même en novembre 1764. Voltaire devait revenir sur cette banqueroute dans un article ajouté en 1765 au *Traité sur la tolérance*.

57. La transition se fait curieusement sur l'idée de « spectacle ». Pour Voltaire, *Polyeucte* se rattache au thème de l'intolérance. Dans le *Traité*

sur la tolérance, il justifie le châtiment de Polyeucte : « Quel est le pays au monde où l'on pardonnerait un pareil attentat ? » Du reste, il faut se souvenir qu'il écrivit le conte peu de temps après avoir achevé son commentaire de l'œuvre de Corneille.

58. Par anagramme, *Lubolier* est Boullier (1699-1759), un protestant qui avait défendu vigoureusement le christianisme contre les philosophes, mais sans faire aucune concession au catholicisme ; *Morfyé* est Formey, un « encyclopédiste » réfugié à Berlin (1711-1797), et *Urieju* Jurieu, théologien protestant (1637-1713).

Page 194.

59. Ce sont respectivement (II, 2) les vers 571-572, prononcés le premier par Sévère, le second par Pauline, et le vers 563, prononcé par Pauline, que Voltaire cite inexactement (« Et seule dans ma chambre enfermant mes regrets... »).

60. Comparer ce jugement à celui qui figure dans la lettre-dédicace de *Zaïre* à Falkener : « De Polyeucte la belle âme / Aurait faiblement attendri, / Et les vers chrétiens qu'il déclame / Seraient tombés dans le décri, / N'eût été l'amour de sa femme / Pour ce païen son favori, / Qui méritait bien mieux sa flamme / Que son bon dévot de mari. »

61. L'*Œdipe* de Sophocle est pour Voltaire le modèle de la tragédie sans amour. Il avait lui-même dès 1713 composé une pièce de ce nom, qui fut jouée en 1718.

62. Consciemment ou non de la part de Voltaire, ce chap. VIII finit à peu près comme le chap. II.

Page 195.

63. Allusion aux indulgences et autres contributions levées par la papauté dans les États catholiques.

64. L'idée des « danses » de Mme Gigogne n'est qu'à moitié allégorique. Dans un passage de la *Conversation de M. L'Intendant des menus en exercice avec M. l'abbé Grizel* (1761), Voltaire écrivait : « La danse, par exemple, a été chez presque tous les peuples une fonction religieuse ; les Juifs même dansèrent par dévotion. Si l'archevêque de Paris s'avisait, à la grand-messe, de danser pieusement une loure ou une chaconne, on en rirait comme de ses billets de confession. »

65. Luther rejette l'autorité du pape et des conciles, ainsi que les sacrements, sauf le baptême et la communion.

66. Voltaire raconte ces luttes religieuses dans les chapitres CXXVII et CXXVIII de l'*Essai sur les mœurs.*

Page 196.

67. Ce court chapitre prépare le chap. XII, qui développera le thème des « contradictions ».

68. Allusion à Henri VIII et à l'anglicanisme.

69. Le protestantisme. — Sur le plan « obvie », on sait que les théâtres forains ont été persécutés par les théâtres officiels.

70. Scaramouche, les jansénistes ; Arlequin, les jésuites.

Page 197.

71. Ce chapitre pourrait s'appeler « Contradictions », comme l'article des *Questions sur l'Encyclopédie ;* voir notamment la section II, « Des contradictions dans les affaires et dans les hommes », où se résume ainsi la pensée de Voltaire : « Le monde ne subsiste que de contradictions. »

72. Pour sa part, Voltaire avait préféré épargner cette somme dans ses relations avec Mme Denis, d'autant plus qu'à l'époque Mme du Châtelet vivait encore.

Page 198.

73. Lorsqu'un abbé recevait un *bénéfice,* il devait en céder au pape la première annuité, d'où le nom d'*annate.*

74. Les idées qu'exprime ici Voltaire se retrouvent dans le *Dictionnaire philosophique,* article « Pierre ».

75. Voltaire se moque aussi des clés de saint Pierre dans le *Dictionnaire philosophique,* article « Pierre » : « *Je te donnerai les clés du royaume des cieux.* Les partisans outrés de l'évêque de Rome soutinrent vers le XIe siècle que qui donne le plus donne le moins ; que les cieux entouraient la terre ; et que Pierre ayant les clés du contenant, il avait aussi les clés du contenu. »

76. Voltaire reprend cette « scie » du voyage de Simon Barjone dans les articles « Christianisme » et « Pierre » du *Dictionnaire philosophique,* et la reprendra encore dans l'*Histoire de Jenni.*

77. Les démêlés de Voltaire avec l'évêque de Porrentruy remontent à 1754, alors que l'écrivain, de retour en Prusse, était à Colmar, ville dépendant de l'évêché de Porrentruy

Page 199.

78. Voltaire revient sur le problème des fêtes chômées dans le *Dictionnaire philosophique,* article « Catéchisme du curé », mais il n'y estime la journée de travail qu'à dix sols, ce qui produit une perte totale inférieure de moitié. Il raconte aussi la même histoire, plus détaillée, en parlant de sainte Ragonde au lieu de sainte Barbe, dans un article intitulé « Des fêtes », daté curieusement « 1759 », car il doit être postérieur au *Pot-pourri,* et ne fut publié dans les *Contes de Guillaume Vadé* qu'en 1764.

Page 200.

79. Voltaire évoque cette construction entreprise par « ce cochon d'abbé de Cîteaux » dans une lettre du 26 janvier 1762. Il ne dit pas que

ce goût des bénédictins cisterciens pour les bâtiments à la gloire de Dieu ne les empêchait pas de vivre très simplement, et même pauvrement.

80. Ces idées seront développées dans *L'Homme aux quarante écus.*

Page 201.

81. Voltaire se souvient apparemment du livre IX de la *Pharsale.*

82. Plusieurs phrases de ce paragraphe annoncent encore des développements de *L'Homme aux quarante écus.*

83. Personnages de *Joconde,* conte de La Fontaine.

LE BLANC ET LE NOIR

Notice

En avril 1764, les presses de Cramer, à Genève, publiaient un ouvrage, les *Contes de Guillaume Vadé,* avec lequel Voltaire inaugurait un procédé qui allait lui servir plusieurs fois, à savoir de présenter sous le nom d'un personnage historique, ou peu s'en faut, ses propres ouvrages.

Feu Vadé, dont M. de Voltaire se plaît à emprunter le nom, était un faiseur d'opéras-comiques de l'ancien genre, et de poésies poissardes assez mauvaises. Ce grand homme ne survivrait plus dans la mémoire des hommes sans les soins de M. de Voltaire. Antoine Vadé, Catherine Vadé et Jérôme Carré [mentionnés dans l'avant-propos de l'édition, attribué à Catherine Vadé] sont d'illustres parents que le véritable défunt Vadé doit à la libéralité du grand patriarche des Délices.

Cette note de Grimm dans la *Correspondance littéraire* de mai 1764 n'est pas tout à fait exacte. Le Vadé qui a existé, connu comme membre de la « compagnie du bout du banc », auteur de pièces qui sont en effet dans le goût de l'opéra-comique ancien, celui de la Foire, et surtout inventeur du genre « poissard », ne s'appelait pas Guillaume, mais Jean-Joseph (1720-1757). Sa famille est en tout cas de pure invention, ce qui mettait Voltaire à l'abri de toute protestation.

De reste, le « cadeau » fait à Vadé pouvait assez bien lui convenir. À part quelques « rogatons », selon le mot de Grimm, tels que le *Discours aux Welches,* dans lequel Voltaire soulage sa bile contre Shakespeare et ses admirateurs français, les contes en vers que contient le recueil, notamment *Ce qui plaît aux dames, L'Éducation d'une fille, Les Trois Manières, Azolan,* n'étaient pas trop éloignés de sa manière. En revanche, les deux contes en prose qui nous occupent ici sont beaucoup plus voltairiens, l'un dans le ton familier, *Jeannot et Colin*, l'autre, de ton fantastique, *Le Blanc et le noir*, par lequel on commencera.

Sa date de composition est incertaine. Le *post-scriptum* d'une lettre non datée (janvier-février 1764 ?) à Cramer est ainsi conçu : « Il y a beaucoup de choses à corriger dans *Le Blanc et le noir*. Il a beaucoup de petits frères. Quand M. Gabriel [Cramer] voudra, il leur fera courir le monde. » On peut seulement observer qu'il y a beaucoup de références à la philosophie indienne dans les œuvres de la période 1764-1765, mais il n'y est pas spécialement question du manichéisme, fondé par Manès, né en Perse en 240, qui prétendait concilier la doctrine des deux principes éternels, indépendants et opposés, le Bien et le Mal, avec le christianisme : ce qui fut l'origine d'une hérésie dont les sectateurs furent persécutés, jusqu'aux Albigeois et aux Cathares.

Du reste, le manichéisme n'est pas ici matière à discussion, mais à rêve. Après *Le Crocheteur borgne* et *Le Songe de Platon*, *Le Blanc et le noir* est le dernier et le plus important des contes oniriques de Voltaire. D'autres contemporains ont décrit des songes, mais il s'agit en général pour eux, ainsi pour Marivaux écrivant *Le Miroir* (1755), d'un artifice permettant d'évoquer les personnages et les idées les plus divers. Rien de tel avec Voltaire, qui s'intéresse aux songes pour eux-mêmes. Ainsi, l'article « Songes » du *Dictionnaire philosophique*, paru précisément en 1764, pose un problème : comment « tous les sens étant morts durant le sommeil », les pensées peuvent-elles naître ? Pourquoi, alors que le songe intervient « quand l'âme est la moins troublée », les songes sont-ils presque toujours incohérents ? Et Voltaire ajoute cette remarque qui évoque — avec scepticisme — la possibilité d'une exploration métaphysique par le songe : « Si [l'âme] était née avec des idées métaphysiques, comme l'ont dit tant d'écrivains qui rêvaient les yeux ouverts, ses idées pures et lumineuses de l'être, de l'infini, de tous les premiers principes devraient se réveiller en elle avec la plus grande énergie quand son corps est endormi : on ne serait jamais bon philosophe qu'en songe. »

Précisément, le songe est ici utilisé comme un moyen d'investigation du manichéisme. Ce problème intéresse Voltaire depuis longtemps : dans *Candide*, Martin oppose son manichéisme au « tout est bien » leibnizien de Pangloss, et dans *Le Crocheteur borgne*, Mesrour n'échappe à une vision manichéenne que parce qu'il lui manque « l'œil qui voit le mauvais côté des choses ».

Or, dans le rêve de Rustan, tout participe des deux principes opposés : les deux villes, la provinciale Candahar, où Rustan peut jouir d'un bonheur bourgeois, la prestigieuse Cachemire, habitée par une princesse des *Mille et Une Nuits ;* tous les personnages aussi, tous les animaux, qui sont autant de métamorphoses de Topaze et d'Ébène, respectivement le bon et le mauvais génie de Rustan.

Dans une perspective manichéenne, les bons et les mauvais génies sont la figure même du bien et du mal. Voltaire s'explique dans les *Questions sur l'Encyclopédie,* qui sont le complément du *Dictionnaire philosophique.* À l'article « Génies », il les fait remonter à Zoroastre et en recherche l'origine : « On a cru que les immensités pouvaient être peuplées d'êtres supérieurs à l'homme », mais, « tout [étant] fait pour l'homme, ces substances sont évidemment destinées à veiller sur l'homme ». Quelqu'un les a vus, d'abord en songe. « Pour venir sur notre globe, il fallait bien qu'ils eussent des ailes : ils en avaient donc. » Pourquoi bons ou mauvais ? « Tout est mêlé de bien et de mal sur la terre ; il y a donc incontestablement de bons et de mauvais génies [...]. Le bon génie devait être blanc, le mauvais devait être noir, excepté chez les nègres, ou c'est essentiellement le contraire. »

Si le songe de Rustan est ainsi éclairé, l'enquête philosophique, comme le faisait prévoir le scepticisme affiché par Voltaire dans l'article « Songes », n'aboutit, au réveil, qu'à une série d'impasses. À la question de savoir pourquoi le bon génie de Rustan, qui devait le servir, l'a laissé périr, Topaze répond : « Hélas, c'était ta destinée », ce qui renvoie au fatalisme plutôt qu'au manichéisme. À celle de savoir comment un bon et un mauvais génie peuvent appartenir au même maître, et s'il ne faut pas croire alors qu'ils ont été formés tous deux par deux principes différents, l'un bon, l'autre méchant de nature, c'est cette fois Ébène qui répond, de façon aussi peu explicite : « Ce n'est pas une conséquence, [...] mais c'est une grande difficulté. » Et comme Rustan insiste en niant la possibilité « qu'un être favorable ait fait un génie si funeste », Ébène lui ferme la bouche : « Possible ou non possible, la chose est comme je te le dis. »

Ces réponses opaques correspondent à la situation de l'homme qui cherche à comprendre le monde où il vit. Le manichéisme ne lui fournit aucune réponse ni sur la destinée de l'homme, ni sur la conduite de Dieu. Il est donc aussi fermement rejeté que le sera l'optimisme dans *Candide.* Mais ce qui est rejeté en même temps, c'est l'existence de toute métaphysique. Tout y est « une grande difficulté ». Un mot qui revient souvent sous la plume de Voltaire dans ses lettres, *Vanitas vanitatum et metaphysica vanitas,* est ici plus que jamais de mise. Vanité des vanités que le destin de l'homme, mais vanité suprême que de vouloir l'expliquer par la métaphysique.

Notes

Page 202.

1. Candahar est la capitale de la province la plus occidentale de l'Indoustan, limitrophe de la Perse, d'où les faits de syncrétisme religieux qu'on y observe.

2. Le nom de Rustan est celui d'un héros légendaire de la Perse, que

Jean Chardin compare à Hercule *(Voyages [...] en Perse [...],* Paris, 1711, t. III, p. 121). Voltaire devait même savoir par la *Relation du voyage de Perse et des Indes orientales* de Thomas Herbert (Paris, 1663, p. 108) qu'il exista à Candahar un « mirza Rustan », roi de la province.

3. Selon Chardin, ce nom signifiant « engendré du soleil, par métaphore, pour dire fils du roi, ou prince souverain », n'est pas considérable. N'importe qui peut en faire précéder son nom (après le nom, au contraire, il est réservé aux princes). On comprend pourquoi Voltaire le remplace ironiquement plus loin par « marquis ».

Page 204.

4. La parasange est une mesure itinéraire de Perse qui vaut trois lieues de France (6 km) ; voir *La Princesse de Babylone,* chap. I.

5. L'animosité du rhinocéros et de l'éléphant est un lieu commun de la littérature orientale depuis Pline le Jeune.

Page 205.

6. Il s'agit apparemment d'une sorte de zèbre. Le zèbre, originaire du Congo, n'était connu en Europe que depuis le XVIIe siècle. Le mot même ne fut admis par l'Académie que dans l'édition de 1762 de son *Dictionnaire.*

7. Torrents et précipices sont des accessoires ordinaires des voyages qu'évoque Voltaire. On ne les trouve pas seulement dans les voyages imaginaires du genre des *Mille et Une Nuits,* mais aussi dans les voyages réels. Chardin écrit par exemple dans son *Voyage en Perse :* « Ce grand fleuve de Bend-Emir court en cet endroit-ci avec une extrême rapidité dans des roches profondes et affreuses, et avec un bruit effroyable. On n'a pas l'assurance de le regarder fixement de dessus le pont, qui est à quinze toises au-dessus, l'oreille étant étourdie, autant que la vue éblouie et frappée. »

Page 211.

8. *Aigle* est encore souvent considéré au XVIIIe siècle comme féminin, d'où l'accord de *déplumée.*

9. L'édition originale porte : *le vautour qui l'a déplumée,* ce qui est faux, puisque c'est le vautour qui a déplumé l'aigle. Le texte que nous adoptons est donné par des éditions ultérieures, notamment l' « encadrée » que Voltaire a revue avec soin.

Page 212.

10. Sur ce détail des ailes, voir la notice.

11. Allusion au « daimon » de Socrate, mais Platon n'a jamais dit qu'un homme eût deux « daimons » C'est, selon René Pomeau, dans l'introduction de Dacier aux *Œuvres de Platon traduites en français* (Amsterdam, 1700) que Voltaire, qui ne savait pas le grec, aurait pu

trouver ce détail, car on y prête à Platon le dogme chrétien du bon et du mauvais ange.

Page 214.

12. Dans l'article « Songes » du *Dictionnaire philosophique*, Voltaire dit que l'homme est un « animal qui est machine la moitié de sa vie ». Il va plus loin dans *Zadig*, p. 148, où il affirme que « l'homme ne peut se donner ni sensations, ni idées ».

13. Cette image des engrenages de roues est suggérée à Voltaire par les mécanismes d'horlogerie auxquels il va s'intéresser de plus en plus, au point de devenir courtier des montres de sa manufacture de Ferney (voir la chronologie, années 1769-1770). C'est ainsi qu'il écrit le 22 mai 1764 à Mme du Deffand : « Nous sommes de petites roues de la grande machine », etc. Mais ici l'image est employée de façon différente, et volontairement obscure, comme le souligne ironiquement le « Il est clair » un peu plus loin. Alors qu'on pourrait songer aux conceptions des théologiens qui disent que l'éternité n'est pour Dieu qu'un perpétuel présent, il ne faut chercher ici qu'une nouvelle leçon d'humilité donnée aux métaphysiciens.

Page 215.

14. Souvenir d'un poème de Gresset, *Vert-Vert* (1735) qui commence comme suit : « *A Nevers donc, chez les Visitandines, / Vivait naguère un perroquet fameux.* »

JEANNOT ET COLIN

Notice

Publié en compagnie du *Blanc et noir* dans les prétendus *Contes de Guillaume Vadé*, le joli conte de *Jeannot et Colin* ne fait allusion à aucun événement contemporain qui permette d'en dater la composition. On sait par le témoignage de Bachaumont que le recueil fut connu des Parisiens le 5 mai 1764. Il pourrait avoir été composé quelques mois auparavant. Voltaire y cite en effet les *Essais sur la nécessité et les moyens de plaire* de Moncrif, parus en 1738, mais qu'il vient sans doute de lire ou de relire, puisqu'il y fait aussi allusion dans une lettre à Mme du Deffand du 27 janvier 1764.

Du reste, si le conte de Voltaire se rattache à un genre particulier, c'est à celui des « contes moraux » mis à la mode par Marmontel, lequel, après les avoir publiés dans le *Mercure de France*, venait de les réunir sous ce titre en 1761. Mais ces contes prétendus « moraux » ne le sont guère, alors que celui de Voltaire peut, pour l'essentiel, être proposé à de jeunes enfants. Certes, la morale de *Jeannot et Colin* n'est pas tout à fait celle des prédicateurs, mais elle correspond à la vogue « sensible » du temps : les scènes qui attireraient le crayon de l'illustrateur sont plutôt dans le ton de Greuze que dans celui de Boucher ou de Moreau le Jeune. L'hypothèse présentée par René Pomeau suivant laquelle Voltaire aurait pu s'inspirer d'une comédie de collège du P. Porée, ancien régent de Voltaire à Louis-le-Grand, n'est pas seulement vraisemblable à cause de la parenté de l'intrigue[1], elle l'est aussi parce qu'elle rend parfaitement compte du propos pédagogique de Voltaire.

Mais si *Jeannot et Colin* tranche avec le ton habituel des contes de Voltaire, c'est parce qu'une autre influence, assez inattendue, s'y fait jour. C'est celle de Marivaux, spécialement de son *Paysan parvenu*. Quoi que Voltaire en ait dit[2], nous savons par Mme de Graffigny qu'il lisait et aimait, « à sa longueur près », le roman de son rival. Comme Jacob, le père de Jeannot est un « paysan parvenu ». Ses ressources pour parvenir sont les mêmes que celles de Jacob : fraîcheur paysanne qui plaît à la femme du financier, capacité aux affaires bien commode pour le mari. D'autres détails communs aux deux œuvres seront signalés en note, comme l'idée du désastre imprévu qui frappe une famille parvenue par l'argent, et conséquemment abandonnée de tous dès qu'elle éprouve de sérieux revers financiers. La similitude des situations entraîne même parfois des similitudes d'expression notables.

Une autre influence, presque aussi inattendue chez Voltaire, se fait sentir ici. C'est celle de Molière, qui lui permet de combiner le thème du bourgeois gentilhomme à celui du paysan parvenu. On reconnaît aisément les leçons reçues par Monsieur Jourdain dans celles que donne ici le précepteur, qui finalement se trouve n'enseigner que la danse !

Sous l'effet de ces influences nouvelles, Voltaire compose une œuvre qui contraste singulièrement avec *Le Blanc et le noir*. L'Antiquité de convention, l'exotisme de bazar, les bêtes douées de la parole disparaissent au profit d'un récit à la pointe sèche, dans lequel l'écrivain livre pourtant quelques-unes des préoccupations qui vont de plus en plus retenir ses soins. L'apologie des métiers utiles fait songer qu'il est depuis 1758 le seigneur de Ferney et qu'il se prépare à y construire maisons et manufactures. Quant à la peinture de la vie parisienne, pour satirique qu'elle soit, elle n'en est pas moins empreinte de quelque nostalgie. Cependant la gaieté et l'optimisme prévalent incontestablement dans ce conte qui célèbre les vertus du travail et la force de l'amitié.

1. Cette pièce latine, *Plutophagus*, est en effet l'histoire d'un jeune bourgeois, fils de marchand, qui se ruine en voulant jouer au gentilhomme ; quand il a perdu toute sa fortune, il est abandonné par les jeunes nobles dont il avait exclusivement recherché l'amitié.

2. Il parle d'une façon méprisante dans une lettre à Thiériot du 6 mars 1736 de « l'auteur du *Télémaque travesti* et du *Paysan parvenu* ».

Notes

Page 216.

1. Le taillon était un impôt qui avait été institué en 1549 pour subvenir à l'entretien des gens de guerre, en remplacement de l'obligation de les loger qui existait auparavant.

Page 217.

2. *Heureux* est employé, par ironie, au sens classique, « qui a de la chance ».

3. En italique dans l'original : c'est une citation de la lettre de Colin (au style indirect libre).

Page 218.

4. Depuis La Bruyère (« Des ouvrages de l'esprit »), c'était un lieu commun que de proclamer la supériorité des lettres de femmes ; on songeait notamment aux lettres de Mme de Sévigné et aux *Lettres portugaises.* Même si Voltaire ignorait qu'elles étaient l'œuvre d'un homme, Guilleragues, excellent latiniste, qui s'était d'ailleurs inspiré pour les écrire d'Ovide et de Virgile, la raison qu'il fait donner ensuite de leur supériorité est évidemment ironique.

Page 219.

5. Réminiscence du *Bourgeois gentilhomme,* acte I, sc. 6.

6. Allusion aux *Essais sur la nécessité et les moyens de plaire,* de Moncrif ; voir la notice.

7. Fontenelle avait écrit dans *De l'origine des fables* (1724) : « Il n'y a point d'autres histoires anciennes que les fables. »

8. Louis II le Bègue succéda en fait non à Charlemagne, mort en 814, mais à Charles le Chauve, mort en 877.

9. Cette observation, qui ne nous paraît pas présenter de difficulté, a frappé Voltaire ; il y reviendra dans le chapitre intitulé « Entretien avec un géomètre » de *L'Homme aux quarante écus.*

Page 220.

10. Nouvelle réminiscence de Molière, *Les Précieuses ridicules,* sc. 9.

11. Emploi rare, signalé pourtant par Littré, du verbe *initier* au sens de « faire admettre dans une société ».

Page 221.

12. Ce ne sont pas les écrivains cités ici que Voltaire attaque, mais *L'Année littéraire* de son ennemi Fréron.

Page 222.

13. Cette tournure évoque le jargon des petits-maîtres. Pour son compte, Voltaire n'use pas de *ça* pour *cela* dans le style écrit.

14. On a dit dans la notice que cette scène de désolation, d'abandon et de pillage est inspirée par celle où, dans *Le Paysan parvenu* de Marivaux, livre I, une attaque d'apoplexie frappe le financier chez lequel Jacob est employé comme laquais.

Page 223.

15. Dans ce passage, Voltaire adopte pour la première fois un usage dont Marmontel avait lancé la mode dans ses *Contes moraux*, et qui consiste à supprimer les *dit-il, répondit-il, reprit-il*, etc., en les remplaçant par de simples tirets entre les répliques.

16. Ce véhicule à l'antique est sans doute un *pot-de-chambre* (voir *L'Ingénu*, p. 259). Il se distingue moins par des rideaux de cuir, au lieu des glaces, que par l'absence de ressorts, d'où les « cahots » signalés ensuite.

Page 224.

17. *Mettre de part* signifie associer.

PETITE DIGRESSION

Notice

Première impression au chapitre XVII du *Philosophe ignorant* publié en 1766 à Genève chez les frères Cramer. La table de l'édition de 1766 ajoute au titre les mots *sur les Quinze-Vingts* (on sait qu'il s'agit des aveugles de l'hospice parisien ainsi appelé parce qu'il pouvait admettre trois cents pensionnaires). Dans l'édition de Kehl, la pièce est intitulée *Les Aveugles juges des couleurs.*

Thème voltairien par excellence : la métaphysique est hors de portée de la connaissance humaine, et ne peut s'affirmer que dans la *dictature.* On notera une touche d'optimisme sur la nature de cette humanité, qui ne tomberait pas d'elle-même dans de telles aberrations : il n'empêche qu'elle se laisse abuser par le fanatisme du Docteur-dictateur !

AVENTURE INDIENNE
traduite par l'ignorant

Notice

Première impression comme pour la *Petite digression,* dans *Le philosophe ignorant* en 1766. L'édition de Kehl a supprimé du titre les mots : *traduite par l'ignorant.* Il importe évidemment de les restituer. C'est en effet d'ignorance qu'il s'agit avant tout dans cette Inde de pacotille où il n'est pas difficile de reconnaître le fanatisme aveugle qui condamne cette année-là le jeune chevalier de La Barre ; d'ignorance, comme source d'intolérance, donc de cruauté, par quoi nous sommes ramenés à l'affreux déterminisme biologique « des araignées qui mang[ent] des mouches, des hirondelles qui mang[ent] des araignées, des éperviers qui mang[ent] des hirondelles ». En face d'un tel état de choses, la mission de Pythagore est claire, mais infiniment dangereuse. À la fin de cette anecdote typiquement voltairienne retentit le *Sauve qui peut!* des moments de grand découragement, comme on le voit dans la correspondance des années qui ont précédé directement *Candide :* négation provisoire de la raison d'être de Voltaire, cette solidarité des « frères » devant le danger !

Notes

Page 228.

1. Cf. *Essai sur les mœurs,* chap. III, « Des Indes » : « Pythagore, disciple des gymnosophistes, serait lui seul une preuve incontestable que les véritables sciences étaient cultivées dans l'Inde. Un législateur en politique et en géométrie n'eût pas resté longtemps dans une école où l'on n'aurait enseigné que des mots. »

Page 229.

2. L'*Essai sur les mœurs,* introduction, § 28, « De Bacchus », rapporte ces mêmes détails en nous livrant la source de Voltaire : « Il résulte des recherches du savant Huet, sur l'histoire de Bacchus, qu'il fut sauvé des eaux dans un petit coffre ; qu'on l'appela Misem, en mémoire de cette aventure ; qu'il fut instruit des secrets des dieux ; qu'il avait une verge qu'il changeait en serpent quand il voulait ; qu'il passa la mer Rouge à pied sec, comme Hercule passa depuis, dans son gobelet, le détroit de Calpé et d'Abyla ; que, quand il alla dans les Indes, lui et son armée

jouissaient de la clarté du soleil pendant la nuit ; qu'il toucha de sa baguette enchanteresse les eaux du fleuve Oronte et de l'Hydaspe, et que ces eaux s'écoulèrent pour lui laisser un passage libre. Il est dit même qu'il arrêta le cours du soleil et de la lune. Il écrivit ses lois sur deux tables de pierre. » Voltaire fait ici allusion à la *Demonstratio evangelica* de Huet (1679).

L'INGÉNU

Notice

C'est pendant l'été 1767 que *L'Ingénu* sort de l'officine de Ferney. La première mention qu'on en trouve figure dans une lettre de d'Alembert du 21 juillet : « On parle d'un roman intitulé *L'Ingénu*, écrit-il à Voltaire, que j'ai grande envie de lire. » Malgré les dénégations de Voltaire — « Il n'y a point d'*Ingénu*, je n'ai point fait *L'Ingénu* » (3 août 1767) —, ledit roman est vraisemblablement à l'impression chez les frères Cramer. Selon toute vraisemblance, il n'a pas beaucoup dormi dans les cartons de Voltaire. On en a généralement situé la composition au printemps de 1767, à un moment où beaucoup de ses préoccupations semblent converger vers ces peuples libres dont les mœurs s'opposent à celles des courtisans. La tragédie des *Scythes*, à laquelle il avait consacré tous ses efforts pendant l'hiver précédent, est représentée à Paris en mars 1767, sans obtenir toutefois le succès escompté : c'est une autre tragédie sur l' « homme sauvage » — américain, celui-là ! — qui vient le 27 mai supplanter celle de Voltaire au Théâtre-Français, et l'on conçoit que le sujet d'une pièce rivale n'ait pas été sans retenir toute son attention. Or, dans la préface de ses *Illinois*, Sauvigny nous parle, en s'appuyant sur les témoignages d'officiers du Canada, des « prétendus sauvages d'en haut » que sont les Hurons, plus désintéressés que les autres, « plus francs », qui « suivent presque machinalement les impulsions subites du cœur, ces premiers mouvements de la pitié qui nous rendent généreux et bons ». Occupés de la chasse et de la guerre, ils ne connaissent à peu près que la « physique de l'amour ». Est-ce de cette époque que date l'esquisse du conte retrouvée dans les papiers de Voltaire à Leningrad et publiée par I. O. Wade et par R. Pomeau [1] ? Le détail, qui offre avec le texte définitif des analogies frappantes, en est aussi assez différent pour qu'on puisse

1. I. O. Wade, *The search for a new Voltaire*, Transaction of the American philosophical society, Philadelphie, juillet 1958, p. 49 et suiv. ; — R. Pomeau : « Une esquisse inédite de *L'Ingénu* », *R.H.L.*, 1961, p. 58-60.

légitimement supposer que quelques mois au moins aient dû s'écouler entre l'ébauche et l'œuvre achevée :

« Histoire de l'Ingénu, élevé chez les sauvages, puis chez les Anglais, instruit dans la religion en Basse-Bretagne, tonsuré, confessé, se battant avec son confesseur, son voyage à Versailles chez frère Letellier son parent, volontaire deux campagnes sa force incroyable. Son courage, veut être cap[itaine] de cav[alerie], étonné du refus. Se marie, ne veut pas que le m[ariage] soit un sacrement, trouve très bon que sa femme soit infidèle parce qu'il l'a été. Meurt en défendant son pays, un capitaine anglais l'assiste à sa mort avec un jésuite et un janséniste, il les instruit en mourant. »

Il s'agit donc bien déjà d'un homme de la nature aux prises avec la religion — le thème théologique —, et mal récompensé de son courage à la guerre ; mais certains aspects fondamentaux de l'œuvre n'apparaissent pas, le thème de la Bastille, les rapports entre oncle et neveu, et surtout l'idylle sentimentale dont le principe même est nié par l'allusion à l'infidélité dans le mariage.

Dans l'autre sens, *L'Homme sauvage* de Sébastien Mercier, récemment paru, est demandé par Voltaire à Damilaville vers le 24 juin 1767 ; les analogies avec *L'Ingénu* sont tellement curieuses qu'il y a lieu de se demander si Voltaire n'aurait pas eu effectivement le temps de prendre connaissance de l'œuvre de Mercier — à la toute fin du mois de juin ou au début de juillet —, avant de mettre la dernière main à son roman. Les différents thèmes de *L'Homme sauvage* rejoignent ceux de *L'Ingénu :* une double idylle, la conversion difficile du « sauvage », le couvent, les agapes, le vieillard vertueux au nom anglais, consolateur dans la détresse. On imagine sans peine, à quelque degré de rédaction qu'il soit parvenu, l'impression que dut faire ce roman sur Voltaire lorsqu'il l'eut en main. Et peut-être même en avait-il déjà quelque connaissance, par ouï-dire tout au moins, lorsqu'il le commanda à Damilaville... Plus que la date exacte de composition, l'essentiel reste l'impact des six ou sept premières années de Ferney sur Voltaire, dont ce nouveau conte apparaît une fois de plus comme une récapitulation d'expériences vécues. De ses préoccupations à l'époque, laquelle fut déterminante dans la genèse de *L'Ingénu* et pourrait nous fournir une clé de l'œuvre ? La critique se trouve sur ce point divisée et a avancé beaucoup d'interprétations en apparence divergentes : pour les uns *L'Ingénu* est une réponse aux théories de J.-J. Rousseau sur la nature, pour d'autres une attaque contre les méfaits du christianisme en général, ou plus particulièrement contre les jésuites, ou les parlements jansénistes, ou encore un pamphlet contre l'absolutisme de l'Ancien Régime. Toutes ces suggestions contiennent leur part de vérité : *L'Ingénu,* nous semble-t-il, c'est avant tout l'image de cet homme naturel idéal que s'est forgée Voltaire durant ses années de retraite dans cette saine et robuste campagne du pays de Gex, en face des contraintes que fait peser une société en butte aux agissements de l'« Infâme ». Pour camper cet idéal d'humanité naturelle, Voltaire n'eut qu'à reprendre le mythe du bon sauvage américain, tel qu'il s'épanouissait en de nombreux ouvrages depuis le XVIIe siècle. D'abord chez ces missionnaires qui visaient par des tableaux édifiants à susciter une émulation chez les chrétiens de l'ancien monde. Gabriel Sagard Théodat, récollet, publie en 1632 un *Grand voyage au pays des Hurons,* accompagné d'un *Dictionnaire de la langue huronne,* où figurent effectivement trois mots utilisés dans *L'Ingénu* par Voltaire[1]. Plus près de celui-ci, le père Lafitau donne en 1742 les *Mœurs des sauvages comparées aux mœurs des premiers temps,* où il s'emploie à laver les prétendus sauvages de toute accusation. De la même manière le père Charlevoix, dans son *Histoire de la Nouvelle France* (1744), fait un très vif éloge des Indiens. Mais les missionnaires sont débordés dans cette direction par toute une littérature qui dépasse de beaucoup les buts qu'ils s'étaient assignés, et à partir de laquelle Voltaire va forger sa propre conception de l'homme moderne. Plusieurs perspectives lui sont fournies, qui s'y retrouvent constamment comme des sortes de lieux communs. L'homme sauvage se définit essentiellement par sa liberté. Les *Dialogues* (1703) de La Hontan nous présentent un Huron « maître de ses actes », qui fait « ce qu'il veut », comme l'Ingénu, sans craindre personne. Du même La Hontan, les *Voyages au Canada* montrent des indigènes libres « dans toute l'étendue du droit naturel », à qui « le seul terme de dépendance fait horreur ». À plus forte raison l'idée de la prison leur est-elle intolérable. L'« embastillement » du Huron n'est pas une nouveauté de la part de Voltaire ! De fait, l'homme naturel dans *L'Ingénu* a toute la vigueur d'une plante très saine qui ne demande qu'à s'épanouir. La même vertu qui la fera croître en développant « le germe de ce que chacun de nous apporte en naissant » est aussi celle qui produit les fruits si divers de la terre. Voltaire reste ici fidèle aux critiques qu'il avait adressées quelques années plus tôt à Helvétius. Ce dernier n'avait-il pas voulu, dans son ouvrage *De l'esprit,* représenter l'homme comme un pur produit de la civilisation ? Il y a, répondait en substance Voltaire, « des idées innées au sens où la graine contient l'arbre ». De telles images de végétation ne sont pas rares dans *L'Ingénu.* Tout y est mis en œuvre pour souligner les qualités physiques de ce jeune homme bien fait, et intéressant pour les dames : « Ce grand garçon-là a un teint de lis et de rose ! qu'il a une belle peau pour un Huron ! »

La grivoiserie aidant, et elle n'est pas le moindre talent de Voltaire conteur, le culte de la nature à travers ses plus belles manifestations tourne parfois au naturisme. On regarde le Huron « par le trou d'une large serrure », pour s'apercevoir qu'« il [a] étendu la couverture du lit sur le plancher, et qu'il repos[e] dans la plus belle attitude du monde ».

[1] Voir p. 235.

On le retrouve, attendant le baptême des Écritures, tout nu au milieu de la Rance, offrant aux regards « une grande figure assez blanche, les deux mains croisées sur la poitrine ». On lui donne le prénom d'Hercule, et toutes les dames jugent à sa physionomie qu'il est digne du saint dont il porte le nom. Quant à sa « vertu mâle et intrépide », c'est de justesse que Mlle de Saint-Yves échappe à ses effets.

Le bon sens est comme « l'instinct de l'homme, et sur lequel est fondée la loi naturelle » *(La Défense de mon oncle).* Celui de l'Ingénu est aussi vigoureux que l'est son corps, par la même vertu de cette nature qui fait apercevoir aux hommes « les mêmes principes nécessaires » ainsi qu'elle « leur a donné des organes » *(Le Philosophe ignorant).* Aussi n'est-il « ingénu » que de nom. C'est éminemment un « être de raison ». Comme s'il avait été préservé de la contagion et de l'usure, son esprit fonctionne à la perfection, prend tout au sérieux, retient tout. Ses facultés intellectuelles sont d'une rare qualité, sur laquelle s'étend complaisamment Voltaire : « L'Ingénu avait une mémoire excellente. La fermeté des organes de Basse-Bretagne, fortifiée par le climat du Canada, avait rendu sa tête si vigoureuse que, quand on frappait dessus, à peine le sentait-il ; et, quand on gravait dedans, rien ne s'effaçait ; il n'avait jamais rien oublié. Sa conception était d'autant plus vive et plus nette que, son enfance n'ayant point été chargée des inutilités et des sottises qui accablent la nôtre, les choses entraient dans sa cervelle sans nuages. » L'honnêteté foncière va de pair chez l'Ingénu avec la rectitude intellectuelle. Il est exempt de ces petits calculs, de ces compromissions qui font l'ordinaire de la vie dite civilisée. Son âme a la fierté et la noblesse de celle de Zadig, la même intransigeance sur les principes, mais il se refuse, contrairement à ce dernier, à tout ce qui est distinction, préséance, grandeur d' « établissement ». C'est d'une certaine manière le Zadig de la nature. Mais la loi de nature, si elle veut régénérer pleinement la civilisation, se doit pour cela, aux yeux de Voltaire — et c'est par quoi il s'oppose à J.-J. Rousseau —, de composer avec la loi positive. « Sans les conventions entre les hommes », elle ne serait jamais que « brigandage ». C'est pourquoi l'homme naturel doit toujours être soigneusement distingué du primitif ou du sauvage, dont la vertu, toute « négative », consiste à n'avoir « ni bons cuisiniers, ni bons musiciens, ni beaux meubles, ni luxe, etc. » *(Lettre au docteur Pansophe,* 1766). Voltaire ne justifie les « sauvages », « gens de bien grossiers », que dans la mesure où ils s'opposent aux « coquins raffinés ». Tout en ne manquant jamais de rendre hommage à ses vertus, il insiste avec humour sur les « singularités » du Huron, à qui il n'a fallu rien de moins qu'un séjour prolongé à la Bastille, et la fréquentation d'un janséniste, pour être changé « de brute en homme » ! Avant qu'il ne se polisse au contact de la civilisation, ses manières avec les femmes sont des plus brutales. Il n'a besoin, pour « épouser », du consentement de personne. « Mademoiselle de Saint-Yves, se réveillant en sursaut, s'était écriée : " Quoi ! c'est vous ! ah ! c'est vous ! arrêtez-vous, que faites-vous ? " Il avait répondu : " Je vous épouse " ; et en effet il l'épousait, si elle ne s'était pas débattue avec toute l'honnêteté d'une personne qui a de l'éducation. » Il boit plus que son soûl, s'échauffe facilement. Ses vues huronnes, par leur étroitesse, font souvent pendant à celles des bas Bretons. Son comportement bizarre le fait prendre, dans le coche de Saumur, pour le fou du roi. Il bat ses porteurs en arrivant à Versailles.

Or quels sont les reproches adressés par Voltaire à Rousseau pendant ces années soixante, et notamment lorsqu'il attaque le docteur Pansophe ? De penser, justement, que le « vrai mérite » consiste à être « singulier », qu'un « ivrogne vaut mieux que tous les philosophes de l'Europe », que les bienséances sont des préjugés, que la vérité se trouve dans certains cantons suisses, non ailleurs. C'est certainement pour répondre de près ou de loin à J.-J. Rousseau que Voltaire nous montre avec un malin plaisir le Huron se dépouillant de sa rudesse primitive et absorbant peu à peu la civilisation. « Mons de Louvois vint enfin à bout de faire un excellent officier de l'Ingénu, qui a paru sous un autre nom à Paris et dans les armées, avec l'approbation de tous les honnêtes gens, et qui a été à la fois un guerrier et un philosophe intrépide. »

Le sauvage des *Lettres iroquoises* de Haubert de Gouvest (1752) regagnait son Amérique natale ; l'Ingénu opte pour la France et rompt avec son passé de Huron. Décidément Voltaire bouleverse quelque peu le mythe de l'homme rousseauiste. L'Ingénu n'est plus l'Ingénu. Mais a-t-il même jamais été Huron ? Une scène de reconnaissance traditionnelle, en l'occurrence chargée de signification philosophique, a révélé très tôt qu'il était simplement le neveu de l'abbé de Kerkabon et de sa sœur. Cet homme naturel n'a rien à voir avec les sauvages : c'est tout simplement un enfant français de la nature. Voilà qui met définitivement au point les idées de Voltaire sur la question. Cette perfection qui lui est déniée régulièrement à chaque fois qu'il est mis en contact avec la vraie culture ou avec les bienséances, il la retrouve sans aucune ambiguïté lorsqu'il symbolise l'innocence aux prises avec l' « Infâme ». Encore faudrait-il bien définir cette « Infâme » dans le contexte historique qu'a choisi Voltaire pour son roman, 1689, soit quatre ans après la révocation de l'édit de Nantes, aussi bien que dans ses rapports avec l'actualité contemporaine. À première vue, *L'Ingénu* développe sous une forme romanesque l'idée centrale du *Siècle de Louis XIV*, que Voltaire est justement en train de remanier au cours de l'année 1767 : quel règne aurait été celui de Louis XIV si ses prodigieuses réussites sur le plan de la civilisation n'avaient pas été gâchées par le déferlement du fanatisme, lorsque le roi fut tombé sous l'influence de ses confesseurs jésuites ? On n'a pas de mal à montrer que la dénonciation de l'espion jésuite de Saumur, parvenant au P. La Chaise au même moment où celle de l'interrogant bailli parvient à M. de Louvois (symétrie bien symbolique, double face de l' « Infâme » !), joue un grand rôle dans l'arrestation de l'Ingénu à Versailles. Sans doute les jésuites, condamnés puis expulsés à partir de 1764, ne représentent-ils plus le même danger en 1767 qu'en 1689. Pourtant, au début de cette année 1767, le cas de Leclerc, mis à la Bastille sur la dénonciation d'un ex-jésuite, venait de démontrer qu'ils pouvaient être encore redoutables. « Faut-il donc, s'écrie Voltaire, que les jésuites aient encore le pouvoir de nuire, et qu'il reste du venin mortel dans les tronçons de la vipère écrasée ? » (à Leriche, 2 février 1767). La vigilance du philosophe ne se dément pas : dans le même temps où il s'occupe de *L'Ingénu,* il fait imprimer à Genève l'*Histoire de la destruction des jésuites* de son ami d'Alembert ; l'année d'après, il sortira lui-même un pamphlet sur le *Bannissement des jésuites de la Chine.* Il est même possible d'apercevoir des rapports entre l'embastillement du jeune Huron et celui de La Chalotais, procureur général au parlement de Rennes, victime du gouverneur de Bretagne d'Aiguillon, et de ses adversaires jésuites (1764-1766). Son cas n'avait pas été sans émouvoir Voltaire, bien qu'il fût partisan de l'autorité du pouvoir royal contre l'agitation parlementaire. Et La Chalotais n'était-il pas l'ami du romancier Duclos, breton lui-même et ami de Voltaire, qui venait justement de faire paraître un roman « sensible », *La Baronne de Luz,* où l'héroïne subissait les mêmes outrages que Mlle de Saint-Yves ?

Malgré ce que peuvent avoir de tentant ces rapprochements, il ne faut pas perdre de vue que l'action philosophique de Voltaire, depuis le début de l'affaire Calas, s'exerce essentiellement contre ce qu'il appelle « la canaille janséniste et parlementaire » : « L'Inquisition est fade en comparaison de vos jansénistes de grand'chambre et de tournelle. Il n'y a point de loi qui ordonne ces horreurs en pareil cas ; il n'y a que le diable qui soit capable de brûler les hommes en dépit de la loi ! » (à d'Argental, 16 juillet 1766). L'Ingénu est *aussi,* et peut-être *surtout,* la figure générique de tous ces innocents persécutés, Voltaire s'est-il livré à une continuelle transposition de l'actualité du temps en termes « louis-quatorziens », un jésuite de 1689 valant un janséniste de 1766 ?

Sans chercher une exacte équivalence, disons que la création romanesque circule librement entre ces deux figures privilégiées et contradic toires de l' « Infâme », et joue en réalité sur quatre termes : jésuites persécuteurs de 1689, jésuites bannis de 1765, jansénistes-victimes de 1689, jansénistes-parlementaires-oppresseurs de 1760-1766.

Une telle grille offre de multiples ressources : elle contribue à renforcer, nous semble-t-il, l'impression d'optimisme raisonnable qui se dégage de l'ensemble de l'œuvre, malgré la catastrophe finale qui n'empêchera pas, notons-le, le héros de se développer harmonieusement, en devenant *à la fois* militaire et philosophe, et en jouissant de l'amitié de Gordon. Une fois la guerre de Sept Ans terminée (1763), Voltaire voit poindre cette grande révolution des esprits qui vient du Nord. Les nouvelles générations sont appelées à connaître de grandes choses. Le thème de la *relève,* si net dans *L'Ingénu,* marque cette période de Ferney

La sympathie que Voltaire a témoignée de tout temps à la jeunesse, et qui lui a fait choisir pour héros de ses principaux contes des jeunes gens, se double alors de la foi qu'il a désormais en ce que pourront accomplir les générations montantes. Il existe certes encore bien des ombres, mais la lumière commence à pénétrer de toutes parts. Le supplice du chevalier de La Barre lui-même n'est plus qu'un cas isolé, alors que les dragonnades de Louvois ont fait le malheur d'un siècle. Si l'on reprend sous cet angle les quatre termes que nous venons de définir, on s'aperçoit que l'ambiguïté jésuites/jansénistes contribue à donner une atmosphère rassurante à l'ensemble du roman. Si, en effet, un P. de La Chaise pouvait exercer une influence redoutable en 1689, le lecteur sait que moins d'un siècle plus tard son ordre est « aboli » en France. Si, d'autre part, les jansénistes se sont commis au XVIIIe siècle avec la « canaille parlementaire », le bon vieillard Gordon, le P. Quesnel — des manuscrits duquel l'œuvre est censée être tirée —, et bien d'autres, sont là pour témoigner de la hauteur de vues et de la conscience de ceux qui, dit le *Traité sur la tolérance,* « ne contribuèrent pas peu à déraciner insensiblement dans l'esprit de la nation la plupart des fausses idées qui déshonoraient la religion chrétienne ». Beaucoup de gens, peut-être, « ont pu dire . *malheur n'est bon à rien !* » (remarquons, en passant, le *ont pu dire* qui relègue d'une certaine manière cette réflexion dans le passé). Nous retenons quant à nous du contexte historico-politique de toute l'œuvre, sans parler de l'atmosphère générale de la société, assez accueillante, la devise du « bon Gordon » : « *malheur est bon à quelque chose* ». À travers les superstitions se forge un avenir meilleur : tel est aussi le sens de la destinée individuelle du Huron.

Le recours à une nouvelle forme d'expression comme le roman sensible, dont la signification philosophique est justement celle d'une réconciliation par le sentiment entre le rêve et la nature, traduit bien sur le plan technique cette volonté délibérée chez Voltaire de se mettre au goût du jour. Elle se substitue progressivement à celle de conte satirique, au point que, commençant ainsi que *Micromégas* ou *Candide, L'Ingénu* se termine presque comme un roman de Richardson. Peu à peu, au cours du roman, la peinture l'emporte sur la caricature, et le « touchant » sur le satirique. La réalité quotidienne est peinte avec le souci de restituer une certaine atmosphère. Les personnages *évoluent :* le Huron et le janséniste Gordon, par leur influence réciproque, se changent mutuellement en hommes À partir du moment où l'Ingénu sort de la Bastille, les scènes attendrissantes se succèdent, dans le goût de Greuze ou de Diderot. Les thèmes du roman noble, qui avait été parodié dans *Candide,* sont repris ici, semble-t-il, avec un certain sérieux : héros courageux et fidèle, héroïne aimante et vertueuse, idylle (à l'issue malheureuse) de deux cœurs tendrement accordés l'un a l'autre. Il y a un rapport fondamental entre ces recours de Voltaire au genre du roman sensible, sur le plan technique, et son évolution idéologique. L'atmosphère sensible est exaltation, certes, mais aussi acceptation de la nature. L'idéal s'y soumet aux exigences de la vie. Il y perd sans doute quelque pureté, mais échappe en s'incarnant à la vanité des chimères : optimisme et relativisme tout à la fois. L'écart diminue entre un rêve moins exigeant et une réalité plus accommodante. Sur tous les plans, *L'Ingénu* apparaît donc comme un roman de la réconciliation.

Notes

Page 231.

1. Le *Catalogue [...] des écrivains français* inséré dans *Le Siècle de Louis XIV* présente comme suit le père Quesnel : « Quesnel (Pasquier), né en 1634, de l'Oratoire. Il a été malheureux, en ce qu'il s'est vu le sujet d'une grande division parmi ses compatriotes. Mort en 1719. » C'est de son ouvrage *(Réflexions morales sur le Nouveau Testament)* que furent extraites les cent et une propositions condamnées comme jansénistes en 1713 par la bulle dite *Unigenitus.*

2. Saint Dunstan (924-988) fut évêque de Worcester, Londres, Canterbury. Il n'était pas irlandais, mais avait été élevé par des moines irlandais.

3. Voltaire a choisi avec beaucoup de soin cette date de 1689. La cohérence chronologique du roman est d'ailleurs assez stricte : dès le 17 mai de cette année, les hostilités avaient éclaté entre la France et l'Angleterre, sous des formes variées.

Page 232.

4. Cette association est assez significative de Voltaire. On peut lire dans *Le Marseillais et le lion* (1768) :

Et pour devenir prêtre, il apprit du latin ;
Il savait Rabelais avec saint Augustin.

Une note portait : « Saint Augustin et Rabelais avaient tous deux beaucoup d'esprit [...] le curé de Meudon avait fait un mauvais usage du sien [...] Rabelais prodigue indignement les ordures les plus basses, saint Augustin s'égara dans des explications mystérieuses que lui-même ne pouvait entendre. »

Voltaire n'a pas toujours eu pour Rabelais le mépris qu'il avait professé dans la *XXII*[e] *Lettre philosophique :* cf. la *Conversation de Lucien, Érasme et Rabelais dans les Champs Élysées* (1765), et les *Lettres à S. A. Mgr le Prince de *** sur Rabelais et sur d'autres auteurs accusés d'avoir mal parlé de la religion chrétienne* (1767).

Page 233.

5. L'eau des Barbades est une sorte de rhum fabriqué dans les Antilles. Le commerce entre le Canada et les « îles d'Amérique » était assez actif : certains bâtiments s'y consacraient même exclusivement.

6. *Nihil admirari,* c'est à-dire « ne s'étonner de rien ». Bolingbroke, homme d'État et écrivain anglais (1678-1751) que Voltaire avait rencontré en 1722 en son château de la Source près d'Orléans et qui exerça sur lui une influence considérable, avait emprunté cette devise à l'Épître I, VI, d'Horace.

Page 234.

7. Voltaire donne lui-même une explication de ce mot dans son *Essai sur les mœurs,* chap. CXXXIII, « De Genève et de Calvin » « Il y avait depuis longtemps deux partis dans la ville [Genève], celui des protestants et celui des romains : les protestants s'appelaient *egnots,* du mot *eidgnossen, alliés par serment.* »

Page 235.

8. Voltaire possédait effectivement dans sa bibliothèque l'ouvrage du R. P. Théodat intitulé le *Grand Voyage au pays des Hurons [...] avec un dictionnaire de la langue huronne,* publié à Paris en 1632.

Page 236.

9. Plus nomades et plus guerriers que les Hurons, qui étaient des cultivateurs, les Algonquins comprenaient une vingtaine de tribus et rassemblaient 50 000 âmes. Ils s'alliaient aux Hurons et aux Français pour combattre les Iroquois.

10. Voir le *Dictionnaire philosophique,* art. « Anthropophages ».

Page 239.

11. Thème fréquent chez Voltaire. Voir notamment l'article « Barbe » du *Dictionnaire philosophique :* « Les Américains, de quelque contrée, de quelque couleur, de quelque stature qu'ils soient, n'ont ni barbe au menton, ni aucun poil sur le corps, excepté les sourcils et les cheveux. »

Page 243.

12. Dans le *Dictionnaire philosophique,* article « Circoncision », Voltaire ironise tant soit peu sur cette coutume, qu'il attribue plutôt aux Égyptiens qu'aux Juifs. Dieu, dit-il, « est le maître d'attacher ses grâces aux signes qu'il daigne choisir ».

13. Le mot *frater* (en latin, « frère ») désignait les barbiers-chirurgiens de village ou, dans les armées de terre et de mer, les aides-chirurgiens.

14. Épître de saint Jacques, V, 16.

15. « Religieux réformé de l'ordre de saint François, qui va déchaussé,

et qui porte le soc *[sic]* ou hautes sandales » (Furetière). Les récollets, qui s'étaient établis à Paris en l'an 1603, furent supprimés en 1790.

Page 245.

16. Cet « eunuque de la reine Candace » renvoie à un passage des *Actes des apôtres*, VIII, 26-39.

Page 246.

17. Sur le baptême du sang, voir le *Dictionnaire philosophique*, article « Baptême » : « Plusieurs autres sociétés chrétiennes appliquèrent un cautère au baptisé avec un fer rouge, déterminées à cette étonnante opération par ces paroles de saint Jean Baptiste, rapportées par saint Luc : " Je baptise par l'eau, mais celui qui vient après moi baptisera par le feu " (III, 16). » Le baptême du sang est traditionnellement celui du martyre pour la foi.

Page 247.

18. Ecclésiaste, XL, 20 : « Le vin et la musique réjouissent le cœur. »
19. Ainsi s'exprime en effet Jacob mourant au patriarche Juda en annonçant le Messie (Genèse, XLIX, II).

Page 250.

20. En l'absence de mariage civil, cette interdiction d'épouser sa marraine ou sa commère avait en effet, théoriquement, force de loi.

Page 254.

21. Exemple caractéristique de la façon dont Voltaire concilie les données de l'histoire de 1689 et les faits de l'histoire de son propre temps. Les descentes des Anglais sur la côte bretonne, c'est à la fois l'actualité de 1689 (au moment où, pour restaurer Jacques II, la France prépare une expédition en Irlande et doit faire croiser une escadre dans la Manche pour protéger les côtes) et celle de la guerre de Sept Ans, dans laquelle les Anglais, en s'emparant de Belle-Île, finirent par obtenir en échange la cession du Canada.

Page 255.

22. Les blessures restent « légères ». C'est la « guerre en dentelles » : l'atmosphère est bien différente de celle qui règne au chapitre III de *Candide*, consacré à la guerre des Abares et des Bulgares.

Page 257.

23. Les faits sont encore historiquement exacts. Depuis la révocation de l'édit de Nantes (1685), Saumur ne s'était pas relevée.
24. Citation d'un passage fameux des *Bucoliques* de Virgile,

Ire Églogue, v. 3 : « Nous abandonnons nos doux champs, nous fuyons notre patrie. »

Page 258.

25. C'est exactement la thèse centrale du *Siècle de Louis XIV*, que Voltaire a révisé pour une nouvelle édition, destinée à répondre aux critiques de La Beaumelle. Le *Mémoire pour une nouvelle édition du Siècle de Louis XIV* paraîtra entre le 1er et le 15 août 1767.

26. Léger anachronisme. Lulli était mort en 1687. Il est vrai qu'il régnera encore sur l'opéra en France pendant de nombreuses années.

Page 260.

27. Alexandre est un personnage historique. Il servit effectivement jusqu'en 1701 dans les bureaux de Louvois, comme premier commis de M. de Saint-Pouange.

Page 262.

28. Voltaire s'est-il souvenu pour ce nom d'un polémiste anglais, Thomas Gordon, mort en 1750 ? D'abord pasteur, il devint philosophe et grand adversaire de l'intolérance. Voltaire avait pu le connaître pendant son séjour à Londres chez le ministre Walpole, dont il devint le secrétaire à partir de 1723.

Page 263.

29. L'inventeur des gouttes d'Angleterre (cordial énergique dont le sel ammoniac faisait le principe excitant) fut Jonathan Goddard, né vers 1617, mort en 1674, médecin en chef de l'armée anglaise sous Cromwell.

Page 264.

30. Cf. *Catalogue de la plupart des écrivains français qui ont paru dans le siècle de Louis XIV :* « ROHAULT (Jacques), né à Amiens en 1620. Il abrégea et il exposa avec clarté et méthode la philosophie de Descartes ; mais aujourd'hui cette philosophie, erronée presque en tout, n'a d'autre mérite que celui d'avoir été opposée aux erreurs anciennes Mort en 1674. » — Le *Traité de physique* date de 1671.

Page 265.

31. Malebranche occupe une grande place dans la pensée de Voltaire, voir *Micromégas*, p. 62. Voltaire était très impressionné en particulier pendant ses années de Cirey par la *Recherche de la vérité*.

32. La *prémotion physique* est une doctrine théologique d'après laquelle Dieu agit directement, physiquement, sur la volonté de la créature. Allusion de Voltaire au livre de l'abbé Laurent-François Boursier (1679-1749) : *L'Action de Dieu sur les créatures ou la Prémotion physique*.

Page 266.

33. Il s'agit là de trois petits comtés du pays d'Armagnac : Fezensac, qui mesurait sept lieues de long sur cinq de large, avait été réuni au comté d'Armagnac, en même temps que Fezensaguet, en 1418 ; le comté d'Astarac (treize lieues de long sur cinq de large) avait été adjugé en 1661 au duc de Roquelaure.

Page 268.

34. *Amadis :* il s'agit d'un cycle de célèbres romans de chevalerie. Écrits d'abord en portugais au XIVe siècle, ils eurent un succès considérable, en particulier l'*Amadis de Gaule*, attribué au Portugais Vasco de Lobeira, qui mourut en 1403.

35. Ce mot d'*apédeute* est forgé par Voltaire sur l'adjectif grec ἀπαίδευτος, qu'on rencontre notamment chez Platon, et qui désigne un homme sans éducation.

Page 269.

36. Citation tirée du roman de Marmontel, *Bélisaire*, censuré par la Sorbonne au début d'avril 1767. Le héros en était précisément Bélisaire, le fameux général de Justinien Ier, empereur d'Orient (527-565).

37. L'étymologie du mot *linostole*, forgé par Voltaire comme *apédeute*, est le grec λινόστολος, habillé de lin. Il désigne plaisamment les docteurs de la Sorbonne, suivant un procédé qu'on retrouvera, notamment, dans l'*Aventure de la mémoire*.

38. Ce mot, encore une fois calqué du grec παστόφορος, désigne proprement les desservants ou prêtres grecs chargés de porter, dans les temples, les statuettes de la divinité. Voltaire l'emploie comme équivalent de prêtre, comme ailleurs il emploie *mage*.

39. Jean Donneau de Visé (1640-1710), littérateur de second ordre, prit une part dans les querelles contre Racine, Molière et Boileau. Il fut en 1672 le fondateur du *Mercure galant*, qui devait devenir plus tard le *Mercure de France*. Faydit (1640-1709), oratorien, s'attaqua effectivement à Fénelon dans sa *Télémachomanie* (1700).

Page 270.

40. Voltaire avait une grande admiration pour cette fable de La Fontaine (IX, II) et pour son auteur.

Page 271.

41. Voltaire a toujours trouvé les tragédies grecques inférieures aux grandes tragédies françaises du XVIIe siècle.

Page 272.

42. Allusion aux rouleaux de pièces d'or et d'argent qu'Émilie aurait reçus d'Auguste.

Page 273.

43. François de Harlay de Champvallon (1625-1695), archevêque de Paris à partir de 1671, et qui joua un rôle important dans la révocation de l'édit de Nantes, était réputé pour ses aventures galantes. Sa liaison avec Mme de Lesdiguières était la fable de la cour. — Mlle du Tron est la nièce de Bontemps, premier valet de chambre de Louis XIV.

44. Amie de Bossuet qui lui donna de quoi acheter la petite terre de Mauléon, à cinq lieues de Paris. Elle prit alors le nom de Mauléon, et vécut près de cent années. Une commission présidée par Bossuet condamna en 1696 le « quiétisme » de Mme Guyon, c'est-à-dire la doctrine de l'anéantissement mystique de l'âme en Dieu qui rend inutile l'usage des sacrements.

Page 275.

45. Le « commun » désignait les officiers subalternes de la « maison du roi ». Le grand commun se distinguait du petit, qui comprenait seulement les plus élevés de ces officiers.

Page 276.

46. Le *gobelet* était un office de la maison du roi, dont les titulaires étaient chargés du ravitaillement de la table, en particulier du pain, du vin, du fruit et du linge.

47. Affidées : dévouées. Le terme *affidé* est ici péjoratif sous la plume de Voltaire.

48. Saint-Pouange est un personnage historique, qui fut commis de la guerre jusqu'en 1701. À travers le personnage historique, le lecteur de 1767 pouvait reconnaître aussi le comte de Saint-Florentin, secrétaire d'État de Louis XV, puis de Louis XVI, jusqu'en 1775. Voltaire l'avait trouvé en face de lui dans l'affaire Calas et lui reprochait, comme au personnage de roman, l'abus des lettres de cachet et des mœurs faciles.

49. Il s'agit sans doute de Mme du Fresnoy, femme d'un premier commis et maîtresse de Louvois.

Page 277.

50. Saint Prosper, né en Aquitaine en 403, milita ardemment en faveur des écrits de saint Augustin.

Page 279.

51. *Le Pédagogue chrétien* est un ouvrage d'Outreman, ou Oultreman (Philippe), né en 1585, mort en 1652. Cf. l'article « Enfer » du *Dictionnaire philosophique :* « C'est un excellent livre pour les sots que *Le Pédagogue chrétien.* »

Page 283.

52. Bayle, dans son dictionnaire, à l'article « Acyndinus », fait ce récit

d'après saint Augustin. Voltaire, on l'a vu, l'a déjà exploité dans *Cosi-Sancta* p. 405 et suiv. Il y revient dans l'article « Adultère » du *Dictionnaire philosophique.*

Page 286.

53. La citation vient de *La Henriade,* chant IV, vers 456 (texte de l'édition originale de 1723).

Page 292.

54. Le maréchal de Marillac (1573-1632), adversaire de Richelieu, fut décapité après la journée des Dupes.

Page 294.

55. Voltaire fait ici un portrait idéalisé de Choiseul pour se ménager sa faveur, en même temps pour esquisser le portrait du ministre de la Guerre idéal.

Page 297.

56. Cette orthographe phonétique recouvre le nom de Vatebled, qui fut celui d'un frère jésuite de l'entourage du père de La Chaise.

Page 299.

57. Le thème du suicide, cher à Voltaire, et qu'on trouve dans *Candide,* est traité au fond par lui à plusieurs reprises, notamment dans l'article « Caton » et dans l'article « Suicide » du *Dictionnaire philosophique.*

Page 302.

58. Les *Méditations ou Retraite spirituelle pour un jour de chaque mois,* du R. P. Croisset (1710, 4 vol. in-12), souvent réimprimées. Voltaire les prend pour cible dans sa correspondance des années 60 comme symbole d'une bigoterie stupide.

Il en va de même du *Flos sanctorum, o Libro de las vidas de los Santos* (Madrid, 1599), 2 vol. in-f°, par le jésuite espagnol Pedro Ribadeneira. C'est un extrait de la *Légende dorée.* Il fut souvent traduit en français.

59. La *grâce efficace* est bien connue. Le *concours concomitant* est la sorte de grâce que Dieu accorde dans le cours même des actions des hommes pour aider ceux-ci à éviter le péché.

LA PRINCESSE DE BABYLONE

Notice

La Princesse de Babylone fut connue à Paris vers la mi-mars 1768, en même temps que *L'Homme aux quarante écus.* Il est difficile de trouver plus de différences entre deux œuvres du même auteur, appartenant au même genre et parues ensemble. Non seulement il n'y a rien de commun entre une série de dissertations d'ordre économique et un conte oriental du temps où les bêtes parlaient, mais on observera encore que l'Homme aux quarante écus se forme sans voyager, tandis que la princesse de Babylone et son illustre amant courent le monde sans tirer aucune leçon de tous les spectacles auxquels ils assistent. Pourtant, ce paradoxe même n'a rien de tellement surprenant chez Voltaire et à ce moment : n'en avait-il pas donné quelques années plus tôt un avant-goût en publiant sous la même couverture deux contes aussi différents que *Jeannot et Colin* et *Le Blanc et le noir ?* De fait, *La Princesse de Babylone* prend bien la suite de ce dernier conte, mais en y joignant le fruit d'influences nouvelles et surtout en portant un regard neuf sur le spectacle contemporain.

Genèse

Selon la dernière phrase du conte, Voltaire l'aurait donné à son libraire « pour ses étrennes », c'est-à-dire vers le 1er janvier 1768. Il n'y a pas de raison de mettre en doute cette indication, au moins approximativement. Effectivement, de nombreux indices renvoient pour la composition à l'année 1767. Ainsi, c'est par une lettre du 6 avril 1767, reçue en mai, que Catherine apprenait à Voltaire son voyage « le long du Volga » et en Asie. Or, c'est le voyage de l'impératrice qui inspire l'idée fondamentale du voyage de la princesse de Babylone à travers le continent.

Du point de vue littéraire, l'influence la plus importante qu'on décèle dans le conte est celle de l'Arioste. Voltaire l'avait défendu dans le *Discours aux Welches,* paru, on l'a dit (p. 460), dans les *Contes de Guillaume Vadé* (1764). Il en fera encore un très grand éloge dans une lettre à Chamfort du 16 novembre 1774. Comme celui-ci lui avait envoyé son *Éloge de La Fontaine,* Voltaire ne peut lui cacher sa préférence pour l'Arioste : « La Fontaine est un charmant enfant que j'aime de tout mon cœur, mais laissez-moi en extase devant *messer Lodovico...* »

Voltaire ne lui doit pas seulement un ton (ainsi, le nom de son héroïne est composé à la façon des noms en *-ante* de l'Arioste, *Bradamante, Agramante,* etc.), mais des situations (Amazan, qui a repoussé les avances de « la plus engageante » Albionienne et des douze mille courtisanes de Venise, succombe aux charmes d' « une farceuse des Gaules », comme Angélique, qui, après avoir méprisé les avances des paladins de Charlemagne et des rois d'Orient, s'éprend d'un pauvre troupier...), et force détails, fêtes, tournois et banquets, animaux fantastiques, la Fulminante, l'épée d'Amazan qui rappelle la Durandal de Roland, etc. D'une façon plus générale, cette manière de parler sérieusement des choses merveilleuses, en donnant à leur sujet des précisions pratiques, cette présentation du surnaturel comme banal et quotidien, « sans faire jamais le docteur, par ces railleries si naturelles dont [on] assaisonne les choses les plus terribles », selon les termes de la lettre à Chamfort, trahit la grande familiarité de Voltaire avec son modèle.

Un voyage dans l'Europe des « lumières »

Inspirés des figures romanesques de l'Arioste, les acteurs du conte de Voltaire sont plus proches de héros mythiques que de personnages familiers, comme l'étaient à leur façon Scarmentado, Candide ou l'Ingénu. Cette seule raison suffit à expliquer pourquoi ils ne sont nullement propres à se « former le cœur et l'esprit » ; c'est-à-dire que la fonction du voyage ne peut être ici l'apprentissage. Cette fonction est dans le spectacle même, sur lequel les héros portent un regard indifférent. Et ce spectacle est celui de l'Europe contemporaine, vue souvent à travers l'actualité la plus immédiate, comme le fait apparaître la comparaison avec la correspondance. Ainsi, il est très probable que c'est une lettre de Frédéric à Voltaire, du 24 mars 1767, dans laquelle le prince consultait le philosophe sur les inconvénients des couvents, en évoquant spécialement le risque de dépopulation, qui inspire la tirade du chap. VI, précisément à propos de la Germanie : « On avait banni dans tous ces États un usage insensé qui énervait et dépeuplait plusieurs pays méridionaux : cette coutume était d'enterrer tout vivants, dans de vastes cachots, un nombre infini des deux sexes éternellement séparés l'un de l'autre », etc.

Même s'ils ne sont pas liés à l'actualité du jour, les éloges de Poniatowski, roi de Pologne, de Christian VII de Danemark et de Gustave III de Suède ne se rattachent pas moins à des préoccupations importantes de Voltaire. Les deux premiers avaient envoyé en février 1767 des sommes notables pour aider la campagne en faveur de Sirven, et le troisième avait signé un édit sur la liberté de la presse qui, si l'on en croit Bachaumont, fut connu en France en mars de la même année. On voit par là à quel point la rédaction d'un conte est liée chez Voltaire aux idées et même à l'humeur du moment.

Si les princes font de bonnes actions, c'est qu'ils sont « éclairés » ; si les héros du conte se détournent de leur itinéraire pour leur rendre visite, c'est que ces pasteurs des peuples témoignent que « le temps de la raison est venu », comme l'écrit Voltaire à d'Alembert le 4 septembre 1767. Lorsqu'un prince se montrera digne de son trône, c'est l'humanité entière qui lui rendra hommage. Un passage du chap. VI (p. 342), relatif à la législation édictée par Catherine II [1], est à méditer :

La plupart des législateurs ont eu un génie étroit et despotique, qui a resserré leurs vues dans le pays qu'ils ont gouverné [...]. Notre impératrice embrasse des projets entièrement opposés ; elle considère son vaste État, sur lequel tous les méridiens viennent se joindre, comme devant correspondre à tous les peuples qui habitent sous ces différents méridiens. La première de ses lois a été la tolérance de toutes les religions, et la compassion pour toutes les erreurs. Son puissant génie a connu que, si les cultes sont différents, la morale est partout la même.

« La morale est partout la même », telle est la phrase qui donne la clé idéologique de *La Princesse de Babylone.* Si la morale est partout la même, c'est parce que l'esprit humain est partout le même. Les différences qui séparent les pays visités par Formosante et Amazan, tout comme le pays mythique des Gangarides, ne représentent donc que des étapes dans la marche de l'humanité vers le progrès, depuis ceux qui sont encore livrés à l'obscurantisme (Rome, Espagne), non sans que se fassent jour des espérances de progrès, ceux qui sont dans une situation où les forces s'équilibrent à peu près (d'où le portrait de la France en deux tableaux symétriques), jusqu'à ceux qui sont parvenus à la « lumière » (Prusse, Russie et autres peuples du Nord), et ceux enfin qui resplendissent de tous les feux de la raison (le pays des Gangarides).

Curieusement, ce n'est pourtant pas à ce pays des Gangarides que Voltaire confie le rôle de conduire l'humanité. Peut-être est-ce parce que le pays réel auquel il se réfère (les bords du Gange) est voué à l'époque aux superstitions, mais cette raison est insuffisante. Ses utopies n'excluent pas une grande part de réalisme. Il ne lui suffit pas de présenter un modèle, il s'inquiète de savoir comment ce modèle pourra s'imposer. Aussi sa pensée procède-t-elle en deux temps. Dans un premier temps, il nie les différences entre les nations, qu'elles soient liées à leur passé, à des conditions génétiques, géographiques ou climatiques. Mais s'il en est ainsi, il justifie du même coup les entreprises de ceux qui, sous prétexte qu'ils ont trouvé la vérité, voudront l'exporter de force. C'est ainsi qu'après le passage cité plus haut, il vante les expéditions militaires russes en Pologne, menées sous le fallacieux prétexte de tolérance religieuse. N'appelle-t-il pas de ses vœux le « temps où quelque peuple plus éclairé que les autres communiquera la lumière de proche en proche après mille siècles de ténèbres, et qu'il se trouvera dans des

1. Dans une lettre du 6 avril 1767, elle avait annoncé à Voltaire qu elle allait réunir en juin une assemblée pour travailler « aux lois que l'humanité [...] ne désapprouvera pas ». Inutile de dire que le fruit de ces travaux législatifs ne correspondit en fait en rien aux grandes idées qu'en donnait Voltaire

climats barbares des âmes héroïques [?] qui auront la force et la persévérance de changer les brutes en hommes » (p. 339).

Quelques années plus tard, Voltaire devait se demander s'il n'avait pas été dupe de la propagande de Catherine, à laquelle il avait apporté tout son appui : ce n'était nullement pour apporter la tolérance à la Pologne qu'elle partageait ce pays avec la Prusse et l'Autriche, c'était purement et simplement pour l'annexer. Encore ne pouvait-il prévoir que dans les mêmes « climats barbares » d'autres « âmes héroïques » se mêleraient plus tard de vouloir « changer les brutes en hommes » en tentant d'imposer les lumières du « sens de l'histoire » à toute l'humanité. C'est là, et non dans l'inoffensif mythe des Gangarides, que réside la véritable utopie recelée dans *La Princesse de Babylone*. Et cette utopie, comme beaucoup d'utopies, a toutes les apparences du cauchemar.

Ainsi, *La Princesse de Babylone* est à la croisée de deux lignées de contes voltairiens. Le thème de la poursuite amoureuse, le combat des prétendants, la présence des animaux conseillers, et plus généralement le merveilleux rapprochent celui-ci de *Zadig*, et plus encore du *Blanc et noir*. Mais le voyage critique à travers l'Europe l'apparente à une tout autre formule, celle qui, en passant par *Candide*, rend compte de l'*Histoire des voyages de Scarmentado* et de l'*Éloge historique de la Raison*. La ressemblance avec le second de ces ouvrages est même si frappante qu'un contemporain a pu intituler une édition parisienne — désavouée par Voltaire — « *Voyages et aventures d'une princesse babylonienne, pour servir de suite à ceux de Scarmentado*. Par un vieux philosophe qui ne radote pas toujours ». On observera aussi que l'itinéraire d'Amazan et de Formosante sera complété par celui d'Amabed (Inde occidentale, cour romaine...) et dans une certaine mesure par celui de Jenni (Amérique septentrionale). Ainsi, se trouvera complété le tour du monde idéologique du « vieux philosophe » de Ferney.

Notes

Page 303.

1. L'introduction de l'*Essai sur les mœurs*, chap. X, « Des Chaldéens », renseigne sur l'idée que Voltaire se fait de Babylone « C'est la ville du père Bel. *Bab* signifie père en chaldéen, comme l'avoue Herbelot. *Bel* est le nom du seigneur. Les Orientaux ne la connurent jamais que sous le nom de Babel, la ville de Dieu, ou selon d'autres, la porte de Dieu. »

2. Sur la parasange, unite de longueur équivalent à peu près à 5 400 m, voir p. 463, n. 4 — Effectivement, la cité royale, avec ses fameux « jardins suspendus », était à quelque distance de la ville même Des turbines constamment en action y apportaient l'eau de l'Euphrate

Page 304

3. Le mot est composé à l'aide du radical latin *formos-*, signifiant beau, et, comme on l'a dit dans la notice, du suffixe *-ante* suggéré probablement par l'Arioste.

4. Nembrod, dit aussi Nemrod ou Nimrod, est le nom d'un conquérant, grand chasseur devant l'Éternel, qui régna sur Babel ; voir la Genèse.

5. Derbent : ce nom issu d'un mot persan signifiant défilé, désigne une ville gardant un passage du Caucase, le long de la mer Caspienne.

Page 305.

6. Cette évocation annonce *Le Taureau blanc ;* elle sera complétée par des indications d'ordre religieux p. 307.

7. Hermès Trismégiste : nom donné par les Grecs à Thot, dieu lunaire égyptien.

8. Ce détail montre de façon significative comment Voltaire qui évoque le Veidam dès 1750 dans la *Lettre d'un Turc* (p. 168), transporte dans ses contes des réalités immédiates. Lui-même possédait une traduction de l'*Ezour Veidam ;* il avait reçu ce manuscrit de l'*Ezour Veidam,* c'est-à-dire « commentaire du *Veidam* », en 1761 ; il revient sur son authenticité dans une lettre à Peacock du 8 décembre 1767. Inutile de dire que ledit manuscrit, dont Voltaire fit cadeau à la Bibliothèque Royale, n'avait rien d'authentique. Le vrai texte du Veda ne fut connu que plus tard.

9. Vayssière de La Croze, dans son *Histoire de l'établissement du christianisme aux Indes* (1758, t. II, livre V), donne une idée des connaissances à l'époque sur Xaca (écrit de nos jours Çâkya, c'est-à-dire Bouddha) : « La plupart de nos voyageurs font mention d'un certain Xaca ou Chaca, législateur de ces Indiens [à l'Est du Gange]. Cet homme n'est point connu chez les païens du Malabar [...]. On a lieu de soupçonner que c'est le même personnage que les Anciens ont connu sous le nom de Boudda »

Page 306.

10. La licorne n'est pas pour Voltaire un animal purement fantastique ; ce mot (qui vient de « unicorne ») désigne en fait le rhinocéros ; l'abbé Guyon, dans son *Histoire des Indes orientales anciennes et modernes* (1744), I, V, dit que les Indiens le dressent et s'en servent comme monture, ou l'attellent à un char de course.

11. L'expression est pour Voltaire un cliché, qu'on trouve aussi bien au chant X de *La Pucelle* (1755) que dans *Ce qui plaît aux dames* (1764), et qu'on retrouvera dans l'*Histoire de Jenni,* chap. I.

Page 307.

12. Comme la mention d'Apis plus haut, celle d'Osiris ici témoigne aux yeux de Voltaire de la superstition des Égyptiens.

Page 309.

13. Ces comparaisons sont pour Voltaire des exemples du style biblique ou oriental dont il se moque ; le modèle est pour lui le *Cantique des cantiques.*

14. Réminiscence biblique ; Moïse « fut instruit dans toute la sagesse des Égyptiens » (Actes, VII, 22).

Page 311.

15. Le pyrope (étymologiquement, « qui a l'aspect du feu ») est une variété de grenat riche en magnésie. — L'étonnement devant de si gros diamants s'explique : à l'époque ancienne, avant qu'on en découvrît au Brésil (1727), puis en Afrique du Sud, les seuls diamants connus étaient ceux des Indes ; ils étaient rares et très chers.

16. Voltaire a trouvé ces détails sur le phénix chez l'abbé Guyon (voir n. 10) ; celui-ci dit aussi que le pape saint Clément croyait à une sorte de résurrection du phénix, et note, détail important pour Voltaire, que « plusieurs auteurs le font venir des Indes ».

Page 312.

17. Inadvertance ; Voltaire a parlé plus haut d'un valet, et il n'en mentionnera encore qu'un plus loin.

Page 315.

18. Voltaire semble avoir déjà à l'esprit les « oréris » dont il sera question dans l'*Histoire de Jenni,* chap. VIII ; on se souvient que son intérêt pour l'astronomie apparaissait déjà dans *Jeannot et Colin*, p. 218.

Page 318.

19. Dans la lettre à Peacock signalée à la note 8, Voltaire remerciait celui-ci de lui avoir envoyé un ouvrage de J. Z. Holwell, *Interesting historical events relating to the province of Bengal* (3 vol., Londres, 1765-1767). C'est là qu'il a dû trouver l'indication que les bramines croient que les animaux ont eu le pouvoir de communiquer avec les hommes, comme ils communiquent entre eux, avant que les hommes n'aient usurpé la tyrannie sur le genre animal, ce qui a interrompu la communication.

20. Le mot était souvent féminin, avant que l'Académie ne choisisse le genre masculin ; voir La Fontaine, « la volatile malheureuse... » (*Les Deux Pigeons*).

Page 319.

21. Ces fables ne sont en réalité que quarante et une fables d'Ésope, traduites en syriaque au XIIIe siècle, puis en arabe, et attribuées alors à Locman, légendaire souverain préislamique.

22. Le cheval d'Achille lui prédit sa mort dans l'*Iliade,* livre IX, v. 408 et suiv.

Page 320.

23. Dans le *Précis du siècle de Louis XV,* chap. XXIX, Voltaire attribue l'horreur qu'éprouvent les Indiens à répandre le sang des bêtes à leur croyance à la métempsycose.

24. Voltaire ne fait ici que projeter dans le conte ses croyances géopolitiques sur « les Indiens, vers le Gange » ; voir l'introduction à l'*Essai sur les mœurs,* alinéa 17.

25. Historiquement, le peuple des Gangarides, habitant le delta du Gange, atteignit un haut degré de puissance à l'époque d'Alexandre.

Page 321.

26. Les mauviettes sont une espèce d'alouette.

27. *Aduste* est un terme de médecine signifiant « brûlé ».

28. Dans le passage du *Précis* cité à la n. 23, Voltaire dit que « ces peuples avaient horreur de tuer leurs semblables ».

Page 323.

29. Les Chaldéens sont toujours attachés à l'interprétation des songes, pour lesquels Voltaire marque encore ici, comme dans *Le Blanc et le noir,* un grand intérêt.

30. Une *défaite* est une excuse échappatoire.

Page 324.

31. Le *petit couvert,* par opposition au *grand couvert,* est le « repas sans cérémonie des rois et des princes » (Littré).

32. Le blanc est le but, plus précisément l'espace blanc au centre de la cible.

Page 326.

33. Avant d'être enlevée par Paris, Hélène l'avait été par Thésée.

34. L'Imaüs scythien divise en deux la Scythie d'Asie. Cette chaîne se détache vers le nord de l'Imaüs indien, c'est-à-dire de l'Himalaya occidental.

35. Ce prétendu « saint » était une idole priapique comme celle que Robert Challe décrit dans son *Journal de voyage aux Indes* (1721), livre que Voltaire possédait et avait annoté. Le dieu antique auquel il fait allusion était adoré à Lampsaque, ville située au nord de l'Hellespont.

Page 328.

36. Voltaire pousse assez lourdement la plaisanterie qu'avait esquissée Molière dans *Le Malade imaginaire*, acte III, sc. 4 : « On voit bien, Monsieur Fleurant, que vous avez accoutumé de parler à des visages. »

37. Littré signale que *sentinelle* est parfois masculin ; il cite un exemple de Delille.

Page 329.

38. L'Arabie Heureuse occupe le sud de la presqu'île arabique, par opposition à l'Arabie Déserte, qui en est la partie continentale.

39. Voltaire oppose le déisme à l'anthropomorphisme des religions révélées.

Page 331.

40. Les petits pains « à la reine » étaient des pains au lait, ainsi nommés, dit-on, à cause du plaisir qu'y prenait Marie de Médicis ; les poncires sont des citrons de Médie, utilisés exclusivement pour la confiserie. — La complaisance que met Voltaire à décrire ces provisions se rattache peut-être encore à l'actualité : janvier et février 1767 avaient été une période de grande disette dans le pays de Gex, et Voltaire s'en était consolé en faisant venir « quarante bouteilles d'excellent vin » de Bourgogne par son correspondant Le Bault.

Page 332.

41. Le sagou est une substance qu'on retire de certains palmiers (le sagou blanc est du tapioca). L'Inde en est effectivement productrice.

42. Le jeu sur la forme de ce mot rappelle le mépris de Voltaire pour les « Welches », qui écrivent *août* et prononcent *out* pour *auguste*.

Page 333.

43. Quoique Voltaire exagère l'âge de la reine, il est persuadé de la particulière longévité des habitants des Indes, comme il l'explique au chap. XXIX du *Précis du siècle de Louis XV*.

Page 337.

44. Bien entendu, ces paroles sont apocryphes. Au chap. XXXIX du *Siècle de Louis XIV*, Voltaire donne comme principale raison de leur expulsion les divisions entre missionnaires.

Page 338.

45. Tien et Changti : l'un des points de la querelle entre missionnaires et jésuites avait justement porté sur le sens à donner à ces deux mots chinois pouvant désigner Dieu. Voltaire les explique dans l'*Essai sur les mœurs*, introduction, alinéa 18, respectivement comme « Dieu de l'univers » et « principe de toutes choses »

Page 339.

46. Voltaire imagine ces Scythes comme les Kalmouks et les Mongols qu'il décrit dans l'*Histoire de l'empire de Russie sous Pierre le Grand,* I, I, où il signale que « ces hordes, bien loin d'être redoutables, sont devenues vassales de la Russie ». Cette remarque éclaire le paragraphe relatif au « peuple le plus éclairé » qui « communiquera ses lumières » à ses voisins ; voir la notice.

Page 340.

47. Dans l'ouvrage cité à la note précédente, Voltaire mentionne ces peaux précieuses livrées en tribut à l'empereur de Russie, à raison de deux peaux par tête d'habitant.

Page 342.

48. On a ici, comme on l'a dit dans la notice, une allusion très précise au voyage entrepris par Catherine au moment même où Voltaire commençait sa *Princesse de Babylone* ; la formule « par ses yeux » est même empruntée textuellement à la lettre de l'impératrice datée de Kazan, 29 mai 1767 : « Me voilà en Asie, j'ai voulu voir cela par mes yeux. »

49. La suite fait partie de la campagne de propagande entreprise par Voltaire en faveur de Catherine depuis 1766, afin de rétablir sa réputation ternie par les accusations qui lui étaient faites d'avoir empoisonné son mari.

50. Ce « seigneur cimmérien » pourrait être Schouvalof, qui dans sa correspondance flattait Voltaire pour le compte de Catherine.

51. Pierre le Grand.

Page 343.

52. Nouvelle attaque contre la superstition des Égyptiens qui préfigure *Le Taureau blanc.*

53. Catherine préparait un code législatif comportant une clause de tolérance.

54. Contre les Polonais ; voir la notice. On verra, à propos de l'*Éloge historique de la Raison,* les quelques troubles de conscience, vite surmontés, que ce partage de la Pologne inspira à Voltaire.

Page 344.

55. Le futur Gustave III de Suède, qui devait, en 1772, restaurer un absolutisme « éclairé » succédant à une période où le pouvoir avait en fait appartenu au Sénat.

56. *Là* : c'est-à-dire au Danemark, dont le souverain, Christian VII, régnait en monarque absolu. Il avait écrit à Voltaire une lettre flatteuse où il parlait de « rendre la liberté civile » à ses sujets : ce qui avait amené

Voltaire à écrire à Servan le 13 janvier 1768 que « le despotisme en fait d'assez bonnes en Danemark, et la liberté de meilleures en Suède ».

57. Voltaire s'acquitte brillamment de la difficile entreprise de rendre hommage au roi de Pologne, Stanislas Poniatowski, alors qu'il avait, l'année précédente, encouragé Frédéric II, sous prétexte d'une croisade pour la « tolérance », à joindre ses forces à celles de Catherine pour soutenir contre lui les « dissidents ». Ce dont Frédéric s'était d'ailleurs excusé.

Page 345.

58. Significativement, Voltaire n'accorde aucune mention particulière à Frédéric II ; on retrouvera son embarras à propos de l'*Éloge historique de la Raison.*

Page 346.

59. Le mot *Weser* est de nos jours féminin.
60. Au sens originel de *démarrer,* « lever les amarres ».
61. Les facteurs étaient les correspondants des compagnies ou maisons de commerce, notamment à l'étranger.

Page 347.

62. Marc-Michel Rey, libraire d'Amsterdam, avait publié des romans célèbres, dont *Les Illustres Françaises,* de Robert Challe, *Manon Lescaut,* de l'abbé Prévost, *La Nouvelle Héloïse,* de Jean-Jacques Rousseau, puis, dans les années soixante, de nombreux ouvrages antichrétiens.

63. *La Paysanne parvenue* (1735, etc.) est un roman de Mouhy ; *Tanzaï et Néadarné* (1734) et *Le Sopha* (1745) sont de Crébillon ; *Les Quatre Facardins* sont un conte de Hamilton, un familier de la cour de Sceaux dont Voltaire admirait la prose.

Page 349.

64. Jean-sans-Terre.
65. Le pape (à cause des sept collines de Rome).

Page 350.

66. Voir l'*Histoire des voyages de Scarmentado,* p. 172, où tous les torts sont mis du côté des catholiques.

67. Sous Charles Ier. Les personnes portant « un manteau noir » sont les puritains ; ceux qui mettent par-dessus une chemise blanche sont les prêtres anglicans.

68. Depuis l'accession au trône de la dynastie de Hanovre ; Voltaire reprend ici des thèmes qu'il a traités dans la huitième des *Lettres philosophiques ;* voir cet ouvrage, éd. Folio, p. 66-67.

Page 352.

69. Le spleen est une des premières choses qui ont frappé Voltaire en Angleterre ; il l'évoque dans la version initiale des *Lettres philosophiques* ; voir l'éd. Folio, p. 202-203. Il le mentionne encore dans une lettre à James Marriott du 26 février 1767. — Les voyageurs anglais qui passaient aux Délices étaient souvent de grands seigneurs faisant le voyage de Rome.

Page 355.

70. Traduction : « Par saint Martin, quel beau garçon ! par saint Pancrace, quel bel enfant ! »

71. Les membres de la congrégation de Saint-Antoine, qui soignaient les malades atteints du « feu saint Antoine » ; dans *Les Lettres d'Amabed*, Voltaire les appellera *cicerone*.

Page 356.

72. La même idée est développée souvent par Voltaire ; voir le *Pot-pourri*, p. 198 et suiv., *L'Homme aux quarante écus* et *Les Lettres d'Amabed*.

73. Les cent une propositions de la bulle *Unigenitus* contre les thèses jansénistes.

Page 357.

74. Le père Le Tellier, confesseur de Louis XIV.

75. Allusion au dogme de l'infaillibilité, proclamé par le concile de Trente. Frédéric II s'en était moqué dans une lettre à Voltaire du 20 février 1767.

76. Gratification (proprement : « bonne étrenne »).

Page 358.

77. Une étymologie (fausse) faisait venir *Lutetia* du latin *lutum*, boue.

Page 359.

78. Un passage d'une lettre de Voltaire à d'Argental, du 6 mai 1768, éclaire ces lignes : « Je suis fâché de voir qu'en France la moitié de la nation soit frivole et l'autre barbare. Ces barbares sont les jansénistes [...]. Cette bonne compagnie de Paris est fort agréable, mais elle ne sert précisément à rien. »

79. Le chevalier de La Barre, condamné à mort et exécuté le 1er juillet 1766 ; voir encore *L'Homme aux quarante écus*.

Page 360.

80. Ceux de Racine ; « Jean Racine me désespère », écrivait Voltaire à Chabanon le 4 juillet 1768.

81. C'est une antienne de Voltaire à l'époque ; il écrit par exemple à

Damilaville le 4 septembre 1767 : « Savez-vous, mes pauvres Welches, que vous n'avez plus ni goût, ni esprit ? »

82. *Les Nouvelles ecclésiastiques,* organe janséniste.

83. Les jésuites, qu'un édit de mai 1767 venait de bannir du royaume.

Page 361.

84. Les docteurs de Sorbonne, jansénistes.

85. Allusion soit à Le Franc de Pompignan, soit au mandement de Montillet, évêque d'Auch, contre les écrits de Voltaire.

86. Mme Geoffrin, dont Bachaumont disait dans ses *Mémoires secrets* à la date du 4 mai 1766 : « Les étrangers surtout croiraient n'avoir rien vu en France, s'ils ne s'étaient fait présenter chez cette virtuose célèbre. »

87. Voltaire est plus sévère sur l'opéra dans une lettre du 12 février 1768 à Chabanon : « On va voir une tragédie pour être touché, on se rend à l'opéra par désœuvrement, et pour digérer. »

Page 362.

88. En jouant sur les traductions du mot *opera,* Voltaire en est arrivé au mot *affaire,* sur lequel il joue ; il a en effet ici le sens d'« intrigue amoureuse » (Dictionnaire de Trévoux). La source de l'épisode est à chercher dans les démêlés de Dorat avec l'actrice Mlle Dubois et la rivale de celle-ci, Mlle Durancy ; le 9 décembre 1767, Durfort écrivait à Voltaire : « Elle [Mlle Dubois] a voulu vous tromper comme elle trompe ses amants et même les greluchons. » Le greluchon est l'amant de cœur, comme l'était Des Grieux pour Manon Lescaut.

Page 363.

89. Pour Voltaire, les « farceurs de Paris » sont les comédiens français ; voir une lettre à Damilaville du 9 septembre 1762 : « Les farceurs de Paris joueront *Le Droit du Seigneur* quand ils voudront. »

Page 365.

90. La *santa casa,* la maison de la Vierge transportée par les anges de Nazareth en Dalmatie, puis à Lorette, dans la province d'Ancône.

Page 366.

91. Le mot *silentiaire* se disait à Rome des serviteurs qui faisaient observer le silence aux esclaves ; on le dit ensuite des religieux chartreux, qui gardent un grand silence. Au sens général, le présent emploi est une rareté.

92. Ce mot est une création plaisante d'après *anthropophage* ; il signifie « brûleur d'hommes ».

Page 367.

93. Dans sa *Relation de l'Inquisition de Goa,* dont Voltaire s'inspire

(avant de s'en servir assidûment dans *Les Lettres d'Amabed*), Dellon définit les *familiares de Santo Officio* comme des « huissiers » du tribunal, chargés d' « arrêter les personnes accusées ».

94. Tavernier, dans ses *Voyages,* mentionne ces confiscations de l'Inquisition : « Pour ce qui est de l'or, de l'argent et des joyaux, cela n'est point mis par écrit, on ne le revoit jamais, et il est porté à l'Inquisition pour les dépens du procès. »

95. Dans la Genèse, X, 2, Magog est le fils de Japhet. Il personnifie pour les Hébreux les peuples barbares du Nord, ennemis d'Israël.

Page 368.

96. Dellon décrit la scène de l'autodafé comme une grande place avec un autel au fond et sur les côtés deux trônes, sur l'un desquels se tient le grand Inquisiteur et son conseil, tandis que la cour se tient sur l'autre.

97. On voit dans *Candide,* chap. VI, ce que pouvaient être ces *habits de masque.*

98. En écrivant cette scène, Voltaire donne cours à une imagination qui l'enchante depuis qu'il a lu le *Manuel de l'Inquisition* de l'abbé Morellet. « Si j'étais Candide, finira-t-il par écrire le 8 février 1762 à Damilaville, un inquisiteur ne mourrait que de ma main. »

99. Carlos III, qui, aidé de son ministre Aranda, travaillait à moderniser la législation espagnole et venait de faire expulser les jésuites en 1767.

Page 370.

100. Air de danse populaire.

Page 372.

101. *Golille,* « espèce de fraise [serrée autour du cou] portée en Espagne » (Littré).

Page 373.

102. Canope : non pas l'étoile dont il est question dans *Zadig*, p. 111, mais le port situé dans les bouches du Nil.

Page 374.

103. L'examen d'une carte du monde ancien montre avec quel soin Voltaire a établi cet itinéraire ; c'est un exemple de la façon « réaliste » dont il traite la fiction.

Page 375.

104. À l'époque où écrit Voltaire (1768), il existait trois suites apocryphes de *Candide,* composées par d'obscurs écrivains pour le compte de libraires hollandais. L' « ex-capucin » qui a « défiguré la chaste Jeanne » est Maubert de Gouvest, qui avait donné une édition

« augmentée » de *La Pucelle* (Londres [Glasgow], 1764). Mais on ne connaît pas de suite à *L'Ingénu.*

105. Bien entendu, Coger, docteur de Sorbonne, n'avait pas attaqué les personnages en question, mais le *Bélisaire* de Marmontel, qui fut condamné pour les attaques qu'il contenait contre le christianisme. Ses « libelles » consistaient dans un *Examen de Bélisaire de M. Marmontel* (1767), qui eut une seconde édition.

106. Voltaire reprend ici la polémique contre Larcher qu'il venait de conduire dans la *Défense de mon oncle,* spécialement avec le chap. II, « L'apologie des dames de Babylone contre le sieur Larcher, du collège Mazarin, ennemi juré du beau sexe ».

107. Pour justifier un passage de la Genèse, racontant comment Sara, à soixante-quinze ans, avait séduit le roi d'Égypte, Larcher avait allégué la séduction tardive de l'abbé Gédoyn par Ninon de Lenclos. Dans le chap. VIII de l'ouvrage cité à la note précédente, Voltaire avait répondu qu'il ne s'agissait pas de Gédoyn, mais de l'abbé de Châteauneuf, et que Ninon n'avait alors que soixante ans.

Page 376.

108. Non sans perfidie, Voltaire parle de Bicêtre, où Fréron n'a jamais été mis, au lieu de la Bastille, dont le séjour n'avait rien de déshonorant. Il avait déjà procédé de même avec La Beaumelle, et la femme de celui-ci le lui avait reproché : « Vous savez très bien que c'est à la Bastille qu'il a été, où l'on met les auteurs imprudents, et non pas à Bicêtre, où l'on met les malfaiteurs » (lettre du 12 juin 1767).

109. Au jugement même des contemporains, la comédie de *L'Écossaise,* où Fréron était mis en scène sous le nom de Frelon, était plus atroce qu' « honnête ».

110. Desfontaines avait été accusé de séduire de jeunes ramoneurs. Voltaire feint de le considérer comme le père de Fréron parce que ce dernier avait fait ses débuts de journaliste dans le périodique de Desfontaines, les *Observations sur les ouvrages des modernes,* qui avait succédé au *Nouvelliste du Parnasse.*

111. Seconde référence aux *Nouvelles ecclésiastiques,* cf. note 82. L'abbé Bécherand fut un des premiers jansénistes convulsionnaires. Quant à Abraham Chaumeix, auteur des *Préjugés légitimes contre l'Encyclopédie et essai de réfutation de ce dictionnaire* (1758), Voltaire avance que « s'étant fait convulsionnaire, il devint un homme considérable dans le parti, surtout depuis qu'il s'était fait crucifier avec une couronne d'épingles sur la tête, le 2 mars 1749, dans la rue Saint-Denis » (note du *Russe à Paris*).

112. Riballier était le syndic de la Sorbonne qui avait présenté les réquisitions contre le *Bélisaire* de Marmontel.

DOSSIER

DU MÊME AUTEUR

Dans la même collection

ROMANS ET CONTES, *tome II* : CANDIDE OU L'OPTIMISME. L'HOMME AUX QUARANTE ÉCUS. LES LETTRES D'AMABED, etc. LE TAUREAU BLANC. AVENTURE DE LA MÉMOIRE. ÉLOGE HISTORIQUE DE LA RAISON. LES OREILLES DU COMTE DE CHESTERFIELD ET LE CHAPELAIN GOUDMAN. HISTOIRE DE JENNI OU LE SAGE ET L'ATHÉE. *Postface de Roland Barthes. Édition établie par Frédéric Deloffre avec la collaboration de Jacques Van den Heuvel et Jacqueline Hellegouarc'h.*

L'AFFAIRE CALAS et autres affaires : TRAITÉ SUR LA TOLÉRANCE. L'AFFAIRE SIRVEN. COMMENTAIRE SUR LE LIVRE DES DÉLITS ET DES PEINES DE BECCARIA. L'AFFAIRE LALLY. L'AFFAIRE DU CHEVALIER DE LA BARRE. *Édition présentée et établie par Jacques Van den Heuvel.*

LETTRES PHILOSOPHIQUES. *Édition présentée et établie par Frédéric Deloffre.*

DICTIONNAIRE PHILOSOPHIQUE. *Édition présentée et établie par Alain Pons.*

ZADIG OU LA DESTINÉE. *Édition présentée par Jacques Van den Heuvel. Texte établi par Frédéric Deloffre.*

CANDIDE OU L'OPTIMISME. *Édition présentée par Jacques Van den Heuvel. Texte établi par Frédéric Deloffre.*

COLLECTION FOLIO

Dernières parutions

3415. Marie Nimier — *Sirène.*
3416. Corneille — *L'Illusion Comique.*
3417. Laure Adler — *Marguerite Duras.*
3418. Clélie Aster — *O.D.C.*
3419. Jacques Bellefroid — *Le réel est un crime parfait, Monsieur Black.*
3420. Elvire de Brissac — *Au diable.*
3421. Chantal Delsol — *Quatre.*
3422. Tristan Egolf — *Le seigneur des porcheries.*
3423. Witold Gombrowicz — *Théâtre.*
3424. Roger Grenier — *Les larmes d'Ulysse.*
3425. Pierre Hebey — *Une seule femme.*
3426. Gérard Oberlé — *Nil rouge.*
3427. Kenzaburô Ôé — *Le jeu du siècle.*
3428. Orhan Pamuk — *La vie nouvelle.*
3429. Marc Petit — *Architecte des glaces.*
3430. George Steiner — *Errata.*
3431. Michel Tournier — *Célébrations.*
3432. Abélard et Héloïse — *Correspondances.*
3433. Charles Baudelaire — *Correspondance.*
3434. Daniel Pennac — *Aux fruits de la passion.*
3435. Béroul — *Tristan et Yseut.*
3436. Christian Bobin — *Geai.*
3437. Alphone Boudard — *Chère visiteuse.*
3438. Jerome Charyn — *Mort d'un roi du tango.*
3439. Pietro Citati — *La lumière de la nuit.*
3440. Shûsaku Endô — *Une femme nommée Shizu.*
3441. Frédéric. H. Fajardie — *Quadrige.*
3442. Alain Finkielkraut — *L'ingratitude.* Conversation sur notre temps
3443. Régis Jauffret — *Clémence Picot.*
3444. Pascale Kramer — *Onze ans plus tard.*
3445. Camille Laurens — *L'Avenir.*
3446. Alina Reyes — *Moha m'aime.*
3447. Jacques Tournier — *Des persiennes vert perroquet.*
3448. Anonyme — *Pyrame et Thisbé, Narcisse, Philomena.*
3449. Marcel Aymé — *Enjambées.*
3450. Patrick Lapeyre — *Sissy, c'est moi.*
3451. Emmanuel Moses — *Papernik.*
3452. Jacques Sternberg — *Le cœur froid.*

3453. Gérard Corbiau	*Le Roi danse.*
3455. Pierre Assouline	*Cartier-Bresson (L'œil du siècle).*
3456. Marie Darrieussecq	*Le mal de mer.*
3457. Jean-Paul Enthoven	*Les enfants de Saturne.*
3458. Bossuet	*Sermons. Le Carême du Louvre.*
3459. Philippe Labro	*Manuella.*
3460. J.M.G. Le Clézio	*Hasard* suivi de *Angoli Mala.*
3461. Joëlle Miquel	*Mal-aimés.*
3462. Pierre Pelot	*Debout dans le ventre blanc du silence.*
3463. J.-B. Pontalis	*L'enfant des limbes.*
3464. Jean-Noël Schifano	*La danse des ardents.*
3465. Bruno Tessarech	*La machine à écrire.*
3466. Sophie de Vilmorin	*Aimer encore.*
3467. Hésiode	*Théogonie* et autres poèmes.
3468. Jacques Bellefroid	*Les étoiles filantes.*
3469. Tonino Benacquista	*Tout à l'ego.*
3470. Philippe Delerm	*Mister Mouse.*
3471. Gérard Delteil	*Bugs.*
3472. Benoît Duteurtre	*Drôle de temps.*
3473. Philippe Le Guillou	*Les sept noms du peintre.*
3474. Alice Massat	*Le Ministère de l'intérieur.*
3475. Jean d'Ormesson	*Le rapport Gabriel.*
3476. Postel & Duchâtel	*Pandore et l'ouvre-boîte.*
3477. Gilbert Sinoué	*L'enfant de Bruges.*
3478. Driss Chraïbi	*Vu, lu, entendu.*
3479. Hitonari Tsuji	*Le Bouddha blanc.*
3480. Denis Diderot	*Les Deux amis de Bourbonne* (à paraître).
3481. Daniel Boulanger	*Le miroitier.*
3482. Nicolas Bréhal	*Le sens de la nuit.*
3483. Michel del Castillo	*Colette, une certaine France.*
3484. Michèle Desbordes	*La demande.*
3485. Joël Egloff	«*Edmond Ganglion & fils*».
3486. Françoise Giroud	*Portraits sans retouches (1945-1955).*
3487. Jean-Marie Laclavetine	*Première ligne.*
3488. Patrick O'Brian	*Pablo Ruiz Picasso.*
3489. Ludmila Oulitskaïa	*De joyeuses funérailles.*

3490.	Pierre Pelot	*La piste du Dakota.*
3491.	Nathalie Rheims	*L'un pour l'autre.*
3492	Jean-Christophe Rufin	*Asmara et les causes perdues.*
3493.	Anne Radcliffe	*Les Mystères d'Udolphe.*
3494.	Ian McEwan	*Délire d'amour.*
3495.	Joseph Mitchell	*Le secret de Joe Gould.*
3496.	Robert Bober	*Berg et Beck.*
3497.	Michel Braudeau	*Loin des forêts.*
3498.	Michel Braudeau	*Le livre de John.*
3499.	Philippe Caubère	*Les carnets d'un jeune homme.*
3500.	Jerome Charyn	*Frog.*
3501.	Catherine Cusset	*Le problème avec Jane.*
3502.	Catherine Cusset	*En toute innocence.*
3503.	Marguerite Duras	*Yann Andréa Steiner.*
3504.	Leslie Kaplan	*Le Psychanalyste.*
3505.	Gabriel Matzneff	*Les lèvres menteuses.*
3506.	Richard Millet	*La chambre d'ivoire...*
3507.	Boualem Sansal	*Le serment des barbares.*
3508.	Martin Amis	*Train de nuit.*
3509.	Andersen	*Contes choisis.*
3510.	Defoe	*Robinson Crusoé.*
3511.	Dumas	*Les Trois Mousquetaires.*
3512.	Flaubert	*Madame Bovary.*
3513.	Hugo	*Quatrevingt-treize.*
3514.	Prévost	*Manon Lescaut.*
3515.	Shakespeare	*Roméo et Juliette.*
3516.	Zola	*La Bête humaine.*
3517.	Zola	*Thérèse Raquin.*
3518.	Frédéric Beigbeder	*L'amour dure trois ans.*
3519.	Jacques Bellefroid	*Fille de joie.*
3520.	Emmanuel Carrère	*L'Adversaire.*
3521.	Réjean Ducharme	*Gros Mots.*
3522.	Timothy Findley	*La fille de l'Homme au Piano.*
3523.	Alexandre Jardin	*Autobiographie d'un amour.*
3524.	Frances Mayes	*Bella Italia.*
3525.	Dominique Rolin	*Journal amoureux.*
3526.	Dominique Sampiero	*Le ciel et la terre.*
3527.	Alain Veinstein	*Violante.*
3528.	Lajos Zilahy	*L'Ange de la Colère (Les Dukay tome II).*
3529.	Antoine de Baecque et Serge Toubiana	*François Truffaut.*

3530. Dominique Bona — *Romain Gary.*
3531. Gustave Flaubert — *Les Mémoires d'un fou. Novembre. Pyrénées-Corse. Voyage en Italie.*
3532. Vladimir Nabokov — *Lolita.*
3533. Philip Roth — *Pastorale américaine.*
3534. Pascale Froment — *Roberto Succo.*
3535. Christian Bobin — *Tout le monde est occupé.*
3536. Sébastien Japrisot — *Les mal partis.*
3537. Camille Laurens — *Romance.*
3538. Joseph Marshall III — *L'hiver du fer sacré.*
3540 Bertrand Poirot-Delpech — *Monsieur le Prince*
3541. Daniel Prévost — *Le passé sous silence.*
3542. Pascal Quignard — *Terrasse à Rome.*
3543. Shan Sa — *Les quatre vies du saule.*
3544. Eric Yung — *La tentation de l'ombre.*
3545. Stephen Marlowe — *Octobre solitaire.*
3546. Albert Memmi — *Le Scorpion.*
3547. Tchékhov — *L'Île de Sakhaline.*
3548. Philippe Beaussant — *Stradella.*
3549. Michel Cyprien — *Le chocolat d'Apolline.*
3550. Naguib Mahfouz — *La Belle du Caire.*
3551. Marie Nimier — *Domino.*
3552. Bernard Pivot — *Le métier de lire.*
3553. Antoine Piazza — *Roman fleuve.*
3554. Serge Doubrovsky — *Fils.*
3555. Serge Doubrovsky — *Un amour de soi.*
3556. Annie Ernaux — *L'événement.*
3557. Annie Ernaux — *La vie extérieure.*
3558. Peter Handke — *Par une nuit obscure, je sortis de ma maison tranquille.*
3559. Angela Huth — *Tendres silences.*
3560. Hervé Jaouen — *Merci de fermer la porte.*
3561. Charles Juliet — *Attente en automne.*
3562. Joseph Kessel — *Contes.*
3563. Jean-Claude Pirotte — *Mont Afrique.*
3564. Lao She — *Quatre générations sous un même toit III.*
3565. Dai Sijie — *Balzac et la Petite Tailleuse chinoise.*

Impression Bussière Camedan Imprimeries
à Saint-Amand (Cher),
le 14 novembre 2001.
Dépôt légal : novembre 2001.
1er dépôt légal dans la collection : mai 1992.
Numéro d'imprimeur : 015216/1.
ISBN 2-07-038481-0./Imprimé en France.